구운몽

어느 소녀의 사랑 이야기

2

글 **전유림**

기획 **세시소프트** 감수 **공나연**

위즈덤하우스

차례

제5장

살아난 소녀

푸른 암흑이 꿈처럼 몽롱하게 일그러졌다. 소유는 한참 동안이나 고통에 신음했다. 가슴뿐 아니라 온몸이 다 아프고 뜨거웠다. 이것은 꿈일까? 그렇다고 여기기에는 통증이 너무 지독했다.

"왔구나."

문득 그녀의 눈앞에 새하얀 얼굴을 한 흑발의 남자가 나타났다. 소유는 그 남자를 이미 두 번이나 본 적이 있었다. 역시 아직은 죽지 않은 것일까? 그렇다면 이곳은 어디일까. 천인국의 감옥? 그래서 이렇게 어두운 걸까?

"당신은 전에 다미국에서 본 사람이지요?"

소유는 열에 달뜬 입술로 간신히 말을 짜냈다. 남자는 어쩐지 이상한 얼굴을 하고 있었다. 그녀는 그가 슬퍼 보인다고 생각했다. 이해할 수 없는 일이었다.

그는 잠시 후 고개를 끄덕였다.

"그래."

"왜 여기 있죠? 초왕의 사람인가요?"

소유의 눈에서 눈물이 흘러나왔다. 그녀는 정신없이 물었다.

"다른 사람들은요? 채윤은? 소하 님은? 청운 공자는요? 모두 다 죽었나요?"

"아니."

소유가 안도하기도 잠시, 남자는 담담하게 덧붙였다.

"하지만 곧 죽을 거야."

물에 빠졌던 그때처럼 가슴이 답답하게 눌렸다. 소유는 흐느꼈다. 그것을 보던 남자는 한숨을 쉰 뒤 말했다.

"네가… 그들이 살기 원한다면 방법이 있어."

격렬하게 가슴을 들썩이던 소유가 그 말을 이해하기까지엔 잠시 시간이 걸렸다. 그녀는 젖은 눈으로 고개를 들어 그를 보았다.

"방법이요?"

전에도 느꼈지만 저 검은 머리 남자는 섬뜩하리만치 차가운 분위기를 띠고 있었다. 얼어붙은 싸늘함과는 다른…….

그래, 시체의 납빛 얼굴처럼, 모든 것이 과거가 되어버려 다시는 돌아올 수 없는 비정하고 고요한 차가움이었다.

소유는 낯설지 않은 두려움을 느꼈다. 그녀는 조심스레 물었다.

"여긴 어디지요?"

"피안으로 가는 통로."

소유의 몸이 굳었다. 그녀는 잠시 후 자신의 팔이 움직이지 않는다는 사실을 깨달았다. 그것은 단순히 놀랐기 때문만은 아니었다.

…피안?

입술이 떨렸다. 소유는 어느새 통증이 줄어들었다는 사실을 깨달았다. 그녀는 남자에게 조심스레 확인했다.

"…이승과 저승의 경계를 이루는 피안, 인가요……?"

"맞아."

남자의 눈이 아까처럼 흐려졌다. 그녀는 그가 큰 슬픔을 느끼고 있는 것 같다는 생각을 도무지 떨칠 수 없었다. 슬픈 일이라도 있는 것일까? 그 역시 소중한 사람들을 잃은 것일까.

끔찍하게 슬픈데도 이상하게 눈물이 멎었다. 뺨을 적신 눈물의 감촉도 거의 느껴지지 않았다. 소유는 남자에게 물었다.

"나는 죽어서 이곳에 있는 건가요?"

"아직은 죽지 않았지만, 결국은 피안으로 가야 하는 것은 맞아."

몸이 무거웠다. 소유는 억지로 팔을 들어 얼굴을 닦으려다 위화감을 느꼈다. 팔을 움직이는 감각도, 얼굴에 팔과 소매가 스치는 감각도 너무나 희미했다. 그녀는 남자에게 다시 물었다.

"당신은 누구지요?"

가슴이 지끈거렸다. 남자는 잠시 눈을 아래로 내리깔았다가 대답했다.

"사신."

아, 소유는 남의 것처럼 느껴지는 아득한 한숨을 쉬었다. 이상한 일은 아니었다. 그렇다면 화주에는 진씨 일가를 거두려 나타났던 것일까? 다미국에서는 전쟁 중에 죽은 사람들의 혼을 거두러? 그리고 이제는 소유가 그를 따라 저승으로 가게 된 것일까.

그녀는 슬픈 미소를 지었다.

"내가 아끼는 사람들이 죽지 않는다면 저는 당신을 따라갈 수 있어요. 어차피 피안으로 가야 한다는 건 그런 의미인가요?"

"아니야."

남자는 고개를 저었다. 남자의 검은 머리칼 사이로 보이는 왼쪽 눈은 겨울 새벽의 얼음처럼 맑았다.

"네가 따라오면 그들을 살려준다는 의미가 아니야."

"그러면? 다른 대가가 있나요?"

소유는 자리에 주저앉았다. 다리에 더는 감각이 없었다. 그녀는 고개를 들어 남자를 똑바로 보려 했지만 목도 마음대로 움직여주지 않았다. 소유는 눈을 간신히 깜박이며 또 물었다.

"이상해요. 몸이 마음대로 움직이지 않아요. 왜 이런 거지요?"

"네 육체는 아까 죽었으니까."

따라갈 수 있다고 말한 것은 소유 본인인데도 금세 깊은 절망과 슬픔이 밀려왔다. 이렇게 끝내고 싶지는 않았다. 믿고 싶지도 않았다. 가슴에 납덩이 같은 것을 올려놓은 듯 무겁고 아팠다.

남자는 다가와 소유의 옆에 앉았다. 그리고 그녀를 내려다보며 말했다.

"네 영이 빠져나가고 있어. 결정해. 이대로 피안으로 갈지, 아니면 네가 아끼는 사람들을 살리러 갈지."

육체가 죽어도 영은 천천히 빠져나가는 것일까. 소유의 몸이 그대로 수수깡처럼 무너졌다. 뒤통수를 세게 부딪쳤을 것 같았지만 그녀는 통증은커녕 바닥의 감촉조차 느낄 수 없었다.

눈물이 나오지 않는 것이 못내 답답했다. 소유는 눈물도 떨림도 없는 흐느낌을 토했다.

비이… 비이… 비이… 빕.

어디선가 이상한 소리가 규칙적으로 들려왔다. 그 소리가 어디서 나는지 알 수는 없었지만, 소유는 묘하게도 그 소리를 자신이 알고 있다는 생각을 했다. 어디서 들었을까. 천인국에 저런 소리가 나는 물건이 있었나?

살리러 간다는 건 어떤 의미일까. 조금이지만 더 살 수 있게 해 준다는 의미일까.

"사랑하는 사람들을 살리고 싶어요."

"…그래."

남자는 소유의 이마에 손을 얹었다. 천천히 감각이 돌아왔다. 소유의 눈에서 어느 순간 홍수처럼 눈물이 쏟아졌다.

"고마워요. 고맙습니다."

남자는 대답하지 않았다. 소유의 귓가에 눈물의 축축하고 뜨거운 감촉이 닿았다. 그때 날카롭고 신경질적인 소리가 쨍하고 터져 나왔다.

"규율을 위반하겠다는 거냐, 심연?"

소유는 저도 모르게 어깨를 움츠렸다. 어디서 갑자기 나타난 것일까. 남자, 심연의 반대편에는 긴 백발을 늘어뜨리고 핏빛 눈을 치킨 사람이 서 있었다. 그는 심연처럼 창백한 얼굴이었지만 그와는 달리 감정이 얼굴에 확연하게 드러났다. 몸에 단 장신구도 화려했다. 백발이지만 상당히 젊어 보이기도 했다.

심연은 백발의 남자를 올려다보고 대답했다.

"제 소관입니다, 홍염."

"규율 위반이라면… 나를 살려주면 당신이 벌을 받는 건가요?"

소유는 저도 모르게 심연에게 물었다. 심연은 소유를 잠시 바라보았지만 대답을 하지 못했다. 소유는 백발의 남자, 홍염에게 시선을 돌렸다.

"당신은 누구지요?"

홍염은 말이 빠른 편이었고 소유의 질문에 한시도 지체하지 않았다.

"심연의 상관."

"사신에게도 위계가 있나요?"

"인간 세계와 똑같아. 어차피 우리도 과거에는 다 인간이었던 자들이니."

거기까지 말하고 홍염은 콧방귀를 뀌었다. 그 건방진 태도에 소유는 기분이 약간 상했다. 그러나 그녀에겐 더 급한 일이 있었다.

"상관이시라면, 당신이 안 된다고 하면 저는 다시 살아날 수 없는 건가요?"

홍염은 붉은 눈으로 소유를 내려다보았다. 고개를 돌릴 것까지도 없다는 듯 쌀쌀맞은 태도였다.

"심연이 말했듯 널 돌려보내는 건 심연의 소관이지. 하지만 규율 위반은 위반. 심연은 그 벌을 받아야 해."

소유는 일그러진 얼굴로 심연을 보았다. 심연은 차분하게 고개를 저었다.

"네가 신경 쓸 만한 일은 아니야."

"그렇게 이 여자를 살려두고 싶어?"

홍염은 질문이라기보다는 비웃음에 가깝게 말하며 킬킬 웃었다. 심연은 대답하지 않았다. 소유는 이승에서의 일이 걱정되기 시작했다. 이러고 있는 동안 소하가 정말로 죽으면 어떻게 하나. 청운은. 채윤은. 다른 사람들은.

결국 홍염은 혀를 차며 제가 다시 입을 열었다.

"그래, 조금이라도 더 살려두고 싶겠지. 묻고 싶은 게 많을 테니."

그 말은 이해할 수 없었다. 심연이 소유에게 궁금할 만한 것은 없었다. 그리고 정말로 묻고 싶은 것이 있었다면 그녀를 살려주는 조건으로 이미 몇 번이든, 무슨 질문이든 할 수 있었다. 홍염은 소유가 상황을 이해할 틈도, 심연이 그의 입을 막을 새도 주지 않고 흐르는 물처럼 말을 토해냈다. 숫제 원한에 찬 것 같은 모양새였다.

"시간이 그래도 제법 있을 줄 알았는데 정말 짧군. 앞으로도 계속 그러겠지. 이렇게 또 헤어질 거라면 차라리 안 만나는 게 좋을지도 모르지."

'또' 헤어진다고? 소유는 홍염의 말이 정말로 이상하다고 생각했다. 심연과 그녀는 물론 이전에 만난 적이 있었다. 하지만 그 사실을 홍염이 어떻게 알고 있을까. 그리고 차라리 만나지 않는 게 좋다니, 사신의 입장에서 어째서 그런 말을 하는 걸까.

홍염은 날카롭게 웃었다.

"아무튼 너희는 정말로 인연이 아닌가보다."

소유는 홍염이 심연을 괴롭히고 싶어서 계속 그런 말을 한다는 것을 파악했다. 심연의 표정에는 변화가 없었다. 그녀는 심연에게 물었다.

"계속 저런 말을 듣고 있어야 하나요? 당신은, 심연은 저를 살리고 싶나요?"

심연은 소유의 눈을 한동안 바라보았다. 그러나 그 눈의 초점이 정확히 그녀의 눈에 있는지 소유는 확신할 수 없었다.

그는 결국 고개를 끄덕였다.

"…그래."

"홍염의 허락이 필요한가요?"

홍염이 말을 잘랐다.

"그 녀석의 모든 건 내게 구속되어 있어. 내 허락 없이는 아무것도 마음대로 못 해. 그게 그 녀석과 나의 관계니까."

소유는 몸을 일으켰다. 몸은 다시 예전처럼 움직였다. 통증이 없는 걸 보니 상처도 나은 모양이었다. 심연은 홍염의 이름을 불렀다.

"홍염."

그 목소리에는 간절함과 차분함이 동시에 담겨 있었다. 홍염은 결국 첫 혀를 찼다.

"…뭐, 좋아. 어차피 이젠 독에 든 쥐니까 잠깐 살려주는 정도는 상관없지. 네 표적이니 네 마음대로 해봐."

소유는 크게 안도했다. 그녀는 홍염에게 감사 인사를 했다. 그러지 않으면 그가 마음을 바꿀까 두려웠던 것이다.

"감사합니다."

"그래야지."

홍염은 다시 혀를 차고 돌아섰다. 심연의 차가운 손이 소유의 손을 잡았다. 소유는 심연의 양쪽 눈을 똑바로 보았다. 그의 왼쪽 눈에 있는 긴 상처는 오래되지 않은 것 같았다. 그리고 그의 오른쪽 눈은 안대에 덮여 보이지 않았다. 왼쪽 눈에 생긴 상처와 같은 이유로 오른쪽 눈도 다치게 된 것일까. 알 수 없는 일이었다.

심연의 얼굴이 점점 더 소유에게 가까이 다가왔다. 가까이 다가올수록 소유는 그의 왼쪽 눈에 빠져들었다. 그 눈에 담긴 슬픔은 이제 그녀에게도 명확하게 보였다.

"원래 있던 곳으로 돌려보내줄게."

심연은 소유의 입술 가까이에 제 숨을 불어넣었다. 소유의 몸속으로 뭔가 흘러들어왔다. 조금씩… 조금씩.

두근.

그녀는 그제야 자신의 심장이 뛰지 않고 있었다는 사실을 깨달았다. 두근, 두근.

두근, 두근, 두근.

징처럼 느리게 한 번 울린 심장 소리는 점차 빨라지며 산 사람의 박동을 되찾았다. 소유는 눈을 감았다. 무척 졸렸다. 도저히 참을 수가 없었다.

어둠 너머로 심연의 목소리가 어렴풋하게 들렸다.

"여기에 다시 와서는 안 돼. 표적을 다시 돌려보내는 건 단 한 번만 가능하니까."

어디선가 버들잎이 서로에게 몸을 부딪는 소리가 났다.

소유, 소유야.

소유는 그 목소리를 알고 있었다. 그러나 한동안 몸을 움직이지 못했다. 그녀가 빠진 잠은 그만큼 기분이 좋았던 것이다.

그러나 목소리는 멀어졌다가도 다시 돌아와 끈질기게 그녀의 이름을 불렀다. 소유, 소유야. 소유야.

목소리의 끈질김에 도저히 더 버틸 수가 없었다. 소유는 두 손 들기로 하고 천천히 눈을 떴다. 눈앞에 밝은 햇살이 가득했다. 푸른 하늘을 가득 채운 투명한 햇살. 강가에 줄지어 선 버드나무.

채윤은 소유의 얼굴을 위에서 들여다보며 활짝 웃었다.

"잠꾸러기야. 겁도 없이 이런 데서 자고 있어?"

가슴이 덜컥 내려앉았다. 소유는 가는 숨을 멈추고 아이처럼 불안하게 중얼거렸다.

"…채윤?"

채윤은 이상하다는 듯 태연하게 고개를 갸웃했다.

"응? 왜?"

그의 손이 다가와 소유의 머리칼을 헤집었다. 소유는 어느새 말라있던 얼굴을 적시며 울음을 터뜨렸다.

"채윤아……!"

그녀가 돌아온 곳은 화주의 강가였다. 이곳을 몰라볼 수는 없었다.

진 어사의 집은 거짓말처럼 깨끗했고 모두가 소유의 기억 속 그대로 살아 움직이고 있었다. 점심식사 또한 소유가 그리워하던 그 모양새대로 정갈하게 차려져 있었다. 낙양이나 장안에서 봤던 것 같은 진수성찬은 아니었지만 부족함 없고 맛깔스러운 상이었다.

"정말 괜찮아?"

잠에서 깨자마자 한참을 엉엉 울어버렸기 때문일까, 채윤은 소유를 걱정스럽게 보며 아까부터 몇 번이나 괜찮은지 물어보았다. 소유는 부끄러워져 뺨을 붉히며 고개를 끄덕였다. 이렇게나 나이를 먹어놓고, 나쁜 꿈 때문에 채윤 앞에서 목놓아 울었다는 사실이 부끄러웠다. 아무리 그 꿈이 생생했다 해도.

"괜찮아. 신경 쓰지 마."

"난 네가 다 큰 줄 알았는데, 여전히 울보구나."

채윤은 그렇게 말하고 쿡쿡 웃었다. 소유는 부끄러워 괜히 짜증을 냈다.

"계속 놀릴 거야?"

"알았어, 미안해."

금방 손을 든 채윤은 부드러운 미소를 지었다. 소유는 채윤의 얼굴을 새삼 빤히 보았다. 꿈에서 막 깼을 때는 자기 전에 있었던 모든 일이 다 사실이라고만 생각했기 때문에 채윤이 살아서 함께 있음을 믿기가 어려웠다. 하지만 이렇게 하늘은 맑고 바람은 향긋한데, 정말 그녀가 기억하는 모든 사건이 진실로 일어난 일이었을까? 그 모든 것이 악몽일 뿐이라면.

채윤은 소유에게서 눈을 떼고 아무렇지도 않게 시비에게 물었다.

"아버지는 어디 계세요, 장 씨 아주머니?"

"주인 어르신께선 아침에 출타하시고 아직 안 돌아오셨어요. 도련님과 아가씨가 먼저 식사를 드셔야 할 것 같아요."

두근, 하고 뱃속이 뒤집어지는 기분이 들었다. 끔찍한 기시감에 소유의 얼굴이 약간 창백해졌다. 채윤은 인상을 썼다.

"자주 출타하시고 한밤중에나 들어오시니⋯ 요즘 아버지가 많이 바쁘시네요."

"예에. 성주님께 무슨 일이 있으신가 봐요."

채윤의 표정이 살짝 일그러졌다. 두근, 두근. 소유는 저도 모르게 입을 열었다. 손이 떨렸다.

"아저씨는 그러면 또 관아에서 식사하시겠네. 내일부터는 우리가 아저씨께 점심을 좀 가져다 드릴까? 정성이 담긴 집 음식이 아무래도 낫지 않겠어?"

소유는 채윤이 입을 열기 전부터 그가 무슨 말을 할지 알고 있었다. 그는 소유의 눈앞에서 활짝 웃었다. 잊을 수 없는 그 웃음을.

"역시 우리 아버지 생각하는 건 너밖에 없구나?"

소유는 들고 있던 젓가락을 떨어뜨렸다. 장 씨 아주머니가 어이구, 하며 새 젓가락을 가져다주었다. 채윤은 그녀를 걱정스럽게 보았다.

"소유, 아까도 그렇고 너 이상하구나. 혹 몸이 안 좋은 건 아니니?"

"으응?"

소유는 퍼뜩 놀라 채윤의 눈을 보았다. 그의 눈은 천진했고 그녀와 함께 겪은, 혹은 그 혼자 겪은 모든 일의 흔적이라곤 티끌만치도 보이지 않았다. 그녀는 입술을 떨며 대답했다.

"아니야."

"어? 다쳤네?"

채윤은 갑자기 소유의 오른손을 덥석 잡았다. 작은 짐승에게 긁힌 것처럼 작고 붉고 짧은 흉터가 풀잎 모양으로 손등에 나 있었다. 언제 그렇게 다쳤는지 기억도 나지 않았다. 소유는 그런 사소한 것에 신경을 쓸 정신이 없어 오른손을 거두었다.

"신경 쓰지 마. 그보다……."

"어떻게 신경을 안 써."

채윤의 얼굴을 새삼 본 소유는 조금 놀랐다. 그의 얼굴은 그녀가 생각하기에 필요 이상으로 일그러져 있었다. 장 씨 아주머니는 다가와 소유의 손을 보더니 고개를 갸웃했다.

"어디가 말이어요, 도련님?"

"아니에요. 신경 쓰지 마세요."

전장에서 허무하게 말에 밟히고 돌에 맞아 죽는 병사의 시체를 한

두 번 본 것이 아니었다. 소유는 장 씨 아주머니를 물리치고 쓴웃음을 지었다. 두근, 두근, 두근.

그래, 정말로 꿈이었다면 벌써 잊었을 것이다.

식사를 마친 채윤은 장 씨 아주머니의 전언에 따라 윤 부관 댁에 풀색 꾸러미를 가져다주기로 했다. 소유는 심심하지도, 윤 부관의 집에 가고 싶지도 않았지만 혹시나 싶어 채윤을 따라갔다. 그러나 이전에 저잣거리에서 만났던 심연은 이번에는 보이지 않았다.

불안한 기분으로 골목에서 기다리는데 이전처럼 아이들이 나타났다. 소유는 아이들의 놀림이 이제 그녀에게 전혀 영향을 주지 않는다는 사실을 깨달았다. 사람들의 믿음이란 그렇게 알 수 없는 것이었다. 그녀의 진실을 화주 사람들은 평생 믿어주지 않았는데, 용궁 공주라는 터무니없는 말은 반군 전체가 당연한 듯 믿어주었다. 그런 신뢰를 받은 적이 있는 소유에게 이제 작은 아이들의 놀림은 정말로 아무렇지도 않게 느껴졌다.

놀림감이 시큰둥한 반응을 보이자 아이들은 질린 듯 그냥 다른 놀이를 찾아 떠나갔다. 이내 볼일을 마치고 나온 채윤이 소유와 합류했다.

저택에 돌아가는 길에 채윤은 그녀에게 조심스레 물었다.

"괜찮았어? 오늘은 아이들이 괴롭히지 않았어?"

"괜찮았어."

소유는 빙긋 웃어 보였다. 채윤이 기묘한 표정을 지었다.

"소유, 정말 무슨 일 있는 건 아니지?"

"응, 그럼. 왜 자꾸 묻니?"

"아니……."

한껏 햇살을 받은 채윤의 잘생긴 얼굴이 쓴웃음을 띠었다.

"네가 어쩐지 달라서."

그럴 것이다. 소유는 뭐라고 대답할지 고민하다가 그냥 싱거운 웃음을 지어 보이고 말았다.

"그러니? 난 잘 모르겠는데. 아, 요즘 주위에 마적 떼가 옮겨 왔다는 소문이 있더라. 아저씨한테 말씀드려서 몇 명이 밤에 깨어 있게 하는 게 좋을 것 같아."

"그래?"

초왕의 학정으로 인해 마적이 일어나는 것은 흔한 일이었다. 채윤은 걱정스러운 얼굴로 고개를 끄덕였다.

"알았어. 그렇게 하자."

"불!"

"불이야!"

"물 가져와!"

소유는 침상에서 눈을 뜨고 얼른 일어나 신발을 신었다. 그리고 화병에 있던 물로 소매를 적신 뒤 검을 잡고 방에서 뛰쳐나왔다.

사방이 온통 번쩍이는 주황색이었다. 매캐한 연기에 눈이 매웠다. 소유는 소매로 눈을 몇 번 닦아내고 침착하게 주위를 둘러보았다.

"채윤!"

불을 끄던 일꾼 중 하나가 갑자기 무너진 기둥 때문에 비명을 질렀다. 소유는 몸을 덜덜 떨었다. 똑같다. 그녀의 말대로 채윤이 하인 몇에게 경계 임무를 주는 것을 분명히 확인했는데도.

"채윤아!"

일단은 진 부관을 살려야 했다. 소유는 소리치며 주위를 뛰어다녔다. 발에 문득 걸리는 것이 있어 보니 장 씨 아주머니였다.

이미 마적 떼가 사람을 죽이고 있었다. 분노가 들끓었다. 소유는 검을 뽑아 쥐고 주위를 살폈다. 그때 누군가 그녀의 어깨를 잡았다.

"소유!"

채윤이 그을음 묻은 얼굴로 소유를 보며 서 있었다. 그는 장 씨 아주머니의 몸과 소유의 검을 보고 깜짝 놀란 듯 얼굴을 일그러트 렸다.

"다치진 않았어? 아주머니는 마적 떼한테 당한 거야?"

"그런 것 같아. 채윤아, 일단 너는 사람들하고 같이 있어. 아저씨는 내가 찾아볼게."

소유는 불길 때문에 기괴한 그림자가 진 채윤의 얼굴을 보고 간곡 하게 말했다. 그녀는 진 어사가 이미 죽었을지도 모른다는 사실을 알고 있었다. 하지만 그렇다고 포기할 수는 없었다. 그는 아버지처 럼 소유를 키워준 사람이었다.

"그게 무슨 소리야, 일단 너부터 피해. 성 밖 버드나무 통로에 가 있어."

채윤은 질겁한 얼굴로 고개를 저었다. 소유는 왼손으로 채윤의 어 깨를 꽉 잡았다.

"채윤아, 지금은 안전한 곳이 없어. 저들이 우리 비밀 통로를 알고 있어."

"뭐?"

채윤의 눈이 혼란으로 어두워졌다. 그는 창백한 얼굴로 물었다.

"네가 그걸 어떻게 알아?"

그녀가 이 모든 일을 이미 겪고 과거로 돌아온 것이라 해도 채윤 은 믿지 않을 것이다. 소유는 이 급한 상황에 그를 충분히 납득시킬 만큼 많은 말을 할 수 없다는 사실을 알았다.

"아까 마적끼리 그런 얘기 하는 걸 들었어. 그러니까 어서 가. 마적 떼에 대응할 수 있게 사람들을 모아!"

소유는 채윤을 두고 무작정 바깥채로 뛰쳐 들어갔다. 뒤에서 그가 부르는 목소리가 들렸지만 그녀는 자신이 들어가는 것이 효율적이라고 생각했기 때문에 반응하지 않았다. 채윤을, 소하를, 청운을, 그리고 나아가 경원과 백란과 월을 살리려고 여기로 돌아온 것 아닌가?

불타는 저택은 검은 연기가 자욱하고 샛노란 불길이 여기저기서 기둥과 벽을 삼켜 시계視界가 좋지 않았다. 소유는 젖은 소매로 입과 코를 틀어막고 주위를 살폈다. 금세 눈이 따가워졌다.

"아저씨!"

밤이니 진 부관도 침실에 있을 것이다. 소유는 일단 될 수 있는 대로 진 부관의 침실 쪽을 향해 달렸다. 눈앞에서 서까래가 떨어지고 기둥이 흔들렸다. 아니, 건물 전체가 일렁였다.

"아저씨!"

소유는 애달프게 진 부관을 불렀다. 대답은 없었다. 등줄기에 소름이 돋았다. 소유는 반사적으로 검을 들어 기분이 나쁜 쪽을 향해 휘둘렀다. 챙, 하고 날붙이끼리 부딪치는 소리가 났다.

"운이 좋았군."

복면을 쓴 남자가 혀를 찼다. 소유는 그의 칼에 피가 묻어 있는 것을 보고 몸을 떨었다. 그리고 분노에 차 검을 휘둘렀다. 전장에서 어느 정도 감이 단련되지 않았다면 아마 방금의 공격으로 죽었을 것이다. 챙!

"진 부관 아저씨는 어디에 있지?"

남자는 그녀의 검을 막아내고 놀란 눈치로 그녀를 살폈다.

"무예가 뛰어나군. 그놈들보다 낫다는 건 인정해주지."

"너 따위의 인정을 받으려고 수련한 게 아니다. 내 질문에 대답해."

소유의 서슬에 남자는 킬킬 웃기 시작했다. 그는 차가운 눈으로 말했다.

"어차피 뒈질 것, 알고 싶은 게 뭐 그리 많나?"

가까이서 벽 무너지는 소리가 들렸다. 소유는 문득 깨닫고 노성을 질렀다.

"네놈!"

마적 떼도 사람이니만큼, 진 부관과 같은 중요한 목표물을 확실히 제거한 다음이 아니면 감히 저택을 불태우려 들 생각은 안 했을 것이다. 채윤도 소유도 처음부터 너무 늦었던 것이다. 그녀의 얼굴을 보고 남자는 다시 웃었다.

"너무 떨 것 없다. 너도 금방 그자를 따라갈 테니. 너는 뭐냐? 그자가 딸처럼 키운다는 그 고아냐?"

"잘 아는구나."

슬퍼서라기보다는 눈이 매워 눈물이 났다. 가까이서 벽이 무너졌는지 와르르 하는 큰 소리가 났다. 남자는 약간 초조해진 기색으로 칼을 휘둘렀다.

"나도 슬슬 나가야겠구나. 죽어라!"

"내가 할 말이다!"

이 건물 안에 이제 살아 있는 사람이라곤 마적 떼 몇 외에는 소유밖에 없을 터였다. 그녀는 죽음을 각오하고 날카롭게 검을 마주 휘둘렀다. 여기서 죽기 위해 돌아온 것은 아니었지만 어쩔 수 없었다. 소하를 도와야 하는데, 소하를 만나야 하는데, 그런 것은 이제 그녀가 욕심낼 수 있는 일이 아닌 모양이었다.

"소유!"

그때 채윤의 목소리가 들려왔다. 그녀는 질겁했다. 이곳은 이제 너무 위험했다.

"오지 마, 채윤!"

"소유, 어디 있어?"

머리가 어지러워졌다. 시야가 너무 흐려 소유는 이제 거의 감에 의지해 싸우고 있었다. 남자의 무예는 소유보다 못했지만 그는 이런 상황에서도 싸울 수 있도록 훈련받은 듯 잘 버텨냈다.

그때 그들의 눈앞으로 기둥이 쓰러졌다.

"젠장."

남자는 제 옷자락에 불이 붙은 것을 보고 물주머니를 꺼내 제 몸을 적셨다. 도망치려는 것을 알고 소유는 노호했다.

"어딜!"

"몸이 둔해진 걸 보니 연기를 너무 마셨어. 넌 곧 뒈질 거다, 꼬마 계집애야."

분하지만 이대로 계속 여기 있으면 그의 말대로 될 터였다. 소유는 퇴로가 어디쯤 있을지 짐작해 보았다. 몸에서 힘이 풀렸다.

남자는 소유의 검이 느슨해진 틈을 타 그대로 달아났다. 곧 그의 모습은 어디서도 보이지 않게 되어버렸다. 채윤의 목소리가 멀리서 들렸다.

"소유!"

오지 마, 채윤.

그렇게 외치고 싶은데 목이 아파 소리가 나오지 않았다. 소유는 머리가 핑 돌아 그대로 바닥에 쓰러졌다. 목이 문득 시원해졌다.

누군가 손을 대고 있는 것 같았다. 소하가 보낸 사람이 이제야 온 것일까? 소유는 눈을 뜨려고 노력했지만 눈물과 연기로 흐려진 눈은 명확하게 주위를 분간하지 못했다. 다만 그녀의 앞에 있는 사람의 머리칼이 무척 길다는 것은 알 수 있었다.

"소하 님……."

그가 그리워 보는 환상일까. 소유는 저도 모르게 미소를 지었다. 다 끝이라면 죽기 전에는 그의 얼굴을 보고 싶었다. 비록 아무것도 이루지 못하고 새 삶이 다시 끝나버렸지만.

소하 님, 부디 보중하시길.

불길의 뜨거운 기운이 점점 그녀의 몸에서 잦아들었다. 죽어가고 있어서일까. 감각이 멀어지는 걸까? 한편으로는 이상하기도 했다. 저번에 죽었을 때는 이런 느낌이 아니었던 것이다……. 하지만 구체적으로 상황을 분석하기엔 너무 머리가 어지러웠다.

소유는 그대로 눈을 감았다. 몸이 점점 편안해졌다.

이마에 이슬이 떨어졌다.

차가운 감촉에 소유는 몸을 움찔하며 번뜩 깨어났다. 온몸이 욱신거리고 화끈했지만 몸 아래의 잔디와 그녀의 몸을 덮은 넓은 이파리 따위의 감촉은 선명했다.

몸을 일으키려다 말고 그녀는 으, 하고 신음했다. 더듬거리며 급히 찾은 검은 다행히 그녀의 허리춤에 잘 놓여 있었다. 머리가 아팠다. 목도 욱신거렸다.

"아, 아, 으흠."

다행히 목을 가다듬어 보니 목소리는 잘 나오는 것 같았다. 소유는 일어나 주위를 둘러보았다. 그녀의 몸 아래에는 누울 때 등이 배기거나 찬 기운에 몸이 상하지 않도록 풀이 잔뜩 쌓여 있었다. 밤새 이불처럼 몸을 덮은 넓은 이파리는 강가에나 가야 구할 수 있는 것들이었다. 그녀는 자신이 있는 곳이 화주 근교의 익숙한 숲이라는 것을 알아보았다. 필경 누군가 그녀를 일부러 여기 데려다놓고 나뭇잎까지 덮어주고 간 것 같았다.

새 우는 소리와 바람에 수풀 버석이는 소리는 들렸지만 인기척은 없었다. 소유는 옷차림을 정돈하고 근처의 개울가로 갔다. 그리고 물을 마시고 얼굴을 비춰 보았다. 물이 넘어갈 때마다 목이 아팠다.

개울에 비친 얼굴은 검댕 때문에 이상했다.

그래도 살기는 산 모양이었다. 소유는 얼굴을 씻고 마을로 내려갈 준비를 했다. 생각해 보면 저번에 그녀가 아무렇지도 않게 저자를 활보한 것은 상당한 위험을 무릅쓴 일이었다. 이번에는 몰래 내려가 마을 아이들을 붙잡고 상황을 알아보는 쪽이 좋을 것 같았다.

화주 성내는 경계가 특별히 삼엄하지는 않았지만 분위기가 뒤숭숭했다. 사람들은 저마다 수군거리며 성의 병사들을 이상하게 쳐다보았다. 소유는 사람들의 눈에 띄지 않기 위해 최대한 눈에 띄지 않는 길을 따라 성 외곽의 초가집으로 갔다. 머리가 짱구인 윤도네 집이었다.

"계십니까?"

닭 두어 마리와 병아리가 뛰노는 윤도네 마당에는 윤도네 어머니와 윤도 본인이 있었다. 병아리에게 모이를 주던 윤도는 소유를 보자마자 깜짝 놀라 일어섰다.

"뭐, 뭐야, 너!"

"소유야!"

평소에도 소유를 절대로 반기지 않았던 윤도네 어머니는 처음으로 그녀를 반기며 다가왔다. 소유는 그 표정에서 이미 상황을 짐작하고 침울한 기분이 되었다. 채윤의 아버지를 구하지 못했다. 다 알고 있었는데도, 충분히 적극적으로 행동하지 않았기 때문이었다.

"너는 살았구나. 다 죽은 줄 알았더니, 응. 역시."

자기 어머니가 눈물짓는 걸 보고 윤도도 슬금슬금 다가와 고개를 쳐들고 물었다.

"채윤은?"

"나도 몰라. 마적하고 싸우다가 정신을 잃었는데 깨어나보니 다 끝난 다음이었어."

채윤에 대해 묻는 것을 보니 다행히 이번에도 채윤은 죽지 않은 모양이었다. 윤도는 시무룩해졌다. 소유는 주위를 둘러보고 윤도네 어머니에게 속삭였다.

"주위에 마적의 잔당이 남아 있을지도 모르니까 집에 들어가서 말씀드려도 될까요?"

"그래, 그러자. 항상 조심해야지. 그 좋으신 진 부관 나으리 댁에 이런 일이 생길 줄 누가 알았겠어."

윤도네 어머니는 코까지 훌쩍였다. 소유는 수상하지 않을 정도의 속도를 유지하기 위해 노력하며 윤도네 초가집의 작은 방에 들어갔다. 윤도도 신발을 벗는 둥 마는 둥 쪼르르 쫓아 들어왔다. 호기심 가득하고 겁먹은 얼굴이었다.

일단 물 한 잔을 내준 윤도네 어머니는 눈물을 겨우 닦고 소유에게 물었다.

"그래, 너라도 살았으니 다행이다. 어떻게 된 거니? 정말 마적의 소행이니?"

일주일이 아닌 그저께 일어난 일인데도 이미 화주 사람들은 의심을 하고 있었다. 소유는 다행이라고 생각하며 목소리를 낮췄다.

"아주머니, 제가 지금부터 하는 말 다 비밀이에요. 아시죠?"

"으응? 그래, 응."

윤도네 어머니는 충격 받고 겁먹은 얼굴로 고개를 끄덕였다. 윤도가 그새를 못 참고 지껄였다.

"뭐야, 무슨 비밀인데?"

"너도 비밀이다."

소유는 윤도의 입을 엄히 단속했다. 윤도는 입을 꼭 다물고 고개를 끄덕였다. 그녀는 주위를 한 번 둘러보고 나서 낮고 빠르게 털어놓았다. 자다가 일어나 보니 불이 나고 사람들이 죽어가고 있었던 것,

성주와 진 부관, 채윤, 그리고 그녀 자신만 알고 있었던 비밀 통로를 이미 마적들이 알고 있었다는 것, 실은 요즘 수상한 사람들이 오가기는 했다는 것, 그리고 마적들이 이상하게도 채윤과 진 부관을 입에 올리며 노리고 있었다는 것…….

영악한 윤도처럼 윤도네 어머니도 눈치가 빨랐다. 윤도네 어머니는 소유가 입에 올리지는 않았지만 말하고자 했던 것을 단숨에 이해한 듯 손으로 입을 막았다.

"그럼… 그럼 성주님이 그러셨구먼?"

"저는 몰라요. 성주님이 그러셨다는 증거도 없고, 누가 성주님 얘기를 하지도 않았어요. 하지만 나쁜 생각이 자꾸 들어요."

소유는 진심으로 쓸쓸한 얼굴을 했다. 모든 일의 원인은 초왕이었지만 성주가 제가 신뢰하던 부관을 처참하게 배반한 것 또한 사실이었다. 소하가 미리 알고 사람을 보냈으니 그나마 채윤이라도 살았던 것이 아닌가.

윤도네 어머니는 잠시 후 소유의 손을 꼭 잡았다. 화주 사람들에게 그렇게 다정한 대접을 받아본 적이 없는 소유는 움찔하며 몸을 굳혔다가 천천히 긴장을 풀었다. 윤도네 어머니는 진심으로 동정하는 눈으로 말했다.

"네가 마음을 굳게 먹어라, 소유야. 누가 나쁜 짓을 했건 그거야 아무도 본 사람도 없고 증거도 없는 거 아니냐. 그래도 네가 이렇게 살았으니 하늘이 도우셨다 생각하고 열심히 살아."

"예, 아주머니."

소유는 약간 훌쩍거렸다. 윤도가 벌떡 일어났다.

"그럼 성주님이 채윤을 유괴한 거 아닐까?"

"아야, 입 조심해라."

윤도네 어머니는 창백한 얼굴로 아이의 입을 틀어막았다. 소유는 침착하게 윤도를 다짐시켰다.

"너 어디 가서 절대로 그런 말 하지 마. 마적 떼 뒤에 성주님이 계신 게 아니면 성주님이 얼마나 속상하시겠어."

"성주님이 그랬다며?"

"내가 언제? 절대로 그런 뜻 아니니까 행여라도 어디 가서 이상한 소리 하면 경을 칠 거야. 입조심, 무조건 입조심해라."

윤도는 인상을 쓰며 입을 꼭 다물었다. 윤도네 어머니는 조금 불안해진 듯 소유를 보았다.

"그래, 그럼 앞으로 어떻게 할 거니? 갈 곳은 있구?"

괜히 윤도의 집에도 불행을 끌어들일 필요는 없었고, 소유가 이 집을 일부러 찾아온 데는 물론 이유가 있었다. 소유는 넙죽 절했다.

"소유야, 왜 이러니?"

윤도네 어머니는 더 불안해진 얼굴로 얼른 소유를 말렸다. 소유는 며칠 전 준비한 뒤 몸에서 떼지 않고 있던 패물 주머니를 꺼내 윤도네 어머니에게 내밀었다.

"이게 제가 가지고 있는 것 전부예요, 아주머니. 저 낙양에 가려고 해요. 낙양이 채윤이 외가니까 거기 가면 혹시 채윤이가 올지도 몰라요. 그리고 낙양성 성주님 아드님이 채윤이와 막역한 사이니까 행방을 찾아달라고 할 거예요. 그런데 그러려면 타고 갈 말이 있어야 해요."

"어이구, 어이구."

윤도네 어머니는 패물 주머니를 펼쳐 보고 입을 벌렸다.

"말을 빌려달라구? 우리 집엔 말이 한 마리밖에 없어야. 저기 황씨네 같은 데 가면 여러 마리 있을 텐데 그럼 거기 가지 않구."

"제가 살아 있다는 말이 널리 퍼지면 다칠까봐, 그게 무서워요."

"그래, 그래. 잠깐만 있어 봐라. 내가 가서 빌려올게."

윤도네 어머니는 소유를 안쓰럽게 보고 나서 밖에 나갈 채비를 했다. 그리고 윤도에게 다른 데 가지 말고 집 안에 있으라고 단단히 일러둔 다음 돈을 들고 출타했다.

둘만 남은 방에서 윤도는 기운 없이 말했다.

"…그동안 놀려서 미안해."

"됐어."

아, 이 아이들마저 얼마나 반가웠는지. 칼과 창을 들고 달려드는 적군에 비하면 이런 것은 아무것도 아니었다. 소유는 담담하게 대답하고 미소 지었다. 윤도는 부아가 치민 모양이었다.

"그렇게 아무렇지도 않아?"

"아무렇게 생각할 기운이 없단다."

윤도는 도로 풀이 죽었다. 잠시 후 톡톡 하고 문살 두드리는 소리가 들렸다. 소유는 긴장했고 윤도는 짐짓 아무렇지도 않은 체 짜랑짜랑하게 물었다.

"누구야?"

"나야. 거기 소유 있어?"

주근깨 난영이의 목소리였다. 윤도는 소유에게 의견을 묻듯 시선을 보냈다. 소유는 선선히 고개를 끄덕였다.

윤도는 무릎걸음으로 재빨리 문에 다가가 슬쩍 난영이를 안에 들였다. 난영이는 소유의 얼굴을 보자마자 아 하고 새된 비명을 질렀다. 방에 기어들어오는 난영이의 동작은 민첩하기가 윤도에게 비할 바가 아니었다.

"너 진짜 살아 있었구나! 어디 있었어!"

"나도 잘 몰라. 싸우다 기절했는데 깨어보니까 살아 있었어."

"에유, 쯧쯧쯧."

난영이는 제법 어른처럼 혀를 찼다.

"다 죽었대서 내가 얼마나 놀랬는지 알아? 우리 아부지부터 어른들이 다 너네 집을 뒤졌는데. 어디 있다 이제 왔어?"

"잘 모른대."

나름대로 소유를 배려하려는 것인지 윤도가 나서서 말했다. 난영이는 소유를 기묘한 얼굴로 보았다. 소유는 쓴웃음을 지었다.

"그럼 어디서 살아? 성주님이 장례비도 다 내신다는데, 성주님한테 말씀드려서 관사에 살면 안 돼?"

난영이는 단지 구두쇠이기만 한 것이 아니라 어른들의 자금 사정 따위에도 밝았다. 소유는 고개를 저었다.

"나 채윤이 찾으러 갈 거야. 채윤이는 살아 있을지도 몰라."

"정말?"

채윤의 소식을 들은 난영이의 얼굴은 아까 소유를 봤을 때와는 비교도 안 되게 확 밝아졌다. 이 아이들은 채윤을 정말로 좋아했던 것이다. 소유는 채윤을 따라다니며 함께 놀자고 조르던 동네 아이들의 더 어린 시절을 떠올리며 난영이의 입가에 검지를 댔다.

"비밀이다. 어른들한테 절대 말하지 마. 너희 둘만 알아. 안 그럼 마적 떼가 나타나서 너희를 잡아갈지도 몰라."

아이들은 금세 울상을 지었다. 이 아이들이 괜히 말려들어 곤욕을 치르게 하고 싶지는 않았다. 소유는 과연 지난번에는 아이들이 어른들에게 괜한 소리를 하지 않았을지, 만약 그랬다면 성주가 혹 아이들을 해치기라도 하지 않았을지 느지막하게나마 걱정했다. 어떤 일이 있었든 이렇게 돌이킬 수 있어 다행이었다.

윤도네 어머니는 잠시 후 제법 영리해 보이는 말을 끌고 돌아왔다. 난영이는 잽싸게 자기 집으로 돌아갔고 윤도는 잘 관리된 부잣집 말의 모습에 입을 헤 벌렸다.

"그러잖아도 세금 때문에 돈이 급했나 봐. 싸게 빌려주더라."

지난번에 함께 여행하며 정이 들었던 윤도네 말을 이번에는 타지 못한다는 것은 아쉬웠지만 이쪽이 이 집을 위해서도 나았다. 소유는 사정을 둘러대고 말 값을 흥정하느라 고생했을 윤도네 어머니에게 깊이 고개 숙여 인사했다.

"감사합니다, 아주머니."

"항상 우리가 고마웠지. 우리 말도 세금 못 내서 끌려갈 뻔한 걸 진 부관 나으리가 도와주셔서 이렇게 먹고 사는 건데."

윤도네 어머니는 어두운 얼굴로 한숨을 쉬었다. 성주는 화주 사람들에게 나쁘게 구는 지방관은 아니었지만 나라에서 물린 세금이 원체 무거운 것은 하는 수 없었다.

"저 가요. 나중에 누가 물어봐도 다 모른다고 하세요."

소하는 왕이 되어야 했다. 비단 목숨이 걸린 일이 아니라 하더라도, 초왕을 그 자리에 그냥 둘 수는 없었다. 소유는 말에 올라탔다. 윤도네 어머니는 급히 부엌으로 들어가더니 찐 감자와 식은 밥 두 덩이를 들고 나와 보퉁이에 쌌다. 그리고 그것을 소유의 허리에 매 주었다.

"먼 길 가는데 내가 해줄 게 이것밖에 없구나. 길 조심하고 잘 다녀 오너라."

여자 어른에게 이렇게 배웅을 받아본 것은 처음이었다. 소유는 어쩐지 코끝이 시큰해졌다. 그녀는 고개를 세게 끄덕였다.

"예, 아주머니. 채윤이 찾아서 데려올게요."

"그래라."

윤도네 어머니는 고개를 끄덕이며 소유를 마지막으로 안쓰러운 눈으로 보았다.

마당에 오래 나와 있으면 괜한 소문이 날 위험이 있었다. 소유는 말의 배를 살짝 차 신호했다.

"가자."

말은 푸르륵거리며 걸음을 옮겼다.

낙양으로 가는 길은 두 번째이기도 했고, 그간 모르는 땅을 수없이 이동해본 덕에 소유는 손쉽게 목적지에 도착할 수 있었다. 빌려온 말은 날렵하고 영리했으며 길에서 나오는 산적은 소유의 상대가 되지 않았다. 중간에 윤도네 어머니가 준 음식이 허기를 달래주어 노자를 절약할 수도 있었다.

이전에 묵었던 객잔에 자리를 잡은 소유는 대강 먼지를 씻어낸 다음 명월각으로 향했다. 눈이 돌아간다고 생각하며 넋을 잃었던 지난번과 달리 이번에 명월각의 호화찬란한 장식은 소유의 관심을 끌지 못했다. 분명히 화사하기는 했지만 다미국의 울긋불긋한 장식이나 설궁의 고상한 생활을 보고 나니 전만큼 감명 깊게 느껴지지는 않았던 것이다.

월은 지난번과 같은 고루에서 비슷한 친구들과 함께 술을 마시고 있었다. 아무래도 그 방을 자주 이용하는 모양이었다. 소유는 낙양에서 내로라하는 기녀들에게 둘러싸인 그를 한심하게 보았다. 그녀가 생각하기에 그는 이러고 있을 때가 아니었다.

"뉘신가?"

오늘은 시 짓기 대회가 아닌지 지필묵이 없었다. 소유는 월의 앞에 털썩 앉았다. 낙양 삼기三妓가 불쾌한 얼굴로 하인들에게 눈짓했지만 월은 재밌다는 듯 소유에게 말을 걸었다. 소유는 턱을 들고 말했다.

"소녀 화주 촌구석에서 월 공자의 위명을 듣고 한 수 배우고자 이리 왔습니다. 제가 공자의 마음에 드는 시를 읊는다면 공자의 하룻밤을 제게 내주시지 않겠습니까?"

"당돌한 낭자로군."

'화주'라는 단어에서 월의 눈썹이 살짝 움직인 것을 소유는 놓치지 않았다. 매향이 쌀쌀맞게 물었다.

"예는 낭자 같은 분이 함부로 드나들 곳이 아닌데 어찌 우리의 흥을 깹니까?"

소유는 빙긋 웃었다.

"이름 높은 낙양의 홍랑 앞에서 이런 말을 하기 민망하나, 소녀가 가지 못하는 곳은 없습니다."

지금은 가지 못하는 곳도 마침내는 자유로이 들어갈 수 있도록 할 것이다. 월은 나른하게 내리떴던 눈을 반쯤 들어 소유에게 말했다.

"내 하룻밤을 사 낭자가 할 일이 뭔가? 혼인도 하지 않은 규중처자 같은데."

"남녀가 밤에 할 일을 제게 물으십니까?"

소유는 둘러대기 위해 놀리듯 말하고 대차게 웃었다. 월은 놀란 듯 눈을 동그랗게 떴다가 쿡쿡 웃었다.

초라한 시골 옷에 검 하나 찬 소녀가 뭘 믿고 그렇게 당당한지, 고루에 있던 남자들부터 시작해 끝내는 낙양 삼기도 재미있어하는 표정이 되었다. 설화는 손톱 끝에 붉은 물을 들인 섬섬옥수를 들어 동기童伎를 불렀다.

"얘, 삼월아. 지필묵을 가져오렴."

"아닙니다. 그리하실 필요 없습니다."

소유는 고개를 저었다. 그리고 숨 한 번 고르지 않고 시를 읊었다.

벚꽃의 계절인데

아직 벚꽃의 계절인데

낙양 도도한 강물에

붉은 단풍잎 흐르는가

꽃 같은 젊은이들
달빛에 취해
붉은 비단 등 아래
무얼 하는지

촌사람 누각에 올라
혼자 헤매네
금쟁반 옥술잔이
고향에는 없었네

낙양 삼기는 '그다지 대단할 것도 없고 계절에도 맞지 않는데'라
는 표정을 지었다. 월에게 전달되길 바라며 일부러 통속적인 어구를
많이 사용한 것이므로 소유는 자존심 상해하지 않았다. 월의 표정은
읽을 수 없이 평온하고 장난스러웠다.

그는 이내 아무렇지도 않은 얼굴로 일어섰다.

"오늘 밤은 내가 잡혔으니 자리를 여기서 마쳐야겠군."

도련님, 자네 이러긴가, 하고 자리의 모든 사람이 불평하거나 아
쉬워했다. 소유를 희한하게 보는 사람들의 시선을 그녀는 완전히 무
시하고 일어섰다. 그녀는 이번에는 월이 장난을 치지 못하도록 빙긋
미소 지으며 말했다.

"먼저 들어가시거든 소녀가 도련님 댁을 찾아뵙겠사옵니다."

"정말로 찾아왔네?"

소유가 뒷문을 두드렸을 때 하녀는 이상한 얼굴을 하면서도 그녀

를 순순히 들여보내주었다. 안내받은 방에서 월은 기묘한 표정으로 소유를 쳐다보았다. 소유는 의자에 편안히 앉아 말했다.

"다 아는 방법이 있지."

월은 차갑고 아름답게 씩 웃었다.

"너는 뭐냐? 화주에 변고가 생겼다는 소문은 어렴풋이 들었지. 하지만 나처럼 아무 쓸모도 없는 한량을 찔러봐도 아무것도 나오지 않을 텐데."

비록 두 번째였고 채윤이 살아 있다는 사실을 알고 있었지만 월에게 이 소식을 전하기는 망설여졌다. 월에게 도움을 얻기 위해서는 일단 채윤이 어디 있는지 모르는 척해야 한다는 판단이 섰기 때문에 더 그랬다. 소유는 허리를 똑바로 세우고 자신을 소개했다.

"나는 양소유야. 채윤의 집에서 더부살이하던."

"화주에서 날 찾아올 사람이라곤 채윤의 지인뿐일 테니 짐작은 했지만."

월은 가늘고 붉은 입술을 당기며 소유의 눈을 똑바로 들여다보았다. 소유는 그가 한순간 대단히 예리한 눈빛을 보인 것을 놓치지 않았다.

월이 영리한 것은 안다. 하지만 이런 눈빛을 보일 줄 아는 사람이었던가? 소유는 내심 놀라 월을 마주 보았고 그는 부채로 자신의 입을 가렸다. 빼어난 솜씨로 그려진 그림과 힘찬 글씨가 들어간 예술품이었다.

"내가 채윤에게 듣던 것과는 좀 다른데."

그야 그럴 것이다. 소유는 쓴웃음을 지으며 대답을 이미 아는 질문을 했다.

"채윤에게는 나에 대해 어떤 말을 들었는데?"

"못생기고 눈치가 없다더군. 게다가 목소리는 어찌나 큰지 틈만 나면 종알거리며 불평을 해대 귀가 따가울 지경인데 남의 속도 모르고 온종일 늘어진 엿가락처럼 들러붙어 있으니, 이래서야 여자 손목 한 번 못 잡아보고 노총각으로 늙어 죽을 것 같다며 한탄하던걸. 그뿐이야? 성질이 드세기로는 천인국 제일이라 말싸움으로든 드잡이질로든 어려서부터 당할 사람이 없다던가.”

다시 들어도 월이 꾸며낸 말은 황당하기 그지없었다. 소유는 그만 웃고 말았다. 월은 한쪽 눈썹을 들었다.

“왜?”

“만약 내가 당신에게, 채윤이 당신이 아주 나쁜 사람이고 상종할 가치가 없다고 말하고 다닌다면 믿겠어?”

“채윤이 그럴 리 없잖아.”

“그것 봐.”

월은 소유가 또 웃자 미간을 좁혔다가 저도 매끈한 미소를 지었다.

“내가 큰 실례를 저질렀군. 사과하지, 채윤의 공주님.”

그는 다시 만나도 공주님이라는 말을 썼다. 소유는 그것이 신기해 잠시 월의 눈을 보았다. 그녀는 흥미 본위로 물었다.

“채윤에게 듣던 것과는 다르다니, 어떻게 다른데?”

월은 우아한 손등에 제 턱을 살짝 얹었다. 풍성한 속눈썹 너머로 눈이 장난스럽게 반짝였다.

“생각보다 미인이야.”

농담인지 아닌지 알 수 없었다. 그는 항상 그랬다. 소유는 심드렁해졌다.

“당신의 상상력으로는 생각도 못 해봤을 만큼 미인이라는 칭찬으로 받아들일게. 이제 본론을 얘기해도 돼?”

“해봐.”

소유는 진지하게 그간 화주에서 그녀가 겪은 일을 털어놓았다. 부모님의 부재로 진 부관의 집에서 자라난 것, 요즈음 진 부관의 집에 수상한 남자들이 드나들었던 것, 밤중에 눈을 떠보니 집이 불타고 있었다는 것, 곡도를 쓰는 남자들이 진 부관을 찾고 있었던 것, 남자들과 싸우다 채윤의 목소리를 들은 직후 정신을 잃은 것, 돌아와 보니 모두가 죽었다는 소문이 퍼져 있었던 것, 하지만 채윤은 살아 있을 것 같다는 것, 그래서 채윤이 항상 큰일이 생기면 그러라고 했던 대로 월을 찾아왔다는 것.

월은 소유가 정신을 잃었다가 무사히 깨어났다는 부분이 마뜩찮은 눈치였고 소유도 마찬가지였다. 그날 밤 소유를 무사히 다른 곳으로 데려다 놓을 만한 사람은 옥현밖에 없었다. 하지만 그럴 거면 소유도 채윤과 함께 데려가면 그만이지, 뭣 하러 산 속에 누여놓고 가버린단 말인가? 사람 차별하는 건가?

아무튼 그 부분은 나중에 옥현을 잡고 따져 물으면 될 일이었고, 지금 중요한 것은 월을 설득하는 것이었다. 월은 소유를 찬찬히 보다가 눈을 감았다.

"거짓말을 하는 것 같지는 않네. 거짓말을 할 성품으로 보이지도 않고. 화주성의 변고가 채윤네 집과 관련이 있을 줄은 몰랐어."

"나도 설마 우리 집에 이런 일이 생길 줄은 몰랐어. 대체 우리 비밀 통로를 마적들이 어떻게 알았을까?"

소유가 한 대부분의 말은 사실이었지만 그중에는 월에게 몇 가지 힌트를 주기 위한 거짓말도 섞여 있었다. 특히 마적 떼가 비밀 통로에 대해 떠드는 것을 들었다는 말은 새빨간 거짓말이었다. 하지만 이미 채윤에게 한 번 해보아서 그런지 소유는 아무렇지도 않게 그 이야기를 물고 늘어졌다. 월은 생각하는 눈을 했다.

"너, 채윤, 진 부관 아저씨, 그리고 화주성 성주님만 아는 통로였다는 게 확실해? 다른 가솔이 알았을 가능성은?"

"내가 아는 한에는 없지만, 뭐 모르지."

소유는 의심받지 않기 위해 가능성을 열어놓는 대답을 했지만 그 목소리에 담긴 짙은 의심을 월도 알았을 터였다. 그는 소유를 잠시 보다가 눈을 내리깔고 픽 웃었다. 소유는 월이, 그녀가 그에게 주려고 했던 모든 암시를 이해했음을 알았다.

"평생 화주 땅에서 나온 적이 없다면서 말을 빌려 여기까지 오고, 오자마자 명월각에서 사내의 하룻밤을 사다니 대단해. 세상 물정 모르는 공주님일 줄 알았는데."

소유는 약간 울컥했다. 이전이라면 몰라도 지금에 이르러선 그녀는 자신이 월보다 훨씬 세상 물정을 잘 안다고 생각했던 것이다.

"그래서 공주님이라고 부른 거야?"

월은 눈을 휘며 짓궂게 웃었다.

"아니. 눈이 부시게 아름다워서 그만 하늘나라 공주님이신 줄 알았지 뭐야."

이건 확실히 농담인 것 같았다. 소유는 월을 한심한 눈초리로 보며 말했다.

"아무튼 당신도 채윤을 아낄 테니까, 채윤을 봐서 그 애를 좀 찾아 줬으면 좋겠어. 그래 줄 수 있을까?"

"알았어. 채윤의 일은 내 일이나 마찬가지니까."

오래된 질투심이 불쑥 고개를 들었다. 소유는 월과 채윤이 서로를 아낀다는 사실을 부정하지 않았다. 하지만 만약 채윤의 일을 자기 일과 다름없이 여기는 사람이 있다면 그 첫 순위는 자신이어야 한다고 생각했다. 그러나 그녀는 입술만 살짝 비죽이고 말았다.

"그럼 부탁할게. 한동안 낙양에 있을 테니까 혹시 소식 들어오면 전해줄 수 있을까?"

"그거야 당연하지만, 어디 있을 건데? 낙양에 객잔은 잡았어?"

"응. 아주 친절하고 낙양 토박이인 주인 아저씨가 있는 곳으로 잡았어."

"주인이 아무리 친절하든, 네가 날 찾아왔는데 객잔에 묵게 했다면 나중에 채윤이 날 가만두지 않을 거야."

월은 빙긋 웃었다.

"여기 머물러. 안채가 비었으니 널 불편하게 할 사람은 없어."

소유는 고개를 저었다. 물론 월의 집에 있으면 돈이 절약되긴 하겠지만 집주인인 월이 불편할 테고, 무엇보다 소하에게 미안한 마음이 들었다. 지금의 소하에게는 상관없는 일이라는 생각이 꼬리를 물며 가슴이 아파졌다.

"혼삿길 막혀."

월은 유쾌하게 웃었다.

"이런, 내 나름대로 친절을 발휘했는데 그렇게 받으면 섭섭하잖아? 혼기 찬 처자가 혼자 객잔에 오래 묵는 것도 혼삿길 막히는 일이기는 마찬가지야. 그러지 말고 여기 머물러. 아니면."

그의 표정이 한순간 은근하게 변했다.

"내 방에 머물라고 한 게 아니라 그래? 맞아. 오늘 밤엔 남녀가 밤에 하는 일을 하기로 했지?"

소유는 월에게 눈을 흘기며 똑같이 은근하게 속삭였다.

"정혼자가 아닌 남녀가 밤에 하는 일은 각자의 방에서 얌전히 자는 거야. 잘 알았고 고마워."

하긴 월을 설득하든 다른 어떤 방법으로든 낙양이 자경국에 대한 경계를 강화하게 하려면 일반 객잔보다는 월의 집에 머무는 편이 나을 것 같았다. 소유는 가슴 한구석으로는 씁쓸해하면서도 그의 제안을 받아들이기로 했다.

다음 날 아침, 소유는 새 지저귐이 햇살과 함께 쏟아지는 방에서 깨어났다. 혹시나 하는 기대를 품고 정원을 거닐어보았지만 백란은 없었다. 항상 월의 집에 와 있는 것이 아니라 그날만 월이 보고 싶어서 찾아왔던 모양이었다.

설궁에 익숙해진 소유가 보기에는 지나치게 화려하다는 생각이 들기는 했지만, 월의 정원은 그 점을 제외하고는 대단히 훌륭했다. 기화요초뿐 아니라 고결하고 강인해 책에서 훌륭하다고들 하는 화초가 정갈하게 구석구석 자라 있었다. 또 물의 도시에 있는 저택답게 집 안에 흐르는 냇물이 맑고 도도했다.

빛깔 곱고 작은 새들이 방울처럼 맑게 지저귀며 날았지만 그들은 소유에게 다가오지는 않았다. 백란이 있었다면 그들을 가까이에서 볼 수 있었을까? 그녀는 아쉬움을 느꼈다. 백란의 사랑스러운 미소 또한 못내 그리웠다. 이번에도 백란과 함께 장안까지 갈 수 있을까? 뚜르가이는 벌써 채윤의 소식을 가지고 있을까.

만약 뚜르가이가 월에게 수상한 자들이 장안 방향으로 갔다는 소식을 오늘이라도 전해준다면 소유는 태도를 결정해야 했다. 낙양에 조금 더 머무르며 월에게 자경국의 침입을 조심하도록 설득할 증거를 찾아낼지, 아니면 우선은 장안으로 간 다음 백란이 자경국에 무사히 다녀올 수 있도록 수를 강구할지. 지난번에는 낙양과 자경국 왕궁, 두 곳 모두가 무너지며 소하가 돌이킬 수 없는 피해를 입었다.

자경국이 낙양을 점령한 핑계는 자경국 왕궁으로 낙양이 간자를 보냈다는 것이었으니 백란이 증거를 남기지 않고 빨리 자경국 왕궁을 탈출한다면 자경국의 움직임이 조금은 느려질지도 몰랐다. 하지만 자경국의 진짜 노림수는 초왕 부부를 돕는 것이었고 오랫동안 원수였던 진해국을 칠 핑계는 뭐라도 족할 터였다. 결국 월은 낙양에서, 그리고 백란은 자경국의 왕궁에서 둘 다 제 일을 기민하고 완전하게 해내는 수밖에 없었다.

다만 문제는 순서였다. 소유는 어느 쪽이 더 중요할지, 그리고 자신이 할 수 있는 것은 무엇일지 고민하며 살구나무 아래의 너른 바위에 앉았다. 따뜻한 햇살을 받으며 눈부시게 아름다운 꽃을 보다 보니 갑자기 무척 우울해졌다. 소하라면 어떻게 해야 할지 알았을 것이다. 백란과 월 모두가 잘해낼 수 있는 신비한 방도를 주었을 것이다.

하지만 지금 소하는 소유의 곁에 없었고 덤으로 그녀를 모르기까지 했다. 소유는 제 손을 허공에서 그러쥐었다. 소하의 손이 잡고 싶었다. 그의 가슴을 끌어안을 때의 온기가 고팠다.

찌찌찌찌찌. 푸른 가슴을 가진 어여쁜 새가 지저귀며 옆 나무로 날아갔다. 풀 밟는 소리가 들렸다.

"어제는 용감해 보이더니."

가볍고 우아한 발걸음 끝에 월은 소유의 앞에 서서 말했다. 그녀는 천천히 일어섰다.

"나는 항상 용감해."

"그거 대단한데."

월은 눈을 휘며 매혹적으로 웃었다. 소유는 마음이 복잡해 잠시 그를 바라보았다. 월은 외출하고 오는 길인지 멋진 옷을 입고 있었다.

"왜? 아침부터 내가 너무 늠름해 새삼 반했어?"

"아침부터 흰소리 하려면 머리 안 아파?"

월은 가볍게 웃음을 터뜨렸다. 예전에야 함께 여행한 사이라지만 지금은 어제 갓 만난 사이에 불과한데도 그는 전혀 기분 나빠 하는 기색이 없었다. 오히려 유쾌해 보인다면 모를까. 이 태도는 그가 채윤을 얼마나 아끼는지 보여주는 증거일까?

소유는 한숨을 참으며 물었다.

"나가는 길이야? 아니면 들어오는 길이야?"

"어느 쪽일 것 같아?"

"들어오는 길이니 내게 와서 말을 걸었겠지. 채윤이 소식을 알아보고 오는 길이야?"

월은 이번에는 진심으로 감탄한 기색을 잠시 내보였다. 소유는 아무렇지도 않게 빙긋 웃었다. 그런 줄 당연히 짐작했다. 지난번에도 그는 아침 일찍부터 온 사방에 채윤의 소식을 묻고 결국은 뚜르가이를 데려와주지 않았나.

"내가 그렇게 성실해 보여?"

"일부러 불성실한 척하지 않아도 이미 불성실해 보이니까 걱정하지 마. 나는 당신을 믿는 채윤을 믿는 거니까."

소유와 월은 거의 동시에 빙긋 웃었다. 소유는 월에게 너무 심한 말을 한 것은 아닌지 잠시 고민했지만 곧 그 걱정을 깨끗이 씻어버렸다. 월이 평소 그녀에게 하는 농담의 파렴치함을 생각한다면 이 정도는 약과였다.

월은 우아하게 제 턱을 만졌다.

"놀랍도록 나를 잘 아는데? 꼭 나와 직접 교우를 나눠본 사람처럼 말하는군."

"글쎄, 어떨까?"

소유는 약간 재미있어졌다. 월이 아무리 머리를 짜내봐야 그와 소유의 접점 따위는 나오지 않을 것이다. 그녀는 '네가 죽은 과거에서 너를 살리기 위해 돌아왔다' 같은 말도 물론 할 생각이 없었다. 그런 말을 해봤자 기대할 수 있는 반응은 '그래, 알았어. 일단 의원을 부르자' 정도 아닐까?

월은 그녀가 자신을 놀리고 있음을 알고 살짝 이맛살을 찌푸렸다.

"공주님, 너무 여유로운 거 아니야? 사실은 채윤이 어디 있는지 대강 짐작하고 있는 거야?"

"아니. 그랬으면 내가 왜 당신에게 왔겠어?"

새빨간 거짓말이었지만 소유는 뻔뻔하게 월의 눈을 똑바로 보았다. 월의 눈이 희한하다는 듯 가늘어졌다.

곧 그는 입꼬리를 올렸다.

"뭐, 좋아. 공주님이 기운차면 나는 좋지. 우는 여자를 달래는 건 취향이 아니거든."

"말 참 고맙게 하네."

어차피 월에게 위로받을 생각은 없었다. 소유는 너무 쌀쌀맞지 않게 퉁을 주고 자리에서 일어섰다. 월의 말투로 보아 그가 뚜르가이를 만나고 오는 것 같지는 않았다.

"내가 당신을 믿는다는 건 사실이야. 채윤이의 가족으로서도, 당신에게 지금 신세를 지고 있는 입장으로서도 진심으로 감사해. 내 목숨을 걸고서라도 당신에게 보답하겠다고 약속할게."

"내가 채윤을 위해 이 정도 일을 하는 건 당연하기도 하거니와 별것 아니야. 아직 결과를 가져온 것도 없고. 공주님의 목숨처럼 비싼 건 부담스러운데?"

월은 눈을 휘며 웃었다. 그 모습은 햇살 아래서 보아도 신비할 정도로 고혹적이었다. 소유는 쓴웃음을 지었다. 월은 앞으로 그에게 찾아올 위기를 모르기 때문에 저런 말을 할 수 있는 것이었다.

"그냥 내가 하고 싶어서 한 말이야. 들어만 둬."

지난번에는 제대로 둘러보지 못했던 낙양성은 천천히 둘러보니 과연 희미해진 인상보다 훨씬 번화했고 도시 곳곳이 아름답게 가꿔져 있었다. 곳곳에 만들어놓은 수로의 물이 수정처럼 맑아, 물을 무서워하는 소유도 그 경치에는 감탄하지 않을 수 없었다.

철든 이후로 평생 설궁에 갇혀 지낸 소하가 낙양을 보면 뭐라고 할까. 자연스레 그런 생각이 들어 한참 그의 표정을 상상하던 소유는 이내 쓴웃음을 지었다. 그가 살아남는다면 낙양에는 열 번이고 백 번이고 와볼 수 있을 것이다. 하지만 그때도 소유가 곁에 있을까.

물론 지금 그런 생각에 빠져 있어봐야 아무 의미도 없었다. 소유는 고개를 휘휘 저어 상념을 털어버렸다. 그리고 새파란 하늘 아래 날씬하게 처마를 뻗은 낙양성을 보며 눈에 손으로 그늘을 드리웠다. 추녀 끝에서 장식용 목어가 흔들렸다.

낮에 찬찬히 살펴보니 낙양의 골목길 안쪽에는 유민으로 보이는 사람들이 심심찮게 눈에 띄었다. 그러나 그 숫자나 헐벗고 주린 모양새가 장안에 댈 바는 아니어서 소유는 비교적 덜 욱신거리는 마음으로 그들을 은근히 살폈다.

거칠고 해진 베옷을 입은 유민들은 태반이 구걸을 하고 있었지만 상당수가 낙양에 일자리를 찾은 듯 '낙' 자가 쓰인 나무패를 차고 무기를 들었거나 피륙과 세공함, 또는 가마를 들고 바쁘게 움직였다. 성에서 직접 경비병으로 고용한 치들과 낙양에서 장사가 잘 되는 장신구점 및 기루 따위에서 심부름꾼으로 고용한 치들은 그나마 삶을 영위할 수 있는 모양이었다.

자경국의 첩자가 낙양에서 활동하며 침입할 길을 살피려면 어디를 고를까. 우선 성에서 경비병으로 일하면 편리할 것이다. 구걸을 하면 시간은 자유로이 쓸 수 있을 테지만 성의 병사들이 쓰는 통로 따위를 익히기 힘들 터이므로. 기루나 포목상, 장신구점 따위에서 일하면 소문을 알기는 편할 테지만 기루가 많은 지역을 벗어나기 힘들 테니 그 또한 첩자의 입장에서는 차선일 터였다.

소유는 일단 결론을 내리고 근처의 노점을 골랐다. 그리고 구운 떡을 하나 사면서 주인 여자에게 물었다.

"아주머니, 저 낙양은 처음인데요, 유람하러 온 사람들은 보통 어딜 구경해요?"

옷이 깨끗한 것으로 보아 이 주변에 자리를 잡은 지 좀 된 것 같은 주인은 소유를 위아래로 빠르게 훑어보고 사교적으로 말했다.

"놀러 왔구나? 낙양이 지상 낙원이지, 그럼. 저기 운하 쪽에 나가는 게 최고예요. 바람도 좋고 물 맑고, 지금 계절은 복숭아꽃이 흐드러지게 피어서 아주 예뻐요. 뱃놀이도 좋고."

운하는 성 쪽의 동향을 살피기에는 조금 멀었다. 소유는 대단히 기쁜 표정으로 맞장구를 쳤다.

"저는 시골서 와서 낙양처럼 큰 도시는 처음 보는데 정말 멋있어요. 진짜 극락 같아요. 뱃놀이는 많이들 하나요?"

"가족끼리 많이들 타는데 아가씨는 혼자면 혼자도 탈 수 있어요."

"그럼 운하는 어디까지 있어요? 낙양은 물의 도시니까, 물길이 도시 구석구석까지 다 나 있나요? 구경할 만한 데는 다 배 타고 갈 수 있어요?"

"아이, 그렇진 않구. 성하구 저 사원하구, 화류가 일대를 볼 수 있어요. 낙양의 기루는 아주 멋있어요. 젊은 아가씨가 기루를 언제 구경하겠어요, 안 그래요? 낮에 보면 무섭지도 않아."

바로 전날 쳐들어갔던 참이었지만 소유는 물론 그런 내색을 하지 않았다. 그녀는 대신 갑자기 겁먹은 표정을 지어 보였다.

"뱃삯은 비싸요?"

"조금? 그래도 낙양까지 왔는데 뱃놀이는 해야지."

주인은 살짝 미간을 찌푸려 보였다가 웃는 얼굴로 말을 마쳤다. 소유는 한껏 풀이 죽은 척을 했다.

"생각해보니까 노잣돈을 너무 많이 써서 뱃놀이까지는 못 할 것 같아요. 운하 옆이나 걸어봐야겠어요."

"아유, 그래, 그럼. 젊은 사람이 무슨 돈이 있어. 걷는 것도 좋아요."

주인은 손사래를 치며 소유에게 운하 쪽으로 가는 길을 가르쳐주었다. 소유는 주인이 가르쳐 준 쪽으로 걸어가며 떡을 한입에 먹어 치웠다. 그리고 떡집에서 충분히 멀어졌다는 생각이 든 순간 방향을 바꾸고 모퉁이 벽에 등을 붙였다. 누군가의 조심스러운 발소리가 들렸던 것이다.

화살이 빗발치듯 날아오던 그때가 떠올랐다. 두근, 두근. 가슴이 쿵쾅거리며 제멋대로 폭주하려는 것을 소유는 온힘을 다해 억누르며 겉으로는 아무렇지 않은 척 걸었다. 누굴까. 자경국의 첩자? 그들이 지금의 소유에게 관심을 보일 이유는 없었다. 화주성 성주의 부하? 소유는 성주의 성정을 잘 알았고 그가 여기까지 도망친 소유를 추적해 처리할 확률은 높지 않다고 생각했다.

그렇다면 가장 가능성이 높은 것은.

주위는 아직 사람이 많은 번화가였다. 소유는 사람이 많은 곳에 스며들거나 아예 빠르게 이동해 미행을 따돌릴지 짧은 순간 고민했다. 별로 어려운 고민은 아니었다. 미행이라면 분명히 소유보다 낙양성의 지리에 대해 훨씬 잘 알고 있을 터였으므로.

"더워서 그런가, 목이 마르네."

소유는 혼잣말을 중얼거리고 아무렇지도 않게 다시 큰길로 빠져나왔다. 그리고 천천히 걸어 다시 운하 쪽을 향했다.

운하로 향하는 길에는 계속 북적이는 상가가 이어져 있었다. 소유는 적당한 속도로 움직이다가 유람을 나온 것으로 보이는 사람들이 몰려나오자 그 틈에 천연덕스럽게 끼었다. 워낙 인파가 대단하다 보니 약간 고개를 숙이는 것만으로도 충분히 몸을 숨길 수 있다는 확신이 들었다.

이내 적당한 시점에 근처의 좁은 골목에 들어간 소유는 잠시 기다린 뒤 천천히, 같은 방향으로 향하는 사람들 틈에 섞여서 이동했다.

운하에 가까워질수록 주위에 늘어선 가게와 도로가 수려해졌다. 무늬 있고 흰 돌이 편평하게 깔린 깨끗한 길은 장안에서도 보기 힘들 만큼 잘 정비되어 있었다. 곧 멀리 운하가 일으키는 물비늘이 찬란해 눈을 찌푸려야 할 정도가 되었다.

탁 트인 운하 앞은 그 어디보다 활발하게 장사가 이루어지고 있었다. 갓 잡아 올린 생선이 통발에서 은빛으로 반짝였다. 기와니 댓살 따위로 만들어 얹은 지붕이 좁게 이어지는 아래서 장사꾼들은 목청 높여 호객했다. 어물전 말고도 낙양 비단이니 장신구 따위를 파는 가게와 앉아서 낙양의 비경을 감상할 수 있는 다점 등이 셀 수 없이 많았다.

많은 가게가 운하와 그다지 멀지 않은 곳까지 자리를 펼쳐놓고 있었다. 소유는 물에 너무 가까이 가지 않도록 주의하며 운하를 따라 천천히 걸었다. 건너편에 다시 이어지는 시가지 너머로 멀리 탑 같은 것이 보였다. '낙' 자가 쓰인 깃발이 게양된 것을 보아하니 낙양을 지키는 공적 건물인 모양이었다.

물내음이 바람을 타고 코끝을 간질였다. 햇살 좋고 바람 좋은 날이었다. 소유의 마음은 조금은 편안해졌지만 동시에 초조함도 들었다. 이 아름다운 풍경을 감상하면서 느긋하게 보낼 시간이 그녀에게는 없었다.

'소중한 사람들을 구할 시간'이란 언제까지일까.

적어도 소하가 왕위에 오르는 것이 확실시될 때까지는 소유도 살아 있으면 좋을 것이다. 이전에 죽었던 그날까지 시간을 준다는 의미였을까? 저승사자에게 확실히 물어뒀으면 좋았을 것을. 하지만 이제 와서 그를 만날 방도가 따로 있는 것도 아니었다.

그런 생각을 하느라 소유의 발걸음이 멈춰버렸을 때였다. 곱고 상낭한 목소리가 문득 옆에서 말을 걸어왔다.

"그리 서 계시면 지나가는 이들에게 부딪칠지도 모릅니다."

가슴이 가볍게 뛰었다. 소유는 목소리가 들려온 쪽을 갈대가 바람에 흔들리듯 둥실 돌아보았다. 그리고 반가움과 애정을 담아 저도 모르게 활짝 웃었다.

꼭 저가 좋아하는 새처럼 고운 빛깔의 옷을 입고 상냥한 얼굴을 한 백란이 그 자리에 서 있었다. 그는 소유가 자신을 보고 웃자 어쩐지 얼굴을 붉히며 마주 웃었다.

"처음 뵙는 규수께 이런 말씀 실례인지도 모르겠습니다만, 미소가 참으로 고우십니다. 저도 모르게 함께 웃어버렸습니다."

천연덕스럽게 해오는 솔직한 말도 그다웠다. 자경국에서 소식이 끊긴 뒤 어린 그에게 어떤 일이 있었을지, 소유는 상상도 하기 싫다고 새삼 느끼며 방금 웃었다.

"공자의 친절하신 마음씀에 기뻐 저도 모르게 웃었습니다. 귀한 비단옷을 입고 계신데 함께 유람 나온 동무는 없으신 듯하고……. 미려한 풍채와 상냥한 마음씨를 보니 훌륭한 가문의 후손이신 모양입니다."

"과찬이십니다. 낭자야말로 우수에 젖은 자태가 너무도 아름다워 낙양에 선녀가 하강한 줄로만 알았습니다. 혹 정말로 선녀라 훨훨 날아가버리시는 것은 아니겠지요?"

백란은 뺨이 붉어진 채로 어딘가 뜨거운 눈빛을 보내며 후후 웃었다. 소유는 그의 평화롭게 재잘거리는 말투가 너무도 반가워 그만 한 걸음 다가서고 말았다. 그는 놀란 듯 반걸음 물러섰다가 다시 제자리로 돌아왔다.

"아쉽게도 사람이랍니다. 훨훨 날아갈 수 있다면 좋았을 테지만요."

"그래서야 아니 되지요. 낭자야말로 언사를 들어 보니 필경 훌륭한 가문의 금지옥엽이신 듯한데 어찌 이런 곳에 혼자 서 계십니까?"

"하늘 아래 거두어줄 사람 하나 없는 천애고아에게 그런 말씀은 과분합니다. 보잘것없는 근심이 있어 바람을 쐬러 나온 차랍니다."

"무슨 근심이신지 몰라도 어서 풀리면 좋겠습니다."

백란은 상냥하게도 말했다. 그는 항상 상냥했다. 다만 장안에서 마지막으로 보았을 때는 조금 더 어른스러운 느낌이었는데, 그것은 그녀와의 여행 동안 시나브로 성장했기 때문이었을까.

아무튼 건강한 그를 보니 무척 기뻤다. 소유는 백란에게 허리 숙여 가볍게 절했다. 소하의 옆에 있으면서 저도 모르게 익히게 된 우아한 동작이었다.

"그리 마음 써주시니 몸 둘 바를 모르겠습니다, 공자."

"도련님! 백란 도련니이임!"

어디선가 애타게 부르는 목소리가 다가왔다. 허리를 편 소유의 시야에 난처한 듯 찌푸려진 백란의 얼굴이 들어왔다. 그는 약간 뾰로통해진 것도 같았다.

"집에서 사람이 온 모양이니 저는 그만 가봐야겠습니다. 낭자, 이렇게 뵙고 인사를 나누어 진심으로 즐거웠습니다."

"저도 마찬가지랍니다, 백란 공자."

백란의 눈이 약간 흔들렸다. 그는 하인이 달려오는 것을 못 본 척하고 소유를 계속 뜨겁게 바라보았다. 그는 아쉬운 목소리로 말했다.

"다음에 또 뵐 수 있겠습니까? 낙양에는 오래 계십니까?"

"금방 다시 뵐 것 같습니다."

백란이 월을 찾아오는 날이라면 언제든. 소유는 후후 웃었다. 백란은 고개를 갸웃했다. 마침 하인이 도착해 숨을 몰아쉬며 읍소했다.

"도련님, 경홍 마님이 찾으십니다. 또 수행원 하나 없이 나가셨다고 성이 뒤집어졌습니다요."

"아이 참, 내 몸은 내가 지킬 수 있는데 어찌 그러시는지."

백란은 무겁게 한숨을 쉬었다. 하인의 눈길이 소유에게 쏠렸다. 어차피 이쪽도 할 일이 있었으므로, 소유는 얌전하게 물러나기로 했다.

"그러면 저는 먼저 물러나겠습니다, 공자. 집안 사람이 왔으니 천천히 대화 나누시어요."

"예. 앗, 낭자, 머무시는 곳은……!"

소유는 백란의 말을 끝까지 듣지 않고 몸을 돌려 운하를 따라 다시 걷기 시작했다. 마음이 가볍게 부풀어 얼굴에서 한동안 미소가 떠나지 않았다.

낮에 돌아본 운하 부근에는 딱히 수상한 것이 없었다. 미행 때문에 그리 구체적으로 살펴볼 수도 없었으므로 당연한 결과였다. 소유는 저녁에 월의 저택으로 돌아와 방에서 신발을 벗고 몸을 누였다. 하아, 하고 한숨이 나왔다.

해가 뉘엿뉘엿 저물어 방이 어두웠다. 소유는 문득 그녀가 받은 방을 향해 다가오는 발소리를 듣고 일어나 허리를 곧게 세우고 앉았다. 곧 방 밖에서 사람 목소리가 들려왔다.

"공주님, 자?"

소유는 어이가 없었지만, 생각해 보면 월이 하지 못할 행동은 아니었다. 그녀는 문 쪽으로 다가가며 태연하게 따졌다.

"어딜 시집도 가지 않은 처자가 있는 방에 함부로 찾아와?"

"이런. 공주님을 향한 내 뜨거운 연정이 너무 앞섰네."

시비가 문을 열었다. 소유는 월의 얼굴이 그야말로 아무렇지 않은 것을 보고 짐작대로라고 생각했다. 그는 어깨를 살짝 으쓱했다.

"들어가도 되지?"

"당신 집이니까."

소유도 어깨를 한 번 으쓱하고 가볍게 물러났다. 월은 요염한 미소를 지었다.

"고마워."

그가 데려온 시비가 방 안쪽에 주칠된 상을 놓고 술과 떡을 진설했다. 월은 슬쩍 턱짓했다.

"잠시 나가 있어."

"예, 도련님."

소유는 침을 꿀꺽 삼켰고 시비는 그대로 문 밖으로 나갔다. 스윽하고 문이 닫히는 가벼운 소리와 함께 두 사람은 상 앞에 앉았다. 주위에 정적이 흘렀다.

"대담하네?"

"뭐가?"

"사내와 단둘이 있는데도 표정 하나 변하지 않아. 이런 일에 익숙한 거야?"

소유는 인상을 찌푸렸다. 방금 월이 한 말은, 비록 소하 본인조차 모를 테지만 그녀와 소하 모두에 대한 모욕에 해당했다.

"요조숙녀를 모욕하는 것도 불성실해 보이기 위한 방법에 들어가는 거야?"

"솔직하게 말해봐, 공주님. 요조숙녀가 맞아?"

월의 표정이 어느샌가 싸늘해졌다. 그는 엄격한 눈으로 부채를 들어 소유의 턱을 받쳤다. 그녀는 불쾌해 고개를 뒤로 물렸다. 마른침이 저절로 꿀꺽 넘어갔다.

"무슨 뜻이야?"

"오늘 외출했다고 들었어. 어디 갔었지?"

"그냥 낙양 구경을 좀 했어."

"팔자 좋네. 바로 얼마 전에 큰일을 당한 사람이잖아."

월은 문득 입꼬리를 살짝 올리며 덧붙였다.

"그쪽 말에 따르면."

"못 믿어?"

가슴이 뜨끔했지만 소유는 여유롭게 빙긋 웃었다. 아마 소하도 이렇게 했을 것이라는 생각이 뒤늦게 들었다. 아마, 그러면 정신을 똑바로 차리고 부드럽게 말했을 것이다. 상대방이 도저히 의심할 수 없는 천연덕스러운 얼굴로.

어느새 그를 조금은 닮은 걸까.

"내가 지금까지 당신에게 한 말은 모두 사실이야."

월은 고개를 살짝 기울여 매끈한 입술로 소리 없이 웃었다. 그러나 그 얼굴은 놀라울 정도로 차가웠다.

"정체를 밝혀봐, 공주님. 마침 신분을 증명해줄 수 있는 물건은 없고, 신분을 증명해줄 수 있는 사람은 다 죽거나 행방불명인 묘령의 아가씨가, 이 낙양까지 와서, 낙양성에서 내로라하는 집안의 아들이라면 다 모여 있는 자리에서 자경국이 낙양을 칠지도 모른다는 시를 지었잖아. 이 모든 일이 공주님의 의지 밖에서 일어났다는 말을 나더러 믿으라는 거야? 솔직히 말해. 채윤을 알기는 해?"

"내 상황은 조사해보면 알 텐데. 그리고 세상에서 채윤에 대해 가장 잘 아는 건 나야."

"채윤을 죽인 사람이 네가 아니란 걸 어떻게 믿지?"

"나는 채윤이 행복하게 살 수만 있다면 뭐든 할 수 있는 사람이야. 지금 그 말은 취소해줘야겠어."

짧은 순간 납 같은 침묵이 흘렀다. 월은 소유의 눈을 뚫어져라 들여다보았다. 소유는 표정 하나 변하지 않고 그의 눈길을 받아들였다.

잠시 후 월은 한숨을 쉬며 어깨를 늘어뜨렸다.

"무섭게 말해서 미안해, 공주님. 채윤의 공주님인 건 보자마자 알았으니 방금 한 말은 취소할게."

"확실히 해두는 건 좋은 일이야. 당신도 조심해야 하니까."

미행을 붙인 월을 소유는 원망할 수 없었다. 소유 자신이 생각해도 그녀가 했던 말이니 오늘 한 행동 따위는 정말이지 세작 같았던 것이다. 서툴렀다, 는 반성도 내심 들었다. 하지만 보다 빠르게, 효과적으로 월을 설득하려면.

월은 한쪽 눈썹을 들었다.

"이제는 제대로 말해줘야겠어. …시를 읊으면서 때아니게 단풍을 말한 것은 자경국을 이르는 것이었지. 맞지?"

"맞아."

소유는 고개를 끄덕였다. 월의 얼굴이, 표정 자체는 거의 변하지 않았는데도 험악해졌다.

"그렇다면 대구를 이루는 벚꽃은 진해국. 진해국 국왕은 성품이 온화하고 천인국과의 관계가 좋아. 하지만 자경국 국왕은 강퍅하고 야심만만한 사람이지."

"만나본 적이 있어?"

아무리 그래도 월이 거기까지 알고 있다는 것은 신기한 일이었다. 진해국왕과 자경국왕을 본 적이 없는 소유는 고개를 갸웃하며 그를 새삼스럽게 쳐다보았다. 월은 어느새 평소처럼 속을 알 수 없는 미소를 짓고 받아쳤다.

"나에 대해 알고 싶어?"

"됐어."

소유는 고개를 저었다.

"매정하네."

"나는 낭군님이 계셔."

비록 지금은 소유의 존재조차 모를 테지만, 그녀는 어쨌든 다른 사내를 만날 생각은 전혀 없었다. 월은 눈을 반짝였다.

"누군데. 채윤이? 둘이 그런 사이야?"

"아니. 그리고 내 낭군님에 대해서는 지금 이야기할 게 못 된다고 생각해."

"동의해."

월은 고개를 또다시 살짝 기울였다. 그의 아름다운 머리칼이 구름처럼 가볍게 흔들렸다.

"오늘 저자에 나갔지. 증거가 있었다면 어젯밤에 보여줬을 테고. 자경국의 음모를 찾아냈어?"

"아니."

"에이."

"농담처럼 말하네. 기대하지도 않았다는 것처럼. 장난이었어?"

"설마. 이런 문제로 농을 하지는 않아."

소유는 월의 눈을 잠시 보고 나서 그가 거짓말을 하고 있지는 않은 것 같다고 판단하기로 했다.

"자경국을 누르기 위해 선대왕께서는 둘째 아드님과 자경국의 공주님을 혼인시키셨지. 그게 지금의 중전마마시고."

소유는 이를 살짝 악물었다. 물론 월이 말한 둘째 아들은 빌어먹을 초왕이었다.

"나도 알아. 하지만 자경국은 천인국의 내정에 간섭하는 정도로는 만족하지 않을 거야."

"왜 그렇게 생각하는데?"

"천인국이 점점 약해지고 있으니까. 언니가 천인국 왕비 자리에 있으니 이 나라의 사정은 자경국 입장에서는 손바닥처럼 빤히 들여다보일 테지. 유민이 늘어나고, 벼슬하는 자들은 친 자경국 파고, 무거운 세금을 낼 수 없어 농업 생산이 무너지고 있어. 이때보다 좋은 기회가 또 있겠어? 욕심을 부리면 당장 손에 들어오게 생겼는데, 그걸 일부러 사양할까?"

큰오빠인 곽 부사나 언니인 왕비와 성품이 비슷하다면, 자경국 왕위를 물려받은 그 삼남매의 막내인 자경국 국왕은 기회를 놓치지 않을 것이다. 그리고 소유는 이미 그들이 움직이고 있다는 사실을 알고 있었다. 다만 '이미 겪어서' 안다는 말만을 할 수 없을 뿐이었다.

더 물고 늘어지려나 했는데, 의외로 월은 입을 다물고 심각하게 잠시 뜸을 들였다. 그는 이내 소유를 낯선 사람 보듯이 바라보며 물었다.

"화주에서 갓 올라왔다기에는 사정을 무척 잘 아는데. 진 어사가 거기까지 알고 있었나?"

어쩌면 그랬을지도 모른다. 소유는 쓴웃음을 지으며 고개를 으쓱했다.

"우리한테 노골적으로 말씀하시지는 않았어. 나도 낙양에 오는 길에 생각한 게 많고."

"오는 길에? 어째서?"

"길가에 굶어죽은 사람이 많았어."

월은 입을 다물었다. 그의 눈이 문득 침중하게 가라앉은 것을 보고 소유의 얼굴이 이채를 띠었다. 생각해보면 죽기 전에는 그와 이런 대화를 진지하게 나눈 경험이 없었다. 월도 그의 나름대로 천인국의 미래를 진지하게 염려하고 있었을까.

소유는 깊은 한숨을 쉬어 월의 주의를 끌었다.

"내가 지은 시의 비유를 바로 알아들었으니, 당신도 어느 정도는 예감하고 있었던 거겠지. 나에겐 당장 내밀어 보일 증거가 없고, 그러니 나를 못 믿어도 하는 수 없다고 생각해. 미행을 붙이려면 붙여. 다만 나는 채윤이를 찾고 싶고, 그 전에 낙양이 망하는 건 싫어. 채윤이에게 소중한 사람인 당신이 난리통에 죽거나 다치는 것도 가급적 피하고 싶어."

"나는 공주님에게 그 정도인 거야?"

"내가 허언을 좋아하는 멍청이처럼 보인대도 좋아. 다만 조심해. 정말로."

"공주님은 멍청이처럼 보이지는 않아."

월은 후후 웃었다. 나직한 웃음소리가 어둑해진 방 안을 울렸다.

이제 해가 저물어 밖이 온통 어두웠고 작은 등불은 작금의 상황을 잊게 하기에는 너무 미약했다. 소유는 다시 한숨을 쉬고 축객령을 내렸다. 거짓말을 하는 것은 그녀의 성미에 맞지 않아 몹시 피곤했던 것이다.

"이제 그만 잘 거야. 대작은 달과 당신 그림자까지 셋이서 해. 달이 셋 떴으니 휘영청 밝겠네."

월과 월의 그림자와 달이니까. 월은 즐겁게 웃으며 일어났다.

"나는 우리 공주님이 마음에 드는데, 공주님은 나와 함께 있는 게 내키지 않는 것 같으니 이만 일어나겠어."

"잘 생각했어. 물론 당신에게 고마운 마음은 느끼고 있어."

월은 그 말에는 대답하지 않고 입술 한쪽만을 당겨 웃었다. 그는 방을 나서며 가볍게 한 마디를 남겼다.

"외출하고 싶으면 외출해."

소유는 월이 그래서 내일도 미행을 붙인다는 것인지 아닌지 그 말만으로는 파악할 수 없었지만, 일단은 감사하게 그러기로 했다.

다음 날 아침 소유가 가벼운 조반을 먹으며 문자 시비는 월이 어젯밤 외출해서 들어오지 않았다고 말해주었다. 대강 눈치를 보니 '또' 기방에 가서 물 쓰듯 돈을 쓴 모양이었다. 소유는 정이 뚝 떨어지는 것을 느꼈다. 어젯밤에 그렇게 심각한 이야기를 했는데 바로 기방에나 가다니.

아무튼 집주인에게 외출 허락을 받을 필요는 전혀 없게 되었다. 소유는 천천히 채비하고 전날처럼 낙양의 거리로 나섰다. 오늘도 날씨가 대단히 좋았다.

어제 가보지 못한 길에 적당히 우연처럼 들어서서 주위를 살피자 어느새 운하가 나왔다. 전날 걷던 그곳은 아닌 모양으로 주위에 상점이 적고 민가로 보이는 작은 집이 많았다. 치마와 바지를 동동 걷어 올리고 힘차게 빨래하는 사람들이 줄지어 보였다.

민가 앞이다 보니 길은 걷기 편하도록 닦여 있지 않았다. 소유는 바쁘게 오가는 사람들 틈새를 요리조리 비집고 걸었다. 처마 아래서 햇살을 피하며 빨래를 구경하던 노인이 그녀에게 말을 걸었다.

"길 잃었어?"

딱히 가려던 곳은 없었으니 길을 잃었다기에는 어폐가 있었지만 소유는 이것이 좋은 기회라고 생각했다. 그녀는 노인에게 다가가 물었다.

"할머니, 저 성 쪽으로 구경하러 가고 싶은데 그럼 어떻게 가야 돼요?"

"성? 어어, 성은 저기, 쩌어쪽으로 가면 돼야."

노인은 허리춤에서 쥘부채를 꺼내 상당히 애매한 방향을 가리켰다. 소유는 애교 있는 미소를 지었다.

"저쪽으로 어떻게요? 물 건너서 쭉 가면 있어요?"

"오야."

57

"물은 어떻게 건너요? 그냥 바지 걷고 신발 벗고 건너요?"

"하이고, 깔끔허네. 가다 보면 다리 있어야. 다리 건너면 성 보인다, 아가. 일다경도 안 걸려."

"그렇게 가까워요? 감사합니다."

노인은 아이고, 아가가 이쁘네 하고 중얼거리듯 말하며 등을 벽에 기댔다. 소유는 고개를 꾸벅 숙여 인사하고 처마 밖으로 빠져나왔다. 물이 바로 옆에 있어서인지 햇살이 따갑게 느껴졌다.

노인이 말한 다리는 돌을 대충 놓아 만든 징검다리였다. 하필 이렇게 물이 바로 보인담, 하고 불평하면서도 소유는 어떻게든 다리를 건넜다. 물이 콸콸 소리를 내며 돌 사이를 흘러 넘어갈 때마다 괜히 오싹했지만 빠지는 일은 없었다.

운하를 건너 노인이 가리킨 방향으로 죽 가자 정말로 금세 성이 눈앞에 나타났다. 그것도 성 뒤편, 사람이 거의 오가지 않을 것 같은 골목이었다. 소유는 머릿속에 주변의 지리를 주의 깊게 새기고 적당히 성벽을 돌아서 시내로 돌아갔다.

낙양의 시내는 오늘도 활기찼다. 낙양 비단을 늘어놓고 파는 거리를 걷다보니 이 지방 특유의 무늬와 색이 눈에 들어왔다. 소유는 저도 모르게 마음이 약간 밝아져 몇몇 가게를 눈으로 훑어보았다. 쪽으로 곱게 물들인 진주사에 저도 모르게 시선이 가서 잠시 머뭇거린 그녀에게 누군가 말을 걸어왔다.

"게 아씨."

상당한 미성이지만 불쾌감이 노골적으로 담긴 말투였다. 소유는 눈을 깜박이며 주위를 둘러보았다. 그녀의 뒤에 어느새 남색의 비단 옷을 입은 미인이 서 있었다.

"아!"

낮에 만난 것은 처음이었지만 누군지 금세 알아볼 수 있었다. 낙양 삼기 중 하나인 설화였다. 그녀의 살갗은 정말 눈처럼 새하얗고 꽃잎처럼 산뜻했다.

"뭐여요, 언니?"

포목점에서 사뿐사뿐 걸어 나온 매향이 눈을 동그랗게 뜨고 소유를 보았다. 소유는 속으로 난처했지만 일단 해맑게 웃었다.

"여기서 또 보네요."

"요전번에 우리 월이 공자님을 쏙 채 가신 아씨 아니신가요? 예는 어쩐 일이셔요?"

매향은 입술을 비죽거렸다. 신분으로 따지자면 양가의 규수인 소유와 기생인 매향 사이에는 상당한 차이가 있었지만, 설화도 매향도 그런 문제를 떠올리지 못하게 하는 어떤 종류의 위엄을 가지고 있었다. 소유는 포목점을 얼른 가리켰다.

"그냥 지나치다 구경을 좀 하던 중이었답니다."

"언니들, 여기서 뭐 하시어요?"

설화와 매향이 소유에게 뭐라고 대꾸하기도 전에 명랑하고 애교 있는 목소리가 두 기생에게 말을 걸었다. 이크. 소유는 뜨끔했고 매향은 뾰족하게 말했다.

"홍랑이 너도 여기 와서 좀 보렴."

"어마!"

다홍색 치마 위에 은빛으로 반짝이는 포를 입고 수놓은 가죽 허리띠를 찬 홍랑이 제 언니들 어깨 사이로 얼굴을 빼꼼 내밀며 감탄했다.

그만한 미녀 세 명의 곱지 않은 시선은 대단한 위력을 냈다. 소유는 식은땀을 흘렸다. 사내들이라면 셋이든 넷이든 대거리해 지지 않을 자신이 있었지만 여자는 문제가 달랐다. 어쩐지 약해지고 마는 것이다. 특히 소유 본인보다 나이가 많은 여자에 미인이기까지 하다면.

"천한 몸이 감히 아씨께 이래라저래라 하는 것은 아니오나."

설화는 턱을 약간 들고 소유를 내려다보며 말했다. 그녀의 거동에서는 갈고닦은 품위뿐 아니라 본인의 교양에 대한 긍지가 느껴졌다.

"기루란 취객과 천한 것들이 어울리는 곳이니 양가의 규수가 드나들 만한 장소가 아닌 줄 압니다."

물론 소유도 기루에 자주 드나들 생각은 전혀 없었다. 그녀는 설화의 말에 고개를 끄덕이며 미안한 표정을 지어 보였다.

"압니다. 일하시는 중에 방해했으니 제 잘못입니다. 모쪼록 잊어주십시오."

설화의 눈썹이 꿈틀거렸다. 설화는 소유를 보며 신중하게 물었다.

"외람되오나, 혹 월이 도련님의 정혼자 되십니까?"

"에이, 무슨. 아닙니다."

소유는 얼른 손을 저었다.

"저는 혼약한 사람이 있습니다."

너무 비밀스러워 상대방도 모르는 혼약이었지만 그러했다. 소유의 말에 설화는 문득 발끈한 것 같았다.

"하시면 친인척이 되십니까?"

"월이 공자와 제가 무슨 관계인지 궁금하십니까?"

설화는 기분이 약간 상한 모양이었다.

그녀의 마음을 아프게 하고 싶지는 않았다. 소유는 얼른 고개를 저었다.

"그리 도끼눈 뜨실 필요 없습니다. 월이 공자는 제 친우와 막역한 지기라, 제가 낙양에 와 있는 동안 후견인이 되어주고 있을 뿐입니다. 사적으로는 잘 아는 사이가 아니어요."

매향은 약간 관심이 생긴 얼굴이 되었고 설화는 어딘가 안심한 눈치였다. 홍랑은 아무래도 좋다는 듯 하품을 했다. 그녀의 입을 가렸던 섬섬옥수는 깜짝 놀랄 정도로 희었고 붉은 손톱은 연지 같았다.

"그러면 된 것 아니어요? 언니. 우린 가던 길 가요."

"…그래."

설화는 눈을 살짝 내리깔았다가 홍랑에게 동의했다. 그리고 공손하고 우아한 동작으로 소유에게 인사했다.

"실로 큰 실례를 범했습니다."

소유는 갑자기 낙양 삼기에 대한 호감이 가슴 속에서 마구 싹트는 것을 느꼈다. 화주에도 기녀 일을 하는 관비는 있었지만 소유는 그들과 직접 접해본 일이 없었다. 하지만 초왕이 진 어사를 산 채로 잡았다면 그와 직접적으로 혈연이 없는 소유는 어쩌면 관비가 되었을지도 모르는 일이었다.

'자경국의 첩자가 낙양에서 활동하며 침입할 길을 살피려면……'

월이 채윤의 소식을 얻은 곳은. 문득 머릿속을 스친 생각에 소름이 돋았다. 기루에서 정보를 얻을 수 있는 사람은 일꾼만이 아닌 것이다. 소유는 옆을 지나치려는 설화를 급히 불러 세웠다.

"잠시만요!"

설화는 물론이고, 그녀를 따라 걸으려고 치맛자락을 잡았던 매향과 홍랑도 멈춰 서서 눈을 동그랗게 떴다. 소유는 급히 설화의 앞에 다가서며 간절한 마음으로 들었다.

"저어, 제가 낙양에 대해 궁금한 게 있어서 그러는데 혹시 뭣 좀 물어도 되겠습니까?"

"예?"

매향은 어머나, 하고 입술을 귀엽고 작게 오므렸다. 설화는 반걸음쯤 물러나고 싶은 표정이었지만 침착하게 대답했다. 그녀는 이제 소유의 눈을 똑바로 보고 있었다.

"무얼 말씀이십니까?"

"혹 세 분이 보시기에, 요사이 전에는 못 보던 손님이 늘지는 않았습니까?"

낙양 삼기는 서로의 눈을 보았다. 홍랑은 곧 이맛살을 찌푸렸고 매향은 소유의 얼굴을 빤히 보며 종알거렸다.

"못 보던 객이야 늘 많지요. 이곳 낙양은 세 나라가 접하는 지점이 아니어요?"

맞는 말이었다. 소유는 안타까워 입술을 깨물었다. 설화가 매향의 말이 끝나자 입을 열었다.

"저희 기루는 격이 있는 곳이라 신분이 확실하지 않은 손님은 잘 받지 않습니다. 하오나 일꾼들 중에는 자경국 출신으로 돈 벌러 왔다는 자가 늘었다고 들었습니다."

소유는 숨을 살짝 들이켰다. 한순간 두통이 일 정도로 머릿속이 맑고 날카로워졌다.

갑자기 매향은 자신감에 찬 미소를 싱긋 지어 보였다.

"우리 왕비님이 자경국의 공주님이시니 자경국의 문물이 유행하기 시작한 것이야 어제오늘 일은 아니지요. 자경국의 단풍잎 부적을 아시어요?"

단풍잎 부적을 잊지는 못할 것이다. 소유는 청하와 청운이 가지고 있던 부적이 떠올라 가슴이 아파졌지만 태연하게 대답했다.

"알고 있습니다."

"낙양 사람들 사이에선 아직 유행하지 않지만, 장안에서는 반가의 부녀자들도 만든다고 들었답니다."

"이곳은 자경국과 국경을 마주한 땅이니 장안보다 더 유행이 빨리 들어와야 하는 것이 아닙니까?"

소유는 고개를 갸웃했다. 매향은 허리춤에 꽂아 두었던 부채를 꺼내 제 입술을 가리고 눈을 휘었다.

"낙양 사람들은 장사로 먹고 산답니다, 아씨. 진해국과도 국경을 마주하고 있는 만큼 중립적으로 보일 필요가 있지요."

납득할 수 있는 말이었다. 소유는 어쩔한 것을 가다듬었다. 뜻하지 않은 만남이었지만 오늘 여기로 오길 잘한 것 같았다. 혼자 낙양의 골목을 아무리 쑤시고 다녀도 얻을 수 없었을 수확이었다.

그때 누군가 소유의 옆으로 와 섰다. 그 옷자락에서 나는 향기는 그녀에게 익숙한 것이었다.

"낙양에서 가장 향기로운 꽃이 여기 모두 모여 있으니, 방초가 시든 지푸라기 같구나."

"도련님!"

홍랑은 활짝 웃었다. 설화와 매향도 표정이 밝아졌다.

"월이 도련님, 이런 곳에서 다 뵙네요?"

"도련님."

소유는 천천히 몸을 돌렸다. 월이 고혹적인 미소를 지으며 부채로 이마를 가리고 서서 낙양 삼기를 보고 있었다. 설화는 보드라운 미소로 답했다.

"혹 아씨를 찾으러 나오셨습니까?"

"아니, 아무리 내 손님이라 해도 가는 곳을 다 따라다니지는 않지."

월은 소유를 쳐다보지도 않았다. 소유는 약간 기분이 상했지만 티를 내지는 않았다.

낙양 성주의 큰아들과 낙양에서 가장 유명한 기녀 세 명, 그리고 검을 찬 아가씨가 포목점 앞에 모여 있는 광경은 사람들의 이목을 끌었다. 월은 긴 눈을 내리깔고 포목점 거리를 흘긋 보았다. 매향이 보던 포목점 옆은 옥과 금은으로 만든 장신구를 파는 방물상이었다.

그의 시선이 향하는 곳을 재빨리 따라간 매향이 방긋방긋 웃으며 월의 팔에 슬쩍 제 손을 얹었다.

"도련님, 이렇게 뵌 것도 인연인데에. 소녀가 꼭 갖고 싶은 것이 있사와요."

"어머나!"

홍랑은 입을 딱 벌렸다가 종종걸음으로 월에게 다가가 그의 다른 쪽 팔을 잡았다. 소유는 그 기세에 밀려 두어 걸음 물러서고 말았다. 소유는 잠시 후 자신이 그렇게 밀려난 것이 수치스럽다는 생각이 들었지만 그렇다고 매향이나 홍랑을 월에게서 떼어놓기도 우스웠다.

"갖고 싶은 게 뭐지? 이렇게 만난 것도 물론 인연인데, 원하는 게 있다면 당연히 사줘야지."

월은 소유가 밀려난 것을 봤는지 못 봤는지 그저 즐거운 표정으로 말했다.

"아이, 좋아라!"

"도련님, 소녀두. 소녀두 꼭 갖고 싶은 게 있어요."

"홍랑이도 마음에 드는 걸로 뭐든 고르거라."

소유는 월의 태도에 모욕당한 기분을 느끼고 있다가 눈을 크게 떴다. 포목점의 비단이든 방물상의 옥 장신구든 엄청난 가격일 것이 분명했다. 그런데 저렇게 덥석 사준다고?

소유가 눈을 크게 뜨건 말건 홍랑은 매향과 함께 신이 나서 각각 원하는 물건이 있는 곳으로 다가갔다. 설화도 즐거운 얼굴로 장신구를 고르기 시작했다.

월이 사주기를 바라지도 않았고 그럴 거라는 기대도 들지 않았지만, 소유는 설화가 집어든 노리개 바로 옆에 진열되어 있던 장신구에 저도 모르게 한순간 눈을 빼앗겼다. 살아 있는 꽃처럼 섬세하게 만들어진 푸른색 비녀였다.

소하와 함께 설궁에 머물 때도 소유는 그렇게 값비싼 물건을 가져본 적이 없었다. 소하는 전쟁을 할 때 필요한 위엄을 갖출 줄은 알았지만 정갈하고 단아한 취향이었던 것이다. 소유도 화려하게 치장하는 것에 큰 흥미는 없었지만, 비녀가 워낙 아름다워 시선이 끌리지 않을 수 없었다.

소유는 본인의 시선이 너무 오랫동안 그 비녀에 머물렀다는 생각이 들어 얼른 눈길을 돌렸다. 그녀가 선물을 원한다고 월이 생각하는 것은 사양이었다. 다행히 월은 낙양 삼기가 들어 보이는 고운 물건에 감탄해주느라 소유가 무얼 보고 있었는지는 전혀 눈치채지 못한 모양이었다.

월이 낙양 삼기와 시시덕거리는 것을 구경하는 것은 시간 낭비였다. 소유는 적당히 뒷걸음질 쳐 멀어지며 월에게 귀띔했다.

"나는 더 걸을 거니까 당신은 알아서 해."

월은 그녀의 표정이 별로 좋지 않다는 사실을 그제야 깨달은 듯 눈썹을 들며 웃었다.

"방금 그거, 꼭 부부 같은 말이었어."

"정말 싫다."

소유는 진저리를 쳤다. 월은 쓴웃음을 지었다.

"너무 노골적인 거 아니야? 실연은 싫은데."

소유는 눈을 살짝 부라렸다.

"아무한테나 그런 말 하면 당신을 마음에 둔 아가씨들이 상처받을 거야."

"공주님은 아무나가 아니잖아? 공주님의 마음에는 내가 전혀 없는 모양이네."

같은 말을 몇 번 하게 만드는 걸까. 자기도 관심이 전혀 없으면서. 소유는 입술만 노골적으로 비죽여 보이고 몸을 돌렸다.

"먼저 갈게."

아침에는 그렇게 맑았던 하늘은 날이 저물 즈음이 되자 거짓말처럼 먹구름이 깔리더니 비를 내리기 시작했다. 비 냄새를 흘리던 정원에 흰 꽃잎과 빗물이 섞여 떨어졌다. 젖은 바람이 들어오는 비단창을 모두 닫은 뒤 시비는 따뜻한 술을 소유에게 가져다 주었다.

"봄비가 내리니 좀 춥네요."

소유는 술잔에 맑은 술을 따르며 말했다. 시비는 달콤한 낙양 전통 과자를 상에 내려놓으며 동의했다.

"예, 산바람이 들어서 봄밤은 좀 춥답니다."

"이 집 도련님은 신나겠네요. 고루高樓에서 보는 비는 얼마나 운치 있겠어요."

아까 설화, 매향, 그리고 홍랑을 만나서 신이 난 것 같았으니 아마도 그대로 함께 기루에 갔을 거라는 짐작에서 한 말이었는데 시비는 고개를 저었다.

"도련님은 방에 계셔요."

"예?"

소유는 눈을 깜박였다.

"아까 외출했을 때 저자에서 만났는걸요?"

"오늘 낮에 외출하시긴 했는데, 금방 다시 들어오셨어요."

"그러면 이따 다시 나가려는 걸까요?"

시비는 고개를 저었다.

"도련님은 비 오는 날에는 출타하지 않으셔요."

"그래요? 어째서요?"

"그건 저희는 모르지요."

시비는 소유가 실수로 흘린 술을 수건으로 닦아 주며 대꾸했다.

"섬월당 사람들이야 알지도 모르지만요."

"섬월당이요?"

처음 듣는 단어에 소유는 고개를 갸웃했다. 시비는 웃으며 설명했다.

"월이 도련님이 어머님과 함께 사시던 집이에요. 몇 해 전 어머님이 돌아가신 뒤로는 여기서 지내시지만 가끔은 섬월당에도 머무신답니다."

소유는 월의 어머니가 왜 본성이 아닌 곳에 따로 살았던 걸까 하고 무심코 고민하다가 답을 떠올리고 괜히 찔끔했다. 그러고 보니 월은 소실의 자식이고 백란은 본처의 자식인데, 월이 더 나이가 많은 것을 보면 형제의 아버지는 젊을 때부터 월의 어머니를 들였던 것일까?

시비가 내어준 술은 독하지 않으면서 향기로웠다. 소유는 금세 월의 부모에 대한 흥미를 잃고 자경국의 음모를 어떻게 막아야 할지에 대해 골머리를 썩기 시작했다.

다음 날은 점심 무렵이 지나자 다시 맑았다. 소유는 가벼운 식사를 마치고 시비의 말에 따라 응접실로 갔다. 짐작대로 월은 뚜르가이와 함께 있었다.

"어어?"

다만 월과 뚜르가이 옆에 백란도 있다는 점은 예상 외였다. 백란은 소유를 보자마자 입을 살짝 벌리며 자리에서 일어났다. 월은 그가 백란과 함께 있을 때만 보여주는 담백한 얼굴로 놀란 듯 눈썹을 들었다.

"왜? 이이를 아느냐?"

"선녀 낭자!"

백란은 제 형의 말이 끝나기도 전에 외치며 소유에게 다가왔다. 백란의 얼굴은 어느새 봉숭아꽃처럼 붉게 물들어 있었다.

"선녀 낭자?"

뚜르가이가 재미있다는 듯 작게 중얼거렸다. 소유는 어쩐지 조금 부끄러워져 제 얼굴도 붉히며 빙긋 웃었다.

"또 뵙습니다."

"형님께 손님이 와 계신다는 말이야 들었습니다만, 설마 그분이 선녀 낭자이실 줄은 몰랐습니다."

"공자."

모르는 사람도 아니고 월과 뚜르가이 앞에서 선녀라는 노골적인 말을 계속 들으니 기분이 점점 이상해졌다. 소유는 쿡쿡 웃고 월을 보았다. 월은 백란에게 손짓했다.

"앉아라, 백란아. 손의 앞에서 무례하지 않으냐."

"그렇군요! 예, 형님."

백란은 얼른 제 형의 옆에 가서 앉았다. 그는 곧 다시 꽃처럼 웃으며 소유에게 말했다.

"부끄러운 모습을 또 보였습니다."

"아닙니다."

소유는 월이 정중하게 손짓하는 대로 그의 다른 쪽 옆에 앉았다. 백란은 눈을 계속 반짝이며 소유를 흘긋거렸고 소유는 그 시선이 멋쩍었다. 짧은 침묵이 흐른 뒤 뚜르가이가 싱긋 웃으며 입을 열었다.

"이거 이거, 백란 도련님이 걸음마하실 때가 엊그제 같은데 말입니다."

"쓸데없는 소리."

월은 무심코인 듯 쓴웃음을 비쳤다가 곧 평소처럼 유들유들한 얼굴로 눈을 내리깔았다.

"여기 이 낭자가 자네 이야기를 듣고 싶다 한 사람이니 말해주게. 자네도 바쁜 사람인 줄을 아니 예 차리는 데에 너무 시간을 쓸 필요는 없네."

"예, 월이 도련님."

뚜르가이는 소유의 얼굴을 보고 빙긋 웃었다.

그 후로 뚜르가이가 천천히 풀어놓은 이야기는 이전의 그것과 똑같았다. 소유는 분노와 회한, 그리고 고요한 슬픔이 섞인 기분으로 진 어사를 애도하며 그의 이야기를 들었다. 월이 그녀를 슬쩍 살피는 것이 느껴졌다. 다행히 그녀는 두 번 잃어버린 진씨 집안 식구들에 대한 미련으로 인해 수상한 기색을 보이는 실수를 저지르지 않았다. 그녀는 이야기를 마친 뚜르가이에게 깊이 감사했다.

"감사합니다, 대방 어른. 덕분에 많은 것을 알았습니다."

"제가 아는 건 여기까지입니다, 아가씨. 더 아는 게 없어 죄송합니다."

뚜르가이는 빙긋 웃었다. 소유는 그가 입은 신월국 복장에 관심이 가 잠시 그 옷자락에 시선을 주었다. 희고 고운 장포를 채윤은 지금쯤 입어보았을까.

"월이 도련님이 요 며칠 사이 객잔과 기방을 돌면서 화주성에서 일어난 사건에 대해 알아보고 다니신다길래 와봤는데, 뭐 중요한 일이신가 봅니다?"

소유는 움찔하며 신월국 복장에서 눈을 뗐다. 그리고 뚜르가이에게 마주 어색하게 웃어 보였다.

"저에게는 무척 중요했습니다. 감사합니다."

뚜르가이는 만족스럽게 싱글거렸다. 그가 인사하고 자리를 떠나자 백란은 곧장 소유를 안타까운 표정으로 보며 물었다.

"낭자, 방금 한 이야기가 낭자와 상관이 있습니까? 혹 화주 진씨 문중의 따님이십니까?"

"그 댁에서 평생을 살아왔습니다. 피는 이어져 있지 않습니다만 한 집안 식구나 다름없지요."

소유는 씁쓸한 표정을 지었다. 백란은 어쩔 줄 몰라 했다.

"형님이 진가의 아드님과 친우시라는 것은 들어 알고 있었는데, 설마 그렇게 끔찍한 일이 일어났을 줄은 꿈에도 몰랐습니다."

백란은 함부로 조의를 표하기 조심스러운 듯, 할 말이 더 있는 표정으로 입술을 움찔거리면서도 말을 멈췄다. 소유는 쓴웃음을 지었다.

"마음 써주셔서 감사합니다, 백란 공자. 천하에 오갈 곳이 없게 되었는데, 공자의 형님이신 월 공자가 이리 힘써주신 덕분에 저도 이리 내막을 알 수 있었습니다. 월, 고마워."

소유의 진심 어린 말에 월은 눈썹을 들었다. 백란의 눈망울에 눈물이 그렁그렁 맺혔다.

"어려움에 처한 이를 돕는 것은 선비의 당연한 의무지요. 제가 도울 수 있는 일이 있다면 뭐든 말씀하십시오."

"하오나 사안이 사안인지라. 귀 가문에 누가 될지도 모르는 이런 일인 줄 알았더라면 오지 않았을 것을."

소유는 뻔뻔하고 예의 바르게 말했다. 월은 미간을 살짝 좁혔고 백란은 감동을 받은 듯 열성적인 얼굴이 되었다.

"그런 말씀 마십시오. 들어보니 혐의가 확정된 것도 아니고, 어떤 이유가 있더라도 창졸간에 가족을 잃고 어려운 길을 헤쳐 나오셨으니 얼마나 고초가 심하셨습니까. 그저 한동안은 이 낙양에서 마음을 추스르십시오."

"백란아."

월은 동생에게 한숨을 쉬어 보였다.

"참견이 심하구나."

"아! 실례했습니다, 낭자."

"아닙니다."

백란의 마음씨에 감동을 받은 참이었기 때문에 소유는 본인의 생각보다 다정하게 말했다.

"친절한 말씀에 몸둘 바를 모르겠습니다. …친우의 행방에 대한 단서가 잡혔으니 곧 장안에 가 더 알아볼까 합니다만, 그전까지 잠시 더 형님 공자께 신세를 지고자 합니다. 귀댁에 참으로 큰 폐를 끼칩니다."

얼마나 큰 폐인지 백란과 월은 모를 테고, 이제 더는 그런 일이 생기지 않게 할 테지만, 그렇다고 해서 소유가 이전 일을 잊을 수는 없었다. 그녀의 말에 월은 쓴웃음을 지었다.

"나한테 먼저 감사 인사를 하고 해야 하는 말 같은데, 공주님?"

"공주님이요?"

백란은 즉각 반응하며 눈을 또르르 굴렸다.

"선녀 낭자 누님이 공주님이십니까, 형님?"

월은 동생을 보고 입술을 기묘하게 비틀었다. 웃다 마는 것 같은 표정이라고 소유는 생각했다.

"너야말로, 왜 선녀 낭자라 부르느냐?"

"하늘에서 내려온 선녀처럼 고우시지 않습니까."

"나도 대강 비슷한 이유에서 공주라고 부르는 것이다."

소유는 픽이나, 라고 생각했다. 그러나 백란은 공감한다는 얼굴로 고개를 끄덕였다.

"그렇습니까. 하기야 그럴 만도 하지요. 대단히 품위 있으시고 재치가 있으시니 왕가의 규수에 비교해도 뒤지지 않겠습니다."

그것은 너무나도 과장된 칭찬이었지만 백란의 눈은 진지했다. 소유는 부끄러워 얼굴을 붉히며 고개를 저었다. 그러고 보니 그녀는 저도 모르게 그간 설궁과 전장에서 봐온 소하의 품위 있는 행동을 따라하고 있었는지도 몰랐다.

"제 이름은 양소유입니다. 감히 왕실에 비할 수 없는 한미한 출신이니 말씀을 감당할 수 없습니다, 공자."

"백란이라고 부르시고 편하게 대해주십시오. 형님께 하시는 것처럼요."

백란은 소유가 이름을 말해주자 헤헤 웃었다. 월은 고개를 절레절레 저었다.

"언제 떠날 거야? 공주님. 더 머물 이유가 있어?"

"당신이 잘할지 확인하고 갈 거야."

소유는 월에게 의미심장하게 눈짓하고 빙긋 미소 지었다. 월은 그 말로 모든 것을 이해한 듯 이마를 짚었다.

"무엇을요?"

백란은 고개를 갸웃했다. 그의 가슴팍에 달린 새 모양의 옥이 맑게 반짝이며 달랑달랑 움직였다. 소유는 친절하게 말해주었다.

"과거에 급제한 네 형님이 착하고 공정한 선비의 삶을 사는 것 말이란다, 백란아."

"형님은 항상 마음씨가 고우시고 공정하십니다."

월은 기가 차다는 듯 콧방귀를 뀌었고 백란은 그저 헤헤거렸다. 소유는 자리에서 일어났고 월은 그녀를 불렀다.

"잠깐."

"왜?"

"나는 슬슬 거처를 바꿀 거야. 여기 혼자 머무르는 건 좀 그렇고, 공주님도 함께 가줘야겠어."

예의 '섬월당'에 가는 모양이었다. 가끔만 돌아간다면서 무슨 일일까? 소유는 고개를 끄덕였다.

"내가 낙양에서 아는 사람은 당신과 백란이뿐이니 데려가주면 고맙겠어."

"용감한데? 나와 둘이 살겠다고 지금 공주님 입으로 선언한 거야?"

"당신은 바깥채에 있을 것 아니야. 나는 작은 방 하나라도 좋으니 낙양에 머무는 동안 밖에 쫓아내지만 말아줘."

소유는 후후 웃었고 월은 빙긋 웃었다. 백란은 눈을 동그랗게 뜨고 제 형과 소유를 번갈아가며 보다가 그저 좋은지 고개를 갸웃하고 말았다.

월은 이틀도 지나지 않아 소유와 함께 거처를 섬월당으로 옮겼다. 늦은 봄비는 계속 오다가다 하며 낙양의 땅을 적셨다.

섬월당은 궁궐처럼 훌륭한 취향으로 꾸며둔 데다, 허투루 놓아둔 구석이 없는 집이었다. 정중한 사용인은 모두 꼼꼼하게 일했고 지붕의 푸른 기와는 깨진 곳 없이 빗물에 매끄럽게 젖었다. 낙숫물이 똑똑 떨어져 소박한 뜰에 줄지은 웅덩이를 만들었고 소유는 잠깐 나온 햇살이 물에 반사되어 찬란하게 빛나는 모습에 경탄했다. 심지어 소유가 사용하게 된 방에서는 달을 구경하기 좋은 정자가 바로 내다보였다.

백란은 매일같이 놀러와 소유를 위로해주었다. 월은 그 사실이 마음에 들지 않는 모양이었지만 동생의 고집을 꺾지는 못했다. 소유는 비가 그칠 때마다 슬쩍 외출해 성 부근을 돌아보았는데 백란이 함께 하면 근방의 풍물을 자세히 안내받을 수 있었다.

지루하게 이어지던 먹구름이 물러가고 날씨가 부쩍 더워졌을 때, 백란은 요즈음 공부를 많이 빼먹었다며 본성에서 며칠 나오지 못한다는 연통을 전해왔다. 그 편지를 전해준 월은 당연하다는 표정이었다.

"백란이는 낙양을 이어받아야 하니 학문에 힘써야지. 그동안 너무

게으름을 피웠어."

소유는 백란의 귀엽고 울적한 편지를 접어 소매에 넣으며 후후 웃었다.

"당신이 장남이잖아."

월은 그녀의 기대를 저버리지 않고 아무렇지도 않게 말했다.

"방탕하게 놀기만 하는 나 따위가, 장남이면 어떻고 아니면 또 어떻겠어."

"과거에도 급제했었다며."

"관리 생활을 못 견뎌서 돌아왔으니 더 한심하지."

본인을 신랄하게 비판하면서도 월은 별다른 감흥이 없는 것 같았다. 소유는 어쩐지 마음이 좋지 않아 입술을 불쑥 내밀었다.

"당신이 영리하다는 건 잘 알고 있어."

"그래서?"

월의 눈이 문득 날카로워졌다. 그는 그러나 금세 표정을 평소처럼 풀고 그녀의 앞을 걸었다. 정자 옆을 포르르 날아다니던 작은 새들이 짧게 우는 소리를 냈다.

"선대왕께선 적서의 차별이 옳지 않다고 생각하셨어. 적어도 내가 알기론 그래."

"단순히 그런 문제가 아니야. 나는 공주님이 상상하지도 못할 만큼 천한 핏줄이야. 신선의 딸인 공주님과는 다르지."

소유는 내심 놀랐다. 월이 알고 있는 줄은 몰랐던 것이다.

"그걸 어떻게 알았어?"

"채윤이 말해줬어."

월은 곁눈질로 그녀를 보았다. 그의 입꼬리가 빙긋 올라갔지만 소유는 어쩐지 그의 눈이 슬퍼 보인다고 생각했다.

그것이 마음에 들지 않아서일까, 소유는 자신이 생각한 것보다 더 방어적으로 말했다.

"핏줄이 천할 수는 없어. 사람의 마음이 천한 거야."

채윤이를 데려오라고 선뜻 도움을 준 아이들은 글도 제대로 몰랐지만, 제 조카를 죽이려 온갖 더러운 꾀를 짜내 많은 사람을 죽게 만든 초왕보다 천한 마음을 가지고 있다고 생각되지는 않았다.

월은 턱을 살짝 들며 고개를 돌렸다.

"왜 갑자기 그렇게 나를 변호해주는 거야?"

"딱히 당신을 변호할 생각은 없어."

소유도 눈을 내리깔았다.

"그렇다기엔 끈질긴걸."

"알았어. 당신이 우리 아버지 이야기를 꺼낸 시점에서 그만뒀어야 했는데, 내가 말이 너무 길었네."

그제야 월은 그녀를 돌아보았다. 그는 눈을 살짝 찌푸리고 있었다. 요즘 들어 그녀에게 보여주기 시작한 얼굴이었다. 그는 전혀 이해가 안 된다는 듯 물었다.

"춘부장의 이야기가 싫어?"

"어차피 믿지도 않을 거잖아?"

눈앞에서 용을 보여준 것도 아니고, 아무리 채윤이 말했다지만 월이 그런 말을 정말로 믿었을 것 같지는 않았다. 소유는 일부러 아까의 월을 흉내 내 턱을 살짝 들었다. 의외로 월은 쓴웃음을 지었다.

"믿지 않는다고 한 적은 없는데?"

"보통은 믿지 않는걸."

"어떻게 안 믿겠어? 이렇게 고운데."

또 그런 농담이었다. 소유는 월을 홱 흘겨보았다. 그는 이제 그녀를 똑바로 바라보고 있었다.

"왜 그렇게 무서운 눈으로 보는 거야?"

"당신이 하는 말은 거짓말인지 참말인지 알 수가 없어. 그래서 알아보고 싶어서 똑바로 보는 거야."

"물론 참말이야. 처음 볼 때부터 이렇게 고운 사람은 처음 본다고 생각했지."

갈수록 새빨간 거짓말이다. 그가 하는 말은 정말이지, 어디부터 어디까지가 진심인지 알 수 없었다. 소유는 결국 어이가 없어서 헛웃음을 터뜨렸고 월은 빙긋 웃었다.

"나는 슬슬 출타할 거야. 공주님이야 늘 그렇듯 밖에 나가고 싶겠지?"

"생각 중이야."

"선녀처럼 아리땁고 왕족처럼 품위 있는 공주님을 혼자 내보내려니 항상 마음에 걸려. 얌전히 있으라고 말하고 싶지만 내 말을 들을 리는 없겠지?"

"내겐 할 일이 있으니까."

월의 눈빛이 어느새 완전히 평소처럼 돌아와 있었다. 소유는 월이 한 말을 모두 잊기로 했다. 그리고 정자의 반질반질한 의자에서 일어서서 담을 넘어 정원에 훌쩍 뛰어내렸다.

소유가 돌아본 월은 정자 위에서 기가 막힌다는 듯 키득거리고 있었다. 그의 부드러운 머리칼 몇 가닥이 산들바람에 흩날렸다.

한참 웃고 난 그는 얼굴에 햇살을 가득 받으며 휘어진 눈으로 인사했다.

"또 봐, 공주님. 할 일이 많은 건 알겠지만 요즘 흉흉한 사건이 많으니 가급적 큰길로만 다녀."

"그래."

그 말을 들을 생각은 없었지만 소유는 고개를 끄덕였다. 요즘 그는 소유에게 미행을 붙이지 않았기 때문에 골목으로 좀 다닌다 해도 들킬 리는 없었던 것이다.

평소처럼 낙양의 골목을 돌아보던 소유는 뒤에서 희미하게 들려온 발소리에 몸을 굳혔다. 전에 그녀를 멀리서 지켜보았던 월의 미행이 아니었다. 여러 명의, 심지어 함께 훈련받은 자들이 일정한 보폭으로 이동하며 내는 소리였다.

골목의 벽에 몸을 붙이고 소리를 죽인 소유는 곧 발소리가 제 옆의 다른 골목을 지나가는 것을 듣고 조용히 안도의 숨을 내쉬었다. 그러나 그녀의 몸을 지배한 긴장은 한동안 풀리지 않았다. 머릿속이 어지럽게 빙글빙글 돌았다.

뭐 하는 자들이었을까?

짐작 가는 바는 있었지만 바로 확신할 수는 없었다. 그때 다시 아까와 비슷한 발소리가 들려왔다. 소유는 발소리가 점점 가까워지고 있음을 깨닫고 조용히 칼자루에 손을 가져갔다. 그들은 소유에게는 모습이 보이지 않는 곳에서 멈추더니 속삭여 대화를 나누었다.

"표시해라."

"예, 대장님."

"제2지점. 기록 완료했습니다."

소유의 가슴이 삽시간에 미친 듯이 흥분하며 뛰었다. 그들의 말을 다르게 들을 수는 없었다. 아니, 사정을 몰랐다면 흘려들을지도 모르는 일이었지만!

"큰 새는 협조할 것 같나?"

"무덤의 충신이었으니 힘들겠지요."

"알겠다."

큰 새? 무덤? 그게 무슨 말인지는 이해할 수 없었다. 하기야 낙양을 뒤집으려고 이렇게 일찍부터 첩자를 심어놓은 자들이니 암호를 사용할 만큼의 조심성은 당연히 있을 터였다. 소유는 잠시 고민했다. 저들을 지금 친다면 자경국의 음모는 실행이 늦춰질 것이다. 하지만 '얼마나' 늦춰질지, 저들이 몇 명인지가 불분명했다.

낙양에 지금 와 있는 적극적인 첩자는 몇 명이나 될까?

짧은 침묵 후, 대장인 것 같은 자는 낮은 목소리로 지시를 내렸다.

"월궁조, 작은 새의 움직임을 놓치지 마라. 월궁에서 괴상한 시를 읊었다는 계집이 작은 새와 함께 거처를 옮겼다니 더 주의해야 한다."

"작은 새 본인은 별다른 움직임을 보이지 않고 있습니다."

월궁이 어딜까, 하고 바쁘게 추리하던 소유는 순간 숨이 멎을 뻔했다.

그들은 소유와 월에 대해 이야기하고 있었다.

월이 작은 새라면 큰 새는 그의 아버지인 성주일 테고, '무덤'은 높은 확률로 선왕일 터였다. 성주가 과거에 충성을 바쳤을 만한 상대는 한정되어 있으니까. 월궁이 명월각이고 월궁조가 따로 있다면 월의 행동과 인간관계가 얼마나 잦은 빈도로 적에게 보고되고 있단 말인가.

이대로 가만히 있을 수는 없었다. 소유는 발소리를 죽이고 가장 큰 길과 가까운 방향을 택해 이동했다. 그녀가 움직이자마자 첩자들의 기척은 거짓말처럼 사라졌다.

수많은 사람이 오가는 길가로 나가서도 소유의 심장은 원래대로 잦아들지 않았다. 얼굴이 붉어질 정도로 빠르게 피가 돌았다. 그녀는 저도 모르게 점점 더 걸음을 빨리했다. 가슴이 쿵쾅거렸다.

소하 님.

마음속에서 그의 이름이 절로 나왔다. 소하라면 이럴 때 어떻게 해야 할지 알았을 것이다. 아니, 그라면 이미 저들의 틈에 수를 써두었을 것이다.

하지만 지금 그는 이 자리에 없었다.

소유는 돌부리에 걸려 넘어질 뻔하고서야 찬물을 끼얹은 듯 정신을 차렸다. 그녀는 눈을 꼭 감고 도리질쳤다. 아직, 아직 괜찮았다. 소하는 아직 실패하지 않았다. 낙양도 아직 적의 손에 넘어가지 않았다. 백란은 안전하게 제 부모님과 있었고, 경원과 청하와 청운도 살아 있었다. 그것을 위해 살아 돌아온 것 아닌가?

거기까지 생각하자 조금은 마음이 가라앉았다. 소유는 사람들이 그녀를 힐끔거리는 것을 깨닫고 태연한 척 남들과 보조를 맞추어 걸었다. 그리고 침착하게 생각하기 위해 애썼다.

자경국의 낙양 점령은 소하가 왕위 탈환을 선포한 다음에 일어난 일이었다. 소하를 돕기 위해 소유가 해야 하는 많은 일들을 생각하면 그것은 마치 먼 훗날처럼 느껴질 정도였다. 올해 안의 일인데도 그러했다. 변수는 많았고 그녀가 모르는 것도 많았다. 다만 그녀는 월은 낙양을 지키기 위해 최선을 다할 것이라는 것만큼은 믿었다.

소유가 낙양을 완전히 지키고 떠날 수는 없었다. 그랬다가는 소하의 왕위 탈환에 필요한 다른 조건들이 갖춰지지 않을 것이다. 다만 이대로는 너무나도 해둔 것이 적었다. 백란이, 혹은 그 외의 사람이라도 자경국의 왕궁에 가서 선왕의 유언장을 훔칠 때 과연 낙양은 저번과 얼마나 다른 상황에 놓여 있을 수 있을까.

문득, 사소하지만 소유는 단서를 더 잡기 위해 할 수 있는 일을 떠올렸다. 그녀는 자신이 이미 가야 하는 장소로 향하고 있었다는 사실을 깨닫고 심호흡했다.

이른 시각의 명월각은 아직 붉은 등을 켜놓지도 않았고 손님도 없었다. 그래서인지 낙양 삼기는 화장기 없는 얼굴에 편한 차림으로 소유를 맞이했다. 언니들에게 향갑이니 수건 따위를 가져다주며 시중들던 동기는 희한한 얼굴로 소유를 보다가 자리를 떴다.

"무슨 일이십니까?"

화장기가 없어도 세 사람은 대단히 아름다웠다. 매향은 곱게 손질된 손으로 입을 가리며 하품하고 물었다. 설화는 언짢은 얼굴로 옆을 보며 앉아 있었다. 소유는 당장 본론을 꺼냈다.

"협조를 구하고 싶은 것이 있어 이렇게 찾아왔습니다."

설화가 한숨을 쉬었다.

"기방은 아씨 같은 분이 드나들 곳이 아니라 말씀 올리지 않았습니까."

"헌데 도움이 꼭 필요한 걸 어쩌겠습니까."

홍랑은 아무래도 좋다는 듯 늘어져서 어깨를 두드리기 시작했다. 소유는 되도록 붙임성 있는 미소를 지어 보였다.

"전에 그러셨지요? 자경국 출신으로 일하러 온 자가 늘었다고요."

세 사람은 거의 동시에 이상한 표정을 지었다. 매향이 냉큼 대답했다.

"그랬지요."

"제가 지난번 지었던 시가 용렬했지만 모두 알아들으셨다는 것은 압니다. 다른 것은 모두 차치하고라도, 천인국과 저 북부의 다미국 사이에서 국경 분쟁이 일어나고 있다는 사실은 들어 알고 계실 것이라 생각합니다."

소유는 대담하게 말을 던지고 설화의 표정을 살폈다. 설화는 곱고 냉랭한 얼굴 그대로였지만 생각하는 눈이 되었고 홍랑은 동의했다.

"들어봤지요. 나랏님이 세우신 약속을 무시하고 그 야만인들이 자꾸 천인국 백성들을 괴롭힌다지요?"

소유는 살짝 울컥했지만 티를 내지는 않았다. 하기야 그녀 본인도 다미국에 직접 가기 전에는 그들을 나쁘게만 생각했었다. 심지어 다미국과 먼 곳에 있는 이 낙양에서야 보통은 저 정도로 받아들이고 있을 터였다.

"약속을 무시한 잘못은 나중 문제입니다. 중요한 건 국경 분쟁이 계속되어 국경 외의 곳으로까지 싸움이 번졌을 때 우리에게 어떤 영향이 있을까, 지요."

설화는 미간의 매끈한 피부에 주름을 잡았고 매향은 눈썹을 들었다. 매향은 입술을 내밀었다.

"대담한 말씀을 하십니다. 근거가 있으십니까?"

"반드시 그러리라고 말하는 건 아닙니다. 다만 낙양처럼 특수한 위치에 있는 곳에서는 미리 주의해야 한다는 말이지요. 먼저 북부에서 전쟁이 일어난다면 자경국 또한 자기들이 가장 먼저 전쟁을 일으키지는 않았다는 핑계를 가지게 되는 셈 아니겠습니까?"

소유는 눈 하나 깜짝하지 않고 거짓말을 했다. 매향은 원래 이런 이야기에 관심이 많았는지 맑고 예리한 눈으로 곧장 대답했다.

"생각할 수 있는 일이지요. 그래서 아씨 말씀은, 자경국이 낙양을 칠 계획을 짜고 있다는 겝니까?"

"매향아."

설화가 눈살을 찌푸렸다.

"목소리가 크구나."

"뭐 어떻습니까. 이 방에 오는 사람은 우리 동생들뿐이잖습니까."

"아니요, 조심해주시면 좋겠습니다. 그것 또한 제가 오늘 협조를 구하려 한 일 중 하나입니다."

소유는 고개를 저었다. 홍랑은 소유를 빤히 보았다. 소유는 오늘 있었던 일을 설명했다.

"제가 얻은 정보에 의하면 명월각에서 명사들의 동태를 보고하는 자들, 속칭 '월궁조'가 있다고 합니다. 명월각은 격조 있고 호화로운 곳이니 많은 이가 드나들고, 해서 일부러 명월각을 노려 몇 명을 침투시켜 둔 모양입니다."

낙양 삼기의 얼굴이 제각기 일그러졌다.

소유의 짐작보다는 빠르게, 설화가 침묵을 깼다.

"기루에서는 많은 대화가 오가지요."

홍랑이 받았다.

"아씨가 지으셨던 시나 방금 나온 말 정도는 농담 축에도 끼지 못할 정도로요."

소유는 내심 놀랐다. 매향이 한 말은 그렇다 쳐도, 소유는 본인이 지었던 시가 상당히 충격적이었을 거라고 그간 생각해 왔던 것이다.

"그리들 말을 막 합니까?"

"시는 더 막 짓지요."

매향은 생긋 웃었다. 설화와 홍랑은 그 말에 거의 동시에 쓴웃음을 지었다. 소유는 덕분에 매향이 농담을 했다는 것을 알고 자신도 미소를 지었다.

"의미심장한 시는 명월각에선 이야깃거리도 못 됩니까?"

"그것은 아니지요. 아씨의 시는 명백히 설득을 위해 지어진 것이 아닙니까."

"보통 저희가 듣는 시는 내용이 막 나가는 것이 아니라 시재詩才가 막 나간답니다."

홍랑과 매향의 줄지은 대구가 끝나자 낙양 삼기는 이번에는 아까보다 조금 더 높은 소리로 웃었다. 소유는 키득거렸다. 그녀는 매향이 이전보다 좋아졌다.

"첩자가 있다면 가져갈 이야깃거리가 많겠군요."

"나름대로 중요한 이야기가 있다면 관헌 나으리들은 작은 방에서 대화를 나누십니다만, 기녀가 항상 동석하지요."

"이건 기분 나쁘게 느껴질 수 있겠습니다만……."

"지금 명월각에 있는 아이들은 모두 여기 있은 지 몇 년이 넘었습니다만, 누가 기적에서 빼준다고 꼬이기라도 했다면 간자에게 아무것도 귀띔하지 않으리라는 보장은 못 합니다."

소유가 저어하며 꺼낸 말이 끝나기도 전에 홍랑은 또박또박 대답했다. 소유는 눈을 크게 떴다.

"어째서요? 사람이 너무 많아 됨됨이를 잘 모르십니까? 아니면 의심이 가는 사람이 있으십니까?"

"그런 게 어디 있겠습니까. 단지 기생에게 낙양이 겁화에 둘러싸이는 것은 별일이 아니라 그리 말했습니다."

홍랑의 말은 대담했다. 설화와 매향은 그러나 홍랑에게 동의하는 눈치였다. 소유는 입을 벌렸다.

"어찌 그렇게 말씀하십니까. 낙양이 침범당하면 여기 있는 사람들도 무사하지 못할 것 아닙니까."

"잘못 생각하셨습니다."

홍랑은 고개를 저었다.

"자경국이 진실로 진해국을 침범하려 한다면 낙양을 점하는 데 시간을 오래 쓸 리 있겠습니까? 또, 낙양에서 가장 큰 기루를 망가뜨리면 저들의 장군들과 관리들은 무엇으로 상을 받고 어디에서 정복감을 느끼며 연회를 열겠습니까? 다른 곳은 몰라도 명월각은 항상 남아 있을 겝니다."

소유는 그런 식으로 생각해본 적이 없었다. 갑자기 홍랑이 낯설게 보였다. 소유의 시선을 보던 설화가 한숨을 쉬며 정리했다.

"홍랑이는 여인의 몸으로 태어난 이 어디서나 고되다는 말을 하려 했을 뿐이니, 아씨는 노여워 마십시오. 다만 좋아서 기생으로 사는 사람이 어디에 있겠습니까? 관비에게서 태어났거나 가세가 불운하여 부모에게 팔려 온 아이들이 자라 기루에서 웃음을 파는 꽃이되니, 나라를 지키고 싶은 마음은 매일 여인의 손 한 번 잡아보는 게세상에서 가장 중요한 양 행동하는 높으신 나리들을 보다 보면 절로사그라듭니다."

…그것은 옳은 말로 들렸다.

소유는 너무도 낯선 기분에 저도 모르게 얼굴이 붉어졌다. 설화는눈을 곱게 내리깔았다가 그녀를 똑바로 바라보았다.

"아씨는 오해를 마십시오. 우리 성주님은 참으로 좋은 분이시고 저희 모두 존경합니다. 하오나 저희 아이들 중 누군가가 지금보다 잘살 수 있다면 나라를 위하는 마음만으로 그 기회를 놓치는 것을 저희는 바라지 않습니다."

"알겠습니다."

진심으로, 이해했다. 소유는 고개를 끄덕였다. 그때 밖에서 아마도동기童妓일 어린 여자아이의 목소리가 들려왔다.

"설화 언니, 홍랑 언니, 매향 언니, 월이 도련님이 오신대요."

소유의 눈이 무심코 설화에게 가장 먼저 가닿은 것은 불가항력이었다. 홍랑과 매향은 눈을 반짝였고 설화는 옅은 미소를 지었다.

설화에게는 미안한 일이었지만 오늘 들은 이야기는 중요한 사안이었다. 월이 명월각에서 오늘 밤 술에 취해 무슨 말을 할지도 모르는 것이다. 소유는 설화에게 양해를 구했다.

"죄송하지만 오늘은 월이 공자를 제가 데려가야겠습니다."

설화는 바로 싫은 얼굴을 했다. 그녀는 소유를 보고 차분하지만 적대감이 느껴지게 말했다.

"섬월당에 들어 계신다지요."

하기야 모를 것 같지는 않았다. 소유는 떨떠름하게 고개를 끄덕였다.

"예에."

"여전히 도련님과 아무 사이 아니시라 말씀하실 수 있겠습니까?"

"몇 번을 물으셔도 제 답은 같습니다."

어쩐지 소유의 그 말에 설화는 쓴웃음을 지었다. 설화는 그러나 잠시 후 매혹적이고 속이 보이지 않는 미소를 지어 감정을 감추었다.

"…저희는 장사하는 집이라 모처럼 온 손님을 그냥 돌려보내 드릴 수 없겠습니다. 월이 도련님과 대화를 나누고 싶으시거든 댁에서 하시지요."

"하나 중요한 사안입니다."

"저희에게는 중요하지 않다 말씀드리지 않았습니까?"

소유는 잠시 설화의 눈을 보며 그녀의 진심을 재어보았다. 설화는 분명히 월을 좋아하는 것 같았고 소유를 마음에 들어 하지 않았지만 바보는 아니었다. 소유는 한숨을 쉬었다.

"그럼 미안함의 표시이자 월이 공자를 데려가는 대가로 악곡을 연주하겠습니다. 비파를 빌려주시면 연주할 테니, 마음에 드시면 오늘은 제가 공자를 데려가게 두시고 마음에 들지 않으면 저에게 물러가라 하십시오. 어떻습니까?"

홍랑과 매향은 말이 없었다. 잠시 후 설화가 부채로 제 입을 가렸다.

"음률 하나에라도 흐트러짐이 있으면 저희의 마음에는 들지 않을 겝니다."

"걱정 마십시오."

매향은 창을 열어 동기에게 비파를 가져오라고 일렀다. 소유는 동기가 바로 가져온 비파를 안고 현을 쓰다듬었다. 맑고 선명한 소리가 나는 것으로 보아 조율이 잘되어 있는 모양이었다.

연주를 마친 소유는 비파를 내려놓고 천천히 자리에서 일어섰다. 설화와 홍랑, 매향 세 사람은 아무 말이 없었다. 그녀는 문을 열고 마당에 내려섰다.

언제부터였는지 마당에는 월이 서 있었다. 언뜻 사랑채 모퉁이 너머로 뚜르가이와 비슷한 차림을 한 사람이 지나간 것 같았다. 소유는 혹 채윤인가 싶었지만 그런 느낌은 들지 않았다. 하기야 명월각에 신월국 출신의 손님이 온다 해서 이상할 일은 없었다.

월은 소유의 얼굴을 확인하고 어딘가 화가 난 것도 같고 안도한 것도 같은 이상한 표정을 지었다. 소유는 그에게 가볍게 말했다.

"일부러 여기까지 나왔는데 아쉽지만, 오늘은 바로 집에 들어가야겠어. 오늘은 당신을 빌려가기로 이야기가 되었거든."

"오늘'도'겠지."

"하긴 두 번째구나."

"기루에 드나드는 게 습관이 된 거야?"

"두 번은 습관이라고 하기엔 너무 적은 수인 것 같아."

"보통 요조숙녀는 기루에 한 번도 발을 들이지 않아."

"요조숙녀는 기루에 발을 들이는지 아닌지로 결정되는 게 아니라고 나는 생각해."

"보통은 올 필요도 없지."

"보통이라는 말을 많이 하네? 내가 여기 있어서 당황했어?"

월은 빙긋 미소 지었다.

"나를 빌려가기로 이야기가 되었다니, 나 때문에 여기까지 왔다는 뜻이야?"

"반쯤은."

진지하게 대답할 필요성을 느끼지 못한 소유는 농담처럼 대답했다. 노래와도 같은 그 말에 월은 미소 지은 채 미간을 좁혔다.

"내가 그렇게 좋아?"

"아니. 정말 싫어."

"내가 그렇게 싫어?"

소유는 한참 동안이나 월의 눈을 바라보았다.

결정을 내리는 데에는 오래 걸리지 않았다. 소유는 웃으며 고개를 저었다.

"실없는 소리는 그만하고, 중요한 이야기가 있어. 어서 가자."

소유가 겪은 일에 대해 모두 들은 월은 심각하면서도 짜증이 담긴 얼굴로 소유를 보았다.

"큰길로 다니라고 했잖아?"

"지금 그게 문제야?"

소유는 월을 새초롬하니 흘겨보았다. 월은 한숨을 쉬었다.

"낙양 곳곳에 첩자가 있으리라는 생각은 했지만 조직적으로 조를 짜서 들어와 있는 줄은 몰랐어. 명월각의 경비는 내가 어떻게 할 수 없지만 성에서는 일용직 일꾼들의 행적을 더 자세히 조사시키겠어."

"좋아."

따로 가져온 증거도 없는데 이 정도의 반응이라면 소유가 기대할 수 있는 최상이었다. 그녀는 만족스럽게 고개를 끄덕였다. 월은 냉랭하게 입을 열었다.

"공주님에 대해 저쪽에서 그 정도로 행적을 파악하고 있다면 이제 혼자 다니는 건 더 위험해졌어. 아니, 낙양에 머무르는 것 자체가 위험할지도 몰라."

"나도 그런 생각을 했어."

소유는 멋쩍게 동의했다. 상대방의 수준을 초왕과 비슷하게 생각하고 있었는지도 모른다. 자경국의 책임자는 누군지 몰라도 상당히 용의주도했다. 주의의 정도를 더 높일 필요가 있었다.

"이제 슬슬 장안으로 가서 채윤이의 행방을 찾아보는 게 공주님을 위해선 더 좋을지도 몰라."

"하지만 안심이 안 돼."

달이 밝은 밤이라, 정원의 정자에는 등롱 하나 두지 않았는데도 월의 표정이 선명하게 보였다. 월은 부채를 얼굴 가까이 대고 단호하게 잘랐다.

"어차피 공주님이 할 수 있는 일에는 한계가 있어. 오늘 갔었던 길을 알려주면 부근에서 그 표식이라는 걸 찾아보지. 최대한 빨리 여장을 꾸려서 장안으로 떠나자."

소유는 놀라 눈을 동그랗게 떴다.

"'떠나자'고?"

"그래. 장안까지 혼자 보냈다가는 또 어떤 일을 저지를지 모르겠으니까."

월은 짐짓 지겹다는 듯 한숨을 쉬었다. 그는 부채 위로 보인 눈을 가늘게 뜨며 소유를 빤히 훑어보았다.

"재주꾼인 건 알겠어. 하지만 성질이 급한 경향이 있어. 아직 일어나지 않은 일을 너무 두려워하고, 사고를 일으키기 좋은 조합이지."

그야 저승사자가 소유의 죽을 날을 정확히 알려주지 않은 이상 어쩔 수 없는 일이라고 소유는 볼을 부풀리며 생각했다. 월도 같은 입장에 처했다면 급하게 행동했을 거라는 데에 그녀는 돈도 걸 수 있었던 것이다.

하지만 월에게 그런 말을 할 수는 없었기 때문에 소유는 그저 억울한 마음으로 짧게만 변명했다.

"아직 큰 사고는 나지 않았어."

"그건 운이 좋았기 때문이야. 처음 명월각에 왔을 때 내가 공주님을 간자라고 생각해서 성의 경비병들에게 넘겨버렸으면 어쩔 뻔했어?"

"당신을 인질로 잡고 도망칠까?"

소유의 해사한 말에 월은 부채를 내리고 손으로 이마를 짚었다.

"내가 그렇게 쉽게 당할 것 같아 보여?"

"당신이 약할 거라는 게 아니야. 내 실력이 좋다는 말이지."

소유는 빙긋빙긋 웃으며 약 올리듯 말했다. 월은 결국 눈을 휘며 웃고 말았다.

"나도 비난한 건 아니야. 다만 공주님이 장안에서 제대로 된 도움을 얻는 건 봐야겠어."

다음 말을 하기 전 소유는 잠시 머뭇거렸다.

"낙양이 걱정되지 않아?"

월은 곧장 대답했다.

"네가 들은 얘기가 사실이라면 성 사람들이 충분히 경계할 만한 증좌가 손에 들어오는 거고, 그렇다면 성주님께서도 알아서 더 조심하시겠지."

"그러면 걱정 없겠구나. 사실이니까."

봄밤의 차가운 바람에 달빛이 쏟아졌다. 바람이 보일 리가 없는데도 흩뿌려지는 풀 그림자 사이로 그 궤적이 선명하게 느껴졌다. 소유는 정원을 보며 심호흡했다. 폐부 깊숙이 들어오는 풀 향기가 좋았다.

잠시 후 월은 소유에게 한 걸음 다가서 물었다.

"전에 낙양이 망하는 건 싫다고 했었지?"

"물론이야."

소하의 야망을 위해서는 물론이고, 이곳 사람들을 위해서도 자경국의 음모는 저지되어야 했다. 소유는 월이 당연한 것을 묻는다고 생각해 고개를 갸웃했다. 그러나 월이 알고자 한 것은 다른 데 있었다.

그는 다시 한 걸음 다가서 속삭이듯 물었다.

"낙양에 연고는 없고, 단지 채윤이와 절친한 내가 죽는 건 싫은 정도. 그런 이유로 이렇게까지 낙양을 염려할 수 있나?"

"천인국 사람이 천인국의 평화를 바라는 게 뭐가 잘못됐어?"

문득 식은땀이 흘렀지만 소유는 당당하게 가슴을 펴고 우겼다. 월은 고개를 아주 조금만 저었다.

"정체 모를 놈들에게 막 가족을 잃고 나서 유일하게 도움이 될지도 모를 사람인 나를 찾아온 거야 당연한 일이지. 하지만 공주님은 내게 채윤이의 행방을 찾아달라거나, 따로 갈 곳이 생길 때까지 머무르게 해달라는 요청을 한 게 아니야. 공주님이 가장 먼저 요구한 건 낙양을 침략에 대비하게 하는 것이었지."

"그래서, 여전히 나를 간자로 의심해?"

"아까 내가 한 말을 뭐로 들은 거야? 나는 공주님을 간자로 의심하지 않아."

"그럼?"

월의 눈 한쪽에 달빛이 쏟아지듯 비쳤다.

"그저 궁금할 뿐이야. 왜 이렇게까지 하지? 공주님에게 제일 중요한 일은 채윤이를 찾는 것 아니야? 아니면 낭군님이라는 사내를 찾아가 혼인해서 안정된 주거를 찾는 것 아니야? 어째서 낙양에 그렇게까지 마음을 쓰고, 낙양이 안전하길 바라는 거지?"

"그건 말이야."

뭐라고 말하면 좋을까.

낙양과 장안에 앞으로 생길 일들을 모두 늘어놓을 수는 없었다. 소유는 자신이 해온 말들이 충분한 통찰력과 상상력이 있으면 할 수 있는 추측에 기반한 것이라고 믿었지 예언을 할 생각은 없었던 것이다. 하지만 지금까지 말한 내용만으로는 소유가 왜 낙양을 걱정하는지에 대한 충분한 설명이 되지 않았다.

소유는 결국 월을 물끄러미 올려다보며 미소 지었다. 월의 동공이 미세하게 떨렸다.

"낙양이 안전하고, 당신이 안전하고 백란이가 안전한 미래를 내가 원하기 때문이야."

결국 나온 말은 그것뿐이었다. 월은 눈을 가늘게 떴다.

"그러니까, 왜?"

"원하는 데에 '왜'가 어디 있어? 내가 원한다면 원하는 줄 알아."

월은 당황한 눈을 했다가 풋 웃음을 터뜨렸다. 그가 살짝 고개를 숙이자 얼굴이 가까워져 소유는 저도 모르게 뒷걸음질쳤다. 그녀는 간신히 품위를 잃지 않고 의자에 앉을 수 있었지만 엉덩방아를 찧은 거나 마찬가지인 충격에 불만스러운 얼굴을 내보였다.

"갑자기 왜?"

"이렇게 하고 싶어서."

"왜?"

"원하는데 왜가 어디 있어."

월의 목소리가 속삭이듯 낮아졌다.

매끄러운 머리칼을 비단처럼 찰랑이며 다가오는 그 얼굴은 달처럼 고왔다. 소유는 앉았는데도 계속 그와의 거리가 가까워지자 본능적으로 칼자루에 손을 뻗었다. 그녀의 손목을 월이 제시간에 쥐었다.

"이상한 짓을 하려는 건 아니야……."

한숨처럼 잦아든 목소리.

한숨처럼 고요한 산들바람.

불안한 심장이 제멋대로 뛰었다. 소유는 대단히 난처해졌다. 월이 싫다는 여자에게 억지로 손을 댈 인사는 아니라고 그녀는 여전히 믿고 있었다. 하지만 지금 이 행동은 아무리 생각해도.

월의 내리깐 눈 안에서 달빛이 이지러졌다. 소유는 억지로 목소리를 짜냈다.

"그럼 무슨 짓을……."

"쉿."

월은 소유의 입술에 검지를 댔다. 찬바람 때문일까. 그의 손가락은 상당히 차가웠지만 부드러웠고 그 안의 깊은 곳에서는 온기가 느껴졌다. 소유는 어쩔 줄을 몰랐다.

"네가 싫어할 행동은 하지 않을 테니까, 잠시만 눈을 감아줘."

월의 목소리는 차라리 애원하는 것 같았다. 이럴 수는 없었다. 소유에게 연모하는 사람이 있다는 사실을 그는 알고 있었다. 그간 단둘이 대화를 나눠온 것은 목표를 위해서, 필요에 의해서, 그리고 친구이기 때문에…….

"약속해."

복부에 주먹을 한 방 먹이는 것은 그의 의도가 확실해진 다음이라 해도 늦지 않을 것이다. 소유는 월에게 감사하고 있었고 그를 신뢰하고 싶었다.

월은 눈을 가늘게 휘며 웃었다. 그 웃음은 뭔가를 기대하는 것처럼도, 슬프게도 보였다.

"약속이야."

"그러면 알았어."

소유는 마지막 음절을 거의 목 안에서 삼켰다. 눈을 천천히 감자 얼굴에 간지러운 바람이 스쳤다. 손 같은 것이 그녀의 머리칼을 그러모으더니 딱딱하고 차가운 것을 꽂았다.

손은 떨어져 나가지 않고 한참 동안 소유의 머리칼을 그대로 미끄러지듯 쓰다듬었다. 소유는 어리둥절해하며 눈을 떴다.

　"눈을 떠도 된다고는 하지 않았는데."

　월의 얼굴에는 전에 없이 부드러운 미소가 떠올라 있었다. 소유는 제 머리칼에 월이 꽂은 것을 손으로 더듬어 만져 보았다.

　"비녀야?"

　머리에 꽂아놓은 비녀가 제 눈에 보일 리가 없는데도 궁금해서 그녀의 눈은 저도 모르게 위로 올라갔다. 월은 그것을 보고 쿡쿡 웃었다.

　"비녀야."

　"웬 비녀야?"

　"선물."

　"선물?"

　기쁘면서도 이상했다. 소유는 미소 지으며 눈을 깜박이고 월을 보았다.

　"웬 선물이야?"

　"질문이 많네. 고맙다는 인사는 없는 거야?"

　"청혼이면 거절해야 하는걸?"

　그럴 리 없는 줄을 알면서도 소유는 혹시나 해 농담조로 확인했다. 월의 눈은 더 휘었지만 표정에서 다정함이 덜해졌다.

　"청혼이 아니기 때문에 선뜻 선물하는 거야."

　"알았어. 고마워."

　어떤 모양인지 보이지는 않았지만 만져보니 비녀 머리의 장식이 제법 섬세했다. 소유는 혹 비녀를 망가뜨릴까봐 손을 뗐다. 월은 그대로 소유의 머리칼을 들어 눈을 감고 살짝 입 맞췄다.

　"월?"

역시 이상했다. 심장이 덜컥 내려앉는 것 같았다. 소유는 그를 이상하게 보고 떨리는 목소리로 이름을 불렀다. 월은 더없이 상냥하게 말했다. 그의 입술은 소유의 머리칼에서 떨어지지 않았다.

"청혼이 아니야. 정인이 되자는 것도 아니야. 나는 그런 것에 관심 없어."

"그러면 왜 이러는 거야?"

"네가 마음에 드니까."

월이 소유를 공주님 외의 호칭으로 부르는 일은 드물었다. 소유는 어쩔 줄 몰라 하다가 되물었다.

"내가 마음에 들어?"

"아주."

"어디가?"

"내게 아무 관심도 보이지 않는다는 점이."

"너는 정말 이상하구나."

소유는 미소를 지었다.

"보통 사람은 자신에게 관심을 보이는 사람을 마음에 들어 해."

"네가 보통이 아니듯, 나도 보통이 아닌 모양이지."

소유는 웃으려고 했지만 어쩐지 웃음이 나오지 않았다. 월은 잠시 후 겨우 그녀의 머리칼을 부드럽게 놓아주었다.

그의 눈은 어느새 냉랭하고 차가워져 있었다.

"다른 여인들 선물을 살 때 어쩌다 함께 사버린 것뿐이니까 이상하게 생각하지 마. 부담스러워하지도 말고. 몸에 지닌 것 하나 없는데 장신구라도 있어야지."

"그래."

소하 외의 남자가 준 장신구를 공개적으로 하고 다닐 마음은 없었지만 소유는 감사하게 동의했다. 월은 마지막으로 싱긋 웃었다.

"내일은 종일 채비해. 모레 아침 장안으로 떠나지."

백란은 꼭 알고 오기라도 한 것처럼 다음 날 낮에 섬월당을 찾더니 소유가 낙양을 떠난다는 말을 듣고 비명을 질렀다.

"예에? 누님이 떠나신다고요?"

"나는 원래 채윤이를 찾아온거다. 단서를 찾았으니 가봐야지."

늘어난 짐도 별로 없었으므로, 종일 채비하라는 월의 말이 무색하게 소유는 보퉁이 하나만 싸 놓고 한가한 시간을 보내고 있었다. 백란은 뽀얀 얼굴에 섭섭함을 가득 담았다.

"얼마 동안이나 다녀오시렵니까?"

"다녀오기는, 얜. 네 형님에게 신세를 많이 졌으니 더는 그러지 말아야지. 아주 갈 거란다."

"예에?"

백란은 다시 비명을 질렀다. 그는 자리에서 벌떡 일어났다.

"형님도 이 사실을 아십니까?"

"함께 간단다. 몰랐니?"

소유는 백란이 호들갑을 떠는 모습을 다정하게 바라보았다. 백란은 그녀의 눈을 보고 얼굴을 붉히더니 손을 굳게 말아 쥐었다.

"말도 안 됩니다. 형님과 누님은 정혼하신 사이도 아닌데 어찌 두 분이서 먼 길을 가신다 하십니까?"

"하지만 나도 혼자 가는 것은 조금 저어되는구나."

물론 소유는 장안으로 간 다음 무엇을 해야 하는지 알고 있었으니 불안하지는 않았지만 여비에 대한 현실적인 걱정도 있었다. 그 말을 들은 백란은 자신의 가슴을 탁 쳤다.

"하시면 저도 함께 가지요."

"너는 여기서 할 일이 많지 않니?"

이전에 자경국으로 가는 임무를 맡은 것은 백란이었고 소유는 소하가 충분히 생각해서 그런 인선을 짰으리라고 생각했다. 하지만 꼭 그 역할을 백란만 맡을 필요는 없다. 낙양이 언제 공격을 받을지 모르는데 백란은 이곳에서 제 고향을 지켜야 하는 것이 아닐까.

그런 고민 때문에 소유는 심란하게 대꾸했다. 백란은 삽시간에 풀이 죽은 얼굴이 되었다.

"누님, 이전부터 여쭙고 싶은 것이 있었습니다."

"그래, 백란아. 그게 무어니?"

"누님은 혹… 저희 형님을 연모하십니까?"

소유는 질겁했다.

"애는. 그야말로 말도 안 되는 소리다. 우리는 그저 친구란다."

백란의 얼굴이 '친구'에서 확 밝아졌다. 그는 반짝거리는 눈으로 헤헤 웃었다.

"그러시면 꼭 두 분이서만 여행하실 필요도 없지요? 제가 함께 가면서 누님을 지켜 드리겠습니다."

"나도 내 몸 정도는 지킬 수 있단다."

"하시면 심부름이라도 하겠습니다."

그 천진한 얼굴을 보니 계속 거절하기에도 마음이 아팠다.

하기야 장안에서 백란이 보고 배웠던 것을 생각하면 그에게 장안 나들이는 좋은 경험이 될 터였다. 여전히 심란한 구석이 남아 있기는 했지만 소유는 그렇게 생각하며 고개를 끄덕였다.

"부모님과 네 형님의 허락을 받아 오거라. 그러면 내 허락하마."

"예, 누님!"

백란은 냉큼 나가 월의 방 쪽으로 달려갔다. 소유는 혹시 놓고 가는 것은 없나 방을 점검하다가 시간이 남아 검날을 갈았다. 잠시 후 백란이 제 하인과 함께 말을 타고 섬월당을 빠져나가는 소리가 들렸다.

똑똑. 검날을 간 자리를 소유가 대강 정리하는데 문고리로 문을 두드리는 소리가 났다. 소유는 고개를 들어 문지방에 선 월을 보았다. 그는 기묘한 얼굴로 소유를 쳐다보고 있었다.

"백란이가 같이 가고 싶다는데."

"나도 들었어."

"공주님 생각이야?"

"아니. 마음 같아선 나도 백란이가 낙양에 있었으면 하는데."

월은 한숨을 깊이 쉬었다.

"성주님과 마님이 허락을 해주실지는 모르겠지만, 백란이 저 녀석은 한번 하겠다고 한 일에 있어서는 고집을 꺾지 않아. 무조건 따라오겠지. …이걸로 낙양엔 성주님과 마님만 남겠군."

"자경국이 내일 당장 쳐들어오지는 않을 거야. 다만 할 수 있는 조치는 다 해놓고 가."

"이미 지시했으니 공주님이 걱정할 것 없어."

어젯밤의 다정한 태도가 거짓말인 것처럼 월은 쌀쌀맞았다. 평소보다 더 냉랭하다고 해도 좋을 만큼이었다. 이상하다는 생각이 들기는 했지만 월의 제멋대로인 태도에 신경을 써 줄 여유가 없었다. 소유는 대신 자신도 깔끔한 태도를 취하기로 했다.

"그래, 그러면 안심하고 채윤이를 찾으러 갈 수 있겠네."

"…쉬어. 오랜만에 장안까지 가는 길이 어떨지 모르겠군."

월은 잠시 침묵했다가 짧게 말하고 돌아서 자리를 떴다. 소유는 앞으로 남은 일을 생각하다 무심코 자신의 손등을 보았다.

"이게……."

이렇게 컸던가. 뒤쪽의 말은 속으로 삼켜졌다. 소유는 언제 생긴지도 모르게 있었던 손등의 상처가 본인의 기억보다 조금 길어진 것 같아 고개를 갸웃하다가 금방 그것의 존재를 잊어버렸다.

제6장

다시 만난 사람들

전쟁의 화마에 둘러싸인 장안이라고는 단 한 번밖에 본 적이 없는데도, 평화로운 모습의 장안이 소유에게는 어쩐지 낯설게 느껴졌다. 그녀가 묘한 감상으로 주위를 둘러보는 것을 흥미로 받아들였는지 월은 시큰둥하게 말했다.

"이 객잔이 적당하겠는걸."

재미있게도 월은 지난번에 골랐던 곳과 똑같은 객잔을 가리키며 그렇게 말했다. 소유는 거리를 오가는 사람들에게서 눈을 떼고 객잔 쪽을 향해 조용히 말머리를 돌렸다.

"장안은 정말 큰 곳이군요."

소유와 달리 백란은 정말로 흥미진진해 하는 얼굴로 장안의 저잣거리를 곁눈질했다. 그에 비해 월은 전혀 관심이 없는 모양이었다. 하기야 그는 과거에 급제했을 때 장안에서 지냈을 것이다.

"월, 당신은 짐 풀면 뭘 할 거야?"

월은 소유의 질문에 이미 생각해둔 듯 바로 대답했다.

"일단 친구들하고 한잔 해야지."

"기방부터 가는 거야?"

장안으로 오는 여정에서 월과 조금 더 친해졌다고 생각하고 있었던 소유는 허물없이 눈을 흘겼다. 월은 부채로 입을 가리고 빙긋 웃었다.

"투기하는 거야?"

"설마."

소유는 어깨를 으쓱했고 백란은 둘의 싸움에 충분히 익숙해진 태도로 둘을 달랬다.

"형님, 누님, 그러지 마시고 일단 차부터 드시지요. 형님, 일단은 채윤 형님의 소식부터 알아봐야 하지 않겠습니까?"

"그 소식을 알아보러 간다는 게다."

월은 태연스럽게 대꾸했다. 소유는 납득하고 입을 다물었고, 백란은 제 형이 자랑스럽다는 얼굴이 되었다.

"예, 하기야 형님의 친구분들께 여쭈면 소식이 빠르겠군요."

"사안이 사안이니만큼 채윤이가 낯모르는 장안에 와서 유력자의 아래에 들어가 있다고 생각하기는 힘들겠지만, 다른 종류의 소문이라면 못 얻을 것이 없지."

월은 본인이 정곡을 찔렀다는 사실을 모르고 있었다. 소유는 저도 모르게 미소를 지었다가 월이 그녀를 이상하게 쳐다보자 웃는 얼굴 그대로 둘러댔다.

"그렇게 말해주니 믿음직하네. 오해해서 미안해."

"한잔 하면서 놀고 싶은 마음이 있는 건 분명하니 오해는 아니지."

월은 픽 웃었다. 백란은 소유에게 명랑하게 물었다.

"그러면 우리는 그동안 뭘 할까요, 누님?"

"내게 생각이 있는데 비파가 필요하니 오늘은 쉬고, 네 형님이 기루에 가서 빌려오면 내일 써야겠구나. 참, 네 바지도 좀 빌리자꾸나."

백란과 월은 기이한 표정을 지었다. 소유는 말에서 경쾌하게 뛰어내렸다. 소하와 같은 땅에 있다고 생각하니 기분이 어쩔 수 없이 들떴다.

"자세한 계획은 들어가서 말해주마."

✳

"거짓말 마라! 대담하게도 여기까지 들어온 것은 칭찬해주겠다만, 정체가 들켰으면 썩 물러갈 일이지 이토록 무례하게 구느냐!"

어쩌면 저렇게 똑같이 말할까. 소유는 지난번과 달리 굵은 가지를 잘 골라서 매달려 있었기 때문에, 그리고 경원이 그의 성정상 결국은 그녀의 말을 들어줄 것임을 알았기 때문에 제법 여유롭게 감흥을 느끼며 몰래 키득거렸다. 하인이 아래서 슬쩍 물었다.

"도련님, 나무를 흔들어볼까요?"

경원은 기겁했다.

"안 돼! 나무가 상하면 어쩌려고!"

"저는 공자께 꼭 드리고자 하는 말씀이 있어 온 것뿐이지, 결단코 무례를 범하기 위해 온 것이 아닙니다."

"내가 아끼는 꽃나무에서 그리 버티고 있는데 어디서 무례를 논하느냐!"

"공자, 항상 방 안에만 계시기 때문에 그리 금세 발끈하시는 겁니다. 듣기로는 집 밖으로 한 발짝도 아니 나가신다는데, 공자와 같은 동량지재가 스스로를 널리 쓰지 아니하신다면 천하에 아까운 일이 아니겠습니까?"

"네가 무엇인데 참견이야!"

그렇게 말하고는 있지만, 진해국까지 가서 원군을 요청해 준 경원의 능력과 나라를 위하는 마음을 소유는 물론 잊지 않고 있었다. 소유는 옅은 분홍색이 은은하게 물든 꽃잎 사이로 경원을 보고 빙긋 웃었다. 경원의 얼굴이 화 때문인지 약간 붉어졌다.

소하는 어떻게 경원을 끌어들였을까. 소유는 웃는 얼굴 그대로 그런 생각을 하며 경원의 눈을 바라보았다. 경원의 얼굴이 조금 더 붉어졌다. 그는 소년처럼 악다구니를 썼다.

"내려오라 하였다!"

화창한 날씨라 금빛 햇살이 경원의 흰 피부에 찬란하게 떨어졌다. 소유는 나무에서 한 손을 떼고 그에게 저어 보이며 여유롭게 외쳤다.

"정 승상 댁 막내 도령이라 하면 장안에 그분을 본뜬 패설이 나돌 정도로 모르는 사람이 없는 인재이거늘 어찌 집안에서 악樂으로 소일하는 것으로 만족하시겠습니까? 그 재주로 천하를 평안하게 할 포부가 없겠습니까?"

"빈정거리는 게냐?"

역시 경원은 밖에서 햇빛을 좀 자주 볼 필요가 있다. 소유는 눈을 휘며 조금 더 진하게 웃었다. 경원은 눈을 동그랗게 떴다. 이런 상황에 왜 저런 얼굴을 하지, 하고 이상하게 생각하는 모양이었다.

하지만 어떻게 할까. 월에게도 백란에게도 그랬듯이, 소유는 그에게도 모든 진실을 말할 수는 없었던 것이다.

"어찌 그러겠습니까? 이미 말씀 올렸듯 저는 공자께 청이 있어 찾아온 사람입니다."

와글와글, 악다구니를 쓰며—주로 경원이—피운 소란이 멀리까지도 들린 모양이었다. 문득 나무 아래서 맑고 나지막한 목소리가 들려왔다.

"경원아, 이게 무슨 일이야?"

"청운! 너 언제 왔어?"

"저기 나무 위에 사람이 있는 것 같은데. 위험한 것 아니야?"

청원은 소유가 기억하는 한 늘 그랬듯 차분했다. 소유는 아래에 들리지 않도록 나지막하게 쿡쿡 웃었고 경원은 흥 하고 콧방귀를 뀌었다.

"이번엔 독해."

청운은 진지하게 질겁했다.

"위에 올라가 있는 사람이 여자 분이야?"

"그래, 여자라고! 여기까지 쫓아오다니 지긋지긋해!"

경원은 치를 떨었지만 그 목소리에는 독기가 없었다. 소유는 경원이 본인의 추측에 의심을 갖기 시작했음을 느꼈다. 이만큼 말했으니 누구라도 이상하다는 생각 정도는 할 것이다.

"공자가 무엇 때문에 그리 말씀하시는지는 아오나, 소녀는 결코 공자의 뺨은 물론이고 그 어느 신체 부위에도 손을 댈 생각이 없습니다. 다만 억울한 일이 있는데 청원할 곳이 없어 수소문하다 불원천리 마다않고 경원 공자께 온 것이니 살펴주십시오!"

"거짓말 마라!"

경원은 아까보다 훨씬 침착해진 목소리로 종알거렸다. 그의 명석한 두뇌가 분노에서 벗어나 돌아가기 시작한 모양이었다.

"나는 궐에 이렇다 할 보직 하나 얻은 일 없이 집에서 어린애처럼 소일이나 하는 신세다. 화주에서 왔다는 네가 어딜 수소문하여 내 이름을 알았단 말이냐?"

"제 친우가 이전 장안에서 과거에 급제하여 공자의 위명을 들은 적이 있다 합니다. 제가 당한 억울함이 웬만한 세도가의 힘으로도 풀 수 없어, 어쩔 수 없이 대대로 천인국을 위해 온 정씨 가문에 의탁하고자 한 것입니다!"

경원은 멈칫했다. 문득 바람이 불며 꽃잎 사이로 청운의 얼굴이 보였다. 그는 경원에게 다정하게 권했다.

"저렇게까지 말씀하시니 저 낭자가 너를 괴롭히고자 오신 것은 아닌 것 같다. 사연이라도 들어보자, 경원아."

대꾸하는 경원의 목소리는 부루퉁했지만 더는 앙칼지지도 높지도 않았다.

"흥, 두고 봐라. 조금이라도 미심쩍은 구석이 있다면 당장 쫓아낼 테니! …이제 됐으니 내려오거라!"

월과 백란을 본 경원은 어이가 없다는 얼굴로 소유를 보았다.

"네가 말한 친구가 낙양성 성주의 자제분들이었어?"

"처음 뵙겠습니다."

백란은 싹싹하게 고개를 숙였고 월은 아까 묵례한 이후 언제나의 미소만 짓고 있었다. 소유는 한시름 놓으면서 가볍게 말했다.

"예, 참으로 신세를 많이 지고 있지요."

경원의 시선이 소유에게서 떨어져 월에게 고정되었다.

"이이에게 저에 대해 말씀하신 것이 공자입니까?"

"마침 또래이고 하니 도움을 받을 수 있을 것 같았습니다."

월은 부채로 입을 가리고 눈웃음을 보였다. 경원은 한숨을 푹 쉬고 다시 소유를 보았다.

"처음부터 소개를 받아 들어왔다면 이 난리를 피우지 않아도……. 아니다. 사안이 사안이니만큼 비공식적으로 방문하는 것이 나았겠 구나."

사연을 들은 경원과 청운은 대단히 동정적인 태도를 보이고 있 었다. 소유는 짐짓 쓸쓸한 표정을 지었다.

"화주 성주님이 저희 아저씨와 함께 어떤 일을 진정으로 모의했는 지 아닌지 어찌 알겠습니까. 다만 도둑처럼 찾아든 재앙이고 천하에 갈 곳이 없으니 실낱같은 희망이라도 따라 친우를 찾으러 예까지 왔 지요. 하오나 사안이 사안이기에 진상 규명을 공식적으로 요청할 수 도 없고, 제게 그럴 힘 또한 없습니다. 이런 처지에 낙양성 성주님의 두 자제분께 이만큼 신세를 진 것도 폐가 될까 저어되는데 어찌 장안에서까지 힘을 써 달라 고집을 부리겠습니까?"

백란은 대단히 감동받은 표정으로 즉시 말했다.

"누님, 어찌 그런 서운한 말씀을 하십니까. 제가 할 수 있는 일이라면 뭐든 힘을 아끼지 않을 것을요."

"하지만 백란아, 네 부모님께도 화가 미칠지 모르는데 함부로 선을 넘어서야 되겠니."

월도 말은 하지 않았지만 소유와 같은 의견인 듯 백란에게 애매한 시선을 보냈다. 영민한 경원은 세 사람 사이의 상황을 완전히 이해한 듯 미간을 좁혔다.

"역천의 죄에 연루되어 있다면 관리가 공식적으로 나서지 않는 편이 나아. 현명한 판단을 한 거야."

경원에게 그런 칭찬을 듣는 것은 묘하게 만족스러운 구석이 있었다. 소유는 너무 노골적으로 웃지 않으려 애쓰며 경원의 얼굴을 보았다. 그는 뭔가 탐탁지 않은 듯 잠시 미간을 좁혔다가 고양이처럼 날카로운 눈을 빛냈다.

"낙양성의 두 공자, 이런 일을 알아보기엔 저보다 적임인 분이 계시고, 솔직히 말씀드려 제겐 그분께 이번 건을 알릴 방도도 있습니다. 바로 여기 이 친구를 통하면 지금 여기서 오간 모든 이야기가 당장 윗분께 전달되겠지요."

경원이 가리킨 청운에게 가장 먼저 고개를 돌린 것은 소유였다. 청운은 단정하고 겸손한 얼굴에 약간의 당황스러움을 담고 소유에게 말했다.

"아직 말씀드리지 않았지요, 낭자. 저는 설궁 난양대군 마마의 호위를 맡고 있습니다. 그분께서 도우신다면 말씀하신 진 공자의 소재를 알아보기 용이할 겁니다."

지금쯤 소하의 부하로 일하고 있을 채윤의 소재를 청운은 이미 알 터였다. 소유는 그의 표정 한쪽이 죄책감으로 작게 일그러지는 것을 보고 미안해졌다. 위험한 일에서 빠지게 하고 싶어서 본인의 생존 사실을 숨긴 채윤의 마음은 이해했지만, 그렇다고 저 순진한 사람에게 새빨간 거짓말을 하게 만들면 어떻게 하나. 아무래도 나중에 혼을 좀 내야 하겠다.

문득 소하가 지금쯤 무슨 생각을 할지가 궁금해졌다. 소유는 빙긋 웃었고, 그 미소가 기쁨으로 인한 것으로 보이길 바라며 청운에게 간곡히 말했다.

"그리 말씀해주시니 마음이 든든합니다. 헌데 대군 마마시라면 선대왕 마마의……."

"예, 선대왕의 아드님이십니다. 비록 건강이 좋지 않아 별궁에서 모습을 드러내는 일이 거의 없으시나 기꺼이 도움이 되어 드리실 것으로 사료됩니다."

건강이 좋지 않기는, 하고 소유는 한순간 울컥했다. 그러나 청운이 그 이상의 표현을 할 수는 없을 것이다…….

진정한 뒤 소유는 침착하게 경원과 청운에게 고개 숙여 인사했다.

"이 은혜를 어찌 다 갚을지 모르겠습니다. 그저 감사, 또 감사드립니다."

경원은 이맛살을 찌푸리며 고개를 갸웃했다.

"화주 사투리는 잘 모르겠다만, 낙양의 두 공자보다 네 말씨가 더 궁중에서 쓰는 말과 비슷하구나. 진 전 어사가 교육에 신경을 많이 쓴 모양이지?"

소유는 찔끔했지만 쓴웃음을 지으며 고개를 저었다. 진 부관이 채윤과 소유의 교육에 신경을 많이 쓴 것은 사실이었지만 제 말투가 궁중에서 쓰는 말과 비슷해진 이유는 물론 화주에서 받은 교육 때문이 아니었다.

"제가 사람을 잘 만나지 못해 책으로만 세상을 배워 그리 느끼실 겁니다."

문득 가슴이 찌르르 아파졌다. 소유는 설궁이 있는 방향을 바라보고 싶은 거친 충동을 억눌렀다.

만나러 가면, 소하는 어떤 얼굴을 할까.

아침 안개가 짙게 낀 궁은 여전히 고요한 잿빛이었다.

설궁의 모습을 잊을 수는 없었다. 소유는 청운을 따라 그 담장 옆을 가만히 걸었다. 담장 안에서 귀한 새들이 지저귀는 소리가 산발적으로 들려와 그녀는 그리움에 눈을 가늘게 떴다. 그 한숨을 긴장이라 착각했는지 청운이 잠시 걸음을 멈추었다.

"심려 마십시오. 대군 마마께서 직접 뵙고자 하셨으니 필경 힘을 써주실 겁니다."

그럴 줄은 알고 있었다. 소유는 빙긋 미소 지었다.

"감사합니다, 청운 공자. 공자께 한 가지 여쭈어보아도 될런지요?"

청운은 소유를 보고 의아한 표정을 지었다. 감정이 솔직하게 드러난 진중한 얼굴은 그에 대해 상당히 잘 알게 된 소유가 보기에는 약간의 불안함도 담고 있었다. 채윤에 대해 물어보리라 짐작한 걸까.

그를 괴롭히고 싶은 생각은 없었다. 소하가 입궁을 명하고 청운이 담담하게 그 명을 정한 것을 보면 채윤은 무사히 장안에 도착한 것이 틀림없었으므로. 소유는 그저 청운의 건강한 모습에 새삼 감사하며 말했다.

"저는 대군 마마를 직접 뵌 일이 없으니 적이 긴장이 됩니다. 청운 공자는 마마를 직접 모시는 분이니 의견을 여쭙고자 합니다. 대군 마마에 대해 어찌 생각하십니까?"

청운은 약간 당황했다. 소유는 눈치 없는 척 그의 눈을 똑바로 쳐다보았다. 청운은 소하에게 충성을 맹세하기 전에도 위험한 행동을 한 적이 없었지만 미리 암시를 줘두어서 나쁠 것은 없었다.

대답하고 싶지 않은 눈치였지만, 사람 좋은 청운은 소유의 천진한 눈빛에 결국 입을 열었다.

"…대단한 분입니다."

"어떤 의미에서 그리 말씀하십니까?"

청운의 눈이 잠시 흔들렸다.

"…품위 있고 차분한 분입니다. 그러고 보니 낭자가 그분을 좀 닮으셨습니다."

품위 있고 차분하다? 소유는 본인에 대한 자신감을 잃은 적이 없었지만 감히 소하와 비교해 닮은 점이 있다는 말을 듣자 솔직히 놀랐다. 적어도 채윤은 그녀에게 차분하고 품위 있다는 말을 한 적이 없었던 것이다. 채윤은 그녀의 인생에서 가장 좋은 말을 해준 사람 중 한 명임에도 불구하고.

"그렇게 생각하시나요?"

"예."

청운은 이번에는 살짝 미소를 지었다.

"경원이의 집에 소년 악사로 변장하고 들어오신 경위를 들었을 때에는 참으로 경탄했습니다. 또 낙양성의 두 공자도 낭자의 총명하심과 기개를 크게 칭찬하더군요."

"과찬이십니다."

소유는 쑥스러워하며 웃었다.

"청운 공자야말로 대군 마마의 호위를 맡으실 정도라면 실력이 대단하실 테지요. 연소하신 나이가 아닙니까?"

"부족한 몸에 과분한 직책을 맡았으니 부끄러울 따름입니다."

청운의 볕에 그을린 얼굴이 발갛게 달아올랐다. 소유는 그가 귀여위 절로 웃었다.

"공자의 실력이 진정으로 부족하다면 어찌 왕실의 호위를 맡으셨 겠습니까. 또한 대군 마마께선 이 나라의 다음 주인이시니 그 몸을 지키는 임무를 누가 허투루 하겠습니까. 듣자 하니 대대로 왕실에 충성을 바쳐 온 가문 출신이시라지요?"

소유는 죽기 전에 알게 된 정보를 마치 어제 들은 것처럼 꾸며 최 대한 순박하게 물었다. 청운은 불편한 눈치였지만 그런 기색을 노골 적으로 드러내기에는 너무 예의가 발랐다.

"저희 가문은 대대로 무관이었습니다만, 제가 집안의 이름에 먹칠 을 하는 것은 아닌지 늘 걱정스러울 따름이지요."

"청운 공자 같은 분이 그러실 리가 있겠습니까."

지금의 청운과는 대화를 많이 나눠보지 않았으니 이 정도가 적당 할 것이라고 소유는 판단했다. 청운은 고개를 숙여 보인 다음 다시 돌아서 걷기 시작했다.

청운은 대궐 옆의 담을 끼고 돌아 한참을 걷더니 지난번과 꼭 같 은 조그만 쪽문 앞으로 갔다. 쪽문 양쪽으로 큰 창을 든 군졸 두 명 이 서서 엄숙한 얼굴을 하고 있었다.

"대군 마마의 손이시다."

군졸들은 역시 지난번과 꼭 같이 문을 열어 주었다.

설궁 안에 내디딘 한 걸음 한 걸음에서 문득 소유는 어지럼증을 느꼈다. 희귀한 새의 울음이 우우, 우우, 하고 오래된 메아리를 불러 왔다. 안개에 젖은 여름풀의 향기가 눈꽃처럼 서늘했다.

소담하고 정갈한 정원의 모습이 마치 백 년 전에 떠난 듯 정답게 느껴졌다. 소유는 기화요초가 숨소리도 없이 어우러진 모양새에 괜 히 들떠 눈길을 남겼다.

청운은 소유를 정원 한쪽에 세우고 당부했다.

"제가 들어가 대군 마마께 말씀을 올리겠습니다. 여기서 잠시 기다리고 계십시오."

"예, 공자."

소유는 얌전히 대답하고 청운이 떠나는 것을 기다렸다. 심장이 뛰는 소리가 점점 커졌다. 두근, 두근. 그녀는 소하가 어떤 모습일지 알고 있었다. 그런데도 어째서 이렇게나, 이렇게나 신비한 기대감이 드는 것일까.

소유의 두 눈이 뜨거워졌다. 소하와의 이번 첫 만남에서 이상한 모습을 보이고 싶지 않았는데도, 그런데도 그녀는 눈물이 고이는 것을 멈출 수 없었다. 속에서 뜨거운 것이 치밀었다. 집으로 온 것 같으면서도 낯설었다. 이곳에 있는 무엇도 그녀를 알지 못했다. 그런데도 이렇게 다정하고 애틋한 정이 일어난다.

잠시 후 소유는 소매로 눈물을 닦았다. 그리고 아무렇지도 않은 표정을 짓고, 누군가 이끄는 것처럼 사뿐히 정자로 다가갔다.

피이이이이이이이이이이……

귀가 홧홧했다. 심장이 미친 듯이 뛰었다. 소유는 옷자락을 살랑이며 몸을 돌렸다. 안개로 찬 정자에 그가 있었다.

새벽 공기에 차갑게 식은 머리칼. 대금의 숨구멍을 틀어막으며 음률에 맞춰 바르르 떠는 우아한 손가락.

피이, 피이, 피이이이이이이……

한 쌍의 학이 부른 것처럼 날아와 소유의 시야를 온통 희게 만들었다. 날갯짓이 파드득 반복되어 춤처럼 보였다. 희고 검은 날개가 일으킨 산들바람에 소유의 머리칼이 이마를 간질였다.

그리고 학이 지나간 그 자리에서 어느샌가 수하는 소유를 보고 있었다.

소유는 저도 모르게 짙고 몽롱한 미소를 지었다. 그리고 소하에게

다가갔다.

피이이… 피이이이이이이……

소하는 소유를 정자 위에서 내려다보면서도 연주를 멈추지 않았다. 그러나 그의 시선은 시종일관 소유의 눈에서 떨어지지 않았다. 그녀의 시선도 마찬가지였다.

소유의 입술이 열렸다.

빨리 핀 꽃은 열매 맺지 못한다는데
어린 영웅은 제 때를 기다렸네

소하의 눈이 잠시 커졌다. 아주 잠시였지만, 소유는 그가 그런 표정을 지었다는 사실에 크게 놀랐다. 그를 처음 만났을 때는 아직 그의 작은 표정 변화를 알 수 없어 몰랐던 모양이었다.

그는 진심으로 사랑에 빠진 표정이었다.

그러니 어떻게, 그가 자신을 이용하고 버릴 수도 있다는 생각을 할수 있었을까.

저렇게나 단숨에 빠져버린 사랑에 당황하는 그가.

연주가 끝날 즈음 청운이 달려와 무릎 꿇고 소하에게 인사했다.

"대군 마마, 여기 계셨습니까."

어느새 진심으로 꿈결에라도 빠져 있는 듯한 기분이었던 소유는 청운의 목소리에 퍼뜩 놀랐다. 그녀는 큰 아쉬움을 느끼며 소하에게서 눈길을 조용히 뗐다. 소하는 대금을 손에 쥐고 차분하게 말했다.

"시재가 뛰어나구나. 처음 보는 얼굴인데 누구냐?"

소유는 소하가 거짓말을 하고 있음을 그 목소리만으로 알 수 있었다. 항상 완벽하게 속을 숨길 줄 안다고 생각했던 소하가 그토록 감정을 드러내자 놀라면서도 즐거워졌다. 아마 그는 본인이 평소와 같이 평온하게만 보인다고 생각할 것이다……

소유는 소하의 앞에 나아가 고개를 숙였다.

"감히 고합니다. 소녀 양소유라 하옵니다. 마마의 명을 받잡고 입궁했사옵니다."

소하는 소유가 고개를 들기를 기다려 빙긋 웃었다. 그의 얼굴은 그녀가 기억했던 것보다 더 아름답고 생기 있었다. 마지막으로 그 얼굴을 보았던 것이 실패할 것을 이미 서로 알았던 전장에서였기 때문일까.

"손을 모시라 하고 나와 있었으니 내가 실례를 저질렀네. 심심파적으로 분 금瑟에 어울려 주어서 고맙다. 정 승상의 막내아들을 놀렸다더니 과연 대단한 솜씨일세."

어쩌면 저렇게 똑같은 말을 할까. 소유는 소하가 결코 알지 못할 이유로 재미를 느끼며 빙긋 웃었다. 그녀의 미소에서 소하는 시선을 떼지 않았다.

"황공하옵니다."

소하는 눈을 단 한 번 깜박였다.

"청운이 말하기로는 평생 화주에서 자랐다 하던데, 어찌 이리 장안 사람처럼 말을 하나?"

소하는 경원과 달리 평생 궁에 있었기 때문인지 궁중의 말씨와 장안 시내의 말씨를 잘 구별하지 못하는 것 같았다. 소유는 자제하기 힘들 정도로 가슴에서 솟아나는 따뜻한 감정 때문에 저도 모르게 또 웃었다.

"장안에는 태어나서 처음 와보는 것인데 어떻게 장안 사람처럼 말을 하겠습니까? 제가 긴장하여 그렇게 느끼시나 봅니다."

이 거짓말을 그는 눈치챌까. 소유는 소하가 알기를 바라면서도 동시에 그가 알 리가 없다는 사실을 받아들이느라 어딘가 어색한 미소를 보였다. 소하는 그녀를 계속 보고 있었다. 소유는 그의 눈이 몇 번을 깜박이며 점점 명징해지는 것을 분명하게 느꼈다.

소하는 잠시 눈을 감고 생각하는 모습을 보인 뒤 말했다.

"청운은 성급한 판단을 내리지 않지."

청운의 어깨가 움찔했다. 소유는 고개를 끄덕여 동의했다.

"청운 공자를 안 지는 오래되지 않았사오나 소녀 또한 그리 생각합니다."

"자네의 이야기를 처음 전해 들었을 때는 그런 그의 성품을 알면서도 혹 평에 과장이 있는 것은 아닌가 했네. 헌데 직접 이리 보니 과장은커녕 전해진 말이 자네의 총명함을 반도 담아내지 못했군."

과장 운운하는 말도 분명히 거짓말이었다. 그는 얼마나 거짓말을 잘하는지. 소유는 짐짓 천진한 미소를 짓고 고개를 저었다.

"과찬이십니다. 없는 재주로 대군 마마의 귀를 더럽혔으니 큰 죄를 지었습니다."

"없는 재주라니, 흔치 않은 재능을 가졌으니 그리 말하지 말게."

소하는 정자에서 천천히 한 걸음 내려섰다. 그가 다가오자 소유는 조용히 심호흡했다. 그에게서 나는 고아한 향기에 취할 것만 같아졌다.

"듣자 하니 음률에도 뛰어나다는데, 혹 악기는 어떤 것을 연주할 줄 아는가?"

해랑의 옥피리가 없어 시를 읊었지만 아쉬운 것은 사실이었다. 소유는 장난스럽게 웃었다.

"저, 금, 비파, 고, 쟁을 모두 조금은 배웠으나 뛰어난 실력은 아닙니다. 대군 마마께서 원하신다면 들고 계신 그 대금을 연주해 보일까요?"

무례한 말인 줄은 알았지만 소유는 소하가 그녀를 시험하는 일에 더 큰 흥미를 느끼리라는 것을 알고 있었다. 청운은 불편한 기색이었지만 소하는 한참 동안이나 다시 소유를 살폈다. 그리고 모양 좋은 눈을 휘며 픗 웃고 대금을 선뜻 건넸다.

"마음껏 해보게나."

피이이이이이…… 소유가 대금에 숨을 불어넣자 맑고 웅대한 소리가 그녀의 정수리를 짓누르듯 울려 퍼졌다. 소하의 대금은 정말로 훌륭한 물건이었다. 피이이… 피이, 피이이이이이이이……

전쟁 때문에 한동안 금 종류의 피리를 만진 적이 없었지만 소유는 놀랍도록 빠르게 감각을 되찾았다. 손가락이 빨려 들어가듯 숨구멍을 틀어막았다.

적막을 태산처럼 깨치는 천상의 음률은 옥피리로 연주할 때와는 다른 그림을 그리며 혈관을 타고 흘렀다. 인세의 악기는 태생적으로 용궁의 악기보다 조악할 수밖에 없어, 해랑의 옥피리를 쓸 때보다 모호한 풍경만이 펼쳐지는 것은 사실이었다. 그러나 명필이 실수를 또 다른 기교로 승화하듯 악곡은 곧 도도한 물이 되어 흘렀다. 학이 퍼드득 한 번 날갯짓하고 슬프게 울었다.

연주가 끝나고 한동안 소하는 말이 없었다. 그는 소유를 한참 동안이나 바라보다가 온화하게 말했다.

"내가 한 번, 자네가 한 번 연주하였는데 자네는 노래했고 나는 하지 않았구나. 다만 들어본 적이 없는 악곡이라 넋을 잃었네."

"이전에 제 목숨을 구해준 용왕이 가르쳐준 악곡이옵니다."

진실을 말하는 것은 소유에게 분명한 만족감과 타오르는 듯한 기묘한 감각을 주었다. 그녀는 소하와 눈을 한 번 빤히 마주쳤다가 왕족에 대한 예를 갖춰 고개를 숙였다. 소하는 깊은 숨을 쉬었다.

"그런 이야기는 청운에게 듣지 못했는데, 안에서 자세히 들려줄 수 있겠나? 물론 청운은 그가 들은 것을 모두 내게 전했으리라 믿네만, 아무래도 자네가 그에게 하지 않은 말이 있는 모양이로군."

"마마께서 원하시는 것은 모두 여쭈시지요."

"그거 다행일세."

소하는 눈을 휘며 후후 웃었다.

"내 자네에게 궁금한 것이 많네. 참으로 많아."

"내가 바로 난양대군, 이소하일세."

그리운 설궁은 기억하는 그대로의 모습이었다. 얼굴을 아는 시비들이 차와 다과를 내오자 소유는 혼자 속으로 친밀감을 느끼며 감사하게 그것을 들었다. 눈이 슬쩍 서재 쪽으로 갔다. 채윤은 지금 어디에 있을까. 잘 살아남았다면, 지금 이 순간 저 안에서 이 대화를 듣고 있을지도 모른다.

소하는 소유의 눈길을 보고 턱을 살짝 들었다.

"관심 가는 게 있나?"

소유는 의심을 사지 않도록 천천히 서재에서 눈을 떼고 소하를 보았다.

"입궁이 처음이라 그저 모든 것이 신기합니다."

"그렇다기에는 자네의 거동이 자연스러운데."

소하는 입을 벌리지 않고 작은 소리를 내며 웃었다. 소유는 부드럽게 대꾸했다.

"그리 보아주시니 황공합니다."

"자네가 내게 해줄 말이 아주 많은 것 같네."

소하의 말 하나하나에 소유의 가슴이 두근거렸다. 그녀는 자신이 그를 너무 애틋하게 보는 것은 아닐지 지레 걱정해 눈을 내리깔고 이야기를 시작했다.

거짓말이라고는 하나도 섞이지 않은, 다만 아주 예전에 일어났던 그날 밤의 사연을 털어놓는 사이에 청운은 숨소리 하나 내지 않았고 소하의 얼굴은 점점 냉철하게 가라앉았다. 아마도 옥현일 누군가는 시비가 계속 차와 다과를 내오는 동안 밖에서 상차림을 보았지만 소유는 그 또한 그녀의 말을 잘 듣고 있으리라고 생각했다.

"…하여, 집도 가족도 모두 잃었으니 마마의 자비를 구하러 온 것이옵니다."

이전에는 웃었던 소하는 이번에는 복잡한 눈빛으로 소유를 보았다. 소유는 그가 먼저 입을 열기를 기다려 다른 말을 얹지 않았다.

얼마나 시간이 흘렀을까. 소하는 조용히 입을 열었다.

"참으로 안된 일이로구나."

"황공하옵니다."

"허나. 모두 잃었다는 말은 정정을 해야겠구나. 식구가 모두 비명횡사하고 집이 불탔다 해도 내 보기에 자네는 많은 재산을 가지고 있네."

"마마."

소유는 우울한 표정을 지었다. 지난번에 소하가 그렇게 말해주었을 때는 큰 위로를 받았었지만, 이번에는 시간이 돌아왔다는 것을 조금 더 빨리 깨달았다면 진 어사도 구할 수 있었을지도 몰랐다.

"채윤이를 제외하고는 식구가 모두 죽었는데 이리 살아남은 것만으로도 죄스럽습니다."

"그런 말 하지 말게."

소하는 엄격하면서도 다정한 눈빛으로 말했다.

"자네의 출생이 범상치 않고 재주가 뛰어나니 하늘이 도우신 걸세. 다름 아닌 용왕이 자네의 목숨을 살렸다고 하지 않았나. 틀림없이 하늘의 뜻이 있을 거라 나는 믿네."

그렇게 말한 그의 표정 한구석에서 욕망이 보인 것 같아 소유는 속으로 조금 웃었다. 한편으로 그녀는 자랑스럽고도 부끄러운 기분이 들었다. 남보다 소하를 잘 아는 소유라 해도, 그의 표정이 이렇게까지 노골적으로 읽힐 리는 없었다. 아마도 그의 표정에서 소유가 읽고 있는 것은 반쯤 그녀 자신의 욕망일 터였다. 그에게 필요한, 그가 보기에 탐나는 인재가 되고 싶다는.

"망극합니다."

"아니, 나는 진심으로 하는 말이야. 자네에겐 먼 화주 땅에서 실낱같은 단서 하나를 찾아 장안의 이 별궁에까지 도달한 수완이 있지 않나?"

그에게는 항상 듣는 사람이 원하는 말을 원하는 만큼 하는 재주가 있었다. 소유는 새삼 감탄하며 소하의 눈을 보았다. 그가 고개를 살짝 기울이자 작은 관에 박힌 보석이 반짝였다.

"자네가 찾고 있다는 채윤이라는 친구도 그 재주만 있다면 금세 찾을 것 같군."

그야 이 별궁을 뒤지면 당장이라도 찾을 수 있었다. 아니면 지금은 황 박사의 집에 가 있을까? 소유는 쓴웃음을 지었다.

"저는 남의 도움만 받아 여기까지 온 것인데 어찌 그런 말씀을 하십니까. 그저 마마의 은혜만을 바랄 뿐입니다."

"기이하군."

소하는 빙긋 웃었다.

"자네는 본인이 무력하다고 말하고 싶은 모양이네만, 내가 보기에 내 원하는 것을 가진 사람은 자넬세."

"어찌 그리 말씀하십니까?"

소유도 마주 생긋 웃었다.

"마마께선 위대하신 선대왕의 자녀이시고 이 나라의 당당한 왕족

이십니다. '건강이 좋지 않아' 별궁에 머무신다 하나 마마께서 여쭤
시는 말에 대답을 않는 역신이 있겠습니까?"

"이 초라한 곳에 어느 충신이 방문을 하겠나?"

"마마께서 원하신다면 감히 누가 찾지 않겠습니까?"

소유와 소하는 서로를 보고 눈웃음을 지었다. 그때 밖에서 일부러
낸 듯한 인기척이 나더니 열린 문으로 옥현이 걸어 들어왔다.

"대단히 송구합니다. 차가 식었을 듯하여 새로 끓여 왔습니다."

"고맙구나."

소하와 맞추던 시선이 끊어졌을 때 소유는 아쉬움을 느꼈지만 옥
현이 반가워 고개를 돌렸다. 옥현은 그녀와 시선을 마주치고 언제나
의 친절한 표정을 지었다.

"말씀 나누시는 중 실례했습니다, 낭자. 청운 공자에게 말씀 많이
들었습니다. 저는 옥현이라고 합니다."

"만나 뵈어 반갑습니다, 옥현 공."

"그냥 옥현이라 부르시면 됩니다. 신선의 따님께 대접을 받을 만한
사람은 아닙니다."

만약 옥현이 소유의 사연을 의심하고 있었다면 그는 그 사실을 완
벽하게 감춘 셈이었다. 어떻게 들어도 정직하고 다정한 그 말투에
소유는 고개를 숙였다.

"어찌 그러겠습니까."

"정말로 괜찮습니다. 하면 저는 차를 놓고 그만 물러가겠습니다."

옥현이 직접 가져다 준 차는 소유가 기대한 그대로 근사한 향기를
풍겼다. 소유는 옥현이 나가는 것을 지켜보고 다시 태연하게 미소
지으며 소하와 눈을 맞췄다. 소하는 아까보다 엄숙한 표정을 지었지
만 입꼬리는 약간 올라간 채였다.

"아까 하던 말을 계속해볼까."

"예, 마마."

"자네 말대로 내가 몇몇 관리에게 어떤 자를 찾아줄 수 있겠냐고 묻는 것 자체는 어렵지 않네. 하지만 그들은 내가 왜 그를 찾는지 궁금해할 테고, 끝내는 내가 알지도 못하는 먼 곳의 신하를 내 수하로 삼아 뭔가를 꾸미고 있었다고 여길 수도 있겠지."

"마마."

줄곧 조용하던 청운이 가볍게 헛바람을 들이켰다. 소유는 청운을 보았고 소하는 쓸쓸한 표정으로 그에게 고개를 저어 보였다.

"망극하다고 할 필요는 없네. 충분히 예상 가능한 정황이지 않나?"

"마마께선 주상 전하의 친조카이십니다. 불온한 마음을 품으실 리 있겠습니까?"

청운의 말에 소하는 아무 반응도 보이지 않았다. 소유는 속으로만 재미있어 했다. 그리고 본인이 너무 흥분했다는 사실을 자각하고 청운에게서 눈을 뗐다. 소하는 소유와의 대화로 돌아갔다.

"총명한 자네는 이해할 거라 믿네. 채윤을 찾는 일은 내게 위험할 수 있어. 다만 자네의 사정이 딱하니 찾아주고는 싶은데."

소유는 속으로 입을 비죽였다. 소하는 정말로 거짓말을 잘했고, 그런 표현이 가능하다면 '뻔뻔했다'. 그러니까 이쪽이 먼저 매달리기 전에는 넘어가지 않을 셈인 모양이었다.

"제가 할 수 있는 거라면 뭐든 하겠습니다. 부디 친우를 찾아주십시오."

이쪽이 먼저 항복하자 소하는 만족스럽게 고개를 끄덕였다.

기름 장수에게 받아 온 사방신함을 둘러싸고 앉은 청년들은 한동안 침묵했다. 소유는 선왕의 옥패를 보고 깊은 한숨을 쉬었다. 오랜만의 만남이자 첫 만남인데도 거짓말을 한 바가지 늘어놓은 소하가 괜히 얄미웠지만 그렇다고 이 순간을 망칠 생각은 없었다. 마침 신월국 옷을 입은 청년이 왔다 갔다는 황 박사의 하인의 증언을 확인하고 소하에게 감사한 마음도 든 차였다.

"선대왕의 옥패잖아?"

경원이 눈썹을 치키며 말했다. 청운이 심각한 표정으로 확인했다.

"네가 보기에도 그렇지?"

"너희 집에도 있을 거 아냐. 아버님 방에서 본 적이 있어. 흥, 과연."

월은 소유를 보았다. 늘 여유로운 그의 얼굴에서 조금이지만 기가 질린 기색이 엿보였다.

"대어를 낚았는데?"

"크흠, 큼."

월이 이 자리에서 쓸데없는 말을 할 만큼 멍청하지 않다는 사실을 알고는 있었지만 소유는 경고하는 의미에서 목소리를 가다듬는 시늉을 했다. 백란은 눈을 동그랗게 뜨고 물었다.

"여러 형님께선 어째서 그리 놀라고 계십니까? 천인국 제일가는 학자가 선대왕의 옥패를 하사받은 것이 그리 이상한 일입니까?"

"그게 문제가 아니야."

경원은 고개를 젓고 코웃음을 쳤다.

"가지고 있는 거야 이상할 게 없지. 다만 이걸 잃어버리고 금오위에 신고도 못 하고 있었다면 거기서 속이 보이는 게다. 금상에게 가져다 바치려던 거지."

"예?"

월은 계속 소유를 보았고 백란은 눈을 동그랗게 떴다.

"선대왕의 옥패를 금상 전하께 뭐 하러 가져다 드린단 말입니까?"

"금상의 편으로 돌아선 이들은 보통 선대왕에게 하사받은 물건이나 쉽게 구하기 힘든 진귀한 보물을 충성의 증표로 가져다 바친다고 들었어. 황 박사의 가세야 알 만하고, 가진 거라곤 옥패밖에 없으니 그걸 바치고 금상에게 붙으려던 거겠지."

청운은 한숨을 쉬고 고개를 끄덕였다.

"금오위에 신고하기 어려웠던 이유도 알 만하군……."

"너도 짐작했을 거 아냐?"

"너에게 확인하고 싶었어, 경원아."

"흥."

경원은 코웃음을 쳤다.

"다 알고서 일부러 널 보내신 건지도 모르지. 의뭉스러운 구석이 있는 분이야."

이를 말인가. 소유는 경원의 총명함을 새삼 확인하고 짐짓 모르겠다는 듯 물었다.

"하지만 별궁에 계신 분이 그런 사연을 어떻게 다 아시겠습니까?"

"아직 대군 마마를 지지하는 사람이 천인국 곳곳에 존재해. 적절한 사람을 적절하게 움직일 줄 아는 능력만 있다면, 이 정도 알아내는 거야 손바닥 안이지."

경원은 그렇게 말하고 턱을 들었다. 청운은 대단히 감명 깊은 표정이 되었다.

"대단하십니다, 양 낭자. 경원아, 아까 양 낭자가 네가 지금 한 말과 꼭 같은 말씀을 하셨다."

"꼭 같기는요. 저는 그저 대군 마마께서 엄연한 왕족이시고 또한 천인국의 국본이신데, 그분이 원하신다면 채윤이 하나 찾지 못하시겠냐고 여쭈었을 뿐이잖습니까."

경원과 백란은 납득한 얼굴이었지만 월은 소유를 수상하게 보았다. 소유는 그에게 다시 경고의 헛기침 소리를 보내야 했다. 으흠, 으흠!

경원은 곧 그의 고집스럽고 잘난 척 하는 얼굴로 돌아가 팔짱을 꼈다.

"대대로 군왕이 가장 경계한 사람이야말로 그 후계자이니, 선대왕의 당당한 적자라 해도 그분이 눈에 띄게 하실 수 있는 일에는 한계가 있어. 더군다나 상대가 이런 재주를 가지고 있다면 누구라도 감시의 시선을 늦추지 않겠지."

소유는 경원의 시선이 슬쩍 청운에게 향하는 것을 놓치지 않았다. 청운의 표정은 미세하게 어두워졌고 월은 기묘한 미소를 지었다.

"채윤이를 찾는 데에 아무 문제가 없다면 저희로선 기쁠 따름입니다."

"제가 큰 도움이 되어드리지는 못했으나 결과적으로 이리 되었으니 저 또한 기쁩니다."

월과 경원은 예의 바르지만 둘 다 생각에 잠긴 얼굴로 인사를 나누었다. 특히 경원의 표정이 어딘가 시원치 않았다. 소유는 숨을 크게 쉬어 청년들의 주의를 모으고 깔끔하게 정리했다.

"전후 사정은 알았고 딱한 일입니다만, 지금 제가 할 수 있는 것은 사방신함을 황 박사님 댁에 전해 대군 마마의 명에 따르는 것뿐인 것 같습니다. 세 분은 괜찮으시다면 여기 남아주십시오. 저는 청운 공자와 함께 황 박사님께 들른 뒤 상황을 보고하러 궁에 다녀오겠습니다."

황 박사는 예전처럼 감복해 소하에게 들렀고, 스승과 감동의 상봉을 마친 소하는 사람을 물린 뒤 소유와 독대하고 앉았다. 그는 진심으로 감명을 받은 표정이었다.

"도둑맞은 물건뿐 아니라 스승님과의 연도 되찾아주었으니 정말 고맙네. 게다가 이렇게 빨리 일을 해결하다니, 무슨 선술이라도 쓴

겐가?"

말은 저번과 같았지만 이번에 그가 말하는 '선술'에는 어떤 의미가 담겨 있었다. 소유는 빙긋 웃었다.

"처음부터 그러실 생각으로 소녀에게 이 일을 맡기신 것이 아니었습니까?"

그게 무슨 말인가?"

"황 박사님께 간 소녀가 어떻게 하는지 보시려던 것 아니었습니까? 물건은 찾아도 좋지만, 못 찾아도 좋으셨을 테지요. 반드시 물건을 찾아야만 했다면 소녀 대신 다른 이를 보내셨을 테니까요."

"그럴 리가 있나. 난 그저 스승님께 큰일이 났다 하여 걱정이 되었을 뿐이네. 이곳 설궁에서 꼼짝을 할 수 없으니 지푸라기라도 잡는 심정으로 총명한 자네에게 부탁한 것인데, 진심을 호도하니 섭섭하군."

새빨간 거짓말인데도 소하의 사정을 아는 만큼, 또 그가 살아 있다는 사실 자체가 기쁜 만큼 화가 나기보다는 그를 이해하고자 하는 마음이 더 크니 난처한 노릇이었다.

"마마께서 이미 신월국의 옷을 입은 심부름꾼을 보내시어 상황을 알아보신 것을 압니다. 원망하는 뜻이 아니라 제가 아무리 날고 기어도 대군 마마의 발끝에도 미치지 못하니 영명하심에 탄복하여 말씀드리는 것입니다."

소하는 쓴웃음을 지었다.

"이 사람을 너무 높이 사는 것 아닌가? 나 따위를 함부로 좋게 판단하지 말게. 자네 자신에게도 좋을 것이 없어."

"이런 자리가 아니면 제가 이런 이야기를 할 이유가 있겠습니까?"

소유는 빙긋 웃었다. 소하는 그녀를 약간의 냉철함이 담긴 눈으로 보다가 한숨을 쉬었다.

"자네는 볼수록 신비하군. 혹 춘부장이 자네에게 미래라도 알려주는 겐가?"

"엄친과 소녀는 아주 어릴 적 이후 연통을 주고받은 적이 없답니다."

"하면 더더욱 신비하지. 청운에게 듣자 하니 관찰력과 판단력이 놀라운 수준이고 무예 실력도 출중하다지? 오히려 내가 자네의 발끝에 미치지 못한다 해야겠네."

"과찬에 몸 둘 바를 모르겠습니다, 마마. 단지 운이 좋았을 뿐입니다."

"그리 생각 말게. 운이 아무리 좋아도 일신에 실력이 없다면 자네처럼 해낼 수는 없는 법이니."

소하의 눈은 가늘어지며 웃음을 지었다. 그의 아름다운 미소가 예전에는 훨씬 다정하고 허물없었던 것을 떠올리자, 어쩔 수 없다는 것을 알면서도 소유의 가슴이 욱신거렸다. 그녀는 한숨을 쉬고 화제를 돌렸다.

"운이 좋았건 어찌되었건 마마의 의뢰가 해결되었으니, 이제는 제 친우에 대해 말씀해주실 수 있으십니까?"

달그락, 달그락. 읽었던 책을 다시 읽는 것 같은 기시감을 만들어내며 옥현이 찻잔을 들고 들어왔다. 그가 우린 차의 향기는 여전히 맑았다. 소유는 고개 숙여 인사했다.

"또 뵙습니다, 옥현 공."

"신묘한 통찰력으로 황 박사님 댁에 든 도둑을 잡고 개과천선까지 시키셨다면서요? 양 낭자의 활약을 듣는 동안 과연 보통 분이 아니구나 했습니다. 기연으로 이렇게 도움을 얻었으니 대군 마마께서도 대단히 기뻐하셨답니다."

퍽이나 그렇게 생각했을 것이다. 소유는 쓴웃음을 지었다.

"말씀을 감당하지 못하겠습니다."

그때 옥현의 얼굴이 자못 침울해졌다. 소유는 거짓 소식에 기절초 풍할 준비를 마쳤다.

객잔으로 돌아가는 길에 자못 호젓한 모퉁이를 돌면서, 청운은 나 지막하게 말했다.

"어찌 위로의 말씀을 드려야 할지 모르겠습니다."

항상 설궁을 지키는 청운이 채윤의 현재 소재를 모르지는 않을 터 였다. 소유는 청운이 거짓말을 하는 것이 낯설었지만 동시에 그는 중요한 거짓말은 할 수 없을 거라는 확신을 했다. 진실을 아는 사람 의 눈에는 죄책감과 혼란이 다 드러났던 것이다.

"너무 신경 쓰지 마십시오. 저는 채윤이가 죽었다 생각하지 않습 니다."

소유는 확신이 너무 드러나지 않도록 주의하며 고개를 저었다. 청 운은 당황한 눈으로 그녀를 보았다.

"그리 생각하십니까?"

"예. 만약 채윤이가 물에 빠져 죽었다 해도 제가 장안으로 오는 짧 은 사이에 사람들이 소지품을 건지고 그걸 장안까지 보낼 틈이 어디 있었겠습니까? 또, 물에 몸을 던지는 사람이 셀 수 없는데 그들 중 귀한 소지품을 가진 이가 어찌 채윤이밖에 없었겠습니까? 아까는 너무나도 채윤이의 옥과 꼭 같아 놀랐습니다만 아닐 겁니다."

청운은 난처해하면서도 안쓰러운 표정을 지었다. 그의 그 순수한 염려와 공감에 소유는 죄책감까지 느낄 지경이었다. 그녀는 그를 안 심시키기 위해 빙긋 웃어 보였다.

"채윤이의 시신이 없다는 말 하나만 듣고 여기까지 왔습니다. 이제 와서 절망하지는 않습니다."

"예에……."

소유를 포기시켜야 할지, 아니면 위안해야 할지 모르겠다는 듯 청운의 눈이 흔들렸다. 그녀는 그가 마음껏 당황하도록 시선을 떼고 길을 걸으며 물었다.

"청운 공자, 무관이시니 장안 밖에 나가보신 적도 있으시겠지요?"

"…예. 하지만 거의 없습니다."

"화주에는 한번도 가보신 일이 없겠지요?"

"그렇습니다."

"낙양은요?"

"역시 없습니다. 어찌 물으십니까?"

소유는 잠시 청운의 눈을 곁눈질로 올려다보았다가 눈길을 음울하게 내리깔았다.

"오늘 본 보옥은 채윤이가 항상 가지고 다니던 그것과 꼭 같습니다. 하지만 길에서는 무슨 일이든 다 일어날 수 있다는 것을, 저는 화주에서 낙양으로, 그리고 낙양에서 장안으로 오는 동안 알았습니다."

청운은 숨을 두어 번 쉴 동안 말이 없었다. 그리고 그가 입을 열었을 때에는 한숨이 먼저 새어나왔다.

"…어찌 그리 말씀하십니까, 낭자?"

"당당한 명문가의 자제이신 청운 공자께 이런 말씀을 드려도 될지 모르겠습니다만… 아까 기름 장수가 하는 말을 들으셨지요? 그나마 장안이니 나은 상황이라고 말씀드리면 아시겠습니까?"

"예?"

소유의 말에 청운은 얼빠진 목소리를 냈다. 소유는 일부러 한숨을 더했다.

"저야 제 몸 하나는 지킬 수 있고, 낙양성의 두 공자와 함께했으니 위험할 일은 없었습니다만… 고향에서 도저히 살 수가 없어 길에 오른 자들이 할 수 있는 게 뭐가 있겠습니까? 땅도 없고 집도 없으니 으슥한 곳에 움막을 짓고 숨어 살다가 무고한 행인을 습격해 음식과 돈을 빼앗더이다. 먹고살 길이 없어 그러는 것인데 지방 성주들이 잡아 목매단다고 강도질을 그칠 수 있겠습니까?"

"끔찍하군요."

청운의 얼굴이 울적해졌다.

"올해 그리 흉년이 들었다는 소식은 듣지 못했는데 어찌 그리 유민이 많아졌답니까?"

"저는 잘 모르지요. 아무튼 화주는 세를 내면 보리가 익을 때까지 굶는 사람이 많은데 다른 고을도 그런 것인가 싶었지요."

"어찌 세를 내고 굶습니까? 국법이……."

"저는 모르지요."

물론 소유는 옥현과 소하가 예전에 설궁에서 나누던 대화를 기억했고 세금이 갈수록 가혹해져 화주성 성주처럼 안전제일인 인사도 어쩔 수 없이 굶는 백성들을 봐야 했다는 사실 또한 알고 있었다. 그러나 이런 문제는 청운이 직접 조사해 눈으로 확인하는 것이 나을 터였다.

청운도 바보는 아닌지라, 대강 짐작은 한 듯 좋지 않은 얼굴을 했다. 소유는 마치 지금의 이야기가 우연히 나온 것마냥 원래 화제로 돌아갔다.

"…아무튼 이런 상황이니 채윤이 혼자 다니다 옥을 쌀로 바꾸어 먹었을 수도 있지요. 그것을 누가 물가에 떨어뜨렸을 수도 있습니다. 채윤이의 무공 실력이 있으니 다른 이에게 빼앗기지는 않았을 겁니다."

"추리가 뛰어나십니다."

마구잡이로 늘어놓은 말인데도 청운은 소유와 눈이 마주치자 잠시나마 옅은 미소를 지었다.

"어쨌든 채윤 공은 무사하시리라고, 그렇게 믿으시는 거지요?"

"예."

소유는 마주 웃었다. 마침 저 멀리 객잔이 눈에 들어왔다. 청운은 소유와 함께 앞을 보며 걷다가 문득 중얼거렸다.

"어려운 일이 있으시다면……."

"예?"

말이 작게 시작해 제대로 듣지 못한 소유는 청운을 보고 눈을 동그랗게 떴다. 청운은 얼굴을 살짝 붉혔다.

"실례… 실례했습니다. 물론 양 낭자가 총명하시고 낙양의 두 공자도 함께 있으니 그럴 일은 없겠습니다만, 만일 거취를 정하기 난처하시거나 그 외에도 혹 장안에서 어려운 일이 있으시거든 언제든 말씀해주십시오. 제가 할 수 있는 일이라면 돕겠습니다."

"청운 공자."

그의 착한 마음씨에 소유는 새삼 감동을 받았다. 그녀는 양심에 약간의 가책을 느꼈다가 정신을 힘껏 차렸다. 그녀는 그에게 거짓말을 한 적은… 있었지만 나쁜 뜻으로 그런 것은 아니었다. 게다가 그녀가 살리려는 사람 중에는 그도 들어 있지 않은가.

"말씀만으로도 감사드립니다. 다만… 공자는 관에서 일하시는 분인데, 실제 모의와 관련된 사후 처리를 도우시게 했으니 죄송합니다. 아무래도 마음이 쓰이시지요? 원래는 나라에 보고하셔야 하는 일 아닙니까?"

청운은 놀란 듯 고개를 저었다.

"아닙니다. 사람이 죽으라는 법은 없지 않겠습니까? 실제로 수색령이 내려진 것은 채운 공뿐, 낭자에 대해서는 현상이 걸려 있지도 않습니다."

"그야 제가 죽은 줄 알기 때문이 아닌가요?"

"하늘이 도우신 게지요."

청운은 옅은 미소를 지었다.

"보통 사람은 상상하지도 못할 꾀를 쉽게 짜내 도둑을 잡으시는 총명함도 물론 대단하십니다만, 저는 채윤 공의 시신이 없을지도 모른다는 말 한 마디만 듣고 여기까지 오신 낭자의 용기와 결단력에 더욱 경탄합니다. 더구나 채윤 공이 무사하실 거라고 여전히 믿고 눈을 반짝이시는 의지는 이름 높은 영웅이라도 함부로 따르지 못할 것입니다."

"자꾸 제게 과분한 말씀을 하십니다."

소유는 얼굴이 붉어지는 것을 느끼며 멋쩍은 웃음을 흘렸다. 정말로 채윤이 죽은 줄 알았던 지난번에는 한참이나 앓아누웠으니 그녀의 의지에 대한 칭찬은 그야말로 사정 모르는 소리였다.

가만.

그러고 보니 이번에 집이 무너졌을 때 소유는 자신이 숲에서 깨어났었다는 것을 떠올렸다. 그녀를 옮긴 것이 옥현이라고 막연히 생각했었는데, 이번에 소하와 옥현은 그런 내색은 전혀 하지 않았다. 어쩌다 보니 다 드러나는 거짓말을 한 셈이 되었는데 소하는 왜 그녀의 말을 완전히 믿는 것처럼 행동한 것일까.

소유 자신은 사실을 말하고 싶어 한 이야기였지만 그것이 지금 생각해 보니 소하와 옥현에게 그녀를 의심할 빌미를 준 것 같았다. 소유의 얼굴이 굳는 것을 보고 청운은 당황한 듯 나지막하게 물었다.

"낭자, 몸이 불편하십니까?"

"아닙니다."

소유는 반사적으로 고개를 저었다. 그러나 머릿속에서는 부산하게 여러 가능성이 지나갔다. 신선의 딸이라는 그녀의 말을 채윤과 해랑 다음으로 믿어준 소하에게 그녀는 제 발로 의심할 빌미를 준 것일 까? 왜 잊고 있었을까, 그날 숲에서 깨어난 그녀에게는 나뭇잎이 이 불처럼 덮여 있었다…….

옥현은 언제 진씨 저택에 도착했던 것일까. 집에 다른 생존자는 없 었을까? 그 정신없는 와중에 어떻게 그녀 하나만은 무사히 구출해 숲에 데려다 놓은 것일까. 그녀를 구한 것은 정말로 옥현이었을까.

거기까지 생각하자 정수리가 바짝 조여드는 것 같았다. 소유는 고 개를 휘휘 젓고 싶은 것을 눌러 참았다. 하지만 옥현이 아니면 누구 란 말인가? 해랑? 채윤? 아니면…….

따져 봤을 때 옥현이 소유를 집에서 구출해 숲에 데려다놓을 이유 는 하나도 없었다. 장안으로 오는 길에 그런 생각을 하지 못한 것은 아니었다. 하지만 도저히 뚝 떨어지지 않는 이 불안감, 이 직감은 뭔 가.

무슨 우연인지 소유와 청운이 객잔 앞에 도달했을 즈음 월은 문을 나서고 있었다. 그는 소유와 청운을 한 번씩 보고 눈을 마뜩찮다는 듯 치떴다.

"표정이 왜 그래, 공주님?"

"월."

이제 늦은 시각이라 월의 고운 얼굴에 긴 그늘이 졌다. 소유는 그 의 오똑한 코와 말간 뺨을 보며 진심으로 씁쓸하게 말했다.

"채윤이가 늘 가지고 있던 옥과 똑같은 물건이 길가의 익사체에서 발견되었대. 하지만 나는 아직 어떤 결론을 내리기엔 이르다고 생각 하고… 계속 수색해달라고 했어. 아, 진씨 집안은 역모에 연루된 것 으로 결론이 나왔다고 하고……. 채윤이도 잡히면 극형에……."

그 이상은 어떻게 이어야 할지 알 수가 없었다. 소유는 자신보다는 월이 받을 충격을 걱정하여 말을 흐리고 그를 올려다보았다. 월의 얼굴은 그림자를 받지 않은 부분이 대단히 창백해져 종이처럼 희었다.

직후 소유의 시야를 온통 금빛 윤기가 흐르는 머리칼과 보드라운 비단이 가렸다. 소유의 어깨를 꼭 끌어안은 월은 놀라 눈을 크게 뜬 그녀에게 나지막하게 말했다.

"…더는 말하지 마."

"…월."

갑자기 왜 이러냐고 진지하게 묻기에도, 남세스럽게 친구끼리 왜 이러냐고 장난스럽게 묻기에도 월의 목소리는 너무나 무거웠다. 그녀는 그의 이름만을 신음처럼 속삭였다. 월은 그녀의 어깨에 제 목을 대고 으르렁거리듯 말했다.

"네 말이 맞아. 너는 채윤이의 시신이 없다는 사실 하나로 여기까지 왔지. 아직 결론을 내릴 수는 없어."

하지만 소유가 보기에 그 말은 월이 자기 자신에게 들려주는 것 같았다. 그녀는 지난번에 자신이 속았던 것도 어쩔 수 없다고 생각했다. 불탄 집에 있던 시신의 소지품에 옥이 없어 살았다고 생각했는데 예의 옥이 발견되었으니 일반적으로는 누구나 그 사실 자체에 충격을 받을 것이다.

자신을 위로하려는 월의 마음에 가슴이 아팠다. 소유는 절대로 월도 채윤도 죽지 않게 하겠다고 다시 한 번 다짐하며 월의 등을 찬찬히 두드렸다.

"나는 괜찮아. 나는… 괜찮으니까, 걱정하지 마."

"누가 걱정을 해?"

월은 코웃음을 쳤다. 소유는 어이가 없어 웃는 소리를 냈다. 그가 지금 하는 행동이 걱정스러워 어쩔 줄 모르는 사람의 그것이 아니면 뭐란 말인가.

"당신이 하고 있잖아."

"나는 너를 걱정하지 않아. 아무 관심도 없어."

"그래."

"나는 너를… 걱정하지 않아."

소유도 잘 알고 있는 사실이었는데도, 월은 군이 그렇게 속삭였다.

백란과 월은 그들의 방에서 소유가 들려주는 사태의 전말을 들었다. 방에 딸린 흑목 의자에 앉은 소유는 백란과 월의 얼굴을 번갈아가며 보았다. 백란의 얼굴은 새파래졌고 월은 미간을 미세하게 좁혔다.

"하시면, 채윤 형님이 지금 수배를 당하셨다는 말씀입니까? 누님."

"그래."

냉정하게 평가하자면, 반역자는 9대를 멸한다는 점을 고려했을 때 초왕이 아닌 화주 성주 선에서 진씨 집안이 몰살당한 것이 오히려 피해를 줄이는 결과를 가져왔다고도 볼 수 있었다. 채윤과 절친했던 월과 그의 집안이 난리에 휘말리지 말라는 법은 없었으므로. 소유는 월이 그런 구제를 기뻐할 리 없음을 알면서도 내심 기묘한 감정을 느꼈다.

"그래서 어떻게 하기로 했어?"

월은 백란과 전혀 다른 층위에서 질문을 했다. 소유는 깊은 한숨을 쉬었다.

"나는 아직 채윤이가 살아 있을 거라고 생각하니까, 옥만 보고 포기하고 돌아갈 수는 없다고 대군 마마께 말씀 올렸어. 그리고 그 애를 계속 찾아달라고도. 그러니까 소식이 올 때까지 나는 장안에 남을 거야."

"그러셔야지요."

백란은 동정심이 뚝뚝 묻어나는 얼굴로 소유를 보았다.

"응당 그러셔야지요. 금방 좋은 소식이 들려올 겁니다."

백란은 아무것도 모르면서 그의 상냥한 성품만으로 그런 말을 해 주었다. 소유는 그를 감동한 눈초리로 바라보았다.

"고맙다. 아무튼 소식이 올 때까지는 장안에 머물 생각인데 너는 어떻게 할 거니?"

"누님은."

백란은 눈을 동그랗게 떴다.

"당연히 누님 곁에 있어야지요. 이 넓은 장안에 어찌 누님 혼자 두겠습니까? 더군다나 이렇게 큰일을 겪으시는데."

"안 된다."

월이 딱 잘랐다. 그의 미간에는 주름이 잡혀 있었다. "사안이 심각하니 너는 즉시 낙양으로 돌아가서 성주님 곁에서 떨어지지 말거라."

"왜요?"

백란은 진지하게 항의했다.

"우리가 떠나면 연고도 없는 이 장안에 소유 누님 혼자 남으실 것 아닙니까? 그리할 수는 없습니다. 낙양에 돌아가시려면 형님 혼자 가십시오."

"철없는 소리는 그만두거라."

월의 표정도 진지했다. 그는 인상마저 쓰며 엄격하게 말했다.

"네가 무엇보다 중히 여겨야 할 곳은 낙양이다. 모두 네게 희망을 걸고 있는데 이 수상한 시기에 떠나 있어서야 되겠느냐?"

백란은 그 말에 앵돌아진 표정을 지었다. 항상 그의 양순하고 사랑스러운 모습만 보아온 소유는 문득 백란이 무척 화가 났음을 직감했다. 하지만 형이 동생을 걱정하는데 어째서 그렇게까지 화를 내는지 소유는 이해할 수가 없었다. 백란은 눈썹을 부들부들 떨면서도 아무렇지도 않은 척 뱉었다.

"장자는 형님이시잖습니까. 모두가 희망을 걸고 있는 사람은 제가 아니라 형님이지요."

"너만이 적자다."

월은 그에 비하면 차갑고도 쌀쌀맞게 대답했다. 소유는 백란의 눈썹이 하늘을 향해 확 치켜 올라가는 것을 보고 조마조마해졌다. 이 형제가 싸우는 것을 그녀는 본 적이 없었다. 죽기 전의 백란은 월의 과보호에 답답해하는 눈치는 있었지만 그뿐이었던 것이다.

백란은 자리에서 벌떡 일어섰다.

"낙양은 안 갑니다. 어머님과 아버님이 걱정되신다면 형님이 가십시오. 전 세상 구경을 더 해야겠습니다."

"철없는 소리 말라 했다!"

월의 목소리가 높아졌다. 소유는 눈을 동그랗게 뜨고 둘을 번갈아 가며 보았다. 백란은 눈을 똑바로 뜨고 대꾸했다.

"철없는 소리는 형님이 하고 계십니다. 저더러 낙양에 가라 하시고 형님은 어떻게 하실 생각이셨습니까?"

"나는 볼일을 보고 금세 네 뒤를 따를 생각이었다만, 이래서야 내가 너를 직접 끌고라도 가야겠구나."

"무슨 볼일이요?"

"그게 너와 무슨 상관이냐?"

"우리는 형제인데 형님의 일이 어떻게 상관이 없습니까?"

"상관이 없고말고!"

소유는 월의 말이 너무 나갔다고 생각했다. 백란은 자리에서 벌떡 일어나 발을 쾅쾅 구르며 방을 나가버렸다.

문이 쾅 닫히자마자 월은 힘이 쭉 빠진 것 같았다. 그는 의자 옆 탁자에 팔과 얼굴을 대고 한숨을 쉬었다. 소유는 어쩔 줄 몰라 하다가 일어섰다.

"백란이 얘가 섭섭했나 보다. 일단 어딜 갔나 내가 가서 보고 올 테니 걱정하지 마."

처음 입을 열 때부터 목소리가 떨려 나왔기 때문에, 소유는 월이 그녀의 말을 끝까지 잘 알아들었는지도 확신할 수 없었다. 그녀는 어물거리다 얼른 방을 나섰다. 주위를 둘러보니 백란의 모습은 이미 없었다.

이 장안에서 백란이 갈 만한 곳도 달리 없을 것이다. 소유는 일단 객잔 1층으로 내려가 눈에 보이는 점원을 붙잡고 물었다.

"새 모양의 옥을 달고 있는 귀여운 도령을 혹시 못 보셨습니까? 방금 내려왔을 텐데요."

"아, 함께 오신 그 도련님 말씀이지요? 뜰로 나가시던걸요."

다행히 친절하고 기억력 좋은 점원은 바로 소유에게 백란이 간 곳을 가르쳐주었다. 그녀는 감사 인사를 하는 둥 마는 둥, 종종걸음으로 백란을 따라 뜰로 나갔다.

과연 모란이 핀 뜰에 백란이 혼자 서서 쓸쓸하게 새들을 바라보고 있었다. 뜨내기를 상대하는 객잔에 귀한 새를 가져다 기를 리도 없어서, 백란이 보고 있던 새는 모이통을 드나드는 이 근방의 참새였다. 그래도 뾰롱뾰롱 자그마한 발로 가는 나뭇가지를 쥐었다가 다른 가지로 뛰어가는 모습이 제법 활기찼다.

소유는 백란의 옆으로 일부러 발소리를 내어 다가갔다. 백란은 소유가 몇 걸음 오지도 않았을 때 벌써 알아보고 힘없는 미소를 지었다.

"누님."

"백란아."

소유는 백란의 미소에 적이 안심하고 얼른 그의 옆으로 가 섰다. 새 몇 마리는 포르르 날아갔지만 나뭇잎 사이로 햇살이 조각조각 흔들리는 풍광이 제법 좋았다.

"부끄러운 모습을 보였습니다, 누님."

"아니야, 네가 생각 없이 화내는 아이가 아닌 줄을 내가 어찌 모르겠니?"

소유는 최대한 상냥한 표정을 지어 보였다. 백란은 침울하게 말을 이었다.

"저는 형님과 가족인 것이 한없이 기쁘고 자랑스러운데… 형님은 그렇지 않은 것처럼 말씀하시니 그만 울컥했습니다. 누님께서 많이 당황하셨지요?"

"아니야, 그럴 수도 있지."

월의 그 초연한 체하는 태도가 그를 위하는 사람들에게는 화날 이유가 될 수도 있었다. 소유는 쓴웃음을 짓고 나뭇가지를 보았다.

"백란아."

"예, 누님."

"아까 내가 궁에서 대군 마마와 대화를 마치고 돌아왔을 때, 너희 형님이 나를 무척 걱정해주더구나."

"당연하지요."

"그러니? 나는 신기했단다."

소유는 빙긋 웃었다. 백란이 그녀를 곁눈질했다.

"어째서요?"

"항상 너희 형님은 너만 소중하게 대하고 나한테는 쌀쌀맞잖니."

"어딜 봐서 그렇습니까?"

"어딜 봐도 그렇지."

"누님께선 당신을 과소평가하십니다."

백란이 쿡쿡 웃었다. 소유는 눈을 동그랗게 뜨고 고개를 돌려 그를 보았다. 백란은 아름다운 눈으로 그녀를 눈부시다는 듯 바라보았다.

"형님이 누님을 얼마나 아끼시는지 모르십니까?"

소유는 진심으로 '누가?'라고 되묻고 싶었다. 그녀의 표정이 순식간에 복잡해지자 백란은 작게 후후 소리 내어 웃었다.

"형님께선 싫은 사람과 일부러 대면하는 분이 아닙니다. 누님처럼 형님과 할 말씀을 다 하시며 말을 주고받는 분은 처음 봅니다. 질투가 날 정도랍니다."

"애는."

이것 또한 백란의 상냥한 마음씨에서 나온 말이리라.

그래야만 했다. 소유는 쓴웃음을 지으며 고개를 저었다.

"되었다. 아무튼 네 형님이 겉으로는 저렇게 말해도 속이 깊고 실은 너를 아주 아낀다는 말을 하려 했는데, 네가 내 논지를 먼저 꺼냈구나."

"그렇습니까?"

백란은 눈이 부시도록 사랑스럽게 웃었다가 또다시 침울한 얼굴이 되었다. 소유는 그의 기분이 조금은 나아졌다는 것을 확신했지만 여전히 조심스럽게, 시간을 들여 입을 열었다.

"네 형이 너만 보낸다 해서 많이 섭섭했니?"

백란의 고개가 살래살래 가로로 움직였다.

"사실은 누님. 낙양에 혼자 가든 둘이 가든 저는 그저 누님 곁을 떠날 생각이 없습니다. 그러니 저를 보내신다 하여 섭섭했던 것이 아니라……."

"그래."

"…누님."

백란은 눈을 들어 소유를 보았다. 소유는 참을성 있게 그의 말을 기다렸다.

"…낙양의 보석이라는 말을 아십니까?"

"알지. 너를 얘기하는 것 아니냐?"

"그것이, 실은 낙양의 보석은 제가 아니라 형님이십니다."

백란의 작은 입술이 살짝 튀어나왔다. 소유는 그의 눈을 빤히 들여다보았다. 월의 재주가 뛰어난 줄을 그녀는 알고 있었지만, 낙양을 대표할 만한 '보석'이라면 응당 백란을 꼽아야 한다는 데에 그녀 역시 동의했던 것이다.

"어째서 그렇게 말하는 거니?"

"제가 그렇게 말하는 것이 아니라, 원래부터 낙양의 보석은 형님이셨고 계속 형님이셔야 합니다."

백란은 분한 듯 고개를 저었다. 그의 얼굴에서 슬픔이 비쳐 나왔다. 소유는 당황했다.

"그게 무슨 말이야?"

"제가 어릴 때부터… 형님은 항상 총명하고 예의 바르시고, 모두에게 사랑받고 기대받는 훌륭한 분이었고 누구나 형님을 낙양의 보석이라 칭했습니다."

백란의 목소리가 낮아졌다. 소유는 그에게 한 걸음 다가서며 미간을 모았다.

"하지만 지금은 다들 너를……."

"그건 다들 잘 몰라서 그러는 겁니다!"

소유가 말을 꺼내자 백란은 격렬하게 고개를 저었다. 그가 그렇게 거칠게 반응하는 것이 처음이었으므로 소유는 말 그대로 깜짝 놀랐다. 백란은 그녀를 보고 슬프게 우뚝 섰다.

"형님은 모두를 밀어내고 계십니다. 원래대로라면 제 재주는 형님과 비교가 되지 않고, 장자이시니 형님이 아버님을 도와 일하셔야

합니다. 그런데도… 형님은 항상 저만이 집안의 적자라며 혼자 나와서 사십니다."

"그래, 네 형님의 집이 따로 두 군데나 있었지. 섬월당은 친어머님과 살던 곳이라며?"

백란은 고개를 끄덕였다. 그의 맑은 눈에 눈물이 글썽해졌다.

"어릴 때… 어릴 때는, 섬월당 어머님이 살아계실 때는 형님을 모두가 사랑했습니다. 낙양의 보석이라고, 총명하고 고우니 큰일을 하실 거라고……. 그때는 얼굴을 마주하는 일도 많았고 형님은 저를 늘 자상하게 보살펴 주셨습니다."

"그랬구나."

그때는 선대왕이 살아있을 때일까? 적서의 차별이 선대왕 때 법적으로 금지되었다고는 하지만 첩과 본부인은 집안의 힘부터가 다를 수밖에 없었다. 그럼에도 불구하고 적어도 법이 보장할 수 있는 한에서는 서얼이 부당한 차별을 받지 않도록 한 것이다.

월의 어머니는 어떤 출신이었을까. 백란의 어머니는 낙양의 성주와 정식으로 결혼했으니 대단한 집안의 딸일 텐데, 어린 백란 앞에서도 공공연하게 월을 칭찬하는 사람이 많았다면 낙양성에는 그런 오래되고 지독한 편견이 적었던 것일까?

소유는 생각하면서도 백란을 위로하고자 그의 눈을 계속 바라보았다. 백란은 다행히 눈물을 얼른 훔쳐내고 말았지만 괴롭게 얼굴을 일그러뜨리고 있었다.

"당연히 형님이 아버님의 뒤를 이으실 거라고 생각했는데……. 그러면 저는 형님을 잘 보좌하는 사람이 될 거라고 생각했는데."

"…그래."

소유는 한숨처럼 말했다. 백란은 망설이듯 입술을 달싹이다가 아픈 독처럼 뱉어냈다.

"어느 날, 섬월당 어머님이 많이 아프셨던 날… 형님이 울면서 비를 맞고 계신 것을 보았습니다. 걱정이 되어서 형님을 부르며 다가갔는데… 그때 형님이 그러셨습니다. 나를 형이라고 부르지 마라. 나는 네 형이 아니다, 라고…….."

소유는 그 말을 이해할 수 없었지만 백란이 오랫동안 숨겨왔던 비밀을 그녀에게 말해주었다는 사실만큼은 분명히 알 수 있었다. 그녀는 어쩔 줄을 모르다가 백란의 목을 쓰다듬었다. 처음에는 불이 닿은 듯 움찔했던 백란은 이윽고 그녀의 어설픈 손길을 피하지 않고 그저 멍하니 뜰의 바닥을 내려다보았다.

상처의 아픔을 고요히 견딜 시간이 필요하다는 것을 알 수 있었기 때문에 소유는 한동안 그대로 백란을 내버려두었다.

월과 백란은 그날 저녁 서로의 얼굴을 보지 않고 따로 식사했고, 다음 날 아침에는 아무렇지도 않게 평소처럼 대화를 나누었다. 소유는 전날 말하려다 형제가 싸우는 바람에 꺼내지 못했던 소식을 전했다.

"장안에 있는 동안 나는 대군 마마의 신세를 질까 해."

이번에는 기절하지 않은 소유에게 소하는 전과 같은 제안을 해왔다. 소유는 낙양이 무사할지에 대한 확신이 아직 없었고 자경국 왕궁에 있을 선왕의 유서에도 손을 쓸 방도를 찾고 싶었으므로 이번에는 궁 밖에 거주하는 것을 고려해 보았지만, 종합적으로 봤을 때는 소하의 옆에 있어야 그를 돕기가 가장 수월할 것이라는 결론을 내렸다.

당장 백란은 눈을 토끼처럼 동그랗게 떴다.

"예? 무슨 말씀이십니까, 누님?"

곧 울상을 지은 동생 대신 월도 물었다.

"그래. 그게 무슨 말이야? 공주님이 왜 대군 마마의 신세를 지겠다 는 건데?"

"그분이 이번 일에 대해 어느 정도 책임을 느끼고 계신다고 하고, 나도 어제 월이 한 말에 동의하거든. 시절이 수상하니 낙양성 성주 님 옆에 믿을 만한 사람이 많을수록 좋아. 말이야 바른 말이지, 누군 가 공을 세우려고 안달이 난 사람이 진씨 집안 일과 나와 낙양성을 모두 연결한다면 괜한 소란이 일어날 수도 있어."

"누님, 낙양성의 가신은 모두 대대로 저희 가문을 섬겨왔고 모두 오랫동안 일선에서 일해 믿을 수 있는 분들입니다."

백란은 소유가 그런 의심을 한다는 것에 약간 모욕당한 기분인 듯 떨떠름하게 말했다. 소유는 고개를 저었다.

"너희 아버님의 부하 분들을 의심하는 게 아니다, 백란아. 다만 외 부에서 모함이 들어올 가능성은 생각해두는 게 좋겠다는 거지."

월도 떨떠름한 눈치였지만 그는 순순히 소유의 말에 동의했다.

"이제 와서 채윤이와 나를 연결 지을 가능성은 낮지만, 조심하는 게 좋겠다는 말에는 동의해. 황 박사 같은 사람도 선대왕의 옥패를 주상에게 넘기려고 했을 정도이니까."

"당신이 벼슬을 할 때도 이런 분위기였어?"

"이 정도는 아니었지만."

그렇다면 월이 뜬금없이 벼슬을 그만두고 낙양으로 돌아간 것도 충분히 이해할 수 있는 일이었다. 지금까지는 그저 월이 일을 하기 싫어서 그랬으리라고 심술궂게 생각하고 있었던 소유는, 본인이 정 말로 월을 그 정도의 인간이라고 생각하는지 진지하게 판단해 보 았다. 물론 아니었다.

"아무튼 나는 설궁에서 지내면서 채윤이 소식을 기다릴 테니까, 두 사람은 낙양으로 돌아가서 일단 안전을 도모하는 게 좋겠어."

"단풍이 들기 전까지 말이지? 알았어."

월은 고개를 끄덕였다. 백란은 입술을 죽 내밀었다.

"단풍이라뇨? 가을과 무슨 상관이 있습니까?"

"그즈음이면 모든 게 확실해질 거라는 말이다, 백란아."

소유는 상냥하게 말하고 월의 얼굴을 보았다. 월은 빈정거리고 싶어 하는 눈치였지만 어제 백란과 싸워서인지 얌전히 할 말만 했다.

"이상한 곳에서 이상한 말을 하다가 경을 치지 않도록 조심해."

소유는 그의 말에 고개를 무심코 끄덕였다가 곧 그가 결국은 빈정거렸음을 깨닫고 인상을 썼다. 월은 그녀의 얼굴이 우스운지 가볍게 웃음을 터뜨렸다.

"부정 못 하지?"

"나는 항상 남에게 도움이 되는 말만 하는 사람이야."

"글쎄, 그건 모르겠는걸."

"당신이나 좀 더 당신 마음에 솔직하게 행동하는 게 좋을 거야. 당신을 사모하는 여인들이 가슴 아파하는 건 생각도 안 하지?"

소유는 그 말을 하면서 저도 모르게 설화를 떠올렸다. 월은 소유를 빤히 바라보며 빙긋 미소 지었다.

"나를 진심으로 사모하는 여인은 없으니 잘된 일이지."

"그걸 당신이 어떻게 알아? 당장 지금도 당신의 귀향을 손꼽아 기다리는 여인이 있을지도 모르잖아."

"혹시 날 떠보는 거야? 공주님, 나와 함께 낙양으로 가고 싶어?"

월은 바람 소리를 내며 부채를 펼치고 제 입을 가리며 웃었다. 소유는 그의 가늘고 매혹적인 눈이 얄미워 턱을 들었다.

"그럴 리가 있나. 난 여기서 할 일이 있으니까 가서 당신 할 일이나 잘해."

월은 눈웃음을 지은 그대로 후후 바람 빠지는 소리를 냈다. 백란은 눈을 반짝이며 천진하게 말했다.

"저도 여기 남을 겁니다."

월의 얼굴이 굳었다. 소유는 어쩐지 속이 시원해 속으로 웃으면서도 백란에게 간곡하게 말했다.

"백란아. 내가 입궁하면 너 혼자 뭘 하려 그러니? 그러지 말고 먼저 낙양으로 가거나, 아니면 네 형과 함께 가서 부모님 곁에 있어 드리렴."

혹시 백란이 지금 낙양으로 떠난다면 소하는 자경국으로 보낼 사람을 장안에서 새로 뽑을지도 몰랐다. 그렇다면 낙양이 안전할 확률이 조금 높아질 거라는 계산을 하며 소유는 백란의 얼굴을 살폈다. 백란은 여전히 천진한 얼굴로 반복했다.

"하지만 저도 여기 남으렵니다."

"백란아."

"안 된다고 했다."

소유와 월이 거의 동시에 말했다. 백란은 월과 소유를 번갈아 보면서 자신만만하게 흐흥. 하고 웃었다. 그의 얼굴에서는 아직 어제 싸움 이후로 남은 불편한 감정이 드러났지만 그의 결심이 단호하다는 사실은 의심의 여지가 없었다.

"제가 낙양에 온 것은 어머님 아버님의 허락을 받아 온 것이고, 언제 돌아오라는 말씀이 없으셨습니다. 제 형님으로서 돌아가라 명령하실 거라면 그리 말씀하십시오. 따라야겠지요. 하지만 그렇지 않다면 저는 제가 하고 싶은 대로 할 겁니다."

월의 눈에 약간의 불편한 감정이 스쳤다. 소유는 월의 얼굴을 백란과 함께 흥미진진하게 쳐다보았다. 얼마 동안의 침묵 후 월은 부채를 접고 씹어뱉듯이 말했다.

"네 마음대로 하거라!"

백란은 노골적으로, 소유는 내심 실망했다. 그러나 백란은 곧 환하게 웃으며 뻔뻔하게 소유에게 말했다.

"누님, 잘 부탁드립니다. 제가 이렇게 남아 있을 테니 굳이 입궁하실 것도 없습니다. 대군 마마를 제가 뵌 적은 없지만 궁궐에 드나드는 사람들이 총명하고 상냥하고 고우신 누님을 못 알아볼 리가 있겠습니까? 필경 혼인하고 싶어 하는 자가 나타날 텐데 괜앤히 그런 이야기에 말려드는 것도 난처하시지 않겠습니까."

"백란아."

소유는 너무나 당당한 백란의 칭찬에 민망해졌다. 그녀는 그저 쓴웃음을 짓다가 애매하게 대답할 수밖에 없었다.

"설궁에 얼마나 많은 사람이 드나들지야 모르겠다만, 네가 그렇게 말해주니 든든하구나."

쏴아아아아.

아침부터 하늘이 어둡다 싶더니 오후에는 장대비가 쏟아졌다. 백란은 갈 곳이 있다며 나간 지 오래였고 월은 비가 떨어질 때부터 제 방에 틀어박혀서는 소식이 없었다. 소유는 백란이 지산紙傘을 가져갔는지 여부를 떠올리려 애쓰며 월의 방문을 두드렸다.

똑똑.

젖은 공기 때문에 실내의 나무 기둥과 창살이 평소보다 어둡고 축축해 보였다. 아주 늦은 저녁처럼 어둡기도 했다.

방안에서는 기척이 없었다. 소유는 고개를 갸웃했다. 그녀는 월이 나가는 소리를 전혀 듣지 못했던 것이다.

"월?"

소유는 작게 월의 이름을 불러보았다. 그의 목소리는 돌아오지 않았지만 방안에서 콩, 하고 뭔가 부딪치는 소리가 났다. 그녀는 걱정이 되어서 목소리를 더 높여 보았다.

"월? 안에 있어?"

이번에는 대답이 들려왔다.

"무슨 일인데?"

월의 목소리가 평소와 달리 어딘가 가늘게 떨리는 것 같아 소유는 놀랐다. 그녀는 조심스럽게 물었다.

"괜찮아?"

"안 괜찮을 게 뭐가 있어."

이번에는 훨씬 차분해진 목소리가 돌아왔다. 그때 밖이 번쩍하며 번개가 쳤다. 소유는 답답해졌다. 빗소리 때문에 그러잖아도 말이 잘 안 들리는데 천둥소리가 뒤이었다. 쿠구궁.

"할 얘기가 있어. 괜찮으면 들어갈게."

월은 잠시 대답이 없었다. 소유는 문득 마음이 급해졌다. 월은 늘 말을 너무 많이 해서 탈이었지, 말수가 적어 문제인 적은 없었다. 혹시 몸이 안 좋은 것일까?

"월? 내 말 들었지? 들어간다?"

"안 돼!"

가는 고함이 터져 나왔지만 소유는 이미 문을 연 다음이었다. 그녀는 월의 목소리에 충격을 받아 그 자리에 멈춰 섰다. 방안은 어두워 한 치 앞도 보이지 않았다. 월은 숨 한 번 쉴 정도의 시간이 지난 뒤 떨리는 목소리로 말했다.

"무슨 말인지 몰라도, 내일 해. 오늘은 얘기 못해."

"몸이 안 좋아?"

이번에는 숨을 세 번 쉴 정도의 시간이 흘렀다. 번쩍.

"…맞아. 그러니까 오늘은 내버려둬."

소유는 예전에 자신이 채윤을 잃은 줄 알고 앓아누웠을 때 월이 옆에서 지켜봐주었던 것을 떠올렸다. 더군다나 순전히 그녀와 채윤을 위해, 낙양이 위험한 줄 알면서도 이 장안까지 와준 월을 그냥 내버려둘 수는 없었다. 그녀는 부드러운 목소리로 말했다.

"잘 거야?"

쿠구구궁. 천둥이 아까보다 빠르게 천지를 울렸다. 월은 벼락에 섞여 들릴락 말락 한 목소리로 대답했다.

"그래."

"좀 보자."

월이 얼마나 아픈지 상태를 좀 보고, 경우에 따라서는 아무리 비가 쏟아져도 의원을 찾으러 갈 생각으로 소유는 방에 들어섰다. 월은 앓는 소리를 내며 신경질적으로 말했다.

"내버려두라니까!"

심각한 모양이었다. 소유는 등 뒤로 문을 닫았다. 그리고 불이 온통 꺼져 있는 어두운 방을 더듬어. 번개가 내리칠 때마다 순간적으로 밝아졌다가 금세 또다시 컴컴해지는 바닥을 조심스레 걸었다.

"월?"

마침내 사람의 모습이 눈에 들어왔다. 소유는 입안에서 가시를 굴리는 것처럼 이름을 불렀다.

"뭐 해?"

월은 그녀가 짐작한 것처럼 침대에 얌전히 누워 있지 않았다. 그는 탁자 아래에 들어가 벌벌 떨고 있었다.

비단옷의 아름다운 자락이 바닥에 멋대로 흘러나와 있지 않았다면 월이 어디에 있는지 도저히 찾지 못했을 정도로 월은 작게 웅크린 모습이었다. 소유는 월이 바로 대답하지 않자 나는 듯이 그의 옆에 앉았다. 그리고 그의 이마에 손바닥을 대 보았다.

"열은 없는데?"

그러나 월의 얼굴은 새파랬다. 소유는 걱정스레 물었다.

"어디가 아픈 거야?"

쿠구궁.

천둥에 맞춰 월이 히익, 하고 숨을 들이켰다. 제 양팔을 부여잡은 그의 긴 손이 눈처럼 희게 질렸다.

"혹시 천둥치는 소리가 무서워?"

월은 답이 없었다. 그러나 그의 낭패한 얼굴을 보고 소유는 크게 안도하고 빙긋 웃었다.

"의외네? 천둥을 무서워하다니."

"…들켰네."

월은 소유를 보고 한탄하듯 말했다. 번쩍거리는 번개에 그의 얼굴이 잠시 새하얗게 빛났다.

"우습지? 다 큰 사내가 천둥 따위에 덜덜 떨기나 하고."

"우습지 않아. 사람은 누구나 두려운 것 하나쯤은 있는 거잖아."

"공주님 같은 대장군감도 그런 게 있어?"

월은 놀리듯 말했다. 숨기고 있던 것을 들켜 토라진 모양이었다. 소유는 약간 미안해졌지만 부드러운 목소리로 말했다.

"나는 소중한 사람들이 내 곁을 떠나는 게 제일 무서워."

월의 눈이 잠시 커졌다. 쿠구구궁. 소유는 천천히 손을 올려 그의 손등에 겹쳤다. 그는 움찔했지만 뿌리치지는 않았다. 이윽고 천천히, 아주 느리게 월의 손에서 힘이 빠졌다.

소유는 그의 손등을 쓰다듬으며 가만히 말했다.

"항상 함께 있던 사람이 더 이상 내 곁에 존재하지 않는다는 사실을 깨닫는 순간이 너무 무서워. 어머니도 그랬고, 아버지도 그랬고, 채윤이도 그랬고."

그들을 이 세상에 데려오기 위해서는 뭐든 할 수 있었다.

소유는 어쩐지 울 것 같은 기분으로 입을 잠시 다물었다. 이상한 생각이었다. 지금 채윤은 살아 있는데. 조금만 노력하면, 그녀가 이전에 보지 못했던 것들을 볼 수 있을 것이다. 소하를 도우면, 다들 살 수 있을 것이다. 어머니와 아버지는 되찾을 수 없더라도 다른 사람들은 아직 되돌릴 수 있었다.

쿠구궁. 월의 손이 찔끔하더니 다시 힘이 들어갔다. 소유는 한숨을 쉬고 월의 귀에 두 손을 댔다.

"뭐 하는 거야?"

"천둥소리가 안 들리게 귀를 막아주는 거야."

"아파."

아프다는 말은 진심인지 월의 얼굴이 온통 찌푸려졌다. 소유는 쿡쿡 웃었지만 손에서 힘을 거의 빼지 않았다. 천둥소리를 막으려면 최대한 귀를 꽉 막아야 할 것 같아서였다. 월은 그녀가 웃자 반항적인 눈빛으로 그녀를 보았다.

"역시 우습지?"

"천둥을 무서워하는 게 우스운 게 아니라, 투덜거리는 당신이 어린 애 같아서 재미있어."

소유는 솔직하게 말하고 또 후후 웃었다. 귀가 틀어막힌 월이 소유의 말을 들었는지는 알 수 없었다. 그는 그러나 대충 무언가를 짐작한 듯 소유의 양손을 억지로 떼려 들었다. 소유는 그의 의사를 존중해 결국 손을 떼주었다.

"이제… 괜찮아."

월의 마지막 세 음절은 마치 그 자신에게 들려주는 것 같았다. 소유는 월의 옆에 쪼그려 앉은 자신의 무릎을 끌어안고 천장을 보았다. 벌써 며칠째 보는, 같은 객잔의 천장인데도 번개가 드리우는 긴 그림자와 새하얀 빛은 작은 서까래 하나하나도 도깨비처럼 느끼게 만들었다.

문득 소유는 오른팔 쪽에서 따뜻한 무게감을 느끼고 그쪽을 보았다. 월이 그녀의 어깨에 머리를 기대고 있었다.

"피곤해?"

소유가 묻자 월은 고개를 젓고 긴 눈으로 그녀를 흘겼다.

"이럴 때는 조용히 달래주면 안 돼?"

"달래고 있었잖아."

"사내가 이렇게 기대면 품에 안고 달래주는 거야."

소유는 웃음을 터뜨리고 월을 곱게 흘겼다. 월은 묘하게 집요했다.

"어린애 같다며. 어린아이인데 좀 더 다정하게 달래주면 안 돼? 그 정도도 못 해줘?"

"당신은 진짜 어린애는 아니잖아."

그렇게 말하면서도 소유는 월이 바람 소리가 거세게 들릴 때마다 움찔움찔 떨고 있다는 사실을 그대로 느낄 수밖에 없었다. 그녀는 결국 점점 더 기대오는 월의 머리와 어깨를 안았고 월은 그녀의 무릎에 머리를 올렸다.

"나는 낭군님이 있는데."

"알아. 낭군님도 어린애를 달래준 것 가지고 화내진 않을 거야."

소유가 허탈하게 말하자 월은 뻔뻔하게 둘러댔다. 그의 얼굴에서 여전히 공포가 보였기 때문에 소유는 어쩔 수 없이 그의 머리를 가만히 쓰다듬었다.

그렇게 세 번인가 머리를 쓰다듬었을까. 월은 낮은 목소리로 말했다.

"싫으면 그냥 걷어차버리고 가도 돼. 이제까지 혼자서도 잘 견뎠으니까."

가슴이 지끈거렸다. 소유는 손을 멈추고 물었다.

"비가 올 때마다 항상 혼자 이러고 있었어?"

대답이 없었다. 소유는 한숨을 쉬고 다시 손을 움직였다.

"알았어. 잠깐은 이러고 있어줄게."

"미천한 소인에게 하해와 같은 은혜를 베풀어주시니 광영이로소이다."

몇 번 더 소유의 손길이 머리를 더 쓰다듬자 월은 훨씬 나아진 표정으로 배시시 웃었다. 소유는 화를 낼 수가 없었다.

쏴아아아아아아. 한참이나 비는 쏟아졌다.

이윽고 밤이 이슥해졌다. 천둥은 아까보다 훨씬 소리가 작았다. 소유는 월의 머리를 계속 쓰다듬었지만 의식해서 한 행동은 아니었다.

얼마 동안이나 침묵을 지키고 있었을까, 월이 속삭이듯 말했다.

"좋은 향기가 나. 풀밭 같은 향기."

"음?"

빗소리 때문에 그의 읊조리는 목소리는 소유에게 뒤의 반만 가 닿았다. 그녀가 되묻자 월은 아무렇지도 않게 말했다.

"채윤이 그랬어. 공주님한테선 언제나 봄의 향기가 난다고. 모든 생명이 피어나는 듯한 그런 향기가 나서, 함께 있으면 마치 다시 태어나는 듯한 그런 느낌이 든다고……."

그 말은 마치 시 같았다. 소유는 놀라 눈을 깜박였다.

월은 노래처럼 말을 이었다.

"온 세상이 흑백으로 보이다가도 너와 함께 있으면 모든 게 봄의 빛깔로 덧칠되는 것 같다고."

"그래?"

채윤은 소유 본인에게는 그런 말을 한 적이 없었다. 소유는 빙긋 미소를 지었다. 채윤이 자주 쓰는 표현들은 아닌 것 같았지만, 월이

일부러 채윤의 핑계를 대면서까지 그녀를 이런 식으로 돌려 칭찬할
리는 없을 것이다. 그러니 채윤이 정말로 이런 말들을 늘어놓았다는
말인데.

월은 가볍게 웃음소리를 냈다.

"정말로 다시 태어날 수 있다면 좋을 텐데. 이번엔 좀 제대로."

"그게 무슨 소리야?"

"그냥 혼자 중얼거리는 거야."

그렇게 던지고 월은 몸을 살짝 뒤척였다. 소유는 깊은 숨을 쉬고
그의 머리칼에서 손을 뗐다. 월은 거의 그녀의 옷자락에 대고 작게
물었다.

"머리는 이제 안 쓰다듬어주는 거야?"

"팔이 아파."

그것만이 이유는 아니었지만 소유는 핑계를 댔다. 그녀는 화제를
돌렸다.

"채윤이 나에 대해서 또 뭐라고 했어?"

아무튼 채윤이 월에게 소유에 대해 이것저것 얘기한 것만은 틀림
없는 모양이었다. 그녀는 기억을 더듬어 덧붙였다.

"못생기고 눈치가 없다, 목소리가 크다, 드세다. 그런 건 다 거짓말
이었다고 했지?"

월은 입꼬리를 살짝 올렸다.

"그래. 전부 거짓말이야."

"그러면 사실대로 말해줘. 채윤이가 뭐라고 했어?"

"흐음."

월은 깊은 숨을 쉬고 나직하게 목을 울렸다. 그의 가늘고 모양 좋
은 눈이 소유를 똑바로 올려다보았다.

"천상의 선녀가 지상에 잠시 노닐러 온 것 같다던데."

소유의 얼굴이 빨개졌다. 잠깐.

"목소리가 옥으로 만든 피리처럼 감미롭고 은은하다고도 했고."

채윤이 그런 말을 했다고?

"네가 활짝 웃을 때마다 눈이 부셔서 쳐다볼 수가 없다느니."

못생겼다느니 목소리가 크다느니 욕을 했다는 거짓말보다는 훨씬 그럴듯하긴 했지만, 소유는 여전히 채윤이 생판 남인 월에게 그런 말을 했다는 것을 믿기가 힘들었다. 월은 그녀의 마음을 알겠다는 듯 조용히 눈을 휘었다.

"그때는 채윤이 했던 그 모든 말이 왜 그렇게 황당하게만 느껴졌는지."

그렇다면 지금은 황당하게 들리지 않는다는 걸까? 소유는 어떻게 행동해야 할지 그만 모르게 되어버려 반사적으로 대꾸했다.

"뭐가 황당해? 사실대로만 말했네."

"응, 전부 사실이더라. 채윤이가 한 말이 옳았어."

심지어 비웃을 줄 알았던 월은 그녀에게 순순히 그렇게 대답했다. 소유는 얼굴이 화끈거려 표정을 관리하기가 힘들었다. 소유는 높아진 목소리로 되물었다.

"정말?"

이번에는 대답이 없었다. 월의 눈도 사르르 감긴 채 뜨이지 않았다. 소유는 혹시 해서 그의 이름을 조용히 불러보았다.

"…월."

월은 눈을 뜨지 않았다. 그녀는 조금 더 낮아진 목소리로 물었다.

"…자는 거야?"

어느새 빗소리도 잦아든 것 같았다. 백란은 객잔에 돌아왔을까? 소유는 월을 어떻게 해야 할지 고민했다. 침대로 옮겨야 할까? 키가 커서 힘들 것은 같았지만 그렇다고 그를 바닥에 버려두고 갈 수는 없었다.

옮기다가 깨더라도 하는 수 없다고 결정하고 일어나려는 소유에게 월이 숨결처럼 가볍고 작게 말했다.

"가지 마."

"깼어?"

"잠든 적 없어."

"숨소리가 골랐는걸."

"편안해서 그러고 있었던 거야."

"그래?"

다리가 꽤 아팠지만 소유는 그대로 자리를 조금 더 지키기로 했다. 그녀는 원래 오늘 월을 찾아온 목적을 달성하기로 하고 가만히 입을 열었다.

"백란이 말이야."

"으음."

월은 대답 같기도 하고 신음 같기도 한 소리를 냈다. 소유는 어둑어둑한 창을 바라보며 말했다. 천둥도 그러고 보니 한동안 울리지 않고 있었다.

"내가 입궁하면 자기도 할 일이 없으니 금방 낙양에 돌아가겠지. 일단은 당신이라도 볼일 다 보면 낙양에 가서 상황을 잘 살펴."

그것은 희망사항이었다. 지난번에도 백란은 소유가 입궁한 상태에서 자경국으로 보내졌었으므로. 그녀는 진심으로 월을 설득했다.

"그 애도 당신이 자길 얼마나 아끼는지 알아. 혈육이란 건 이 세상에 몇 명 없는 거잖아. 나야 사정을 모르지만 너무 걱정하지 마. 정 뭣하면 내가 백란이한테 계속 낙양에 가라고 말을 할게. 다만 낙양은 워낙 중요한 곳이니까……."

"공주님."

월은 바람처럼 한숨을 쉬었다.

"자경국이 당장이라도 쳐들어올 것 같아? 세작이 있는 것은 확인했지만 내일 당장 전쟁이 날까봐 걱정하지는 않아도 돼. 저쪽도 적기를 볼 거야. 적기가 없으면 아무 일도 없을 수도 있고."

"그건 나도 알아. 그냥… 조심하라는 거야."

소유는 기가 죽어 말끝을 작게 맺었다. 월은 생각하듯 느리고 명확한 목소리로 말했다.

"공주님 문제로 낙양이 조정의 질책을 받으면, 그때 틈을 노리고 간자가 쳐들어올 가능성은 분명히 있지. 내분 만한 적기가 없으니까. 그래, 지금의 천인국은 당하기 참 좋아. 서로가 서로를 배신하고 눈치를 보더군."

"그래. 그러니까 당신이 아버님 어머님을 잘 보필해야 해."

"난 안 돼."

월은 눈을 똑바로 뜨고 소유를 말끄러미 쳐다보았다.

"성주님 아들은 백란이뿐이야. 백란이가 보필해야 해."

"왜 말을 그렇게 해?"

전에도 그는 본인을 천한 핏줄 어쩌고 한 일이 있었다. 소유는 속상해서 볼멘소리를 했다.

"서자면 어때. 아직 법적으로는 적서 차별은 금지야. 그리고 정실에게서 태어나지 못한 게 당신 잘못이야? 당신 어머님은 부인 마님이 아니라도 당신 아버님은 성주님이 맞잖아."

그 말에 어쩐지 월은 눈을 내리깔았다. 소유는 어느새 빗소리가 완전히 멎고 바깥이 밝아졌음을 깨달았다. 달이 비구름 밖으로 나온 모양이었다.

그녀는 잠시 동안 입을 다문 월을 바라보다 조용히 물었다.

"당신 어머님은 어떤 분이셨어?"

"달을 좋아하셨어."

월은 깊은 한숨을 다시 쉬고 조금 더 뒤척거렸다. 그는 반쯤 눈을 내리깐 채 천장을 똑바로 향했다.

"그래서 당신이 머무시는 별채 이름을 섬월당이라고 짓고, 아들 이름도 월이라고 지으셨지."

"당신의 어머님이시니 아주 아름다운 분이셨겠어."

"그랬지."

월의 입가에 쓴웃음이 떠올랐다.

"아름답고 천한 여자에게는 불행이 따르는 법이라, 이지러지고 다시 차오르는 변덕스러운 달이라도 캄캄한 밤을 비춰주는 유일한 존재라며 달에게서 위안을 많이 얻으셨어."

"어머님께는 당신도 그런 존재였나 보다."

"그건 모르겠어."

월의 목소리가 더 작아졌다. 그는 잠시 후 목소리를 가다듬고 선명하게 말했다.

"이야기 들려주는 것도 좋아하셨어."

"무슨 이야기? 옛날이야기?"

"옛날이야기도 있고, 지어낸 이야기도 있고, 대부분은 그냥 어디에서 들어본 듯한 시시한 이야기였지 뭐."

분위기를 돌리기에 좋은 화제 같았다. 소유는 이때다 싶어서 졸라보았다.

"나 이야기 듣는 거 좋아해. 기억나는 이야기 있으면 내게도 하나 들려줘."

월은 심드렁하게 대꾸했다.

"기억에 남는 이야기는 하나밖에 없네. …그거라도 듣겠어? 별로 재미는 없어. 지루하기만 하고, 감동도 여운도 없는데."

"응. 어서 얘기해줘."

월이 이야기를 마치면 그를 대충 꼬여서 침대에 누이고 나갈 생각으로 소유는 가볍게 재촉했다. 월은 가슴을 들썩이며 심호흡했다.

"옛날에… 옛날에, 아름다운 기녀가 있었어."

"응."

"본디 그 기녀는 어느 명문가의 계집종으로 있던 여인이었지."

"응."

"주인집 도련님에게 남몰래 연심을 품고 있던 여인은 이를 눈치챈 주인마님에 의해 그곳에서 쫓겨나게 됐어."

"응."

시작이 흥미로웠다. 소유는 낙양 삼기를 떠올리며 고개를 끄덕였다. 월은 흐르는 물처럼 매끄럽게 이야기를 이어나갔다.

"오갈 데 없는 천애고아였던 그 여인이 선택할 수 있었던 건 기녀가 되는 일뿐이었어. 아름다운 외모와 뛰어난 춤 솜씨로 여인은 근방에서 이름을 날리는 유명한 기녀가 되었어. 천금을 싸들고 오는 사내들도 많았지."

이야기는 재미있었지만, 소유는 잠시 후 갑작스럽게 든 예감에 맞장구를 칠 수 없게 되었다.

설마.

"그러던 어느 날, 여인은 오랜 시간이 흘러도 잊지 못한 채 계속 사모하고 있던 옛 주인집 도련님을 다시 만나게 되었어. 여인은 그 남자가 이미 다른 여인과 정혼했다는 사실을 알았지만 그럼에도 불구하고 여전히 그를 사랑해 곁에 있고 싶었지."

정혼자. 백란보다 나이가 많은 월.

"하지만 남자는 여자에게 눈길 한번 제대로 주지 않았지. 그러던 차에 여인은 아비 모를 자식을 갖게 되었고 깊은 절망에 빠졌어."

가슴이 아파와 소유는 숨을 조용히 들이마셨다. 그만하라고, 그런 이야기를 들려주며 너 자신에게 상처를 입히지 말라고, 그렇게 소리치고 싶었지만 아무 말도 나오지 않았다.

월은 담담했다.

"하지만 여인은 곧 깨달았어. 그 아이가 자신에게 한 줄기 희망의 빛이 될 거라는 사실을. 마치 캄캄한 하늘을 비춰주는 저 달처럼."

밤에 취한 것일까, 잠에 취한 것일까. 소유는 월이 이런 이야기를 잠결에 할 만큼 입이 가볍지 않다는 사실을 알고 있었다. 실제로 그는 지금까지 제 진실한 감정 같은 것을 연약한 갓난아기 감싸듯 꼭꼭 감추고만 있어 오지 않았나…….

"어느 날 밤, 여인은 남자에게 약을 먹여 그를 술에 취해서 쓰러지게 만들었어. 그렇게 그와 정을 나눈 것처럼 꾸민 다음 그의 아이를 가졌다고 거짓을 고했지. 여인의 술수는 남자에게 통했고 여인은 어릴 적 쫓겨났던 집으로 다시 돌아와 그의 소실이 되었어."

쿵쾅, 쿵쾅. 소유의 가슴이 미친 듯이 뛰었다. 그녀는 월을 차마 바라볼 수가 없었다. 그의 목소리에는 흔들림이 없었다.

"여인은 사내아이를 낳았어. 남자는 여인과 아들에게 다정하게 대해주었고 여인은 남부러울 것 하나 없는 생활을 하게 되었지. 그래도 행복하지는 않았나봐. 사랑하는 남자를 속였다는 죄책감이 언제나 그이를 짓눌렀거든. 결국 시름시름 앓던 여인은 어린 아들에게 모든 사실을 털어놓고 세상을 떠나버렸지."

"어느 날, 섬월당 어머님이 많이 아프셨던 날… 형님이 울면서 비를 맞고 계신 것을 보았습니다. 걱정이 되어서 형님을 부르며 다가갔는데… 그때 형님이 그러셨습니다. 나를 형이라고 부르지 마라. 나는 네 형이 아니다, 라고…….'"

백란의 말이 떠올랐다. 그날이었다. 소유는 깨달을 수밖에 없었다. 시름시름 앓던 섬월당의 주인은, 어느 비 오는 날 어리고 총명한 아들에게 모든 사실을 털어놓고 만 것이다. 아들의 인생을 완전히 바꾸어버릴 진실을.

월은 쿡쿡 웃었지만 소유는 그것이 지어낸 웃음소리임을 바로 알 수 있었다.

"재미없지? 하지 말걸 그랬나봐. 공주님의 반응이 안 좋은걸."

소유는 한참 동안이나 노력한 후에야 반쯤 잠긴 목소리로 물을 수 있었다.

"그 뒤에 아들은 어떻게 됐는데?"

"아들?"

월은 놀란 듯 되물었다가 아아, 하고 아까처럼 담담하게 알려주었다.

"아들은 그냥 똑같이 살았어. 어머니를 원망하지도 않았어. 그동안 거짓이 탄로날까봐 하루하루 두려워하며 살았을 자기 어머니가 불쌍하게만 느껴졌거든."

"그 여인은."

소유는 마른침을 삼켜 간신히 목소리를 가다듬었다.

"왜 어린 아들에게 그런 걸 털어놓은 거야? 모든 걸 알게 된 아들이 뭘 어떻게 하길 바랐던 거야?"

"떠나라고 했어."

월의 목소리는 아까보다 낮았다.

"그 집을 떠나서, 자기의 거짓말로 얻은 모든 걸 다 내려놓고 떠나서 살아달라고 했지."

"어린애가 무슨 잘못이라고?"

"잘못이 없을까? 화려한 집, 훌륭한 가문, 풍족한 생활, 주위 사람들의 따뜻한 시선……. 그런 건 애당초 그 모자의 것이 아니었지. 그런데도 아무렇지도 않게 그걸 누렸잖아. 원래 그 아이는 기방의 심부름꾼, 가장 뛰어난 기녀가 한동안 손님을 받지 못하게 만든 천덕꾸러기로 자라야 했어."

"하지만."

그렇게 자라지 않았으니 좋은 거라고, 그냥 그렇게만 말하기에 소유의 눈은 너무 밝았다. 그녀는 월의 눈가에 차오른 눈물을 보고 시선을 돌렸다. 그녀는 그저 입을 다물고 월이 혼자 눈물을 모두 말려 감출 때까지 기다릴 수밖에 없었다.

달빛이 휘영청 밝아 오히려 비가 한참 쏟아지던 저녁보다도 밝은 밤이었다. 월은 담담히 축객령을 내렸다.

"재미없는 옛날이야기도 해줬고, 공주님이 하고 싶은 이야기도 들었고. 이제 늦었어. 가서 자. 나도 그만 잘 테니까."

월은 다음 날 아침 아무렇지도 않게 백란과 소유에게 이별을 고했다. 백란은 월이 그렇게 순순히 자신을 두고 떠난다는 사실이 상당히 섭섭한 눈치였지만 고집스럽게 형을 보냈다. 소유는 형제가 아무렇지 않은 척 대화 나누는 모습을 심란하게 보았다.

섭섭할 정도로 완벽하게 귀향 준비를 해두었던 월은 백란이 한눈을 파는 틈을 타 소유에게 귀엣말했다.

"백란이 녀석, 내가 없으면 본격적으로 덤빌 모양이니까 조심해."

"뭘?"

소유는 월의 말을 전혀 이해하지 못하고 고개를 갸웃했다. 월은 기묘한 표정으로 그녀를 보고 웃었다. 기쁜 것 같기도 슬픈 것 같기도 한 이상한 얼굴이었다.

"아냐. 생각해보니 낭군님이 계신 공주님과는 상관없는 일이야."

"그래?"

궁에서 입궁 준비가 되었다는 소식이 오면 바로 들어갈 수 있도록 하느라 소유도 정신이 없었다. 그녀는 월의 말투가 조금 걸렸지만 깊이 생각하지 않고 고개를 끄덕였다.

"알았어. 조심해서 가. 가서도 조심하고."

"조심하란 말을 몇 번을 하는 거야? 내가 그렇게 못 미더워?"

"그러게, 왜 이렇게 못 미더울까? 누군가 한 번도 어른답게 행동하는 모습을 보여준 적이 없기 때문은 아닐까?"

"본인을 그렇게 비하하면 못써, 공주님."

월은 실없는 소리를 하고 말에 올랐다. 기승을 부리는 노상강도를 피하기 위해 여러 사람을 모으고 있다던 낙양행 여행자들은 천천히 말과 노새를 몰거나 걸어서 길을 빠져나갔다.

월의 뒷모습은 기이하게 시원했다. 소유는 백란과 함께 그 우아한 등을 보다가 객잔 쪽으로 돌아가며 대화를 나누었다.

"너도 이번에 같이 가는 게 좋지 않았겠니, 백란아? 너도 낙양에 갈 때 혼자 가지는 못하고 저런 길동무를 구해야 할 텐데, 번거롭지 않겠어?"

"에이, 누님은. 또 그러십니다."

백란은 환하게 웃었다.

"제가 어찌 누님을 홀로 두고 길을 떠나겠습니까? 또 세상 구경을 하고 싶다는 말도 거짓이 아닙니다."

"나는 언제든 궁에서 사람이 나오면 입궁할 테니 신경 쓰지 않아도 되는데."

"그 입궁도 말입니다, 누님. 꼭 하지 않아도 되지 않겠습니까? 제가 여기 이렇게 있잖습니까."

백란은 죽기 전보다 훨씬 소유의 입궁에 부정적인 반응을 보였다. 아니, 어쩌면 그는 이전에도 부정적이었을지도 몰랐다. 지난 생의 소유는 입궁하기 전에 오랫동안 앓아누워 있었기 때문에 그즈음의 기억이 애매했다. 아무튼 다들 극진히 보살펴줬던 것 같긴 한데.

"대군 마마가 책임감을 느끼신다고 하시고, 나도 채윤이에 대해 소식이 들어오는 대로 듣고 싶어."

소유의 핑계 아닌 핑계에 백란은 이해가 안 된다는 표정을 지었다.

"하지만 누님, 젊고 미혼이신 대군 마마가 홀로 사시는 궁 아닙니까? 저는 애초에 똑같이 젊고 미혼의 처자인 누님을 그리 입궁시키시려는 것 자체를 이해할 수 없습니다. 사람들이 뭐라 하겠습니까?"

이 상황에 남들이 그녀에 대해 뭐라고 하건 소유에게는 그보다 관심 없을 수가 없었다. 하지만 소하의 평판은 중요하다. 다행히 지난번에도 정체 모를 여자를 궁에 들였다고 해서 소하의 평판이 떨어지지는 않았다. 그래서 그녀는 아무렇지도 않게 대답했다.

"갈 데 없는 여자가 자꾸 설궁에 드나들면서 이유를 밝히지 않는다면 그건 사람들이 뭐라 하지 않겠니?"

"그러니 필요할 때 서신 정도만 보내달라 하시지요."

백란은 꼭 결정되기라도 한 것처럼 힘차게 말했다. 소유는 킥킥 웃고 그를 다정하게 보았다. 백란의 복숭아처럼 보드라운 뺨이 살짝 붉어졌다.

"왜 그리 상냥하게 보십니까, 누님?"

"네가 나를 많이 신경 써주니 고마워서 그런단다."

"누님도."

백란은 발간 뺨을 하고 사랑스럽게 웃었다.

"제가 누님께 신경을 쓰는 거야 당연하지요."

"어머나, 그게 왜 당연하니?"

"그야."

백란의 뺨이 삼시간에 아까보다 훨씬 새빨개졌다. 소유는 이 애가

163

더워서 그러나 싶어 눈을 말똥말똥하게 떴다. 그는 소유의 눈을 보았다 시선을 피했다 몇 번을 반복하다 그저 활짝 웃었다.

"이유는 있습니다만 다음에 말씀드리겠습니다, 누님. 지금은 누님께 복잡한 일이 많잖습니까."

"그럼 그러려무나."

소유는 고개를 갸웃하며 대답했다. 월이 백란에게 따로 무슨 지시를 한 것일까? 아니면 백란에게 따로 이유가 있을지도 모른다. 아무튼 이 형제는 정이 깊었던 것이다.

객잔으로 돌아간 소유는 방에서 외출 준비를 하고 나왔다. 마침 문을 열고 나오는 길이었던 백란이 소유를 보고 눈을 동그랗게 떴다.

"출타하십니까, 누님?"

"응, 그렇단다. 너는 어딜 가니?"

"저는 누님과 바둑을 두고 싶어 판을 빌리러 가려 했습니다만, 그만둬야겠군요. 어딜 가십니까?"

백란은 누구나 바둑판을 빌려와 쓰고 다시 제자리에 가져다놓을 수 있게 구비되어 있는 객잔 아래층을 가리켰다. 소유는 빙긋 미소 지었다.

"바둑은 다른 사람을 찾아서 둬야겠구나. 미안하다. 나는 정 승상댁에 가서 경원 도령에게 채윤이 소식에 대해 알리고 정식으로 감사 인사를 할까 한단다."

"앗, 그러면 같이 가시지요."

백란은 반색했다. 소유는 고개를 저었다.

"아니다. 좋은 소식도 아니고 하니 나 혼자 다녀올게. 너는 여기 있으렴. 누가 일부러 너희 집안을 연루시켜 조정의 총애를 얻으려 할지도 모르잖니."

핑계일 뿐이었지만—실제로 죽기 전에는 걱정 없이 이들 형제와 어울렸어도 아무 일이 없었으므로—소유는 백란에게 괜한 수고를 끼치기도 싫어 그렇게 말했다. 백란은 그런 것은 아무 상관없다고 항변하고 싶은 것 같았지만 소유의 단호한 표정을 보고는 양보했다.

거리로 나서니 길바닥은 어제 쏟아진 비 때문에 심하게 미끄러웠고 진흙탕이 여기저기 생겨서 불평하는 사람이 많았다. 손수레를 끌고 나온 장사꾼들은 크고 반짝이는 물웅덩이에 짚과 흙을 채워서 길을 만들었다. 부유한 사람들은 큰길에서 가마를 타고 움직였고 가마꾼들은 이미 발목의 행전이 잔뜩 젖어 있었다.

워낙 사람이 많고 그만큼 우마도 많이 오가서 그런지 장안의 길거리는 빗물에 온갖 오물이 섞여 더러웠다. 골목은 다행히 장사꾼들이나 근처 주민들이 진창을 덮어 두어서 나았지만 큰길은 다들 손대기를 포기한 듯 엉망이었다. 소유는 넘어지지 않도록 조심스럽게 발을 디뎠다.

"비켜라, 비켜! 대감님 행차시다!"

느지막이 등청하는 듯 관복을 입은 노인이 남여를 탄 채 졸고 있었는데, 그 아래를 떠받친 가마꾼들이 마치 자신들이 벼슬아치인 마냥 건방진 얼굴로 지나가는 사람마다 을러댔다. 가마가 초헌이 아닌데다 관복색으로 보아 당상관도 아닌 모양인데 그야말로 잘난 척이 하늘을 찔렀다.

소유는 속으로 혀를 차며 일단 그 행렬에 방해가 되지 않도록 물러났다. 그리고 옆에서 자기 수레를 뒤로 물리느라 골이 난 표정인 부채 장사꾼에게 물었다.

"뭐 하는 대감 마님이길래 저렇게 가마꾼들도 위세가 좋대요?"

"저치가 뭘 하는 건 아니고. 이 시간에 등청하는 거 보면 몰라요? 궐에서도 저치는 하는 일이 없다더라고. 그런데."

부채 장사꾼은 기분이 아주 상한 듯 꽤 과격한 말씨를 썼다. 그는 대신 다른 사람들에게 자기 말이 들리지 않도록 손으로 입을 가리며 소유에게 속삭였다.

"저치 딸이 곽 부사 댁 셋째 아드님한테 첩으로 들어갔다고 잘난 척이 말도 못 해요."

곽 부사. 그 이름을 듣자마자 속에서 불이 올라왔다. 소유는 조는 대감을 흘긋 보고 납득하며 고개를 끄덕였다.

"그래서 저리 위세가 좋군요."

"그 댁에 첩이 한둘도 아니고, 솔직히 딸이 어떻게 사는지 우리가 알 게 뭐겠어요? 그래도 나름대로 중전 마마랑 사돈이라는 소리까지 하는데 틀린 말도 아니고. 그리고 벼슬아치는 저 꼭다리라도 우리 같은 천것들이 감히 고개 들고 볼 수도 없으니 이렇게 행차 때마다 얌전히 비켜줘야지요, 뭐."

소유는 기분이 무척 나빠져서, 대감이 상당히 멀어졌을 즈음 뒤통수를 힘껏 노려보았다. 그러나 대감이 그 시선을 느끼고 깨어날 리도 없었고, 가마꾼들은 계속 주위에 자기네 대감의 행차를 알리며 잘난 척을 해댔다.

다시 정신없이 사람이 오가게 된 길을 따라 소유는 계속 걸었다. 정 승상의 집은 정궁과 그리 멀지 않은 곳에 형성된 고래등 같은 기와집 마을에 있었다. 그 근방으로 가려면 진창길도 좁은 골목길도 여러 개를 지나쳐야 했다.

어젯밤에 비를 맞다 무너졌는지 어떤 골목길은 노면에 푹 젖은 나무와 진흙이 잔뜩 쌓여 야단이었다. 다른 길로 돌아갈 수 있었다면 좋았을 테지만, 소유는 장안의 길은 그렇게까지 잘 알지 못했다. 고민하던 그녀는 결국 그냥 그 길을 뚫고 나아가기로 했다.

"아이구, 아씨, 여기 길 나빠서 못 다니셔요."

"위험해요!"

나무를 쌓고 돌을 옮기던 일꾼들이 소유에게 한 마디씩 던졌지만 그녀는 괜찮다는 의미로 손을 젓고 그냥 계속 나아갔다. 잔뜩 부서진 나무와 진흙 더미에서 시무룩하게 짐을 찾던 아이들은 결국 부모 눈을 피해 흙장난을 치기 시작했다. 누군가의 장난감이 나왔는지 저들끼리 뺏고 빼앗으며 싸우는 아이들도 있었다.

어른들은 한숨을 쉬며 건물의 잔해를 치웠다. 흙은 다시 개서 사용하더라도 나무는 이미 꺾였고 조금 있으면 썩기 시작할 터였다. 그전에 잘 말릴 수 있다면 재활용할 수 있을지도 모르지만 과연 그들에게 그럴 여유가 있을까. 소유는 경원에게 어서 다녀오려고 빨리했던 걸음을 점점 늦추다 결국은 멈추어 섰다.

"하나, 둘, 셋!"

"거기 좀 그만 뒤져, 다 무너져!"

"그럼 난 뭐 먹고 살아!"

어젯밤 반쯤 무너지다 만 듯한 건물 앞에서는 사람들이 어떻게든 하나라도 물건을 건지려고 아우성을 치고 있었다. 몸이 가벼워 보이는 아이가 조심스레 안에 기어 들어가더니 젖지 않은 잡동사니를 2층 창문을 통해 밖으로 집어던졌다. 소유는 어린애가 그렇게 위험한 일을 하는 상황에 깜짝 놀라 조마조마해 계속 그 건물을 쳐다보았다. 잠시 후 삐이걱 하며 나무 흔들리는 소리가 들렸다.

"나와! 나와, 경진아!"

"조심해!"

"어어!"

집이 무너지는 상황에 본인이 무엇을 할 수 있을지는 알 수 없었지만 소유는 거의 본능적으로 달려갔다. 삐걱, 삐이걱, 쿠궁! 집은 단숨에 무너져 내리지는 않았지만 형언할 수 없는 무게를 가지고 천천히 허물어졌고 사람의 힘으로는 그것을 막을 수 없었다. 집 안에서 비명이 들려왔다.

"으아악!"

아까 들어간 아이의 목소리였다. 집에 뛰어들려는 소유를 옆에 있던 사람이 얼른 붙잡았다.

"어딜 들어가! 다쳐! 물러나!"

대단히 옳은 말이었고 아이 아버지인 듯한 사람이 혼비백산해 또 다른 남자에게 붙잡힌 것이 보였다. 아이가 새된 비명을 질렀다.

"엄마! 아빠!"

"경진아앗!"

아이의 아버지로 보이는 사람이 벌벌 떨며 하얗게 질린 얼굴로 소리쳤다. 그때 또 쾌광 하고 집 안의 무언가가 무너지는 소리가 들렸다. 위험하지만 아직 아주 무너진 것은 아니었다! 그때 쾅 소리에 놀랐는지 소유를 잡고 있던 사람이 손을 놓쳤다.

생각할 사이도 없이 소유는 무너지는 집안에 뛰어들었다. 불타는 집에 비하면 괜찮은 편이지, 하고 자기 자신에게 농담을 할 필요도 없었다. 이미 한 번 죽었던 목숨이라는 생각 때문일까, 어차피 죽을 것이라는 생각 때문일까. 어쩌면 둘 다일지도 모르지만.

'살려야 해!'

여기저기 무너지고 못생긴 돌이 튀어나온 계단을 반쯤 기어서 뛰어 올라가며 소유는 그렇게 생각했다. 어떻게 올라갔는지는 기억에 남지 않았다. 그저 본능이 대신 움직였다.

"경진아!"

모르는 아이였지만 소유는 그렇게 이름을 불렀다. 경진이의 비명이 또 들려왔다. 이번에는 뭔가에 다쳤는지 고통에 찬 비명이었다. 마음이 급해져 그녀는 2층을 둘러보았다. 점점 벽이 기울어지고 서까래가 휘어졌다.

한 가족이 한 집씩을 차지하고 살기에 장안에는 너무나 많은 가난한 사람들이 있었다. 무너지는 집의 2층에는 마치 객잔처럼 여러 개의 방이 있었고 소유는 그중 어디로 가야 하는지 알 수가 없었다. 그녀는 다시 아이의 이름을 불렀다.

"경진아!"

"아아악!"

문 중 몇 개는 이미 무너진 나무로 막혀 있었고 닫힌 채로 틀이 다 휘어진 것도 있었다. 소유는 경진이의 목소리가 들려온 방도 그중 하나임을 알았다. 그녀는 무너진 나무더미가 사람이 드나들기 힘들 정도로 문을 막은 것을 보고 주춤했지만 곧 온 힘을 다해 장애물을 치우기 시작했다. 콰과광! 발밑이 떨렸다.

"경진아! 2층 창문은 괜찮으면 거기로 뛰어내려! 그게 낫겠다!"

"뛰어내려!"

밖에서 그런 소리가 들렸다. 아이는 엉엉 울며 비명을 질렀다.

"다리 아파! 못 걷겠어!"

"금방 갈게!"

아이가 부상을 입어 창으로 뛰어내릴 수 없는 상황인 모양이었다. 소유는 혀끝까지 차가워지는 기분으로 장애물을 몇 개 더 치웠다. 그리고 어떻게든 사람이 통과할 수 있을 정도의 틈이 생겼을 때.

쿠구궁.

귀가 먹먹해지는 소리가 나면서 하늘에서 수많은 자재가 떨어져 내렸다. 소유의 눈앞이 컴컴해졌다.

"아가씨, 아가씨!"

"좀 일어나봐요, 아가씨!"

"아니, 세상에. 거길 겁도 없이 어떻게 뛰어들어가?"

"그 청년이 살렸으니 망정이지."

귓가에서 시끄럽게 재재거리는 소리에 소유는 꿈에서 쫓겨나듯 정신을 차렸다. 그녀는 눈앞을 채운 환한 햇살을 인지한 직후 뒤통수가 아파 신음했다.

"으……."

"아이구, 깨어났네."

소유의 얼굴을 들여다보던 몇 명의 얼굴이 반색했다. 그녀는 낯선 얼굴들이 왜 자신을 들여다보고 있나 싶어 깜짝 놀랐다가 곧 정신을 잃기 전에 있었던 일을 떠올렸다. 옆에 있던 사람 하나가 소유가 몸을 일으킬 수 있도록 도와주었다.

"끄응……."

조금 더 있어 보니 몸 곳곳이 추가로 아팠다. 소유가 인상을 쓰고 이마를 짚자 경진이 아버지가 다가와서 고개 숙여 인사했다.

"감사합니다. 저희 애 살리려고 해주셔서……."

"그래도 그렇지, 거기가 어디라고 들어가?"

"그래. 겁도 없어."

"그럴 땐 함부로 들어가는 거 아니야."

옆에 있던 다른 사람들이 소유를 꾸짖었다. 소유는 멍하니 상황을 파악하려고 해보았다.

"아까 기둥이 무너지는 것 같은 소리를 들었는데……."

"그래요, 아가씨가 들어가고 얼마 안 있어서 갑자기 싹 무너지더라고."

"그걸 저 청년이… 어?"

소유의 한 마디에 사람들은 종알거리며 상황을 설명했다. 그중 누군가 청년을 언급하다가 말을 멈추자 소유의 주위에 몰려 있던 사람들도 같이 주위를 두리번거렸다.

"어디 갔지?"

"허참, 신출귀몰하네."

"무너지는 집을 꼭 굳은 땅처럼 밟고 다니더라고."

소유는 사람들이 무슨 이야기를 하는 것인지 도무지 이해할 수가 없었다. 그녀 자신이 아이를 구출해서 나오지 않았다는 데까지는 분명한 것 같았다. 그걸 무슨 '청년'인가가 도와줬다는 것도 같은데.

기둥이 무너지고 지붕에서 널빤지가 마구 떨어지는 집에 들어가 그녀를 구할 만한 사람이 어디에 있단 말인가?

혹시 채윤?

소유는 혹시나 하면서 아이 아버지에게 물었다.

"아이는 괜찮나요?"

"예, 아가씨. 괜찮습니다. 아까 도련님이 아가씨와 함께 구해주셔서 살았습니다."

"무슨 도련님이요?"

"예, 저도 모르는 분인데… 검은 옷을 입은 분이셨습니다."

검은 옷? 채윤은 지금쯤 신월국의 흰 옷을 입고 다닐 터였다. 다른 사람이 말을 툭 더했다.

"애꾸였지?"

누굴까. 소유는 점점 더 알 수가 없어져 인상을 찌푸렸다. 주위를 둘러보니 아까 무너지던 집은 완전히 폐허가 되어 나무와 흙더미로 변해 있었다. 거기서 가재도구를 꺼내려면 지붕이었던 자재들부터 하나씩 들어내야 할 것 같았다.

"세상에."

소유는 본인이 그나마 짚을 깔아서 만든 자리에 누워 있었다는 사실을 알고 천천히 일어났다. 옆에 있던 사람들은 그녀를 부축해주며 이제 괜찮냐, 어디 더 아픈 곳은 없냐고 쉴 새 없이 물었다. 머리와 몸이 아파 대답할 정신이 없었던 소유는 대충 손만 휘저었다.

"아이가 괜찮다니 저는 그만 가보겠습니다."

그때 갑자기, 마치 화살을 맞듯이 소유는 덜컥 애꾸눈의 남자를 떠올렸다. 어떻게 잊을 수가 있을까. 그, 저승사자. 검은 비단에 붉은 꽃이 수놓인 옷을 입은.

차갑고 또 고요한, 그녀를 잠시 동안은 살려주겠다고 했던 남자.

저승사자라면 소유와 아이를 동시에 무너지는 집에서 데리고 나왔다고 해도 이상할 것은 없었다. 다만 소유는 그가 왜 그녀를 살려줬는지 이해가 되지 않아 눈을 내리깔고 생각에 잠겼다. '잠시 동안'이 아직 끝나지 않았기 때문일까? 그래서, 그 남자는 다른 사람들을 살리겠다는 소유를 그 '잠시 동안'은 '적극적'으로 살리기 위해 노력까지 해주겠다는 것일까?

온통 알 수 없는 일 투성이였다.

소유의 상태를 본 경원은 눈부터 부라렸다.

"그 꼴이 뭐야?"

사실 소유는 자신이 남에게 어떻게 보일지 생각하기엔 너무 머릿속이 복잡한 상황이었으므로, 거의 옷의 흙만 대강 털고 정 승상 댁으로 온 것이었다. 어쩐지 하인도 이상한 표정을 짓더라니.

"뭐가 어때서 그러십니까?"

소유는 일단 뻔뻔하게 물었다. 경원은 기함했다.

"꼴! 꼴이 그게 뭐냐고! 평소에는 초라해도 옷은 깨끗했는데, 진흙이 잔뜩 묻은 데다 얼굴빛도 새파랗잖아? 오다가 성대하게 구르기라도 했어?"

"오다가 일이 좀 있었습니다."

소유는 자못 심각하게 말하며 그것으로 설명이 끝난 척 고개를 끄덕였다. 경원은 눈을 치켜떴다.

"그 꼴로 잘도 남의 집을 방문했구나. 혹시 도움을 청하려고 일부러 꼴이 엉망이 되어 온 것은 아니겠지?"

"아닙니다. 이건 불가항력이었으니 신경 쓰지 마시지요."

"어떻게 신경을 안 써!"

"너무 깔끔하게 구시면 장가 못 갑니다."

"자, 장……!"

경원이 입을 뻐끔거리는 것을 보니 소유는 이상하게도 기분이 좋아졌다. 그녀는 본인의 심술궂음을 인지하면서도 즐거워 빙긋 웃었다. 경원은 뭔가 소리치려다가 말고 갑자기 김이 빠진 듯 한숨을 푹 쉬었다.

"얼굴빛은 왜 안 좋은 거냐? 궁에서 좋지 않은 말을 들었어? 그래서 그런 거냐?"

이번에는 거짓말을 해야 했기 때문에 소유는 약간 우울해졌다. 그녀는 조용히, 최대한 자신이 거짓말을 덜 할 수 있는 방향으로 설궁에서 있었던 일에 대해 설명했다. 경원은 들으면서 점점 이상하다는 표정을 지었다. 하기야 경원은 가장 처음으로 그녀에게 소하가 내놓은 증거가 이상하다고 말한 사람이었다.

그는 팔짱을 끼고 인상을 썼다.

"너는 그래서, 그 증좌가 의미하는 게 뭐라고 생각하지?"

침착한 반응이었다. 소유는 한숨을 섞어서 말했다.

"일단 채윤이의 옥이 나온 것만은 틀림없지만, 제가 알 수 있는 것은 그뿐이지요."

"조심스럽고 영리한 대답이군."

경원은 이를 드러내며 날카로운 눈빛으로 웃었다.

"나는 한 번도 만나 뵌 적이 없지만, 이야기만 들어도 의뭉스러운 분이야. 네가 너희 집안에 대해 처음 말씀드렸을 때 그분 반응은 어땠지?"

"꼭 처음 듣는 이야기처럼 반응하셨지요."

소유가 제 의중을 정확히 맞춘 대답을 하자 경원은 만족스럽게 고개를 끄덕였다.

"왕족에 대해서이니 더는 말하지 않겠지만, 충분히 조심할 필요가 있어. 빈틈을 보이지 마."

"아, 그리고 참고로 말씀드리자면 대군 마마께서 진씨 집안에 일어난 일이 당신의 탓이라며 저를 돌봐주겠다 하셨고, 저도 동의하여 금방 입궁하게 될 것 같습니다."

"뭐!"

경원의 얼굴이 경악으로 일그러졌다.

"입궁?"

"예."

"너, 너! 아무리 상황이 좋지 않아도 그렇지, 설마 갈 곳이 없다고 덥석……."

덥석? 소유는 경원을 일부러 놀리고 있었지만, 그가 너무 크게 반응해 오히려 의아해졌다.

"덥석……?"

"덥석……!"

경원의 얼굴이 점점 빨개졌다. 그는 팔을 휘젓다가 소리쳤다.

"덥석 소실로 들어가는 거야?"

소실? 옥좌에 앉은 초왕조차 쓰지 않는 고풍스러운 단어를 듣고 소유는 그만 웃음을 터뜨렸다.

"소실이라고요?"

"그래! 대군 마마가 왕족이시라지만 그분께 시집을 간다고 꼭 신세가 좋은 것만은 아닌데, 어찌 이리 행동이 빨라!"

"어머나."

경원은 정말로 여전히 놀리는 맛이 있었다. 소유는 짐짓 풀이 죽은 표정을 지어 보였다.

"하지만 듣자 하니 진씨 문중의 모두는 역적으로 몰렸고, 채윤이도 발견되면 바로 사형이라는데 제 출신이 알려지면 어찌 되겠습니까? 부모가 모두 저를 떠난 지도 오래인데 이리 집도 절도 없는 신세가 되었으니……."

"그, 그런 거라면!"

경원의 얼굴이 점점 더 빨개졌다. 그는 욱한 듯 놀라운 말을 꺼냈다.

"그런 거라면 이 집에서라도 지내라! 너 하나 지낼 방은 있으니 당장 갈 곳이 없으면 여기 머물면 될 것 아니야!"

"공자의 소문은 어찌 나겠습니까?"

소유는 눈을 반짝거렸다. 아마도 침착한 상태였다면 경원도 그녀가 자신을 놀리고 있다는 사실을 눈치챌 수 있었을 테지만, 그는 얼굴에 피가 잔뜩 몰려 흥분한 상태였다.

"소, 소문이야 뭐! 내게 마음에 정한 여인이 있다는 소문이 나면 밖에 나갈 때마다 귀찮게 구는 사람도 적어지고 일석이조지!"

소유는 활짝 웃으며 손뼉을 쳤다.

"어마, 그러고 보니 요즘 장안에서 화제가 되는 소설이 있지 않습니까? 제목이 뭐였더라, '오늘 나는 뺨 한 대로……'."

"으아악!"

경원은 기겁했다. 소유는 그쯤 해두는 게 나을 것 같아 입을 다물고 배가 아프도록 웃었다. 경원은 적어도 마지막 말만은 소유가 자신을 놀리기 위해 한 말임을 눈치챈 듯 곱지 않은 눈길을 보냈다. 그는 소유가 웃음을 그칠 때까지 기다렸다 한숨을 푹 쉬었다.

"바쁘기도 하다. 대체 그건 언제 읽은 거야? 처음 왔을 때도 패설 얘기를 했었지?"

"다 읽지는 않았지요. 저는 화주에서 올라온 지 얼마 되지도 않는걸요. 다만 장안에서 하도 유명하여 어쩌다 좀 들춰봤습니다."

경원이 그 소설 때문에 얼마나 고생하는지 알기 때문에 소유는 슬슬 그만하기로 하고 부드러운 미소만 지었다. 경원은 힘이 쭉 빠진 듯 시선을 잠시 돌렸다.

"…나도 읽어봤지만, 재미는 있는 소설이야. 하지만 내 뺨을 때리면 내가 정말로 자기와 사랑에 빠질 거라고 믿는 사람들이 있는 건 난처한 일이지."

"그렇지요."

"슬슬 그냥 내 뺨을 때리는 것을 재밌거리로 느끼는 것도 같고……. 아니, 내가 왜 이런 이야기를 너한테 하고 있는 거지?"

"제가 들려달라고 하지는 않았습니다."

"알아!"

경원은 입술을 깨물었다가 도도하게 턱을 들었다. 그의 눈이 소유를 흘긋 보았다가 홱 돌아가 어딘지 모를 곳을 응시했다.

"아니……. 생각해보니, 효과가 있을 것도 같아."

그의 입술에서 반쯤 생각에 잠긴 목소리가 흘러나왔다. 소유는 고개를 갸웃거렸다.

"뭐가요?"

"네가 여기서 지내는 것 말이야."

경원은 곧 의기양양한 미소를 지었다. 붉어졌던 얼굴은 그대로였지만 그의 입가와 눈매에는 확신이 담겨 있었다.

"경원 공자, 말씀드렸듯이 저는……."

"네가 여기서 지내는 게 너 자신에게도, 나에게도 훨씬 좋을 거야. 내게 정인이 생겼다는 소문이 돌면 쓸데없는 장난질이야 당연히 잦아들겠지. 뺨을 때리는 것과 사랑에 빠지는 일 사이에는 관련이 없다는 자명한 사실도 알려질 테고."

굳이 말하자면 소유는 경원의 뺨을 때린 적이 있었지만, 경원에게는 그 기억이 없었으므로 그녀는 딱히 지적하지 않았다. 그녀는 쓴 웃음을 지었다.

"아쉽지만 저는 입궁을 하고 싶다고 이미 대군 마마께 의사를 밝히기도 하였고… 무엇보다 이미 마음에 정한 분이 계시어, 경원 공자와 소문이 나면 제가 난처하답니다."

소유의 말을 들은 경원의 얼굴이 삽시간에 딱딱하게 굳었다. 그는 무슨 말을 해야 할지 완전히 잊어버린 듯 눈을 굴렸다.

한참 후에야 그는 입을 열었다.

"정인이… 있어? 그 채윤이라는 자야?"

"채윤이는 아니랍니다."

소유는 빙긋 미소 지었다. 경원은 눈을 깜박였다. 그는 인상을 쓰며 물었다.

"그럼 누군데? 함께 지내던 낙양의 두 형제 중 한 사람인가?"

"그 둘도 아닙니다. 공자가 뵌 적이 없는 분이에요."

"그래?"

경원의 얼굴이 천천히 침중해졌다. 소유는 그가 좋은 계획의 실행이 좌절되어 속상해하는 것이 안쓰러워졌다.

"혼약은?"

하지만 그렇게 말할 수는 없었다. 적어도 이제는.

"저 혼자 연모할 뿐, 그분께선 저를 정인으로 생각지 않으셔요."

사실을 실토한 것뿐인데도 검에 찔린 듯 아프고 씁쓸했다. 입에 쓴 침이 고이는 것을 느끼며 소유는 풀이 죽었다. 경원도 뜨겁게 달아올랐던 솥이 식는 것처럼 눈에서 힘을 뺐다.

"…그래?"

"예."

"왜……? 왜 혼자 연모하는 거야? 상대에게 다른 정인이 있어?"

"그것은 아니옵고, 단지 그분의 마음은 아직 움직이지 않았는데 저의 마음은 너무 멀리 보아버린 탓이라면 탓이겠지요."

"뭐 그런 사내가……!"

소하는 잘못이 없었지만, 경원은 뭔가 제멋대로 그림을 그린 듯 분개했다.

"네 가치도 못 알아보는 어리석은 사내 따위에게 마음 쓸 게 뭐 있어? 나라면 벌써……!"

"벌써요……?"

경원은 이해할 수 없는 말을 했다. 소유는 고개를 갸웃했고 경원은 얼굴을 다시 붉혔다.

"아니, 잠시만. 그건 말이 되지 않아. 그렇다면 입궁하는 것도……. 잠깐, 혹 네가 사모하는 분이 대군 마마시냐?"

이번에는 소유가 얼굴을 붉혔다. 그녀의 표정을 본 경원은 거의 뒷목을 잡으려고 들었다.

"아, 아니, 몇 번이나 뵈었다고……. 친구를 찾으러 와서 남자에게 빠져 거취를 정하는 게 말이나 된다고 생각하느냐!"

"그건 공자가 참견하실 일이 아니지요."

소유는 입을 비죽거렸다.

"내 어이가 없으니 이러는 것 아니야! 너는 지금 분명히 그분께 속고 있는 거다. 내 생각에는 분명히 채윤이라는 자의 행방불명과 대군 마마가 연관이 있어!"

"지금 대단히 위험한 말씀을 하신 것을 압니까?"

경원이 더 떠들게 둘 수는 없었다. 그의 영민한 머릿속에서 이미 진실이 조립되었다는 사실을 알면서도, 소유는 경원 본인의 안전을 위해 손을 들었다. 냉철한 그녀의 표정을 보고 경원이 입을 잠시 다물었다. 그러나 본인의 집인 데다 사회 경험이 적어서인지, 곧 그는 반쯤 오기로 내뱉었다.

"하지만 그럴 확률이 높잖으냐."

"설령 머리로 그리 생각하신다 해도 쉽게 말씀하셔서는 아니 됩니다. 저라고 대군 마마께서 하신 말씀을 모두 믿는 것은 아니나, 그분 옆에 있어야 채윤의 행방을 찾기 쉬울 것 아닙니까?"

"설마… 그걸 알러 가는 게냐?"

경원은 눈을 부릅떴다. 그는 소유를 믿을 수 없다는 표정으로 쳐다보았다. 그 얼굴에 걱정이 가득했기 때문에 소유도 화를 내지 않고 다정하게 말했다.

"여러 가지 이유가 있습니다만, 아무튼 대군 마마께 제 마음을 말씀드리러 가는 것도 아니고 첩살이를 하려는 것도 아닙니다. 다만 제가 다음에 또 공자의 힘을 빌릴 일이 있을 것 같은데… 괜찮으시다면 그때 힘을 써주시겠습니까?"

"꼭 언제 내 힘을 빌릴지 정해놓은 것처럼 말하는구나."

경원은 한숨을 쉬었다. 그도 소유의 의지를 꺾을 수 없음을 느꼈으리라.

"알았다. 내키면 도와줄 테니 연통을 하거라."

"감사합니다. 그리고 공자, 우리가 동갑이라고 하던데 편하게 말해도 되겠습니까?"

"나는 계속 편하게 말하고 있는데 너만 말을 높이면 불공평하지.

마음대로 해라."

"알았어, 경원아. 고마워."

어딘가에서 고양이 우는 소리가 들렸다. 소유는 제 손등을 쓰다듬으며 빙긋 웃었다. 욱신거리던 몸의 상태가 훨씬 나아진 것 같았다.

❀

"이렇게 좋은 방을 제가 써도 될까요?"

시비가 안내해준 방을 둘러보던 중 찾아온 옥현에게 소유는 전과 똑같이 물었다. 설궁의 살림을 잘 아는 지금의 그녀는 이 아담한 살림에서도 정말로 최선을 다해 소하가 그녀를 대접하고 있음을 한눈에 알 수 있었다. 소하 본인의 침실에서나 볼 수 있는 질 좋은 가구와 왕실의 시비들이 힘써 수놓았을 아름다운 보가 방 곳곳에 부족함하나 없이 구비되어 있었다.

옥현을 따라온 진구가 꼬리를 살래살래 저으며 소유에게 다가왔다. 소유는 옥현이 웃으며 말하는 동안 오랜만에 보는 진구를 빤히 내려다보았다.

"이왕 있는 방, 비어 있는 것보다야 주인이 드는 쪽이 좋지 않겠냐고 마마께서 그러셨습니다."

"하지만 이런 방은 후일 내당 안주인 되실 분이 쓰셔야 하지 않겠습니까."

소유는 쪼그려 앉아 진구의 목덜미를 쓰다듬어주었다. 진구는 바로 배를 보이며 헥헥거리고 웃었다. 진구가 거품을 물고 죽었던 때가 떠올라 가슴이 찌르듯 아파왔다. 소유는 미안함과 불쌍함을 담아 진구를 사랑스럽게 얼렀다.

"그런 분은 지금 아니 계시지 않습니까. 전하께서는 소유 아씨의 편의에 필요하다면 뭐든 아끼지 말라 명하셨습니다."

"이리 신세를 지니 망극하기 그지없습니다."

"아닙니다. …진구가 마음에 드십니까?"

소유가 진구에게서 눈과 손을 떼지 못하자 옥현은 그녀의 앞에 허물없이 허리를 숙이고 물었다. 그 다정한 목소리는, 그러나 옥현이 생판 남을 대할 때의 바로 그것이라 소유는 약간 속이 상했다. 모르는 사람이 보기에는 똑같이 사람 좋은 웃음에 똑같이 친절한 목소리라 해도 그녀는 옥현과 전장에서 생사를 같이 했고 그가 정말 친해진 사람에게 어떤 식으로 장난을 치는지 알고 있었던 것이다.

그러나 옥현의 잘못이라곤 하나도 없었다. 참으로 답답한 일이었지만 그러했다. 소유는 상냥하게 대답했다.

"예. 모르는 사람에게도 이렇게 붙임성이 좋으니 사랑받을 만한 아이로군요. 하지만 이래서야 도둑이 들어도 못 잡겠습니다."

"하핫!"

옥현은 크게 웃었다.

"이래 봬도 누가 손님이고 누가 침입자인지는 확실히 구별하는 영리한 녀석입니다. 소유 아씨가 대군 마마의 손님이신 걸 아는 게지요. 저번에 뵌 것을 기억하는 겁니다."

"그러니, 진구야?"

소유는 진구를 보고 함박웃음을 지으며 다정하게 물었다. 진구는 헥헥거리며 꼬리를 흔들었다.

"뭐 부족한 점은 없나?"

방 입구 쪽에서 소하의 목소리가 들렸다. 소유의 가슴이 제멋대로 뛰었다. 그녀는 반사적으로 소하를 보고 몸을 얼른 일으켰다. 그리고 최대한 침착하고 우아하게 인사했다.

"오셨습니까, 대군 마마."

"그간 잘 지냈는가?"

소하는 소유를 보고 기쁜 듯 빙긋 웃었다. 소유는 기분이 무척 좋아졌다. 옥현이 고개를 갸웃했다.

"전에도 생각한 것인데, 소유 아씨는 묘하게 궁중 사람 같으신 구석이 있습니다. 어디가 그런지는 딱 잘라 말하기 어렵습니다만."

"그렇습니까?"

소유는 정말로 모르겠다는 듯 눈을 동그랗게 떴다. 소하는 캐묻지 않으려는 듯 후훗 웃고 편을 들어 주었다.

"워낙 훌륭한 가풍에서 자란 게지."

"황공하옵니다, 마마."

딱히 믿어서 그런 것이 아닌 줄 알면서도 소유는 기뻐지는 자신이 우스웠다. 소하는 그녀에게 다가서며 눈을 반짝였다.

"그보다 이렇게 함께 지내게 되었으니 말인데."

"예, 마마."

"내 실은 자네가 나를 소하라 불러줬으면 하네. 그게 내 이름인데, 나는 나를 이름으로 불러주는 것을 좋아하거든. 특히 내 마음에 드는 사람이라면 더."

"하오나 마마, 어찌 감히 왕족의 이름을 함부로 부르겠사옵니까?"

"어차피 이리 별궁에 홀로 갇힌 몸, 이름을 부르면 어떠한가? 부모에게 받은 이소하라는 이름을 아무도 불러주지 않으면 그 또한 쓸쓸한 일 아닌가?"

"…소하 님."

소유는 냉큼 그의 이름을 오랜만에 불러보았다. 그는 소유를 보는 눈에 잠시 이채를 띠었다.

"마치 내 이름에 익숙한 사람처럼 자연스럽구나."

그는 모를 것이다. 소유는 태연자약하게 둘러댔다.

"쓰는 법은 다르지만, 제 이름에도 '소' 자가 들어가니 어쩐지 성명을 부르는 것이 자연스럽게 느껴지옵니다."

"그런가?"

"또한 소하 님, 저는 앞으로 얼마 동안일지는 모르나 이제 소하 님의 집에 사는 객식구가 아닙니까? 편하게 말씀하시지요."

"이런."

소하는 눈을 휘었다.

"내 그리해도 정녕 괜찮겠나?"

"물론이지요."

그쪽이 훨씬 편하고 익숙했다. 진구는 소하의 발치에 몸을 말고 누웠다. 소하는 재차 물었다.

"그래, 소유야. 이리 와줘서 기쁘구나. 혹 방에 마음이 들지 않는 구석은 없느냐? 오다가 불편한 점은 없었느냐?"

"아주 안전하게 잘 왔고, 방도 마음에 듭니다. 오히려 모든 것이 과분합니다."

전에 소하와 그녀를 만나게 해줬을 때처럼 청운이 데리러 왔기 때문에, 불편한 일이 생길 것도 없었다. 소유가 방긋 웃자 소하도 만족스러운 표정을 지었다.

"혹 나중에라도 더 필요한 것이 있거든 언제든 말거라. 여기 옥현이 설궁의 살림을 돌보니 먹을 것도, 입을 것도 부족함 없이 써라."

"망극합니다, 소하 님."

정혼한 이후로 소하의 물건을 쓰는 데에 거부감은 없었지만, 명목상 지금의 소유는 그에게 물건을 얻어 쓸 이유가 없었다. 소유는 예의 바른 처자가 난처해진 모습을 멋지게 연기했다.

"이렇게 큰 은혜를 어찌 갚으오리까? 신세 지는 동안 궁의 일이라면 무엇이든 할 생각으로 왔으니 두 분이야말로 언제든 제가 도울 게 있으면 말씀해주시지요."

"그리 말씀하신다면."

옥현은 환한 표정을 지었다.

"마침 저녁 준비를 좀 할까 하는데, 함께 장에서 물건을 보아주시 겠습니까? 대신 대군 마마에 대한 재미있는 이야기를 좀 들려드리 겠습니다."

"옥현아."

소하는 눈썹을 움찔했다. 옥현이 들려주려는 '재미있는 이야기'가 뭔지 짐작한 모양이었다. 소유는 소하를 이번에도 놀리고 싶었기 때문에, 소하가 말릴 수 없도록 활짝 웃으며 그 제안을 받아들였다.

"당장 가지요. 장안에서 아직 장을 본 적이 없어 무척 궁금했답 니다."

옥현이 해준 이야기는 하나같이 아는 것이었지만, 소유는 마치 처음 듣는 이야기처럼 즐거워하며 한가로운 시간을 즐겼다.

옥현이 소유를 데려간 곳은 부유한 기와집 거리 근처에 있는 장으로 온갖 신기한 물건이 다 있었다. 화주에서는 듣도 보도 못 한 식재료와 자그마한 장신구, 외국—특히 자경국—에서 온 귀한 약재 따위가 아무렇지도 않게 팔려나갔다. 자연스레 소유는 기름 장수와 그 형제들이 연상되어 마음이 쓰였는데 이곳의 장사꾼들은 사정이 다른 듯 곱게 짠 색색의 옷을 입고 종업원도 여럿 부리고 있었다.

"소유 아씨, 특별히 좋아하는 음식이 있으면 말씀해주십시오."

옥현은 항상 장을 보는 듯 익숙하게 상인들의 인사를 받으며 말했다. 소유는 명랑하게 말했다.

"저는 뭐든 잘 먹는답니다."

물론 옥현이 하는 요리는 뭐든 맛있기도 했다. 옥현은 그녀의 말에 짐짓 난처한 표정을 지어 보였다.

"그럼 어떻게 하지요? 소하 님께서 오늘 저녁은 무조건 소유 아씨가 가장 좋아하시는 음식을 하라고 하셨습니다만."

　이 외출도 소유의 기분 전환을 위해 안배된 것인데. 소하는 정말이지 자기가 원할 때는 상대의 마음을 쏙 빼앗는 법을 잘 알고 있었다. 소유는 설레어하며 기쁘게 웃었다. 그리고 소하가 좋아하는 음식 몇 가지를 댔다.

　옥현은 신기해했다.

"다 소하 님도 좋아하시는 겁니다. 두 분이 입맛이 비슷하신가 보군요. 그런데 화주에서도 그런 걸 드셨습니까?"

　물론 소하가 평소 먹는 음식은 소유가 화주에서 먹던 음식과 재료도 요리법도 많이 달랐다. 소유는 생각해둔 대로 어떤 것은 낙양에서 먹어보았고, 어떤 것은 장안에 와서 먹어보았고, 어떤 것은 책에서 읽고 화주에서 해 먹어보았노라고 주장했다. 옥현은 대충 믿는 것 같았다.

"그렇습니까? 신기하군요. …앗!"

　갑자기 옥현은 그 자리에 멈추어 서더니 비명을 질렀다. 그가 그렇게 놀라는 것은 적의 야습 때도 들어본 적이 없었기 때문에 소유는 덩달아 깜짝 놀라 움찔했다.

"왜, 왜 그러셔요, 옥현 공?"

"저, 저기에……!"

　옥현의 손가락은 어물전을 가리키고 있었다. 그 가게는 큼지막하게 벌여 놓은 자리에 민물고기가 퍼덕이는 물통이 여럿 놓여 있었고 절인 바닷고기도 진설되어 있었다. 고급 어종을 많이 취급하는지 별의별 신기한 물건이 많았다. 소유는 옥현이 그중 뭘 가리키는지 몰라 고개를 갸웃했다. 옥현의 손가락이 가리키는 곳을 찾아 두리번거리다 보니.

"이럴 수가!"

옥현은 순식간에 미끄러지듯 어물전에 다가갔다. 그리고 반짝이는 눈으로 속삭였다.

"이런 곳에서 이런 아름다운 아가씨를 만나게 될 줄은 꿈에도 생각하지 못했습니다."

그가 속삭이는 대상은 물이 담긴 조그만 대야로 보였다. 가물치와 미꾸라지가 꼬리치는 큰 물통이 여럿인데 그 사이에서 작은 대야는 존재가 미약했다. 소유는 대단히 기이해하며 옥현과 대야를 번갈아 가며 보았다. 아름다운 아가씨? 물에 비친 옥현 본인의 얼굴일까?

"이 만남은 저에게는 축복이지만 아가씨께는 참으로 힘든 순간이겠군요. 이 청순하고 아름다운 지느러미가 축 늘어진 모습을 보니 제 가슴이 다 아픕니다."

소유는 확신했다. 옥현이 아까부터 청산유수처럼 찬사를 늘어놓는 대상은 작은 대야가 맞았다. 어물전 주인은 물론이고 지나가던 모든 사람이 주위를 둘러보며 '지느러미가 축 늘어진 아름다운 아가씨'를 찾기 시작했다. 소유는 그것이 본인이 아님을 알리기 위해 일부러 건강하게 어깨를 폈다.

"옥현 공?"

소유는 조심스럽게 물었다.

"대야에 든 그 작은 물고기에게 말씀하고 계신 건가요?"

옥현은 만면에 몽롱한 미소를 지으며 소유에게 고개를 끄덕여 보였다.

"네, 그렇습니다."

물론 물고기는 소유의 눈에는 평범한 물고기로 보였다. 그녀는 일단 예의 바르게 그 대야로 다가가 물고기를 관찰해보았다. 잘 봐주자면……

"귀엽네요."

눈이 동글동글하고 맑은 그 물고기는 사실 먹기에는 작았고, 조가비처럼 모양 좋고 자그마한 지느러미는 그보다 더 작았다. 그리고 전체적으로 풍선처럼 둥근 것을 보니 크더라도 먹으면 안 될 것 같았다. 등이 붉은 옥처럼 고운 빛깔이라는 점까지가 소유가 알 수 있는 매력이었다.

물고기의 표정이 옥현에게 어떻게 보였는지는 알 수 없는 일이었지만, 그는 퍼뜩 놀라며 손사래를 쳤다. 물고기에게.

"아! 놀라지 마세요, 복어 아가씨. 이쪽에 계신 분은 저의 동행으로 착하고 좋은 분이랍니다. 아가씨께 해를 가할 분은 아니니 너무 걱정하지 않으셔도 됩니다."

그 물고기는 말로만 듣던 복어인 모양이었다. 먹으면 건장한 사람도 금세 죽어버린다는. 소유는 어물전에 왜 이런 것을 가져다놓았는지 알 수가 없어 주인을 말끄러미 보았다. 주인은 변명하듯 말했다.

"예쁘길래 관상용으로 사갈 분이 계신가 하여. 드시면 안 된다고는 말씀드리고 있습니다."

소유는 옥현을 보았다. 그 모습에 반해버린 사람이 바로 여기에 있었다. 물론 어물전 주인도 이렇게까지 극적으로 물고기에게 반해 아가씨가 어쩌네 하는 사내가 나타날 줄은 몰랐을 것이다. 옥현은 소유에게 어쩐지 자랑스럽게 말했다.

"복어의 일종입니다. 희귀한 종이지요. 이 아가씨께선 분명히 고귀한 혈통의 귀한 분일 겁니다."

소유는 너무 궁금해 그 물고기 쪽으로 손을 뻗어 보았다. 갑자기 손끝에 날카로운 통증이 일었다.

"아얏!"

작은 복어의 온몸이 부풀면서 가시가 튀어나왔다. 옥현은 참으로 안쓰러워했다.

"오, 가엾어라. 많이 놀라셨군요? 괜찮으신가요?"

"조금 놀라기는 했지만 괜찮아요. 많이 아프진 않아요."

"연약한 몸을 지키기 위해 독하게 가시를 세우느라 많이 고통스러우셨죠? 아, 두려움에 바들바들 떨고 계시는군요."

소유는 할 말을 잃었다.

잠시 후 옥현은 어물전 주인과 계산을 마치고, 작은 복어가 든 유리병을 손에 넣었다. 소유는 설궁에 어항이 없다는 사실을 알고 있었기 때문에 망설이며 물었다.

"복어를… 어떻게 하실 건가요, 옥현 공?"

"이 아가씨를 놓아드리러 북문 앞 강가로 가야겠군요."

소유는 고개를 갸웃했다.

"복어는 바다에 사는 고기가 아닌가요? 민물에서 살 수 있나요?"

"이 종은 괜찮습니다. 북문 앞 강은 금방 바다로 통하기도 하고요. 피곤하시다면 여기서 잠시 기다리시겠습니까, 소유 아씨?"

"아니에요. 저도 바람을 쐬는 김에 성 밖까지 나가지요."

손가락에서 통증이 가라앉자 이제 흥미가 일기도 해서 소유는 웃으며 그렇게 말했다. 용궁을 떠올려보니 옥현이 하는 행동도 호감이 갔다. 용궁에서 함께 지냈던 문 대감 따위를 생각해 보면, 그녀가 아는 누군가가 그 복어의 친척일 수도 있었다.

소유는 소풍을 가는 기분으로, 옥현은 인간의 악행에 분노하며 함께 성 밖 강가로 나갔다. 옥현은 계속 복어에게 다정한 찬사를 던졌다. 소유는 그의 말재주에 대해 익히 알고 있었지만 새삼 속으로 찬탄했다. 말 한마디 나눠보지 않은 아기 물고기에게서 그렇게까지 다양한 정서를 느낄 수 있다니, 그것은 그것대로 아주 대단한 일임에 틀림없었다.

물가에 도달한 옥현은 조심스레 유리병 안에 강물을 담고, 물이 잘 섞이는지 보는 것 같더니 느리게 복어 아가씨를 놓아주었다.

"많이 무서우셨지요, 아가씨? 이제 아무런 걱정 마십시오. 원래 사시던 세상으로 돌려보내 드릴 테니까요. 아가씨께는 괴로운 경험이었겠지만, 저는 아가씨처럼 아름답고 고귀한 분을 만나 뵙게 되어 영광이었습니다."

소유는 복어가 그 강물을 타고 바다로 갈지 문득 궁금해졌다. 그녀는 쪼그려 앉아서 복어 아가씨에게 웃으며 말했다.

"혹시 네가 용궁에 가서 용왕 해랑을 만나면, 양소유가 만나고 싶어 하더라고 한 번 전해주렴."

옥현은 소유가 말을 하는지 마는지도 모르는 듯 가슴 아픈 눈빛으로 복어 아가씨에게 인사했다.

"…부디… 건강하시길. 안녕히, 사랑스러운 아가씨."

가슴이 너무나 아파서 미어지려는 모양이었다.

다행히 복어 아가씨는 건강하게 제자리에서 몇 번을 돌더니 재빠르게 헤엄쳐 떠나갔다. 옥현은 그 뒷모습을 바라보며 풀이 죽었다. 소유는 해랑이 가르쳐주었던 선계의 음악을 콧노래로 흥얼거렸다. 흐흐흠.

찰랑. 문득 물결이 바르르 떨며 일어나 소유는 깜짝 놀랐다. 그녀가 노래를 멈추자 물결은 다시 아까처럼 잦아들어 흘러갔다. 복어 아가씨의 뒷모습을 가리듯. 그녀는 한 걸음 물러나 다시 콧노래를 불렀다. 흐흐흠.

찰랑. 다시 물결이 일어났다. 소유는 재미있어 콧노래를 느리게 불렀다가 빠르게 불렀다가 해보았다. 옥현은 복어 아가씨가 무사해졌다는 확신이 들었는지 소유와 물결을 번갈아가며 보고 감탄했다.

"꼭 소유 아씨의 노래에 맞춰 춤을 추는 것 같군요."

선계의 음악이라 그런 것일까. 소유는 두어 소절을 더 흥얼거리다 그저 빙긋 웃었다. 지금 저 강물에 들어간다면 해랑을 만날 수 있을까? 그녀가 물을 무서워하지만 않았다면 벌써 시도해보았을 것이다.

옥현의 복어 아가씨가 용궁에서 귀한 신분이든 아니든 무사히 헤엄쳐 가길 바라며, 소유는 옥현에게 가볍게 말했다.

"그만 갈까요, 옥현 공? 이러다 좋은 생선은 다 다른 사람들이 사 가겠는걸요."

"그렇군요."

옥현은 몸을 돌렸다. 그러나 그의 시선이 마지막으로 한 번 복어 아가씨가 간 방향을 향하는 것을 소유는 놓치지 않았다.

"개인적인 용무로 소유 아씨의 시간까지 빼앗게 되어 송구합니다. 사죄의 의미로 오늘 저녁은 실력 발휘를 해야겠군요."

"기대할게요."

오랜만에 설궁에서 맞이하는 밤은 그리웠던 향기와 그리웠던 소리를 냈다. 소유는 편안하게 누워 천장을 올려다보았다. 낮의 우스웠던 일이 생각나 웃음이 나다가도, 소하와의 사이에 있었던 그간의 모든 일이 그에게는 없어졌다는 사실을 떠올리면 가슴이 욱신거렸다. 복잡한 감상. 복잡한 감정.

그런 것에 빠져 깊은 한숨을 쉬는데 창밖으로 문득 인기척이 느껴졌다.

많은 일정이 바뀌어 오늘밤이 아닐지도 모른다 생각했는데, 정체 모를 그 인기척은 소유가 설궁에 온 첫날 밤 정확히 다시 나타났다.

그녀는 본인이 착각하지 않았음을 확신하고 이전에 만났던 병사의 태도에 대해 속으로 투덜거렸다. 그리고 준비해두었던 검을 들고 밖으로 나갔다.

기척을 죽이고 벽에 등을 붙이자 기와 밟는 소리가 났다. 소유는 소리가 난 쪽을 어림해 재빠르게 달려갔다. 그리고 정원으로 나서자마자 지붕을 올려다보았다.

지붕 위에는 아무도 없었다. 아무래도 놓친 모양이었다. 소유는 혀를 찼다. 그리고 미지의 침입자가 혹 근처의 건물 그림자에 몸을 숨겼을 가능성을 생각하고 순찰처럼 주위를 경계하며 돌아보았다.

얼마나 걸었을까, 직무상의 순찰을 돌고 있었는지 초롱을 든 병사가 소유를 발견했다. 그는 소유가 검을 든 것이 수상했는지 소리쳐 물었다.

"누구냐!"

소유는 건물의 그늘을 살피고 있었기 때문에 본인도 어두운 곳에 있었다. 그녀는 달빛이 쏟아지는 환한 곳으로 몇 걸음 나서 제 얼굴을 밝혔다.

"오늘 낮에 입궁한 양소유입니다."

"이 밤에 어찌 무기를 들고 나와 계십니까?"

병사는 이상해했고 그것은 정당했다. 소유는 초롱불의 어두운 빛에 익숙해지며 병사의 얼굴을 알아보았다. 그는 반란 때 소하를 잘 따랐던 설궁 식구 중 하나였다. 병사도 소하도 모르는 일이었지만 소유는 그가 성실한 사람임을 잘 알았고 반가워졌다.

소유는 사실대로 말했다.

"자려고 누웠더니 기와 밟는 소리가 들려서 도둑인가 싶어 나와봤어요."

병사는 흠칫한 눈치로 소유를 보고, 달빛을 받아 매끈한 설궁의 기와지붕도 천천히 바라보았다. 그리고 맥이 풀린 얼굴로 말했다.

"잘못 들으신 거겠지요. 아무것도 없지 않습니까?"

소유는 자신이 잘못 듣지 않았다는 사실을 알고 있었고 오히려 그 병사의 태도가 이상했다. 저렇게 눈으로만 보아서 될 일인가? 그의 직무를 다하려면 자다가 마른하늘에 번개가 쳤다 해도 일단 살피고 상부에 보고해야 하는 것이 아닌가? 야간 번을 서는 자가……

그러고 보니 진구는 이번에도 짖지 않았다. 소유는 갑자기 떠오르는 것이 있어 입을 살짝 벌렸다.

방금 왔다 간 사람이 소하의 부하라면 이 모든 것이 맞아떨어졌다.

갑자기 기분이 마구 상했다. 죽기 전에는 이 날, 소하가 침의만 입고 달려와 안전을 확인해주었을 때 소유는 상당히 감동했던 것이다. 그런데 지금 왔다 간 사람이 소하의 부하라면 그는 소유가 안전하리라고 알면서도 그저 거짓말을 하기 위해 왔었다는 말이 된다. 아마도 그녀가 다음 날 청운에게 도둑이 들었었다는 등 소란을 피우면 난처할 테니까.

생각을 마치고 입을 불쾌하게 다문 소유가 인상을 찌푸리자 병사는 눈을 깜박이고 말했다.

"일단 살피겠습니다. 어느 쪽에서 소리가 났습니까?"

"저쪽이요."

소유는 꽤 자신 있게 말했다. 병사는 아무 일도 아니라는 듯 일부러 태연하게 그쪽으로 휘적휘적 걸어갔다. 소유는 기분이 점점 나빠졌고, 병사가 금방 돌아와 아무도 없었다고 말했을 때는 불편한 심기가 정점을 찍었다.

소하는 부하를 불러 무슨 말을 했을까. 그리고 부하는 무슨 보고를 했을까.

아마도 달빛이 좋은 탓으로, 소유는 대단히 감상적인 기분이 되어 주랑에 섰다. 그리고 예전에 그랬던 것처럼 가만히 시구를 읊조렸다.

"…그림자까지 넷이라네."

그 말까지 하자 본인이 비참해져 소유는 울컥했다. 그녀는 눈물이 나올 것 같은 기분으로 달을 올려다보았다. 차라리 월이 이 자리에 있었다면, 서로 날카로운 말이라도 던지면서 위안을 받을 수 있었을 것 같았다. 하지만 그녀가 지금 정말로 함께 있기 원하는 사람은 저 침전에 있을 터였다.

"운치가 있구나."

그래, 꼭 저 말을 했었더랬다. 소유는 한숨을 쉬었다가 퍼뜩 놀라 고개를 돌렸다. 얄궂게도 눈물 한 방울이 왼쪽 뺨을 타고 흘렀다. 소하는 진실로 그녀를 바라보며 한밤의 주랑에 서 있었다.

그의 눈이 잠시 가늘어졌다.

"어째서 울고 있느냐?"

소하는 숨을 몰아쉬고 있었다. 소유는 그가 침의까지 입고 그런 연기를 할 필요는 없었다고 생각했다. 그녀는 그의 얼굴에 걱정이 떠오른 것조차 얄미웠다.

"세상에 혼자인 것 같아 잠시 울적해졌을 뿐입니다."

소하의 매끈한 뺨에는 꼭 그때처럼 달빛이 둥근 원을 그렸다. 소하는 그녀에게 다가와 옆에 섰다. 그리고 소유의 얼굴이 아닌 하늘을 올려다보며 말했다.

"나도 그런 기분이 들 때가 있다."

그야 그럴 것이다. 어찌 아닐 수 있을까. 그를 얄밉게 느꼈던 감정이 사그라들며 진정했다. 소유는 소하의 숨소리를 들으며 따뜻한 물 속에 떠 있는 듯한 감각을 느꼈다. 몽롱하고도 다정한 감각이었다. 소유는 곧 소하에게 먼저 다정한 말을 걸 정도로 관대한 기분이 되었다.

"소하 님은 어릴 때 홀로되셨지요?"

"그랬지."

소하는 쓴웃음을 지었다. 그의 눈길이 그녀를 향했다. 소유는 그 눈빛 하나가 설레 저도 모르게 입술을 떨고 말았다.

"너는 어떠하냐? 채윤이 살아 있다고 믿는다 하지 않았느냐?"

"채윤이 때문에 운 것이 아닙니다."

채윤은 아직 살아 있었으므로, 소하의 짐작처럼 '이제는 세상에 남은 가족이 없다는 생각이 들어' 쓸쓸해한 것은 아니었다. 소하는 그녀의 심정을 살피려는 것처럼 담담한 눈길을 보냈다.

"하면 어째서냐?"

당신이 그런 질문을 하면.

견딜 수 없다는 말이, 정말로 하고 싶었다. 소유는 귀가 홧홧해지는 것을 느끼며 말을 골랐다.

"소중하게 여겼던 것이… 저에게는 처음부터 없었는지도 모른다는 생각을 했습니다. 또 만약 생긴다 하더라도, 저는 그것을 바라서는 안 된다는 생각도 했습니다."

소하를, 청운을, 백란을, 월을, 경원을, 채윤을 살리는 데 성공한다 하더라도 그녀는 곧 죽을 목숨이었다. 소하의 얼굴을 도저히 볼 수가 없다는 마음과 그를 언제까지나 보고 싶다는 마음이 부딪혀 우울하게 싸웠다. 소하는 안쓰러워하는 표정을 지었다.

"하루아침에 식구 모두를 잃었고 고향을 떠났으니, 아픔을 받아들이기 위해 너처럼 생각하는 것도 당연할지도 모르겠구나."

소유가 이야기하는 것은 화주 식구들에 대한 것이 아니었지만 그들에 대한 애도를 받는 것은 고마운 일이었다. 소유는 고개를 숙였다.

"나라의 녹을 받아먹고 살던 신하가 주상 전하께 충실하지 못한 마음을 품었으니 어찌 죄인이 아니겠습니까? 다만 장안에 오는 길에 보니 길에서 굶어 죽은 사람이 많고, 어제는 정직했던 백성이 오늘은 먹고살고자 도적이 되니 주상 전하의 성심을 모르는 자가 한둘이 아닌가 합니다."

소유는 그렇게 말하며 속으로 '초왕이 죽었으면 좋겠다'고 생각했다. 소하는 슬픈 표정을 지었다.

"그러하냐? 내 평생 궁에서 호의호식하며 안전하게 살아와, 그런 안타까운 일이 있는 줄도 몰랐구나."

소하가 참으로 뻔뻔한 거짓말을 잘한다는 것은 이제 따로 놀랄 필요도 없는 사실이었다. 소유는 한술 더 떴다.

"소하 님께선 천인국의 국본이시니 누구보다 안전히 계시는 것이야말로 백성들을 위하는 길이 아니겠습니까? 다만 관리들이 주상 전하의 은혜를 받은 만큼 백성들에게 베풀면 다시 모든 일이 평안해질 줄로 압니다."

소하는 흥미로워하는 표정으로 한참이나 소유의 눈을 바라보다가 웃음을 터뜨렸다. 소유는 자신이 거짓말을 잘하지 못한다는 사실을 원래 알고 있었고 소하의 앞에서는 아무것도 숨길 수 없다는 사실 또한 이미 알았지만 심술이 났다.

"되었다. 천명을 받아 백성들을 다스리는 자는 아랫사람도 잘 살피는 것이 책무가 아니겠느냐? 네가 그런 도리도 배우지 못했을 리는 없으니, 날 놀리는 줄을 알겠다."

소유는 미소를 지어 보였다. 소하는 잠시 머뭇거리다가 소매를 들어 그녀의 얼굴의 눈물을 닦아주었다. 이미 어느 정도 마른 눈물 자욱이 그윽한 향이 나는 비단 자락에 깨끗하게 닦여나갔다.

소매가 얼굴에 닿기 전부터 이미 소유는 눈을 감고 있었다. 그리고 소매가 떨어져 나간 뒤로도 숨을 한 번 정도 쉴 때까지 눈을 뜨지 않았다.

눈을 뜨고 본 소하는 복잡한 표정으로 그녀를 바라보고 있었다. 소유는 가만히 물었다.

"이 밤에 어찌 여기로 오셨습니까? 주무시지 않고요."

"네가 자다가 무슨 소리를 들었다고 병사가 보고하더구나."

그야 그랬을 것이다. 그래서 이렇게 헐레벌떡 걱정되어 달려온 척을 한 것일 테니까. 그렇게 생각하며 속으로 입을 비죽이던 소유는 다음 순간 소하의 눈이 그림처럼 내리깔리는 것을 보고 말을 잃었다.

"다만 네가… 두려워하지 않고 다시 잠들기를, 바랐다."

그가 처음부터 그 말을 할 생각이었는지, 아니면 말을 하는 도중에라도 삼키려다가 실패했는지 소유는 구별할 수 없었다. 다만 한 가지는 확신할 수 있었다.

소하의 그 말은 더할 나위 없는 진심이었다.

"주상 전하 드십니다!"

초왕은 소유가 기억하는 것보다 조금 더 얼굴빛이 좋았다. 아마 소유가 마지막으로 보았던 그가 세를 키워 반기를 든 이 나라의 적통 후계자와 전쟁 중이었기 때문일 터였다.

"저건 뭐냐?"

소유는 초왕이 입을 열었을 때 발끈 화가 났지만 따지고 들지는 않았다.

"일신의 사정이 딱해 제가 거두기로 한 아입니다, 전하. 오늘 보고를 올리고자 하였는데 먼저 걸음을 해주셨으니 민망하옵니다."

"내가 너에게 어여쁜 궁인을 많이 내려주지 않았더냐? 그 애들은 모두 돌려보내더니, 어디서 첩이라고 이런 박색을 찾아서 데려왔느냐? 네 마음을 도무지 이 숙부는 알 수가 없구나, 소하야."

음, 하고 소유는 속으로 확신했다. 초왕의 말씨는 소하에게는 물론 댈 것이 아니었고 경원에 비해도 대단히 거칠었다. 그리고 초왕이 내려준 궁인이라고 해봐야 잘하면 간자일 것이고 최악의 경우에는 암살자일 터인데, 그 속셈을 뻔히 알면서도 소하가 그들을 받아들일 리가 있다고 생각했을까.

"호호흠!"

초왕은 지난번과 똑같은 헛소리를 늘어놓다가 거드름을 피우며 자리를 떴다. 소하는 소유에게 대단히 미안해했지만 소유는 오히려 그가 안쓰러웠다. 평생 그런 작자에게 맞춰주느라 얼마나 힘들었을까. 핏줄이라고 다 애틋한 가족은 아닌 법이다. 월과 백란처럼 피가 섞이지 않았어도 서로 사랑하고 아끼는 가족이 있는가 하면.

식사를 다시 들며 소유는 막 생각난 듯 말했다.

"자경국의 사신들이 오는 연회에 소하 님도 부름을 받으셨으니, 그 날을 위해 준비를 하셔야 하는 거지요?"

"그래야지."

소하는 딱히 반기지는 않는 눈치로 대답했다. 그의 말간 눈이 소유를 향했다. 무슨 생각을 하고 있는지 드러내기를 기다리는 그 눈빛에 소유는 역시 아무렇지도 않게 말했다.

"의복은 옥현 공이 물론 준비하실 테지만, 요새 날씨를 보면 우산도 챙기셔야 하지 않겠습니까? 요즘 비가 무섭더군요. 저는 골목에서 집이 무너지는 것도 봤답니다."

"집이 무너졌다고?"

"예. 반쯤 무너진 집에 어린애가 들어가서 가재도구를 빼고 있었는데, 그때 기둥까지 부러지는 바람에 아주 큰일이 날 뻔했답니다. 참,

비를 우습게 보면 안 되겠습니다."

소유는 고개를 혼자 주억거렸다. 소하와 옥현은 왜 연회 준비 이야기를 하는데 우산 이야기가 나오는지 알 수 없다는 얼굴이었지만 예의 바르게 동의해 주었다.

"태풍이 심하던 그날 말인가 보구나."

"일반 백성들이 가는 시전의 일부가 그날 무너져서 다들 고생이 많았다는 말을 들었습니다. 그땐 저자의 객잔에 계셨지요? 소유 아씨께 별일이 없었으니 그나마 천만 다행입니다."

"제대로 지은 건물이라면 그깟 비 많이 온다고 우르르 무너지지는 않겠지. 홍수로 떠내려간다면 몰라도. 가난한 백성들이 급한 대로 얼기설기 끼워 맞춘 건물에 산다 하니 걱정이구나."

소하는 얼마 후 자신도 비를 맞아 고생하리라는 사실을 몰랐으므로 아무렇지도 않게 남의 걱정만 했다. 소유는 자못 침통한 표정으로 동의했다.

"그럼요, 그렇고말고요."

죽었던 사람이 살아 돌아오는 경험이야 말할 것도 없었지만, 죽은 개가 살아 돌아온 것은 소유에게 지속적으로 이상한 상념을 느끼게 했다. 진구가 죽은 원인이 원인이다 보니 안쓰럽고 미안한 감정이 커서 그럴까, 그녀는 진구가 와서 어리광을 부리면 부리는 대로 무조건 예뻐해주었다.

"소유 아씨는 참으로 개를 좋아하시는군요. 키운 적이 있으십니까?"

옥현은 재미있어 하며 물었다. 소유는 혹여 나중에라도 소하와 옥현을 향한 비난이 되지 않도록 주의하며 평계를 댔다.

"얘는 제가 처음 온 날부터 식구인 줄 알고 받아주지 않았습니까.

또 애교가 많아 제게 기쁨을 준답니다."

"똑똑하고 충성심이 강하고, 아주 예쁜 녀석이지요."

옥현은 빙긋 웃었지만 그 입가 한구석에 쓸쓸함이 걸리는 모습을 소유는 놓치지 않았다. 서재에서 나와 조당으로 들어온 소하가 미소 지으며 물었다.

"무슨 이야기를 나누고 있었느냐?"

"진구가 착하다는 얘기를 하고 있었지요, 소하 님."

소유는 얼른 대답했다. 소하와 함께 지낸 요 며칠은 꿈만 같았다. 그가 무사히 살아서 식사하고, 바둑을 두고, 정원을 거닐 수만 있다면 그 어떤 거짓말을 듣고 또 어떤… 설령 쌀쌀맞은 대우를 받는다 해도 상관이 없다고 생각하게 된 참이었다.

진구가 소하에게 쌩하니 달려갔다. 진구는 자기 주인이자 이 자리에서 가장 높은 사람이 누구인지 잘 알고 있었다.

"진구는 참 착하지. 어이쿠, 요 녀석."

못생긴 진구가 모든 구석구석이 잘 정돈된 소하의 품에 안기자 더 우습게 보였다. 그러나 소유는 그것도 그저 예뻐 빙긋빙긋 웃었다.

"소하 님이 너무 예뻐하셔서 버릇이 없는데, 이제 소유 아씨까지 저를 귀애하시는 줄 알고 진구가 요즘 기고만장하답니다."

옥현은 농담하고 잔에 차를 따랐다. 그때 조당 문을 넘어 청운이 들어왔다.

"대군 마마께 아침 문안 올립니다."

"어서 오게."

청운의 표정은 기묘했다. 소하와 옥현과 소유는 저마다의 방식으로 고개를 갸웃했다. 이내 청운은 기묘한 표정 그대로 보고했다.

"간밤에는 이상이 없었습니다. 하온데 마마를 뵙고 싶다며 정 승상의 집안에서 사람이 찾아왔습니다."

정 승상의 집이라면 물론 소유는 경원이 제일 먼저 떠올랐다. 하지만 왕족이 사는 궁에 부름을 받지도 않고 멋대로 찾아오는 사람이라면 맞아들이는 종류의 손이라기보다는 뭔가를 심부름하러 온 하인이 아닐까? 소유가 그 정도로 사고를 진행하는 동안 소하는 평소처럼 평온하게 물었다.

"누구인가?"

"저어……."

어지간한 청운도 한순간은 머뭇거렸다.

"정 승상의 막내아들인 정경원입니다."

"자네 친우 말인가?"

"예."

지난번에는 경원이 이렇게 찾아온 기억이 없다. 무슨 일일까. 소유는 눈을 동그랗게 떴고 옥현은 싱글싱글 웃었다.

"소하 님, 입궁하라는 기별을 보내신 적이 있으십니까?"

"너도 알다시피 없다."

청운은 나름대로 경원이 뭔가 기별을 받고 찾아왔으리라고 생각했던 듯 창백해졌다. 그는 얼른 먼저 나섰다.

"송구합니다, 마마. 하시면 당장 돌려보내겠습니다."

그러나 순진한 청운의 수작에 소하가 넘어갈 리 없었다. 소하는 옥현처럼 그저 미소 지으며 일렀다.

"아니다. 별 볼 일 없는 나를 만나러 저 정 승상의 귀한 막내아들이 일부러 왔는데 어찌 내치겠느냐? 어서 들라 하거라."

청운은 친구의 무례함에 대단히 부끄러워하는 표정으로 물러났다. 그리고 금방 경원을 데리고 돌아왔다. 진구는 경원이 조당에 들어서기 전부터 짖다가 병사 한 명에게 이끌려 나갔다.

경원은 집에서 입던 편안한 옷이 아니라 멋을 부린 외출복 차림이었다. 상투관에 달린 붉은 장식도 제법 멋스러웠다. 그는 쌀쌀맞은 표정으로 소하와 소유, 그리고 옥현을 슥 둘러보더니 소하에게 절을 올렸다.

"알현을 허락해 주시니 황공무지로소이다. 정가 경원이라 하옵니다."

"이소하일세."

소유가 보기에 경원은 알현을 허락받은 것이 아니라 쳐들어온 것이었다. 그러나 그녀는 경원이 여기까지 온 목적이 궁금했기 때문에 친절하게 인사했다.

"안녕."

경원은 소유에게 눈인사로 답했다. 소하는 무슨 생각을 했는지 쿡쿡 웃더니 청운과 다른 궁인들에게 손짓했다.

"경원 도령이 할 말이 있어 왔을 테니 잠시 자네들이 자리를 비워 줘야겠네. 나가 있게."

청운은 바로 그렇기 때문에 걱정이라는 얼굴이었지만 충실하게 명령을 수행했다. 소유는 소하에게 물었다.

"저도 자리를 비울까요, 소하 님?"

소하는 경원의 얼굴을 보고 고개를 끄덕였다.

"그게 좋겠구나."

기별도 없이 찾아오는 것은 물론이고 궁에 입궁 명령도 없이 멋대로 오는 것이 무례인 줄 모를 경원이 아닌데, 심지어 소유를 내보내고 소하와 둘이 이야기하려 들다니 소유는 상황이 궁금해서 좀이 쑤셨다. 그녀는 나가는 척 서재 쪽으로 들어갔다. 소하는 그녀가 그쪽으로 가는 줄을 뻔히 보면서도 아무 말도 하지 않았다.

이윽고 서재의 얇은 문 너머로 경원의 또랑또랑한 목소리가 들려왔다.

"불청객 취급까지 하시리라는 짐작을 못한 것은 아니나, 실제로 보니 더 흥미롭군요."

"무엇을 말인가?"

"소유 말입니다."

경원의 목소리는 처음부터 쌀쌀맞았지만 소하의 목소리는 지금 처음으로 조금 낮아졌다.

"자네들이 그리 가까운 줄은 몰랐네만."

"저희 집에서 소식을 전해 입궁시킨 것이니, 다른 친지가 없는 소유의 입장에서는 저희 집이 본가나 마찬가지 아니겠습니까? 당연히 가깝지요."

소유는 그 비약이 대단히 뜬금없다고 생각했고, 경원의 의도를 이해할 수 없어 인상을 썼다.

"정확히는 청운이 소식을 전한 것이지. 그렇게 따지면 소유의 친정은 손가로 보아야 하지 않겠나? 아, 입궁한 처자의 원래 출신지는 본가가 아니라 친정이라 부른다는 것은 알고 있나? 궁으로 시집을 온거나 마찬가지이니 말일세."

"그것은 궁녀로 입궁했을 때의 이야기라고 알고 있습니다."

짧은 침묵이 흘렀다. 소유는 소하와 경원의 표정이 보고 싶어졌다.

"소유의 소식이 궁금하다면 기별을 하면 될 것을. 내 그 아이가 서신도 쓰지 못하게 한 적이 없네."

"직접 대화를 나누어보고 싶으니 입궁을 허락해달라고 서신을 올린 것으로 기억합니다만."

"허가하는 서신을 내린 적이 없는 것으로 기억하네."

"연락이 없으시면 허하시는 것으로 알고 찾아오겠다고 서신에 쓰여 있지 않았습니까?"

"대담하군. 어느 나라의 궁이 그런 식으로 출입을 허가한다던가?"

"아시다시피 저는 벼슬길 한 번 나가보지 않은 자라 세상 물정을 모릅니다. 그러니 어느 나라의 궁이 그런 식으로 출입을 허가하는지 아닌지, 알 도리가 없지요."

정말로 대담한 말이었다. 소유는 소하가 그런 말에 화를 내 모처럼 찾아온 인재를 쫓아내버릴 사람이 아닌 줄은 알았지만 가슴이 조마조마했다. 물론 궁은커녕 어디 시골 관청에서도 이런 식으로 찾아오는 손님을 반갑게 맞아주지는 않을 것이다.

다만 경원의 말이 옳다면 소하는 경원의 서신을 받고도 입궁을 허락하는 서신을 보내주지 않았다는 말이었다. 왜 그랬을까. 경원이 소하와 마주치고 얼굴을 익혀간다면 소하의 입장에서는 더할 나위 없이 좋은 일이 아닌가.

"자네가 모른다는 말을 내 믿지는 않아. 하지만 정 그렇다니 이번의 무례는 보아 넘기도록 하겠네."

"성은이 망극합니다. 그리 말씀하시는 것으로 보아 소유도 제가 오는 줄을 전혀 몰랐겠군요?"

"나도 몰랐으니 소유가 알았을 리 있나."

"하면 오늘의 외출에 대해서도 논의된 바가 없겠군요?"

"소유가 궁에서 쓸 물건을 사러 자네와 함께 외출하도록 해달라는 제안 말인가? 그건 이미 결정이 났네. 허가할 수 없어."

"소유 본인이 동의했습니까?"

"본인에게는 묻지도 않았네. 안 그래도 소유는 바로 얼마 전에 전하를 뵈었는데, 그 아이가 실은 정 승상 댁에서 골라 입궁시켰고 그 집안의 막내아들이 직접 찾아와 필요한 물건을 보러 함께 다녀주기까지 했다는 소문이 퍼지면 어떻게 되겠나? 자네의 경거망동이 소유의 신변에 끔찍한 위협을 초래할 수 있다는 생각이 안 드나?"

소하가 경원의 제안에 대해 알려주지 않았다는 사실을 처음 알고 기분이 상했던 소유는 소하가 늘어놓은 이유에는 납득했다. 뒷조사를 당하기 싫어서 지난번에도 소하의 첩이라는 소문을 그냥 내버려 뒀던 것이 아닌가. 그런데 그 첩이 실은 정씨 가문에서 폐세자와 관계를 맺기 위해 보낸 사람이었다는 소문이 추가되면 가벼운 출신 조사로는 끝나지 않을 것이다. 조사받는 대상이 소유로 끝나지 않을 것 또한 물론이었다.

그러나 경원은 소하의 이유가 마음에 들지 않은 모양이었다.

"그런 일이 생기면 소유를 출궁시켜 주실 테지요?"

"그런 위험에 처음부터 처하게 하지 않을 걸세."

"일은 항상 마음먹은 대로 되는 것이 아니라고 저는 어릴 적부터 배우며 자랐는데, 마마께선 그렇지 않으신가 봅니다."

"물론이지. 나는 일이 마음먹은 대로 된 적이 없거든."

"…예?"

창날처럼 날카롭던 경원의 목소리가 처음으로 얼이 빠졌다. 소유는 소리 없이 키득거렸다. 소하는 느긋하고 친절하게 말했다.

"자네가 내 말을 농담처럼 취급하니 당황스럽군. 일이 한 번이라도 내 마음대로 되었다면 내 부모가 아직 살아 계실 테고, 자네가 나를 함부로 여겨 이렇게 도적처럼 쳐들어오지도 않았을 테고, 내가 맞이한 여인은 친정에서 굳이 필요한 물건을 대준다 할 것 없이 세상 모든 부귀영화를 누리고 있었겠지."

그러나 소하가 맞이하는 여인은 결국 소유가 아닐 것이다. 소유가 아주아주 오랫동안 더 살 수 있다면 몰라도. 그녀는 침울해져 서재 의자에 앉아 한숨을 쉬었다. 잠시 침묵하던 경원이 사죄했다.

"…마마를 함부로 여긴 것은 아닙니다만, 그리 느끼실 수 있다는 것을 지금 깨달았습니다. 소신이 방자했습니다."

소하는 바람 같은 웃음소리를 냈다.

"마음이 급했던 모양이지?"

"솔직히 그렇습니다. 잠시 보았을 뿐입니다만 소유는 담대하고 영리하며 기개가 뛰어나 보통 인물이 아니라는 것을 알 수 있었고, 도울 수만 있다면 돕고 싶습니다. 하지만 용감함이 지나쳐 때로는 무모하고 제 몸을 아끼기보다는 정의를 실현하는 데에 더 관심을 둡니다."

"누군가 옆에서 돌보지 않으면 큰 풍랑에 휩쓸리기 쉽지."

정작 그 '큰 풍랑'인 소하가 대단히 공감한다는 말투로 말했다. 소유는 기가 차서 입술을 비죽거렸다. 누굴 살리려고 이 고생을 하는데? 한편 속으로는 여전히 소하가 나중에 맞이할 정체도 모를 여인을 질투하는 마음이 있었지만 경원이 해준 평가가 기뻐 기분이 조금은 풀리기도 했다.

"전에는 채윤이라는 자와 친하다는 낙양 형제가 마음의 위안이 되어주었을 테지만 이제는 그중 한 명이 떠났고 남은 하나는 어렵습니다. 소유가 의지할 사람이 필요합니다."

"그리고 그 사람이 자네여야 할 이유는 뭔가?"

"저 말고 누가 있습니까?"

경원은 소유가 소하를 좋아한다는 사실을 알면서도 고집스럽게 말했다. 소유는 그가 유난스럽다고 느끼면서도 못내 고마웠다. 경원은 그야말로 두터운 후의를 베풀고 있었다. 크나큰 위험을 감수하면서도.

소하의 한숨 소리가 들렸다.

"…소유가 집을 잃고 가족을 잃은 것은 결국 내 탓이니, 소유를 돌볼 사람이 있어야 한다면 그 역할은 내가 맡는 것이 옳겠지."

"집과 가족을 돌려주려는 노력은 하셨습니까?"

경원이 결국 못 참겠다는 듯 날카롭고 차갑게 말했다. 소하는 노한 목소리로 잘랐다.

"노력하고 있네."

굳이 말하자면 소하가 살아남으려는 그 모든 노력이 소유에게 채윤을 돌려주는 길에 속하기는 했다. 소유는 애매한 기분으로 고개를 숙였다. 소하가 일어서는지 의자 소리와 부드럽게 옷자락 스치는 소리, 장식 구슬이 부딪치는 소리가 가볍게 들렸다.

"소유와 함께 출타하는 것은 허락할 수 없네. 자네 본인의 안전을 위해서 하는 말이기도 하니 기억하게."

또 의자 소리가 들리는 걸 보니 경원도 일어선 모양이었다. 경원은 소유가 들어본 적 없는 힘차고 늠름한 목소리로 선언했다.

"그리 말씀하신다고 제가 걱정을 아니 할 수 없습니다. 출타를 허락할 수 없으시다면, 신분이 드러나지 않는 방식으로 가끔 찾아와 잘 지내는지 보겠습니다. 그것까지 막으실 명분은 없겠지요."

❀

전쟁의 흔적이 없는 청운의 검술은 깔끔하고 아름답고, 어떤 의미로는 희었다. 명백하게 적을 죽이기 위해서 고안된 기술임에도 그러했다. 소유는 툇마루에 앉아서 발을 나긋나긋 흔들며 놀다 말했다. 전에 무너지는 집에서 젖은 흙과 나무에 닿았던 신발이 망가져 그녀는 소하가 하사한 새 비단신을 신고 있었다.

"과연 뛰어나십니다."

청운은 검을 거둔 뒤 겸손하게 말했다.

"과찬이십니다. 낭자야말로 이미 저는 상상도 하지 못할 여러 아수라장을 헤쳐 나오신 것을 아니 언젠가 가르침을 청하고 싶습니다."

"운 좋게 도움을 많이 얻었을 뿐이지, 실력으로는 감히 공자께 댈 바가 못 된답니다."

소유는 빙긋 웃었다. 청운은 진심으로 경탄한 기색으로 말했다.

"사람이 어찌 모두 일신의 기술만으로 살아가겠습니까? 주위 상황을 잘 활용하는 것 또한 장수가 지녀야 할 자질이라 배웠습니다. 물론 낭자께선 장수가 아닙니다만."

"장수가 아니어도 임기응변은 중요한 자질이지요. 누구에게 그리 배우셨습니까? 손가는 대대로 훌륭한 무인을 배출해온 집안이니, 집에서 훌륭한 스승도 모실 수 있었겠지요?"

"낭자의 말씀대로 교육에 있어서는 축복받은 환경이었지요."

청운은 고개를 끄덕였다.

"엄친의 친우이시자 은퇴한 무장이신 홍 선생님께서 제가 어릴 적부터 저희 남매를 가르쳐주셨습니다. 셋째 누님은 그분을 잘 따라 지금도 가끔 찾아뵙지요."

"어머나, 셋째 누님이라니. 형제분이 많으신가 보네요."

소유의 천연덕스러운 연기에 청운은 홀랑 넘어가 그녀가 원하던 것을 줄줄이 털어놓기 시작했다.

"여섯 남매입니다. 위로 누님이 다섯 분 계시고 제가 막내지요. 맨 위의 두 누님은 혼인하여 따로 사시고 셋째 누님, 넷째 누님, 다섯째 누님은 한 집에 삽니다. 무장의 길을 택한 것은 저와 셋째 누님뿐이랍니다."

청하의 소식이 듣고 싶었다. 소유는 이제야 자연스럽게 물었다.

"하시면 셋째 누님도 장안에서 근무하시나요?"

"변방에도 다녀오시고, 군인이니 발령을 받는 대로 움직여야지요. 다만 얼마 전 부상을 입어 장안으로 돌아오신 뒤 지금은 다음 임지가 결정되는 것을 기다리고 계십니다."

그 김에 소하를 위한 첩자 노릇도 하고 있을 것이다. 소유는 청하가 부상을 입은 것이 사실임을 알고 있었지만 어쩌면 그녀가 실제보다 부상을 조금 더 크게 꾸며 장안에서 소하를 위해 움직이고 있었을지도 모른다는 생각이 들었다. 적어도 며칠 전 밤에 들었던 그 소리는 몸이 부자유한 사람이 내는 소리가 아니었다.

"부상을 입으셨다니 안타깝네요. 누님의 몸은 괜찮으신가요?"

"걱정해주셔서 감사합니다. 덕분에 다음 근무에는 문제가 없을 거라고 의원도 그러더군요."

청운은 진심으로 누님의 회복을 기뻐하는 표정으로 말했다. 소유는 그를 잠시 빤히 보다가 자경국의 단풍잎 부적을 내려다보았다. 청운의 넷째, 다섯째 누나가 서투른 솜씨로 만든 그것은 언제 봐도 소유 본인의 솜씨를 떠올리게 했다.

그것을 어떻게 해석했는지 청운은 뺨을 붉히며 사죄했다.

"송구합니다. 저어… 저고리를 입겠습니다. 보기 불편하셨지요?"

"아뇨, 무슨 그런 말씀을."

외간 처자 앞에서 웃통을 다 벗은 제 모습이 신경 쓰이는 모양이었다. 청운은 그것이 신경 쓰일지 몰라도 소유는 아무렇지도 않았기 때문에 웃으며 고개를 저었다. 이미 전에 본 것이기도 하고, 청운 쪽에서는 아니지만 그녀 쪽에서는 그에게 이전의 친근감을 그대로 느끼고 있기 때문이기도 했다.

"이 날씨에 검술 연습을 하면서 저고리까지 다 갖춰 입으려면 괜히 체력만 깎이지요. 또 화주 같은 촌에서는 양민의 아이들이라도 더우면 웃통을 다 벗고 강에서 노닐곤 하니 마음 쓰실 것 없습니다."

아주 어릴 때는 채윤과 옷을 함께 갈아입은 기억도 있었다. 정말 아주 어릴 적 이야기지만. 소유는 어쩐지 우스워져 쿡쿡 웃고 자리에서 일어섰다. 청하의 소식을 들었으니 그를 더 방해할 필요는 없을 것 같았다.

"양 낭자."

소유가 자리를 떠나기 전 청운이 문득 생각난 듯 말했다.

"그러고 보니 백란 공자가 얼마 전 연통을 주더군요. 양 낭자의 소식이 궁금하니 한번 나오시면 좋겠다 전해달라 하셨습니다."

"그랬습니까?"

그럴 줄 알고 있었다. 소유는 감사의 의미로 고개를 숙였다.

"감사합니다. 잠시 출궁할 수 있는지 소하 님께 여쭈어야겠군요."

"낙양 성주의 작은아들을 만나러 가겠다?"

"예에. 낙양의 두 형제 덕에 제가 이리 멀리까지 와서 입궁하였으니 늦지 않게 안부를 나누어야지. 그러지 않고서야 제가 은혜를 모르는 사람이 되는 것 아니겠습니까?"

소하는 제법 신경이 쓰이는 기색이었다. 죽기 전에는 소하가 이 외출을 허락했었지만, 이전에 경원과 나눈 대화를 떠올리자 소유는 확신할 수 없었다. 그녀가 불안한 눈빛으로 그를 살피자 소하는 쓴웃음을 지었다.

"네 말이 옳다. 형은 낙양으로 돌아갔다 하였지? 동생 홀로 낯모르는 장안에서 지루하겠구나. 동생은 언제 귀향한다더냐?"

"입궁 전에 대화했을 때는 아직 날이 정해지지 않았는데, 이번에 제가 잘 지내는 것을 보면 안심하고 낙양으로 돌아가지 않을까 합니다."

"호오?"

소하는 장난기 어린 표정을 지었다. 그러나 그의 눈썹 한쪽이 꿈틀거린 것을 소유는 놓치지 않았다.

"네 말은, 그가 너를 염려해 아직도 장안에 있다는 말이더냐?"

"본인이 그리 말하더군요."

소유는 소하를 놀리기 위해 그렇게 말하고 진하게 웃었다. 소하는 다시 쓴웃음을 지었다.

"작은 도령도 자기가 네 친정 오라비라더냐? 아니, 친정 동생이라 할까. 다들 내게서 우리 작은 마님을 빼앗아 갈 기회만 호시탐탐 노리는구나."

"제 친정 식구라면 역시 채윤일 텐데, 채윤이는 소하 님을 좋아할 테니 걱정 마십시오."

소하는 그녀가 저와 경원의 대화를 엿들은 줄 안다는 사실을 전혀 숨기지 않았고 소유는 기분이 무척 좋아져 쿡쿡 웃었다. 바둑돌을 정리하던 옥현이 의외라는 듯 물었다.

"소유 아씨는 어떻게 그리 확신하십니까?"

"그야 채윤이는 항상 제 편이니 그렇지요. 제가 결정한 일이라면 뭐든 지지해준답니다."

그리고 실제로 이전에 소하와 소유의 사이를 인정하지 않았나. 소하의 '작은 마님'이라는 표현이 아직도 기뻐 소유는 계속 환한 표정을 지었다. 소하와 옥현은 기묘한 표정을 하고 서로의 얼굴을 보았다.

이윽고 소하는 고개를 끄덕였다.

"조심, 또 조심해야 한다는 사실을 너 또한 알리라 믿는다. 다만 너를 여기까지 데려와주고 그렇게 염려하며 돌보아주었다니 나 또한 감사를 표현하고 싶구나. 언젠가 좋은 때가 있으면 입궁해 얼굴을 한번 보이면 좋겠다고 전해주렴."

그래도 궁금하긴 한 모양이었다. 소유는 과연 백란을 소하의 마수에 걸려들게 하는 것이 좋은 일인지 고민되었지만 그 자리에서는 그저 해맑게 대답하고 말았다.

"예, 소하 님. 보시면 소하 님께서도 꼭 백란이가 마음에 드실 겁니다."

"내일도 모레도, 장안에 있는 동안에는 계속 여기서 재주를 보일
것이니 언제든 와서 구경하시오!"

"글쎄, 시시하면 구경 값도 안 받는다니까 그러네!"

백란과 함께 나온 길에서는 이전의 사당패가 구경거리를 시연하
고 있었다. 낯이 설기도 하고 익기도 한 단원이 백란과 소유를 보고
전처럼 수작을 부리기 시작했다.

"둘 다 정말 미인인데 우리 패거리에 들어오지 않겠소? 여기 키 큰
아가씨는 정말 곱네, 고와. 난생 이런 미녀는 처음이오. 우리 패거리
가 이래봬도 양반님네는 물론이고 저 자경국이니 진해국 왕궁에도
부름을 받으니 천하에 못 가본 데가 없는데 말이야."

자경국 왕궁이라. 지금 백란과 함께 들으니 이전과는 다른 감상이
느껴졌다. 소유는 흥미를 느끼며 물었다.

"왕궁에도 부름을 받는다고요?"

"그럼, 그럼! 우리가 얼마나……."

"어떤 식으로요?"

소유는 자랑을 늘어놓으려던 강패의 말을 잘랐다. 강패는 그런 것
을 왜 궁금해하는지 모르겠다는 듯 눈을 깜박였다.

"어떤 식이라니?"

"자경국에 아저씨들이 가면 왕궁에서 사람이 나와서 부르나요? 그
렇게 이름이 나 있어요?"

"아, 그거! 그럼. 왕궁 연회에 재주꾼만큼 필요한 게 또 없거든. 높
으신 나리님들이 평소에 법도 따지며 사느라 머리 아픈데, 조금이라
도 재밌는 걸 보고 싶으면 우리네 사당패를 부르는 수밖에 더 있나?
우리 천것들이 노래도 불러주고, 춤도 춰주고, 지저분한 농담도 좀

해줘야지."

강패는 그렇게 말하고 우렁차게 웃었다. 뭔가 그림이 그려지는 것 같았기 때문에 소유는 눈을 반짝였다. 백란이 끔찍하다는 표정으로 물었다.

"누님, 설마 사당패에 들어가시겠다는 건 아니지요?"

"애는. 나보다 네가 들어가야 할 것 같은데?"

백란은 한 대 맞은 것 같은 표정으로 입을 살짝 벌렸다. 그 표정을 또 보니 좋았다. 소유는 쿡쿡 웃었다.

강패가 일을 하지 않고 대화에 푹 빠져 있자 다른 사당패 단원들의 시선이 쏠리기 시작했다. 소유는 저 뒤쪽에서 도구를 나르는 사람까지 무심코 둘러보다 문득 눈을 동그랗게 떴다. 신월국 사람의 차림을 하고 가면을 쓴 채윤이 패거리에 끼어 있었다.

어쩐지, 소하의 보살핌을 받고 있을 텐데도 설궁에서 마주치지 않는다 싶었다. 소유는 반가움과 섭섭함으로 눈을 살짝 가늘게 떴다. 가면을 쓴 채윤도 그녀를 본 것이 틀림없었다. 그는 슬쩍 몸을 감춰버렸다.

충분히 짐작을 했음에도 불구하고 정말로 살아 있는 채윤을 보는 것은 안심되는 일이었다. 그러나 왜 다른 곳도 아니고 이런 사당패에 채윤이 끼어 있는 것일까. 이들 중에 세작으로 의심되는 자라도 있는 것일까?

영 마뜩치도 않고 백란이 곧 강패와 단창이 쏟아내는 찬사에 진심으로 짜증을 내기 시작했기 때문에 소유는 백란을 데리고 자리를 벗어났다. 백란은 입을 비죽거리다가도 소유가 뭔가에 정신이 팔린 것을 알고 걱정하기 시작했는데, 그녀는 덕분에 '대군이 그 이상 바랄 수 없을 정도로 잘해준다'는 말을 몇 번이나 반복해서 해야 했다.

백란이 설궁 앞까지 데려다준다는 것을 말리고 소유는 아까 사당 패가 있던 곳을 다시 한번 가보았다. 해가 뉘엿뉘엿 지고 있어 그런지 패거리는 이미 자리를 옮기고 없었다. 하긴 보통 사람들은 집에 들어가 저녁을 먹고 하루를 슬슬 마무리할 시각이었다.

　이쪽을 보자마자 몸을 숨기는 걸 보니 어차피 채윤을 잡았더라도 대화를 나누기는 힘들었을 테지만, 소유는 못내 아쉬워 한숨을 쉬었다. 그리고 설궁으로 돌아가려고 몸을 돌리는데 골목 쪽에서 고양이 소리가 들렸다. 야앙!

　"맞았다."

　고양이 우는 소리는 고통에 차 있었고 뒤이어 아이들이 짓궂게 키득거리는 소리가 이어졌다. 소유는 깜짝 놀라 그 소리가 들려온 골목으로 들어갔다. 당장 지저분하고 인적 드문 주택가가 나타났다.

　딱! 빗나갔네. 좀 더 잘 던져봐, 바보야. 골목 한쪽 구석의 햇살도 들지 않는 곳에서 사내아이 서넛이 모여 고양이 한 마리를 둘러싸고 키득거리고 있었다. 소유는 아이들 바로 뒤에 서서 허리에 손을 얹고 매섭게 꾸짖었다.

　"얘들아, 너희 거기서 뭐 하는 거니?"

　아이들은 소유를 올려다보고 저마다의 표정을 지었다. 가장 지저분한 옷을 입은 아이는 노골적으로 겁을 먹고 자리에 주저앉았지만 한 아이는 대장격인지 위세를 부렸다.

　"무슨 상관이에요?"

　"너희 지금 저 고양이한테 나쁜 짓 하고 있었니?"

　아이들 때문에 지나가지도 못하고 벽을 등지고 울던 고양이는 새까만 털이 지저분하게 일어나 있었다. 건강이 좋지 않거나 오랫동안 호된 꼴을 당하고 있었던 모양이었다.

　위세를 부린 아이가 투덜거렸다.

"아줌마가 이 고양이 주인이에요? 아니면 참견하지 마세요."

어린아이가 짜랑짜랑한 목소리로 부리는 고집은 무섭기보다는 화가 나게 했다. 소유는 눈을 부라렸다.

"그래, 내 고양이야. 어디 너희 부모님한테 가서 너희가 내 고양이한테 무슨 짓을 했는지 말씀드리고 너희를 혼내달라고 해야겠다."

모든 아이의 얼굴이 창백해졌다. 위세를 부리던 아이는 얼른 제 부하들을 데리고 도망가 숨었다. 잡으려면 못 잡을 것도 없었지만 소유는 제 친구들도 못 따라간 지저분한 아이와 눈을 맞추었다. 아이는 울음을 터뜨렸다.

도망치면서도 이 아이에게는 눈치 한 번 주지 않은 걸로 보아 대강 어떤 상황인지 짐작이 되었다. 소유는 고양이 앞에 쪼그려 앉아서 손을 슬쩍 내밀었다. 고양이는 그대로 몸을 돌려 달아나기 시작했다.

"얘."

채윤이 고양이를 싫어하기 때문에 소유는 고양이를 만져본 일이 많지 않았다. 그나마 만져본 때라면 지난번 화주에서 본 새하얗고 예쁜 아이 정도였다. 소유는 고양이의 뒷모습에 대고 낮게 부르다가 조심스레 그 뒤를 따라갔다. 지저분한 아이는 그새 눈치를 보다가 구르듯 몸을 숨겼다.

하늘이 꾸물거리는 것을 보아하니 곧 비가 올 것 같았다. 못된 짓을 당한 고양이가 다친 상태로 비를 맞으며 돌아다닐 거라고 생각하니 가슴이 아팠다. 소유는 할 수 있는 일이 별로 없음을 알면서도 고양이가 모습을 감춘 길목에서 두리번거렸다. 공기가 차고 축축해졌다.

기분이 이상했다. 소유는 고양이의 양쪽 눈의 색이 달랐음을 확신을 가지고 증언할 수 있었다. 그리고 혼자 울던 그 아이.

4년 전에 분명히, 그녀도 이렇게 축축한 공기에 묻혀 혼자 엉엉 운 일이 있었던 것 같았다. 비도 미친 듯이 쏟아지고 있었다. 다만 그때 그토록 서럽고 슬프게 운 이유가 무엇이었는지는 떠오르지 않았다.

낮에 백란과 함께 목격한 일에 대해 말하고, 소유는 소하와 이전 같은 대화를 나누었다.

"항상 밥은 먹을 수 있어야 한다?"

"옛말에 나라의 근간은 백성이라 하지 않습니까? 나라의 근간이 튼튼하려면 백성들이 튼튼해야 하는 법. 그러려면 밥은 먹고, 옷은 입고, 밤에는 지붕은 있는 곳에서 자야 한다고 생각합니다."

"하하하……. 네 말이 옳다. 백성들이 밥은 먹고, 옷은 입고, 지붕은 있는 곳에서 자야겠지."

그리고 그렇게 만드는 사람은 소하여야 했다. 소유는 생각하는 눈으로 그를 바라보았다. 소하는 빙긋 미소 지었다.

"어찌 그리 보느냐?"

"오늘 사당패를 보았다 말씀 올리지 않았습니까? 그런데 그중에 채윤이 같은 사람이 있어 그 생각을 했습니다."

이미 한동안 함께 지냈고 소유가 이런 식으로 채윤의 이야기를 아무렇지도 않게 꺼내는 일이 잦았기 때문에 소하는 완벽히 어리둥절한 표정을 지을 수 있었다. 속사정을 모른다면 정말로 완벽히 속을 만한 연기였다.

"채윤 같다? 얼굴이 비슷한 자가 있었느냐?"

"아닙니다. 가면을 쓰고 있어―소하는 눈 한 번 떨지 않았다―얼굴은 확인하지 못했습니다만 몸집이나 느낌이 워낙 그 애 같아 놀랐지 뭡니까. 자세히 보려 했더니 일이 바쁜지 가버렸지만요."

소하와 옥현이 차례로 쓴웃음을 지었다. 소유는 소하가 채윤을 그곳에 보냈음을 확신했다.

옥현이 곧 아무렇지도 않게 변명했다.

"잘못 보신 거겠지요. 채윤 공이 살아 있다 해도 어째서 사당패에 끼어 있겠습니까? 또 또래 사내들의 몸집이 비슷한 거야 항상 있는 일이니까요."

"예. 저도 그리 생각합니다, 옥현 공. 하지만 그 애의 생사도 모르는데 비슷한 느낌이 드는 사람을 보니 마음이 적이 쓰이는 것을 어찌하겠습니까?"

소유는 반쯤은 원망하면서, 반쯤은 순수하게 놀리고 싶은 마음으로 짐짓 울적한 표정을 지었다. 옥현은 당황한 것 같았다.

"소유 아씨. 제가 충분히 신경을 못 써드린 것 같아 참으로 죄송하기 그지없습니다. 하기야 얼마나 마음이 아프십니까."

"아닙니다. 제가 미련을 놓지 못하는 것이 어찌 옥현 공의 허물이겠습니까."

소하가 이번에는 소유에게 지지 않게 참담한 표정을 지어 보였다.

"맞다. 모든 일이 결국 내게서 비롯되었으니 다른 누구의 허물도 아닌 내 허물이니라."

"어찌 그런 말씀을 하십니까. 제가 실언을 했습니다, 소하 님."

소하의 강수에 소유는 놀리기를 그만두기로 했다. 울적을 가장하기를 멈춘 그녀의 표정이 조금 부드러워지자 소하는 물었다.

"역대 모든 왕께서 네 말처럼 나라를 운영하려 애쓰셨지만 쉽지 않았다. 네가 보기에 지금의 천인국이 네 말대로 되려면 어떤 방도를 써야 한다고 생각하느냐?"

그 말에 뭐라고 대답해야 하는지 소유는 잘 알고 있었다. 그녀는 모든 진심을 담아 때를 기다리는 영웅에게 자신이 그의 편임을 알렸다.

며칠 후, 옥현이 바둑돌을 닦는 것을 보던 소유는 뜰이 소란스러워지자 놀라지 않고 허리를 꼿꼿이 세웠다. 청하의 입장에서는 어차피 정신이 하나도 없을 터였지만 실질적인 첫 만남에서 조금이라도 멋진 모습을 보여주고 싶었기 때문이었다.

"소하 님."

바지를 입고 두건을 쓴 청하는 충분히 건강해 보였다. 그녀가 절하는 동안 소유는 조당 입구를 흘끔거렸다. 병사들이 소란을 피우며 서로에게 소리쳤다.

"어서 와라. 가져왔느냐?"

"예, 소하 님. 여기 물건입니다."

청하는 밀서를 소하에게 전하고 다시 절했다.

"쫓는 자들이 있어 소인은 먼저 떠나겠습니다. 모쪼록 보중하소서."

"그래, 고맙다. 어서 가거라."

청하가 눈웃음을 지어 보였을 때 소유는 준비한 대로 마주 방긋 웃어주었다. 청하는 소유가 그럴 줄 몰랐는지 잠깐 눈을 동그랗게 떴다가 훨씬 깊은 미소를 지었다. 소유는 만나서 무척 반갑다고 인사할 시간이 없는 것을 안타깝게 여겼다.

곧 조당은 비었고 병사들이 들이닥칠 때가 되었다.

"소유야. 잠시 이리 와 나를 도와줄 수 있겠느냐?"

"예, 소하 님."

맑고 담백한 향기와 단단한 가슴이 너무나도 오랜만이라, 소유는 소하에게 끌어안긴 채 깊은 한숨을 쉬었다. 가슴이 미친 듯이 뛰며 기쁘게 내달렸다. 이대로 시간이 멈추면 얼마나 좋을까.

조금은 다가가도 소하가 이 상황을 망치지는 않을 것이다. 그는 그런 사람이니까. 소유는 확신하며 소하의 품에 파고들었다. 한껏 나누는 포옹의 한 조각 한 조각이 아쉽게 반짝였다.

"대군 마마!"

소유의 견해로는 너무 이르게, 품계 높은 병사가 조당에 들어섰다. 그들은 소하와 소유의 다정한 모습을 보고 잠시 말을 잃었다. 소유는 소하의 고운 머리칼에 얼굴을 묻고 그가 사태를 정리하기를 기다렸다. 누군가 그녀의 얼굴을 지금 보았다면 숨김없는 연모의 감정을 그대로 들여다볼 수밖에 없을 터였으므로 어차피 고개는 들 수 없었다.

"무슨 일이냐? 내 앞에 이리도 무례하게 나아오다니."

"용서하소서, 마마. 하오나 방금 수상한 자가 이 조당으로 들어오는 것을 목격하였기에 무례를 무릅쓰고 감히 마마 앞에 허가도 없이 나아왔나이다. 윤허하신다면 저희로 하여금 주위를 수색할 수 있게 하소서."

"허어, 수상한 자라? 이 조당에는 아까부터 내가 있었다만 수상한 자는커녕 쥐새끼 한 마리 보지 못했다. 그리고 칼과 창을 지니고 마구잡이로 나아와 주위를 수색하게 하라니, 네 품계가 나보다 높으냐? 무례하도다."

"송구합니다."

소하의 가슴이 뛰는 것이 전해졌다. 아니, 그것은 소유 자신의 심장 소리였을까? 그녀는 구별할 수가 없었다. 마주한 가슴이 그저 잰 소리를 내며 팔딱거렸다. 그녀는 손아귀에 들어온 소하의 옷자락을 안타까이 움켜쥐었다.

소유의 머리 너머로 소하가 혀를 차 보였다.

"또한 수상한 자가 정말로 있다면 그건 너희의 경비 소홀이 아니냐? 하나 좋다. 혹 이 난양의 목을 가지러 온 자객이라면 그때 후회하는 것은 나일 테니. 그래, 수색해라. 다만 내가 이 아이와 즐거운 시간을 보내는 것은 방해하지 않아야 할 것이야."

소유는 눈을 감고 그가 이전처럼 그녀의 어깨를 쓰다듬어주기를 기다렸다. 소하의 손길은, 아, 이미 그가 더 주저 없이 끌어안아 줄 때의 감촉을 알아서일까. 너무나도 어색하고 멀게만 느껴졌다. 그러나 그것은 틀림없는 그의 온기였고.

그의 숨결이었다.

숨을 쉬기가 괴로웠다. 몸을 떠는 소유에게 소하가 속삭였다.

"…작은 새 같구나. 저 병사들이 무서우냐?"

"무섭사옵니다."

소하는 원하는 대답을 얻어서인지 바람처럼 웃는 소리를 냈다. 입도 열지 않고 코로 가볍게 낸 소리였다.

"너무 무서워할 것 없다. 네가 싫다니 내 금방 쫓아내주마."

소하의 숨결이 귀에 와 닿자 소유는 눈에 눈물이 고이는 것을 느꼈다. 얼마나 갈망하던 온기인지 그에게 이루 말할 수 없음이 슬펐다. 다만 지금 이 순간은 그녀가 원래 더는 가질 수 없었던 보석 같은 때가 아닌가.

그것으로 만족해야 할 터였다.

"소하 님, 정인끼리의 즐거운 시간을 방해하고 싶지는 않습니다만, 병사들이 부끄러워하고 있습니다."

"남사스러워하라지. 그러게 누가 이럴 때 들어오랬느냐?"

소유는 병사들이 오히려 나가지 않고 계속 이렇게 조당 안만을 수색해주었으면 하고 순수하게 소망했다. 그리고 소하의 머리칼과 어깨에 제 머리를 살짝 비볐다.

"으응, 어찌 그러느냐?"

소하는 참으로 뻔뻔했다. 그는 당황하는 기색 하나 없이 소유에게 정인처럼 물었다. 소유는 그의 그런 목소리가 감사하고도 속절없이 아쉬워 한 음절 한 음절을 사탕처럼 음미했다. 그리고 저도 허물없이 어리광을 부렸다.

"둘만 있고 싶사옵니다."

그것은 진심이었다.

"나도 그렇다."

소하는 숨결처럼 속삭였다. 소유는 끝내 눈물이 배어나오는 것을 느꼈다.

"계속, 계속 둘만 있고 싶사옵니다."

"그래."

"아무도… 우리를 방해하지 않았으면 좋겠사옵니다."

소하는 잠시 대답하지 않았다. 소유는 그런 말을 입에 올린 것을 후회하며 뜨거운 눈을 꼭 감았다. 주룩주룩 눈물이 흘러나와서 너무나도 난처했다. 그것을 본다면 소하가 어떻게 생각할까. 아니, 이미 그녀가 울고 있다는 사실을 알지도 몰랐다.

문득 소하는 그녀를 양팔로 꼭 끌어안았다.

휘감긴 힘과 따뜻한 가슴이, 그리고 조금이지만 서로 닿은 목의 감촉이 칼로 저미는 것처럼 소유를 아프게 하면서도 동시에 끔찍한 황홀감을 선사했다. 그녀는 소하가 지난번에는 이렇게 하지 않았다는 것을 떠올렸다. 병사들에게 보여주기만 하기 위해서는 이럴 필요가 없었던 것일까.

소유의 가슴이 마구 두근거렸다. 소하는 나지막한 목소리로 말했다.

"다 보았으면 이제 그만 가보거라. 나와 이 아이가 함께하는 시간이 너희에게 좋은 구경거리로 보인다면 어쩔 수 없다만."

"아닙니다, 대군 마마!"

"큰 무례를 범했습니다, 대군 마마! 저희는 이만 물러가겠사옵니다."

"수상한 자는 찾지 못해도 괜찮으냐?"

"아무래도 누군가 잘못 본 모양입니다, 대군 마마!"

"그러하냐? 하면 다행이다만 앞으로도 설궁의 경비에 소홀함이 없도록 하거라. 가보아라."

소하의 목소리는 끝까지 조금 가라앉아 있었다. 소유는 끝없는 절망을 느끼면서도 마지막일지 모를 그의 포옹을 놓치지 않았다. 병사들은 분위기가 이상하다고 생각했는지 조용히 빠져나갔다.

조당이 고요해지고 나서도 소하는 한동안 소유를 놓지 않았다. 그녀는 머리가 몽롱해 그것이 무슨 의미인지 생각할 여유조차 없었다. 그저, 끝내는 조금 아플 정도의 포옹만이 계속해서 이어졌다.

소유의 눈에서 눈물도 흘러나오지 않게 되었을 때였다. 소하는 결국 소유를 안은 팔을 부드럽게 풀었지만 그녀를 밀어내지는 않았다.

"…많이 놀랐겠구나. 미안하다."

조금도 놀랄 만한 일은 없었다. 소유는 고개를 살살 저으며 그 핑계로 눈물을 소하의 머리칼에 닦아냈다.

"아닙니다. 제가 도움이 되었다면 기쁜 일입니다."

"정말로 그리 생각하느냐?"

소하의 목소리에 왠지 모를 불쾌감 같은 것이 섞였다. 소유는 그 목소리에 이유 모를 슬픔을 느끼며 대답했다.

"누군지는 모르오나, 소하 님의 부하가 첩자나 자객으로 몰릴 뻔한 것이 아니옵니까? 영문도 모른 채 억울한 일을 당하는 사람이 생기는 것은 싫고… 그리고, 어떤 일이든 소하 님이 필요로 하신다면 저는 할 수 있습니다. 싫지 않습니다."

'싫지 않다'는 말을 하는데 혀가 꼭 가시에 쿡쿡 찔리는 것처럼 침이 고였다. 싫지 않기만 할까. 하루 종일 소하에게 안겨 있기만 하라고 해도 그녀는 그럴 수 있었다. 그가 그녀의 눈앞에서 죽는 일이 없게 하려면, 심지어는 그에게서 떠나 있으라고 해도 그녀는 그럴 수 있었다. 정말로.

길게 변명하는 말을 듣고도 한동안 소하는 아무 말 없이 깊은 한숨만 쉬었다. 그리고 뜰에서 소란이 완전히 잦아든 후에야 천천히 그녀를 밀어냈다. 소유는 아쉬움을 느끼며 떨어졌다가 다리에 힘이 풀려 휘청거렸다. 그녀의 허리를 아직 멀리 있지 않았던 소하의 팔이 단단히 잡아 받쳐 주었다.

그는 걱정스럽게 그녀의 얼굴을 바라보며 물었다.

"이런, 말만 그랬지 정말로 많이 놀랐구나. 무서웠느냐? …그래서 울었느냐?"

무서워서 운 것은 아니었다. 소유는 고개를 젓고 활짝 웃었다.

"하나도 무섭지 않았습니다."

의자에 앉은 채인 소하는 소유를 그대로 한참이나 올려다보았다. 그녀는 도저히 그의 시선을 감당할 수가 없어 천연덕스럽게 고개를 저었다.

"…정말로 무섭지 않았습니다."

무섭습니다.

그 맑은 눈에 진심을 말한다면 그는 뭐라고 할까. 소하라면 어쩐지 그런 변덕스럽고 연약한 감정에 대해서도 답을 줄 것만 같았다. 하지만 무서운 이유를 어떻게 설명해야 한단 말인가. 당신이 삼촌의 손에 죽임을 당할 것이 무섭다고? 그리고 혹 수많은 사람의 죽음을 막는 데 실패할까봐 두렵다고.

당신이 이전만큼 나를 사랑하지 않을까봐 나는 잔뜩 겁을 집어 먹었다고.

소유는 그중 어느 것도 소하에게 말할 수 없었고 말하고 싶지도 않았다. 그래서 그녀는 소하가 허리를 놓아주자마자 천천히 걸어 조당을 나섰다. 문을 닫기 전 돌아본 소하는 깊이 생각하는 표정으로 청하의 밀서를 읽고 있었다.

진구는 자경국 사신들을 위한 연회가 치러지고 며칠 뒤 죽었다. 소유는 진구가 갈비를 먹었을 때 차마 볼 수 없어 딴청을 부렸고 가벼운 장례를 치를 때에는 눈물을 흘렸다. 이미 가슴 속에서 한 번 보냈고 그 죽음이 어쩔 수 없다고 생각하고 있었기 때문인지 이전만큼 정신을 못 차리도록 우울해지지는 않았다.

궁인 몇 명이 쥐도 새도 모르게 사라졌다. 소유는 아마 그들이 초왕의 사주를 받은 심부름꾼이었으리라 짐작했고 정을 붙이지 않아 다행이라고 생각했다. 심부름에 실패한 데다 역으로 꼬리를 잡힐 위험도 있으니 그들의 끝은 좋지 않을 터였다.

진구가 독살당했음을 귀띔받은 청운도 영 제정신이 아닌 모양이었다. 소유는 뒤뜰 툇마루에 앉아 바느질을 하고 있는 청운을 가끔 목격할 수 있었다. 옥현과 소유에게는 청운이 직접 만들어 선물한 팔토시가 생겼다. 과연 천의무봉의 솜씨였지만 소유는 청운이 마음을 천천히 정리하게 두는 것보다 최대한 빨리 포섭하는 게 좋겠다는 생각을 했다.

"대련 한번 할까요, 청운 공자?"

검 손잡이를 점검하던 청운은 소유가 다가서서 던진 말에 눈을 들었다. 그는 잠시 생각하는 것 같더니 고개를 끄덕였다.

"예, 부탁드리겠습니다."

두 사람은 검을 쥐고 전에 청운이 수련하던 뒤뜰로 갔다. 그리고 적당한 거리를 잡고 서로를 노려보는데 병사 한 명이 달려왔다.

"아씨! 아씨! 대군 마마께서 부르십니다."

두 사람은 약간 맥이 풀린 얼굴로 검을 내렸다. 소유는 고개를 갸웃하며 병사에게 물었다.

"무슨 일로 부르시는지 아십니까?"

"손님이 오셨답니다."

손님?

경원이 오기라도 한 것일까? 새로운 얼굴을 보는 것은 좋은 기분 전환이 될지도 몰랐다. 소유는 청운에게 고개 숙여 사과했다.

"죄송합니다, 청운 공자. 제가 먼저 대련을 청했는데 갑자기 이리 되었으니 자리를 비워야겠습니다."

"아닙니다. 어서 다녀오시지요."

청운은 검을 쥐었던 손을 아래로 늘어뜨렸다. 그의 표정은 이상하게 후련해 보였다. 소유는 돌아서 가다 말고 그의 얼굴을 한 번 흘끔거렸다.

조당에 들어선 소유는 눈앞에서 반짝이는 찬란한 비단과 장신구를 보고 깜짝 놀라 입을 벌렸다.

"백란아! 경원아!"

"어째서 난 두 번째로 부르는 거야?"

경원은 이전에 왔을 때보다 보석이 적었지만 분명히 고급 비단으로 만든 옷을 입고 앉아 언제나처럼 투덜거렸다. 그 옆의 백란은 머리와 팔, 가슴에 구슬을 가득 장식하고 오색 비단으로 풍성하게 지은 옷에 감싸여 얼굴을 붉혔다. 그 모습이 그야말로 모란처럼 뛰어난 미인이라 소유는 금세 활짝 웃었다.

"백란아, 그 차림은 뭐니?"

소하는 평소 본인이 앉는 의자에 앉아서 속이 보이지 않는 미소만 짓고 있었다. 백란은 그 모양새가 못내 얄미운 듯 고개를 홱 돌려 소하를 원망했다.

"이래서 남복으로 온다 말씀드리지 않았습니까!"

"자네의 신분을 숨기는 게 좋다 하지 않았나. 누가 봐도 낙양성의 둘째 도령으로는 보이지 않으니 그러면 된 것 아닌가?"

소하는 느긋하게 말했다. 소유는 그제야 왜 백란이 여자 무희가 입는 옷을 입었는지 이해하고 즐겁게 칭찬했다.

"그래서 치마를 입고 허리에 꽃무늬 비단을 동여맸구나. 너무 잘 어울려서 놀랐다."

백란이 치마를 입은 모습을 소유가 처음 보는 거야 아니었지만 이렇게 본격적으로 꾸미니 백란이야말로 하늘에서 내려온 선녀 같았다. 선녀 낭자라는 말은 소유보다는 그에게 써야 할 것 같을 정도였다.

백란은 얼굴을 새빨갛게 붉히고 싫은 표정을 지었다.

"하지만… 하지만, 어울리고 싶지 않습니다."

"안 어울려서 정체를 들키는 것보다는 낫잖습니까?"

경원은 백란에게 치마가 어울리든 어울리지 않든 아무래도 상관없는 것이 틀림없었다. 그는 퉁명스럽게 그렇게 말하고 일어서서 소유를 훑어보았다.

"괜찮아?"

"뭐가?"

소유는 그들에게 다가가 옥현이 빼준 의자에 앉았다. 경원은 다시 자리에 앉으며 날카롭게 말했다.

"개가 죽었다며? 내가 말했지, 설궁에 들어오는 건 위험할 거라고."

소유는 소하의 눈치를 슬쩍 살폈다. 소하의 표정엔 변화가 없었지만 그녀는 그가 경원의 말을 듣지 못했을 리가 없음을 알았다.

"이런 이유로 위험하다는 건 아니었잖아."

"어떤 이유든 위험해. 당장 출궁하자."

소하가 헛기침을 했다.

"내 이미 말했네만, 궁에 드나드는 것은 자네 마음대로 결정할 일이 아니야."

"소유가 결정해야 한다 하셨잖습니까? 여기 본인이 왔으니 물어보지요. 소유, 어떻게 할 거야? 이건 가벼운 문제가 아니야. 일단 네 목숨은 살려야 할 것 아니야? 다음 차례가 개가 아닌 네가 될지 누가 알겠어?"

경원은 말하면서 본인이 흥분한 듯 목소리가 점점 높아졌다. 소유는 경원이 그녀를 진심으로 걱정해주고 있다는 사실을 깨닫고 감동을 받았다. 그러나 그녀는 차분히 고개를 저었다.

"네가 무슨 말을 하는지 알아, 경원아. 나도 조심해야 한다고 생각해."

"그럼……!"

"하지만 나는 소하 님의 곁을 지킬 거야."

옥현은 잠깐 눈을 크게 떴다가 평소의 표정으로 돌아갔고 경원과 백란은 말을 잃었다. 소유는 소하를 보고 말했다.

"소하 님, 소하 님께도 말씀드린 적이 없지만 아마 알고 계셨으리라 생각합니다. 저는 소하 님의 곁을 지키고 싶습니다. 소하 님께선 천인국의 정당한 후계자이시고 주상 전하의 친조카이십니다. 또한 백성들을 사랑하시고 이 나라를 더 좋게 만들 힘이 있는 분입니다. 채윤이의 소식을 위해서 뿐만이 아니라, 이 나라를 위해서도 소하 님께서 건강히 살아 계시기를 저는 원합니다."

"소유야."

과연 소하는 알고 있었다는 표정이었다. 그의 얼굴에서 승리감을 읽어내고 소유는 쓴웃음을 지었다.

"그리 말해주니 고맙구나. …사실 너에게는 따로 물으려 했는데, 어쩌다 보니 상황이 이렇게 되었다."

퍽이나 그랬을 것이다. 소유는 이렇게 여럿이 모인 자리에서 그녀가 공개적으로 발언하기를, 그리고 그 발언이 나오도록 경원이 유도하기를 소하가 원했을 것이라고 생각했지만 일단 넘어갔다. 소하는 엄숙한 표정을 지었다. 옥현은 어느새 주위를 단속해 창문 하나 열린 곳이 없었다.

"…두 도령에게도, 소유에게도 지금 이 자리에서 할 말이 있다. 지금부터 내가 하려는 말은 기밀 사항이며 너희 중 누군가는 믿지 못해 놀랄 수도 있을 것이다. 그러니 듣고 싶지 않다면 듣지 않아도 되느니."

경원과 백란은 말해보라는 듯 서늘한 눈으로 소하를 보았다. 백란은 제 옷을 가리기를 그만두었다.

"좋다. 자네들이 비밀을 지켜 줄 것을 믿고 내 이야기하겠네."

소하는 쓴웃음을 지었다.

"소유가 방금 말했다시피 나는 이 천인국의 정당한 후계자이다. 그러나 내가 잇는 왕위는 선대왕으로부터 내려온 것이지, 금상에게서 이어받는 것이 아니어야 한다."

소유는 이미 알고 있었기 때문에 입을 다물었지만 백란은 얼빠진 목소리를 냈다.

"예? 그게… 무슨 말씀이십니까?"

"금상은 적법한 왕이 아니시라는 말이다."

그 말은 천둥처럼 조당을 울렸다.

백란은 충격을 받은 얼굴이었고 경원도 조금은 그러했다. 소유는 잠시 침묵이 흐른 뒤 소하를 돕기 위해 말했다.

"금상은 선대왕의 유지를 이어 왕위에 오르셨습니다. 그 말씀은, 선대왕의 유지가 조작되었다는 말씀이십니까?"

"그렇다."

소하는 고개를 끄덕였다.

경원은 잠시 후 영민한 눈을 빛내며 물었다.

"어찌 아십니까? 선대왕께서 따로 말씀이 있으셨습니까?"

"어린 나를 세자로 책봉하신 것부터가 물론 선대왕의 의지를 보이는 것이나, 물적 증거를 묻는 거라면 그 또한 있네. 얼마 전에 선대왕의 진짜 유서가 있는 곳을 알아냈지."

"어디입니까?"

백란은 숨도 제대로 쉬지 못하고 소하와 경원의 공방을 바라보았다. 소유는 깊은 한숨을 쉬고 소하 대신 대답했다.

"자경국일 테지요?"

"어떻게 알았느냐?"

소하는 소유를 보고 눈웃음을 지었다. 소유는 마치 본인이 생각해낸 척 설명했다. 이렇게 '누구든 추측해낼 수 있다'는 것이 소하의 주장에 조금이라도 더 근거를 부여하길 소망하며.

"진짜 유서가 아직 존재한다면 누군가 그것을 보존할 이유를 가졌기 때문일 테지요. 금상에게 있어 선대왕의 진짜 유서는 독이 될 뿐이니 그분 본인은 아닐 테고, 금상의 약점을 쥐되 그분이 왕이 되는 것으로 인해 가장 이익을 보는 것은 왕비 마마의 친정이자 지금 조정을 휘두르는 자경국이 아니겠습니까?"

"훌륭하구나."

소하는 손뼉을 쳤다. 소유는 마치 본인이 그 모든 것을 스스로 생각해낸 척 겸손한 표정을 지었다.

"비약이 아니라니 다행입니다."

경원에게도 그 이론은 비약으로 느껴지지 않은 모양이었다. 그는 대단히 심각한 표정으로 눈을 내리깔았다. 백란도 얼이 빠져 제 입을 가리고 있었다.

소하는 그들이 충분히 이 놀라운 사실을 받아들였으리라는 생각이 들 정도의 시간이 흐른 뒤 차분하게 말했다.

"현 조정에서도 정 승상을 비롯한 자네 일가는 충분한 권력을 가지고 있지. 내 말을 믿고 싶지 않다면 그것 또한 이해하네. 아무튼 피는 물보다 진한 것이 아닌가?"

경원은 눈만을 들어 소하를 살짝 노려보았다.

"저희 가문은 선대왕께도 충성했습니다."

"그야 물론이지. 다만 내 말은, 괜히 위험을 무릅쓸 필요는 없다는 의미였네."

소하는 경원을 고작 두 번 보았을 뿐이면서도 그를 잘 다루고 있었다. 소유는 한숨을 쉬고 소하에게 동조하는 척을 했다.

"소하 님 말씀이 맞아, 경원아. 네가 집에 가서 오늘 들은 말을 다 잊는대도 소하 님께선 책망하지 않으실 거야."

"나를 뭘로 보는 거야? 한 번 들은 말을 어떻게 잊어?"

경원은 소유도 노려보았다. 왕족모독죄에 걸릴 위험이 없어서인지 소유를 노려보는 눈길은 훨씬 날카롭고 무례했다. 소유는 그가 그렇게 나올 줄 알았기 때문에 부드럽게 어깨를 으쓱했다.

"네가 나한테 한 말 아니니? 네 안전부터 생각하라는 거."

경원은 입을 다물었다. 소유는 백란이 소하를 바라보는 것을 보았다. 백란의 눈빛에는 동정을 포함한 복잡한 감상이 어려 있었다. 그러나 그녀는 그 감상 안에 명백한 동경이 있음을 놓치지 않았다.

소하는 옥현이 따라준 차를 한 입 마셨다.

"소유를 안전한 곳으로 데려가고 싶다는 자네들의 마음은 높이 사는 바이며, 나도 이 아이가 안전하고 행복하기를 무엇보다 바란다는 사실을 말해두겠네. 나는 그간 아깝게 잃은 사람이 많아. 소유도 그런 길을 가기는 원하지 않네. 아니, 그 누구도 그런 길을 가기 원하지 않아."

그럴 것이다. 소유는 이전 일이 떠올라 가슴이 아파오자 얼른 다른 생각을 해 상념을 떨쳐냈다. 이번에는 '아무도' 그런 길을 가게 하지 않을 것이다.

그녀 자신을 제외하고.

"그러니 소유는 내 모든 힘을 다해 지켜내겠네. 당장 내 사람으로 소문이 나 있는 소유를 데려가 정 승상의 집에서 지내게 하는 것은 야합의 의심을 불러일으킬 테지. 낙양으로 가는 것 또한 마찬가지."

백란은 입술을 달싹이려다 말았다. 소하는 놀라울 정도로 차분하고 믿음직하게 말했지만 소유는 그가 속으로 어떤 생각을 할지 헤아리고 말았다. 언제든 버림받을 수 있다는 불안. 거대하고 힘에 부치는 책임.

다만 그의 옆에서 그것을 들어주는 것이, 그녀가 돌아온 이유이지 않은가.

"내 바쁘니 너에게 할 얘기만 하고 가마. 소하, 너는 잘 모르겠지만 저기 우리 국경 북쪽에 다미족이라고 하는 야만족이 살고 있단다."

독살이 실패한 것을 안 초왕은 설궁에 직접 찾아와 최후통첩을 날렸다. 소유는 마음속으로 분노를 누르며 그와 소하의 대화를 들었다. 그녀는 새삼 초왕이 얼마나 뻔뻔스러운 사람인지를 생각했다.

방금 전까지 대화를 나누던 병사들의 죄 없는 피를 그녀는 똑똑히 기억했던 것이다.

"그렇습니까? 처음 듣는 이름입니다."

"그럴 테지. 그놈들이 요새 자꾸 우리 국경을 넘어 들어와 백성들을 못살게 구는데, 선량한 백성들이 고통받는 걸 어찌 조정에서 두고 볼 수가 있겠느냐? 해서 이번에 군대를 파견해 다미족 놈들을 정벌하기로 했다. 야만족 놈들이니 우리 군대를 보기만 해도 흩어질 게야. 쉬운 일이지."

"훌륭하십니다, 전하. 우리 백성들을 괴롭히는 못된 놈들이 있다니 응당 혼을 내 줘야지요."

"그렇지! 내 그 말을 기다리고 있었다."

소하는 소유와 같이 미래를 본 것은 아니었지만, 그의 통찰력으로 이미 무슨 일이 일어날지 알고 있었다. 얼마나 많은 사람이 억울하게 죽어갈지 알고 있었다. 그럼에도 불구하고 그는 참으로 어리숙한 연기를 잘했다. 초왕은 거기 홀랑 넘어가 자랑스럽게 말을 늘어놓았다.

"그래서 내가 선봉장으로 너를 추천했다. 그래도 왕족이 가야 체면이 서지 않겠느냐. 급한 일이니 소수를 데려가서 어서 해결하고 오너라. 알겠지?"

소유는 가슴이 욱신거려 한숨을 깊이 쉬었다. 초왕은 소하의 대답을 듣자 만족스럽게 떠나갔고, 가마꾼들이 떠나가자마자 청운은 달려와 무릎을 꿇었다.

"데리고 가주십시오, 마마. 저는 마마를 호위하는 역할을 맡은 사람이고 그 역할을 내팽개치고 싶지 않습니다. 끝까지 할 수 있는 일을 하겠습니다."

"…그런가."

소유는 천천히 주먹을 말아 쥐었다. 얼마나 슬픈 일이 이어질지 청운은 알지 못했다. 그러나 그녀는 청운을 말릴 생각이 없었고 그가 예정대로 합류했음에 감사했다.

이제 그녀가 할 일은 이전에 일어나지 않은 일이었다. 소유의 가슴이 미친 듯이 두근거리며 불안을 온몸으로 퍼뜨렸다.

소하는 소유를 보고 물었다.

"너는 어찌하겠느냐?"

"소하 님을 따르겠습니다."

"아니 된다."

"하면 어찌 물으셨습니까?"

소유는 한껏 노력해 빙긋 미소 지었다. 사람들이 '가슴이 아프다'고 할 때의 가슴은 명치보다 주먹 한 개 정도 위에 있는 모양이었다. 그곳이 지속적으로 아리고 답답했다. 그리고 그녀는 그것을 떨쳐내기 위해 자신이 무엇을 해야 할지 이미 계획을 세워놓고 있었다.

"전장은 위험하고, 누가 언제 죽을지 모른다."

"소하 님께 병사가 주어질 단 하나의 기회일지도 모르지요."

소하의 눈썹이 살짝 꿈틀거렸다. 그는 고개를 살짝 갸웃했다.

"…네가 생각하고 있는 것이 그 부분이더냐?"

"소하 님과 마찬가지입니다. 저는 소하 님의 소망을 이루고 싶으니까요."

그렇게 말하는 입술에서는 신맛이 났다. 소유는 가볍게 절했다.

"다만 지금 당장 따라가겠다는 것이 아닙니다. 제가 아직 이곳에서 다하지 못한 일이 있사오니 그것을 정리하고 따르고자 합니다."

"그게 무엇이냐?"

"끝나고 말씀드리겠습니다."

소하는 소유가 없더라도 잘해낼 터였다. 그가 백룡담에 가기 전까지만 따라잡으면 된다. 과연 시간을 맞출 수 있을지는 미지수였지만… 그녀가 운명을 바꾸지 않으면 어차피 죽을 것 아닌가?

하지만 알면서도 당하게 둘 수는 없었다. 소유는 미리 준비해두었던 비단 주머니를 소하에게 건넸다. 소하는 그것을 받아들며 물었다.

"이게 무엇이냐?"

"미력하나마 평소 다미국의 지도를 보고 꾀를 생각해 적어둔 것이 있는데, 이번 원정에 부합할지는 모르나 가시면서 심심풀이로 한번 열어봐주십시오."

서툴게 둘러대는 거짓말이었고 소유는 소하가 그 말에 속지 않았다는 사실을 알았다. 하지만 그가 그 외에 어떤 답을 낼 수 있을까. 이미 당신과 전장에 한 번 다녀왔다고, 소유가 그렇게 진실대로 말한다 하더라도 소하에게는 수수께끼로 들릴 터였다.

소하는 신비해하는 눈초리로 소유를 보았다.

"너는… 어찌 이런 것을 만들어 가지고 있었느냐? 내가 다미국으로 원정을 갈 줄 마치 미리 알았던 것 같구나."

"다미국이 지금 천인국에 있어 가장 큰 외부의 근심이라 하지 않으셨습니까."

사실 진짜 위협은 자경국이었지만 소유도 소하도 지금은 그 말을 할 수 없었다. 소하는 한숨 쉬듯이 웃음을 터뜨렸다.

"너는 참으로 신비하구나. 좋다. 내 네가 하는 말은 모두 믿으니, 가져가 열어보마."

"그런 것이 없어도 소하 님께선 잘 해내시리라 믿습니다. 그저 노파심에 주제넘게 나선 것이라 생각해주십시오."

소유는 안타까움을 담아 웃었다. 소하와 옥현, 청운과 다른 궁인들과 함께 설궁에서 보낸 잠깐의 시간이 그녀에게는 선물 같았다. 어릴 적에 기를 쓰고 사방신함을 열어 하나씩 꺼내 맛보았던 사탕과자처럼.

달콤하고.

한 번 먹었으니 다시는 돌아올 수 없었다.

입 안의 사탕과자가 사라지는 것은 혀끝이 떨릴 만치 아쉬웠다. 이대로 시간이 멈추면 얼마나 좋을까. 소유는 세 남자에게 고개 숙여 인사했다. 이제 곧 출정 준비가 시작될 테고, 그러면 평화로운 시간은 영영 끝일 것이다.

"반드시 따라가겠습니다. 부디 보중하시길."

"장안의 상황을 잘 살피거라. 굳이 따라올 필요는 없다."

 말에 오르며 소하는 그 말을 남겼다. 청하는 건강한 모습으로 소유에게 인사했다. 눈치를 보아하니 확실히 그녀를 알아보는 것 같았다. 소유는 오랜만에 본 전우들에게 혼자 친밀감을 느끼며 다정하게 인사했다. 누구도 그녀와 함께 싸우게 되리라는 미래를 아는 사람은 없었다.

 곧 먼지구름을 일으키며 소하와 지휘관들이 설궁을 떠났다. 소유도 설궁을 한동안 떠나 있으리라고 이미 궁인들에게 밝혀놓았기 때문에 대문은 한동안 닫히지 않았다. 소유는 말 여러 마리가 일으키는 먼지구름을 오랫동안 바라보며 지독한 외로움을 느꼈다.

 이 모든 것에 이제는 익숙했다. 다만 끝이 다가오는 것이다. 그녀에게 주어진 기적 같은 기회를 발휘할 때가, 오는 것이다. 소유는 깊이 심호흡하고 자신에게 웃어주었다.

 출정하는 다미국 원정군의 흔적은 마치 그들이 세상에 원래부터 없었던 것처럼 금세 사라졌다. 소유는 설궁의 대문을 나서며 그간 얼굴을 익힌 궁인들에게 인사했다.

"소하 님이 돌아오시면 뵙겠습니다."

 그런 날이 온다면, 이라는 전제가 숨어 있는 말이었고 궁인들도 그것을 아는 눈치였다. 그들은 어색하게 소유에게 인사를 했다. 소유는 그들을 두고 대문을 나섰다. 곧 그녀의 바로 등 뒤에서 문이 끼익하고 닫혔다. 그다지 여닫는 일이 없어 뻑뻑한 문이었다.

 야앙. 소유는 두어 걸음을 걸었을 때 자기 앞에서 총총 걷는 검은 고양이를 발견하고 고개를 갸웃했다. 고양이는 한 번 뒤를 돌아보았다.

오른쪽이 금빛으로 반짝이는 그 특징적인 눈을 잊을 수는 없었다. 소유는 그 고양이가 지금은 안전하고 털이 제대로 윤기가 흐른다는 사실이 반가웠다.

"안녕, 야옹아? 무사했구나. 날 기억하니?"

고양이는 소유를 기억하는지 어떤지 한동안 그녀의 시야 안에서 걸으며 그녀를 가끔 돌아보았다. 그리고 소유가 정 승상 댁이 있는 골목으로 들어서기 전에 건물 그림자를 타고 어딘가로 사라져버렸다.

"누구십니까?"

소유가 경원을 불러 달라고 하자 정 승상 댁의 청지기는 이미 이런 일이 많이 있었다는 얼굴로 물었다. 소유는 예의 바르게 말했다.

"양소유라고 말씀드리면 도련님이 아실 겁니다."

"예에……."

청지기는 고개를 갸웃거리며 저택 안으로 들어갔다. 잠시 후 경원 본인이 이상한 표정을 하고 뛰어나왔다. 실내에서 입던 가벼운 옷에 포만 대강 한 장 걸친 채였다.

"너!"

경원은 소유의 얼굴을 보자마자 소리쳤다. 그녀가 여기 있을 줄 전혀 몰랐다는 투였다. 진구가 죽었다는 소식을 듣자마자 설궁으로 달려왔던 경원이 소유의 소식을 몰랐다면 소하나 옥현이 그를 놀린 것이 아닐까, 하고 그녀는 짐작했다. 소유는 가볍고 반갑게 인사했다.

"건강해 보여서 좋다. 잘 지냈니, 경원아?"

"너! 여기서 뭐 해?"

"내가 사실은 부탁을 좀 해야 하는데, 내 부탁을 들어줄 수 있을 것 같은 사람이 너밖에 없지 뭐니?"

경원은 눈을 동그랗게 떴다. 청지기는 제 방에 틀어박혀 밖으로 나오지도 않는 막내 도령이 시비 한 명 데리고 다니지 않는 아가씨를 안다니 별일이라는 눈초리로 그들을 보았다. 소유는 경원에게 손가락을 펴 보였다.

"첫째. 나 돈 좀 융통해줄 수 있겠니? 다녀올 곳이 있는데 여비가 없어. 정말이지 돈이라곤 한 푼도 없지 뭐니."

"그게 어딘데?"

"자경국."

소유는 해사하게 웃었다. 경원은 눈을 부릅떴다.

"너 설마⋯⋯!"

"그냥 구경 다녀오는 거야. 소하 님도 안 계신데 설궁에 있을 수도 없고, 천인국에 내가 있을 곳이 없잖니?"

"그러면 내 집에⋯ 아니다."

경원은 갑자기 생각난 듯 말을 멈췄다. 그야 경원도 진해국에서 원군을 요청한다는 중요한 임무를 띠고 있으니 집을 비울 터였다. 소유는 아무렇지도 않게 거짓말을 했다.

"내가 어떻게 거기서 섣부른 행동을 하겠니? 아는 것도 없는데."

경원은 그 말을 믿지 않는 눈치였다. 물론 경원의 앞에서 소유는 이미 섣부르다는 평가를 들을 만한 행동을 여러 번 한 적이 있었다. 그녀는 눈을 반짝였다.

"다녀오면 꼭 갚을 테니 부탁해. 응, 그리고 오늘 소하 님이 출정하셨는데 부대에 얼른 명주 몇 필만 보내줄 수 있겠니?"

두 번째 손가락이 올라갔다.

"며엉주우?"

경원은 갈수록 이해가 안 된다는 표정이었다. 소유는 명랑하게 고개를 끄덕였다.

"응. 우리의 미래를 위한 거야."

"…우리?"

무슨 생각을 한 건지는 알 수 없었지만, 경원의 얼굴이 잠시 멍해졌다가 붉게 물들었다. 그는 그 특유의 시건방진 표정을 짓고 혀를 찼다.

"돈이 필요하다니 빌려는 주겠지만, 그리고 비단이 필요하다니 보내는 주겠지만, 나중에 이게 무슨 영문인지 다 설명해야 할 거야."

그야 경원이 살아남는 모습까지 보고 나면 더 숨길 것이 없었다. 그때까지 소유가 살아 있다면 그렇다는 말이었다. 소유는 어쩐지 올라오는 울음을 참고 고개를 또 끄덕였다.

"그래."

"……얼마나 필요한데?"

소유는 어림셈을 말했고 경원은 지나가던 하인에게 집의 돈 궤짝에서 엽전 꾸러미를 가져오라고 말했다. 돈 자체는 거의 볼 일이 없었던 설궁과 달리 정 승상의 집은 돈을 궤짝으로 쌓아놓고 사는 모양이었다.

경원은 잠시 들어왔다 가라고 했지만 소유는 거절했다. 그녀의 일은 한시라도 빨리 끝날수록 좋았다.

"왜 그렇게 서두르는 거야?"

소유가 몸을 돌리려 하자 경원은 이상해하며 물었다. 소유는 돌리려던 몸을 멈추고 그에게 텅 빈 말을 했다.

"그냥. 마음만 급한 거야. 너는 원래 계획한 대로 천천히 하면 돼."

원군 요청은 여기서 진해국까지의 거리를 생각하면, 그리고 경원의 영민함을 생각하면 늦지 않게 이루어질 터였다. 이전에도 그랬으므로. 하지만 자경국의 왕궁으로 가는 것은 소유가 빨리 끝내버리지 않으면 백란에게도 피해가 갈 터였다.

경원은 그 자리에 우뚝 선 채 답답하고 울분에 찬 표정을 지었다.

소유는 그것이 안타까웠고 그를 위로해주고 싶었지만 해줄 말도 없었다.

 그래서 그녀는 그저 웃으며 손을 저었고, 몸을 돌려 걸어가기 시작했다. 야옹. 어디선지도 모를 골목에서 고양이 우는 소리가 들려왔다……

제7장

다가오는 때

똑.

새벽이슬이 뭉쳐 떨어지는 소리가 들렸다. 가까운 곳에 있던 냇물일까? 아니면 푸른 이파리가 잔뜩 뭉친 수풀일까? 숲에서 기상하는 것은 별로 유쾌한 일이 아니었지만 새 소리니 물 소리, 바람 소리 따위로 귀만은 맑았다.

소유는 눈을 번쩍 뜨고 주위의 상황을 살폈다. 자경국의 수도인 임안으로 가는 여정은 제대로 된 길을 이용하려면 한참이 걸렸고, 그녀에게는 시간이 없었다. 따라서 택한 숲길은 물론 험했고 산짐승을 만날 가능성도 있었다.

부스럭.

소유가 일어나 앉아서 머리를 빗는데 수풀 흔들리는 소리가 들렸다. 설마 하고 그녀는 검을 쥐었다. 다행히 머리를 내민 것은 조그만 고양이였다.

정확히는 조그만 '아는' 고양이였다.

"얘."

소유는 오른쪽 눈이 금빛으로 빛나는 그 고양이를 알아보고 눈을 동그랗게 떴다. 얼마 전까지만 해도 장안에 있던 고양이가 왜 이곳에 있다는 말인가?

"너 설마 날 따라왔니?"

말하면서 소유는 본인 스스로가 이상하다고 생각했다. 전래동화나 패설이라면 몰라도 현실에서 고양이가 잘 모르는 사람을 따라 멀고

험한 길을 오지는 않을 터였다. 평소에 밥이라도 몇 번 주었다면 모를까.

물론 고양이는 사람이 알아들을 수 있는 답을 주지 않았다. 그는 소유를 말끄러미 보다가 몸을 살짝 돌려 다시 수풀로 들어갔다. 소유는 아예 일어나 보퉁이에서 육포를 꺼냈다.

"얘, 이리 나와봐. 맛있는 거 줄게."

소유에게 있어 음식을 양보한다는 것은 대단한 선심이었다. 고양이는 그러나 그녀의 그런 후의를 이해하지 못한 듯 그대로 소리도 없었다. 소유는 수풀을 들춰볼까 하다가 그만두었다. 사람을 경계하는 녀석인 것 같으니 괜히 쫓아버리기 싫었다.

"안 올래?"

소유는 약간 외로워져서 한숨을 쉬었다. 그리고 냇가로 가 얼굴을 씻으려고 자리에서 일어섰다.

전날 잠들기 전에 물을 마신 냇가로 가 팔을 걷는데 문득 소유의 등에 소름이 돋았다. 그녀는 천천히 뒤를 돌아보려다 등에 쿡 하고 와 닿은 차가운 감촉 때문에 딱딱하게 굳었다.

"난양대군의 첩이지?"

"정확히는 아니야."

어차피 죽을 몸이라지만 지금 죽을 수는 없었다. 소유는 평온을 가장해 대답했지만 어떻게 이 상황에서 벗어나야 할지 고심했다. 소유를 부른 호칭을 보면 일단 자경국의 경비병이나 산적 따위가 아닌 것은 틀림없었다.

차가운 감촉이 등을 계속 뾰족하게 찔렀다. 상처가 나지는 않았지만 압박감에 심장이 두근거릴 정도로 단단하고 서늘한 감촉이었다. 소유는 천천히 뒤를 돌아보았고 그녀의 목에도 칼날이 닿았다.

검은 옷을 입은 사내 두 명이 소유를 내려다보고 있었다. 그들의 시선은 무기물을 보는 듯 쌀쌀맞았다. 소유는 장안으로 진격할 당시 상대편 병사들의 얼굴에서 그런 표정을 본 적이 있었다. 그녀는 대담하게 씩 웃었다.

"나를 죽이라는 명령이라도 떨어졌나?"

"네 대답 여하에 따라 달라진다."

소유의 목에 검을 겨눈 사람은 그렇게 말했지만 그녀는 그를 믿지 않았다. 그들이 그녀를 살려둘 이유가 없었다. 더군다나 저런 눈을 하고 있는 전문적인 살수에게는.

"무슨 질문일까?"

목을 겨눈 칼날에 소유의 살갗이 천천히 베여 들어갔다. 뜨거운 것이 목을 타고 흘렀다. 찰과상이었지만 위협적이었다.

"지금 상황을 이해할 수 없나? 건방지군."

"상황은 이해해. 하지만 나는 내가 다치는 것에는 아무래도 남보다 신경이 덜 쓰여서 말이야."

최악의 경우, 설령 어딘가 제대로 쓸 수 없게 된다고 하더라도 임무를 완수할 때까지만 살아 있으면 그만이었다. 물론 아프지 않고 귀찮지 않게 모든 일이 해결된다면 좋겠지만. 대강 그렇게 생각하며 한 대답에 그녀의 목을 겨눈 살수가 물었다.

"설궁에서 나와 정 대감의 집에 들렀지. 정씨 가문과 너는 무슨 관계냐?"

"사적으로 그 집 아들과 대화 몇 번 나눈 관계."

"그런 말을 우리가 믿을 거라고 생각하나?"

"하지만 사실인걸."

"솔직하게 말해라. 어차피 우리 나리는 알고 계신다. 너는 정씨 가문에서 난양대군과 비밀리에 동맹을 맺기 위해 보낸 세작이지?"

그들이 말하는 나리가 누군지 몰라도 그 정도로 추측하고 있다면 경원이 위험할지도 몰랐다. 소유는 걱정되어 차갑게 가라앉은 눈으로 대꾸했다.

"틀렸어."

"솔직히 말하라고 했다!"

검날이 그녀의 목을 더 파고들었다. 소유의 등을 찌르고 있던 남자가 차분하게 이의를 제기했다.

"실토할 때까지는 살려둬야 한다."

목을 찌르던 남자는 등을 찌르던 남자의 말에 마음이 쓰인 모양이었다. 목을 겨누던 칼날이 아주 살짝 물러난 순간을 놓치지 않고 소유는 검을 들어 두 개의 칼날 사이를 억지로 벌렸다. 채재쟁, 하고 기분 나쁜 소리를 내며 잠시 밀려나갔던 두 개의 칼날이 소유를 향해 금세 다시 닥쳐왔지만 그녀는 이미 몸을 굴려 그들을 동시에 쳐다볼 수 있는 위치에 가 있었다.

"너희 나리가 누군지는 모르지만 피해망상이 심하구나. 정씨 가문은 내 존재에 대해서도 잘 모른다."

"헛소리 마라."

목을 찌르던 남자가 소유에게 검을 휘두르며 말했다. 살수로서는 경험이 많을지 몰라도 칼 솜씨 자체는 그렇게까지 뛰어난 상대가 아니었다. 소유는 여유롭게 그들을 상대하며 점점 몸을 숲이 우거진 방향으로 뺐다.

"설궁에 계시던 내 낭군님이 전장에 나가셨으니 나는 오갈 데가 없고, 그래서 그나마 돈을 줄 것 같은 젊은 도령에게 가서 엽전 몇 개 꾸었다. 그게 어떻게 내가 세작이라는 혐의가 되는지 나야말로 궁금하구나."

"집 밖으로 나오지도 않는 막내 도령이 너와 어떻게 안다는 말이냐! 그게 네가 그 집에서 키워진 첩자라는 증거다. 게다가 미천한 출신의 첩이라 들었는데 네 검술 솜씨를 보니 정체를 숨기고 있었던 것이 틀림없다!"

등을 찌르던 남자가 윽박질렀다. 소유는 빙긋 미소를 지었다. 어차피 아무리 뛰어난 사람이라 해도 두 사람을 한 번에 상대하는 것은 대단히 어려운 일이었다. 게다가 몸을 숨기는 데에 익숙한 살수라면 괜한 수에 걸려들기 전에 따돌리는 것이 나았다.

"내 출신은 미천하지 않아. 오히려 하늘에 있지."

"무슨 헛소리냐!"

그들이 이해할 필요는 없었다. 소유는 그들을 살피다 문득 발로 바닥의 돌을 걷어찼다. 그리고 두꺼운 나무 틈새로 숨어들어 몸을 숨겼다.

"이런!"

살수들 중 하나가 혀를 찼다. 그들이 바로 그녀를 쫓기 시작할 줄 알고 있었기 때문에 소유는 한순간도 낭비하지 않았다. 그녀는 그대로 가장 풀이 길게 자란 곳을 찾아 몸을 숨겨가며 최대한 그들에게서 멀리 도망쳤다.

목의 출혈이 멈추지 않아 계속해서 소유의 가슴팍을 적셨다. 그녀는 점점 현기증을 느끼며 자신의 판단력에 대한 신뢰를 잃기 시작했다. 머릿속이 윙윙거렸다.

긴장 속에서 한쪽 수풀이 살짝 흔들렸을 때, 그녀는 본능처럼 그쪽을 피해 몸을 날렸다.

"아악!"

정수리 부근이 선뜩하더니 몸에 큰 충격이 느껴졌다. 소유는 몇 바퀴나 굴러서 구덩이에 빠졌다. 그녀는 구덩이 안에서 안간힘을 써 일어섰지만 구덩이는 대단히 깊었다. 그녀 자신의 키보다도 훨씬.

그늘에 있는 곳이라 정확히 보이지는 않았지만 살수들은 어느새 구덩이 입구 근처에 서 있었다. 소유는 그들이 그녀를 정확히 쫓아 왔다는 사실에 공포를 느끼며 애써 검을 치켰다. 살수들은 서로의 눈을 보았다.

"산짐승을 잡는 구덩이인가 보군."

"운이 나빴구나, 대군의 첩."

소유는 씩씩하게 반박했다. 그것밖에 할 수 있는 일이 없었다.

"첩이 아니다! 유일한 부인이지."

"하."

살수들은 비웃었다. 그중 한 명이 쪼그리고 앉아 구덩이를 들여다보며 말했다.

"시키는 대로 하면 왕비로 만들어 준다고 하더냐? 옛날에 폐위되어 조그만 새장에 갇혀 있던 자가 꿈도 크지. 그리고 만약 대군이 뭐 한 자리라도 맡아봤자, 너처럼 정체도 모를 것을 정실로 맞아들일 것 같으냐? 순순히 묻는 대로 대답하면 적어도 목숨이라도 건질 게다."

픽이나 그럴 것이다. 소유는 그들을 한심하게 보았지만 좁은 구덩이에 갇혀 옴짝달싹 못하는 상태에서 그녀가 얼마나 위협적으로 보였는지는 알 수 없었다. 쪼그려 앉았던 살수가 혀를 찼다.

"이런 산속에서 죽어봐야 열녀비 하나 안 나올 텐데. 뭐, 네년을 죽이면 밀서라도 나올 테지."

소유는 무력감을 느꼈다. 쪼그려 앉았던 살수가 자리에서 일어나 무릎을 탁탁 털었다.

"이봐, 자네가 내려갈 테야? 아니면 내가 내려갈까?"

"자네가 힘이 더 세니 줄사다리를 잡아줘."

그들은 구덩이 안으로 내려와 소유를 확인 사살할 셈이었다. 어차피 이대로 두고 가도 금세 굶어 죽을 테지만. 소유는 이 상황을 어떻게 벗어나야 할지 알 수 없어 초조해하며 주위만 둘러보았다. 어디딛고 올라갈 만한 곳이나, 숨어 들어갈 곳이······.

"으아악!"

위쪽에서 단말마의 비명이 울렸다. 소유는 깜짝 놀라 검을 쥔 손에힘을 주었다. 그러나 줄사다리는 아무리 기다려도 내려오지 않았다.아니, 두 살수 중 어느 누구도 다시 얼굴을 내밀지 않았다.

소유는 망연히 구덩이 위를 쳐다보았다. 숨을 두어 번쯤 쉬었을 때검은 그림자 하나가 드리웠지만 그것은 잘 보니 고양이였다. 한쪽눈이 금빛으로 반짝이는 바로 그 검은 고양이.

"얘!"

소유는 고양이가 반가우면서도 걱정되어 소리쳐 불렀다. 그러나그녀의 걱정과 달리 아까의 살수들이 나타나 고양이에게 해코지를하는 일은 없었다. 고양이는 구덩이 입구를 두어 번 돌아보더니 벽에 조금씩 튀어나온 돌을 가볍게 딛고 뛰어 내려왔다.

"얘, 들어오면 안 돼! 너도 못 나가!"

소유는 고양이에게 일부러 위협적으로 소리쳤지만 고양이는 망설이는 기색이 없었다. 검은 고양이는 꼭 날듯이 구덩이 바닥으로 내려오더니 소유를 올려다보았다. 어두운 구덩이 안에서 고양이의 양쪽 눈이 샛별처럼 반짝였다.

"얘."

소유는 쓴웃음을 지으며 자리에 주저앉았다.

"위에서 무슨 일이 있었는지 너는 모르지?"

물론 고양이가 대답할 수 있을 리가 없었다. 소유는 살수들이 뭘하는 중인지 이해할 수가 없어 계속 긴장한 상태로 투덜거렸다.

"뭐야, 줄사다리라도 내렸으면 나갈 방도가 없지는 않았을 텐데."

하지만 진정이 되니 조금씩 다리에 힘이 풀렸다. 소유는 점점 어지럼증이 심해지는 것을 느꼈다. 눈앞이 캄캄하게 어두워졌다가 잠시 밝아지며 명멸했다.

"너 날 여기까지 따라온 거니? 너처럼 특별하게 생긴 애가 둘이나 있지는 않겠지?"

고양이는 소유를 그저 빤히 쳐다보았다. 소유는 그가 마침 제 팔이 닿는 범위 안에 있다는 사실을 깨닫고 고양이를 끌어안았다. 고양이는 냐앙, 하고 반항했지만 발톱을 세우는 일은 없었다.

"너 정말 순하구나."

소유는 빙긋 웃으며 고양이를 쓰다듬었다. 고양이의 털은 부드러웠지만 몸은 이상하리만치 차가웠다. 소유는 어쩐지 심연이 생각나 잠시 인상을 썼다. …하지만 저승사자는 사람처럼 생겼고, 이 고양이는 누가 보아도 고양이지 않은가?

"머리가 어지럽네. 내가 일어났을 때도 네가 옆에 있을지는 모르겠지만, 혹시 못 나가면 소매에 있는 간식이라도 줄게. 그렇게 왜 내려왔어, 야옹아."

야옹이. 단순한 이름이었지만 소유는 그 이름이 마음에 들었다. 사실 검은 고양이의 주인이 될 정도의 여유는 그녀에게 없었으므로, 개인적인 취향이 느껴지는 귀여운 이름보다는 본질에 가까운 애칭이 덜 부담스럽기도 했다.

"널 야옹이라고 불러야겠다."

심장이 갑자기 빠르게 뛰었다. 긴장이 점점 풀리면서 몸이 조절 작업에 들어가는 모양이었다. 그와 동시에 소유의 눈앞이 완전히 캄캄해졌다.

눈을 떴을 때, 소유는 자신이 아침에 일어났던 바로 그 자리에서 눈을 떴음을 깨닫고 놀라 주위를 둘러보았다. 피로 젖어 검은 얼룩이 진 옷을 보니 살수들에게 쫓긴 일은 꿈이 아니었는데, 대체 자신이 어떻게 구덩이 위로 올라온 것일까. 게다가 엽전과 육포 따위가 든 보퉁이도 세수하러 가기 전 자리에 두었던 그대로였다.

산짐승이 잡혔는지 보러 온 사냥꾼이 구해주었을까. 그렇다고 하기에는 부자연스러운 점이 많았다. 소유는 대단히 의심스러운 기분으로 주위를 몇 번이나 돌아보았다. 살수들은 간 곳이 없었고 그녀의 짐은 모두 그대로였다. 다만 다친 곳이 욱신거릴 뿐이었다.

"이게 무슨 일이야?"

대답해줄 사람이 있을 것 같지는 않았지만 소유는 일단 소리 내어 물어보았다. 물론 주위는 평소처럼 새 소리와 바람 소리, 물소리로 가득했다.

아무튼 살아남은 모양이었다. 소유는 얼른 보퉁이를 안고 고양이를 불러보았다.

"야옹아, 야옹아?"

야옹이도 간 데가 없었다. 구덩이 밖으로 무사히 나왔을까?

답을 얻을 방법은 보이지 않았고 소유는 혹시라도 아까의 살수들이나 다른 살수가 나타날까 불안해졌다. 그녀는 일단 자리를 빠른 걸음으로 벗어나 임안으로 가는 길을 걸었다.

험하다는 길도 가리지 않고 강행군한 결과, 소유는 기록적인 단시간 내에 상당한 거리를 주파했다. 워낙 그녀가 건강체라는 사실을 감안하더라도 앓아눕는 일이 없어 다행이었다.

그녀는 금세 임안을 건너편에 둔 강가에 서 있었다. 나룻배를 기다리는 사람들이 문전성시였다.

"아유, 왜 이렇게 사람이 많아?"

"임금님의 탄신일이 가까워지면 늘 이렇잖아."

"아빠, 저기 좀 봐!"

"사당패가 놀이를 하네?"

들자 하니 자경국의 국왕이자 초왕의 왕비의 막냇동생인 성왕이 곧 생일을 맞이한다는 모양이었다. 그날을 축하하러 자경국 내에서는 물론 타국에서도 볼거리를 가진 모든 패거리가 몰려들었다며 자경국 백성들은 흥분해 수군댔다. 나룻배를 기다리는 줄은 물론 상당히 밀린 상태였고 장사꾼들은 그 틈을 놓치지 않았다.

"오늘 밤은 저희 집에서 주무시고 가시지요, 나리. 어차피 지금은 못 타십니다."

"그래도 줄을 서 있어야 할 것 아닌가?"

"저희 아이들이 대신 서드리겠습니다. 밤을 새서 서야 내일 낮에 겨우 타시는데, 뭐 하러 그런 고생을 합니까."

"어이구……."

"향령 사당패요! 저쪽에서 줄타기를 하니 보러 오시구려!"

"임안에 가시면 저희 집에서 묵으시지요. 저희 집이 큰길과 가까워서 놀이꾼들을 보러 가기도 편리하답니다."

과연 나룻배를 기다리는 줄은 지긋지긋하도록 길었다. 소유는 사람이 길게도 늘어선 모양을 보고 질겁하며 밤에 묵을 곳을 찾아 주위를 두리번거렸다. 장삿거리를 금세 알아챈 호객꾼이 그녀에게 다가와 친절하게 물었다.

"아씨 마님, 오늘 밤에 묵을 곳이 필요하십니까?"

소유는 옷이 있는 대로 찢어지고 더러워진 자신의 무엇을 보고 호객꾼이 아씨 마님 소리를 하는지 궁금해졌다. 경원이나 옥현이 했던 '궁중 사람 같다'는 평가와 상관이 있는 것일까.

아무튼 방이 있는 모양이라 다행이었다. 소유는 경계하며 물었다.

"방이 있나요?"

"저희가 딱! 하나 남았는데, 아주 저렴하게 모시고 있지요. 방삯도 부담스럽지 않고 대신 줄도 서 드립니다."

"거기로 하지요."

대단히 피로했다. 소유는 더 생각하지 않고 호객꾼의 유혹을 받아들였다.

꽤 각오를 했는데 소유가 잡게 된 방은 제법 깨끗했다. 다만 좁고 시끄러웠기 때문에 정말로 잠을 잘 때만 들어와 있는 편이 나을 것 같았다.

노을이 지고 있었다. 임안 건너편 강가 마을에선 밥 짓는 연기가 차례로 올랐고 재주를 부리던 광대들도 하루 장사를 접었다. 도도한 강물에 물비늘이 버들잎처럼 일었다.

소유는 방을 나서 온통 주홍색으로 물든 강가를 가만히 걸었다. 한번 살수에게 쫓긴 뒤로 그녀는 다른 자객의 방문을 받을 가능성을 항상 주의했지만 다행히도 아직까지는 그런 일이 없었다. 덕분에 이제 그녀의 머릿속은 임안에 가서 자경국의 왕궁에 어떻게 들어갈지에 대한 생각으로 가득했다.

외국인을 포함해 수많은 사람들이 임안을 향하고 있다는 점은 좋은 일이었다. 덕분에 사람들은 낯선 사람인 소유를 전혀 수상하게 보지 않았고 호패 검사도 대충 넘어갈 수 있었다. 게다가 여행하는 사람들을 위한 여러 시설이 이미 준비되어 있어 편리했다.

저녁 강물을 감상하며 댓잎밥을 먹는 가족들, 천천히 제 집으로 돌아가는 장사꾼 따위도 한 가지 색으로 젖었다. 소유는 그들과 자신 사이의 괴리를 생각했다. 여기로 온 사람들 중 상당수는 제 집이 있었고 돌아가서 안심하고 누울 자리가 있었다. 그러나 그녀는 임안으로 건너가는 즉시 어려운 장애물을 몇 개나 지나야 했다.

백란은 지금 어디쯤 있을까.

성왕의 탄신일이 가깝다면 결행일은 그 부근일 것이다. 그때야말로 낯선 사람이 왕궁에 들어갈 기회가 가장 많은 시기일 테니까. 백란은 그들 사이에 섞여서 들어간 것일까? 무엇으로 꾸며서? 임시 병사일까, 일꾼일까? 낙양 성주의 아들로서 성왕의 탄신일을 축하한다는 명목으로 왕궁에 당당하게 들어갈 수도 있지 않을까?

아무튼 소유는 백란과 소하가 이용하려는 기회가 무엇인지 짐작한 만큼 선수를 치기는 어렵겠다는 결론을 내리고 씁쓸해졌다. 이런 시기에 도착했으니 소유 본인도 성왕의 탄신일 부근에 결행해야 했다. 그녀는 왕궁에 들어가기 위해 대강 생각해둔 방법이 있었다.

계속 생각에 잠겨 걷다 보니 소유는 어느새 주위에 사람이 없는 어두운 곳으로 와 있었다. 해도 거의 저문 것이나 다름없었다. 낯선 곳에서 밤에 돌아다녀봐야 좋을 것이 없었고 강어귀의 물소리가 무서웠다. 소유는 얼른 걸음을 돌리려고 했다.

야옹.

그때 고양이 울음소리가 들렸다. 소유는 퍼뜩 놀라 주위를 둘러보며 물었다.

"야옹이니?"

고양이가 세상에 어찌 야옹이 하나만 있겠냐마는, 그 울음소리는 분명히 어디선가 들은 적이 있었다. 소유는 고개를 갸웃하며 기다렸다. 야옹. 가냘픈 고양이 울음이 강과 가까운 수풀 쪽에서 들려왔다.

"야옹아?"

들으면 들을수록 낯익은 소리였다. 소유는 수풀 쪽으로 다가갔다. 언뜻 희끄무레한 것이 보이나 싶더니.

푸웅덩.

누군가에게 세게 떠밀린 듯 몸이 강하게 밀려가고, 차가운 물이 소유의 팔다리를 감쌌다. 소유는 공포에 질려 팔을 허우적거렸다. 해랑, 해랑!

입으로 물이 들어와 말을 할 수 없었지만 소유는 지난번에 그녀가 물에 빠졌을 때 맨 처음 구해주었던 그를 떠올리며 입을 움직였다. 폐부가 조여들고 소름이 오싹 돋았다. 귓가에 물이 밀려들었다. 물은 대단히 차가웠다.

해랑!

소유는 숨이 막혀 제 입을 덮었다. 침착하려고 아무리 애써도 본능적인 두려움이 온몸을 엄습했다. 눈앞이 시커멓게 물들고 팔다리가 무거워졌다. 끔찍한 두려움에 분노마저 일었다. 이렇게, 여기서 죽을 수는 없었다.

소하 님.

달빛을 받으면 은처럼 부드러운 광택을 내곤 했던 소하의 머리칼이 떠올랐다. 소유는 눈앞에 은빛 금빛으로 반짝이는 무언가가 언뜻 비친 것 같아 울고 싶어졌다. 죽어가는 것일까. 환상이 보이는 것일까. 이제 이전에 저승사자가 말했던, 다시는 돌려보낼 수 없는 상황에 처하는 것일까.

첨벙.

"헉, 커헉!"

소유는 어느새 물을 뱉어내며 괴롭게 숨을 쉬고 있었다. 시커멓게 잠겼던 시야는 한동안 돌아오지 않았다. 아니, 시야가 언제 돌아왔는지는 알 수 없었다. 눈앞에서 새까맣고 젖은 머리칼이 걷혔다.

납처럼 새하얗고 오히려 푸른 얼굴이 얼음 같은 냉기를 뿜으며 달빛 아래 드러났다.

소유가 말을 되찾는 데에는 한참이나 시간이 걸렸다. 그녀는 물을 뱉어내다가 물처럼 차갑게 식어버린 심장으로 입술을 떨었다. 저승사자, 심연이 그녀를 데리고 물가로 나아가고 있었다. 심연의 몸은 끔찍하게 차가웠다. 그녀는 물가에 닿기 직전에 간신히 그의 이름을 불렀다. 혹시라도 다시는 마주하고 싶지 않은 얼굴이었다.

"시, 시, 심연."

심연의 젖은 머리칼이 달빛 때문에 금속처럼 반짝였다. 소유는 입술이 점점 차가워지는 것을 느꼈다. 심연은 그저 물을 바라보며 힘차게 걸어가다가, 겨우 물에서 완전히 벗어나자 소유의 얼굴을 들여다보았다.

"괜찮아?"

그녀를 표적으로 삼는 저승사자가 하기에는 대단히 기묘한 질문이었다. 소유가 말이 없자 심연의 침착해 보이던 외눈이 떨렸다.

"괜찮아?"

그는 다시 물었다. 소유는 그가 자신을 아직도 끌어안고 얼굴을 가까이서 들여다보는 것이 당황스럽고 무서웠다. 그러나 그녀에게는 심연을 뿌리칠 기운이 없었다.

소유는 결국 떨리는 목소리로 말했다.

"괘, 괘, 괘, 괘, 괜찮아요."

이상한 일이었다. 심연은 그녀의 말을 듣고 어딘가 '안도한' 표정을 지었다. 소유는 그의 몸이 끔찍하게 차갑지만 동시에 그녀를 무척 단단하게 끌어안고 있다는 사실을 인식했다.

소유는 생각나는 대로 물었다.

"구, 구해준 거예요?"

이번에는 심연이 대답이 없었다. 심연은 소유를 안은 자세를 바꿨다. 한쪽 팔은 그녀의 등에, 한쪽 팔은 그녀의 무릎 아래 받쳐 소유를 완전히 안아 든 것이다.

"꺄악!"

소하가 아닌 남자에게 이런 식으로 안길 것이라고는 생각해 본 적 없었다. 소유는 깜짝 놀라 새된 비명을 질렀다가 목이 아파 한참 기침을 했다. 심연은 그러나 미동도 하지 않고 소유를 든 채 강가에서 멀어졌다.

다행히 사람이 다니는 길목으로 가기 전에 심연은 소유를 내려놓았다. 소유는 비틀거리면서도 똑바로 서서 심연을 보았다.

"나를 구해준 거예요? 지난번에 집이 무너질 때 그랬던 것처럼?"

심연의 눈이 다시 흔들렸다. 그는 소유의 얼굴을 한참이나 들여다보다가 당황스러운 듯 말했다.

"알고 있는지, 몰랐어."

"사람들이 알려줬어요."

역시 그때 그녀와 아이를 구한 것은 심연이었다. 소유는 심장이 마구 뛰는 것을 느꼈다. 그녀는 조심스레 물었다.

"왜 나를 구해준 거예요?"

심연은 마치 말을 잘 못 하는 사람처럼 한 음절 한 음절을 또박또박 발음했다.

"돌려보내 준다고, 그랬잖아. 나는 네가 죽기를 바라지 않아."

"하지만."

소유는 그의 말에 놀라서 말했다.

"당신의 상사, 홍염이라고 했던가요? 그 사람은 당신이 나를 살려주는 걸 싫어했잖아요. 그런데 이렇게 직접 와서 구해줘도 되는 건가요?"

"괜찮아."

심연은 고개를 끄덕였다. 저승의 규율을 소유는 잘 몰랐지만 기묘하게 느껴졌다. 홍염의 허락 없이 심연은 아무것도 하지 못한다고 하지 않았던가?

궁금했지만 캐묻기는 꺼려졌다. 소유는 머뭇거리다 물었다.

"…한 가지 물어도 될까요?"

심연은 고개를 끄덕였다. 소유는 다시 한 번 머뭇거리다 물었다.

"내게… 소중한 사람들을 구할 시간이 있을까요? 나는 언제 죽게 되나요?"

"꽃이 질 때."

"네?"

소유는 심연의 말을 이해할 수 없었다. 그녀가 어리둥절한 얼굴로 올려다보자 심연은 눈을 내리깔고 소유의 왼손을 가리켰다.

"손등의… 낙인."

"낙인?"

문득 뇌리를 스치는 것이 있었다. 소유는 덜덜 떨며 왼손을 들었다. 손등에 생겼던 길고 붉은 흉터가 어느새 나뭇가지처럼 길게 뻗어 올라와 있었다. 추가로 상처를 입은 기억은 물론 없었다. 그러고 보니 화주에서 장씨 아주머니는 이 상처를 보지 못하지 않았나.

"그게, 봉오리야."

소유의 손등에 생긴 흉터 끝의 조그만 점을 가리키며 심연은 그렇게 말했다. 소유는 깊은 두려움을 느꼈다. 자신의 손등에 그런 것이 있다는 사실이 섬뜩했다.

"이게 봉오리라고요? 모양이 변하나요?"

"가지가 자란 것처럼 꽃도 필 거야. 그리고 지겠지."

소유의 눈에 눈물이 차올랐다. 그녀는 자신이 이미 본인의 두 번째 죽음에 대해 충분히 많이 생각하고 꽤 담담해져 있다고 생각하고 있었다. 그러나 아니었다.

본인을 노리는 저승사자와 곧 꽃을 피운다는 기괴한 상처 앞에서 어느 누가 무심할 수 있을까.

"언제……."

더 물어보려던 소유는 심연이 어느새 사라지고 없음을 깨달았다. 주위가 어두워서 잘 보이진 않았지만 발치에서 뭔가 움직인 것은 같았다. 그러나 초조함과 슬픔 때문에 한참 동안이나 주위를 둘러볼 용기를 내지 못했다.

여름밤이어도 물에 젖은 옷을 입고 있기에 강가는 추웠다. 소유는 아까 잡은 숙소로 돌아가려다가 강가에 무언가 서 있음을 깨달았다. 아까 강으로 떨어졌을 때의 감각이 너무나도 선명해 두려웠지만 소유는 달빛을 받은 그 사람을 곧 알아보았다.

푸른 머리칼로 온통 달빛을 받으며 용왕 해랑이 소유를 바라보고 있었다.

"해랑!"

해랑에게는 소유와 함께 용궁에서 지낸 기억이 없을 터였지만, 소유는 저도 모르게 그 이름을 외치며 달려갔다. 어째서 이번에는 구해주지 않았는지, 어째서 지금에야 나타난 것인지 묻고 싶은 것은 많았지만 그녀는 그런 질문을 할 수가 없었다. 어떻게 말을 꺼내야 할지도 알 수 없었다.

해랑은 용왕이니 진실을 말하면 이해해줄지도 몰라. 마음속에서 언뜻 그런 희망이 고개를 들었다. 소유는 그러나 해랑이 울고 있다는 사실을 알고 강가에 우뚝 멈추어 섰다. 해랑은 발밑에 연꽃이 피어나듯 가볍고 젖은 기색이라고는 없는 발걸음으로 그녀에게 다가왔다.

"아가씨."

알아보는구나. 하긴 이전에도 해랑은 소유를 이미 알고 있었다고 했다. 소유는 벅참과 놀라움이 섞인 얼굴로 해랑을 보았다. 해랑은 전혀 젖지 않은 몸으로 소유를 끌어안으며 눈물을 흘렸다.

"…아가씨."

해랑은 대단히 슬프게 흐느꼈다. 소유는 해랑이 그녀를 처음 만났을 때 보였던 태도를 떠올리며 의아해했다. 그녀는 무심코 해랑을 마주 안으며 물었다.

"나를 아나요, 해랑?"

"예, 아가씨. 제 모든 것은 아가씨를 위해서 예비되어 있었는걸요."

놀랍게도 소유의 몸은 곧 따뜻해지기 시작했다. 그녀는 새 힘이 차오르며 옷의 물기가 말라가는 것을 느꼈다. 해랑의 몸은 그러나 계속 흐느낌 때문에 떨렸다.

"왜 울고 있나요?"

소유는 다정하게 물었다. 해랑은 소유를 안았던 팔을 놓고 눈물로 범벅이 된 얼굴을 들었다.

"아가씨…….아가씨가 제 이름을 부르셨을 때, 정말 도와드리고 싶었어요. 하지만 그럴 수 없게 되었어요. 아가씨는 죽음을 받아들이기 시작하셨군요."

죽음.

그 단어에 소유는 충격을 받았다. 그녀는 해랑을 멍청하게 쳐다보았다.

아니, 하지만 어째서 놀라야 한단 말인가. 용왕이 선계를 아는 만큼 저승도 안다고 해서 이상할 것이 있을까?

해랑은 울며 소유의 왼손을 들고 그 손등에 입을 맞췄다. 물기가 모두 말라 따뜻해진 손에 해랑의 뜨거운 눈물이 흘렀다.

"아가씨를 위해 뭐든지 해드리고 싶었어요."

"해랑."

이래선 안 되었다. 소유는 급히 입을 뗐다.

"해랑, 제 말을 들어주세요. 저는 해랑의 도움이 필요해요. 믿을지 모르겠지만, 앞으로 일어날 일에서 해랑의 도움이 없으면 저는 위험을 헤쳐나갈 수가 없어요."

소하의 모든 군사가 백룡담 앞에서 죽을 것이다. 물 없이 나아갈 수 있는 군사는 없으니까.

해랑은 구슬 같은 눈물을 뚝뚝 흘렸다. 그의 모습에서 비늘을 축 늘어뜨리고 죽어가며 바닥에 물을 흘리는 물고기가 떠올라 소유는 진저리를 쳤다. 그건 말이 되지 않았다. 그는 용이었고, 위대한 용왕이었다. 당연히 해랑은 오랫동안 죽지 않을 것이다. 용이 얼마나 사는지는 모르지만…….

"아가씨가 원하신다면 저는 뭐든지 할 거예요."

해랑은 속삭였다. 소유는 가슴이 아파 어쩔 줄 몰라 했다. 그녀는 무엇부터 물어야 할지 고민하다가 입을 또 열었다.

"해랑, 저는 얼마 후에 북쪽 다미국으로 향할 거예요. 거기 있는 백룡담이라는 샘을 아나요?"

"예, 아가씨. 평소에는 누구나 물을 마실 수 있는 샘이지만 북해 용왕님이 화를 내시면 주위의 모든 물이 죽어 어떤 생명도 살 수 없게 되는 곳이에요."

"북해 용왕님이 화를 내지 않게 해줄 수 있나요? 그게 힘들다면, 북해 용왕님이 화를 내고 난 다음에라도 물을 맑게 해 줄 수 있나요? 거기로 갈 군사들이 제게 무척 중요해요. 그들이 백룡담의 물을 마시고 쓰러져서 앓을 거예요."

해랑은 눈물을 흘리는 그대로 고개를 끄덕였다.

"예, 아가씨. 저는 물 밖의 일은 잘 모르지만 아가씨의 말씀대로 할게요. 아가씨에게 중요한 군사들이니 물이 모자라지 않게 돌보는 정도는 할 수 있어요."

"고마워요."

지금은 처음 보는 사이일 텐데도 해랑은 친절하게 소유의 청을 들어주었다. 소유는 의문이 담긴 표정으로 그를 바라보았다.

"해랑, 고마워요. 그런데 어째서 제 청을 이렇게 들어주는 건가요? 우리는 처음 보는 사이인데, 어째서 돕지 못했다고……."

그렇게 슬프게 우는 건가요.

해랑은 고개를 저었다.

"아가씨, 지금은 말씀드릴 수 없어요."

"어째서인가요?"

"아가씨가 원하지 않으시니까요."

소유는 얼어붙었다. 해랑은 물러섰다. 곧 하늘에 은하수 같은 흰 용이 떠올랐다. 그는 은은하게 반짝이며 물로 뛰어들었다.

보석처럼, 달빛을 받은 물방울이 마구 튀었다. 소유는 심장이 벌렁거려 제 가슴에 손을 얹었다.

사람으로 가득한 나룻배를 건너 도착한 임안은 과연 강 너머보다도 붐볐다.

"불을 뿜는 사람을 보신 적이 있습니까, 여러분!"

"정인의 붉은 꽃팔찌 사려! 정인끼리 채워주면 영원히 행복해지는 행복의 팔찌예요!"

자경국에는 단풍나무가 무척 많았다. 여름인데 벌써 붉게 물든 단풍이 있는가 하면 푸르른 청단풍도 아름다웠다. 그 광경을 보니 어째서 자경국 사람들이 단풍잎 부적을 가지고 다니는지 소유는 이해할 수 있었다. 아마 그들이 어려서부터 가장 자주 보아온 자연물일 것이다. 대단히 아름다운 자연물이기도 하고.

큰길이나 작은 길이나 온갖 부류의 사람이 오가서 정신이 하나도 없었다. 소유는 주위를 적당히 둘러보다가 낯익은 재주꾼들을 발견하고 반가워서 달려갔다.

"소울 공연단! 모레는 왕궁에 들어가서 성왕 전하 앞에서 재주를 선보일 최고의 사당패이니 놓치지 말고 보러 오시오!"

"세상에서 가장 신기한 재주를 보여주는 소울 패거리요!"

임안에서도 무척 큰 길을 점거하고 온통 사람들의 시선을 모으고 있는 시끄러운 사당패는 분명히 소유와 백란을 가입시키려 했던 장안의 그들이었다. 모레 왕궁에 들어간다니 이보다 잘된 일이 있을 수 없었다. 소유는 소울 공연단의 행렬이 잘 보이도록 구경꾼들 앞으로 나아갔다.

"이봐요!"

아쉽게도 장안에서 소유와 백란에게 직접 말을 걸었던 강패나 단창은 근처에 보이지 않았다. 소유는 예쁘게 차려입고 사람들에게 흘깃흘깃 눈길을 던지던 무희에게 말을 걸었다. 무희는 소유도 구경꾼인 줄 안 듯 가볍게 웃으며 눈길을 주고 금세 다른 곳을 보았다. 소유는 다시 소리쳤다.

"이봐요, 낭자!"

무희는 소유를 다시 보았다. 소유는 그녀에게 다가서며 말했다.

"전에 장안에서 공연을 하지 않았던가요? 춤추는 모습이 하도 아름다워 기억하고 있었는데 여기서 다시 보네요!"

"어마."

무희는 그제야 반가운 표정을 지었다.

"천인국 분이셔요?"

"천인국 출신인데 자경국에 볼거리가 많대서 구경 왔어요. 지금까지 본 어떤 공연보다 낭자가 보여준 춤이 좋았는데 정말 반갑네요!"

소유는 새빨간 거짓말과 조금 덜 빨간 거짓말을 섞어서 둘러댔다. 입에 발린 말이었지만 무희는 기뻐하는 표정을 지었다.

"그래요? 하긴 우리 패거리는 아무 재주나 보이진 않는답니다."

"그래서 말인데."

소유는 눈을 반짝였다.

"왕궁에 들어가서 공연한다면서요? 혹시 악사 필요하지 않나요?"

"악사요?"

소유가 전에 들은 바가 맞다면 그들의 인원은 여분인가 하는 사람이 그만두어 줄었을 터였다. 그녀는 그새 패거리가 좋은 동료를 보충하지 않았기를 바라며 절박하게 무희를 보았다. 무희는 알았다는 표정을 지었다.

"에이, 그런 건 나한테 얘기할 일이 아니죠. 우리 단장님도 허락해야 하고, 다른 사람들도 동의해야 해요. 실력이 좀 뛰어나지 않으면 힘들 거여요."

무희는 '사람이 충분하다'고는 하지 않았다. 소유는 속으로 회심의 미소를 지었다. 그때 눈앞으로 익숙한 모습이 지나갔다.

아니, 소유도 단 한 번 보았을 뿐이었으므로 '익숙하다'는 말은 어울리지 않았다. 그러나 그녀는 그 단정한 생김새와 고운 허리선을 확실히 알고 있었다.

"백란아!"

소유는 경악해서 이름을 불렀다. 구슬과 꽃무늬 비단으로 치장하고 바삐 걷던 백란은 깜짝 놀란 표정으로 그녀를 돌아보았다가 얼굴이 파랗게 질렸다. 그리고 당장 얼굴을 숨기고 도망쳐버렸다.

"우리 막내를 아시어요?"

무희는 백란이 도망치는 것을 보았는지 기이해하는 목소리로 물었다. 소유는 고개를 끄덕였다.

"원래 잘 아는 사이인데, 여기 와 있을 줄은 몰랐답니다."

백란이 스스로 그렇게 치장했을 리는 없었다. 옥현이나 소하의 생각일까? 소유는 소울 공연단의 면면을 슬쩍 살폈다. 무희는 난처해진 듯 발을 뺐다.

"그럼, 소녀는 할 일이 있어서요. 다음에 또 뵙겠어요, 아씨."

"낭자!"

소유는 무희를 또 불렀지만 그녀는 뒤도 돌아보지 않고 다른 무희 두 사람의 사이에 끼었다. 키가 큰 무희가 소유와 대화한 무희에게 물었다.

"무슨 일이니, 애랑아?"

"막내를 쫓아왔나봐요, 언니."

그런 오해를 산 모양이었다. 소유는 패거리에 속한 다른 일꾼을 붙잡고 간곡하게 말했다.

"혹시 악사가 필요하지 않나요? 피리든 비파든 멋들어지게 연주할 수 있는데! 지금 여비가 다 떨어져 누군가 꼭 써주시지 않으면 신세가 처량하게 되었어요."

일꾼은 아까 소유와 백란, 그리고 애랑 사이에 벌어진 일을 못 본 듯 다른 일꾼에게 말을 걸었다.

"비파 한 명 더 필요하지 않아? 이 낭자가 연주할 수 있다는데."

"그럼 단장님께 여쭤봐야지. 내가 가서 말씀드리지."

두 일꾼은 금세 이 사당패의 단장이라는 사람을 불러왔다. 소유는 흰 옷으로 온몸을 두르고 피부가 가무잡잡한 남자를 보고 눈을 동그랗게 떴다. 이것은 정말로 예상하지 못한 일이었다.

"대방 어른?"

흰 옷을 입고 머리에도 흰 천을 두른 사람이 오기에 언뜻 채윤인 줄 알았더니 낙양에서 채윤의 소식을 전해 주었던 뚜르가이 카디르였다. 신월국 출신으로 큰 상단을 이끌고 있다고 하는. 소유는 어쩐지 머릿속에서 조각들이 맞아 들어가는 것 같아 손뼉을 쳤다. 백란이 뚜르가이와 잘 알고 지내는 사이이니 그들이 자경국 왕궁에 초대받은 김에 백란도 끼어서 들어갈 수 있도록 소하가 안배한 걸지도 몰랐다.

가만, 소유는 뭔가 하나가 더 떠올라 고개를 찬찬히 갸웃했다. 이 사당패에 채윤이 있는 것을 그녀는 분명히 보았었다. 뚜르가이가 백란을 통해 소하의 일을 하게 된 것이라면 그렇게 일찍부터 채윤이 사당패에 들어와 있다는 것은 이상했다. 처음부터 소하가 백란의 인간관계에 대해 알고 채윤을 잠입시켜 뚜르가이의 사람됨을 보았다고 추측한다면 그것은 너무 비약일 터였다. 차라리 뚜르가이가 처음부터 소하와 아는 사이였다고 보는 편이 그녀에게는 훨씬 자연스럽게 느껴졌다.

과연. 낙양에서 월이 소문을 빨리 물어올 수 있었던 것도 우연은 아니었던 모양이다. 소유는 소하의 능력에 항상 그렇듯 감탄하면서도 한편으로는 혀를 찼다. 설궁에서 한 발짝 나가는 것도 허락을 받아야 하는 사람이, 어쩌면 이렇게 모든 일에 다 손을 뻗어두었는지.

"악기 연주를 하겠다고 나선 사람이 아씨였습니까?"

뚜르가이는 인상을 확 썼다. 그와 얼굴을 본 인연도 있으니 조금 더 살가운 반응을 기대하고 있던 소유는 내심 당황했다.

"예, 대방 어른. 비파 연주는 어디 가서 부족하다는 말을 듣지 않을 만큼은 합니다."

"필요 없습니다."

뚜르가이는 단칼에 잘랐다. 소유는 눈을 동그랗게 떴다.

"어째서요? 이 패거리에 연주자가 부족하다는 것을 아는데요."

"우리끼리도 충분합니다."

"저어, 단장님."

피리를 허리에 꽂은 남자가 다가와 뚜르가이에게 조심스럽게 말했다.

"비파가 하나 더 있긴 해야……."

"어허."

뚜르가이는 아마도 피리 연주자일 그 남자에게 눈을 부라렸다. 상단을 이끌든 공연단을 이끌든 아랫사람을 워낙 많이 다뤄야 하는 일이라 그런지 뚜르가이의 호통은 자못 엄격했다.

"지금 다 맞춰놨는데, 괜히 실력도 안 맞는 새 사람을 들여서 뭣 하려고? 이 나라의 임금님 앞에서 재주를 보이는데 불확실한 요소는 하나라도 줄일 생각을 해야지!"

"그래도 단장님……."

이번엔 비파를 든 남자가 다가와 불쌍한 표정을 지었다.

"병丙 조의 음이 너무 작아요. 갑 조랑 을 조가 아무리 힘써줘도 균형이 안 맞는 건 하는 수 없어요."

피리 연주자도 동의했다.

"맞아요. 병 조에 사람 꼭 필요한 거 아시잖아요."

소유는 소하에게 행선지를 밝히지 않았으므로, 뚜르가이의 입장에서 보기에 소유는 중요한 임무에 위험을 가져올 수 있는 요소로 비칠 여지가 충분히 있었다. 소유는 다른 사람들의 시선을 의식하며 서럽게 훌쩍이기 시작했다.

"으흑……! 흑, 아이고, 내 팔자야……! 조실부모하고 남의 집에 얹혀살다가 식구들은 마적 떼에게 다 죽고, 흘러 흘러 여기까지 와서 여비가 떨어져 그나마 배운 재주라고 악기라도 연주해보려 했더니 다들 나를 박대하네, 아이고……!"

일꾼들은 당황했고 뚜르가이는 더 당황했다. 소유가 아예 그 자리에 주저앉아 땅을 치며 울자 뚜르가이는 얼른 도망치려는 듯 발을 움찔거렸지만 사당패의 다른 사람들이 몰려들었다.

"단장, 어떻게 저렇게 불쌍한 아가씨한테……."

"어차피 사람이 필요한데 실력이라도 보면 어때서."

"옷 좀 봐. 정말 고생을 많이 했나봐."

소유의 옷은 거친 행군 때문에 상당히 해져 있었고 아무리 빨아도 빠지지 않은 얼룩도 있었다. 애랑도 무슨 일인지 보려고 얼굴을 빼꼼 내밀더니 마음이 쓰인 듯 눈을 깜박였다.

"하는 수 없잖아!"

뚜르가이는 본인이 매도되자 입을 딱 벌렸다. 소유는 본인의 진짜 신세를 생각하며 눈물을 뽑았다. 곧 목에서 통곡이 터져 나왔다.

"부모도 없고, 친구도 없고, 낭군도 없고, 그나마 세상 구경이라도 해보겠다고……. 어흐흑, 동냥하는 것도 아니고 일꾼으로 써달래도 세상 인심 야박하네……!"

다른 무희들의 얼굴 틈새로 백란의 얼굴이 언뜻 보였다. 백란은 소유가 주저앉아 울고 있자 깜짝 놀라 제 모습도 잊은 듯 달려왔다.

"아니, 누님! 이게 무슨. 어서 일어나시어요."

누님? 허허, 무희 아가씨가 아니라 남자였어? 아니겠지, 저렇게 예쁜 남자가 어디 있어. 구경꾼들 사이에선 그런 말이 나왔다. 물론 그렇게 예쁜 남자는 실재했고 그것도 바로 그들의 눈앞에 있었다. 소유는 백란이 그녀의 팔을 잡고 일으키자 어쩔 수 없는 척 일어나 계속 훌쩍거렸다. 백란은 그녀의 연기에 완전히 속아 넘어갔는지 어쩔 줄 몰라 하며 뚜르가이에게 졸랐다.

"뚜르 아저씨, 이리 길거리에서 누님이 우시게 두어서는 아니 되지요. 여비가 없으시다니 어서 모셔가 이야기라도 들어주세요."

뚜르가이는 백란의 말에 명백히 움찔했다. 소유는 눈을 불쌍하게 깜박이며 뚜르가이를 쳐다보았다. 주위 사람들이 흥분한 듯 소리치기 시작했다.

"아, 어서 데려가서 얘기라도 들어주지 않고 뭘 혀?"

"저렇게 예쁜 처자가 말하잖아. 피도 눈물도 없는 사람이구먼!"

"실력이라도 봐주라고! 공짜로 돈을 달라는 것도 아니라잖아!"

"사람이 필요하다면서 왜 그렇게 꽉 막혔어?"

뚜르가이의 입장에서는 사면초가일 것이다. 그는 대단히 난처해하며 주위를 살피다가 한숨을 푹 쉬었다.

"알았습니다. 다만 우리는 며칠 후 아주 중요한 공연을 선보여야 하는데 그때 실수는 용납되지 않습니다. 그러니 조건을 걸겠습니다. 지금 이 자리에서 비파 연주를 해서 우리 패거리 모두가 실력을 인정하면 입단을 고려해보지요."

아무것도 모르는 사람들은 환호했다. 소유는 뚜르가이가 그녀를 정말로 받아주기 싫어한다는 것을 알았다. 그 마음은 이해했지만 최선을 다해 부딪쳐보아야 했다. 사당패는 이미 왕궁에 들어가기로 결정되어 있는 데다가 소하가 부리는 사람들이기까지 했으니 그 이상을 바랄 수 없는 수단이었던 것이다.

"양가의 규수가 이렇게 사람이 많은 곳에서 광대처럼 악을 연주할 수나 있겠습니까?"

"비파 좀 빌려주시겠어요?"

소유는 두말 않고 비파 연주자에게 손을 내밀었다. 비파 연주자는 제 일처럼 기쁜 표정으로 얼른 악기를 내밀었다. 비파는 연주를 업으로 삼은 사람의 물건이라서인지 관리가 잘되어 있었고 소리가 좋았다.

두어 번 현을 쓸어본 소유는 광릉산을 선택해 연주했다. 원래 비파를 위해 만들어진 곡이 아니다 보니 처음에는 그녀가 무슨 곡을 켜는지 고개를 갸웃거리던 사람들은 이내 놀란 표정으로 귀를 기울였다. 백란의 눈이 몽롱해졌다.

그 사람들 틈에서 소유는 채윤의 모습을 놓치지 않았다. 소하와 함께 다미국에 갔어야 하는 그가 왜 여기 있는지 알 수 없었다. 소유의 손이 잠시 흔들릴 뻔했지만 그녀는 아무렇지도 않게 연주를 이어 갔다.

일부러 뚜르가이에게 그녀가 소하의 사람이며 그의 일을 도울 셈이라는 사실을 알리려고 한 선곡이었지만 비파를 놓은 뒤에 나온 평가는 쌀쌀맞았다.

"우리 패거리엔 부족합니다. 다른 데 가서 알아보십시오."

소유의 솜씨가 부족하다고 생각하는 사람은 그 자리에 없었을 테지만 그녀는 뚜르가이의 입장을 이해했기 때문에 아쉽게 한숨을 쉬었다.

임금의 탄신일을 축하하기 위해 통금을 풀었다더니, 골목마다 단풍이 빨간 임안은 밤에도 낮처럼 환했다.

곳곳에 등롱을 밝혀두고 음식이나 작은 노리개, 애들 장난감 따위를 파는 노점이 선 길거리는 소유 혼자 다니기에도 무리가 없었다. 물론 길에서 시비를 거는 건달 정도는 처음부터 소유의 상대가 안 될 터였지만 혹 전의 살수들이 쫓아온다 하더라도 이 정도로 사람이 많으면 운신하기 어려울 터였다. 소유는 반쯤은 며칠 뒤의 결행 때문에 초조해하면서도 반쯤은 화려한 거리에 홀려 거리를 구경했다.

왕궁으로 통하는 길을 미리 봐두기 위해 한 외출이었지만 볼거리는 그 외에도 많았다. 소유는 자경국 특유의 먹거리에 즐거워하며 사탕 몇 개를 샀고 왕궁에 들어갈 때를 대비한 준비물도 구했다.

"어머나."

"아."

워낙 번화가를 걷고 있었기 때문에 소유는 낮의 무희, 애랑과 마주쳤을 때에도 그다지 놀라지 않았다. 애랑은 자기와 이름이 비슷한 동료 무희들과 함께 편한 차림을 하고 거리 구경 중이었는데 소유의 얼굴을 보자 손뼉을 쳤다.

"낮의 그 낭자 아니어요?"

"예. 낮에는 실례가 많았어요."

소유는 소하의 지령이 수행되는 동안 그들이 겪을 수도 있는 고초를 생각하며 속으로 대신 사과했다. 그러나 애랑은 소유의 마음속에서 무슨 생각이 오가는지 알 리가 없었으므로 그저 은근하게 쿡쿡 웃었다.

"잘됐다. 이리 좀 와봐요."

"예?"

이미 소유의 입단은 무산되었으므로 애랑이 그녀에게 볼일이 있을 리가 없었다. 그러나 애랑은 친구들에게 눈짓해 인사한 다음 소유의 팔을 꽉 붙잡았다. 애랑의 악력은 꽤 셌다.

"이게 무슨."

"일단 와 보라니까아."

애랑은 명랑하게 번화가 한쪽 구석으로 가더니 으리으리한 건물 몇 개가 늘어선 멋있는 구역으로 접어들었다. 크고 문이 굳게 닫힌 건물 사이사이로는 돌계단이 수십 개나 이어졌고 그 틈새로 단풍이 아름답게 조성되어 있었다. 물론 소유는 태어나서 처음 보는 곳이었다.

"여기서 뭘 하시려고요?"

애랑은 소유를 그 계단에 앉혀둔 다음에야 꽉 쥔 팔을 놓아주었다. 소유는 어안이 벙벙해하며 애랑을 올려다보았다. 애랑은 후후 웃으며 말했다.

"여기서 꼭 기다려요, 알았지!"

뭔가 생각이 있는 모양이었다.

애랑이 소유를 해칠 이유도 없었고 그곳은 자객이 나타나기에 좋은 위치도 아니었으므로 소유는 멍하니 그 자리에서 기다렸다. 오래 지나지 않아 애랑이 소유를 그 자리에 둔 이유가 밝혀졌다.

"누님!"

사당패 사람들처럼 베옷을 입은 백란이 달려왔는지 숨이 턱에 차서 소유의 눈앞에 나타났다. 어둑어둑한데도 길거리에 밝혀진 등롱의 불빛만으로도 백란의 얼굴이 땀에 젖었음을 알 수 있었다. 소유는 반가워서 일어섰다.

"백란아!"

"누님."

백란은 이미 소유를 한 번 불렀으면서도 보조개를 피우며 속삭였다. 소유는 그가 전보다 말랐으면서 완연하게 키가 컸다고 생각했다. 낮의 꽃무늬 비단도 문제없이 어울렸지만 이렇게 남녀가 드러나지 않는 저고리를 입은 모습을 보니 이전보다 늠름했다.

"너 그새 키가 큰 게 아니니?"

소유는 반가워하며 물었다. 백란은 그녀의 그 말이 기쁜지 눈을 번쩍 뜨고 웃었다.

"정말입니까? 저는 잘 모르겠습니다."

"확실히 큰 것 같구나. 조금만 있으면 다들 다 큰 청년인 줄 알아보겠어."

"하하……."

백란은 명랑하게 웃으며 돌계단에 털썩 앉았다. 그리고 자기가 앉은 곳보다 두어 칸 위에 손수건을 꺼내 깔아주며 소유에게도 자리를 권했다.

"앉으시지요, 누님. 여행 중이신 것 같은데 피로하지 않으십니까?"

"네 모습을 보니 피로가 다 풀리는 것 같구나."

소유는 빙긋 웃으며 백란이 깔아준 손수건 위에 앉았다. 돌계단의 요철과 찬 기운이 조금이지만 완화되었다.

"그런데 여긴 정말 어쩐 일이십니까?"

백란은 갑자기 목소리를 낮췄다. 소유도 목소리를 낮추고 상체를 숙였다.

"소하 님이 말씀하신 걸 가지러 왔지."

"예?"

백란은 본인이 잘못 들었기를 바란다는 듯 눈을 마구 껌벅이며 경악했다. 그의 반응에 소유는 쓴웃음을 지었다.

그는 곧 쉭쉭거리는 것처럼 새되고도 작은 목소리로 빠르게 물었다.

"소, 그분이 누님께도 임무를 맡기신 겁니까?"

같은 임무를 여러 사람에게 맡겼다고 생각하면 백란의 입장에서는 자존심이 상할 터였다. 소유는 그가 소하를 신하로서 모시고 싶어 하는 마음이 바래지 않도록 진실을 알려주었다.

"아니, 나는 나 혼자 멋대로 온 거란다."

"예에?"

백란은 그게 무슨 소리냐는 듯 입을 뻐끔거렸다. 그는 눈을 굴려 주위를 빠르게 한 번 살핀 뒤 평범한 목소리로 물었다.

"정말 그냥 구경 오신 겁니까? 그럼 궁에는……."

"지금은 아무도 없지."

"소, 그분도 아십니까?"

"내가 여기 있는 건 모르실걸? 하지만 나도 잘 모르겠구나, 백란아. 그분과 오래 알고 지내려면 그냥 그분은 모든 걸 알고 계시려니, 하고 살아야 한단다."

추리력도 정보력도 일반적인 사람의 그것을 아득하게 뛰어넘은 지 오래이니. 소유는 자신이 죽고 나면 백란과 소하가 어떻게 지낼까 호기심에 생각해 보다가 저도 모르게 제 왼손을 가렸다. 백란은 혼란스러운 표정이었다.

"소, 그분이 모르신… 아니, 누님. 저는 누님이 당연히 다… 아니, 북쪽으로 가셨을 줄 알았습니다."

현재 공식적으로 우방국이기는 하지만 남의 나라에서 떠들 이야기는 절대로 아니었다. 백란은 말을 하다 멈추고 하다 멈추며 암호 아닌 암호를 만들어 말했다. 소유는 본인의 무릎을 끌어안고 백란의 얼굴을 사랑스럽다는 듯 바라보았다. 주위를 둘러싼 단풍과 등롱이 모두 붉어 백란의 얼굴이 울긋불긋 예쁘게 보였다.

이 예쁜 백란이 무사히 저 왕궁에서 빠져나가 낙양이나 장안으로 돌아가는 것은 소하를 살리는 데에 매우 중요했다. 그러나 설령 그렇지 않다고 했더라도 소유는 백란을 살리기 위해 노력했을 터였다. 이렇게 어린데. 이렇게 마음 착한데.

"나도 나중에 따라갈 거야. 다만 여기 일이 신경 쓰여서 와봤어. 그분이 내게 따로 말씀하시진 않았지만, 나도 네가 하려는 일이 뭔지 대충 안단다. 실은 나도 사당패에 섞일 요량이었거든. 설마 너도 같은 수법일 줄은 몰랐지만."

그리고 채윤도 같이 있을 줄은 더더욱 몰랐지만. 소유는 그 말까지는 삼켰다. 백란은 입을 딱 벌렸다.

"대체 어떻게 아신 겁니까? 전 이렇게 기발한 생각은 하지도 못했습니다."

"글쎄, 그분이 전략을 짜는 방식을 내가 너보다 잘 알아서일지도 모르겠구나."

어려운 일이 있을 때마다 소하라면 그 위기를 어떻게 극복했을지 몇 번이나 생각했던가. 소유는 백란을 다정하게 보았다.

"너희 단장님이 허락해주지 않았지만 나는 내 나름대로 널 도울 테니 걱정 말고 성공하렴. 나는 꼭 네가 무사히 모든 일을 마치도록 만들어줄 거다."

몇 번이나 말리고 몇 번이나 제 임무의 존재를 부정하려던 백란은 결국 소유의 고집을 꺾지 못하고 숙소로 돌아갔다. 그래도 백란의 말에 의하면 무희들의 오해는 풀린 모양이었다. 어째서 애랑이 호의적인 모습으로 백란을 불러 만나게 해 줬는지 소유는 그제야 이해했다.

지치면서도 충만한 기분으로 객잔에 돌아온 소유는 빌린 방에 이것저것 오늘 산 물건을 늘어놓았다. 그리고 어두운 방에 호롱불을 켜다가 깜짝 놀랐다.

"어? 야옹아!"

이제는 눈을 감고 있어도 알아볼 수 있는 예의 야옹이가 그녀의 방 침대에서 자고 있었다. 귀신이 곡할 노릇이었다. 소유는 놀라 야옹이를 들여다보았다. 그 까만 털이 밤처럼 차가운 윤기를 냈다.

처음에는 장안의 한 골목에서 보았던 고양이를 정 승상 댁 앞에서 다시 보았고, 자경국으로 오는 숲에서도 나타나더니 이제는 임안의 다른 곳도 아니고 소유가 묵는 방 침대에 누워 잠들어 있다.

불가사의하다 못해 눈을 믿을 수가 없었다. 소유는 야옹이가 그 자리에 있다는 사실을 설명할 만한 논리를 짜내다 금세 포기했다. 머릿속이 다 헝클어졌다.

"날 계속 따라온 거니?"

그렇지 않다면 왜 이곳에 있을까. 고양이는 제 영역이 있는 생물이니, 설령 장안 전체가 야옹이의 영역이라 하더라도 자경국에서까지

만난다는 것은 이상했다. 심지어 한두 번도 아니고 이렇게 여러 번 얼굴을 마주치다니.

뭐라고 물어봐도 잠든 야옹이가 대답해줄 리 없었다. 소유는 조심스럽게 침상에 앉아 야옹이에게 손을 뻗어보았다. 그 몸은 여전히 한기가 들도록 차가워 살아 있는 생물 같지가 않았다.

"내가 주는 밥도 안 먹었잖니, 너."

소유는 대단히 혼란스러워하며 그 털을 조심스레 쓰다듬었다. 야옹이가 깨는 것 같지 않자 용기를 내서 몸 전체를 쓰다듬었다. 목에서 꼬리 바로 위에 이르는 그 길고 아름다운 몸을.

닿는 듯 마는 듯한 손길이 몇 번이나 갔을까. 어느새 검은 고양이의 모습은 온 데 간 데 없었고 고요한 침상에는 심연이 곤히 잠들어 있었다.

어느새? 소유는 질겁해 차갑게 굳었다. 대체 왜. 어떻게……?

"심연……."

심연은 항상 그렇듯 오른쪽 눈에 안대를 하고 있었고 붉은 꽃이 수놓인 검은색 옷을 입고 있었다. 혹시 지금이 저승으로 갈 시간인 것일까? 확인해보아도 소유의 손등은 며칠 전에 비해 크게 변하지 않은 채였다. 봉오리가 조금 더 통통해졌을 뿐.

소유는 간신히 몸이 움직여 손을 거두었다. 그리고 침상에서 일어나 뒤로 몇 걸음 물러섰다.

그 기척에 깬 모양이었다. 심연의 왼쪽 눈꺼풀이 천천히 올라갔다.

"심연."

심연은 소유의 부름에 소리 없이 그녀를 바라보았다. 그리고 자리에서 일어나 몸을 돌렸다.

"이런 식으로 들어오려고 한 건 아니야."

그의 목소리에 섞인 저것이 후회인가. 소유는 굳으려는 혀로 물었다.

"당신이 야옹이였어요?"

그녀가 지금까지 겪어온 다른 모든 일처럼, 누구도 쉬이 믿지 않을 이야기였다. 저승사자가 계속 한 사람의 뒤를 따라다니는 것도 모자라 고양이가 되어 방에 들어와 있었다고? 옛이야기에 나오는 것처럼, 저승사자가 들어오지 못하도록 닫아놓은 문을 변신해서 뚫고 들어와야 하는 상황도 아닌데.

심연은 놀랍게도 눈을 내리깔았다. 소유가 보기에 그는 당황한 것 같았다.

"…맞아."

감정이라곤 드러나지 않던 심연이 난처해하며 말하자 소유는 오히려 깜짝 놀랐다. 그녀는 재빨리 또 물었다.

"원래 고양이예요?"

사신은 원래 사람이었다고 홍염이 그러지 않았나? 심연의 입가에는 잠시 미소 비슷한 것이 떠오를 뻔했다.

"아니야."

"왜 야옹이로 변했던 거예요?"

지금 같은 모습이라면 누구도 감히 덤비지 못할 텐데도, 그는 고양이의 모습으로 아이들에게 돌을 맞고 있었다. 혹시 홍염이 시키는 이상한 일의 일종일까? 소유가 미간을 좁히자 심연은 입을 꾹 다물었다.

그녀는 추측할 수밖에 없었다.

"나를… 계속 지켜준 거예요?"

심연은 대답하지 않았지만 그 표정을 보고 그녀는 그의 대답이 긍정임을 유추했다. 어이가 없는 일이었다.

소유는 약간의 침착함을 되찾고 팔짱을 꼈다.

"원래 자기 표적을 따라다니며 살리는 게 사신의 일인가요?"

"…아니."

심연은 이번에는 명확히 고개를 저었다. 소유는 망연히 그를 바라보았다. 심연은 그녀의 눈빛을 보고 말을 이었다.

"…나는 네가 죽기를 원하지 않아."

"어째서요?"

"…원하지 않으니까."

별로 설명이 되지는 않았다. 소유는 답답해 저도 모르게 한 걸음 다가섰다. 그러나 그녀가 입을 열기 직전 더 캐물어서는 안 된다는 본능이 그녀에게 경고를 주었다.

"야옹이가 당신이면… 그 안대는 눈을 다쳐서 쓴 게 아니에요?"

그는 이번에는 고개를 끄덕였다.

"안대를 벗어봐요."

그의 오른쪽 눈을 본다고 해서 무엇이 바뀔 리는 없었지만, 소유는 끝까지 확인하고 싶었다. 그는 순순히 제 안대에 손을 올렸다. 미끄러지듯 손쉽게 안대가 벗겨져 나가고.

"금빛……."

요요한 금빛의 눈이 나타났다. 심연은 어딘가 애원하듯 소유를 바라보았다. 그는 야옹이처럼 한쪽만 금빛인 눈으로 그녀에게 호소했다.

"기분 나쁠 거야. 다시 가릴게."

"기분 나쁘지는 않아요."

이것만큼은 사심 없는 진실이었다. 소유는 멍하니 그의 눈을 지켜보다가 말을 흘렸다.

"예쁜, 참 예쁜 눈이네요……."

심연의 양쪽 눈이 소유를 보는 채로 아주 조금 작아졌다. 소유는 그가 처음으로 웃었음을 깨닫고 충격을 받았다. 사신의 웃음이라니 듣기만 해서는 대단히 끔찍한 무엇일 것만 같은데.

그의 웃음은 순박했다. 마치 그 말을 듣는 것이 그의 삶에서 원해 온 유일한 목표였던 것처럼.

아침에 눈을 떴을 때 심연의 모습은 어디에도 없었다. 소유는 혹시나 싶어 야옹이를 부르며 방 구석구석을 둘러보았지만 고양이 털 하나 보이지 않았다. 말 그대로 흔적 없이 사라진 것이었다.

어젯밤에 심연이 보였던 표정부터 그가 지금까지 그녀를 따라다니며 지키고 있었다는 사실까지, 소유는 생각이 많아져 머릿속이 복잡했지만 일단 하루를 시작했다. 오늘 어디로 가볼지는 이미 정해져 있었다.

몇 번 수소문하자 소울 사당패가 쓰고 있다는 객잔을 찾는 것은 금방이었다. 소유는 인상을 달라 보이게 하기 위해 전날 밤에 산 고운 베옷을 입었다. 바지를 입고 머리를 꽉 묶어 올리자 우선 목 뒤가 시원했다.

사당패에 속한 사람들과 객잔의 점원들이 바쁘게 오가는 틈을 타 그녀는 자연스럽게 사당패 사람들이 식사하는 1층 식당을 돌아다녔다. 워낙 사람이 많아 한 번에 식사하기가 힘든지 먼저 먹은 사람이나 공연 연습을 더 해야 하는 사람들은 얼른 일어나서 이동하는 모양이었다. 그쪽이 훨씬 잠입하기에 편했기 때문에 소유는 마치 심부름하는 객잔 점원인 척 바쁘게 아무 계단이나 올랐다.

객잔 곳곳에서 악기 연주하는 소리가 들렸다. 객잔 2층에 올라선 소유는 날이 더워서인지 모든 방이 문을 활짝 열고 있는 것을 보고 회심의 미소를 지었다. 그녀는 각 방을 노골적이지 않게 흘끔거리며 가슴을 펴고 걸었다.

"막내야, 제대로 안 하면 모레 허벅지까지 트인 옷을 입힐 거다!"

"으아악, 누님!"

마침 가까운 방에서 백란의 목소리가 들려왔다. 후다닥 몸을 벽에 붙이고 그쪽을 들여다본 소유는 놀라운 장면을 보고 입을 가렸다. 백란이 엉덩이와 팔을 실룩거리며 춤을 추고 있었다. 아니, 백란이 춤을 '무척 잘' 추고 있었다.

사당패에서 내로라하는 미인 무희들을 내세우는 춤인 만큼 음악은 은근했고 손가락을 뻗는 춤동작은 교태로웠다. 잘 모르는 소유가 보기에도 상당히 어려운 동작일 것 같았는데, 한참 선배인 무희 누나들 사이에서도 백란은 뒤지지 않고 열심이었다. 뒤에서 보니 작은 허리와 엉덩이가 돌아가는 모습도 제법 자연스러웠다.

허벅지까지 트인 옷을 입고 춤춘다 해도 다들 백란이 평범한 무희 소녀인 줄 알 터였다. 소유는 소리 없이 웃었다. 너무 재미있어서 손이 부들부들 떨렸다.

그러나 백란을 구경하다 들키기 위해 일찍부터 여기까지 온 것은 아니었다. 소유는 '자제해야지, 자제해야지' 하고 스스로 중얼거리며 눈을 다른 곳으로 돌렸다. 다행히 일하던 점원이 공연 연습에 푹 빠지는 모습은 흔한지 아무도 그녀를 수상하게 보지 않았다. 다만 뚜르가이나 강패 등 이미 그녀를 아는 사람을 마주친다면 무사히 벗어나기는 힘들 터였다.

소유는 다만 어느새 복도에 서서 그녀를 고요하게 바라보고 있던 사람을 보고 빙긋 웃었다. 그래, 바로 그를 찾아온 것이었다.

"널 찾고 있었어."

소유는 나지막하게 말하며 가면 쓴 채윤에게 다가갔다. 채윤의 눈은 떨리고 있었다. 은근슬쩍 다른 사람들 사이로 숨어들었던 이전과는 달리 그는 도망쳐야 할지 말아야 할지도 모르겠다는 눈치였다.

지금 그가 도망친다면 쓸데없는 시간이 낭비될 뿐이다. 소유는 채윤에게서 한 걸음 정도 떨어진 곳에 서 방긋 웃으며 그의 이름을 불렀다.

"채윤아."

가면 쓴 채윤은 아무 말도 하지 않았다. 소유는 그가 소하에게서 이런 상황에 대한 지시를 받지 않았음을 짐작하고 선언하듯 말했다.

"다 알고 있어. 숨어봤자 소용없어. …다른 사람이 보면 안 되잖아, 채윤아. 인적이 드문 곳으로 가자."

채윤은 우뚝 서 있다가 가면을 슬쩍 들어올렸다. 금속으로 된 가면 아래서 너무나도 익숙한 턱과 입술, 그리고 코가 나타났다. 소유는 괜히 콧등이 찡해지는 것을 느꼈다. 그의 아버지를 구하지 못한 것이 한스러웠고 그에게 미안했다. 하지만 지금 무엇보다 강한 감정은 물론 기쁨이었다.

"…어떻게 알았어?"

꼭 오랫동안 말하지 못한 사람처럼 채윤의 목소리는 거칠게 잠겨 있었다. 소유는 그의 왼손을 잡고 눈물을 참으며 말했다.

"내가 널 어떻게 몰라보니, 채윤아. 내가 널 어떻게 몰라봐."

조용한 창고가 근처에 있었다. 아예 창고 문을 열고 들어가 스스로를 가둬버린 채윤과 소유는 정체 모를 궤짝 위에 나란히 앉아 그간의 이야기를 나누었다.

"살아 있어서 다행이다. 네가 살아 있어서 정말 다행이야, 채윤아."

"미안, 미안해."

이상한 일이었다. 이미 이전에 나누었던 대화이고, 이번 생의 소유는 채윤이 죽지 않았다는 것을 알았는데도 채윤이 살아 있다는 사실을 재확인하자 가슴이 지독하게 흔들렸다. 꼭 채윤이 죽었다가 살아돌아온 것처럼.

그의 목소리도 우는 것처럼 들렸다.

"네게 해가 되는 게 싫어서, 너에겐 내가 죽은 걸로 해달라고 소하 님께 부탁드렸어."

"나도 알아. 바보야, 그런 걸로 누가 속니?"

소유는 마치 한 번도 속은 적 없는 것처럼 당당하게 화내며 채윤의 팔을 잡고 흔들었다. 채윤은 후후 웃었지만 그 목소리에는 여전히 울음 같은 것이 담겨 있었다.

"미안해. 얕은 수였지만 당장 네가 장안에 와 있다는데 생각나는 게 그것밖에 없었어."

"소하 님께서 널 살리신 거야?"

"응. 소하 님께서 그러시더라. 정말 미안하다고. 전부 다 자신 때문에 일어난 일이니 사과하겠다고. 그런 그분의 모습을 보니 알겠더라. 아버지가 왜 그런 위험한 일에 뛰어드셨는지."

"응. 아저씨는 분명히 소하 님께 천인국의 미래를 걸고 싶으셨던 거겠지."

소유가 그런 것처럼. 그녀는 채윤을 바라보며 떨리는 목소리로 물었다.

"내가 소하 님을 따르기로 한 걸 너도 알지? 너도 소하 님을 끝까지 따를 거야?"

"그래. 소유 너도 알다시피 내 목에는 현상금이 붙어 있어. 내 이름도, 가문도, 얼굴도 찾기 위해서는 소하 님의 힘이 필요해."

"그런데 왜 다미국에 같이 안 갔어?"

"너는?"

채윤은 자기 대답을 하기 전에 소유에게 물었다. 소유는 입술을 비죽였다.

"내가 먼저 물어봤잖아."

"나는 기밀 임무를 수행 중이라 말해줄 수가 없는걸."

하긴 그랬다. 소유는 아직 자신이 채윤에게는 아무 말도 하지 않았음을 떠올리고 귓속말했다.

"백란이가 선대왕의 진짜 유서를 훔쳐야 하는 거잖아. 그걸 보조하는 임무를 맡았지?"

채윤의 눈이 커졌다. 그도 귓속말로 대답했다.

"어떻게 알았어?"

"모레면 사당패가 통째로 왕궁에 들어가잖아. 여기서 소하 님을 위해 할 수 있는 가장 긴요한 일이 뭐겠어."

소유가 마치 혼자 다 추리해낸 것처럼 말하자 채윤은 눈웃음을 지으며 감탄했다.

"정말 대단하구나. 소하 님이 아무것도 말씀 안 하셨는데 그만큼이나 알아낸 거야?"

"나는 많은 걸 알고 있어, 채윤아."

문득 소유는 채윤에게는 진실을 말할까 하는 생각이 들었다. 하지만 그 마음은 곧 심장이 마구잡이로 뛰며 밀려오는 초조함에 사라졌다. 아직은, 아직은 시간이 있었다. 채윤의 저 얼굴이 고통과 절망으로 일그러지는 모습은 절대로 보고 싶지 않았다.

될 수 있는 대로 늦게 알리자. 다만 운이 좋다면 채윤이 너무 놀라지 않도록, 죽기 바로 직전에 작별 인사 정도는 할 수 있다면 좋을 것이다.

소유는 그렇게 결정하고 눈을 똑바로 떴다.

"전에 황 박사님 댁에 갔던 것도 너지?"

"응. 신월국 사람으로 변장하고 가서, 소하 님께 범인은 기름 장수인 것 같다고 말씀드렸더니 알았다고 일단 두라고 하시던걸?"

그럴 줄 알았다. 소유는 후후 웃었다. 채윤은 그녀가 그럴 줄 몰랐다는 듯 눈을 깜박였다.

"왜 웃는 거니, 소유야?"

"소하 님이 그때 날 시험하시는 줄 알고는 있었는데, 네 입으로 확인을 받았잖아. 다음에 꼭 항의해야지."

그렇게 말하는데 갑자기 소유의 가슴이 또 찌릿 아파졌다. 정인 사이에 장난처럼 서로를 원망하는 그런 농담을 이제 그녀는 소하와 나눌 수 없었다. 그런 사이는 아닌 것이다.

채윤은 갑자기 쓸쓸한 표정을 지었다. 소유는 채윤의 표정이 나빠지자 저가 더 당황해서 얼른 물었다.

"왜 그래, 채윤?"

"소하 님과 많이 가까워졌구나."

"그야 설궁에 머물면서 그분이 나를 많이 돌봐주셨으니까."

"소하 님은 나도 많이 돌봐주셨지만, 네가 그분에 대해 이야기하며 짓는 표정은 내 것과 많이 다른 것 같아."

"얘는 참. 네 표정은 너도 모르잖아? 그런데 네 표정과 내 표정이 다른 걸 어떻게 아니?"

채윤의 지적은 정곡을 찌른 것이었지만 소유는 당당하게 우겼다. 이제껏 그래왔던 것처럼.

어쩌면 채윤은 소유가 말을 돌리고 있다는 사실을 눈치 챘을지도 몰랐다. 그러나 만약 그랬다면 그는 그런 내색을 전혀 하지 않고, 대신 진지하게 그녀를 보았다.

"소유야, 내 말 잘 들어. 이곳 단장은 소하 님의 명을 받아 행동하고 있지만, 여기 모든 사람들이 명운을 그분께 걸고 있는 것은 아니야. 그러니까 지령에 대해 알고 있는 건 나, 백란 공자, 그리고 단장뿐이지. 입궁한 다음에 지령을 수행하는 방식도 각자 다를 거고."

"백란이 혼자 유언장을 찾아야 한다는 말이야?"

소유는 숨을 작게 들이켰다. 채윤은 고개를 끄덕였다.

"한 사람이면 되는 일이고, 한 사람 이상은 너무 눈에 띄어. 나도 궁 안의 어디에서 그걸 찾아야 하는지도 잘 몰라. 다만 특정 위치에서 대기하라는 지시만 내려왔어."

소유가 듣기에 그것은 너무 위험한 작전이었다.

"왜, 너나 단장이 같이 움직이면 안 되는 건데? 군사 작전이라면 2인 1조가 기본이잖아."

"군사 작전?"

채윤은 소유가 하필 그런 어휘를 사용할 줄 몰랐다는 표정이었다.

"군사 작전은 그렇더라도 소유야, 이건 어쩔 수 없어. 그분께는 움직일 수 있는 사람이 너무 적어. 단장은 어차피 만약을 위해 계속 연회장에 있어야 할 거고 나는 퇴로를 확보하는 임무를 맡은 거야."

"연회장? 역시 연회 중에 일을 도모하려는 거구나."

소유는 본인이 그렇게 말해놓고도 제 입을 막았다. 그 어느 누구도 들어서는 안 되는 최고 기밀 사항이었다. 채윤은 안심하라는 듯 손을 살짝 들어 보았다.

"상황이 너무 복잡해, 소유야. 단장이 너를 받아들이지 않은 건 정말로 변수를 만들지 않으려는 거야."

"상황이 복잡하겠지. 너무 운이 많이 필요한 계획이니까."

소유는 인상을 쓰며 속닥거렸다. 채윤은 고개를 끄덕였다.

"맞아. 하지만 이 수밖에 없어. 그분은 지금 멀리 계시잖아. 우리끼리 움직여야 해. 무슨 말인지 알겠어? 소유야. 천인국으로 돌아가. 차라리 어딘가에 숨어 있어. 지금 이 시기에 여기 있어선 안 돼."

"그럴 수는 없어."

소유는 고개를 단호하게 저었다.

"채윤아, 이 임무는 그분이 성공적으로 생환하시는 데에 가장 중요한 요소나 다름없어."

"다미국에서는 생환하실 거야."

채윤은 소유를 달래려는 듯 말했다. 그녀는 답답했다. 채윤은 초왕이 준비해놓은 더러운 핑계를 상상도 하지 못한 모양이었다.

"채윤아, 지금 소하 님은 폐위되신 뒤 처음으로 군사력을 가지신 거야. 그분은 기다리던 때를 찾았으니 눈부신 전공을 세우실 거고, 주상은 그걸 절대로 인정하지 않을 거야. 그러면 남는 것은 충돌밖에 없어. …그분이 설궁의 문설주라도 다시 보시려면 그전에 유언장을 가져가서 조정에 공개해야 해."

채윤의 눈이 처음에는 잠시 흔들리다가 금세 가라앉았다.

"소하 님께 들은 말이야?"

"아니. 하지만 그렇게 될 거야. 내기할 수도 있어."

채윤이 다미국이 아닌 이곳에 와 있다 해도, 해랑이 이번에는 소유에게 피리를 주지 않았다 해도, 소유의 생명이 조금밖에 남지 않았음을 그녀 본인이 알고 있다고 해도.

그 어떤 사소한 변화가 있다 해도 초왕과 소하의 충돌만큼은 피할 수 없으리라는 것을 소유는 알고 있었다. 그것은 화주를 벗어나 낙양과 장안을 보며 그녀 자신이 피부로 느낀 예감이었다.

백성들은 더 이상의 학정을 견딜 수 없었고 소하의 생명은 언제라도 꺼질 듯 위태로웠다. 현상 유지는 말도 안 되는 소리였다.

"소유야."

채윤은 끝내 말을 잃은 듯 입을 다물고 있다가, 그녀의 손을 꽉 붙잡고 말했다.

"너 정말 많이 변했구나."

성왕의 탄신일 당일이 되자 거리에선 제사를 올리러 산에 간다는 울긋불긋한 행렬이 온갖 피리와 소고를 울리며 법석이었다. 밤에는 불꽃을 쏘아 올릴 예정이라며 사람들이 들떠 이야기했고 소유는 생각보다 훨씬 소란스러운 분위기가 마음에 들었다.

궁으로 부름을 받은 것은 소울 공연단 하나가 아니었고 수많은 재주꾼이니 무당이니 명문가 대표들이 쉴 새 없이 궁궐 앞 대로를 채웠다. 아침에는 제사를 올리고, 낮에는 각 명문가 사람들과 야외 전각에서 가벼운 연회를 즐기고, 밤에는 조금 더 향락적인 연회를 조정 각료들과 즐긴다는 소문은 마치 궁에서 발표라도 한 것처럼 기정사실로 퍼져 있었다.

"새대가리가 제사에 쓰라고 1만 냥을 내놨다면서?"

"체, 제 집에서 일하는 머슴애들한테 새경도 제대로 안 쳐주면서 아첨할 돈은 그렇게 많대?"

"쉿, 자네들 입조심해. 새대가리가 뭐야? 그러다 경을 친다니까?"

"아, 이름이 그건데 어떻게 해?"

임안 사람들이 수군거리는 말을 들어보니 자경국의 조정은 조두라는 사내가 꽉 잡고 있는 모양이었다. 그자도 곽일처럼 아첨에 바쁘고 백성의 살림살이에는 전혀 관심이 없다지만 길거리 모습은 현재 천인국보다 자경국이 훨씬 나아 보이는 것은 어쩔 수 없었다. 사람들은 성왕에게 누가 미소년을 바쳤네 하는 소문도 냈다. 과연 궁으로 들어가는 선물 가마 중에 어떤 것에는 얼굴을 붉은 천으로 가린 소년들이 타고 있었다.

아무리 종일 정신이 없다 해도 중요한 문서를 숨긴 곳에 잠입하려면 결행 시각은 밤일 터였고, 소유는 무리 없이 뚜르가이의 사당패가 저녁 연회에서 재주를 선보이리라고 추리했다. 그렇다면 괜히 낮에 들어갔다가 궁궐 사람들에게 얼굴 도장을 찍힐 필요는 없었다. 그녀는 고운 옷을 입어 마치 연회에 나가려고 차려입은 재주꾼처럼 꾸몄다. 그리고 슬슬 해가 기울어지기 시작할 무렵 궁에 드나드는 여러 패거리 중 하나에 속한 것처럼 바쁜 체 궐문을 통과했다.

일단 낯선 궁에 들어오자 본능적으로 긴장되기 시작했다. 소유는 누가 자신을 수상하게 보지 않기를 바라며 최대한 사람이 많은 곳에 섞였다. 소울 공연단은 청색 깃발을 들어 자기 무리를 표시했기 때문에 그녀는 다행히 그들에게 들키지 않으면서도 멀리 떨어지지 않고 따라갈 수 있었다.

연회를 치를 때는 부엌이 남아나지 않기 마련이라, 곱게 예복을 차려입은 궁인들이 쉬지 않고 음식을 이곳저곳에 날랐다. 막내딸이 집안을 이어받는 풍습 때문인지 관복을 입은 여자와 궁인의 옷을 입은 남자의 모습이 천인국에 비해 눈에 띄게 많았다.

연회장 근처에서 서성거리던 소유는 관복을 입고 연회에 출석하러 가는 사람 중 남보다 눈에 띄는 남자를 눈여겨보았다. 그는 야비하고 치졸한 인상이었지만 옥대를 아주 좋은 것으로 차고 있었고 주변에 사람이 많았다.

"조 대감, 아침의 제사가 아주 어마어마하더군요."

"주상 전하를 위해 1만 냥이나 쓰셨다면서요? 조 대감의 충성심을 전하께서도 아주 흡족하게 생각하시겠습니다."

소문의 주인공을 그렇게 빨리 볼 줄 몰랐던 소유는 흥미가 생겨 잠시 그의 얼굴에서 시선을 떼지 못했다. 조두는 자랑스러운 얼굴로 주위의 다른 관료들과 대화를 나누다가 문득 소유에게 눈길을 주었다. 그리고 그녀가 자신과 눈이 딱 마주치자 기묘하다는 듯 빤히 쳐다보았다.

이크. 이런 식으로 위험인물에게 기억되는 것은 피해야 했다. 소유는 얼른 눈을 떼고 최대한 자연스럽게 자리를 떴다. 조두는 그녀에게 금방 흥미를 잃은 듯 다시 다른 관료들과 떠들기 시작했다.

점차 날이 저물기 시작했다. 저녁 연회가 시작되려는지 더는 관료들이 드나들지 않았고 궁인들의 발도 바빠졌다. 소유는 때가 가까웠음을 알고 연회장 근처 인적이 드문 곳에 몸을 숨겼다.

피리리리, 둥둥. 한순간 수많은 악기가 궁궐을 가득 채울 듯 큰 소리로 악곡을 연주하기 시작했다. 연회장을 드나드는 사람이 이번에는 너무 적어져서, 혼자 밖에 서 있던 소유의 모습이 병사들의 눈에 띄었다.

"웬 놈이냐?"

주위 경비를 서던 병사 한 명이 창을 겨누며 하는 말에 소유는 하는 수 없이 자신은 소울 공연단의 악사인데 소피를 보러 나왔다고 어설프게 둘러댔고, 병사는 그녀를 연회장이 있는 건물 안으로 밀어 넣었다.

"어서 이쪽으로 오시오."

"예에……."

소유는 친절하게 길을 안내해 주는 궁인에게 끌려 제 자리도 없는 연회장 내부로 들어갈 뻔했지만 직전에 그녀가 다른 궁인과 대화를 나누는 사이 숨었다. 그리고 전혀 구조를 알지 못하는 적대적인 공간에 갇힌 상황에 식은땀을 흘렸다. 백란은 언제 임무를 수행하는 것일까.

"하하하!"

저녁 연회는 바깥쪽 문을 다 떼어 열어놓을 수 있는 작은 전각에서 열렸다. 소유는 방이나 복도가 몇 개 없는 그 전각의 어디에 숨어 있어야 좋을지 판단하려 애쓰며 불이 밝혀진 연회장 내부의 소리를 어쩔 수 없이 엿들었다. 큰 웃음소리가 났다.

"저 아이가 춤을 참 잘 추는군요."

"얼굴이 저렇게 고운 아이는 처음 봅니다."

소유가 알기에 뚜르가이의 사당패에 백란보다 고운 사람은 없었다. 그녀는 오늘밤 예쁜 소녀라는 말을 배터지게 들을 백란을 생각하며 아주 잠깐이지만 미소를 지었다.

연회장 내에서 가장 크게 웃는 사람은 두셋 정도였고, 소유는 잠시 후 그들의 목소리를 어느 정도 구별할 수 있게 되었다. 그들이 서로에게 쓰는 호칭과 말씨로 보아 가장 목소리가 큰 사람부터 순서대로 성왕, 조두, 그리고 황 대감인가 하는 자였다.

"에이! 예쁜 여자아이에겐 관심이 없느니. 내 입맛에 맞는 미남은 어디 있느냐?"

"그러고 보니 아까 전하께서 좋아하실 법한 고운 사내를 보았사온데 지금은 어디 있는지 모르겠군요."

"그래? 찾아보아라, 조두."

"예, 전하. 황 대감, 혹시 그쪽 자리에선 괜찮은 남자가 있는지 안 보입니까?"

"소신이 늙어 눈이 잘 보이지 않사옵니다."

성왕의 목소리는 꽤 걸걸했다. 변성기가 지난 뒤에 사내들이 흔히 갖는 낮은 목소리와 비슷해서, 소유가 성왕이 여자임을 알지 못했다면 남자 세 명이 대화하는 것이라 생각했을 터였다. 조두가 킥킥 웃었다.

"황 대감, 대감의 아드님 일로 여전히 꽁해 계십니까?"

"엇흠."

황 대감은 헛기침했다. 아마도 관료일 다른 사람의 목소리가 잔뜩 불만을 품고 끼었다.

"어찌 그런 표현을 쓰십니까? 꽁하다니요."

"어허, 내 자네더러 대화에 끼라고 한 적이 없거늘."

조두는 새로 끼어든 목소리의 주인공에게 불편한 기색을 노골적으로 드러내며 을렀다. 소유는 그가 성왕의 입장에 대해서는 한마디도 하지 않고 자기 자신을 주어로 두었다는 사실에 놀랐다. 그리고 성왕이 조두를 꾸짖지 않았다는 사실에 다시 놀랐다.

"조두, 미남이 어디 있는지 찾아보라니까."

"예, 전하."

성왕에게 대답하는 조두의 목소리는 더할 나위 없이 싹싹했다. 고사에 나올 법한 뻔한 간신의 행동이라 소유는 진저리를 쳤다. 자경국의 사정이 천인국보다 나은 것 같다는 그녀의 생각도 틀린 모양이었다.

소유가 숨어서 연회장의 동태를 살피는 동안 몇 가지의 재주가 이어졌다. 소유는 살짝 열린 문틈을 찾아 연회장 내부를 보았다. 백란은 다른 무희들과 함께 앉아 있었고 많은 사람의 시선이 그에게 쏟아졌다.

이래서야 백란이 제대로 임무를 수행할 시간을 벌지 못하는 것도 당연했다. 왕궁 연회에서 보일 수 있는 재주의 종류야 뻔하고, 이대로 기다리고 있다가는 선왕의 유언장을 찾기는커녕 백란이 자경국 귀족의 첩이 되게 생겼다. 남자임을 들키면 성왕의 첩이 되는 것이 더 빠를 테고.

잠깐, 성왕의 첩이라?

소유의 머릿속에 한 가지 생각이 떠올랐다. 그녀는 일부러 발소리를 내며 연회장 입구로 갔다. 그리고 지나가던 궁인을 잡고 물었다.

"여보십시오. 소피 보러 잠시 자리를 비웠는데 영 들어가기가 민망하니, 빈자리를 찾아서 데려다 줄 수 있겠습니까?"

"따라오시오."

궁인은 떠돌이 사당패가 별것을 다 신경 쓴다는 듯 콧대 높게 말하고 잰걸음으로 연회장 문을 열었다. 소유가 밝은 연회장에 발걸음을 들이자마자 성왕이 기쁜 목소리를 냈다.

"오! 귀엽게 생겼구나."

소유는 일부러 궁인들처럼 바닥을 보고 있었기 때문에 성왕이 자신에 대해 말하는 것인지 아닌지 확신할 수 없었다. 한쪽에 몰려 앉아 있던 사당패 사람들이 경악한 얼굴로 소유를 보았다. 조두가 깔깔 웃었다.

"바로 저 자입니다, 전하! 제가 보자마자 전하의 취향인 줄을 알아보았지요."

"자네가 역시 보는 눈이 있어."

성왕은 만족스럽게 말했다. 조두가 손짓했다.

"거기 지금 들어온 너! 가까이 와보거라."

궁인은 자신이 데려온 사람이 왕의 마음에 든 것을 알고 얼른 통로를 만들었다. 소유는 일부러 천천히 걸어서 성왕의 앞으로 나아갔다.

용과 황금으로 장식된 왕의 자리 앞에 꿇어앉은 소유는 일단 큰절을 올렸다. 그녀에게 연회장 안에 있는 모든 사람의 시선이 쏠리는 것이 느껴졌다.

"고개를 들어라."

조두가 성왕 대신 말했다. 소유는 눈을 예의 바르게 내리깔고 고개를 들어 그녀의 얼굴을 보았다. 시야 가장자리에 들어온 성왕의 생김새는 솔직히 말해 우스꽝스러운 편이었지만 이 나라 최고의 집안에서 자라서인지 피부가 희고 반질반질했다.

"마음에 드는구나. 아주 마음에 들어."

성왕은 기쁜 목소리로 평가했다. 조두는 새처럼 또 깔깔 웃으며 성왕의 비위를 맞추었다.

"그래서 이자들을 제가 부른 거지요, 전하! 전하의 탄신일이니 가장 마음에 드는 것만 보셔야 할 것이 아닙니까?"

"네 말이 맞다, 조두. 너 같은 충신이 또 어디 있겠느냐? 체통만 따지는 노인네들과는 마음 씀부터 다르구나."

성왕은 조두가 따라주는 술을 물처럼 휙 마시고 소유의 얼굴을 뚫어져라 살폈다. 소유는 한탄을 금할 수 없었다. 아는 왕이라고는 단둘뿐인데 어쩌면 둘 다 이 모양일까. 이제 정이라고는 한 점도 남지 않은 화주성 성주도 이 정도로 어리석지는 않았던 것이다.

조두는 소유에게 으름장을 놓듯 권위적으로 말했다.

"뭘 하다 이제 왔느냐? 전하께서 널 찾으셨다. 임금을 기다리게 하는 것이 얼마나 큰 죄인 줄 아느냐?"

"죽을 죄를 지었습니다."

소유는 혀를 차며 다시 절했다. 성왕이 불만스럽게 말했다.

"미남에게 그런 식으로 말하지 마라."

"아이구, 제가 그만 성심을 헤아리지 못했습니다, 전하."

조두는 성왕의 목소리가 나빠지자 곧장 납작 엎드렸다. 이번에는 성왕이 간드러지는 목소리로 소유에게 말을 붙였다.

"기분 나빠하지 말거라. 네 이름은 무엇이고, 무슨 재주가 있느냐?"

소유는 부끄러운 척하며 최대한 참하게 대답했다.

"소인 양소유라 하옵고, 감히 어전에서 선보일 만큼 뛰어난 재주는 아니오나 비파와 고, 금 따위를 조금 배우고 있사옵니다."

"그래? 그런데 어찌 아까는 연주하지 않았느냐?"

"그것이."

소유는 짐짓 슬픈 표정을 지었다.

"송구하옵니다, 전하. 말씀드렸듯 제 재주가 미천하여 같은 패거리에게도 비할 바가 아니어서 아직은 잡일만 맡고 있사옵니다. 해서 감히 악기를 가지고 나아올 수 없었사옵니다."

"그래? 짐은 네가 검을 차고 있기에 마당놀이를 보여주나 했다."

성왕은 자신만만하게 말했다. 그때 급히 백란의 목소리가 터져 나왔다.

"맞사옵니다, 전하!"

이번에는 연회장 내의 시선이 백란이 있는 곳으로 쏠렸다. 성왕은 인상을 조금 찌푸렸다.

"네게 묻지 않았다. 어찌 감히 내가 미인과 대화 나누는 것을 방해하느냐?"

"야속하십니다, 전하."

백란도 소유처럼 참한 목소리로 처연하게 말했다.

"소인 전하의 눈에 띄고자 일부러 치마를 입고 춤을 추었사온데, 저자에게만 관심을 보이시다니요."

"뭐라?"

다행히 성왕에게도 그 말을 바로 알아들을 만큼의 머리는 있는 모양이었다. 소유는 직접 성왕을 설득해 사당패가 오늘밤 왕궁에 머물 수 있게 해달라고 할 셈이었는데 백란이 나서 눈에 띄자 조마조마해졌다.

"허면 네가 사내란 말이더냐?"

"예, 전하."

백란은 알아줘서 무척 기쁘다는 듯 대답했다. 조두가 백란에게 손짓했다.

"너도 나아오너라."

사뿐사뿐, 아마도 춤을 추며 배웠을 걸음걸이로 백란은 소유의 옆으로 와 앉았다. 소유는 백란을 흘깃 보고 무시무시한 시선을 보냈다. 대체 무슨 생각이냐는 질문이었는데 백란은 그녀를 보지도 않고 성왕에게 말했다.

"소인 전부터 전하를 흠모해왔사옵니다."

"그래?"

성왕의 입이 함지박만 하게 벌어졌다. 조두는 아주 큰 건수를 잡았다는 표정을 노골적으로 드러내며 그녀를 부추겼다.

"그 말이 사실이라면 천하에 다시없을 미남이로다. 어디, 너희 사이에 너와 같은 사내가 더 있느냐?"

다행히, 아마도 퇴로를 확보하는 중일 채윤은 이 자리에 없었다. 소유는 사당패 사람들이 조용하자 성왕에게 애교를 부렸다.

"전하, 소인 또한 전하의 높으신 은혜를 입었사오니 부디 천하다 싫어 말아주시옵소서."

"전하, 소인은 전하를 뵐 오늘만 기다렸사옵니다."

백란도 지지 않았다. 소유는 식은땀을 흘렸다. 백란도 약속 없이 나타난 그녀 때문에 당황하고 있기야 할 테지만…….

"하하하!"

아첨하는 기색이 역력한 웃음소리가 관료들 사이에서 터져 나왔다.

"주상께서 나라를 잘 돌보시니 이리 절세미남이 스스로 나아오는 군요."

"나라 곳곳에 보낸 채홍사도 저 정도의 미남은 못 찾아내지 않았습니까?"

"위대한 군주에게는 첩이 따르는 법이지요."

소유는 별꼴이 반쪽이라고 생각했다. 성왕은 소유와 백란에게 차례로 말했다.

"미안하구나. 내 너도 잊지 않으마. 이리 와 술 한 잔 따라보거라."

"예, 전하."

백란은 나긋나긋하게 대답하고 성왕에게 다가갔다. 그리고 어디에서 배웠는지 능숙한 자세로 애처롭게 술을 따랐다. 성왕은 백란의 손을 덥석 잡고 빙긋빙긋 웃었다.

슬슬 소유의 속이 부글부글 끓었다. 소유에게 백란은 소중한 동생이었고 누구든 그를 함부로 대하면 가만히 두지 않을 셈이었다. 그때 백란이 성왕에게 뭐라고 속삭였다. 뭐라고 했는지 성왕의 얼굴이 밝아졌다.

"그래? 그러면 너희 둘 다 일단 나가보거라. 연회를 계속하자."

설마 지금 당장 후궁으로 보낸다는 의미인 건 아니겠지. 소유는 의심스러워하며 자리에서 물러났다.

연회장을 둘이 벗어나자마자 백란은 소유를 끌고 주위에서 가장 어두운 회랑 그림자에 들어갔다. 그리고 소유에게 잔뜩 화가 난 목소리로 따졌다.

"누님, 이게 무슨 짓입니까?"

"무슨 짓이기는."

소유도 만만치 않게 화가 난 목소리로 대답했다.

"무슨 말을 했길래 우릴 이리 내보내준 게냐? 나는 오늘 밤 때를 보고자 왕을 구워삶을 셈이었다."

"쉿!"

백란의 눈이 위험하게 번뜩였다.

"어떻게요? 누님. 누님이 방금 끔찍한 위험에 처해 계셨다는 사실을 아십니까?"

"너야말로 오늘밤을 완전히 날릴 뻔한 줄은 아는 거냐? 내가 눈길을 끌 때 네가 슬쩍 빠져나갔어야지."

소유의 계획은 거칠고 위험했지만 모든 순간에 잘 조형된 계획을 적용할 수도 없는 법이었다. 백란은 잠시 입을 다물었다가 소유의 손을 잡았다.

"일단 누님은 당장 빠져나가십시오. 제가 임무를 무사히 마치게 돕겠다 하시지 않았습니까?"

"그래서 도왔잖으냐."

"누님."

백란의 목소리는 걱정과 불안으로 거세게 떨렸다. 소유는 그의 따뜻하고 크고 살이 거의 없는 손을 꽉 맞잡아주었다. 그리고 그의 손을 아예 뿌리쳐버렸다.

"이럴 때가 아니니 어서 일을 하자. 어디로 갈 셈이냐?"

백란은 침을 삼키고 주위를 둘러보았다. 그들에게 시간이 별로 없음은 명확했다.

"…이리 오십시오."

소유는 백란의 뒤를 따라 기척을 최대한 숨기고 이동했다. 어느샌가 어두운 모퉁이를 돌아 합류한 강패가 소유의 모습을 보고 놀랐다.

"백란 도련님, 이분은……."

"그분의 사람이니 놀라지 마십시오. 그보다 어서 안내를 부탁드립니다."

"예. 저쪽이 편전입니다."

소울 공연단 전체가 소하에게 명운을 건 것은 아니어도, 적어도 강패는 소하의 사람 중 하나인 모양이었다. 생각지도 못한 인연에 소유는 그에게 눈웃음을 한 번 지어 주었다. 강패는 주의 깊게 병사나 궁인과 마주치지 않을 길을 따라 그들을 안내했다.

불이 거의 꺼져 어두운 편전이 곧 나타났다. 강패는 백란과 소유에게 속삭였다.

"조심하십시오."

몇 번 조심해도 모자랄 것이다. 소유는 고개를 끄덕이고 백란과 함께 편전으로 들어갔다. 백란은 망설임 없이 주위를 파악하며 편전 안쪽으로 달려갔다. 불이 꺼지고 문이 닫힌 편전은 동굴처럼 어두웠다.

소유는 멈춰 서서 말했다.

"불이 좀 있어야겠다."

무엇이든 찾으려면 일단 보이기는 해야 할 터였다. 보이는 게 없는 사이 적의 수중에 떨어져도 곤란한 일이고. 백란도 멈춰 서서 부싯돌을 부딪쳤다. 미리 준비해둔 것인지 곧 호롱을 든 백란의 얼굴이 떠올랐다.

"그런 건 어디에 숨겨 뒀었니?"

백란이 시선을 돌렸다.

"묻지 마십시오, 누님."

소유는 그가 대답을 망설이는 것을 보고 대강 답을 짐작했다. 이번 지령을 받은 사람들은 백란의 가슴팍에 채워 넣는 물건을 고를 때도 쓸모를 세심하게 살핀 모양이었다.

자경국의 용상을 꾸민 신성한 상징들은 다미국 것보다 어쩐지 험상궂고 수염이 많았다. 백란은 바로 옥좌 쪽으로 달려가더니 옥좌 왼쪽에 있는 동상의 목을 만졌다. 소유는 잠시 후 옥좌 뒤쪽 벽이 슥 내려가면서 문이 나오는 것을 보고 입을 딱 벌렸다.

"들어가지요, 누님."

백란은 초조한 목소리로 말했다. 소유는 고개를 저었다.

"다녀오렴. 나는 예서 망을 보도록 하마. 어디 멀리 다녀오는 건 아니지?"

"예, 누님."

백란은 소유의 제안이 마음에 들지 않는 눈치였지만, 2인 1조로 움직일 때의 장점을 괜한 불안 때문에 포기하지는 않았다. 빠르게 문 너머로 사라지는 백란을 보고 소유는 새삼 믿음직함을 느꼈다. 그에게서 한 번도 느껴본 적이 없는 감정이었다.

옥좌 부근을 서성거리던 소유는 문득 창문 너머에서 빛이 움직이는 걸 보고 당황했다. 물론 병사들이 밤에 편전 부근에서도 경비를 서는 것은 당연한 일이었지만 그 빛은 명백히 편전 문 쪽을 향하고 있었다.

편전 내부가 고요해서일까, 밖에서 병사들이 나누는 대화 소리가 어렴풋이 들려왔다.

"…다고?"

"그래. 그렇… 까. 안에서 빛이 어른… 어."

소유는 입술을 깨물었다. 당연히 들어오기 전에 주위에 눈이 없는 것을 확인했는데, 이 궁의 경비 체제는 상당히 빽빽한 모양이었다. 그녀는 백란이 빨리 돌아오기를 기다리며 숨을 죽였다. 탕. 편전 문 열리는 소리가 들렸다.

저벅, 저벅. 저벅, 저벅. 두 사람의 병사가 이내 노란 등롱을 들고 조당에 들어섰다. 소유는 옥좌 뒤에 몸을 딱 붙였다. 심장이 마구 뛰어 조금만 더 있으면 병사들에게까지 들릴 것 같았다.

"아무것도 없는데?"

"잘못 봤나보군."

다행히 병사들은 언뜻 보기에 텅 빈 조당을 수색하는 대신 발소리를 울리며 다시 떠나려고 했다. 그때 백란이 들어갔던 비밀 문이 끼익 소리를 냈다.

병사들의 발소리가 멎었다. 그들은 조당에 뛰어들어 등롱을 높이 들었다. 이미 소유가 비명을 지른 다음이었다.

"꺄아아악!"

병사들의 얼굴이 험악해졌다. 그들은 당장 검을 뽑았다.

"누구냐!"

"감히 여기가 어디라고!"

다행히 비밀 문이 내던 소리는 멎었다. 소유는 병사들 쪽으로 달려가며 검을 마주 뽑았다. 병사들은 등롱을 한쪽에 내려놓고 소리쳤다.

"침입자다!"

"좀도둑 녀석!"

이대로 있으면 적이 몰려들 것이다. 어차피 소유의 목표는 병사들 자체에게 있지 않았다. 그녀는 검집을 던져 등롱을 쓰러뜨렸다. 등롱을 둘러싸고 있던 기름 먹인 종이가 타들어갔다.

"너는 불을 꺼!"

병사 중 한 사람이 다른 쪽에게 소리치고 소유를 노려보았다. 지시를 받은 쪽이 불을 끄는 데 쓰려는지 옷을 벗는 사이에 소유를 노려보던 쪽의 눈이 문득 커졌다.

"가지요, 누님!"

백란의 목소리가 뒤쪽에서 들려오자 소유는 당장 등을 돌려 달렸다. 소유를 노려보던 병사가 묵직한 발소리를 내며 그녀를 뒤쫓았다. 그때 불이 확 꺼졌다. 불을 끄던 병사가 성공한 모양이었다.

갑자기 시야가 어두워진 것은 좋지 않았지만 소유는 소리에 의지해 백란을 따라갔다. 어느 순간 등골이 오싹해지더니 강한 힘이 소유의 목덜미를 붙잡았다.

"감히!"

소유의 목을 붙잡은 병사는 노호하며 그녀의 뒤통수를 내리쳤다. 그녀는 다행히 정신을 잃지는 않았지만 고통으로 한순간 머릿속이 하얘졌다.

"악!"

"누님!"

저 멀리서 백란의 목소리가 들렸다. 그는 조당을 빠져나가는 데 성공한 모양이었다. 소유는 고래고래 소리쳤다. 어디서 그런 힘이 나오는지도 알 수 없을 정도로.

"일단 가! 네 손에 수많은 사람의 목숨이 달렸어!"

"이놈이!"

병사는 그녀의 목을 졸랐다. 불을 끈 병사가 소리쳤다.

"가서 조 대감께 보고하지!"

"고양이를 따라왔더니 쥐를 잡았군."

소유를 잡은 병사는 의기양양하게 대꾸했다. 고양이? 소유의 가슴이 덜컥 내려앉았다. 그녀는 자신이 들은 단어를 믿을 수 없어 하며 몸부림쳤다. 천만다행히도 백란의 발소리는 점점 멀어졌다.

소유의 목을 조르던 병사는 그녀에게 위협적으로 물었다.

"어서 동료를 불러와. 감히 편전을 침범했으니 네놈 패거리는 다 죽은 목숨이야. 뭘 훔친 거냐? 왕궁의 물건을 함부로 밖에서 팔 수 있을 것 같아?"

"큭……!"

소유를 잡은 병사는 힘이 상당히 셌다. 소유의 정신이 점점 멀어졌다. 어디서 땡그랑 소리가 난 것 같았다.

다음 순간이었다.

"…뭣……!"

소유는 무릎과 가슴에 통증을 느꼈다. 어느새 그녀는 땅바닥에 내동댕이쳐져 제 목을 감싸고 있었다. 언제인지도 모르게 열린 창문 너머로 달빛이 들어왔다. 그녀를 잡고 있던 병사가 신음인지 탄성인지 모를 것을 지르고 그대로 조용해졌다.

무슨 상황인지 이해할 수가 없었다. 소유는 안간힘을 써 고개를 들었고 검은 머리칼을 늘어뜨린 남자가 거대한 낫을 휘두르는 것을 보았다. 달빛이 만들어낸 조그만 광장 안에서 실 끊어진 꼭두각시 인형처럼 병사가 쓰러졌다.

소유의 발치에는 이미 다른 병사가 쓰러져 있었다. 소유는 믿을 수 없어 하는 얼굴로 심연을 올려다보았다. 어디에 넣어두었던 것인지 그가 든 낫은 사람만큼 컸다. 그리고 그 날은 무게가 없는 것처럼 가볍게 공중에서 춤추었다.

"누구냐!"

"편전이다! 편전에서 소리가 났어!"

밖에서 웅성거리는 소리가 났다. 심연은 말없이 소유를 내려다보다가 말했다.

"…어서 가."

이런 식으로 도움을 받는 것이 몇 번째일까. 소유는 심연에게 물었다.

"당신이 저 병사들을 부른 게 아니지요?"

심연은 눈썹 하나 까딱하지 않고 말했다.

"네가 생각하고 싶은 대로 생각해."

"아닐 테지요. 당신이 불렀다면 이렇게 저들을 없애고 나를 도와줄 이유가 없으니까."

소유는 잠시 괴롭게 기침했다. 그리고 온힘을 다해 자리에서 일어났다.

"왜 계속 나를 도와주는 건가요?"

"널 지키고 싶으니까."

심연이 전에 보인 미소가 떠올랐다. 소유는 무엇인지도 모를 뜨거운 감정이 치미는 것을 느끼며 그에게 고개를 숙였다.

"고마워요."

그리고 어서 가야 한다는 그의 지적은 옳았다. 그녀는 몸을 돌려 아까 백란이 간 방향을 향해 달렸다. 백란이 열어놓고 간 것인지 바람이 들어왔기 때문에 기둥 뒤에 숨겨진 쪽문을 발견하는 데엔 무리가 없었다.

심연은 언제까지 자신을 구할 생각일까.

소유는 진심으로 그 답이 궁금했지만 그보다는 당장 이 상황을 빠져나가는 것이 더 급했다. 그녀는 밖으로 나가자마자 채윤이 백란과 함께 그녀를 향해 달려오는 것을 보았다. 채윤은 소유가 편전 밖으로 나온 것을 보자마자 멈춰 서서 크게 손짓했다.

채윤의 모습을 보자 적이 안심이 된 소유는 성취감에 웃음을 터뜨리고 싶었다. 그녀는 후들거리는 다리를 움직여 채윤과 백란에게 다가갔다. 그리고 채윤이 가리킨 방향으로 셋이 함께 이동했다.

낮은 담벼락 옆 그늘에 말들이 매어져 있었다. 소유는 말이 딱 두 마리인 것을 보고 숨이 턱에 차서 물었다.

"우리만 가?"

"공식적으로 소울 공연단은 우리에게 감쪽같이 속은 거야."

남의 나라 왕궁에서 병사 둘이 죽었고 비밀문서를 훔쳤다. 성왕이 그런 변명으로 넘어갈까? 소유는 말도 안 된다는 표정을 짓고 채윤을 보았다. 백란도 불안한 목소리로 뭔가 반박하려 했다.

"하지만."

"뚜르가이 카디르는 속임수에 능하니 걱정할 것 없어. 이보다 더한 사지도 몇 번이나 헤쳐온 사람이야."

아마도 소하가 그렇게 보장했을 것이다. 소유는 납득했고 백란과 채윤은 말에 올랐다. 백란은 당연한 듯 소유에게 손을 내밀었지만 소유는 일단 채윤의 말에 올랐다.

"누님?"

백란의 목소리가 더 불안해졌다. 채윤은 그가 뭐라고 따지기 전에 출발했다.

"이랴!"

신기하게도 가까운 쪽문이 열려 있었다. 왕궁의 보안이 그렇게 허술할 리가 없는데 별일이었다. 소유는 소하가 이 모든 상황을 안배하기 위해 얼마나 많은 사람을 움직였을지 상상도 할 수 없었다.

"저놈들 봐라!"

"잡아라!"

저 멀리서 뒤늦게 그들 일행을 발견한 자경국 병사들의 화난 목소리가 들렸지만 이미 채윤과 백란은 갈 길을 잘 아는 듯 거침없이 말을 달렸다. 어두운 그늘과 조용한 민가와 얕은 시냇물이 몇 개나 스치듯 흘러갔다.

한참 후, 간신히 말의 속도를 늦춘 다음에 백란은 소유에게 부루퉁하게 물었다.

"아는 분입니까, 누님?"

"네가 월이 형 동생이지?"

소유가 대답하기 전 채윤이 빙긋 웃으며 대꾸했다.

"만나는 건 처음이구나. 네 이야기 많이 들었어. 진채윤이라고 해."

채윤과 백란은 소유가 객잔에 들를 시간이 없다고 주장했고 소유는 그들의 생각에 동의했다. 다만 말이 두 마리뿐이라는 점이 문제였다.

"강을 건너면 제 말로 옮겨 타시지요, 누님."

임안 앞을 흐르는 강으로 다가가며 백란은 우겼다. 소유는 슬슬 채윤의 말이 지치지 않았을까 해서 백란의 주장을 받아들일까 고민했다. 그러나 채윤은 딱 잘랐다.

"그럴 필요 없어."

"하지만 채윤 형님보다 제가 더 가벼우니 말에게 부담이 적지 않겠습니까?"

"이 말이 더 튼튼해."

사당패에 끼어 돌아다니면서 말을 돌보기도 했다는 채윤은 당당하게 반박했다. 소유는 그보다 마음 쓰이는 것이 있어 백란에게 물었다.

"유언장은 잘 찾은 거지?"

"예, 누님. 그럼요."

백란은 소유가 제 주장에 귀를 기울이지 않았다고 생각했는지 서운한 눈치였지만 중요한 문제라 즉각 대답했다.

"초왕은 더러운 작자더군요."

임금을 그렇게 적나라한 말로 욕하는 백란의 모습은 소유가 처음 보는 것이었다. 그녀는 누구든 초왕을 욕하기만 한다면 심지어 성왕이라 하더라도 편을 들어줄 생각이 있었지만, 백란이 그렇게 험한 표현을 쓴 이유가 더 궁금했다.

"왜? 우리가 아는 내용 말고 뭐가 더 있었니?"

백란은 이를 갈았다.

"낙양을 팔았습니다. 자경국이 다미국에 첩자를 보내는 대신 천인국은 자경국의 군사가 낙양을 통해 진해국으로 진격하는 것을 눈감아주기로 했어요. 한두 번 논의한 게 아닌지 관련 서류가 많더군요."

이미 알고 있는 내용이었지만 소유는 막상 백란의 입에서 그 말을 듣자 덜컥 겁이 났다. 그녀는 백란에게 물었다.

"자경국이 언제 진해국을 공격할지도 정해져 있었니? 낙양이 괜찮을까?"

"물론이지요, 누님."

백란은 소유의 질문에 미소를 지어 보였다. 그 웃음은 괴로움을 숨기지 못한 것이었지만 분명한 자신에 차 있었다.

"월이 형님이 계시고, 아버님 어머님이 계십니다. 자경국이 명분 없이 치는데도 호락호락 넘어갈 정도로 낙양은 녹록치 않습니다."

"그래, 그렇겠구나."

명분이라는 말에 소유는 마음이 훨씬 가벼워졌다. 백란의 말이 맞았다. 저번에는 자경국이 백란을 붙잡았고 간자 파견에 대한 보복이라는 명분도 있었지만 이번에는 둘 다 사실이 아니었다. 그러니까, 백란이 이 자리에서 무사히 빠져나간다면.

채윤은 강가에 닿자 뭔가 신호를 보내는 듯 작은 거울을 꺼내 몇 번이나 흔들었다. 곧 가만히 물 젓는 소리와 함께 낡은 나룻배 한 척이 와 닿았다.

"확인하십시오."

채윤은 품에서 흰 옥패를 꺼내 뱃사공에게 보여주었다. 사공은 자기도 품에서 눈꽃을 형상화한 옥패를 꺼내 채윤에게 보였다. 채윤과 백란은 차례로 말에서 내려 배에 올랐다.

"시간 한 번 잘 맞춰 오셨습니다."

백란은 뱃사공에게 기분 좋게 말했다. 소유는 두근거리던 가슴이 배가 강나루에서 멀어질수록 점점 안도로 가라앉는 것을 느꼈다. 뱃사공은 배를 저으며 말했다. 철썩, 철썩. 밤 파도가 뱃전에 와 부딪쳤다.

"평생 기다려 온 때이니까요."

소유는 눈을 동그랗게 떴다.

"평생이라면, 사공 어르신은……."

"세자 저하께 말씀 좀 잘 전해 주십시오. 노구는 이날을 위해 지금

껏 목숨 부지하고 살았다고."

그의 말씨에서는 묘하게 장안 사람 같은 느낌이 났다. 힘든 일을 하는데도 거친 말씨나 부정확한 발음이라고는 찾아볼 수가 없었다. 소유는 소하를 '세자 저하'라고 부르는 데서 뱃사공의 사연을 대강 짐작할 수 있을 것 같아 한숨을 쉬었다.

소유가 지켜보는 사이 임안 쪽의 기슭에 점점 횃불 여러 대가 가까워졌다. 아마도 왕궁에서 파견한 병사들일 터였다. 뱃사공이 여유롭게 말했다.

"경치가 좋지요?"

"별이 흐르는 것 같군요."

채윤이 부드럽게 받았다. 소유는 강기슭의 병사들이 화살이라도 쏘아 붙일까 걱정이 되었다.

"노구는 이 강을 3천 번도 더 오르내렸습니다. 바람처럼 빠르게 천인국으로 향할 것이니 이제 안심하십시오."

"병사들이 기슭마다 매복하면 어떻게 하지요?"

전서구 따위로 각 마을에 지령을 내린다면 물길이 사람 사는 마을에 닿을 때마다 병사들이 공격해올 수도 있을 것이다. 뱃사공은 하하 웃었다.

"바람이 빠르겠습니까, 새가 빠르겠습니까?"

놀랍게도 배는 정말 바람처럼 빠르게 움직였다. 물길을 내달려 도달한 이름 모를 강기슭은 조용했고 적대적인 느낌이 없었다. 따로 시설이 마련되어 있지 않은데도 가만히 접안한 뱃사공은 완전히 밝아버린 날의 햇살 아래서 삿갓을 벗었다.

"저 언덕을 따라가시면 나오는 마을은 낙양으로 향하는 길목이 되고, 저 등대를 따라가시면 나오는 성은 장안으로 향하는 길목이 됩니다."

소유는 안도로 눈물이 나올 뻔한 것을 참으며 인사했다.

"감사합니다, 어르신. 덕분에 살았습니다."

"아닙니다. 덕분에 산 것은 제가 할 말이지요. 그리고 천인국의 백성들이구요."

뱃사공은 품위 있게 인사했다. 채윤이 물었다.

"이제 어디로 가실 겁니까?"

그 질문에 뱃사공은 빙긋 미소 지었다.

"금상께선 노구를 불충하다 쫓아내셨고 자경국에는 돌아갈 수 없으니, 남은 것이라곤 뭐가 있겠습니까?"

"금방 불러올리시겠지요. 큰 공을 세우신 것 아닙니까."

안타까운 마음에 소유는 얼른 위로했다. 이 노인이 천인국의 조정으로 돌아가려면 소하가 하루라도 빨리 보위를 되찾아야 했고, 소유는 최대한 그날을 위해 노력할 예정이었다. 뱃사공은 친절한 표정을 지었다.

"말씀만이라도 감사합니다. 자, 어서 가십시오. 시간이 없습니다."

뱃사공의 말이 맞았다. 백란은 소유에게 말했다.

"어서 장안으로 가지요, 누님."

"아니야."

소유는 고개를 저었다.

"백란아, 네 마음속엔 지금 낙양 생각밖에 없지 않니? 그런데 어찌 장안에 간다고 하니. 어서 가서 네 형에게 이번 음모에 대해 말해주렴."

물론 월은 이미 최대한 대비하고 있을 터였지만 백란까지 가면 더 확실히 낙양을 지킬 수 있을 것이다. 백란은 놀란 표정으로 고개를 저었다.

"이미 말씀드렸듯 누님, 낙양은 한동안 괜찮을 겁니다."

"하지만 더 확실히 해둬야 해. 자경국이 낙양에 발을 들이면 소하 님을 도울 수 있는 사람들의 발이 많이 묶인다."

백란은 소유의 말을 제대로 이해했는지 모를 얼굴로 고개를 갸웃했다. 뱃사공도 마음에 들지 않는 눈치였다.

"낭자, 이 공자도 세자 저하의 지령을 받은 몸이니 임무를 수행하게 하시지요."

"백란이가 장안에 가고 싶으면 낙양에 들렀다가 와도 됩니다. 선대 왕의 유언장은 채윤이가 전하는 게 좋겠습니다."

"소유야."

채윤은 그녀의 말투가 이상하다는 것을 눈치 채고 손을 들었다.

"너는 어디로 가려고?"

"나는 북쪽으로 갈 거야. 저쪽 성에서 네가 말 한 마리만 사주면 내 갈 길은 알아서 할게."

"안 돼."

채윤과 백란의 얼굴이 차례로 엄격해졌다. 백란은 고개를 몇 번이나 저었다.

"위험합니다, 누님. 북쪽은 지금 다미국과의 전쟁 때문에 경계가 삼엄할 텐데 어찌 그 험한 곳에 가시려 합니까?"

"얘는. 자경국은 험하지 않아서 내가 다녀왔겠니?"

소유는 가슴을 펴고 팔짱을 꼈다.

"소하 님께 갈 거야. 다미국의 쿠란게렐 왕은 쉬운 상대가 아니야. 내가 소하 님 곁에 있어야 해."

물론 해랑이 백룡담의 물을 마실 수 있게 해주겠다고 보장했고 소하라면 자경국의 음모를 어떻게든 알아챌 테지만, 이전에도 아슬아슬했던 위기를 채윤 없이 넘기다가는 언제 어떤 오류가 생길지 몰

307

랐다. 뱃사공은 감탄한 표정이었지만 채윤의 얼굴은 흐려졌다.

"위험해."

"내가 가지 않으면 소하 님이 위험하실지도 몰라."

백란이 문득 뒤로 한 걸음 물러섰다. 채윤과 소유의 사이에 짧은 침묵이 흘렀다.

잠시 땅을 내려다본 채윤은 낮고 작은 목소리로 말했다. 읊조림 같은 속삭임인데도 소유의 귀에는 그의 말이 귀엣말처럼 분명하고 크게 들렸다.

"…그분을 사모하는구나."

사모, 연모, 은애.

그런 단어로 소유가 소하에게 갖는 복잡한 감정을 모두 표현할 수 있을까. 문득 소유는 그런 의문이 들었다. 아무튼 그녀는 그와 생사를 함께한 적이 있는 것이다. 남에게는 낭군이 있다, 정인이 있다 당당하게 말했지만 정작 채윤에게 솔직한 마음을 털어놓기 부끄러워진 소유는 눈을 가늘게 떴다. 그리고 손으로 누가 꼭 누른 것처럼 고개를 크게 끄덕였다.

"그래."

이 마음이 뱃사공이나 채윤을 통해 소하에게 전해진다 해도 상관없었다. 소유는 가슴을 조금 더 폈다.

"그러니 내 말대로 해줘. 백란아, 너는 지금 당장 말을 달려 낙양으로 가라. 그리고 내가 낙양에 있을 때 기록한 것을 섬월당 내가 쓰던 방 농에 넣어두고 왔으니 네 형에게 알려주렴. 자경국과 이용초가 낙양을 두고 맺은 밀약에 대한 증거를 모두 가져가 네 형과 부모님께 보여드리면 공개할 시기를 그분들이 결정하실 게다."

"예."

백란은 딱딱하게 굳고 괴로운 얼굴로 대답했다. 채윤이 말 허리에 매여 있던 주머니를 끌러 백란에게 던져주었다.

"네 몫의 여비이니 가져가 쓰거라."

"미리 챙겨주셔서 감사합니다, 채윤 형님."

"감사는. 그동안 소유를 돌봐준 것에 대해서 내가 감사해야지."

"누님과 함께한 것은 채윤 형님을 위해서가 아니라 저 자신을 위해서 한 행동이니 신경 쓰지 마십시오. 그럼."

채윤은 상냥하고 붙임성 있게 말했지만 백란은 차갑게 대꾸하고 고개를 돌렸다. 그리고 배에서 내려 그대로 말을 타고 떠나갔다.

"이랴!"

아침 햇살 사이로 옷자락이 펄럭였다. 뒤도 돌아보지 않는 그 모습에 소유는 한시름을 놓았다. 너무 안도한 나머지 다리에서 힘이 살짝 풀렸다.

백란이 살았다. 선대왕의 유서도 찾아냈다.

"소유야."

채윤은 소유의 손을 잡아 배에서 내려주며 걱정스럽게 말했다.

"네가 왜 소하 님 곁에 가고 싶어 하는지는 알았어. 하지만 당장 다미국으로 따라가는 건 네게 좋은 일이 아니라고 생각해. 소하 님을 가장 위하는 행동은 지금 나와 함께 장안으로 가서 선대왕의 유서를 공개하는 일 아닐까?"

"하지만 그분 곁에 내가 있어야 해."

소유는 고개를 저었다. 채윤은 미간을 좁혔다. 이상하게도 그는 괴로워 보였다.

"어째서?"

"너무 위험해. 응, 채윤아. 소하 님께 닥친 위험이 너무 많아. 유서 공개는 한 사람이 해도 되잖아. 아니, 어차피 조정 대신의 힘을 빌려야 하는 거잖아. 하지만 저 멀리 다미국에 계신 소하 님께는 지금 나도 없고 너도 없잖아. 누가 소하 님을 음모에 빠뜨리려고 하면 어떻게 해."

"소유야."

채윤은 소유가 그런 말을 했다는 사실 자체가 놀랍다는 듯 타일렀다.

"그분께는 옥현 공이 계시고 다른 부하들도 있어. 전쟁 중인 곳에 소하 님 한 분을 만나러 가는 게 합리적인 일이야? 차라리 걱정하시지 않게……."

"어쩔 수 없어."

소유는 그제야 자신의 가슴 속에서 분명한 욕망이 꿈틀거리고 있었다는 사실을 깨달았다. 백란이 살았다는 점을 확신하고, 채윤에게 몇 번이나 질문을 받고 나서야 그 존재를 알아버린 소망.

그녀는 소하가 무척 보고 싶었다.

"가자, 채윤아. 저 성에서 말 한 마리 사주고, 괜찮으면 나도 여비 좀 줘. 너는 바로 장안으로 가서 정 승상 댁을 찾아가. 정 승상 댁 막내 경원 도령이 우리 사정을 모두 아니까 설명하면 유언장 공개에 도움을 줄 거야. 너도 경원 도령을 알지? 지금은 진해국에 있을지도 모르겠다. 혹시 정 승상 댁에 찾아갔을 때 경원이가 아직 안 왔다고 하면 그 댁 하인한테 내 이름을 대고 거기 머무르게 해달라고 해."

혹여라도 초왕이 정 승상 집안 사람들에게 해를 끼치려고 한다면 채윤이 그들을 도울 수 있을 것이다. 채윤은 소유를 한참이나 바라보았다. 그는 결국 쓴웃음을 지었다.

"알았어. …그래, 소유야. 그렇게 하자. 모두 네가 생각하는 대로 하도록 하자."

그들이 도착한 성은 소유가 들른 적도 없는 먼 곳이었다. 소유는 예정대로 채윤에게 말 한 마리와 여비 약간을 얻어 북쪽을 향하기로 했다. 채윤은 장안 방향으로 떠나가면서도 몇 번이나 그녀에게 조심하라고 당부했다.

일반 백성들도 소하가 다미국으로 쫓겨 간 것을 아는지 분위기가 뒤숭숭했다.

"별궁에 평생 박혀 살던 왕자가 어떻게 그 사나운 다미족을 이겨?"

"나라님도 무심하시지. 친조카인데."

"쉿! 얼마 전에 벽서 붙은 이후로 성주님 신경이 날카로워지셔서, 조금만 입을 잘못 놀려도 다 곤장 열 대씩이래. 입조심해."

"지금은 주위에 병사도 없잖아. 높으신 분들은 가족을 사랑하는 마음도 없나 봐."

청운의 집안을 보면 그런 것도 아니었지만, 소유는 무거운 마음으로 백성들이 수군거리는 소리를 그저 들었다. 성의 북문을 지키던 병사들은 저들끼리 시시덕거리느라 백성들이 뭐라고 하든 관심도 없는 것 같았다.

다행히 검문이 심하지 않아 소유에게 신분증이 없다는 사실은 별 문제가 되지 않았다. 병사들은 성에 들어오는 사람이 문제지 나가는 사람은 문제가 아니라며 귀찮은 듯 손짓했다. 소유는 속으로 감사히 여기며 말을 몰아 성을 나섰다.

말을 빨리 몰면 차산성까지 며칠이면 된다던 길은 일부는 깨끗하게 닦여 있었고 일부는 숲에 간신히 흔적을 남긴 오솔길이었다. 소유는 이름 모를 성에서 구입한 주먹밥을 먹기 위해 잠깐 말을 멈췄다. 그리고 냇물을 찾아가 그늘진 수풀 옆에서 열심히 식사했다.

검은 고양이가 소유의 발치로 다가왔다. 소유는 주먹밥을 거의 다 먹은 상태로 기가 차서 한숨을 쉬었다.

"여기도 찾아왔어요?"

"응."

"내가 여기 있는 줄은 어떻게 알았어요?"

저승사자라 날아다니기라도 하는 것일까? 소유의 질문에 고양이 모습의 심연은 차분하게 대답했다.

"이 세상은 너를 중심으로 돌아가니까. 언제든 찾을 수 있어."

꼭 사랑 고백 같은 말이었다. 소유는 깜짝 놀라 쓴웃음을 지었다.

"내가 당신의 목표물이라 그런가요?"

심연은 대답하지 않았다. 소유는 질문을 바꾸었다.

"식사하기 전이면 남은 건 요만큼밖에 없지만 이거라도 먹을래요? 배고프지 않아요?"

아무튼 저 자경국의 왕궁에서 아슬아슬한 상태였던 소유를 구해 준 것은 심연이었다. 있기만 하다면 주먹밥 이상의 거라도 얼마든지 줄 수 있었다. 그러나 심연은 고개를 끄덕였다.

"나는 배고프지 않아."

"그래요?"

"아무것도 느껴지지 않아. 배고픔도 맛도."

소유는 심연의 말을 그가 '지금은' 배가 고프지 않다는 의미로 알아들은 것이었기 때문에, 그가 이은 말에 충격을 받았다. 그녀는 항상 먹는 것을 좋아했고 맛이 느껴지지 않는 삶을 상상할 수가 없었다.

"맛이 안 느껴진다고요?"

"그래."

"어째서요?"

"사신이니까."

"원래 사람이었다면서요."

"맞아."

"그러면?"

"사신이 원래 사람이었다는 건, 말 그대로야. 몸은 죽었지만 저승으로 가지 못했어."

언뜻 소유의 머릿속에 그녀가 죽었을 때가 떠올랐다. 처음에는 온몸이 아팠지만 곧 고통이 느껴지지 않게 되었었다. 그런 것일까?

어쩐지 심연이 조금은 불쌍해 보였다. 소유는 주먹밥을 입에 다 털어 넣고 물었다.

"왜 저승으로 가지 못했어요?"

"내가 선택했어."

"왜요? 아, 이런 걸 물어도 된다면요."

"기다리는 사람이 있어."

심연은 매끄럽게 대답했다. 소유는 턱을 손에 괴고 물었다. 이전에는 꺼림칙하기만 했던 그에게 지금은 흥미 본위의 호기심이 생겼다.

"그 사람도 당신의 표적인가요?"

"표적이었어."

갑자기 소유의 가슴에 희망이 싹텄다. 그녀는 열성적으로 물었다.

"표적이었다가 표적이 아니게 될 수도 있나요?"

"이미 한 번 데려갔으니까."

희망의 싹이 시들었다. 소유는 한숨을 쉬며 투덜거렸다.

"뭐야. 그런데 왜 기다려요? 저승에 있으면 가서 보면 되는 것 아니에요?"

"사신은 피안으로 데려갈 뿐이야. 그 뒤에 표적이 어떻게 되는지는 전달받지 못해."

"그래요?"

이승의 관료와 비슷한 모양이었다. 자기 할 일만 하고, 자기 권한에서 벗어난 것에 대해선 알 수 없고. 소유는 재미있어져서 픽 웃었다.

"그러면 어디에 있는 줄 알고 기다려요?"

"언젠가는 마주칠 수 있어."

"무슨 수로요?"

"환생할 테니까."

소유는 이번에는 다른 의미로 충격을 받았다.

"환생… 이라면 다시 태어나는 것 말이에요? 내가 아닌 존재로 태어나서 다시 시작하는 것?"

"그래."

"환생이… 있어요?"

"그래."

심연은 담담했지만 소유는 가슴 속에 뜨거운 것이 치밀어 잠시 눈을 감았다. 그리고 제 무릎을 끌어안고 얼굴을 거기 묻었다.

환생. 환생이 있다. 이번에 죽더라도 다음에는 다른 것으로 태어나 또 살아갈 것이다. 비록…….

"환생하면 이전 삶에서 있었던 건 못 가져가는 거지요?"

"기억을 말하는 거라면 모두 잃게 돼."

"표적이 환생하면 알 수 있나요?"

"응."

소유는 머뭇거리다 고개를 들고 물었다.

"전생의 나를 만난 적이 있나요?"

심연은 대답이 없었다. 그러나 그의 눈이 잠시 흔들리는 것을 보고 그녀는 답을 알았다고 생각했다.

기분이 무척 이상해졌다. 소유는 자리에서 벌떡 일어났다.

"다 잃는다면 내가 두 번 사는 것은 아니네요. 지금처럼 내가 사랑하는 사람들을 구하기 위해 행동하지 않을 테니까. 그때는 소하 님도, 채윤이도, 백란이도 경원이도 모두 나와 상관없는 사람이 되겠지요?"

"그렇겠지."

심연의 이번 말도 담담했다. 소유는 가슴이 답답해져 크게 심호흡했다. 그 말을 듣고 보니 환생이 그다지 좋게 느껴지지 않았다. 아니, 애초에 좋다거나 나쁘다거나 하는 어떤 가치 판단이 가능한 일이 아니었다. 환생은 그저 환생이었다. 그리고 그녀에게 주어진 것은 이번 생뿐이었다.

"그러면 환생한 당신 표적은 당신을 기억도 못 할 텐데, 그래도 만나고 싶어요?"

"물어볼 게 있어."

갈수록 태산이었다. 소유는 고개를 갸웃했다.

"기억을 잃는다면서요."

"하지만 물어보고 싶어."

사신도 항상 합리적으로 행동하는 것은 아닌 모양이었다. 그가 사람이었다는 말이 어쩐지 다시 떠올라 소유는 그를 잠시 안쓰럽게 보았다.

그러나 수다로 낭비할 시간은 없었다. 소유는 이내 힘차게 기지개를 켜고 주먹밥이 어느 정도 소화되었다는 판단을 내렸다. 그리고 물을 마시는 말에게 다가가 안장 위에 훌쩍 올라탔다.

"다미국으로 갈 거예요. 내가 당신 표적이니 따라와야 한다고 하면 나로선 말릴 수 없네요. 하지만 당신 말이 없는 것은 알지요?"

"괜찮아."

어떻게 괜찮다는 것인지는 알 수 없었지만 소유는 그에게 그 이상 신경을 쓰고 싶지 않았다. 그래서 그녀는 말의 고삐를 흔들었다.

"이랴!"

해가 지기 전에 아슬아슬하게 도착한 이번 성 역시 소유가 이름을 모르기는 마찬가지였다. 이번 성은 성주에게 인망이 있는지 저번 성에 비해 백성들의 분위기가 차분했다. 소유는 그 성에서 유일하게 낯선 사람을 받는 객잔을 잡았다. 소박한 옷을 입은 노인은 다른 지방 말씨를 쓰는 젊은 여자가 혼자서 여행을 하고 있다는 사실이 상당히 이상하게 느껴지는 모양이었지만 예의 바르게 입을 다물었다.

호롱불을 끄고 초승달을 올려다보며 소유는 허공에 말을 걸었다.

"심연, 거기 있나요?"

마치 누군가 그 자리에 그려 넣은 듯 검은 고양이가 소리 없이 걸어 달빛 아래로 나아왔다. 소유는 한숨과 웃음을 반반 섞어 말했다.

"대단하네요. 나는 계속 말을 달렸는데."

심연은 대답이 없었다. 소유는 침대에 발을 올리고 본인의 무릎을 끌어안았다. 그리고 한숨을 쉬며 말했다.

"이런 말을 하면 당신이 웃을지도 모르겠지만, 방금 당신을 부른 건 무서워서예요. 백란이도 채윤이도 제 갈 길로 보내고 나니 그 둘에겐 미래가 있는데 나 혼자만 뒤에 남겨졌다는 생각이 들었어요. 쓸데없는 생각이지만 한 번 그런 생각을 하고 나니까 나 홀로 남겨졌다는 두려움이 계속 밀려와요."

이번에는 대답이 있었다.

"걱정하지 마. 너는 남겨지는 자가 아니라 떠나는 자니까."

"그게 무슨 말인가요?"

심연은 장난처럼 입을 다물었다. 아마 그 말에도 사신들만 이해할 수 있는 의미가 있을 것이다.

그래도 대화를 나눌 수 있는 사람이 있다는 사실은 소유에게 생각지도 못한 안도감을 주었다. 소유는 가만히 물었다.

"당신은 몇 살인가요?"

겉보기에 심연의 나이를 알기는 쉽지 않았다. 그의 얼굴은 왼쪽 눈을 세로로 그어놓은 상처를 제외하고는 티 없이 깨끗해서 젊은 청년 같다가도, 새까만 머리칼과 비단옷은 끝없는 죽음처럼 세월을 느끼게 했다. 심연은 조용히 대답했다.

"927세."

"네?"

소유는 혹시 자신이 잘못 들었나 해서 고개를 들고 심연을 빤히 쳐다보았다. 심연은 반복했다.

"927세. 900년쯤 전에 죽었고 그 이후로 계속 사신 일을 해왔어."

잘못 들은 것이 아니었다. 소유는 입을 딱 벌렸다.

"그분을 900년이 넘게 기다렸다고요? 그런데 아직 못 만났어요?"

심연은 대답하지 않았지만, 소유는 아마도 그러리라고 생각했다. 낮에 나눴던 대화를 떠올려 보면 심연이 그 옛 표적과 아직 원하는 대화를 나눈 것 같지 않았으므로.

그녀는 이번에는 질문 대신 고개를 저었다.

"대단하네요. 나는 그렇게 못 기다릴 것 같아요. 맛도 못 느끼는데 무슨 재미로 900년을 기다려요?"

"괜찮아."

심연은 담담하게 속삭이고 몸을 둥글게 말았다.

"언젠가 만날 수 있으면, 900년 정도는."

다음 날 아침 침상에서 깨어난 소유는 몽롱한 기분으로 기지개를 켰다. 조금이라도 빨리 다미국에 도달하려면 오늘도 말을 잔뜩 달려야 했다.

"아."

밤처럼 새까만 머리칼을 늘어뜨린 남자가 문가에 앉아 자고 있다는 사실은 인식하는 데에 시간이 조금 걸렸다. 소유는 먹은 것도 없이 사레가 들릴 뻔했다. 그녀가 깜짝 놀라 몸을 움찔하는데 그 때문인지 심연이 소리 없이 눈을 떴다.

"내가 깨웠나요?"

소유는 전날 자신이 어떻게 잠들었는지 기억이 나지 않았다. 아마 심연이 고양이인 상태에서 달빛을 보며 이런저런 생각에 빠져 있다가 그대로 스르르 잔 모양이었다. 그래도 침상에서 이불을 덮고 잔 게 용하다고 할까.

소유의 질문에 심연은 고개를 저었다.

"괜찮아."

"내가 깨운 게 맞군요. 미안해요."

소유는 그렇게 대답하고 잠시 망설였다. 심연이 사신이라고는 해도 외간 남자였다. 이렇게 같은 방에서 자다니, 소하에게 미안한 짓을 한 기분이었다.

똑똑. 그때 방문 두드리는 소리가 들렸다.

"낭자, 주무시오?"

객잔을 운영하는 노인의 목소리였다. 소유는 얼른 침상에서 내려서며 대답했다.

"일어났어요!"

달칵. 노인은 아무렇지도 않게 문을 열고 들어왔다. 그녀의 손에는 뜨거운 김이 오르는 죽이 들려 있었다.

"아침 먹는다고 하셨잖소? 생선죽이니 드시오."

노인은 고생을 많이 했는지 등이 굽어 있었고 몸집도 작았지만 단단하고 질긴 느낌을 주는 사람이었다. 청하가, 그리고 소유가 나이 들면 이런 할머니가 될 수도 있었을까? 소유는 그런 먼 미래가 상상되지 않았다. 그리고 이제 그녀 자신의 미래는 상상할 필요도 없었다.

괜한 감상에 빠지고 싶지는 않았다. 그녀는 생각하던 것을 멈추고 노인에게서 죽 그릇을 받아들었다.

"감사합니다."

"그런데 어제 혼자 묵는다고 하지 않았소? 내 신랑 마실 차도 금방 가져다줄 테니 기다려요."

"예?"

노인이 누굴 보고 그런 말을 했는지는 자명했다. 소유는 손을 저으려다 자기 손에 뜨거운 그릇이 있다는 사실을 떠올리고 고개를 대신 저었다.

"아니, 아닙니다. 이 사람은 잠시 대화를 하러 온 것뿐이지 제 신랑이 아니어요."

"아이고, 그렇소? 노인네가 주책을 부렸구려."

노인은 호호 웃으며 방을 나섰다. 문이 닫히자 소유는 탁자에 앉아 죽을 먹었다. 이 성은 근방의 호수에서 어업을 하며 살아가는지 길거리 골목골목마다 생선을 팔고 있었고 대부분의 지붕에 그물이 걸려 있었다.

맛있고 따뜻한 것을 먹자 하루를 살아갈 기력이 생긴 기분이 들었다. 소유는 일어나 심연에게 손짓했다.

"잠시 가까이 와봐요."

"알았어."

심연은 의문도 품지 않고 성큼 다가왔다. 소유는 그가 왜 그렇게 자신에게 잘해주는지 알 수가 없었다. 몇 번이나 목숨을 구해주더니 어젯밤에는 그에게 있어 필경 소중할 터인 사람에 대해 들려주기까지 했다.

"이런 거 먹어본 적 있어요?"

다행히도 자경국의 왕궁으로 갈 때 소유는 길에서 샀던 사탕을 소매에 넣어 가져간 상태였고, 그 소중한 사탕은 알알이 반짝이며 지금도 그녀의 수중에 있었다. 심연은 발갛고 노랗고 푸른 사탕을 물끄러미 내려다보다가 두어 개를 가리켰다.

"내가 먹어본 건 이것들밖에 없어."

"언제 먹어봤는데요?"

"아주 오래 전에."

"나도 좋아하는 거예요."

"그렇겠지."

뭐가 '그렇겠지'라는 걸까? 소유는 웃으며 그에게 한 개를 내밀었다.

"혹시 뭔가 느껴질지도 모르잖아요. 하나 먹어봐요."

"아무것도 느껴지지 않을 거야. 네가 먹어."

"혼자 먹기 불편해서 그래요."

심연은 그야말로 어설프게 붉은색 사탕 하나를 집어 입에 넣었다. 소유는 노란 사탕을 먹으며 그에게 물었다.

"무슨 맛이 나요?"

"아무 맛도 나지 않아. 아마 딸기 맛이 나야 하는 거겠지만."

"색으로 봐서 그렇겠죠. 아쉬워라."

따뜻한 죽에 달콤한 사탕까지 먹고 나자 소유는 심연이 맛을 느낄 수 없다는 사실에 전보다 더 큰 동정심을 느꼈다. 그녀는 물이 있는 곳으로 가 세수하기 위해 머리를 질끈 묶었다. 심연은 순식간에 고양이로 변했다.

"평소에는 항상 고양이 모습으로 다니는 거예요?

"응."

"왜요?"

"사람의 모습은 너무 눈에 띄니까."

"사람들의 시선이 불편한가요?"

"나는 괜찮지만 네가 불편할 거야."

확실히 심연은 무척 수상했다. 소하나 옥현이 심연의 정체를 물으면 뭐라고 대답해야 할까. 소유는 그의 설명에 납득했다.

"쓰다듬었을 때는 사람 모습으로 돌아왔잖아요."

"피곤하면 이 모습을 유지하기 힘들어."

"고양이 모습을 하고 있는 게 힘든 일인가요?"

"기력을 소모하는 일인 것은 사실이야."

안쓰러워졌다. 소유는 미안하고 답답해서 한숨을 쉬었다.

"그러면 사람 모습으로 있어요. 뭐 어떤가요. 사람들이 쳐다보면 쳐다보는 거지. 내가 이제 와서 남의 평판에 신경을 써야겠어요?"

심연은 잠시 머뭇거리듯 소유를 위아래로 보다가 사람 모습으로 다시 변했다.

소유는 혹시 몰라 검을 차고 문을 나서며 물었다. 사람 모습이라 해도 심연은 발소리를 내지 않았다.

"당신에게 고양이 모습과 사람 모습이 있는 것처럼 홍염도 변신할 수 있나요?"

"그래."

흰 털에 붉은 눈을 한 고양이라. 소유는 뭔가 들어맞는 것 같아서 입을 딱 벌렸다.

"화주에서 만났던 그 고양이! 설마 당신이 주인인 줄 알았던 그 예쁜 고양이가."

"홍염이었어."

심연은 고지식하게 고개를 끄덕였다. 소유는 두려운 눈으로 물었다.

"그때도 나는 죽을 운명이었던 건가요?"

이번에는 심연은 대답하지 않았다. 소유는 갑자기 성질이 나서 그에게 투덜거렸다.

"맞는지 아닌지 대답을 제대로 해줘요. 안 그러면 내가 판단하기 힘들잖아요."

"…알았어."

순순한 대답. 소유는 객잔 우물이 있는 곳으로 가 두레박을 내렸다. 그리고 물을 퍼 올려 차가운 물로 세수와 양치를 했다.

그녀는 문득 한 가지를 떠올렸다.

"그러고 보니 오늘 아침에 여기 주인 할머니는 당신을 보고도 놀라거나 피하지 않았어요. 화주에선 다들 당신을 쳐다봤는데."

"죽음이 가까운 나이라 사신에게 거부감이 없는 걸지도 몰라."

"그럴 수도 있겠네요."

복잡한 상념이 떠오를 뻔했다. 소유는 다시 한 번 얼굴을 찬물로 적시고 꼿꼿하게 말했다.

"가요. 오늘도 먼 길을 가야 해요."

다음 날에는 종일 산길을 가야 했기 때문에 소유는 너무 늦기 전한 성에 도착해서 객잔에 짐을 풀었다. 심연은 말을 달릴 때는 보이지 않더니 그녀가 짐을 풀자 어디선가 나타났다. 소유는 어이가 없고 소름도 돋았지만 슬슬 그에게 익숙해져서인지 거부감이 들지는 않았다.

"왔어요? 오늘은 방 따로 잡아서 자요."

"왜?"

심연은 정말로 모르겠다는 얼굴이었다. 소유는 쌀쌀맞게 말했다.

"같은 방을 쓰는 남녀를 사람들은 부부 관계라고 생각하니까요."

"남의 평판에는 신경 쓰지 않는다며."

"이건 내 소문에 대한 문제가 아니라 정인에 대한 정조 문제예요. 아무튼 나와 소하 님은 혼약까지 했던 관계인 걸 당신은 알잖아요."

"하지만 지금은 아니잖아."

소유는 울컥했다.

"아무튼 소하 님께 미안하단 말이에요."

"지금의 그는 너와 혼약했던 사실을 기억하지 못해."

"소하 님이 기억하시든 못하든, 나는 신경이 쓰여요."

짧은 침묵이 흘렀다. 심연은 고민하듯 눈을 살짝 내리깔았다가 대답했다.

"알았어. 문 앞에 있을게. 널 지켜야 하니까 멀리 갈 수는 없어."

"옆방에 있으면 되잖아요."

"나는 돈이 없어."

소유는 입을 다물었다. 그녀에게도 본인이 쓰지 않을 방을 함부로 잡을 정도의 여윳돈은 없었다.

소유가 한숨을 쉬며 방문을 나서자 심연은 그녀의 옆을 천천히 따라왔다. 그녀는 작은 객잔을 벗어나 이름 모를 성의 시내로 나갔다. 운 좋게도 조그만 장이 선 날이었다.

"영원히 행복해지는 정인의 팔찌 사려!"

이 근방 사람들과 어딘가 다른 차림을 한 방물장수가 가판에 귀여운 물건을 잔뜩 늘어놓고 팔았다. 소유는 방물장수의 표현이 어쩐지 익숙해서 고개를 갸웃했다.

"정인의 팔찌가 뭔가요?"

"어? 아가씨가 소식이 느리네. 요새 유행하는 거잖아요. 자경국 물건이에요."

그러고 보니 임안에서도 이런 꽃팔찌를 판 것 같았다. 방물장수는 벌쭉 웃으며 매듭을 꼬아 만든 팔찌를 들어 보였다. 소유는 그 팔찌의 중앙에 가느다랗고 새빨간 실을 사용해 만든 섬세한 꽃이 한 송이 핀 것을 보고 감탄했다. 누가 만들었는지 몰라도 솜씨가 대단했다.

"예쁘네요."

"하나만 사면 안 돼요. 이건 쌍으로 사서 정인끼리 서로 채워주면 영원히 행복해진다는 전설의 팔찌예요."

소유는 웃음을 흘렸다. 뻔하지만 귀여운 상술이었다. 소하에게 전설은 모르는 척 가져다 채워줘볼까 싶은 장난기도 들었다.

"하나만 사면 어떻게 되는데요?"

"그럼 평생 혼자 살지."

"아이, 무서워라."

소유는 깔깔 웃었다. 그리고 무심코 심연에게 의견을 물어보려다 멈칫했다. 팔찌에 있는 꽃은 그러고 보니 심연의 옷에 수놓인 붉은 꽃무늬와 똑같았다.

어차피 영원히 행복해지는 일 따위는 기대할 수 없다. 소유는 기분이 가라앉아 자리를 떠났다. 방물장수는 아쉬워하며 물건을 내려놓았다.

어느 정도 방물장수에게서 떨어진 뒤 심연은 소유에게 말을 걸었다.

"저 팔찌가 갖고 싶은 거야?"

"팔찌를 채워줄 정인이 갖고 싶네요."

"…네가 연모하는 사람이 이번에도 정인이 되면 되지 않을까?"

심연이 나름대로 생각해서 그렇게 말해준 것은 알았지만 소유는 어쩐지 더 심란해졌다. 그녀는 고개를 저었다.

"나는 금방 죽을 텐데, 그러면 소하 님께서 이별의 아픔을 견뎌야 하잖아요. 그냥 보고 싶으니까 얼른 북쪽으로 가기나 할래요."

"알았어."

심연은 입을 꾹 다물었다.

몇 걸음이나 걸었을까. 소유는 문득 제 손등을 들어보았다. 나뭇가지처럼 길고 여러 갈래로 찢어진 상처 끝에 누가 보아도 꽃봉오리처럼 통통한 것이 자라고 있었다. 금방 꽃이 필 것 같았다.

"이 반점은 죽을 때가 되면 생기나요, 심연?"

"홍염이 찍은 거야."

소유는 속이 뒤집어지는 것을 느꼈다.

"그 사람은 뭔데 당신 일과 당신 표적의 일에 그렇게 참견을 했던 거지요?"

"내 상관이니까. …내게 기다리면 그녀를 만날 수 있다고 했던 것도 홍염이야."

"당신이 기다리는 사람이 여자인가요?"

짐작은 하고 있었지만 소유는 은근히 확인해보았다. 심연은 고개를 조용히 끄덕였다.

"응."

"연모하던 분인가요?"

"그녀에겐 정혼자가 있었어."

"그렇다고 당신이 연모할 수 없는 건 아니지요."

"모르겠어. 연모한다는 게 뭔지."

심연은 그 말을 무척 조용하게 했기 때문에 소유는 자칫하면 말끝을 듣지 못할 뻔했다. 그녀는 생각하며 하늘을 올려다보았다. 슬슬 하늘이 붉어지고 있었다.

그녀는 잠시 후 천천히 말을 짜냈다. 그녀의 머릿속의 반쯤은 이미 소하가 웃는 모습이 점하고 있었다.

"그 사람이 살아서 행복하길 바라는 게 연모인 것 같아요. 그 외에도 나만 은애해주길 바라기도 하고, 나를 좋게 생각해주길 바라기도 하고, 아프지 않길 바라기도 하고……. 많은 것이 수반되지만, 지금 나는 소하 님을 그런 방식으로 연모하고 있어요."

"…나는 모르겠어."

심연은 조용히 아까의 말을 되풀이했다. 소유는 그가 진심으로 그렇게 말했음을 알았다.

"900년을 기다렸으면 연모하는 게 맞지 않을까요?"

한참 숲길을 가다가 점심을 먹기 위해 자리 잡은 소유는 어느샌가 다가온 심연에게 물었다. 심연은 태연할 정도로 담담하게 대답했다.

"나에게 그런 종류의 감정이 있는지 모르겠어."

"어째서요?"

옛이야기에 보면 신선도 정인을 만들어 연연하고 아끼는 제자를 위해 나라의 명운을 움직이지 않나. 사신은 심지어 사람이었다니 보통 사람이 갖는 감정을 다 가져도 이상할 것이 없을 텐데.

그러나 심연은 자신의 현재 상태 때문에 그런 대답을 한 것이 아니었다.

"누군가를 연모하거나 누군가의 연모를 받은 적이 없어. 그럴 여유가 없었어."

"살아 있을 때도요?"

"응."

소유는 눈을 가늘게 뜨고 심연의 왼쪽 눈을 보았다. 그의 눈을 위에서 아래로 죽 그어놓은 그 상처는 아무리 봐도 검에 베인 흉터였다.

"900년 전의 세상은 어땠나요?"

심연은 눈을 내리깔고 먼 곳을 보듯 고요한 말투로 대답했다.

"네가 사는 세계와 많이 달랐어. 항상 전쟁이 일어나는 곳이었어. 굶주려 죽는 사람도 많았지."

"지금도 전쟁은 항상 있고 굶주려 죽는 사람도 많은걸요."

"그래. 그건 어디나 마찬가지겠지."

천인국이나 자경국, 진해국 같은 곳과 다른 장소를 말하는 것일까? 심연의 표현이 꼭 그렇게 들려 소유는 고개를 갸웃했다.

"가족들은요?"

"가족?"

심연은 눈도 들지 않았다.

"나도 모르겠어. 태어나자마자 버려졌으니까. 나는 줄곧 노예로 자랐어."

"그랬어요?"

그렇다면 그런 상처가 있는 것도 이상하지 않았다. 소유는 한숨을 쉬었다. 심연은 눈을 들고 소유를 보았다.

"눈을 왜 가리고 다니는지 궁금해했지?"

"네."

"양쪽 눈 색이 다르면 저주를 받은 거라고 했었어."

"무슨 저주요?"

"주변 사람들이 모두 불행해지는 저주."

소유는 깜짝 놀랐다. 누군지 몰라도 끔찍한 말을 만들어냈다.

"그런 게 어디 있어요?"

"그래서 어릴 때부터 계속 전쟁터를 전전했지."

"어린애가 전쟁에서 뭘 한다고요?"

"그곳은 누군가가 불행해져도 전혀 이상하지 않은 곳이었으니까. 오히려 마음은 편했어."

소유도 전쟁터를 기억했다. 답답하고 속이 상했다. 양쪽 눈 색이 다른 사람은 처음 본 것이었지만, 생각해보면 모든 사람의 양쪽 눈 색이 반드시 같을 필요도 없었다. 나이 들어 한쪽 눈이 희어지는 경우도 있는데 그렇다고 그 사람을 전쟁터에 보내서야 말이 되나.

그녀는 조심스레 물었다.

"어쩌다 죽었는지 기억해요?"

심연은 나무 등치에 뒤통수를 기댔다.

"마지막으로 기억나는 장소가 전장인 걸 보면 역시 전쟁터에서 죽었겠지."

"전쟁터? 또 전장에 끌려갔다고요?"

"유일하게 나를 가노로 받아들여줬던 집이 있었어. 그 집 아씨의 정혼자를 대신해 전쟁터에 나갔지."

소유는 울컥했다. 군적을 속여 노비를 군역에 보내는 집은 왕왕 있었지만 군역이야 훈련이었고 일이었다. 하지만 누군가를 대신해 전쟁터에 나가는 것은 사람의 목숨을 사는 일이다.

"아씨의 정혼자를 대신해서? 아무리 주인이라고 해도 그렇지, 어떻게 심연을 위험한 전장에 억지로 내보낼 수가 있어요!"

"내가 가겠다고 했어."

소유는 입을 딱 벌렸다. 말도 안 된다고 하려는 차에 심연이 말을 이었다.

"만일 그가 전쟁터에 나가면 그녀가 많이 슬퍼할 것 같았어. 혹시 죽기라도 하면… 그럼 안 될 것 같아서."

"그녀? 아씨를 말하는 거예요?"

소유의 가슴이 덜컥 내려앉았다. 그녀는 심연을 조심스럽게 관찰했다. 심연은 한숨처럼 말했다. 평소 감정이 그다지 드러나지 않는 그의 목소리에 쓸쓸함과 그리움의 빛이 조금이지만 깃들었다.

"날 피하지 않았던 유일한 사람이었지. 내 눈을 보고도 기분 나쁘다고 하지 않았어."

"그건 나도 그렇게 생각했는데."

"그래. 그리고."

"그리고 또 뭐가 있어요?"

"내 이름을 지어준 게 바로 그녀야."

"심연이라는 이름 말이에요?"

"응. 그 전에는 이름이 없었어."

이름은 한 사람을 다른 사람과 구분하는 표식이다. 노예에게는 없을 수도 있었다. 아니, 오히려 전쟁터에 끌려온 어린 노예에게는 이름이 없는 것이 낫다고 모두가 생각했을지도 모른다.

소유는 우울해져서 괜히 밝게 투덜거렸다.

"그 아씨 참 취향도 독특하네요. 이름을 지어주려면 더 밝고 산뜻하게 지어줄 수도 있었을 텐데."

"그건 나도 그렇게 생각했어."

심연의 입꼬리에 미소 비슷한 것이 떠오를 뻔했다. 소유는 상황을 알 것 같아 도끼눈을 떴다.

"당신이 대신 전쟁터로 간 것 말이에요. 혹시 아씨가 당신한테 그러라고 했어요?"

"아니. 그녀는 아무것도 몰랐을 거야."

"그게 뭐예요? 그럼 그 아씨는 당신이 희생한 줄도 모르고 결혼해서 행복하게 잘 살았어요? 적어도 고맙다는 인사는 들었어야 하잖아요."

심연은 고개를 저었다.

"딱히 그녀에게 고맙다는 말을 듣고 싶었던 건 아니야."

그의 얼굴에는 정말이지 미련의 편린조차 보이지 않았다. 소유는 한숨을 푹 쉬었다.

"나라면 당신이 희생해서 행복했을 거라고 생각하지 않아요. 당신을 생각할 때마다 미안해서 무척 불행할 것 같아요."

"그랬던 것 같아."

"뭐가요?"

"그녀를 행복하게 해줄 수 없었어. 내 눈에 정말 불행의 저주가 걸렸던 걸까?"

"그걸 어떻게 아는데요?"

거기까지 질문한 소유는 숨을 삼켰다. 심연이 기다리고 있다는 그녀는 그의 표적이었다고, 그 본인이 그렇게 말하지 않았나.

과연 심연은 눈을 내리깔았다.

"내 첫 표적이 그녀였어. 불을 질러 스스로 목숨을 끊었지."

"자진했어요? 왜요?"

"모르겠어."

심연의 흰 눈꺼풀이 떨렸다.

"그녀가 행복했으면 좋겠다고 생각했어. 그걸 위해선 뭐든 할 수 있었어."

그 마음을 알고 있다.

설령 상대의 행복에 이 목숨을 대가로 바쳐야 하더라도.

소유는 더 물을 수가 없어 입을 다물었다. 심연은 눈을 들어 그녀를 바라보았다. 소유를 향한 심연의 곧고도 떨리는 눈빛이 그리운 것을 보듯 다정해, 그녀는 그만 눈시울에 차오른 눈물을 모른 체 손가락으로 찍어내고 말았다.

쉬지 않고 달려서인지, 초행길이었음에도 불구하고 며칠 지나지 않아 차산성이 저 멀리 보였다. 주위 풍광도 훨씬 소유의 눈에 익었다. 그녀는 차산성의 성주가 싫었지만 다미국을 혼자 헤매려면 보급해야 할 물품이 많았을 뿐더러 꼭 해둬야 할 일도 있었다.

말을 재촉해 차산성의 남동쪽 문에 다다르자 창을 든 병사가 경계하는 눈빛으로 나섰다.

"무슨 일이십니까? 이쪽 문은 사용하는 것이 아니니 서쪽 문으로 가십시오."

"성 사람들이 드나드는 문인 것을 알고 있습니다. 대군 마마의 일행인데 늦게 오게 되었으니 위에 말을 좀 전해주십시오."

병사는 명백히 더 경계했다.

"다미족을 정벌하러 가신 대군 마마라면 이미 청하강을 건넌 지 오래 되셨습니다. 차산성에는 들르지 않으셨습니다."

"성에서 들이지 않은 거겠지요."

병사에겐 잘못이 없었지만 소유는 쌀쌀맞게 그리 말했다. 병사는 알 게 뭐냐는 얼굴로 소유를 수상하게 노려보았다. 그녀는 한숨을 쉬었다.

"장안에서 마마의 명을 수행하고 오느라 홀로 왔습니다. 우리 마마께서 비록 적은 군세를 이끌고 오셨으나 당당한 이 나라의 국본이요 선대왕의 유일한 자녀이시자 차산성을 외세의 침략에서 구하러 오신 것인데, 어찌 대접이 좋지 않습니까? 응당 성에서 그분과 병사들을 모셔 극진히 대접해야 하지 않겠습니까?"

"차산성은 장안과 달라 우리 백성들 먹을 것도 없습니다."

병사가 대꾸하는 속도를 보아하니 차산성 전체의 분위기를 짐작할 수 있었다. 소유는 말에서 내렸다.

"마마께서 언제 지나가셨고, 어느 방향으로 가라는 조언을 들었는지 알아야겠습니다. 성에 들르지 않으셨더라도 응당 그분을 맞이한 사람이 있겠지요?"

"…위에 여쭙겠습니다."

성 남동쪽의 작은 문은 두어 사람이나 드나들 수 있을 정도로 작았다. 병사는 그 안으로 들어가더니 문을 철컥 잠갔다. 소유는 그 자리에 서서 참을성 있게 기다렸다.

얼마 후 소유가 기대하던 사람이 나왔다.

"낭자, 저를 찾으셨다 들었습니다."

차산성 성주가 소하에게 처음 보냈던 사자는 관청에서 일하다가 나왔는지 관복 차림이었다. 소유는 그가 아직 하지 않은 일에 대해 감사의 마음을 담아 정중하게 인사했다.

"양소유라 합니다. 대군 마마의 은덕을 입어 그분을 따르고 있습니다."

"유임태라 합니다."

소유는 그의 이름을 기억했다. 사자는 소유에게 맞절하고 난처한 듯 설명했다.

"대군 마마께선 이미 닷새 전에 지나가셨습니다. 지금쯤 다미국을 가로지르고 계실 겁니다. 어찌 이리 늦게 오셨습니까."

"마마께서 걱정하시는 일이 있어 확인하고 오느라 조금 늦었습니다."

"이미 놓치셨으니 차산성에서 기다리시지요. 개선의 소식이 들리면 그때 함께 장안으로 돌아가시는 것이 좋겠습니다."

소유는 차산성 성주의 적당한 인질이 되어 줄 생각이 없었지만 유임태의 제안은 친절했다. 그의 입장에서 소유는 이제야 혼자 나타난 신분 모를 인사일 텐데도.

그녀는 고개를 저었다.

"아닙니다. 그분께 도움이 되고자 여기까지 달려왔으니 필요한 것만 마련하면 지체 없이 오늘 밤에라도 떠날 생각입니다."

"밤에 떠나신다니요."

유임태는 질겁하며 손을 저었다.

"큰일 납니다. 밤마다 다미족이 내려와 선량한 백성들을 노략질하고 목숨을 쉬이 뺏습니다. 또 밤에 길 떠나는 사람이 어디 있답니까? 일단 오늘은 쉴 곳을 마련해드릴 터이니 여독을 푸시고, 대군 마마께 파발이라도 보내는 게 어떻겠습니까?"

"다미국에 연고도 없이 어찌 파발을 보내겠습니까."

소유는 웃었다. 유임태는 어찌할 바를 모르다 그녀에게 고개를 숙였다.

"물불을 가리지 않는 충성심에 놀랐습니다. 더 이상 제가 말릴 수는 없겠군요."

"친절에 감사드립니다. 다만 말 먹이고 두꺼운 옷을 사면 제 길을 가려 하는데 수배를 도와주신다면 은혜는 잊지 않겠습니다."

"안쪽으로 드십시오."

유임태는 쪽문을 이용해 차산성에 들어오도록 소유에게 손짓했다. 병사는 이제 손님을 맞이하는 사람의 긴장한 얼굴로 가슴을 똑바로 폈다. 소유는 성에 들며 지나가듯 말했다.

"대군 마마께선 금방 일을 처리하고 돌아오실 테고 저도 그때는 북문으로 들어오겠습니다."

유임태는 쓴웃음을 지었다.

"그때는 성대하게 환영할 수 있도록 노력하겠습니다."

"당신이 성대하게 환영해주실 것을 저는 압니다."

소유는 그에게 빙긋 웃어 보였다.

"장안에 있는 대군 마마의 궁에선 믿었던 궁인이 개에게 독을 먹인 일이 있습니다. 안타깝지만 사람이 위에서 시키면 뭐든 해야 하지 않겠습니까?"

"예? 예. 하지만 생명을 해쳐서는 안 되지요. 어찌 개에게 독을 먹인답니까? 누가 그런 일을 시킨단 말입니까?"

유임태는 소유가 무슨 말을 하려는지 모르겠다는 기색이었지만, 일단 성실하게 놀라며 분노하는 표정을 지었다.

"누군지는 잡아서 문초해보기 전에는 모르지 않겠습니까. 다만 다미국과는 선대왕 시절에 맺은 맹약이 있고 쿠란게렐 왕 본인도 압도적인 실력으로 적을 도륙하면 했지 야습으로 찔끔찔끔 적을 괴롭히는 행동은 좋아하지 않는다고 합니다. 우리 천인국의 백성들을 해치려는 마적 떼 같은 놈들은 모조리 잡아서 속옷 틈까지 헤쳐 누가 양국 사이에 이간질을 한 것은 아닌지 확실히 해야 할 것입니다."

그 말에 유임태는 진지한 표정을 지었다.

"양국이 이간질을 당하고 있다고 생각하십니까?"

"제가 뭘 알겠습니까? 아시다시피 저는 지금 막 올라왔고 여기 상황을 잘 모릅니다. 그저 이 척박한 북부 땅에서 천인국의 백성들이 농사 지어 먹고 살기도 힘든데 창졸간에 목숨을 잃고 전쟁 비용까지 대야 한다니 슬픈 일이라고 생각할 따름입니다."

소유가 둘러댄 말에는 진실성이 있었다. 유임태는 뭔가 생각하는 눈치가 되었다. 그녀는 밝게 웃으며 이야기를 마무리했다.

"세상에 명분이 있지만, 백성들이 안전하고 배부른 것이야말로 나라가 중히 할 일이라 다들 배우지 않습니까? 오해였으면 좋겠다는 말일 뿐 싸워야 할 때는 나아가 싸울 것이니 부디 다르게 듣지 마십시오."

"물론입니다."

유임태는 고개를 끄덕였다.

해가 뉘엿뉘엿 질 무렵, 소유는 차산성의 북문을 빠져나갔다.

북문의 문지기는 소유가 원군은커녕 그럴 듯한 호패조차 가지고 오지 않았다는 사실이 무척 걸리는 모양이었지만, 그의 일은 누가 성에서 나가지 못하게 하는 것보다는 적이 성에 들어오지 못하게 하는 쪽에 가까웠다. 덕분에 병사들이 쑥덕거리며 논의하는 사이 소유는 슬쩍 성문을 지나 청하강을 향할 수 있었다.

　새빨간 노을을 받은 청하강은 굉음을 내며 붉게 흘렀다. 소유는 물이 튀는 다리에 오르며 어느새 제 뒤를 걷고 있던 심연에게 물었다.

　"다리를 건너고 나면 달릴 거예요. 따라올 수 있죠?"

　"응."

　심연은 소유처럼 다리의 정중앙을 걸었다. 소유는 고개를 갸웃하며 물었다.

　"혹시 물이 무서운가요? 사신이니까 빠져도 안 죽잖아요?"

　"원래 인간이었을 때의 기억이 남아 있어."

　"인간일 때 무슨 일이 있었나요?"

　"물에 빠진 적이 있는데, 빠지자마자 그대로 가라앉아버렸어."

　"어떻게 빠져나왔어요?"

　"다른 사람이 구해줬어."

　"혹시 그 아씨인가요?"

　"응."

　소유는 미소를 지었다.

　"아씨는 헤엄을 잘 쳤나봐요."

　"그녀도 물을 무서워했지."

　"그런데 어떻게 심연을 구했죠?"

　"그냥 무작정 뛰어들었다고 했어. 나중에 자기도 날 어떻게 끌고 나왔는지 모르겠다고 웃었어."

　대단한 사람이다. 소유는 더 묻지 않고 앞을 보았다.

강물이 얼마나 세게 흐르는지 지난번보다 머리와 몸에 물이 훨씬 많이 튀었다. 지난번에는 소하가 자신을 감싸줬기 때문인지, 아니면 그저 전보다 더 유량이 많은 날을 선택했기 때문인지 소유는 구별할 수 없었다.

"소하 님은 지금쯤 어디 계실까요."

그녀는 젖은 한숨처럼 말을 토해냈다. 심연은 물었다.

"걱정돼?"

"네."

"걱정하지 마."

"어째서요? 아무 일도 없을 것을 내가 이미 아니까? 하지만 모든 위험이 다 내가 아는 데서만 오는 것은 아니잖아요."

소유는 이번에는 정말로 한숨을 쉬었다. 심연은 마치 귓가에서 속삭이듯 나지막하게 말했다.

"모두 네가 원하는 대로 될 거야."

"재미있네요. 심연이 위로하니까 정말로 그렇게 될 것만 같아요."

"하지만 정말인걸."

소유는 대답하지 않았다. 그녀는 말을 몰아 청하강을 건너는 데에만 집중했다. 그때 강 건너편에서 갑주를 입고 다가오는 사람들이 보였다.

이상했다. 그들은 다미국의 깃발을 들고 있었지만 옷을 갖춰 입은 형태나 머리 모양에서 어쩐지 위화감이 느껴졌다. 소유는 다리 끝에서 멈춰 서 그들에게 물었다. 갑주를 입고 다가온 사람들은 대여섯 명이었는데 그중 둘은 검과 도끼만 가지고 있었고 셋은 단검과 활을 가지고 있었다. 그리고 다섯 명 모두가 얼굴이 지저분한 남자였다.

"너희는 누구냐? 다미국 사람들이냐?"

그렇게 물으면서도 그녀는 답을 알고 있었다. 쿠란게렐이 이렇게 상태가 엉망인 경비병을 국경에 파견할 리가 없었다. 활을 가진 남자들은 소유를 겨누고 흉흉하게 노려보았고 검과 도끼를 가진 남자들은 도끼를 꼬나 쥐고 거칠게 말했다.

"어딜 함부로 국경을 넘으려고 해?"

"목숨이 아깝다면 가진 것 다 내놓고 겁쟁이 같은 너희 천인국 놈들의 성에나 숨어라!"

소유는 긴장했지만 픽 웃어버렸다. 도끼를 든 남자 중 키가 큰 쪽이 발끈했다.

"위대한 다미국의 전사인 우리를 비웃는 것이냐! 매운 맛을 보여주마!"

"말은 똑바로 해야지."

소유는 차갑게 대꾸하고 검을 뽑았다.

"너희가 어찌 다미국의 전사냐? 내가 싸워본 다미국 전사들은 강하고 긍지 높은 사람들이지, 너희처럼 남의 나라를 이간질하러 와서 지저분하게 강도질이나 하고 돌아다니지 않는다."

활을 든 남자 중 한 명이 놀랐는지 화살을 엉뚱한 곳에 쏘았다. 강물에 화살이 퐁 떨어지는 소리가 들렸다. 소유는 노을에 붉게 물든 남자들을 살펴 그중 어딜 뚫고 나가야 할지 궁리했다. 일단 한번 돌파하면 깊이 쫓아오지는 않을 것이다.

"헌데 이 다리에 사람이 있는 것을 전에는 본 적이 없는데 어찌 이렇게 나섰느냐? 너희는 숨어 있다가 밤에 노략질하러 다니는 강도들이 아니냐?"

"하늘의 인도하심이 있었지."

도끼 든 자 중 키가 작은 쪽이 이죽거렸다.

"하늘나라에서 보내준 사자가 우리를 이리 데려오더라고. 설마 이런 시국에 혼자 다미국으로 넘어오려는 멍청이가 있을 줄은 생각도 못 했는데, 이거야말로 하늘에서 도우신다는 뜻 아니겠어?"

"사자?"

뜬금없는 단어에 소유는 잠시 생각을 멈췄다. 그럴 리가 없는데도 하늘나라고 하니 선계가 떠올랐다. 하지만 그녀의 아버지가 왜……

"그렇게 예쁜 고양이는 처음 봤지."

활을 든 남자 중 붉은 견갑을 입은 남자가 중얼거렸다. 소유는 잠깐 심연을 보았다. 심연은 계속 여기 있었고, 솔직히 고양이로서 그리 예쁜 모습은 아니었다. 그렇다면.

"새하얀 고양이를 말하는 거라면 너희를 죽음으로 이끄는 사자인데 잘못 왔구나."

소유는 그렇게 말하고 일부러 귀신처럼 크게 웃었다. 그녀가 흰 고양이에 대해 알 거라고는 생각하지 못했을 다섯 남자는 잠시 주춤했다. 도끼 든 남자 중 키가 큰 자가 잠시 후 의심스러운 표정으로 소리쳤다.

"함정을 판 거냐?"

"고양이를 좋다고 따라온 것은 너희 아니냐?"

물론 미리 함정을 팔 여유라곤 하나도 없었고 이 상황도 바라는 바가 결코 아니었지만, 소유는 가슴을 펴고 도도하게 되물었다. 활을 든 자들이 활을 내리고 뒤를 살폈다. 그들은 순식간에 동서남북을 모두 경계할 수 있게 서로 등을 모으고 둥글게 섰다.

"원하는 게 뭐냐?"

아마 가까운 수풀에 천인국 병사들이 매복해 있다고 생각하는 듯 남자들 중 한 명이 스산하게 물었다. 소유는 차갑게 대꾸했다.

"여기서 꺼져라. 자경국에서 천인국과 다미국 사이에 끼어들 이유가 없다. 너희 성왕이 숨기던 것은 이미 드러났으며 빌어먹을 간신배 조두 놈도 문책당해 책임을 피할 수 없을 것이다. 여기서 선량한 백성들을 더 괴롭힌다면 이후 심판받을 죄가 늘 뿐이다."

남자들 중 표정을 잘 숨기지 못하는 모양인 셋의 얼굴이 새파랗게 질렸다. 소유는 자신이 완전히 되는 대로 말하고 있다는 사실을 천연덕스럽게 잊었다. 거짓말이 가장 진실처럼 느껴지려면 말하는 사람 자신이 그 말을 믿어야 하는 법이었다.

도끼 든 남자들이 무릎을 꿇었다.

"용서하십시오. 저희는 단지 돈을 받고 행동하는 놈들이지 결코 어떤 억하심정이 있었던 것은 아닙니다. 부디, 마님……."

"높으신 마님……."

활을 든 남자들도 방향을 바꿔 소유에게 무릎을 꿇었다. 잘 되어 간다! 속으로 쾌재를 부른 소유는 그들에게 오만하게 턱짓해 보였다.

"네놈들에게서 나올 증언이라고 해봐야 뻔할 테지. 너희를 문초할 생각은 없다. 다만 자경국의 돈과 지령을 받은 것이 있을 터, 증거로 그것을 내놓고 이 땅에서 떠나라. 다시는 다미국과 천인국, 어느 쪽에도 발을 들이지 말라."

"예, 예!"

남자들은 품을 털어 오래된 가죽에 적은 꼬깃꼬깃한 지도와 암호로 된 지령, 그리고 자경국 엽전 몇 푼을 내놓고 도망쳤다. 소유는 그들의 뒷모습이 완전히 보이지 않을 때까지 기다렸다가 긴장이 확 풀려 말에게 기댔다.

"잘했어. 용감하구나."

심연이 그녀에게 조용히 말했다. 소유는 죽을 것 같은 기분으로 목소리를 짜냈다.

"당신이… 뭣하면 도와줄 거라고 내 마음대로 믿었어요. 여긴 내가 죽을 자리가 아니니까."

당연하지만 만약 진짜 다미국 병사들에게 들킨다면 자경국 용병들에게 했던 것처럼 허세를 부리면서 위기를 모면할 수는 없을 터였다. 게다가 그들은 인질도 잡지 않는 사람들이다. 소유는 천인국 병사들이 지나간 자리를 찾으면서 다미국 측에게는 들키지 않도록 이동하느라 상당히 애를 썼다.

심연은 그다지 큰 위로가 되지 않았다. 그는 기온이 내려가고 있다는 사실도 몰랐고 소유가 말하기 전에는 그녀가 배고픈 줄도 몰랐다. 사람이 춥고 배고플 수 있다는 사실을 잊었다는 투라 그녀는 화를 낼 수도 없었다. 게다가 어차피 이것은 그녀의 여정이었다.

다만 소유가 힘들어하는 것이 뻔히 보이면 그는 어디선가 삭정이를 주워 오기도 했고 멧토끼나 족제비 따위를 잡아 오기도 했다. 야생에서의 생존 능력은 훈련받은 바 없는 소유는 그 마음이 크게 고마워 심연에게 계속 인사했다.

"고마워요. 당신이 같이 와준 덕분에 이렇게 버티네요."

5천 명이 지나간 자리가 전과 같을 수는 없어서, 소유는 자신의 기억과 노골적인 흔적을 조합해 어떻게든 소하를 따라가고 있었다. 다만 백룡담에서 일어났떤 일이 언제쯤인지 신경 쓰여 그녀는 자주 초조해졌다. 해랑이 약조했으니 백룡담에서 소하의 여행이 끝나지는 않을 것이다. 하지만 확인하지 않으면 역시 불안했다.

심연은 그녀의 얼굴을 보고 담담하게 말했다.

"내가 없었어도 넌 잘했을 거야."

"아니에요. 정말로 고마워요."

그렇게 말하고 소유는 우울하게 손등을 보았다. 붉은 꽃봉오리는 이미 피어나고 있었다. 심연은 그녀의 시선이 가는 곳을 확인하더니 손등을 가려주었다.

"…아직 남았어."

심연의 목소리는 차라리 그 자신에게 들려주는 것 같았다. 소유는 쓴웃음을 지었다. 옆 사람이 마음을 쓰니 제 일이라도 어쩐지 조금은 가볍게 느껴졌다. 이래서 슬픔은 나누면 반이라고 하는 것일까.

"고마워요."

"잠시 주변을 둘러보고 올게."

고양이로 변해서 주위를 정탐할 수 있는 심연은 지금의 소유에게 큰 도움이 되었다. 그녀는 고개를 끄덕이고 조그만 모닥불에 손을 쬐었다. 잠시 후 심연이 어디로 갔는지 알 수도 없을 정도로 주위가 조용해지자 또다시 무서운 기분이 들었다.

세상에 혼자 남은 것 같은 기분.

하지만 심연 말마따나, 소유는 세상에 혼자 남지는 않을 것이다. 왜냐하면 모두가 그녀를 두고 떠나기 전에 제가 먼저 죽을 테니까. 모두가 그녀를 두고 떠나가도록 내버려두지 않을 테니까. 소유는 눈을 감고 무릎에 얼굴을 묻었다. 그리고 소하를 생각했다.

설궁에서 맡던 소하의 향기. 옥현이 끓여주던 따뜻한 차. 맑은 소리가 나던 바둑돌.

옥현의 차가 대단히 그리웠다. 그녀는 요즘 샘의 찬물만 마시고 있었다. 장작이 남아돌지도 않았고 물을 끓일 도구도 없었기 때문이었다. 이러다 탈이 나는 게 아닐까 싶을 정도로 육포와 찬물, 그리고 산에서 어쩌다 가끔 발견하는 동물 또는 과일로 버티고 있는 중이었다.

거기까지 생각하자 문득 목이 말라왔다.

잠들기 전에 샘의 위치를 확인하는 것은 이제 익숙했고, 샘을 찾아갔다가 몰래 잠자리로 돌아오는 일도 낯설지 않았다. 소유는 조용히 일어나 우울한 기분으로 샘을 찾아갔다. 이미 그믐달이 높이 뜬 밤이었다.

소유가 나무 그늘과 수풀에 가려져 아까도 소리로 간신히 찾았던 샘 앞에 앉으려는데 마침 눈처럼 새하얀 형체가 눈에 들어왔다. 샘 앞에 얌전히 앉아 이쪽을 올려다보는 흰 고양이의 모습을 보고 그녀는 숨이 막히는 기분이 들었다.

"홍염?"

조심스레 불러보자 흰 고양이는 씩 웃었다. 그 웃음을 보고 그녀는 확신했다. 진짜 고양이가 그렇게 히쭉 웃을 리가 없었다.

"당신도 사람의 모습이 있잖아요. 우리 얘기 좀 해요."

순식간에 소유의 눈앞에는 흰 머리를 길게 늘어뜨리고 새빨간 눈을 한, 죽었을 때 봤던 그 남자가 앉아 있었다. 그는 여전히 화려한 장신구를 주렁주렁 늘어뜨리고 있어 심연과는 느낌이 달랐지만 얼굴이 새하얗다는 점만큼은 똑같았다.

그는 재미있다는 표정 반, 괘씸하다는 표정 반으로 웃으며 말했다.

"건방지구나. 어디서 얘기를 하자 말자야?"

"당신 때문에 몇 번이나 죽을 뻔했는데 내가 대화 정도는 하자고 할 수 있잖아요?"

"없어. 내가 너와 이야기할지 말지는 완전히 내 마음이야."

홍염은 그렇게 말하고 또 히쭉 웃었다. 그러나 그의 눈은 차갑게 가라앉았다. 소유는 그의 앞에 털썩 앉아 그 얼굴을 빤히 쳐다보았다.

"계속 날 죽이려고 든 게 당신이죠? 다시 살려주기로 한 거 아니었어요?"

"내가 언제? 심연이 그랬지."

"당신도 내버려둔다고 했잖아요. 그런데 이렇게 자꾸 날 죽이려고 들면 어떡해요."

"흥."

홍염은 코웃음을 쳤다.

"안 죽었잖아?"

"심연이 도와줘서 그렇죠. 안 그랬으면 죽었을 거예요."

"모르지. 물에 빠진다고 반드시 죽나? 무너지는 집에 깔린다고 반드시 죽나?"

"보통은 죽거든요?"

그 비협조적인 태도에 소유는 발끈해서 되받아쳤다. 홍염은 한쪽 입꼬리만을 올렸다.

"반드시 죽는다고는 할 수 없지. 아무튼 네가 알아서 살아났잖아."

"왜 그렇게 날 괴롭혀요? 어차피 때가 되면 죽는 거 아니에요? 심연이 이만큼 도와줬으니까 때 되면 반항 안 하고 갈 거예요. 좀 내버려둬요."

홍염은 다시 코웃음을 쳤다.

"싫은데?"

"왜 그래요, 대체?"

소유도 인상을 썼다. 홍염은 그녀를 빤히 보다가 갑자기 또 씩 웃었다.

"너와 심연을 데리고 노는 게 재미있거든."

"그게 무슨 말이죠?"

"널 구하는 데 필사적인 녀석의 모습을 지켜보는 게 좋아."

필사적이었나? 소유는 홍염의 단어 선택에 약간 놀라 입을 다물었다. 홍염은 팔짱을 끼고 조잘거렸다. 말이 없는 심연과 달리 그는 말할 기회만 있으면 뭐든 떠드는 성격인 것 같았다.

"바글거리는 사람들의 시선 속에서 진땀을 흘리고, 물을 무서워하는 녀석이 덜덜 떨면서도 물속에 뛰어들고, 너 대신 무너지는 기둥을 맞아 피를 흘리기도 하지. 인간은 너무 쉽게 죽어버리지만 사신은 죽지 않으니 그런 모습을 보는 게 즐거워."

소유는 그를 날카롭게 노려보았다.

"취향이 아주 나쁘군요. 사자소학, 도덕경, 그런 책 안 읽었어요? 남을 괴롭히면 나중에 똑같이 당하는 거예요. 그리고 나도 괴롭히지 말아요."

"어차피 죽어야 되는 널 죽이는 게 뭐가 어때서?"

"반점의 꽃이 질 때까지 사는 거 아닌가요? 그때 간다니까."

"그건 너와 그 녀석 사이의 약속이지 나와는 상관없어. 그리고 어차피 죽어봤자 너희에겐 새로운 기회가 계속 있을 텐데 뭘 그렇게 구차하게 굴어."

소유는 다시 잠깐 말을 잃었다. 그녀는 눈을 가늘게 뜨고 조심스레 물었다.

"…죽는데 어떻게 새로운 기회가 있어요?"

홍염은 으스대며 말했다.

"환생."

그것은 심연에게 이미 들은 단어였다. 소유는 궁금했던 것이 있어 물었다.

"환생이란 건 죽고 나서 언제 하게 되는 건가요?"

"몇 년 뒤일 수도 있고 몇 십 년, 혹은 몇 백 년 뒤일 수도 있어. 그 이상일 수도 있고. 그나마 날짜를 셀 수 있는 정도면 다행인 거지."

그렇다면 900년 뒤에 환생해도 이상하지는 않을 것이다.

목이 더 말라왔다. 소유는 떨리는 목소리를 애써 가라앉히며 물었다.

"당신들은 나를 잘 알고 있는 것처럼 대하는데 혹시 날 아나요?"

묻고 싶은 것이 많을 거라던 말. 인연이 아니라는 말. 홍염은 고개를 갸웃했다.

"그렇다면 어쩔 거지?"

"언제부터 날 알았지요?"

"그걸 내가 왜 알려줘야 하지?"

그의 심술엔 이제 진저리가 났다. 소유는 벌떡 일어났다.

"장난치러 온 거면 가요. 난 목이 마르니까 물을 마셔야겠어요."

"분부대로."

홍염은 그대로 그 자리에서 사라졌다.

지금까지 모든 말에 딴죽을 걸다가 갑자기 분부대로 하겠다며 사라지니 소유는 오히려 의심이 생겼다. 그녀는 주위를 수상해하며 둘러보았다. 혹시 물을 마시려는데 누가 와서 칼이라도 들이미는 것은 아닐까? 또는, 물을 마시려는 그녀를 뒤에서 떠미는 것은 아닐까?

귀를 기울여도 누군가 매복한 기색은 없었다. 소유는 어차피 이런 수풀에 있는 조그만 물웅덩이에 빠진다고 해봐야 죽을 리는 없음을 애써 되새기며 조심스레 수풀을 헤쳤다. 그리고 물을 떠 마시려고 하는데.

"마시지 마."

갑자기 들려온 목소리에 소유는 움찔하며 동작을 멈췄다. 심연이 어느새 그녀의 옆에 서 있었다. 소유는 심연을 말끄러미 올려다보고 물었다. 오늘밤은 달이 어두워 그의 얼굴이 잘 보이지 않았다.

"왜요?"

"너는 잘 안 보이겠지만, 물고기들이 다 죽어서 떠올라 있어. 독뱀이야."

소유는 소름이 돋아 얼른 제 손에 떴던 물을 흘려버렸다. 그녀는 벌떡 일어나 투덜거렸다.

"목이 말라서 물 좀 마시려고 했더니."

"맑은 샘을 찾아서 떠다줄게. 가서 쉬어."

심연은 한숨을 쉬었다. 소유는 그를 보고 잠시 동안 방금 홍염과 나눈 대화에 대해 말해야 할지 아닐지 고민했다. 심연은 그녀를 괴롭히던 범인이 홍염임을 아마도… 알고 있을 것 같았다.

소유는 고개를 끄덕였다.

"알았어요. 고마워요."

멀리 흰 눈이 덮인 봉우리와 보석처럼 맑게 빛나는 호수의 물빛을 봤을 때 크게 흥분했던 소유는, 가까이 갈수록 그 호수 주위에 군대의 진영이 보이지 않는다는 사실을 어쩔 수 없이 확인하고 약간 풀이 죽었다. 심연은 그녀를 이해할 수 없다는 얼굴로 보았다.

"백룡담을 무사히 지나갔다면 네가 바라던 소원은 이루어진 것 아니야?"

"하지만 소하 님을 찾으려면 더 이동해야 하잖아요."

"그만큼의 시간은 있어."

"그런 게 아니라."

소유는 고개를 가로저었다.

"소하 님을 빨리 보고 싶었는데 못 봐서, 아쉬워서 그래요."

"그래?"

그녀가 슬쩍 살펴보니 심연은 불가해한 표정을 짓고 있었다. 연심을 모르겠다고 했던 사람에게서 나올 법도 한 반응이었다. 소유는 한풀이하듯 말했다.

"연모하면 그립고, 연모하면 애틋하고, 연모하면 상대가 웃었으면 좋겠고, 연모하면 상대를 행복하게 해주고 싶고… 연모하면 상대를 잊지 못하고, 그래요."

심연은 여전히 모르겠다는 표정이었다. 소유는 심연에게 물었다.

"심연, 당신은 어때요? 900년 전의 그 아씨를 잊을 수 있어요?"

"잊는다는 게 뭐지?"

거기부터 시작해야 하나. 소유는 골똘히 궁리하면서 천천히 말했다.

"떠올리지 말라는 거예요. 머릿속에서 완전히 없애버려요. 물론 떠올리려고 노력하면 아, 그런 사람이 있었지, 그런 이름이었지, 하고 생각은 나겠지만 그 사람과 관련된 감정이나 추억을 소중하게 간직하고 싶지는 않게 되는 거예요. 할 수 있겠어요?"

심연은 잠시 눈을 내리깔았다가 조용히 고개를 가로저었다.

"그럴 수 없어."

"어째서요?"

"너와 함께한 기억은 모두 가지고 있고 싶으니까. 좋은 기억이든 나쁜 기억이든."

소유의 심장이 한순간 내려앉을 뻔했다. 그녀는 애써 담담하게 고쳐 주었다.

"나와 함께한 기억이 아니라 그 아씨와 함께한 기억이겠지요."

"아씨와 함께한 기억도 그렇고, 너와 함께한 기억도 그래."

소유는 약간 잔인해지기로 했다.

"나와 함께한 기억은 다르지요. 내가 당신을 물에서 구한 것도 아니고, 내가 당신의 이름을 지어준 것도 아니잖아요. 그건 900년 전의 아씨가 한 일이죠."

심연은 입을 다물었다. 소유는 그가 납득한 것 같지 않다고 생각했지만 괜히 더 캐물어서 일을 덧나게 할 생각은 없었다. 백룡담이 가까워지자 그녀는 그래도 신이 나서 주위를 둘러보았다.

군대가 지나가며 주위의 나무를 베고 수풀을 자르고 땅을 다졌기 때문에 백룡담의 모습은 예전과 똑같지는 않았다. 그러나 그들이 지나가고 눈이 다시 한 번 온 듯 호수 주위를 덮은 눈은 깨끗했고 물은 벽옥처럼 맑았다.

소유는 주위가 트이자마자 백룡담 앞으로 내달려 그 앞에서 내렸다. 그리고 말고삐를 잡고 서서 해랑이 이전에 가르쳐 주었던 선계의 악곡을 휘파람으로 불었다.

휘위위… 휘… 위이이위이…….

물비늘이 일었다. 바람 없는 호수에서 보석처럼 부서지는 파도가 치고 진주처럼 흰 거품이 일었다. 소유는 약간 긴장해 뒤로 두어 걸음 물러섰다. 물에 발목이라도 적시는 것은 사양이었다.

휘이이위위위… 휘이위위위…….

이윽고 하늘이 어두워지며 호수에서 흰 용이 나타났다. 소유는 반가워 그 이름을 불렀다.

"해랑!"

용은 슬픈 눈으로 그녀를 내려다보았다. 이전에 자경국의 강가에서 보았을 때처럼 그는 풀이 죽어 있었다. 그녀는 의아해하며 그에게 물었다.

"몸이 좋지 않나요?"

용의 입술이 슬쩍 움직였다. 사람일 때와 표정이 영 같지는 않았지만 소유는 그가 웃은 게 아닐까 짐작했다.

'제가 몸이 좋지 않을 연유가 어디에 있겠어요, 아가씨. 다만 아가씨가 무사하셔서 제게 큰 위안이 되는군요.'

"위안이라니요? 무슨 일이 있나요?"

'제게는 아무 일도 없어요. 아아……. 제가 아가씨를 항상 옆에서 뵙고 돌봐드릴 수 있었으면, 위로해드릴 수 있었으면 좋았을 텐데.'

그는 그렇게 말하고 눈물을 흘렸다. 용의 눈물은 찬연한 오색 빛깔을 띠고 갓난아이만한 크기로 뚝뚝 떨어져 호숫가를 적셨다. 소유는 두어 걸음 더 물러났다. 그녀는 영문을 알 수 없었지만 가슴이 아파 그에게 다시 물었다.

"당신은 전에 나를 도와주었잖아요. 내가 할 수 있는 일이라면 뭐든 도와줄 테니 말해봐요."

'정말로 제게는 아무 일도 없어요. 다만 아가씨께 위안이 되어드리고 싶었는데…….'

아까와 같은 말이었다. 소유는 그가 서너 방울 눈물을 더 떨어뜨리자 호수가 미친 듯이 일렁이기 시작하는 것을 보고 질겁했다. 그녀는 호수에서 조금 더 멀어졌다. 해랑은 그녀를 내려다보고 다시 풀죽은 표정을 지었다.

'송구하기 그지없습니다, 아가씨. 물을 무서워하시는데 제가 폐를 끼치게 되어… 참으로…….'

"당신이 소하 님의 군대가 무사히 지나가게 해준 거라면 이 정도는 폐랄 것도 없어요. 정말로 고마워요."

소유는 물에 대한 두려움을 꾹 참고 대범하게 말했다. 해랑은 눈물을 다시 한 방울 떨어뜨렸다. 점점 더 구름이 모여들었다. 죽기 전에 해랑을 백룡담에서 만났을 때와는 다른, 아주 색이 진한 먹구름이었다.

이게 대체 무슨 일인가. 이전에 여기서 만났을 때의 해랑은 용궁에서 볼 때처럼 밝지 않았나. 소유는 이해가 되지 않았고 그를 진정시키기 위해 노력했다.

"해랑! 일단은 울지 말고……!"

"이 멍청한 울보 같으니!"

그러나 소유가 뭔가 위로할 말을 꺼내기도 전에 새된 목소리가 호수 쪽에서 울려 퍼졌다. 소유는 깜짝 놀랐다. 어느새 호수 위에 고운 비단옷을 입은 여자아이가 한 명 서 있었다. 소유나 해랑의 또래처럼 보이는 그녀는 두 주먹을 꽉 쥐고 성질을 부렸다.

"여기서 이렇게 울면 동해 생물들은 어떻게 하라는 건가요! 생각이 있는 거예요, 없는 거예요! 안 그래도 아바마마의 분노를 함부로 정화하는 바람에 한기에 고생하는 당신 백성들이 보이지 않나요!"

'보, 복복 공주님…….'

복복이라니 희한한 이름이었다. 소유는 어느새 멍하니 그 여자아이를 쳐다보았고 그녀는 귀염성 있고 동그란 얼굴을 우아하고 여유 있게 쳐들었다.

"당장 울음을 그치지 못하겠어요! 이 울보야!"

먹구름이 모여드는 속도는 줄었지만 해랑의 눈에는 또다시 눈물이 그렁거렸다. 소유는 안 되겠다 싶어서 그녀에게 소리쳤다.

"울보라는 말 좀 그만해요! 그러니까 더 울지!"

"미천한 인간 주제에 감히 내게!"

여자아이는 소유를 노려보았다. 소유는 그녀의 얼굴이 묘하게 어디서 본 것 같다는 생각이 들어 눈을 가늘게 떴다. 해랑이 용왕이고 이 여자가 공주라면… 설마 그녀가 해랑의 딸인 걸까? 하지만 아바마마의 분노를 해랑이 함부로 정화했다지 않나. 그럼 그녀의 아버지는 상왕이고 지금 왕은 해랑이고 복복 공주는 해랑의 여동생 또는 누나…….

소유가 남의 가계도를 복잡하게 구성하는 사이 해랑이 진정했는지 격랑은 잠잠해지고 주위도 조금은 밝아졌다. 해랑은 사람 모습으로 변해 수면에 내려앉았다. 그는 복복 공주를 쳐다보지도 않고 소유에게 고개 숙여 사과했다.

"보기 좋지 않은 꼴을 보여드려 참으로 송구해요, 아가씨. 아가씨가 이렇게 저를 찾아주신 것만으로도 저는 그저 감사를 알아야 하는 것인데……"

"해랑."

수면이 거짓말처럼 잠잠해지고 나서야 소유는 천천히 걸어 그에게 가까이 다가갔다. 해랑은 그녀를 오래 전에 바라보았던 바로 그 다정한 눈빛으로 그녀에게 말했다.

"아가씨……. 아가씨가 제 이름을 또 불러주셔서 기뻐요. 비록 직접 모실 수는 없게 되었지만 저는 항상 아가씨의 곁에 있음을 잊지 말아주셔요."

"그렇게 말해줘서 고마워요."

해랑의 목소리가 너무나도 동경과 따뜻함으로 가득해 소유는 내심 감동했다. 그녀는 본인의 코가 간지러워지려는 것을 참고 복복 공주에게도 시선을 주었다.

"그런데 이쪽 귀여운 분은……."

"아, 이분은 북해 용왕님의 따님이신 복복 공주님이랍니다."

소유의 머릿속에서 복잡했던 가계도가 모두 해소되었다. 그러니까 해랑은 동해 용왕이니까, 북해 용왕의 딸이라면 해랑에게는 그냥 손님인 것이다. 소유는 시원해진 기분으로 복복 공주에게 인사했다.

"처음 뵙겠습니다, 복복 공주님. 양소유라고 합니다. 신선의 딸입니다."

"함부로 말을 걸지 말아요. 그래봤자 인간이잖아요?"

복복 공주는 콧방귀를 뀌고 뒤로 돌아섰다. 소유는 약간 짜증이 났다. 지상에서는 다음 대 왕비의 대접까지 받았고, 선계에서도 선인의 딸인 소유에게 이렇게까지 무례하게 대할 것은 뭔가. 아니, 만약 소유가 선계와 상관이 없고 지상에서도 아무도 알지 못하는 그냥 고아 소녀라고 해도 처음 보는 사람에게 저런 대우를 하면 안 되는 것이다. 적어도 소하는 지나가던 노비가 그에게 말을 걸었다고 해서 저런 식으로 받아치지는 않을 터였다.

"복복 공주님, 이분은 제가 모시는 소중한 분이니 그리 말씀 마십시오."

"소중한 분이라고요?"

보다 못한 해랑이 항의하자 복복 공주는 비단옷 소매로 제 입술을 가리며 소유를 살짝 돌아보았다. 그 자태는 그림처럼 우아하고 고상했지만 표정은 불만으로 가득했다.

곧 동글동글한 얼굴이 좌우로 갸웃거렸다.

"그렇다면 해랑, 당신은 이미 인간 여자와 혼약을 맺었다는 건가요? 그래서 저와 혼인할 수 없다는 거예요?"

혼약? 혼인? 소유는 생각지도 못한 말에 입을 딱 벌렸다. 혹시 심연이 무슨 해설을 해줄 수 있을까 해서 주위를 둘러보았지만 심연은 어디에도 없었다. 주위 정찰을 간 모양이었다.

복복 공주는 소유와 해랑이 동시에 잘 보이는 각도로 돌아서 턱을 높이 들고 불평했다.

"아아, 이런 모욕이 또 있을까……! 사해에 못생긴 울보로 이름이 자자한 당신과 어릴 때부터 놀아준 건 나밖에 없는데, 이 고귀한 몸과의 혼담을 감히 '먼저' 거절한 것도 모자라 고르고 고른 게 인간 여자인가요? 내 이 일을 결코 좌시하지 않을 거예요."

"공주님……."

해랑은 난처한 표정이었지만 복복의 말 중 단 한마디에도 반박하지 않았다. 그러나 소유는 자신이 해랑과 혼담을 맺은 사실이 없다는 점부터 시작해 할 말이 아주 많았다.

"잠시만요, 복복 공주님. 어떻게 그렇게 함부로 말을 할 수가 있지요? 해랑은 못생기기는커녕 더할 나위 없이 수려한 사람이고, 또 어릴 때부터 놀아줬다고 해서 대단히 빛을 지운 것도 아니고 당신도 함께 놀았을 텐데 어찌 윗사람이 된 것처럼 말하시나요? 그리고 그쪽에서 혼담을 들였다면 당연히 거절할지 말지는 해랑의 선택이지요. 분하다고 해서 당신처럼 억지를 부려서는 안 되는 거예요."

"어머나! 세상에!"

복복은 소유가 그렇게 따박따박 반박할 줄은 상상도 못했다는 듯 기겁해서 숨을 들이켰다. 그녀의 모습은 사람의 생김새에 가까웠지만 눈만은 물고기의 그것처럼 동글동글했다.

그래도 성질이 있는지 복복은 입을 가리던 소매를 떼고 소유를 노려보았다.

"말을 잘하는군요. 하지만 용들의 일에 어찌 감히 인간이 나서 왈가왈부하는 건가요? 이런 추남과 혼인하는 것은 나도 싫지만 그게 거절당하고도 괜찮다는 의미는 아니에요. 게다가 해랑이 더할 나위 없이 수려하다니, 세상에, 연모의 정에 눈이 멀었나봐요."

눈이 있는 어떤 지상 사람이 봐도 해랑은 눈이 부시게 수려했지만 용궁의 특이한 미의 기준을 생각한다면 복복에게는 대단한 추남일 수도 있었다. 아무래도 용궁 사람들은 물고기에 가까울수록 아름답다고 생각하는 것 같으니까. 소유는 팔짱을 꼈다.

"연모로 눈이 머는 건 딱히 나쁜 일이 아니지요. 공주님께서 해랑이 못생겼다고 생각하신다면 어차피 연모의 정은 없는 모양이니 괜한 자존심으로 억지 부리지 마셔요. 서로 아름답게 여기는 사람들끼리 살아야 행복하지 않겠습니까?"

"흥!"

복복은 또 콧방귀를 뀌었지만 이번에는 그 힘이 약했다. 그리고 그녀의 눈에서 맑은 눈물이 차오르기 시작하는 것을 보고 소유와 해랑은 동시에 당황했다.

"왜 그래요?"

"보, 복복 공주님!"

복복은 소매에 얼굴을 묻고 훌쩍였다. 그녀의 용궁 비단 옷자락 너머로 띄엄띄엄 떨리는 목소리가 흘러나왔다.

"저, 저라고… 아름답게 여기는 분이… 흑… 그런 분이……."

"그러니까, 지상에 올라왔을 때 사랑에 빠진 분이 계시다고요?"

한참을 울던 복복을 간신히 달래놓고 소유는 확인했다. 눈이 새빨갛게 부어오른 복복은 인간의 기준으로 약간 기괴했지만 역시 귀염성 있는 얼굴이라는 사실은 변하지 않았다. 소유는 혀를 찼다.

"그런데 왜 그렇게 인간을 무시하는 말을 했어요?"

복복은 옷소매로 입을 가리고 도도하게 말했다.

"흥, 그분 말고 다른 인간은 다 똑같아요. 감히 이 저를 조그만 통에 담아 조심성이라곤 없이 구경거리로 다뤘지요. 제 생애 그런 치욕은 처음이었어요."

그러니까 원한이라는 건가? 소유는 애매한 표정으로 말했다.

"거참 고초가 심하셨습니다."

"당연하죠."

복복은 콧방귀를 새침하게 뀌었다. 그녀는 지상에 올라와 소유와 대화를 나누는 데까지는 동의했지만 모닥불 옆에 있다간 익어버릴 거라며 불에서는 좀 거리를 두고 앉아 있었다. 소유는 해랑에게 물어보았다.

"해랑, 당신도 알았나요?"

해랑은 소유의 옆에 있으니 그저 좋다며 빙긋빙긋 미소를 짓다가 고개를 저었다.

"아닙니다, 아가씨. 저도 처음 듣는 이야기랍니다."

"당연하죠."

복복은 콧방귀를 뀌었다.

"그런 수치스러운 경험을 함부로 말할 리 없잖아요. 이번에 처음 이야기한 거예요."

"예에."

소유는 엄숙히 고개를 끄덕였다. 그녀는 약간 궁금해져 복복을 빤히 보며 물었다.

"그런데 연모하는 분은 어떻게 만나신 건가요?"

복복은 그 질문이 너무나도 듣고 싶었다는 듯 눈을 동그랗게 뜨고 몸을 불쑥 내밀었다.

"그게 말이어요!"

사랑에 빠지면 그런 이야기가 하고 싶은 법이다. 소유는 열성적인 청자의 표정으로 고개를 끄덕였다.

"예."

"그건 참으로 운명적인 만남이었어요."

복복의 눈이 몽롱해졌다. 그녀는 뺨까지 살짝 붉히며 이야기를 장황하게 늘어놓기 시작했다.

"어느 물결 잔잔한 날이었어요……."

저는 본디 규율을 중시하는 성품이지만, 그날은 어쩐지 마음이 들떠 멀리까지 마실을 나갔더랬지요. 처음 보는 산호초와 처음 보는 빛깔의 사랑스러운 물고기 떼를 보고 즐거워하다 보니 어느새 인간들이 더러운 그물을 치는 곳까지 나아간 줄도 몰랐어요.

일단 그물에 걸려들고 나서야 이 고귀한 몸에 무슨 일이 일어나는지 안 저는 깜짝 놀라 발버둥쳤지만 그럴수록 그물이 몸에 파고들어 꼼짝할 수 없게 되었어요.

비열하고 미친한 인간들 같으니! 수많은 우리 동포를 낚아 올린 그들은 제가 특별하다는 것을 그 비뚤어진 눈으로도 곧 알아보았죠. 하지만 제가 얼마나 고귀한 몸인지는 몰랐던 모양이에요. 아니, 알 생각도 없었겠죠!

물 밖 세상에 대해선 아무것도 모르는 저는 그저 공포에 떨었어요. 혹 제가 용궁의 공주인 것을 알면 아바마마께 몸값이라도 요구할지 모르니 어떻게든 틈을 보아 빠져나가야겠다는 생각은 들었지만 그들의 손속이 너무나도 야만적이라 태반은 정신을 거의 잃고 있었죠.

크고 냄새 나는 항아리에 다른 물고기들과 함께 저를 던져 넣었던 인간들은 한참이나 정신없이 저를 흔들더니 곧 육지에 닿았어요. 그리고 저를 조그만 항아리에 담아 이리저리 옮겼죠.

신기하게 생긴 물고기라며 이 사람 저 사람에게 구경거리로 넘겨지던 저를 알아봐 주신 분이 그분이었어요.

'이런 곳에서 이런 아름다운 아가씨를 만나게 될 줄은 꿈에도 생각하지 못했습니다.'

그때 저는 숨 쉬기 어렵고 냄새가 이상한 대야에 들어서 힘없이 겨우 헤엄치고 있었어요. 그분이 제게 말씀하시는 거라는 사실도 몰랐죠.

'이 만남은 저에게는 축복이지만 아가씨께는 참으로 힘든 순간이겠군요. 이 청순하고 아름다운 지느러미가 축 늘어진 모습을 보니 제 가슴이 다 아픕니다.'

그제야 저는 그분이 저에게 말을 거셨다는 사실을 깨닫고 눈을 들었죠. 그리고 놀라고 말았어요.

태어나서 제가 본 분 중 가장 잘생기고 다정한 얼굴을 가진 분이 거기 계셨어요.

옆에서 다른 인간 한 명이 그분께 잠깐 말을 거셨어요. 또 다른 인간이라니. 그간 겪은 고초 때문에 그만 무서워서 저는 움츠러들고 말았죠. 그러자 그분은 저를 위로해주셨어요.

'아! 놀라지 마세요, 복어 아가씨. 이쪽에 계신 분은 저의 동행으로 착

하고 좋은 분이랍니다. 아가씨께 해를 가할 분은 아니니 너무 걱정하지 않으셔도 됩니다.'

그분은 하시는 말씀 하나하나가 모두 다정하고 배려가 가득했어요. 그분과는 다르게 미천한 누군가가 그때 절 만지려 했죠. 저는 화가 나서 가시를 세웠어요. 그분은 다시 절 위로하셨어요.

'오, 가엾어라. 많이 놀라셨군요? 괜찮으신가요?'

신기하죠? 그동안 그렇게 고생을 많이 했는데도, 그분은 그때 정말 처음 만난 사이였는데도 그 말씀이 저에게는 크나큰 위로가 되었답니다. 어쩐지 그분만큼은 무섭지 않았어요. 그분만큼은 믿어도 될 것 같다는 생각이 들었어요.

'연약한 몸을 지키기 위해 독하게 가시를 세우느라 많이 고통스러우셨죠? 아, 두려움에 바들바들 떨고 계시는군요.'

연약한 제가 몸을 지키려면 가시를 세우는 수밖에 더 있겠어요? 저는 몸집이 작아 몸을 부풀려봤자 남을 위협하기엔 턱없이 부족한걸요. 그 마음을 알아주신 그분은 필경 남을 위하는 마음으로 가득한 좋은 분이신 거예요.

비싼 값을 치르고 저를 사악한 인간에게서 구해주신 그분은 100리도 넘는 길을 걸어서 저를 물가로 데려가주셨어요. 그동안 그분은 저의 놀란 마음을 지치지도 않고 계속 달래주셨지요. 어쩌면 그렇게 외모가 훌륭하신데 마음씨마저 천상의 신선보다 고우실까! 저는 감탄하지 않을 수 없었답니다.

그분은 계속해서 제가 얼마나 특별한 사람인지, 제가 얼마나 소중한지, 그리고 제 홍색 반점이 얼마나 아름답고 귀한지 속삭여 주셨어요. 그중 어떤 것은 제가 태어나서 처음 들어 본 찬사도 있었지요.

그분과 함께한 길은 제게는 찰나처럼 느껴졌어요. 인간이신 그분께는 길고 힘든 시간이었을 텐데도 그분은 피곤한 내색 한 번 하지 않고 저에게 다정하셨지요. 저는 이 세상에 그런 분이 계시리라고는 상상도 해본 적이 없는데. 어쩌면 그렇게 참을성 있고 친절하고 목소리마저 훌륭하실까요?

하지만 먼 물가로 저를 데려가주신 그분과 돌아갈 용궁이 있는 저의 여정은 누가 바라든 바라지 않든 간에 끝을 맞이하고야 말았어요. 그분께선 혹 제가 낯선 물에 놀라지 않도록 주의해서 저를 놓아주셨죠.

그분은 푸른 하늘 아래서 저를 내려다보며 말씀하셨죠.

'많이 무서우셨지요? 아가씨. 이제 아무런 걱정 마십시오. 원래 사시던 세상으로 돌려보내 드릴 테니까요. …아가씨께는 괴로운 경험이었겠지만, 저는 아가씨처럼 아름답고 고귀한 분을 만나 뵙게 되어 영광이었습니다.'

어쩌면 그렇게 작별 인사마저 슬프게 하시는지! 저는 하마터면 돌아가고 싶지 않다고 말할 뻔했어요. 하지만 어찌 그러겠어요? 저는 용왕의 딸이고 그분은 한낱 인간인 걸요. 청명하고 옥 같은 선비라도 우리는 사는 세계가 다른걸요. 그분도 아마 그것을 알고 저를 놓아주신 것일 테지요.

슬픔 때문에 애간장이 녹는 것 같았지만 용궁에서도 절 걱정하고 있을 터였어요. 저는 슬퍼하며 길을 떠났지요. 그분을 두고 가려니 지느러미가 떨어지지 않을까봐 일부러 더 세게 헤엄쳤어요. 그분은 마지막 작별 인사를 슬프게 남기셨죠.

'부디… 건강하시길. 안녕히. 사랑스러운 아가씨.'

저는 용궁에 돌아와서 보름을 앓았어요. 아바마마께선 제가 인간 때문에 고초를 겪어서 그렇다고, 인간들을 쓸어버리겠다고 분노하셨지만 저는 필사적으로 말렸어요. 그분께 해가 갈지도 모르는 일을 어찌 제가 방관하겠어요?

그리고 열에 들떠 사경을 헤매는 동안 저는 알게 되었어요. 알 수밖에 없었어요. 저는 그분께, 저를 알아봐주시고 아름답게 여겨주신 그분께 사모의 정을 품어버리고 만 거예요. 우습다 하셔도 할 수 없어요. 단지 하루, 그것도 저는 본모습으로, 그분은 인간으로서 잠시 얼굴을 본 것이 전부인데 어찌 사모할 수 있냐고 하셔도 어쩔 수 없어요.

그분은 저를 구해주셨어요. 어쩌면 그분이 가진 전 재산일지도 모르는 것을 아무렇지도 않게 내주시고서요. 마음 깨끗하고 상냥하고 고귀한 그분을 어찌 연모하지 않겠어요?

병상에서는 일어났지만 저는 상사병으로 속에서부터 곪기 시작했어요. 아바마마께선 겉으로 보기엔 괄괄해 보이셔도 저를 몹시 아끼셔서, 바람이라도 쐬면 나쁜 기억을 잊지 않겠냐며 저를 데리고 이 백룡담으로 오신 거여요.

그런데 손님을 맞이하겠다며 온 해랑이, 세상에, 예비 사위라고 부르시는 아바마마께 눈을 똑바로 뜨고 대들지 않겠어요? 나 원 참, 기가 막혀서! 물론 저도 해랑과 딱히 혼인하고 싶은 것은 아니어요. 저는 연모하는 분이 계시고! 만약 그런 분이 아니 계셨다 하더라도 해랑은 너무 울보라 싫어요. 하지만 제 눈앞에서 거절당하면 기분이 좋지는 않잖겠어요?

아바마마께선 절 아끼시지만 제 외모가 남 보기에 추하다는 사실은 알고 계셨어요. 그래서 일부러 해랑과 제가 혼인하면 서로의 아픔을 이해하고 살지 않을까, 하고 생각하시며 혼약을 맺으려 해주신 거지요. 그런데도 해랑이 그 말씀을 거절했으니 무척 분노하셔서 이 근처에 차가운 눈이 내리고 물에 독이 들었죠.

원래 백룡담은 사람이 잘 지나다니지 않아요. 그래서 이렇게 계속해서 맑은 거지요. 그런데 며칠 전부터 이 부근이 시끄럽기는 했어요. 나무를 베는지 땅이 울리고, 새들이 울고, 물고기들은 깊은 곳으로 도망쳤지요. 그런데 해랑은 그런 것이 아바마마의 진노보다 더 중요한가봐요. 꾸지람을 듣다 말고 갑자기 지상의 인간들을 돌봐줘야 한다느니 뭐니, 아가씨의 소망이니 뭐니 하더니 물을 정화하고 그 인간들의 물주머니까지 채워주러 갔지 뭐여요?

이러니 아바마마께서도 그냥 내버려두실 수 없었지요. 해랑에게 당장 저와 혼인하지 않으면 전쟁이라고 으름장을 놓으셨어요. 그래서 심각하게 우리 둘이 대화를 나누고 있었는데 갑자기 또 이렇게 저 혼자 물 위로 올라온 거예요!

"심지어 그 소중하다는 '아가씨'가 당신 같은 인간이라니, 제 입장도 생각을 한번 해보라니까요!"

복복은 거기까지 말하고 잠시 입을 다물었다. 그녀가 목말라 하는 것 같아 소유는 물통을 내밀었지만 복복은 고개를 팩 돌렸다.

"됐어요. 물은 내가 백룡담에서 직접 마실 거예요!"

그 편이 나을지도 모른다. 소유는 어깨를 으쓱했고 복복은 일어나 정말로 호수로 향했다. 소유는 해랑의 이름을 심각하게 불렀다.

"해랑."

자신은 이미 강한 용이라 모닥불 앞에 있어도 상관없다며 소유의 맞은편에 앉아 있던 해랑은 다정하게 대답했다.

"예, 아가씨."

"나 복복 공주가 좋아하는 사람이 누군지 알 것 같아요."

이 세상에 작고 동그랗고 붉은 반점이 있는 희귀한 복어를 사서 고귀한 아가씨라고 부르며 강에 놓아주는 사람이 두 명 있을 것 같지는 않았다. 심지어 복복이 그분의 말이라며 읊은 대사도 소유가 아는 말투였다. 몇 가지 세부 사항이 과장된 감은 있었지만 소유는 거의 확신했다.

해랑은 그 말에 빙긋 웃었다.

"아가씨는 참으로 박식하십니다. 어떻게 지금의 이야기를 듣고 바로 누군지 아시어요?"

"옥현 공이 공주님을 놓아줄 때 저도 옆에 있었거든요. 딱히 100리를 걸은 적도 없고 옥현이 전 재산을 내놓은 것도 아니긴 했지만요."

강가는 산책을 다녀올 정도의 거리에 있었고 옥현이 당시 썼던 돈은 저녁 장을 보려고 가져간 예산 내였다. 해랑은 또다시 빙긋 웃었다. 그의 맑고 푸른 눈이 휘어지는 모습은 대단히 아름다웠다.

저렇게 균형 잡히고 고운 모습인데 왜 용궁 사람들은 그를 못생겼다고 할까. 복복 공주도 인간의 기준으로는 꽤 귀엽고, 조금 더 관대하게 보면 충분히 예쁘다고도 할 수 있는 얼굴인데 부친이 걱정할 정도로 못생겼다는 평을 듣는다니. 소유는 해랑을 보다 한숨을 쉬었다.

해랑의 얼굴이 갑자기 차갑게 굳었다.

소유는 옆을 보았다. 심연이 어느새 다가와 소유의 옆에 서 있었다. 그녀는 심연에게 손짓했다.

"앉아요, 심연. 주위를 둘러봐줘서 고마워요."

"어차피 제가 있는 한 누구도 아가씨를 해치지 못합니다."

해랑은 용왕이라서인지 심연이 누군지 잘 아는 것 같았다. 그리고 그는 놀랍게도, 소유가 처음 보는 날 선 모습으로 심연을 경계했다. 심연은 그러나 아무렇지도 않게 대답했다.

"이제는 사정이 달라."

그 말에 해랑은 욱하는 표정이었다. 소유는 쓴웃음을 지었다. 용궁에서 그렇게나 그녀를 아껴 주었던 해랑은 그녀의 손등에 새겨진 낙인을 보고 슬프게 울었다. 그런데 이제는 저승사자와 함께 여행하고 있으니 해랑의 입장에서는 안타까울지도 몰랐다. 용왕이 바로 옆에 있다고 해도, 수명이 다 되어 저승으로 가야 하는 것을 그가 어찌 막을 수 있을까.

"해랑, 그동안 심연은 저를 여러 번 지켜주었어요. 저희 아버지 때문에 저에게 마음 써주시는 건 감사하지만 그리 경계하실 것 없습니다."

해랑의 푸른 눈에 눈물이 고였다. 그는 불꽃이 비쳐 몹시도 아름답게 일그러진 눈으로 소유를 보며 고개를 저었다.

"아니어요, 아가씨. 저는……."

그는 말을 고르는 것 같았다. 그때 복복이 눈을 소복소복 밟으며 다가와 다시 불에서 약간 떨어진 곳에 앉았다.

"휴, 이제야 살겠네요. 뭐예요, 해랑. 또 울어요?"

어두워지려던 소유의 마음이 그녀가 끼어들자 조금 밝아졌다. 소유는 명랑하게 복복에게 말했다.

"공주님, 아까 이야기하던 남자 말인데 혹시 그 남자와 같이 있던 여자는 기억이 안 나시나요?"

"여자라고요?"

복복은 쌍심지를 치켰다.

"그분께 정인이 있단 말이에요?"

"아뇨, 혼약한 사이이거나 정인인 여자 말고요. 그냥 그때 옆에 있다가 복복 공주님을 만지는 바람에 가시에 찔려 다친 사람 말이에요. 공주님을 강에 풀어줬을 때 아마 용왕 해랑에게 소식 좀 전해달라는 말도 했을 텐데."

복복은 그냥 의아한 표정으로 고개를 갸우뚱했다.

"글쎄요, 모르겠어요. 제 눈에는 그분만 들어왔는걸요?"

그건 그것대로 대단한 일이었다. 소유는 미소를 지었다. 해랑이 다른 나라 공주와의 혼담보다 그녀와의 약속을 우선해줬다는 사실이 무척 놀랍고 고마웠다. 이 상황이 복복은 물론이고 해랑에게도 난처한 것이라면 소유는 조금이라도 문제를 해결하는 데 도움이 되어주고 싶었다.

"괜찮다면 공주님이 사모한다는 그분께 데려다드릴게요. 저는 그분과 같은 주인을 모시는 입장이라 안 그래도 지금 그분이 계신 곳으로 가려던 참이랍니다."

'그래도 그건 좀' '양가 부모님의 허락을 받아 정식으로 청혼서를' 운운하던 복복은 다음날 아침 자연스럽게 소유 일행에 합류해 함께 출발했다. 해랑은 소유와 함께 가고 싶어 했지만 북해 용왕이 복복을 따라 나오지 못하도록 잡아달라는 복복의 반 명령에 울며 겨자 먹기로 백룡담에 돌아갔다. 소유의 입장에서도 해랑이 심연을 계속 보면서 가슴 아파하는 것이 싫었기 때문에 그것은 잘된 일이었다.

"그래서 그분은 어디 계신가요?"

그리고 복복은 자긴 몸이 약해 이런 산길을 물도 없이 걸어 다닐 수 없다며 자발적으로 본모습으로 변해 물병에 들어갔다. 소유는 용궁에서 해랑이 가져온 수정 물병이 공주님의 꽃가마가 된 것이 우스워서 쿡쿡 웃으며 설명했다.

"지금 정확히 어디 있는지는 몰라요. 다만 군대와 함께 있을 테니까 그 흔적을 따르고 있어요."

거기에 소유의 기억을 더듬어서 단서로 이용하니 5천 명의 군사가 지나간 길을 따르기는 어렵지 않았다. 전투가 있었던 자리는 최대한 피할 만큼의 여유도 생겼다. 그리고 그것은 다미국 사람들이 공식적으로 이용하는 잘 닦인 길이 슬슬 나오기 시작했기 때문이기도 했다.

5리마다 눈에 잘 띄는 오색 깃발과 혹 비가 오면 그 아래 머물 수 있을 작은 오두막을 설치해놓은 다미국의 길은 천인국의 옷을 입은 소유가 이용하기엔 저어되었지만 방향 표시가 명확했고 쓰기 좋았다. 나중에 소하에게 천인국에도 이런 길을 닦자고 말할까 싶어 소유는 가끔 '다미'라고 쓰인 깃발과 오두막의 모양새를 살폈다.

작은 전쟁이 난 것이나 다름없는 상황이다 보니 짐을 싸서 피난을 가는 무리도 가끔 보였다. 소유는 그들에게 속으로 사죄했고 초왕 및 초왕비와 성왕에 대한 분노를 되새겼다.

북해 용궁에서 항상 아름다운 것만 보고, 입고, 먹고 자랐을 복복은 육지 사람들의 차림새와 고뇌에 찬 얼굴을 보고 처음엔 깜짝 놀라다가 점점 익숙해졌다. 소유는 복복이 너무 우울해지지 않도록 안심시켰다.

"지금은 전시라 다들 표정이 안 좋은 것이지 육지 사람들도 즐거울 땐 즐겁게 산답니다."

물론 그래봐야 용궁의 삶만은 못하겠지만. 소유는 갑자기 복복을 옥현에게 데려가 어려운 길을 함께하게 만들어도 되나 싶어져 고민했다. 고민의 답은 금방 나왔다. 지금 이왕 이렇게 복복이 인간사를 보는 김에 실컷 보도록 두고, 정작 옥현을 만났을 때 어떻게 할지는 그녀 본인이 선택하게 하면 될 것이다.

복복은 새침하게 대꾸했다.

"그런 것은 상관이 없어요. 다만 이곳 사람들은 정말 못생겼군요."

소유는 약간 부아가 치밀었다. 그녀는 궁금했던 것을 물었다.

"공주님은 왜 그렇게 사람의 외모를 평가하는 것을 좋아하시는지 모르겠습니다. 해랑이 자기 얼굴이 너무 못생겨서 제가 싫어할 거라며 가면을 쓰고 다니던데, 세상에 남이 못생겨서 불쾌해하는 사람이 어디 있습니까? 다 귀한 생명인데 어느 나라의 기준에 잘나고 어느 나라의 기준으로는 못난 것이 뭐 그리 중합니까?"

복복은 동그란 눈을 더 동그랗게 뜨고 소유를 쳐다보았다. 그녀의 깜찍한 꼬리지느러미가 세차게 좌우로 흔들렸다.

"사람이 다른 사람을 볼 때 제일 먼저 알게 되는 것이 외모요, 동서

고금을 막론하고 사랑받는 것은 낯빛이 준수한 사람인데 어찌 평가하지 않겠어요?"

"일반적으로 사람이 다른 사람을 볼 때 제일 먼저 알게 되는 것은 외모라는 말씀에는 동의하지만, 그게 일부러 남이 잘생겼네 못생겼네를 하루 종일 따지고 있어야 한다는 의미는 아니잖아요."

"지금 내가 남이 잘생겼네 못생겼네를 하루 종일 따지고 있었다는 건가요?"

복복의 몸이 점점 부풀어 올랐다. 원래 몸이 조그만 그녀는 부풀어 봐야 수정 물병 안이었고 소유는 엄격한 표정을 지었다.

"해랑에게도 계속 못생겼다고 하셨잖습니까."

"그거야 못생겼으니까 그렇죠!"

"거봐요. 이유가 어쨌건 계속 못생겼다고 하셨잖아요. 해랑이 그 우스꽝스러운 가면을 쓰고 다니는 것, 저는 솔직히 싫습니다. 그 어떻게 생긴 사람이라 해도 자기 얼굴을 좋아할 권리는 있는 건데, 어찌 자기 얼굴을 부끄러워하다 못해 가면으로 숨기기까지 하는 사람에게 못생겼다고 놀리기까지 하셔요?"

말하다 보니 소유는 점점 화가 났다. 제법 격해진 감정으로 소유는 눈길을 홱 돌려버렸다. 조그만 복복의 입장에서는 지금 복복보다 수십 배는 덩치가 큰 상태인 소유가 너무 큰 위협으로 느껴질 수도 있어서였다.

복복은 한참 말이 없었고 심연도 마찬가지였다. 소유는 한참 조용히 걷다가 멀리서 말발굽 소리가 들려와 긴장했다. 어차피 그녀는 길이 내려다보이는 높은 지대의 수풀에 계속 몸을 숨기고 걷고 있었지만, 적국에서는 위험 부담이 적을수록 좋았다.

소유는 복복 공주에게 잠시 조용히 해달라고 속삭이고 말에서 내려, 길과 가까운 곳에 자란 참나무에 몸을 딱 붙였다. 그리고 가만히 말발굽 소리를 들었다. 다그닥, 다그닥. 일관성 있고 빠른 소리를 듣자 하니 누군가 길을 이용하고 있었다. 말은 한 마리였다.

천인국 사람들도 물론 그랬지만 다미국 사람들도 혼자 말을 타고 멀리 다니는 일은 적었다. 더군다나 이런 시국이다. 소유는 숨소리를 점점 죽이고 길을 훑어보았다. 소유가 향하던 방향에서 찢어진 기를 든 다미국 전사가 말을 달려 오고 있었다.

수염이 없고 다미국 사람들이 흔히 하는 차림새를 한 데다 찢어진 기를 들고 달리는 것을 보니 대강 무슨 일이 있었는지 짐작이 되었다. 소유는 가슴이 뛰는 것을 느꼈다. 소하가, 소하가 멀지 않은 곳에 있었다. 그가 다미국의 성 하나를 점령한 것이다. 지난번처럼.

다미국 전사는 말을 타고 계속 달려갔다. 갑옷의 일부가 찢어져 너덜거리는 것이 참나무 뒤에서도 보였다. 패전을 알리러 가는 길이라 그런지 전사는 소유의 존재는 전혀 눈치채지 못하고 그대로 멀리 모습을 감췄다.

쿵, 쿵. 갑자기 심장이 즐겁게 뛰기 시작했다. 소유가 꽉 쥐고 있던 수정 물병에서 작은 목소리가 소곤소곤 들려왔다.

"…아무 소리도 들리지 않습니다. 이제 말해도 되나요?"

"예. 죄송합니다, 공주님."

소유는 자신의 손이 수정 물병 아래쪽의 전체를 감싸 복복의 입장에서는 답답할 수밖에 없는 상태임을 깨닫고 얼른 좁은 물병 주둥이를 잡았다. 복복은 화가 풀린 건지 긴장해서 다 잊은 건지 평소의 크기로 돌아가서 동글동글한 눈으로 소유를 올려다보고 있었다.

"무슨 일인가요? 전쟁이라더니, 적의 해마인가요?"

용궁에선 해마를 전쟁에 이용하는 모양이었다. 누가 타고 다니는 걸까? 소유는 그 상상이 재미있어 빙긋 웃으며 대답했다.

"해마가 아니라 지상에서 타는 말이라는 생물이 있는데, 패전한 장수로 보이는 사람이 그걸 타고 급히 가더군요."

"그러면 어서 도망쳐야 하지 않겠어요? 누가 또 지나가면 어떻게 하죠?"

복복은 여전히 속삭이는 목소리였다. 소유는 그것이 귀여워서 쿡쿡 소리 내 웃었다.

"우리가 여기 있는 줄은 저들이 모르니 도망칠 필요는 없지만, 옥현 공과 소하 님이 우리가 게으름을 피우는 사이에 저만치 멀리 가 버리시면 안 되니 걸음을 서두르겠습니다."

"게으름? 어서 가요!"

복복의 눈이 또 화등잔만 해졌다. 사람 모습일 때의 얼굴이 안달복달하는 것이 떠올라서 소유는 또 웃음 소리를 냈다. 방금까지는 화가 났는데 이렇게 금방 귀엽다고 느껴지는 것을 보니 소유 본인도 들뜨긴 한 모양이었다.

"예, 그렇게 해요, 저도 슬슬 침상에서 편안히 자고 싶네요."

소유는 나무에서 몸을 떼고 말에 올라탔다.

얼마나 이동했을까, 심연도 소유도 말이 없는 가운데 복복이 중얼거리듯 던졌다.

"…해랑을 싫어하거나, 그를 괴롭히고 싶은 마음이 있는 것은 아니에요."

해랑도 복복을 대하는 태도가 묘하게 친밀했다. 소유는 차분하게 물었다.

"어릴 때부터 알고 지내셨다고요?"

"네. 우리 둘 다 왕족이기도 하고, 어릴 때부터 우리는 사해에서 제일 인물이 못난 걸로 한손에 꼽혔거든요. 특히 남해 태자가 아주 못되어먹어서 우리를 괴롭히면 저는 맞서 싸웠는데 해랑은 그 자리에서 엉엉 울곤 했어요."

남해 태자라는 자가 아주 나쁜 놈인 모양이었다. 소유는 혀를 찼다.

"남해 태자가 공주님이나 해랑보다 나이가 많은가요? 어찌 혼자서 둘을 괴롭히지요?"

"혼자가 아니었으니까요. 남해 태자는 잘생기기로 유명하고 힘도 세서 따르는 무리가 많아요. 그걸 믿고 우리만 보면 못생겼다느니, 왕족이 그래서야 백성들이 부끄럽지 않겠냐느니 못하는 말이 없었어요."

아주 나쁜 놈 확정이었다. 소유는 혀를 또 찼다.

"정말 못됐네요."

복복의 목소리에 뜨거운 열정과 분노가 섞였다.

"그래요! 어릴 때부터 저는 예쁘다는 말을 들어 본 적이 없어요. 사람은 외모가 전부가 아니라는 건 알아요. 저도 항상 누가 제 다른 장점을 알아주길 바랐으니까요. 하지만 다른 장점이 있다고 해서 제가 예뻐지는 건 아니잖아요? 그래서 강해졌어요. 저를 누가 놀리면 때려줬고, 아바마마의 말씀을 잘 듣는 착한 딸, 정사를 잘 돌보는 영리한 왕족으로 살려고 최선을 다해 왔어요. 그런데 해랑은 저처럼 다른 노력으로라도 인정받으려는 생각이 없는 것 같아요."

소유가 듣기에 그 말은 이상했다. 그녀는 이전에 용궁에 갔을 때 백성들이 얼마나 해랑을 좋아하고 그의 다스림을 기쁘게 생각하는지 봤던 것이다. 동해 용궁은 말 그대로 평온하고 안온한 꿈결 같은 세계였다.

"왜 그렇게 생각하시나요?"

"해랑은 항상 기다리는 사람이 있었어요."

복복은 뾰로통하게 말했다.

"해랑은 원래 바보 같을 정도로 착해요. 그러니 동해 백성들이 해랑을 좋아하는 건 당연해요. 백성들을 다스릴 때도 신중하고, 속상하면 혼자 울지 남을 때릴 줄 모르니까요. 그런데 백성들에게 사랑받으면서도 항상 자기는 기다리는 사람이 있다고, 자긴 그분을 위해 태어난 거고 그분을 위해서 모든 걸 예비하고 있는 거라고 말했어요."

소유는 멈칫했지만 말은 계속 걸었다. 복복은 한 박자를 쉬었다가 말을 이었다.

"저한테 중요한 게 해랑한테는 아무 의미도 없는 것 같아요. 그래서 해랑을 보면 자꾸 화가 나서 다그쳤어요. 솔직히 못생겼고 울보라는 것 말고는 해랑이 저보다 떨어지는 데가 없는 건 사실이에요."

소유는 쓴웃음을 지었다. 이해할 수가 없었다. 해랑은 왜 그녀를 기다렸을까. 그녀의 아버지와 아는 사이라는 이유만으로?

그래서, 이번에는 처음 보는 사람인데도 손을 잡고 그토록 슬퍼운 것일까?

소유가 대꾸 없이 혼자 생각에 잠기자 복복은 안달이 난 것 같았다. 조금 더 토라진 목소리로 복복은 종알거렸다.

"하, 하지만 지상 사람들은 저보다도 훨씬 못생겼으니 참 재미있네요. 오, 옥현 님만은 다르지만요. 그분은 정말 멋있으셔요."

"옥현 공도 그냥 다른 육지 사람들과 비슷하지 않나요?"

오히려 용궁의 기준으로 본다면 옥현도 무척 못생겼다고 해야 하지 않나. 소유의 의구심에 복복은 발끈했다.

"어딜 봐서요! 그분은 어디 한 군데 떨어지는 곳이 없이 완벽하셔요. 말씨도 품위 있고 행동은 자애로우시기 그지없지요. 그렇게 멋진 분이시니 어쩌면 저, 저, 정인이 있으셔도 어쩔 수 없지요."

소유는 웃으며 고개를 저었다.

"제가 아는 바로는 옥현 공께는 정인도 부인도 안 계시답니다. 같은 주인을 모신 지 저희도 꽤 오래되었으니, 연모하는 분이 계셨다면 저도 한 번쯤은 들어봤을 거예요."

복복의 몸이 빨개지면서 부풀었다. 방금 본인이 한 말에 대체 무슨 잘못이 있는지 이해할 수 없었던 소유는 잠시 후 복복이 부끄러워서 긴장한 것임을 알았다. 색을 칠하고 수놓은 공처럼 귀여운 그 모습에 소유는 복복이 묻지 않은 말도 해 주었다.

"복복 공주님은 육지 기준으로는 상당히 미인이셔요. 하지만 옥현 공이 얼굴만 보고 배우자를 고를 분은 아니니 공주님이 그동안 열심히 배우고 키워오신 재주를 다 고려하시겠지요."

복복의 동그란 눈에 오색 눈물이 그렁거렸다.

"하, 하지만, 그래도 저를 안 좋아하실 수도 있잖아요……?"

복복을 놓아줄 때 헤어지기 아쉬워서 어쩔 줄 몰라 하던 옥현의 모습을 생각하면 그럴 확률은 낮은 것 같았지만 소유는 확언하지 않기로 했다. 옥현의 취향은 어쩌면 물고기일지도 모르지 않나. 그러면 복복이 평생 본모습으로 살아야 하나?

"그럼 옥현 공이 굴러 들어온 복을 놓치는 거지요."

수정 물병 안에서 파도가 철썩였다. 아직 어린 복복도 용왕의 일족이라 감정에 따라 주위의 날씨가 변하는 모양이었다. 그러고 보니 아까보다 하늘에 구름이 조금 더 짙게 낀 것도 같았다.

다행히 주위에 눈이 한 차례 내리는 이변이 생기기 전 복복은 감정을 추스르고 새침한 본모습으로 돌아왔다.

"흥! 그, 그래요. 용궁 공주를 놓치는 사내가 보는 눈이 없는 게지요."

"당연하지요."

소유는 힘차게 동의해주고 말을 몰았다.

몇 리나 더 이동했을까, 가끔 패잔병이 지나가기는 했지만 그들 중 소유의 존재를 눈치챈 사람은 없었다. 충분히 경계하는 시간을 들인 소유는 해가 뉘엿뉘엿 지기 시작할 즈음 멀리 낯익은 성채를 발견했다. 그곳에는 천인국의 깃발이 꽂혀 있었다.

소유의 가슴이 미친 듯이 뛰기 시작했다. 그녀는 반쯤 흥분에 취한 상태로 갈수록 빠르게 말을 몰았다. 성이 점점 새빨갛게 물들었다가 어둑어둑한 하늘 때문에 푸르고 검은 색으로 변해갔다.

성에서도 보이리라 생각되는 지점에서 소유는 아예 길을 이용해 말을 달렸다. 심연은 고양이가 되어 뒤를 따랐고 복복 공주는 정신없어 하면서도 입을 꼭 다물었다. 생각하는 것이 많은 모양이었다.

성에서 충분히 경고 사격이라도 날릴 만한 때가 되었고 성채 위에는 이미 여러 병사가 늘어서 경계하고 있었음에도 불구하고 소유에게 소속을 묻는 질문은 날아오지 않았다. 그녀의 말은 내달려 성문 앞에 도달했다. 병사들은 창을 겨누었지만 소유가 채 말에서 내리기도 전에 성문이 열렸다.

열린 성문 너머에 서 있던 소하는 소유를 보고 미소 지었다.

"생각보다 오래 걸렸구나."

"송구합니다."

백룡담에서 따라잡을 생각이었는데 그러지 못했으니 소유의 생각보다도 오래 걸린 것이 맞았다. 그러나 소하는 소유가 고개를 숙이자 쓴웃음을 지었다.

"너와 헤어진 그 순간부터 그리워 견딜 수가 없더구나. 비로소 만나니 살 것 같다."

왜 그런 말을 하나.

소유는 그와 자신이 지금은 정인이 아니라는 사실을 잘 알고 있었다. 그럼에도 불구하고 소하가 한 그 말을 듣는 순간만큼은 그들의 사이가 예전으로 돌아간 것처럼 느껴졌다. 소유는 목이 메 간신히 대답했다.

"…저도, 저도 같습니다. 소하 님."

"그래, 어찌 찾아왔느냐?"

소하는 소유를 데리고 성채의 작은 서재에 자리를 잡았다. 심연은 고양이 상태로 아무렇지도 않게 따라 들어왔고 소유는 그것이 재미있다고 생각했다. 그 방은 죽기 전에 채윤과 재회했던 바로 그 자리였던 것이다.

소유는 소하에게 예를 갖춰 절하고 일단 복복을 내밀어 보였다. 복복은 주위에 모르는 사람이 많아 긴장한 듯 가시를 세우고 있었다.

"말씀 올리겠습니다, 소하 님. 그런데 그전에 옥현 공을 찾는 손님이 있사온데 만나보게 해도 될런지요?"

"손님이라?"

소하는 재미있다는 표정이었다. 그는 복복을 보고 눈썹을 들었다.

"네가 말하는 그 손님이 혹 이 붉은 복어를 말하는 것이냐?"

"예, 소하 님. 이전에 장안에서 옥현 공이 이 복어를 구해준 적이 있는데, 그때의 인연으로 찾아왔습니다."

소유는 본인이 그렇게 말하면서도 주위에 다른 사람이 없어서 다행이라고 생각했다. 지나가던 병사들이라도 듣는다면 누가 그녀를 제정신으로 생각할까.

그러나 소하는 그녀가 짐작했던 대로 선뜻 웃으며 받아들였다.

"그래. 어차피 옥현이도 곧 차를 가져올 게다. 손님과 둘이 물러가 대화를 나누라 하자꾸나."

"예, 소하 님."

그 말에 복복의 가시가 살짝 들어갔다. 소하의 눈이 이채를 띠었다.

"신기하구나. 사람 말을 알아듣는 것 같지 않으냐?"

심지어 사람 말을 할 수도 있었지만 소유는 복복이 입을 떼기 전까지는 미리 알려주지 않는 게 나으리라고 생각했다. 소유는 그저 쓴웃음만 지었다.

그때 소하는 그녀가 생각지 못한 얼굴을 했다.

"어찌 저를 그리 보며 웃으십니까?"

소하가 눈웃음까지 빙그레 지으며 따뜻하게 던지는 그 시선에 소유는 당황했다. 그간 헤어져 그를 보지도 못했는데 소하는 마치 전보다 친밀한 사이인 것처럼 그녀를 다정하게 바라보았다. 이것은 그녀의 소망이 반영된 꿈일까? 아니면 소하가 또 뭔가를 숨기고 일부러 저렇게 행동하는 것일까?

"먼저, 네가 준 비단 주머니는 잘 열어보았다. 네가 신선의 딸이라 하더니 미래를 내다보나 싶어 깜짝 놀랐단다. '백룡담에서는 곧 도움이 올 것이니 침착하라'는 글귀에 '손청하가 부상을 입으면 우선은 차산성으로 돌려보내라'는 글귀라니, 정녕 우리가 무슨 일을 겪을 줄 네 어찌 알았느냐?"

청하는 이번 전투에서 부상을 입은 모양이었다. 길이 엇갈린 모양이지만 그나마 다행이었다. 이제 소하가 돌아갈 때에도 차산성에서 시간을 낭비할 필요는 없을 것이다. 소유는 빙긋 웃었다.

"그저 짐작으로 써본 말인데 들어맞았다니 다행입니다. 제가 백룡담 즈음에서 소하 님을 따라잡을 계획이었고 지금 장안이 비었으니 간자가 소하 님의 사람이라 하고 국경을 넘어도 누가 안단 말입니까? 해서 일단 오랫동안 소하 님을 모신 청하 언… 아니, 손 부장이 지키고 있는 게 낫지 않을까 생각했을 뿐입니다."

물론 대충 둘러댄 말이었지만 소유가 생각하기엔 지금의 이 평계가 가장 적당할 것 같았다. 소하는 조금 더 진하게 웃으며 말을 꺼냈다.

"백룡담이 원래 청수담이라 불릴 정도로 물이 맑고 좋다는데 우리 병사의 태반이 그 물을 마시고 모두 탈이 났다. 해서 눈을 녹여 마셔 보았더니 이번엔 나머지 반도 자리에 드러눕더구나. 내가 아무리 선 대왕의 자녀라 해도 어찌 비를 불러오고 병을 낫게 할까? 그래서 막 막하던 차에 주머니를 열어보니 네가 옆에서 위로해주는 것 같아 무척 고마웠다."

그랬다니 다행이었다. 소유는 순수하게 기뻐 미소를 지었다. 그러나 소하의 말은 끝난 것이 아니었다.

"헌데 어디서 도움이 오는지 알 수가 없어 네게 물을 수만 있다면 직접 묻고 싶은 마음이 한량없었단다. 그때 백룡담에서 말 그대로 흰 용이 나타나고 하늘에 구름이 몰려들더니 뭐라 했는지 아느냐?"

해랑이 북해 용왕의 꾸지람을 듣다 말고 뛰쳐나갔다던 복복의 말이 떠올랐다. 소유는 얼굴이 빨개졌다. 소하의 눈이 조금 더 가늘어졌다.

"널 도와줬다던 용왕이 이번엔 나도 도왔구나. 네가 남에게 부탁하기 싫어하는 성품인 줄 안다. 그런데 귀한 선계의 인연을 써서 나도 살리고 5천 병사도 살렸으니 이 은혜를 어찌 갚을지 모르겠다. 난 네가 오자마자 용왕이 잘 다녀갔는지 묻지 않을까 했다만."

"그것이, 오는 길에 이미 한 번 만나서 안부를 나눴습니다."

"지금까지 용왕과 함께 있다 온 게냐? 이 손님은 그러면 용왕의 사자냐?"

"지금까지는 다른 곳에 있다가 온 것이옵고, 국경을 넘은 뒤 백룡담에 혹시 소하 님이 계시지 않나 들렀다가 한 번 얼굴을 마주쳐 안부를 나누었을 뿐입니다. 그리고 함께 온 손님이 누군지는 이따 직접 들으시지요."

소유와 소하는 서로를 보고 닮은 미소를 지었다. 소하는 문 쪽을 향해 말했다.

"게 누구 없느냐? 옥현아, 차는 아직이냐?"

"들어갑니다."

마치 기다렸다는 듯 옥현이 문을 열고 들어왔다. 이전에도 이런 일이 있었던 것 같아 소유는 기억을 더듬었다. 복복은 몸을 동그랗게 부풀려서 수정 물병에 꽉 찬 것처럼 보였다.

"오랜만에 뵙습니다, 소유 아씨."

"건강해 보이셔서 다행입니다, 옥현 공."

"아니, 이런. 이렇게 귀한 분을 여기서 뵙게 되다니요."

옥현이 말하는 '이렇게 귀한 분'은 물론 소유가 아니었다. 소유는 옥현이 은근히 말을 독하게 한다는 사실을 알고 있었지만 섭섭해 목소리를 가다듬었다. 하지만 복복을 더 기다리게 했다가는 긴장한 나머지 저 안에 꽉 껴서 터져버릴지도 모른다.

"이쪽 귀한 공주님이 옥현 공을 뵙고 싶다 찾아오셨으니 모시고 가서 두 분이 대화 나누시지요."

"어, 어찌!"

복복의 목소리가 조용했던 서재에 울려 퍼졌다. 어지간한 소하도 눈을 잠깐이지만 크게 떴고 옥현은 주위를 둘러보았다. 소유는 복복을 쳐다보았다.

"어, 어찌 정혼도 하지 않은 남녀가 둘이서 대화를 나눌 수 있단 말입니까!"

"해랑과는 둘이 잘 계셨지 않습니까. 옥현 공이 절대로 무례한 행동을 할 분이 아니니 함께 가서 천천히 대화 나누시지요. 옥현 공, 여기 모셔 가십시오."

그제야 옥현은 방금 들린 것이 복복의 목소리임을 안 듯 황홀한 표정을 지었다. 소유가 재촉할 것도 없이 그는 물병을 들고 총총 사라졌고 복복은 새빨간 공이 되어 옥현을 수줍게 바라보았다.

문이 닫힌 뒤 소하는 얼떨떨하게 웃었다.

"용도 보았는데 물고기가 말하는 것을 보고 놀라서야 우스운 일이겠구나."

"용궁에선 문어와 오징어가 재상이 되어 나랏일을 돌보니 너무 이상하다 생각하지 마십시오."

소유는 차를 들어 한 모금 마셨다. 어느 정도 식어버린 찻물은 그래도 옥현의 솜씨로 우러난 것이라 향기롭고 달았다.

"그래."

소하는 그녀를 따라 차를 한 모금 마셨다. 그의 동작은 항상 그랬듯이 흠잡을 곳 하나 없이 우아했다.

"네가 있다 왔다는 다른 곳이 어디냐?"

"우선은."

소유는 심호흡하고 찻잔을 내려놓았다. 그리고 긴 이야기를 어떻게 풀어나가는 것이 좋을지 생각하느라 한 박자를 쉰 다음 입을 열었다.

"채윤을 만났다는 데부터 보고 드리겠습니다, 소하 님. 선대왕의 유언장은 무사히 찾았사옵고 지금쯤 채윤은 장안에서 유언장 발표 시기를 가늠하고 있을 겁니다."

공기가 무겁게 가라앉았다.

소하는 잠시 소유의 얼굴을 바라보았다. 그의 얼굴에서 미소가 천천히 옅어졌다.

한참 후에 그는 느리게 입을 열었다.

"네가 총명한 줄은 알았다만……."

"제 총명함으로 안 것은 아니옵고, 여러 우연이 겹쳤습니다."

소유는 소하의 말이 조금 더 느려지려는 찰나 빠르게 잘랐다. 소하는 기묘한 얼굴로 그녀를 바라보았다.

"어떤 우연이냐?"

"백란이와 채윤이가 자경국에 있을 줄은 몰랐고 실은 저 혼자라도 선대왕의 유언장을 훔쳐내고자 한 것인데, 막상 가보니 이미 일에 착수한 사람들이 있더군요. 해서 제가 할 수 있는 한 도왔습니다."

"뭐라? 혼자서라도 훔쳐내려 했다?"

소하의 목소리가 떨렸다. 소유는 꼭 그가 그녀를 걱정하느라 이성이 흔들린 것 같다는 기분이 들어 혼자 씁쓸해하면서도 기뻐졌다.

"예. 구체적인 사항에 대해서는 나중에 더 말씀드리겠습니다만, 자경국이 낙양을 노리고 있다는 사실이 밝혀져 백란이는 낙양으로 가 그 땅을 지키라 했고 채윤이에게는 장안으로 가서 때를 보아 선대왕의 유언장을 공개하라고 했습니다. 주제넘을지 모르나 제가 보기에는 그것이 최선이었으니 혹 소하 님께서 원하시는 형태가 아니었다 해도 저만 처벌하시지요."

"그런 건 되었다. 네 말대로 나중에 말해도 되는 일이다."

소하의 목소리는 여전히 떨리고 있었다. 그는 일어서 소유에게 다가왔다.

오랜만에 맡는 그의 향기가 소유의 폐부를 부드럽게 채웠다. 그녀는 가만히 눈을 감았다가 떴다. 소하의 눈이 그녀를 낱낱이 들여다보듯 위에서 응시하고 있었다. 그 눈은 언제나처럼 맑고 예리했지만 그림자가 져 어딘가 이상하게 느껴졌다.

그러니까, 이상할 정도로 감정에 휘말린 것처럼 보였다.

소하는 잠시 동안 함께 지냈을 뿐인 부하 때문에 이렇게까지 흔들릴 사람이 아니었다. 소유는 그가 걱정되어 물었다.

"소하 님, 괜찮으십니까?"

"괜찮아 보이느냐?"

"혹 다미국에 오셔서 다치셨습니까? 옥체 미령하시면 군의를 부르지요."

소유의 기억 속에서 소하는 다친 적이 없었지만 그녀가 없는 동안 무슨 일이 있었을지 모른다. 혹시 호마손이 암살 기도라도 한 것일까? 소유의 눈도 갑자기 든 염려 때문에 떨리기 시작했다.

그때 그녀의 시야가 소하의 옷자락으로 가득 찼다.

"네가……."

소하는 떨리는 목소리로 중얼거렸다.

"네가 무모한 행동을 하라고, 너를 두고 온 것이 아니었다."

소하의 품은 숨이 막혀서가 아닌 다른 이유로 괴로웠다. 소유는 갑자기 울컥 울음이 치미는 것을 느꼈다. 이 온기가, 이 향기가, 이 감촉이 얼마나 그리웠나. 얼마나 자주 떠올랐나. 알 수 없었다.

이제는 소유의 것이 아닌데도 왜 희망을 주는 것인지. 왜 그리움조차 잊지 못하게 그 감촉을 자꾸만 새로 새겨 넣는 것인지.

소유의 팔이 자기도 모르게 소하의 가슴을 안으려 움직였다가 소리 없이 떨며 제자리에서 멈칫했다. 소하는 혼자 일어선 채로 소유의 머리를 끌어안고 한숨 쉬었다.

"혼자 자경국의 왕궁에 침입하려 했다고? 어찌 그런 생각을 했어. 내가 널더러 들으라고 유언장 이야기를 했겠느냐? 조금이라도 안전한 곳에 있길 바라면서 널 두고 온 것이거늘, 어찌 그렇게 위험한 행동을 했단 말이냐."

소하의 목소리는 진지했다. 소유는 그의 말을 들으며 점점 얼굴이 화끈해지고 눈시울이 뜨거워 어쩔 줄을 몰랐다. '널더러 들으라고 했겠느냐'고? 그러면 다른 사람들은?

다른 부하들보다, 백란보다, 채윤보다, 소유가 소중하다는 말처럼 들리지 않나. 그건 꼭 소유는 그의 장기말이 되지 않고 안전한 곳에서 계속 살아가길 원했다는 말 같지 않나.

죽기 전에는 그토록 원했던 확신이었다. 하지만 지금은 그런 것은 필요 없었다. 어차피 사라질 목숨인데 장기말이 되면 어떻단 말인가. 그녀가 살아 돌아온 이유가 그것인데.

소유는 소하에게 차마 캐물을 수 없어 잠긴 목소리로 진심을 말했다.

"소하 님이 전장에 나가셨는데 제가 어찌 편안히 숨어 있겠습니까. 제가 소하 님을 떠날 때는 오직 제가 어쩔 수 없는 사정이 있을 경우뿐입니다. 이제 초왕이 정당한 왕위 계승자가 아님을 알게 되면 조정 대신들도 소하 님을 보다 지지할 것입니다. 그러면……."

"지금은 그런 말을 하지 말거라."

꿈일까. 소하의 목소리도 잠겨 있었다. 그는 팔을 내려 소유의 어깨를 꽉 끌어안았다. 소유는 그의 머리칼과 어깨에 얼굴을 묻으며 어쩔 수 없이 눈물을 흘렸다. 감히 소리 내어 흐느낄 수는 없었다.

"내가 무슨 염치로 너를 꾸짖겠느냐. 무사히 내 앞에 다시 와주어 고맙다. 항상 네가 옆에 있었는데 그렇지 않게 되니 허전하여 환청이 다 들리더구나. 그저 약조를 해다오."

"무슨 약조입니까?"

"다시는 혼자 죽음에 뛰어들지 말거라. 정 네가 직접 가야겠으면 내게 미리 말을 해다오. 그러면 내가 어떻게든 손을 써둘 수 있지 않겠느냐."

미리 말을 하라고?

어떻게 그럴 수가 있을까. 소유는 마침내 소유의 어깨를 마주 안았다. 그리고 그에게 떨리는 입술로 속삭였다.

"알겠습니다, 소하 님. 죽음에 뛰어들기 전에는 미리 말씀을 드리겠습니다."

그 말이 진심인지 아닌지는 그녀 자신도 알 수 없었다. 소유는 슬쩍 자신의 손등을 보았다. 꽃 한 송이가 반쯤 피어 아름다웠고 이번에는 다른 꽃봉오리가 올라와 있었다.

소하와 소유가 다시 침착한 대화를 시작할 즈음 옥현은 인간 모습으로 변한 복복과 사이좋게 들어왔다. 소하는 아까 그 복어가 사랑스러운 인간 소녀로 변했다는 사실을 신기해했지만 의심은 하지 않는 것 같았다. 소유는 옥현을 장난스럽게 보며 물었다. 그녀의 얼굴에도 소하의 얼굴에도 아까 나누었던 대화의 흔적은 없었다.

"옥현 공, 이번 일이 모두 해결되고 돌아가면 좋은 소식을 들을 수 있는 건가요?"

물론 소유가 대책 없이 그런 물음부터 마구 던진 것은 아니었다. 나란히 들어오는 옥현과 복복이 대단히 행복한 표정을 하고 있었기 때문에 대강 그들의 마음이 통한 것이리라고 짐작하고 물은 것이었다.

옥현은 빙긋 웃으며 말했다.

"우선은 공주님을 그간 키워주신 북해의 용왕님께 허락을 받아야 할 테지만, 예, 그럴 계획입니다. 난관이야 있겠지만 연모의 정으로 뛰어넘어 보여야지요. 그야 이렇게 사랑스러운 분을 전심으로 사모하지 않을 사내가 어디 있겠습니까?"

소유는 진심으로 감탄했고 복복은 얼굴이 빨개졌지만 기쁜 듯 입꼬리가 부들부들 올라갔다. 그래도 자존심 때문인지 좋아하는 티를 내지 않으려고 애쓰는 그 모습은 누가 보기에도 귀여웠다.

"옥현도 오랫동안 혼자였지. 행복한 가정을 꾸리게 된다면 나로서도 축하할 일이야."

소하도 평소보다 즐겁게 웃으며 말했다. 옥현은 소유에게 깊이 허리 숙여 절해 보였다.

"소유 아씨가 아니었으면 이리 이어지지 못 했을 인연이니, 믿어주신 만큼 최선을 다하겠습니다."

"저는 그저 함께 온 것밖에 없습니다."

소유는 손을 내저었다. 옥현은 아닌 줄 안다는 듯 후후 웃었고 복복은 새침하게 입을 가렸다. 소유는 복복이 생긋 웃었음을 짐작했다.

"자."

소하는 쓴웃음을 짓고 주의를 환기했다.

"분위기가 좋은 와중에 사무적인 말을 해서 미안하다만, 소유가 어떤 일을 겪고 어떤 생각을 했는지 계속 듣고 싶구나. 인사는 그 후에 더 나눌 수 있겠느냐?"

"예, 소하 님."

"송구합니다, 소하 님."

소유와 옥현이 재빨리 대답했다. 소하는 소유를 보았고 소유는 한숨을 한 번 쉰 다음 그녀가 겪은 일을 이야기했다. 설궁에서 소하를 배웅한 다음 바로 경원에게 돈을 빌려 자경국으로 출발한 일, 가는 길에 자객을 만나 습격당한 일, 자경국에서 백란과 채윤을 발견한 일, 뚜르가이가 채용해주지 않아 혼자 왕궁에 잠입했다가 결과적으로 백란을 돕게 된 일, 뱃사공이 도움을 준 일, 자경국에서 훔쳐낸 기밀 서류에 낙양을 건 밀약이 있었던 일, 즉시 백란과 채윤을 낙양과 장안으로 보내고 소하를 만나러 달려온 일, 청하강을 건너는 길에 자기들이 다미국 경비병이라는 자경국 병사들과 싸우고 꾀를 써서 이긴 일…….

상당 부분 각색되고 심연의 존재는 감춘 이야기였지만 소유는 그럭저럭 믿을 만한, 어쩌면 진실보다도 더 그럴 듯한 이야기를 짜냈고 원래 상황을 잘 몰랐던 복복은 화를 냈다.

"아니, 그러면 한 나라의 왕이라는 자가 제 영화를 위해 백성들을 팔아 넘겼단 말이어요? 천하에 뭐 그런 역적이 다 있답니까?"

소유는 고개를 끄덕였다.

"처음부터 제 것이 아닌 왕위를 욕심내 어린 조카를 유폐시키고 권력을 휘둘렀으니 혈육에게도 하늘에도 큰 죄를 지은 게지. 장안에 보낸 사람이 일을 잘 마쳤으면 조정에서도 절차가 논의될 거다."

"하지만 쉽지는 않겠지요."

옥현이 생각에 잠긴 눈으로 말했다. 그는 복복에게 계속 신경을 써 주면서도 소유의 이야기는 침착하게 분석하는 눈으로 듣고 있었던 것이다.

"신하가 왕을 탄핵하는 것은 자칫하면 사화로 이어질 텐데, 장안의 권세를 곽가가 가지고 있고 손가에서는 신중하려 들 겁니다. 그러니 누가 말을 꺼내겠습니까?"

"그러니 비극이 생기기 전에 돌아가야지."

소하는 깊이 생각하는 얼굴로 말했다. 그는 그러다가 문득 떠오른 듯 소유를 보았다.

"청하강을 건너자마자 기다렸다는 듯 다미족의 병사라 주장하는 자들이 나타났다는 말이지? 너는 그들이 진짜 다미족의 병사가 아닌 줄 어떻게 알았느냐?"

"소하 님, 다미국입니다. 선대왕께서 수교를 맺으셨으니 이들도 하나의 나라임을 인정해야지요."

소유는 조심스럽게 정정했다. 소하는 미소를 지었다.

"알겠다. 그래, 스스로 다미국 병사라 주장하는 자들이 실은 자경국 병사임을 어떻게 알았느냐? 그것도 밀약에 있었느냐?"

"저도 처음엔 몰랐습니다. 그저 매복이 있다고 믿게 했더니 초라하게 벌벌 떨며 이런 것을 던져놓고 가더군요."

소유는 이 정도 되는 거짓말이면 소하가 모를 리는 없다고 생각했지만 그렇다고 그가 진실을 안다는 것은 더더욱 말도 안 되는 일이라 당당하게 우겼다. 그리고 품에서 이전에 챙겨 둔 자경국 엽전을 꺼내 모두가 볼 수 있도록 탁자에 올려놓았다.

소하는 흥미로워하는 미소를 지었을 뿐이었지만 그 눈에 승리감이 스치는 것을 소유는 놓치지 않았다.

"자경국 돈이로군요."

옥현은 엽전을 들어 이리저리 살피고 나서 침중하게 말했다. 소유는 마치 상황을 잘 모르는 척 소하에게 말했다.

"먼 자경국에서 여기까지 병사를 보내 천인국과 다미국 사이를 갈라놓게 만들었으니 저들의 상부에 반드시 어떤 음모가 있을 것입니다. 어쩌면 무익한 피를 흘리게 만들려는 술책일지도 모르니 조금 더 자세히 조사해 보심이 어떨까 합니다."

"무익한 피라?"

소하는 고개를 약간 갸웃했다. 그의 머리칼이 비단처럼 살짝 늘어졌다.

"이 모든 싸움이 이간질에서 비롯되었다는 말이냐?"

"그것은 모르옵니다. 다만 간자가 이간질을 한 바가 있으니 어느 범위까지가 간자의 행동이고 어디서부터 다미국에 진짜 책임을 물어야 할지 확실히 하는 것이 좋지 않겠습니까?"

그리고 이 정도로 말했으니, 설령 소하가 이전까지는 사건의 윤곽을 확실히 잡지 못했더라도 이제는 진실을 파헤치는 데 오래 걸리지 않을 터였다. 소유는 그렇게 믿고 있었다.

"대원수 각하께서 말씀하신 대로, 이번에 인수한 포로들은 스스로가 자경국 장수의 사주를 받아 천인국과 다미국의 국경을 각각 노략질한 것으로 실토했습니다. 애초에 다미국이 천인국의 국경 마을을 침범했다는 보고가 들어온 시기 자체가 저들이 활동을 시작한 시기와 일치하더군요."

이번에 포로들을 심문하는 일은 옥현이 맡았다. 막사에 있던 사령관들은 분노의 한숨을 쉬었고 소유도 한껏 경악한 표정을 지어 보였다. 우사마가 자리에서 벌떡 일어났다.

"그, 그러면 우리의 원정 자체가 저들에게 놀아난 것이란 말이오? 아니, 왕비 마마의 친정에서 왜 그런 짓을!"

"그야 모르지."

소하는 갑주를 입고 사령관의 자리에 앉아 서늘하게 말했다. 소유는 그 모습이 반가웠지만 한편 지난번 죽기 전에 그의 모습이 떠올라 조금은 우울해지기도 했다.

잠시 모두가 생각할 시간을 준 뒤 소하는 수하들을 보고 말을 이었다.

"이번 일은 아직 밝혀지지 않은 부분이 많으니 일반 병사들에게는 알리지 말라. 모든 사항을 낱낱이 파헤친 뒤에 공식적으로 알려도 늦지 않을 터."

"예, 각하."

당연한 대처였으므로 수하들은 즉각 대답했다. 잠시 후 막사 안이 조용해지자 호마손이 슬쩍 말을 꺼냈다.

"하온데 각하, 양 낭자—성대하게 입성한 다음 날 소유의 이름은 전군에 알려졌다—에 대해 몇 가지 여쭈어도 되겠습니까?"

"궁금한 점이 있다면 물어야지."

다른 장수들의 눈빛도 바뀌었다. 청운은 소유가 이 자리에 있어도 그러려니 하는 듯 거의 초연하게까지 보였지만 그 외의 장수들에게 소유는 그저 설궁에서 얼굴을 한 번 봤을 뿐인 사람이었다. 민간인이 적국에서 군의 위치를 찾아내 따라잡은 데부터 시작해 수상하게 여겨지는 점이 많을 터였다.

소하가 선선히 미소 지으며 대답하자 호마손은 소유를 어떻게 봐야 할지 모르겠다는 난처한 표정으로 곁눈질했다. 그는 명백히 불편해하고 있었다.

그의 불편함은 주로 어디서 기인할까. 소하를 암살하라는 초왕의 명령을 수행해야 하는데 그 길에 불확정 요소가 끼어들었다는 점? 아니면 단순히 장수로서 군사 회의에 아군 장수가 아닌 사람이 낀 것에 대한 당연한 의아함?

소유는 빙긋 웃었다.

"제 소개는 도착한 다음 날 간단히 드렸지요. 양소유라 합니다. 이름은 양소유라 하옵고 화주 출신입니다."

어차피 지금 여기서 밝힌 출신이 장안에 있는 초왕의 귀에 들어가 소하의 약점으로 쓰이지는 못할 터였다. 소유는 당당하게 말하고 평온한 표정을 지었다. 호마손은 그녀를 더 곁눈질하다가 소하에게 시선을 돌렸다.

"양 낭자는 설궁에서 대원수 각하를 보필하던 분이라 들었습니다. 출정 당시 설궁에 남으셨던 걸로 아는데 어찌 지금 이 자리에 계십니까?"

소하는 눈썹 하나 꿈틀하지 않고 되물었다.

"'어찌' 이 자리에 있냐니. 무슨 연유로 이 자리에 있냐는 질문인가, 무슨 자격으로 이 자리에 있냐는 질문인가, 아니면 어떤 방법으로 이 자리에 있냐는 질문인가?"

호마손은 헛기침을 했다.

"셋 다 여쭙고 싶습니다."

소하가 받아치는 데에는 한순간의 틈도 없었다.

"그야 소유는 내 사람이니 당연히 나와 함께 있는 것이고, 군을 위해 공을 세웠으니 이 자리에 올 자격이 충분하고, 올 때는 말을 타고 왔다고 하더군."

옥현은 빙긋 웃었고 청운도 약간 미소 비슷한 것을 띠었다. 소유는 쓴웃음을 지으며 눈을 내리깔았다.

"대원수 각하."

호마손은 몸이 단 것 같았다. 그가 초왕이 보낸 암살자임을 알고 있을 소하는 재미있다는 듯 눈을 휘며 웃었다.

"농일세. 소유는 자네들도 알다시피 내가 설궁에 있을 때부터 나를 위해 많은 것을 해주었는데, 이번 출정에는 내가 부탁한 일을 처리하느라 좀 늦게 합류했네. 혼자 보냈는데도 큰 공을 세우고 돌아왔으니 자네들도 대우에 부족함이 없어야 할 것이야."

청운은 무슨 일인지 어쩐지 알 것 같다는 얼굴로 소유를 잠시 보았다. 죽기 전보다 이번의 청운이 조금 더 눈치가 빠른 것 같다고 생각하며 소유는 그에게 미소를 보냈다. 우사마가 헛기침을 했다.

"송구하오나 각하, 큰 공이라 하심은."

"백룡담에서 큰 용이 말하던 아씨가 여기 있는 양소유일세."

분위기가 변했다. 하긴 앓아누웠다가 갑자기 큰 용 덕분에 병이 다 낫고 퍼내도 퍼내도 물주머니가 차오르는 경험을 직접 하고 있는 사람들이니 이제 와서 못 믿을 것도 없을 것이다. 장수들은 소유를 참으로 신비하다는 듯 바라보며 찬사를 아끼지 않았다.

"용을 부릴 수 있는 분이라니 천군만마를 얻은 것만 같습니다."

"참으로 들어본 적도 없는 신이한 일을 경험했습니다. 혹 월궁의 항아이십니까?"

"그래서 군의 위치도 찾으신 거로군요. 타고 오셨다는 말은 혹 용마입니까? 아니면 백학을 타고 오셨는데 농을 하신 겁니까?"

말을 타고 왔는데 백학을 타고 왔다고 농을 했다면 모를까, 그 반대를 진지하게 묻는 걸 보니 이미 군에는 소하와 흰 용에 대한 신뢰가 굳건하게 쌓인 모양이었다. 소유는 친절하게 말했다.

"어찌 제가 직접 부리겠습니까. 그저 엄친이 동해 용왕과 친밀한 사이라 하여 이번 일은 그이에게 부탁을 좀 했을 따름입니다."

"이번 일이라니, 그러면 백룡담 물이 독인 줄 미리 아셨습니까?"

"춘부장이 어떤 분이시기에. 혹 춘부장도 용왕이십니까?"

"임무라는 것이 용궁에 다녀오시는 거였습니까?"

질문은 끊이지 않았다. 특히 우사마가 눈을 너무 반짝이고 있어 소유는 웃음을 겨우 참았다.

"엄친은 이미 이 세상과의 연이 다하여 선계로 올라가셨으니 저 또한 오랫동안 뵙지 못했습니다. 다만 백룡담은 원래 청수담이라 하여 결코 독이 있는 물이 아니고 지나가는 누구나 마실 수 있는데, 이번에는 여러분의 운이 좋지 않아 북해 용왕님의 심기가 불편할 때에 찾으신 것뿐입니다. 빛나는 승리를 거두신 이후 다시 지나갈 때엔 얼마든지 음용하셔도 탈이 없을 겁니다."

이제 신선까지 나왔다. 장수들은 대단히 흥미로워하며 소유에게 이것저것 미래를 물었다. 소유는 최대한 모호한 대답을 몇 개 던져 주고 소하에게 눈길을 돌렸다. 그제야 자신들이 너무 흥분했다는 사실을 깨달은 장수들은 입을 다물었다.

"그러면 다음 의제를 진행할까."

소하는 말끔한 미소를 지었다.

칼자루를 쓰다듬던 소유는 조용히 말했다.

"할 말이 있으면 해요."

달은 휘영청 밝았지만 번을 서는 병사들이 바쁘게 순찰을 돌아 밤 같은 느낌이 들지 않는 밤이었다. 소유는 이제야 전장으로 돌아왔다는 것을 실감했고 가끔 불규칙하게 가슴이 두방망이질치는 것을 느꼈다. 지금, 이곳에서 잘해야 했다. 그러면 그녀의 소중한 사람들이 살 수 있었다.

새하얀 솜뭉치처럼 밤에도 눈에 띄는 고양이의 모습을 하고 있던 홍염은 순식간에 그 자리에서 사람으로 변했다. 불쑥 솟아나듯 나타나 의자에 자연스레 앉은 그의 모습은 항상 그렇듯 불만이 가득해 보였다.

"심연을 네 수족처럼 부리더군."

심연은 지금 쿠란게렐이 어디까지 왔는지 살피러 가 있었다. 소유는 홍염이 그래서 전보다 더 심기가 불편해 보인다는 사실을 알았다.

"우습네요. 심연이 죽지 않는다고 해서 있는 대로 괴롭혀댄 것은 당신 아닌가요?"

"나는 그녀석의 상사야. 하지만 너는 달라. 그녀석의 목표물에 불과하지."

홍염의 새빨간 눈이 그녀를 화염처럼 뜨겁게 노려보았다. 소유는 심연보다 아마도 오랫동안 사신 일을 해왔을 그가 아직도 그렇게 뜨거운 감정을 느낀다는 사실이 문득 신기하게 느껴졌다. 심연은 인간일 때의 감정이라곤 다 잊은 것 같은 얼굴을 하고 다니는데.

"투기하는 건가요?"

소유는 빙긋 웃으며 물었다. 홍염은 싸늘하게 코웃음을 쳤다.

"투기라니. 내가 심연에게 사람의 애정이라도 느낀다고 말하는 거야? 웃기지 마. 나는 그 녀석이 싫어."

"심연에게 사신 일을 하라고 잡아둔 것은 당신이라고 들었는데요."

"그랬지. 하지만 그 녀석이 마음에 들어서 그런 말을 했던 것은 아니야."

"그러면?"

"괴로움을 느껴보라고 한 거지."

홍염은 마지막 말을 으스대듯이 했다. 소유는 웃음을 터뜨렸다.

"어떤 괴로움이요? 심연은 쉽게 괴로움을 느끼는 사람이 아닌 것 같던걸요. 그 아가씨를 900년이 넘도록 기다리면서도 그 세월이 지루하다고 느끼는 것 같지 않았어요."

"900년 정도를 괴롭다고 할 수 있나?"

홍염은 다시 코웃음을 쳤지만 이번에는 소유를 향한 것이 아닌 깊은 미움도 드러내며 고개를 돌렸다. 소유는 담담하게 물었다.

"당신도 누군가를 기다리고 있는 모양이지요?"

적어도 홍염이 지금까지 말한 것을 종합해보면 그런 것 같았다. 홍염은 소유를 노려보았다.

"네가 참견할 바가 아니야."

"왜요? 당신도 연모하는 사람을 기다리는 거예요? 오래 기다리는 게 힘들어서 심연에게 심술을 부리는 게 아닌가요?"

"연모오?"

홍염은 혀를 찼다. 이승에서 이루지 못한 사랑을 기다리는 건 아닌 모양이었다. 소유는 홍염이 기다리는 사람이 환생하면 홍염이 그 사람을 얼마나 괴롭힐지 생각해 보았다. 일단 그다지 좋은 전망은 아니었다.

잠시 후 홍염은 표정을 바꾸어 평소처럼 쌀쌀맞고 약간 불만스럽게 소유를 쏘아보았다.

"네가 눈먼 화살이라도 맞아서 죽으면 좋을 텐데."

"아쉽지만 그럴 일은 없을 걸요."

소유의 기억으로 그녀가 화살 비를 맞을 일은 적어도 한동안은 없었다. 쿠란게렐을 만나러 갈 때는 칼침을 맞을지 모르니 조심해야겠지만. 그녀가 확신을 담아 말하자 홍염의 입가가 일그러졌다.

"그래, 그렇겠지."

"당신이 보기에도 그렇다면 확실한가봐요. 사신에게 보장을 받으니 좋네요."

소유는 홍염을 화나게 하기 위해 일부러 밝은 미소를 지었다. 홍염은 혀를 또 찼다.

"보장? 흥. 내가 보장하는 건 아니야. 네가 그렇게 만드는 거지."

"그건 그래요."

홍염의 말투가 희한했지만 어떻게 보면 틀린 말도 아니었다. 소유는 혹시라도 소하의 군에 눈먼 희생이 생기지 않도록 최선을 다할 셈이었으므로. 그녀는 고개를 끄덕이고 멍하니 고개를 돌렸다. 그리고 창밖에 뜬 달을 보았다.

"꽃이 피었군."

짧은 침묵 후에 홍염이 서늘하게 말했다. 소유는 자신의 손등을 들었다. 달빛을 받은 손등에는 한 송이 꽃이 점점 만개에 가깝게 피어나고 있었다. 그리고 가장 가는 가지에 오른 조그만 점은 아무래도 세 번째 꽃봉오리 같았다.

꽃이 한 송이만 피는 것보다는 나았다. 소유는 죽음의 낙인이 찍힌 손등을 쓰다듬으며 투덜거렸다.

"처음에 당신을 귀여운 고양이라고 생각하고 속는 게 아니었어요. 그랬으면 이런 건 안 찍혔을 텐데."

"난 어떻게든 찍었을 거야."

홍염의 목소리는 의기양양했다. 잠시 후 그는 유혹하듯 나지막하게 말했다.

"울고불고 매달리면 심연이 살려줄지도 몰라."

"어떻게요?"

"널 저승으로 데려갈 사신이 없다면 살 수 있겠지. 방법은 간단해. 심연을 죽이면 돼."

소유는 약간 짜증이 나 홍염을 돌아보았다. 누가 속을 줄 아나.

"사신은 죽지 않는 것 아닌가요? 이미 죽은 몸이잖아요?"

"보통은 안 죽지."

"그러면, 두 번 죽어요?"

소유는 홍염의 입꼬리가 즐겁게 올라가자 경계심이 들었다. 그것은 누가 보아도 '교활한' 미소였다.

그녀는 오만하게 턱짓했다.

"더는 들을 이야기가 없을 것 같군요. 심연이 언제 올지 몰라요. 이제 가서 당신 할 일이나 하고 돌아다녀요."

"목숨을 살려달라고 울 때와는 사뭇 다른데."

홍염은 이를 드러냈다. 소유는 행여라도 그것을 그녀의 성장을 보고 기뻐서 지은 웃음으로 착각하지는 않았다.

"이번 삶을 준 것은 심연이고, 나는 그 삶을 최대한 활용할 셈이에요. 이미 몇 번이나 심연 덕분에 살았으니 그를 죽이면서까지 내 삶을 연장할 생각은 없어요."

그리고 보니 심연 덕분에 몇 번을 살았더라. 정말로 죽었던 첫 번째 때를 제외하면 일고여덟 번은 심연이 그녀의 목숨을 구한 것 같았다. 소유는 귀찮은 걸 쫓듯 홍염에게 손짓했다.

"가요. 이제 잘 거예요. 말 걸어도 대답 안 할 거니까 나랑 대화하는 게 재미있어서 그러는 거면 이제 소용없어요."

"건방지군."

그렇게 말했으면서도 다음 순간 홍염은 온 데 간 데가 없었다.

　고향에 돌아갈 날 언제이련가
　달빛은 똑같이 밝기만 한데

　내 사는 곳 어디든 달빛은 똑같이 밝구나
　하나 마음속 깊이 그리는 그곳은 나 태어난 고향이로다

　소하는 이전과 꼭 같은 시를 지었다. 어디 적어두었다고 해도 그만큼 똑같을 수는 없었을 것이다. 소유는 숲에서 나온 소하를 보고 빙긋 미소 지었다.
　"어찌 혼자 나와 있느냐?"
　"잠시 달구경을 하러 나왔습니다."
　청하가 없는 지금 소유는 다른 여자 장수와 막사를 함께 쓰고 있었다. 그 장수는 소유의 기억에도 있었다. 끝까지 친하게 지낸 일은 없었지만 그래도 충성을 다해 싸우는 모습이 기억에 남았던 사람이었다. 장수는 소유를 용궁 공주님 대신 '선녀님'이라고 불렀다. 용궁 공주님은 저번에 점령한 성채에 남아 있다는 소문도 같이 돌았다.
　"네가 선녀라면 월궁 선녀가 맞는 모양이로구나."
　소하도 물론 뭇 병사들이 소유를 어떻게 부르는지 알고 있었다. 그의 농담에 소유는 눈을 조금 더 휘어 웃었다. 그는 다가오며 물었다.
　"옆에 앉아도 되겠느냐?"
　"예, 그러십시오."
　두 사람의 흰 입김이 하늘로 빠르게 솟았다. 소하는 소유가 걸터앉아 있던 나무 그루터기에 앉았다. 두 사람 사이에는 두 뼘이 넘는 거리가 있었다. 소유는 문득 그의 어깨에 기대 얼굴을 묻고 싶다는 충동을 느꼈다.

익숙한 것의 부재란 큰 상실감을 가져오는 것이었다. 소유가 가만히 한숨을 쉬자 소하는 물었다.

"한숨을 쉬는구나. 전장에 있는 것이 두려우냐?"

"홀로 남의 나라 왕궁에도 겁 없이 침입한 제가, 5천 명의 병사들과 소하 님이 있는 이곳에서 어찌 두렵겠습니까?"

소유는 그렇게 응수했다. 소하는 고개를 끄덕였다. 그리고 다른 것을 물었다.

"하면 너는 무엇이 두려우냐?"

"소중한 사람들을 잃는 것이 두렵습니다."

소유의 대답은 즉각적이었다. 소하는 그녀를 물끄러미 바라보았다. 그의 입에서 조금 긴 숨이 나온 뒤 말이 이어졌다.

"…나와 비슷하구나."

이전에 그가 했던 말들이 떠올랐다. 소유는 가슴이 아팠다. 그녀 자신의 슬픔은 앞으로 살아갈 날이 많은 소하의 슬픔이 눈앞에 들어오자 사소하게 느껴졌다. 다만 소하는 그녀와 같은 마음이 아니리라는 생각에는 여전히 아팠다.

"아바마마와 어마마마……. 그리고 수많은 충신들을 나는 잃어왔다. 더는 누군가를 잃고 싶지 않구나."

지난번과는 다른 이유로 소유의 눈에 눈물이 고이기 시작했다. 그녀는 소하 쪽을 향해 몸을 아주 돌렸다. 나란히 앉아 있던 둘은 그로써 마주보는 것과 비슷한 모습이 되었다.

소유는 간곡하게 말했다.

"더는 잃으시지 않을 겁니다."

내가 그렇게 두지 않을 테니까. 소유는 속으로 다짐했다. 소하는 눈썹을 살짝 들었다. 숨길 수 없는 피로가 배어나오면서도 놀라워하는 얼굴이었다.

"네가 그것을 어찌 아느냐? 비단 주머니를 내게 주었을 때처럼, 이미 어느 정도 장래를 예측할 수 있는 근거가 네게 있느냐?"

소유는 고개를 저었다.

"소하 님과 같은 인물은 하늘이 냅니다. 결코 허망하게 스러지시는 일은 없을 겁니다."

소하는 기묘한 쓴웃음을 지었다.

"하늘이 낸 인물이 나 하나겠느냐? 선대왕께선 나 따위와는 비교가 되지 않을 정도로 많은 업적을 이루셨다."

"하늘이 내며 기대한 만큼의 업적을 이루신 거지요. 소하 님께서도 이름을 남기실 겁니다. 후세가 대대손손 소하 님의 이름을 배우고 소하 님의 치세가 얼마나 태평성대였는지 노래하겠지요."

소하는 또 쓴웃음을 지었다.

"네 이름은 그러면 어디에 쓰여 있겠느냐?"

"소하 님을 보좌한 수많은 사람들 중에 있다면 정말 좋겠습니다."

그럭저럭 거짓말은 아니었다. 소하는 평범하게 '그럴 거라'는 식으로 말하려는지 입술을 달싹이다가 소유의 눈을 보고 미간을 좁혔다.

"…어찌 네 눈이 빛나느냐?"

"제 눈은 원래 별과 같이 아름다워 항상 반짝입니다."

그의 일그러진 쓴웃음에 이번에는 진심으로 재미있어 하는 미소가 섞였다.

"…날 속일 생각 마라. 네가 하는 말은 항상 믿는다만 이번 말은 믿어줄 수가 없구나. 어찌 눈물을 보이느냐?"

눈물은 지적을 받으면 제어할 수 없이 쏟아지는 것이다. 소유는 순식간에 뜨거운 눈물이 흘러내린 오른쪽 뺨에 차가운 바람이 스치는 것을 느꼈다. 소하는 아무렇지도 않게 소매로 눈물 자국을 닦아주었다.

부드러운 비단은 소유의 뺨을 스치듯 훔치고 눈가에 다가갔다. 눈머리에서 당장이라도 쏟아지려던 눈물이 팍 터지듯 소매에 스며들었다.

"내 소매를 적신 여인은 네가 처음이다."

그렇게 말하면 꼭 소유가 소하를 울린 것 같지 않나. 그녀는 왼쪽 눈에서 한 줄기 눈물이 흐르는 것은 느꼈지만 이제 울음이 쏙 들어간 것 같다고 생각했다. 그녀는 일그러진 웃음을 흘렸다.

"송구합니다."

"내가 눈물로 소매를 적신 것에 어찌 네가 송구하냐? 혹 월궁의 선녀가 아니라 군옥산의 선녀냐? 네게 마음을 빼앗긴 사내는 애끓는 아픔을 느끼는 운명을 받는 게냐?"

쿵. 마음을 빼앗긴다는 말에 소유는 흠칫했다. 올려다보니 소하의 눈빛이 믿을 수 없을 만큼 애틋했다.

꼭 그녀를 설궁에서 처음 만났던 그때처럼.

"소하 님."

소유는 입술을 달싹였지만 더 이을 수가 없었다. 소하는 천천히 고개를 숙였다. 그대로 겹쳐질 줄 알았던 입술은 가볍게 그녀의 눈물자국을 훔치고 천천히 귓가로 향했다.

겨울바람처럼 낮고 선명한 목소리가 들려왔다.

"네 마음이 알고 싶다."

"소하 님."

소유는 반복했다. 소하는 양손을 들어 소유의 뺨과 목을 쓰다듬었다. 그의 손길이 지나간 자리마다 홧홧했다.

"나를 연모하느냐? 그렇다면 그렇게 말해다오."

아니라고 말해야 했지만 막상 그렇게 주장하려는 목은 소리를 내지 못했다. 소하는 웃었는지 바람 소리를 살짝 내고 머리를 뒤로 뺐다.

서로를 누르는 두 사람의 부드러운 입술은 잠시 흘러간 구름의 그늘에 가려 누구의 눈에도 띄지 않았다.

쿠란게렐은 다시 보아도 걸물이었다. 소유는 전날 전투에서 본 그녀의 모습을 생각하며 소하의 옆에서 말을 몰았다. 소하가 그녀에게 말을 걸었다.

"무슨 생각을 그리 하느냐?"

그의 눈빛은 소유의 가슴이 시릴 정도로 다정했다. 그녀는 한겨울에 호수에 들어가는 게 낫겠다고 생각하며 말했다.

"다미국의 왕이 보통 인물이 아닌 것 같습니다."

"그런 것 같구나."

멀리 보이는 성문에는 지난번처럼 금빛 깃발이 몇 개나 걸려 있었다. 다미국왕 쿠란게렐이라고 쓰인 깨끗한 깃발을 보고 장수들은 어두운 얼굴을 했다.

"골치 아프군요."

"수성의 배치도 더할 나위 없어 어제까지와는 딴판입니다. 다양한 전장을 경험해본 장수가 있는 모양입니다."

"쿠란게렐 본인이든, 아니면 측근의 장수든 수많은 전장을 헤쳐 나온 사람이 있는 걸 테지."

"측근들도 훌륭하지만, 본인이 대단히 뛰어난 장수라 들었습니다."

쿠란게렐에게 호감이 있다는 사실을 지금 들켜선 안 된다는 사실은 알고 있었지만, 소유는 어쩔 수 없이 신이 났다. 해서 칭찬도 꼭 남에게 들은 것처럼 할 셈이었는데 소하의 얼굴을 보니 적어도 그만큼은 그녀가 즐거워하고 있다는 사실을 어렴풋이 안 모양이었다.

"성벽 위로 누가 나옵니다."

"왕 본인의 행차로군요."

"웬만한 장수가 두셋 있어도 저만큼 몸집이 크지는 않겠군요."

눈 밝은 병사, 호마손, 그리고 소유가 차례로 말했다. 소유는 이번에 덧붙인 말도 소하가 그녀의 칭찬하고 싶은 내심을 꿰뚫어본 것 같다고 생각해서 입을 다물었다. 쿠란게렐은 엄정한 눈빛으로 천인국 병사들을 쏘아보았고 소하는 청운을 보았다.

나팔 소리와 북 소리가 났다. 청운은 소하의 명령대로 병사들을 지휘했다.

"혁진상, 앞으로!"

전투가 시작되었다.

소유의 기억대로 이번 전투는 어려웠다. 청운과 혁진상의 통솔력은 뛰어났고 천인국 병사들은 연이은 승리에 사기가 높았지만 쿠란게렐은 혼자서도 적진을 짓밟을 수 있는 장수였다. 이윽고 혁진상과 쿠란게렐이 서로를 향해 무기를 휘둘렀다.

"이제까지 우리에게 온갖 누명을 씌워놓더니 급기야 제 발로 들어왔구나. 각오는 되어 있겠지?"

소유는 혁진상의 목소리에 가만히 귀를 기울였다.

"누명이라니 무슨 터무니없는 소리냐! 네놈들이야말로……!"

혁진상은 저번 회의 때 자경국이 고용한 용병들에 대해 듣지 못했을 만큼 아직 품계가 낮았다. 쿠란게렐이 소리쳤다.

"비열한 흉계 따위는 넌덜머리가 난다! 시끄러우니 헛소리 하지 말고 죽어라!"

혁진상과 세 명의 장수가 차례로 날아가는 장면은 다시 봐도 장관이었다. 소유는 그들이 죽지 않는다는 사실을 알았기 때문에 그저 태평하게 그 장면을 보았지만 아군에서는 탄식이 나왔다. 청운이 소하에게 달려왔다.

"각하, 저를 보내주십시오. 병사들의 사기가 떨어지고 있습니다. 막아내야 합니다."

"안 된다. 부하들을 지휘하려면 네 통솔력이 필요해."

맞는 말이었다. 소유는 혹시라도 소하가 말리지 않도록 미리 말에게 신호를 주었다. 정신없는 상황인데도 소하는 그녀의 위치가 바뀌자 깜짝 놀란 표정으로 대번에 고개를 돌렸다.

"그러니 한가한 제가 대화를 좀 청하러 다녀오겠습니다, 소하 님. 잠시만 보고 계십시오."

"그게 무슨, 소유야……!"

그녀를 부르는 소하의 목소리는 저번처럼 절박했다. 소유는 그러나 못 들은 체 쿠란게렐에게 일직선으로 말을 몰아 나아갔다.

천인국 병사들은 기묘한 얼굴로 길을 터주었고 다미국 측에서는 멸시하는 눈빛으로 소유를 쳐다보고 있었다. 소유는 쿠란게렐과 15보 정도 떨어진 거리에서 고개를 살짝 숙여 인사했다.

"천인국의 양소유입니다. 다미국의 쿠란게렐 왕 전하 되시지요?"

"너는 무어냐?"

쿠란게렐은 대단히 미심쩍어하는 표정이 되었다가 곧 인상을 썼다.

"너도 무슨 흉계를 쓰러 온 것이냐? 네가 대원수인가 하는 천인국 겁쟁이들의 총사령관이냐?"

"저희 대원수께선 저 뒤에 계시는 남자분이옵고, 저는 그분을 모시는 사람입니다. 말씀 좀 여쭙고 싶어 왔습니다."

"까불지 마라!"

쿠란게렐은 말을 몰아 오며 칼을 붕 휘둘렀다. 한 번 받아본 공격이라 소유는 그것을 침착하게 비껴냈다. 이번엔 손목이 아프지는 않았지만 그 파공음과 기세에 솔직히 등골이 오싹해졌다.

기이하게도 그 긴장감에 웃음이 나왔다. 소유는 말머리를 돌려 쿠란게렐과 마주보았다.

"대화는 검으로밖에 하지 않으신다 들었습니다. 일단은 한 수 배우기를 청합니다."

"너처럼 가냘픈 것이?"

쿠란게렐은 코웃음을 쳤지만 방금 그 공격을 여유롭게 피한 소유에게 흥미를 느낀 모양이었다. 쿠란게렐의 눈에 증오보다는 관심이 떠올랐다.

"반으로 베여 죽지 않으려면 최선을 다해보거라."

"살기 위해 노력하겠습니다."

아직 여기서 죽을 수는 없었다. 소유는 눈을 가늘게 뜨고 손에 힘을 주었다. 그리고 말을 달려 쿠란게렐에게 짓쳐 들어갔다.

쿠란게렐의 장수들 중에 얼굴이 익은 자가 몇 있었다. 소유는 그들과 연회에서 인사를 나눈 기억을 떠올리고 친근한 미소를 지었지만 물론 그 장수들은 인상을 찌푸렸다. 황금빛 일산 아래서 기다리던 쿠란게렐은 그러나 소유가 그 앞에 완전히 나아오기도 전에 말을 걸었다.

"배짱이 두둑하구나. 마음에 들어."

이제야 쿠란게렐과 제대로 대화를 나눌 수 있을 것 같아 소유는 기뻐졌다. 그녀는 알아서 말에서 내렸고 소하도 소유가 미리 귀띔한 대로 걸어서 쿠란게렐에게 다가갔다.

"나와 대화를 나누고 싶다는 게 사내, 너냐?"

소하가 앞에 서고 소유가 그보다 반걸음 뒤에 서자 쿠란게렐은 소하에게 형형한 눈빛으로 물었다. 소하는 고개를 끄덕였다.

"그렇소. 천인국의 왕자인 이소하요."

"그러면 너는 그의 아내냐?"

쿠란게렐은 소유에게 소하보다 훨씬 노골적으로 관심을 드러내며 물었다. 소유는 밝게 대답했다.

"아닙니다. 저는 소하 님의 부하로 소하 님을 돕고 있을 뿐입니다."

"네가 돕는다는 일이 구체적으로 무엇이냐?"

"한 가지에 한정해 돕는 것이 아니오고, 소하 님의 원이라면 가급적 뭐든 이루어지도록 하고 있사옵니다."

"즉 충성 맹세를 한 게냐? 아깝구나."

쿠란게렐은 정말로 소유의 충성 맹세가 아까운 눈치였다. 소유는 만약 자신이 천인국이 아닌 다미국에 태어났으면 어땠을지 상상해보았다. 일단 비겁한 왕 때문에 진 어사가 낙향하지도 않았을 테고, 채윤과 일가 식구들도 도둑처럼 죽음을 맞지는 않았을 것이다. 채윤과 소유 둘 다 왕을 존경하며 출사를 위해 천인국에서보다 더 열심히 검을 익혔을지도 몰랐다.

이것이 운명인 모양이었다. 소유는 정정했다.

"충성 맹세는 아니오고, 개인적으로 돕는 것일 따름입니다."

"네 말은 이상하구나. 개인적으로 이 사내를 도와 전장에까지 함께 왔으면서, 아내는 아니라? 하면 종이냐? 그렇다면 내가 널 데려와야겠구나. 돈이라면 네 주인에게 얼마든 내줄 테니 불러보아라."

"저는 종의 신분이 아닙니다. 그냥 자유롭게, 제가 원해서 소하 님을 돕고 있을 뿐입니다."

"그러하냐?"

"들었다시피, 내 마음대로 거취를 정해줄 수 있는 아이가 아니오. 내가 무슨 말을 해도 자기 하고 싶은 대로 해야만 직성이 풀리는 아이요."

소하는 꼭 소유가 사고뭉치인 것처럼 말했다. 소유는 양심적으로 그 평가를 받아들이기로 했다. 하지만 그녀가 누굴 위해 사지에 뛰어들며 노력했는지를 고려한다면 소하는 소유에게 조금 더 좋은 평가를 해줄 필요가 있었다.

"하하하! 사내, 너는 운이 좋은 줄 알아라. 네가 이 아이와 함께 온다는 말이 없었다면 네가 황금을 펴서 비단처럼 둘둘 말아 보냈다 하더라도 내 만나줄 생각 따위는 없었다!"

"대화에 응해준 것을 진심으로 고맙게 생각하는 바요. 선물로 보낸 비단도 사실 내 이름으로 보냈지만 이 아이 덕분에 얻은 재물이니 이 아이에게도 내 감사해야겠소."

그리고 돈은 경원이 지불했더랬다. 소유는 멀리 있을 경원에게 새삼 엄숙하게 감사 인사를 보냈다.

"귀국에게 화친을 청하오. 내가 싸워야 할 이유가 사라졌소. 남의 계략에 놀아나 우리끼리 서로 죽일 필요는 없는 것 아니오? 그러니 우선 주위를 조금만 물려주면 안 되겠소? 내 말의 의미를 충분히 설명하겠소."

연회를 준비하느라 다미국의 성은 분주했다. 천인국에 비해 훨씬 활동적이면서 따뜻한 옷을 입은 궁인들이 장식품과 음식을 나르느라 바빴다. 소유는 전에 단 한 번 와봤을 뿐이고 아마 앞으로도 올 일이 없을 다미국 성을 구경하느라 한가하게 그들 사이를 비집고 다녔다.

그런 그녀의 모습이 재미있었던 모양이었다. 소유가 이름을 잊었지만 쿠란게렐의 측근 중 하나였던 장수 하나가 지나가다 말고 소유에게 말을 걸었다.

"길이라도 잃었나?"

"아니요."

이 기회를 놓칠 수는 없었다. 소유는 마침 그 장수를 붙잡고 천장을 가리키며 물었다.

"저기 있는 저 그림은 뭔가요? 액운을 쫓는 그림인가요?"

"저거?"

다미국과 천인국의 평화 협상이 타결되자 다미국 장수들은 소유를 비롯한 천인국의 여러 여성 장수들에게 관심을 보였다. 천인국의 다른 여성 장수들은 자경국의 음모에 대해 공식적으로 알게 되기는 했지만 아직 태도를 어떻게 해야 할지 모르는 사람이 많았기 때문에, 소유는 일부러 더 다미국 측에 호의적인 관심을 드러내고 있었다.

자국의 예술에 관심을 보이는 사람을 싫어하는 경우는 없었다. 다미국 장수는 소유가 가리킨 천장화를 보고 자랑스럽게 말했다.

"저건 지옥의 장수야. 액운도 쫓고 거짓말하는 놈들의 혀를 뭉개버리지."

천인국에도 지옥을 지키는 장수 그림 따위가 도식화된 것이 있었지만 거짓말하는 사람의 혀를 어쩌고 하는 이야기는 처음이었다. 소유는 흥미로워 눈을 반짝였다.

"그래요? 저렇게 천장에 직접 그림을 그리다니 특이하네요."

"너희는 천장에 장식을 안 해?"

"저런 들보에 오색으로 칠을 하는데 지옥의 장수처럼 큰 그림을 그리지는 않고, 줄무늬를 넣거나 하지요. 백성들이 사는 천막에도 저렇게 칠을 하나요?"

"천막을 지을 때 쓰는 가느다란 나무에는 칠을 하지. 기둥에는 우리도 여러 가지 색을 쓰고."

"같은 점도 있고 다른 점도 있어서 재미있네요."

"너희나 우리나 다 사람이라고 네가 그랬잖아? 하하!"

장수는 웃으며 소유의 어깨를 쳤다. 쿠란게렐의 수하는 성별 막론하고 우락부락한 사람뿐이라 소유는 잠시 휘청할 뻔했다. 장수는 전혀 악의라곤 없는 얼굴로 씩씩하게 말했다.

"이 다미국 내에서도 부족마다 다 장식하는 방법이 다르고 옷이 다른데, 먼 곳에서 온 너희야 오죽하겠나. 그래도 너 같은 인재가 천인국에 있을 줄은 몰랐지! 또 너희 대장은 어떻고. 연약하게 생겼는데 제법 담이 좋던데?"

그야 적진이나 천인국의 왕궁이나 소하에게는 위험하다. 그리고 항상 목숨을 어디선가 노리고 있는 천인국에서와 달리 다미국에서는 쿠란게렐이 지시하지 않는 한 나온 음식을 먹고 소하가 죽지는 않을 터였다. 소유는 그런 사정을 말할 수도 없어 그저 동의하는 체 웃었다.

"맞아, 너 심심하냐?"

장수는 생각났다는 듯 물었다. 소유는 고개를 끄덕였다.

"당장 할 일은 없네요. 그래서 언제 이런 데 또 와보겠나 싶어서 구경 중이었어요."

"그럼 일손 좀 도울래? 어디에나 있는 그런 잡일 말고, 다미국에서만 해볼 수 있는 체험이 있는데."

"그럴까요?"

다미국에서만 해볼 수 있는 체험이라니 흥미로웠다. 장수는 그럼 가자며 소유와 어깨동무를 하고 씩씩하게 움직였다. 숫제 끌려가는 모양새인 소유를 지나가던 청운이 보고 물었다.

"어디 가십니까?"

"다미국 체험이요. 청운 공자도 같이 가실래요?"

"그래그래, 좋은 생각이야. 일손은 많을수록 좋지!"

청운은 괴이한 표정을 짓고 따라왔다.

다미국 장수가 그들을 데려간 곳은 널찍하고 탁 트인 방이었다. 사람들이 제각기 모여 앉아 손을 꼬물거리며 뭔가를 만들고 있었다. 소유는 그들이 만들어낸 작품이 모인 소쿠리를 보고 그 '뭔가'가 다미 만두임을 알아보았다.

"만두네요?"

"만두로군요."

소유와 청운이 한 마디씩 하자 장수는 두 사람의 등을 동시에 탁 때렸다.

"오늘 저녁 연회에서 먹을 만두니까 둘이 재밌게 한 번 만들어봐. 거기, 자리 좀 만들어봐! 일손을 데려왔어!"

평균 일고여덟 명 정도가 들어간 작은 원 중 가장 문에 가까운 쪽의 원에 자리가 생겼다. 각 원의 중심에는 만두피 반죽, 만두소, 그리고 다 만든 만두를 놓는 소쿠리가 하나씩 있었다. 소유는 뻔뻔하게, 그리고 청운은 점잖게 만두 만들기 작업에 끼었다.

"낭자."

몇 개인가 만두를 만들던 청운은 소유에게 소곤소곤 물었다.

"어쩌다 이런 일을 하게 되신 겁니까?"

"건물을 구경하는데 일손 좀 도울 생각 없냐기에 온 거예요."

"그렇습니까."

영문을 모르고 끌려온 것이나 마찬가지인 청운은 점잖게 대답하고 다시 만두 만들기에 집중했다. 영 적당한 만두피의 크기나 만두소의 양을 가늠할 수 없어 끙끙거리던 소유는 옆을 보고 감탄했다. 청운이 만들어 올려놓는 만두는 찍어낸 듯 같은 크기에다 모양도 예뻤다.

"청운 공자, 만두 잘 만드시네요."

옆에 앉아 있던 다미국 사람이 첨언했다.

"천인국 손님이시지요? 저희 다미국에서는 만두를 잘 빚는 사람은 잘생긴 아이를 낳는다고 한답니다."

"그래요? 청운 공자는 나중에 혼인하시면 잘생긴 자녀분이 태어나시겠어요. 물론 만두를 잘 빚든 못 빚든, 청운 공자의 자녀분이면 당연히 잘생겼겠지만요."

소유는 재미있어 웃으면서 말했다. 청운은 쑥스러운지 얼굴을 붉혔다. 그의 눈이 잠시 소유가 만든 만두에게 갔다.

만약 청운이 소유를 똑같이 놀릴 요량이었다면 그에겐 그럴 기회조차 없었다. 소유의 만두는 누가 봐도 못생겼던 것이다. 만두에 얽힌 이야기를 해 준 다미국 사람이 웃음을 터뜨렸다.

"낭자, 만두 크기가 호쾌하네요. 낭자는 건강하고 튼튼한 아이를 낳겠어요."

"만두가 크면 그런 건가요?"

소유는 반가워하며 또 깔깔 웃었다. 그녀가 아이를 낳을 일은 없을 터였지만 이야기가 만들어진 방식 자체는 마음에 들었다. 그러니까 어떻게 하든 각 만두의 장점을 가진 아이가 태어날 거라고 축복하는 것 아닌가.

소유의 손은 주변 사람들에 비하면 약 다섯 배는 느렸지만, 그녀는 즐겁게 만두피를 꼭꼭 누르며 한참 만두를 빚었다.

"다미국의 전신은 다미족이라 불리는 수많은 부족의 집합체지. 유목민끼리는 큰 무리를 이뤄 살지 않고, 자식도 장성하면 먼 곳으로 내보내는 것이 상례이다 보니 각 부족 간에 풍습의 차이가 심했네. 해서 우리끼리 단결해야 할 때는 다양한 재료가 어우러져야 더 훌륭한 맛을 내는 만두를 먹게 된 게야."

"알고 보니 대단히 귀한 의미가 있는 음식이었군. 나도 앞으로는 만두를 먹을 때마다 화합에 대해 생각하게 될 것 같소."

쿠란게렐과 소하가 대화를 나누는 사이 소유는 만두 중 혹시 자기가 만든 것은 없나 눈으로 훑어보았다. 아쉽지만 귀빈석에 나온 음식은 숙련된 요리사가 만든 듯 모두 모양이 예쁘고 균일했다.

"그래야지."

쿠란게렐은 마유주를 마셨다. 소유가 만두를 계속 쳐다보자 소하가 슬쩍 물었다.

"뭐 더 신기한 점이라도 있느냐?"

"네가 만든 만두를 찾는 게지?"

아까 소유와 청운을 만두 빚기 일손으로 써먹은 장수가 다 알겠다는 듯 물었다. 소하의 눈이 커졌다.

"소유가 만두를 빚었소?"

"예, 좋은 기회가 있어서 청운 공자와 함께 만두를 빚었습니다."

소유는 예쁜 만두를 또 한 젓가락 집으며 배시시 웃었다. 소하는 눈웃음을 지었다.

"청운은 솜씨가 좋지. 그렇지 않으냐?"

"여기 있는 이 만두처럼 예쁘게 빚더군요. 저는 자꾸 욕심을 내다 보니 주먹만 해져서 속이 안 익었을지도 모르겠습니다."

"하하핫!"

쿠란게렐과 그 측근들이 즐겁게 웃었다. 소하는 빙긋 웃는 얼굴인 채였다.

"안 익으면 뭐 어떠냐. 그래도 내가 먹으마. 다 가져오라 해야겠다."

"아이고."

웃던 측근 중 하나가 별스럽다는 듯이 야유했다.

"그렇게 사이가 좋은데 왜 아직 혼인도 안 했어?"

"그건 나도 궁금하구나."

술잔을 내려놓은 쿠란게렐이 다감하게 물었다.

"혹 난양 공이 너보다 지위가 높아서, 너에게 첩을 못 들이게 할 거라더냐? 첩 못 들이게 하는 남자는 못쓴다. 다미국에 오면 네 명까지 부인夫人을 들일 수 있다만."

첩을 들이는 것은 일반적으로 남자의 몫인 천인국과 달리 다미국은 주로 여자가 여러 남자와 결혼할 수 있다는 모양이었다. 책에는 그 이유를 유목민은 농경민과 달리 한 가족 안에 너무 많은 아이가 있어서는 안 되기 때문이라고 설명하고 있었다.

소하가 쓴웃음을 지었다.

"지위랑 상관없이 나는 독점욕이 강해서 아니 되겠소. 네 명 몫을 합친 것보다 내가 잘해줘야지, 이거 안 되겠군."

"사이좋은데!"

다른 측근이 크게 웃었다. 이내 이야기는 다른 쪽으로 흘러갔다.

네 명 몫을 합친 것보다 잘해준다니. 죽기 전에 그런 말을 들었다면 얼마나 기뻤을까.

기쁜데도, 즐거운 웃음에 둘러싸여 맛있는 것을 먹고 있고 소하의 옆자리인데도 어쩐지 소유는 자신만이 홀로 유리되어 있는 것 같은 기분이 들었다. 가슴 속 어딘가가 못내 서러웠지만 그녀는 곧 즐거운 척 술잔을 들었다.

"다미국의 술은 아주 훌륭하군요. 한 잔 더 마시겠습니다."

다미국 사람들이 오랜 옛날부터 추운 겨울을 넘기기 위해 마신 술이라더니, 연회의 마유주는 몇 잔 마시지 않는데도 소유를 취하게 했다. 그녀는 실수하기 전에 일어나 바람을 쐬러 나갔다.

이전에 본 것과 똑같은 밤하늘이 그녀를 내려다보았다. 별은 총총 화려했고 밤의 공기는 날카로울 만치 싸늘했다. 그러나 채윤은 옆자리에 없었고 그녀의 발치에는 어느샌가 검은 고양이가 나타나 걷고 있었다.

"심연."

소유는 저 먼 숲을 모두 내려다볼 수 있는 망루에 서서 고양이의 이름을 불렀다. 심연은 그녀가 눈을 깜박하기도 전에 흰 피부를 지닌 검은 머리의 남자가 되어 옆에 섰다.

"그래."

"나는 정말 기뻐요."

그 말부터 먼저 나왔다. 심연은 소유에게 물었다.

"화친하게 되어서?"

"네. 전쟁은 너무 슬프고 잘못된 거예요. 900년 전의 당신도 전쟁이 일어나지 않았으면 그 아씨와 헤어지지 않아도 되었겠지요."

심연은 한동안 말이 없었다. 그는 한숨조차 쉬지 않았다.

그는 다만 한숨처럼 말했다.

"어차피 아씨가 혼인하면 헤어졌을 거야."

"아씨가 당신을 데려갔을 수도 있잖아요."

"다들 나를 꺼렸으니까 언젠가는 어떻게든 쫓겨났을 거야."

"전쟁터 외의 곳에서는요?"

짧은 침묵이 흘렀다.

"그래. 전쟁터 외의 곳에서는."

소유는 슬퍼졌다. 그녀는 하늘을 올려다보며 물었다.

"당신이 아씨에게 묻고 싶다는 게 뭐예요? 이전에 당신을 사랑했는지?"

"아니."

심연은 당황한 것 같았다. 그는 그런 생각이라곤 해본 적도 없다는 듯 얼른 부연했다.

"죽을 때… 왜 웃었는지 묻고 싶었어. 스스로 집에 불을 지를 만큼 슬픈 일이 있었는데 왜 나를 보고 웃었는지, 그걸 알고 싶었어."

아아.

소유는 오른손으로 자신의 얼굴을 덮고 슬픈 한숨을 쉬었다. 방금 그 말로 인해 900년 후의 소유마저 모든 사정을 알게 되었는데, 심연은 아직도 모르는 것이다. 그는 정말이지…….

지독한 굴레. 홍염은 이미 알면서도 심연을 기다리게 했을까? 아마도 그럴 것이다.

"…심연."

소유는 가만히 그의 이름을 발음했다. 심연은 언제나처럼 조용히 대답했다.

"응."

"아씨에게 있었던 슬픈 일은……."

그녀는 뒤를 이어야 할지 말아야 할지, 호흡을 다섯 번이나 할 동안 고민했다. 심연은 그녀를 재촉하지 않고 얌전히 기다렸다.

그가 살아 있을 때에도 그랬을 것처럼. 단 한 번도 아씨의 행동에 의아함을 품지 않고.

"…당신의 죽음일 거예요."

물을 무서워하는데도 정신없이 뛰어든 아씨. 아씨에게 정혼자가 있었다고 해서 반드시 그 정혼자를 연모했으리라는 법은 없다. 어쩌면 아씨가 연모한 상대는 다른 사람이었을지도 모른다.

어쩌면 집안의 가노였을지도 모른다.

항상 말없이 기다리고 감정이 모자란 심연. 남과 모습이 다르다는 이유로 어릴 때부터 전쟁터를 전전한 가노가 처음에는 그저 안쓰러웠을까. 아니면 처음 봤을 때부터 그 아름다운 눈에 매혹되었을까. 아씨는 그를 거두었고 그에게 이름을 주었고 있을 곳을 주었다. 그에게 장난도 쳤을까? 분명히 그랬을 것이다.

물을 무서워하는 그가 익사할 위기에 처한 것을 보고 저도 모르게 뛰어들었을 때엔 이미 아씨 자신도 어쩔 수 없을 만큼 연모의 정이 컸을 것이다.

그런데 아씨에게는 정혼자가 있었다. 정혼자는 전쟁에 나가야 했지만 나가지 않았다. 아씨가 그 사실을 어떻게 생각했는지는 알 수 없었다. 하지만 아끼던 가노가 사라졌고 그 이유가 자신의 정혼자 때문이라는 사실을 알았을 때에 어떤 기분이었을지는 소유도 짐작할 수 있었다.

"아씨는… 당신이 아씨를 사모하는지 몰랐을 거예요. 왜냐하면 연모하는 사람의 마음에 누가 있는지는, 그분을 연모하는 사람도 모르니까요. 당신 자신조차 모르는데, 한시가 멀다하고 은애한다고 속삭여도 의심스러운데, 어떻게 아씨가 알았겠어요."

다만 희망을 품지 않았을까. 심연이 집안의 노비인 동안에는 그가 그녀의 손 안에 있었다. 아씨는 심연의 행동 하나하나에 극락과 지옥을 오갔을지도 모른다. 그런데 그가 어느 날 사라졌다.

심연의 사망 소식을 아씨가 어떻게 접했을지는 소유도 알 수 없었다. 다만 단순히 돈으로 사온 노비가 아니라 좋은 집안의 도련님을 대신해 전장에 나간 몸이니 병부 측에서 출신 집안에 부고를 알리고, 또 그 소식이 아씨에게도 전해졌을 수는 있었다. 그때 아씨는 이미 혼인한 다음이었을까. 상관은 없었을 것이다.

"아씨는… 당신을 본 것이 기뻐서 웃었을 거예요. 그야 당신밖엔 죽어서 보고 싶은 게 없었을걸. 죽어서만 다시 만날 수 있는 사람을 정말로 다시 만났잖아요. 심지어 그 사람이 데리러 와주기까지 하다니. 그런데 어떻게 웃지 않겠어요. 당신이 데리러 와줄 줄 정말로 알았으면 아씨는……."

집에 불을 지르고 자진한 사람에게 더 살아갈 기력이 있었을까. 두 번이고 세 번이고, 심연이 데리러 오지 않더라도 아씨는 거듭 죽었을지도 모른다. 하지만 심연을 보고 웃은 아씨는 기뻤을 것이다. 행복했을까?

그럴지도 모른다.

소유는 차마 심연을 똑바로 볼 수 없었다. 그녀는 말을 잇지 못하고 숲을 보았다. 밤바람이 그녀의 눈에서 눈물을 조금은 앗아갔지만 슬펐다.

가능하기만 하다면 소유는 혼자서 죽고 싶었다. 누구도 보지도 동정하지도 못하는 곳에서 그저 혼자. 소하는 그녀가 사라졌을 때 어떤 생각을 할까. 심연처럼, 900년이 지나도록 자신이 얼마나 사랑받았는지 모르지 않을까.

쉬지 않고 은애한다 속삭여도 순식간에 믿음이 멀어지는 것이 연모의 정인데.

소유는 깊은 한숨을 쉬었다. 그때 누군가 그녀의 어깨에 손을 얹었다.

따뜻한 체온 때문에 심연이 아닌 것은 바로 알 수 있었다. 소유는 혹 그녀와 심연이 나눈 대화가 들렸을까 흠칫하며 뒤를 홱 돌아보았다. 심연은 어느새 고양이인 척 야옹 울며 자리를 떠났다.

"누구와 대화를 나누었느냐."

소하는 소유의 얼굴을 내려다보며 물었다. 그의 표정이 너무나도 연약해 소유는 놀라 대답하지 못했다. 소하는 그녀에게 겉옷을 벗어주며 다시 물었다.

"말소리가 들렸다. 네 목소리와, 네가 아닌 자의 목소리였다. 누구

아는 사람이라도 있었느냐?"

그렇게 물은 소하가 그녀의 대답을 기다리지 않고 손을 뻗어 소유
는 어깨를 움찔했다. 어느새 그녀의 눈에 고여 있던 눈물을 소하가
엄지로 훔쳐냈다. 그 손길은 언제나처럼 부드러웠고 조금도 그녀를
아프게 하지 않았지만 소유는 칼에 찔린 것처럼 욱신거리는 통증을
가슴에 느꼈다.

다정하게 대하지 말아줘.

다정하게 대해줘. 아껴줘.

두 가지의 상반된 목소리를 동시에 목놓아 소리치고 싶었다. 그러
나 소유는 떨리는 입술로 그저 그의 이름을 불렀을 뿐이었다.

"…소하 님."

"…네가……."

소하의 눈이 잠시 떨렸다.

"네가… 들어오지 않아, 어디로 갔나 하고 나와보았다. 한데 근처
에 없어… 찾으러 올라온 것이다. 놀랐느냐? 혹 용왕이 또 온 것이
냐?"

해랑이 어떤 방식으로 소유의 부름에 답하는지는 몰라도, 적어도
그녀가 위험에 처한 것을 느끼고 바로 구하러 오는 일만큼은 불가
능한 것이 분명했다. 그리고 지금은 위험하지도 않았고 주위에 용이
살 만한 샘도 없었다. 소유는 떨 듯이 작게 고개를 저었다.

"…아닙니다."

두 사람의 흰 숨결이 구름처럼 퍼지다 서로의 얼굴 앞에서 사라
졌다.

소하가 둘러준 겉옷은 따뜻하고 묵직했다. 소유는 그 온기를 느끼
며 어쩔 줄 몰랐다. 마음 같아서는 소하의 품에 뛰어들어 체온을 나
누고 싶은데 그럴 수는 없었다.

"…소유야."

한걸음 소하가 다가섰다. 그의 얼굴을 보기 위해 소유는 턱을 높이 들었다. 소하는 왼팔로 그녀의 허리를 끌어안고 오른손으로 그녀의 턱을 받쳤다.

달빛을 받은 소하의 눈은 냉엄하면서도 적나라할 만큼 연약했다. 소유는 작게 속삭여 대답했다.

"예."

"사내의… 목소리였다. 혹 사내와 함께 있었느냐."

소유의 목소리가 잠기듯 가라앉았다.

"…예."

소유의 허리를 감싼 그의 팔에 힘이 조금 들어갔다. 소하의 눈이 주체할 수 없이 떨리고 입술이 살짝 벌어지는 것을 본 소유는 차라리 눈을 감고 싶었다. 그가 지금 이러는 것은 둘 모두에게 좋지 않았다.

저런 얼굴을 한 사내를 두고 어디로 어떻게 떠난단 말인가.

소하는 묻는 것처럼 천천히 고개를 기울였다. 눈을 반쯤 감고 나눈 입맞춤은 마유주와 차 때문에 향기로웠다. 서로의 입술을 가볍게 빨아들이며 꼭 껴안았을 때의 아찔한 감각 또한 그러했다.

얼마나 입을 맞추고 있었을까. 소하는 소유를 품에 안고 괴롭게 물었다.

"…어떤 사내냐?"

"예?"

"어떤 사내냐 물었다. 대화 내용은 잘 듣지 못했다만, 네 목소리가 심상치 않더구나. 어찌 울었느냐. 혹 누가 너를 괴롭게 했느냐?"

그녀의 가슴이 아픈 것은 심연의 잘못이 아니었다. 소유는 소하의 품을 놓칠세라 안아버리는 자신의 팔이 원망스러웠다.

"아닙니다."

"허면."

"그저 여인 문제로 상담을 하기에 제 생각하는 바를 말했을 뿐입니다."

"그게 무엇이기에."

"…연모의 정은 믿기 쉽지 않으니 자신이 잘 모르면 상대는 더욱 모를 것이라 하였습니다."

횡. 짧고 작은 겨울바람이 검을 휘두를 때 나는 소리 같은 파공음을 내며 망루를 스쳤다. 소하는 그녀를 놓칠세라 세게 끌어안고 가만히 속삭였다.

"허면 내 잘못이로구나."

소유는 어떻게 이야기가 그렇게 흘러가는지 이해할 수 없었다. 그녀가 바르작거리며 고개를 들어보니 소하는 그녀를 애틋한 눈빛으로 내려다보고 있었다. 일찍이 그가 혼인을 약속하며 보였던 바로 그 애모의 눈빛이었다.

소유는 어렴풋한 공포에 질려 다시 얼굴을 그의 품에 묻었다.

"연모의 정에 대해 나도 잘은 모르지만, 처음 만났을 때부터 너는 특별했다."

소하 또한 가슴 속 어디선가 두려움을 느끼고 있는 것이 틀림없었다. 그러나 그는 목소리 한 번 떨지 않았다. 그보다 그가 고백하는 양은 마치 어린아이에게 책을 읽어주듯 차분하고 명확했다.

"나는 어릴 적부터 악기 연주에 능해 스승도 일찍 손을 뗐다. 피리를 연주하면 냇물이 울었고 금을 타면 늑대가 흐느꼈느니라. 헌데 네가 부르는 노래도, 네가 읊조리는 악곡도 옥구슬보다 맑은 것은 어찌된 일이냐? 네가 만드는 모든 소리가 내게 무엇보다 아름다운 음악으로 들리는 것은 어찌된 일이야."

"소하 님."

마침내 소유는 흐느꼈다. 그저 눈에 고이는 눈물을 참아내기에는 그의 말이 너무나 아프고도 기뻤다. 소하는 그녀의 부름에 답하지 않고 말을 이었다.

"너에 대해서는 채윤에게 이미 들은 바가 있었다. 하지만 채윤이 말한 네가 그림으로 그려진 고양이라면 내 두 눈으로 본 너는 살아 움직이는 호랑이다. 네가 눈길을 던지는 곳마다 비밀이 숨어 있었고 네가 올려다본 하늘은 찬란한 천궁이더구나."

소하의 가슴팍은 이미 온통 젖어 있었고 소유는 젖은 비단 너머로 그의 심장 소리를 들었다. 의심할 바 없이 그는 사랑에 빠져 있었다.

"어느 때는 내 예상대로 움직이나 싶다가도 생각지도 못한 데서 너는 이미 나를 아득히 뛰어넘어 있었다. 하늘이 어찌 너를 내렸느냐. 너에 대해 알 것 같다가도 전혀 모르겠구나. 소유야, 그것이 내게 얼마만한 공포인지 너는 아느냐? 또, 얼마나 큰 축복인지 아느냐?"

소하는 소유의 이마에 연거푸 입을 맞췄다. 그리고 그녀를 다시 꽉 끌어안고 조용히 말했다.

"돌아가면… 무사히 돌아가 장안에 입성하면, 그래, 너는 내가 무슨 말을 하는지 알 테지. 너처럼 총명한 이를 본 적이 없으니까. 만약 내가 무사히 장안으로 돌아간다면 나는 제왕이 될 것이다."

"예."

바로 그것을 원해왔다. 소유는 그의 옷을 부여잡고 소망과 의지를 담아 짧게 대답했다. 소하는 더 작은 목소리로 그녀의 귓가에 속삭였다.

"그때 네가 내 옆에 서 있길 원한다. 너는 내 아래가 아닌 옆에 서 있을 수 있는 유일한 사람이니까."

등골이 오싹해졌다. 소유는 말없이 소하의 가슴을 밀쳐냈고 그는 머뭇거리다가도 그녀를 놓아주었다.

달보다 고운 내 님.

그를 그렇게 마음껏 부를 수 있다면 얼마나 좋을까. 하지만 이미 그런 가능성은 사라지고 없었다. 그리고 소유는 지금 자신이 무슨 말을 해야 하는지 잘 알고 있었다.

비록 그 말이 두 사람 모두의 가슴을 찢어놓는다 해도.

"소하 님."

"그래."

소유는 자신의 얼굴이 마음만 먹으면 얼마든지 침착하고 무덤덤해질 수 있다는 사실을 알았다. 그것은 무척 낯설고 특별한 경험이었다.

"저는 소하 님을 연모하지 않습니다. 해서 소하 님과 혼인할 수 없습니다."

매일 화친의 즐거운 들뜸 속에서 병사들은 행군했다. 그들의 기쁨이 어떻게 끝나는지 아는 소유는 안쓰러운 마음이 들었지만 최대한 자신도 남들처럼 기쁜 척을 했다.

"이 모든 것이 대원수 각하의 덕이지요!"

앞으로 어떤 일이 있을지 알고 있는 또다른 사람인 소하도 호마손과 1부장이 죽이 맞아 자신을 칭찬하면 아무렇지도 않게 밝은 척을 했다. 하긴 그는 평생 동안 말 잘 듣는 조카로 분해 살았다. 그 시늉이 먹힌 것은 소하의 연기가 뛰어나기 때문이 반, 초왕이 어리석기 때문이 반이겠지만.

"용궁 공주님과 선녀님을 뵈면 조정에서 어떤 얼굴을 할지 궁금하지 않으냐? 그야 처음엔 안 믿겠지. 하지만 선녀님이 마음만 먹으시면! 어?"

그간 공을 세워 지위가 오른 주문월도 자기 부하들에게 우렁찬 목소리로 떠들어댔다. 소유는 저번에는 용궁 공주님이었다가 이번에는 선녀님으로 불리는 상황이 재미있다고 생각했다. 옥현 옆에서 가마를 타고 가는 복복은 정말 용궁 공주님이었지만 소유는 선녀는커녕 그 비슷한 것도 아니었다. 신선은 목이 잘려도 죽지 않는다는데 그녀는 지금 이렇게 죽어가고 있지 않나.

소유는 주문월에게 그녀가 마음을 먹으면 무슨 일이 일어나는지 알기나 하냐고 핀잔을 주지는 않았다. 지금의 분위기는 병사들의 사기 진작을 위해서 꼭 필요한 일이었다. 고작 5천 명. 거기서 다미국과 싸우느라 잃은 사상자를 빼면 그보다 적은 수였다. 적은 인원으로 천인국 전체와 대적하려면 굳은 믿음이라도 필요했던 것이다.

도도한 청하강은 잔잔했다. 소유가 미리 말해둔 대로 병사들은 승전 소식을 가져온 군대의 위용을 보이기 위해—소유는 그것을 명목상의 이유로 댔다—수리를 마친 갑옷을 차려입고 날을 간 무기를 들고 있었다. 다만 떠날 때는 모두가 천인국 전통의 무기를 들고 있었는데 지금은 전쟁 중에 본래 무기를 잃어 새로 얻은 다미국 무기를 대신 든 사람이 많다는 점이 달랐다.

"차산성이 보입니다!"

"우리가 오는 것은 잘 알 테니, 어디 어떤 환영이 준비되어 있나 볼까요."

소유는 긴장 때문에 약간 얼굴이 굳기는 했지만 그럭저럭 웃는 표정으로 말했다.

"이렇듯 우리가 다미국과의 우정을 다지고 무사히 돌아올 줄은 다들 몰랐을 겁니다. 우리가 보낸 장계를 보고 차산성에서도 기뻐했겠지요?"

"다미국과 마주하며 갈등에 가장 고통받은 것도 차산성일 테니 그렇겠지요."

"그래, 나도 그러면 좋겠구나. 지금쯤이면 조정에도 장계가 올라간 지 좀 되었을 텐데, 차산성에서 우리를 어떻게 받아줄까?"

그 답은 곧 나왔다. 차산성 성벽에는 붉은 깃발이 빽빽하게 걸려 있었고 그 앞의 벌판에는 나무를 날카롭게 깎아 만든 차폐물이 잔뜩 설치되어 있었다. 소유는 인상을 쓰고 성벽을 보았다. 그 위에 선 병사들이 화살을 뽑아 활에 매겼다.

"저게 뭘까요?"

혁진상이 이상해했다. 소하는 차분하게 말했다.

"우선은 가서 사정을 물어보지."

우선 방패와 높은 기를 든 병사들이 가장 먼저 다리에서 내렸고 소하와 소유는 그 뒤를 따라 내렸다. 소유는 소하가 반걸음 앞을 나아가도록 한 박자 정도를 쉬고 그의 뒷모습을 바라보았다.

연모하지 않는다는 말에, 혼인할 수 없다는 말에 소하는 끔찍하게 상처받은 표정을 지었었다. 그러나 그는 더 묻지 않고 그녀를 풀어주었고, 그대로 연회 자리를 끝까지 지켰다. 그들의 생활은 변하지 않았고 소유와 소하를 두고 놀리는 목소리도 끊이지 않았다.

그러나 그 이후로 소하는 소유와 단둘이 시간을 보내는 일이 없었다.

소유는 소하를 연모하지 않는 이유로 댈 핑계가 여러 가지 있었다. 신분이 다르다, 그런 마음이 안 드는 걸 어쩌란 말이냐, 소하는 제 이상형이 아니다 등등. 그러나 그런 핑계를 댈 필요가 없을 정도로 소하는 깔끔하게 물러났다. 사실은 그를 사모한다는 답답한 입장에서는 조금 서운하기까지 할 정도였다.

하지만 이것이 소하를 위한 일이었다. 처음부터 갑자기 나타난 몸이고 자경국에도 소유 멋대로 다녀왔다. 언제 사라진다고 해도 그에게 아주 이상하게 보이지는 않을 터였다.

병사들이 차폐물 앞에 도착하자 소유는 소하에게 말했다.

"잠시 멈춰주십시오, 소하 님. 저들이 활을 겨누고 있습니다."

소하의 눈에도 보일 터였다. 행렬은 천천히 멈추었고 성벽 위로는 차산성 성주가 나타났다.

"우리는 다미국에서 원정을 마치고 돌아온 군대요. 문을 여시오!"

"역도들이 예가 어디라고 오는 것이냐?"

"뭐라고?"

"다미국과의 일은 모두 오해로 벌어진 일. 원정을 통해서 달성해야 하는 것은 모두 이루었소!"

"마지막 한 사람이 죽을 때까지 나라의 명예를 위해 싸우는 것이 당연한 것 아니냐? 감히 전하의 어심을 마음대로 짐작하고 달성할 일이 무엇인지를 함부로 지껄이다니! 궁병!"

화살이 날아들었다. 맨 앞의 병사들은 얼른 소하를 지키기 위해 방패를 들었고 소유도 혹 소하가 화살에 맞는 일이 없도록 무심코 두어 걸음 나섰다. 쐐쐐쐐쐐쐐쐑.

"내가 누구인지 네가 모르느냐? 원정 건에 대해 전하께 말씀을 올리더라도 내가 올릴 것이니 문을 열어라!"

"역도들을 돕는 모든 행동 또한 반역임을 모르느냐? 옛 폐세자 따위가! 꺼지지 않으면 또 쏘겠다!"

소유의 한쪽 입꼬리가 비틀리며 올라갔다. 직접적인 폭언을 들은 것도 아닌 그녀도 이렇게 화가 나는데 소하는 침착하게 손을 들었을 뿐이었다.

"일단 퇴각하라!"

청운과 우사마가 나서 병사들의 회군을 제어했다. 소유는 소하가 몸을 돌리기 전 성주를 한 번 쏘아보았다.

"회군 중인 우리 원정군을 모두 반역 도당으로 규정하였다 합니다."

사정을 알아본 병사의 말에 청운의 얼굴은 어두워졌고 각 부장은 전과 똑같이 불만을 터뜨렸다.

"이게 무슨 소리입니까? 우릴 전장에 내몰아놓곤 이제 와서 반역죄를 씌우다니!"

"이제까지 고생한 것은 대체 뭘 위한 것이었단 말입니까?"

소하의 미간도 좁아져 있었다. 그는 병사에게 확인했다.

"손 부장, 그러니까 손청하는 지금 어떻게 하고 있다더냐?"

자칫하면 그녀가 인질로 잡힐 위험도 있었다. 옥현은 소유를 보았고 소유는 자신감 있는 표정을 그에게만 잠깐 보여주었다. 옥현은 혼란스러운 모양이었다.

"그것이."

병사는 우물쭈물하다 대답했다.

"행방불명된 모양입니다."

청운의 얼굴이 더 어두워졌다. 소하는 한숨을 쉬었다.

"다 내 탓이다."

"예?"

"주상 전하께서 내게 이 원정의 지휘를 맡기신 것은 이 난양을 제거하기 위해서였던 것 같소. 솔직히 별궁에 갇혀 지내왔던 내가 뭘 할 줄 알았겠소. 먼 길 가는 중에 병을 얻거나 전투 중에 죽길 바라신 거겠지."

"대원수 각하, 아니, 이제는 임무가 끝났으니 대군 마마라 여쭙겠습니다. 대군 마마께서는 진정으로 그리 생각하십니까?"

"애당초 나에게 군대를 주실 리 없다는 걸 지금에서야 깨달았소. 내 시체를 갖고 가 전하께 바치면 그대들은 살 수 있을 것이오. 청하 부장이 괜찮을 거라고 지금 누가 장담하겠소? 그녀를 위해서라도 빨리 행동하시게."

내막을 아는 소유는 속으로 혀를 찼다. 뻔뻔하기도 하지. 이제야 깨닫긴 무슨? 처음부터 이 상황을 노리고 판을 짰으면서.

하지만 지난번에 쓸쓸해하던 소하의 비밀스러운 얼굴도 어른거려 소유는 가슴이 욱신거리기도 했다. 연모의 정이란 참으로 치사한 것이었다. 마음 약한 우사마는 말도 안 된다는 표정으로 벌떡 일어섰다.

"이럴 순 없습니다. 저는 마마를 따르겠습니다."

"저도 마마를 따르겠습니다. 마마의 말씀이 옳습니다."

호마손이 나섰다. 그가 이럴 줄 알았던 소유는 무심하게 그를 보았지만 청운은 놀란 것 같았다.

"그게 무슨 말이오?"

호마손은 앉아 있던 의자에서 내려와 바닥에 꿇어앉았다.

"사실대로 아뢰옵니다. 소인은 출정 전에 전하로부터 대군 마마의 암살을 사주받았습니다. 소인은 부모를 잃은 뒤 가난하여 가는 곳마다 천덕꾸러기였습니다. 해서 이 나이가 되도록 가정을 꾸리기는커녕 고향에도 돌아갈 수 없었나이다. 하온데 대군 마마께서 전장에 나가 계신 동안 암살해 목을 가지고 돌아오면 높은 벼슬도 주고 고래등 같은 기와집도 주겠다는 약속을 받았나이다. 죽을죄를 지었으니 용서하지 못하시겠거든 용서하지 마소서."

상황을 모두 알았던 것은 물론이고 아마도 전쟁 중 호마손의 능력을 실컷 시험하고 있었을 소하는 침중한 표정을 지어 보였다.

"되었소. 내가 암살의 위협을 받은 것이 지금이 처음이라 생각하시오? 내 오히려 호 사마가 그간 아군을 위해 노력해준 것을 아니 그대는 은인일 따름이오. 고개를 드시오."

"마마."

"하지만 그렇다면 지금까지 좌사마께선 얼마든지 소하 님을 해칠 기회가 있으셨을 텐데, 어찌 행동하지 않으시다가 지금에 와서 밝히십니까?"

"처음에는 전하의 명대로 할 생각이었는데 단순히 기회를 잡지 못했던 것이 사실입니다. 하오나 행군하는 내내 뭔가 부당하다는 생각이 들었습니다. 아무리 어명이라지만 조카를 사지에 몰아넣고 해치라는 것이 어떻게 나라를 위한 일입니까? 그것이 어찌 한 나라의 왕이 내릴 명입니까? 그런데 마마를 계속 보다가 깨달았습니다. 전하께선 마마가 진실한 왕재임을 알고 경계하셨던 겁니다."

그것은 옳은 말이었다. 소유는 청운을 보았다. 청운도 일어섰다.

지난번에는 청운이 이 시점에 일어서지 않았다. 그러나 모두의 단결을 위해서라면 청운의 맹세가 빠를수록 좋았다. 호마손과 다른 장수들은 청운의 움직임을 멍하니 쳐다보았고 소하는 담담한 표정을 유지했다.

"마마."

청운은 무릎 꿇고 소하에게 고개를 숙였다.

"설궁에 계실 때도 마마께 목숨의 위협이 여러 번 닥친 것을 압니다. 소신 그것을 알면서도 호위 임무를 다하지 못하고 종내는 이런 변방에서 욕을 보시게 했으니 백 번 죽어도 죄를 다 씻을 길이 없사옵니다."

"청운."

소하는 한숨을 쉬었다.

"겸양이 지나치네. 자네가 나를 위해 애써준 것 알고 있으니 일어
나게나."

다음 순간 청운은 허리에 있던 검을 풀어 머리 위로 받들었다. 누
가 봐도 소하에게 바치는 것이었다.

가슴이 뜨거워진 것일까. 다른 장수들도 하나둘 일어나 소하의 앞
에 무릎을 꿇고 검을 받들었다. 소유는 자리에 그대로 앉아 있었지
만 마음이 움직이지 않는 것은 아니었다. 다만 남들이 감동한 이유
와 그녀가 감동한 이유는 조금 달랐다.

아아, 이것으로 조금은 소하가 살아남을 확률이 높아졌다.

그렇게 생각하고 다짐하자 가슴 속에 뜨거운 덩어리가 걸린 것 같
았다. 소유는 청운이 곧은 눈빛으로 소하를 올려다보는 것을 지켜보
았다.

"인간사 혼탁하고 슬프다 해도 반드시 지켜져야 하는 것이 있습
니다. 금상은 인간의 도리를 저버렸습니다. 소신의 검을 받아주십시
오. 지금 이렇게 말씀드리는 것은… 일이 이렇게 되었으니 지체할
시간이 없어서이기도 합니다만, 소신의 누이와 아비를 앞으로 어디
에서 마주칠지 모르기 때문이기도 합니다."

"손가의 상징은 송죽이지요."

옥현이 한숨처럼 말했다. 소유는 그녀를 보는 사람이 없었지만 고
개를 끄덕였다. 휘어지지 않는 대나무와 항상 푸른 소나무.

청운은 진실로 그런 사람이었다.

"청하 부장과 손 장군을 이야기하는 건가?"

"예, 마마. 소신의 혈육 중 누가 금상을 지키려 일어난다 해도 소신
은 갈등하지 아니하고 그저 마마의 검이 될 것을 맹세합니다."

소하의 입술이 기묘하게 일그러졌다. 웃는 것도 우는 것도 아닌 슬
픈 표정. 소유는 그가 앞으로 남은 전쟁에서 어떤 일이 생길지 대강

짐작하고 있다는 사실을 알 수 있었다. 그야 다른 사람은 모두 고개를 숙이고 있었던 것이다.

혼자 있을 때, 혹은 혼자 있는 것에 가까운 시간에 소하가 보이는 지친 얼굴. 그러면서도 놓을 수 없는 목표를 향해 나아가는 단호함.

그 모든 것이 소유에게는 아프게 다가왔다. 소하의 눈은 아주 잠시 소유를 향했다가 청운의 검에 떨어졌다.

일어선 소하는 청운의 검을 받아들었다.

"받겠다."

"마마!"

"대원수 각하!"

막사 안에 있던 장수들은 감격에 찬 목소리로 자기들의 검도 더 높이 받들었다. 이내 밖에서 소동이 이는 것이 들렸다. 소유는 눈을 감았다. 초조함과 기대감에 심장이 미친 듯이 뛰고 있었다.

초왕은 모를 것이다. 그가 지난번에 망가뜨린 사람들이 그에게 어떻게 칼을 들이댈지.

소하의 눈꽃 문양이 들어간 옥패가 재빨리 고급 장교들에게 전달되었고 깃발에도 같은 문양이 그려져 나부꼈다. 일일이 수를 놓을 시간은 없었다. 다만 소하의 갑옷만큼은 지난번처럼 옥현이 손을 보아 깨끗해졌다.

전군의 분위기를 소하가 훌륭한 연설로 사로잡았고 옥현은 모두가 소속감을 느낄 수 있을 만한 물리적 장치를 만드느라 고생이었다. 덕분에 복복은 드디어 만난 임과 생이별을 해야 했다.

"예? 용궁으로 돌아가 있으라고요?"

"공주님."

소유는 옥현이 그렇게 서글픈 목소리로 말하는 것을 처음 들었다.

복복은 울먹이며 옥현에게 자기는 아무리 위험해도 그의 옆에 있겠다고 우겼지만 옥현은 요지부동이었다. 결국 복복은 옥현의 감언이설에 넘어가 청하강을 타고 용궁에 가 있기로 했다.

"대단하네요."

복복의 성격을 아는 소유는 복복을 배웅하고 돌아온 옥현에게 짧게 한 마디 했다. 그새 울었는지 옥현은 눈가가 빨개져 있었지만 아무렇지도 않은 척 웃어 보였다.

"사모하는 분이 위험한 것을 누가 좋아하겠습니까?"

"복복 공주님도 같은 생각일 텐데요. 옥현 공을 용궁에 데려가고 싶어 하지 않던가요?"

"물론 그러셨습니다만, 제겐 소하 님을 보좌해야 한다는 역할이 있잖습니까."

늘 무던해 보이는 옥현은 어쩌면 소하보다 강할지도 몰랐다. 소하는 지난 생에도 결국 소유가 원하는 대로 하게 해주었으니까.

병사들은 복복이 용궁에서 원군을 불러오려고 떠난 것으로 알고 있었고 수뇌부는 그들이 그렇게 믿도록 내버려두었다. 소유는 긴장한 군인들 사이에서 혼자 담담하게 기다렸다.

마침내 그녀가 기다리던 소식이 들려왔다.

"소하 님! 차산성에 연기가 오르고 있습니다! 큰 백기도 걸렸습니다! 아무래도 성 내부에서 내분이 일어난 것 같습니다!"

지난번보다 훨씬 빠른 항복이었다. 소하와 소유는 주변 사람들이 놀랄 정도로 당연하게 그 소식을 받아들였다. 곧 차산성 측에서 전령이 왔다.

"선대왕의 존귀한 아드님이신 난양 대군 마마께 인사 올립니다."

호마손은 자랑스러운 얼굴로 차산성에서 보낸 서신을 크게 읽었다.

"소인은 지난번에 마마께서 차산성을 지나가실 때 맞이하러 나갔던 작은 자로 유 아무개라 하옵니다. 차산성의 성주는 저만 아는 교만한 자라 무도하게도 왕족을 존중하지 아니하고 감히 패악한 언사를 사용해 뭇 백성들이 참으로 민망해하였나이다."

차포를 떼고 결론만 말하자면 국경 분쟁으로 인해 고통받던 차산성 백성들을 도와준 선왕의 아들 소하에게 항복한다는 말이었다. 서신 내에는 청하에 대한 언급도 있어 모두를 기쁘게 했다.

"손 부장이 이번 일에 큰 공을 세웠다는군요."

"조정에서 공문이 내려오자마자 몸을 숨겼었다니 선견지명이 대단합니다."

"역시 하늘의 뜻은 우리에게 있나 봅니다. 첫 성을 무기 한 번 들지 않고 손에 넣으시다니 대단하십니다."

싱글벙글하던 장수가 소하에게 축하의 말을 했다. 소하는 뒤이어 쏟아지는 찬사를 담담하게 들어 넘겼다.

"모두 자경국의 음모였다는 사실이 용케 밝혀져서 그런 것이지, 어찌 나 하나를 보고 그들이 항복했겠느냐."

"그 음모를 밝힌 것은 소하 님이십니다."

소유가 평온하게 말했다. 소하의 시선은 잠시 소유를 스쳤다가 다른 곳으로 옮겨 갔다.

차산성 입성은 지난번과 비슷하게 이루어졌다. 유임태는 울 것 같은 표정으로 소하를 맞이하며 자경국 용병들의 무도한 짓과 차산성 백성들의 피해에 대해 고했고 청하는 그 옆에서 훨씬 건강해진 모습으로 소하를 맞이했다. 소유는 무엇보다 청하가 건강한 것이 기뻤다.

"조정에서 토벌군을 파견한다 합니다."

"토벌군의 사령관은 정해졌나?"

"손 병부상서가 책임자라 합니다."

옥현과 소하, 그리고 소유 셋만 있는 비밀회의에서 경원이 진해국의 원군을 요청하는 데 성공했다는 소식을 들었기 때문에 소유는 지난번에 그들을 애먹인 상대의 이름에도 동요하지 않았다. 그러나 청운은 약간 어두운 표정이었다.

그의 아버지가 어떤 사람인지 알았다. 소유는 빙긋 미소 지으며 말했다.

"너무 걱정 마십시오, 청운 공자. 손 병부상서께서 금상을 위해 얼마나 더 일하실지 저는 모르겠습니다."

"목숨을 아끼지 않으실 겁니다."

청운은 깜짝 놀란 얼굴로 소유에게 주장했다.

"저희 가문에서 대대로 가장 중히 가르치는 것이 절개입니다. 아들과 딸이 소하 님을 모신다 하여 마음을 꺾으실 분은 아닙니다. 송구합니다, 소하 님."

마지막 사과는 소하에게 하는 것이었다. 호랑이 가죽이 덮인 의자에 앉아 부하들의 보고를 듣던 소하는 빙긋 미소 지었다.

이때인 모양이었다. 소유는 소하가 보다 조용한 분위기에서 말을 할 수 있도록 그를 빤히 보았다. 다른 장수들도 저절로 소하의 입술에 시선을 집중했다.

"내 자네들에게 아직 하지 않은 말이 있네."

청운은 떠오르는 것이 있는지 놀란 표정이었고 소유와 옥현은 미소를 지었다. 소하의 눈길이 문득 소유에게 머물렀다가 떨어졌다. 소하는 쓴웃음을 지었다.

"지난번에 연설 때 내가 자네들에게 말했던 바가 있지?"

선왕의 유언장이 조작된 것이라는 주장에 대한 이야기였다. 이미 병사들 사이에서는 물증 없이도 '우리 대장님이 진짜 왕이시다'라는

427

믿음이 신앙처럼 굳건했다. 청운은 소하가 무슨 말을 하려는지 직감한 듯 입을 살짝 벌렸다.

"…그렇습니까?"

"그렇다."

많은 것이 함축된 청운의 질문에 소하는 역시 함축된 한마디로 장난스럽게 대답했다. 우사마가 답답한 표정으로 자기 가슴을 쳤다.

"뭐가 그렇단 말입니까? 소하 님, 지난번 연설에서 무슨 일이 있었습니까?"

잠시 후 호마손의 입이 살짝 벌어졌다. 소하가 이 순간 이런 분위기로 꺼낼 말이 무엇인지 생각하다가 막 답을 떠올린 모양이었다. 소유는 입이 근질근질했다.

다행히 나이 든 우사마가 애태우다 자기 자신을 다치게 하기 전 옥현이 설명했다.

"실은 당시 세자셨던 소하 님을 왕위에 올리라는 선대왕의 진짜 유언장이 그간 자경국에 보관되어 있었는데, 그것을 찾은 의인이 보낸 사람이 지금 장안에 있습니다. 아마 유언장을 공개할 준비가 이루어지고 있을 겁니다."

웅성웅성. 갑자기 차산성 회의실이 시끄러워졌다. 소유는 빙긋 웃었고 그 모습을 본 호마손이 열의에 찬 표정으로 물었다.

"선녀님. 선녀님께선 이미 알고 계셨습니까? 백룡담에서 용을 부리신 것처럼 미리 다 알고 안배하신 겁니까?"

이번 일의 공이 소유에게 넘어오면 곤란했다. 어디까지나 그들이 모셔야 하는 것은 소하였으므로. 소유는 고개를 저으려 했지만 소하가 더 빨랐다.

"그 의인이 소유일세."

쨍그랑. 이번에는 누군가 잔을 떨어뜨렸다. 소유는 손을 저으며 겸양했다.

"의인이라니요. 그저 해야 할 일을 했을 뿐입니다."

"내 도움이라곤 하나도 없이 혼자 자경국의 왕궁에 잠입해 낙양의 위기를 막고 선대왕의 유언장을 꺼내 장안으로 보냈으니 공이 작지 않아."

소하는 그녀를 돕기는커녕 진실을 말해버리기까지 했다. 소유는 소하를 은근슬쩍 흘겨보고 나서 한숨을 쉬었다. 장수들이 흥분해 소유 쪽으로 상체를 열심히 뻗었다.

"아니, 선녀님. 어찌 그런 공을 세우시고도 가만히 계셨습니까?"

"왕궁에는 어떻게 들어가셨습니까? 혹시 남의 꿈도 보십니까?"

"이 사람, 당연히 날아서 들어가셨겠지. 선녀님이 뭘들 못하시겠나."

소유는 소하가 도와줄 것 같지 않자 옥현을 쳐다보았다. 그러나 옥현도 빙긋빙긋 웃고 있는 것을 보니 그녀의 혐의는 본인 힘으로 벗어나야 할 모양이었다. 소유는 한숨을 쉬었다.

"제가 어찌 날 줄 알겠습니까. 그저 운이 좋았을 뿐입니다. 또 선대왕의 유언장이 자경국의 왕궁에 있으리라 짐작하여 말씀해주신 것도 소하 님이십니다."

"하지만 너라면 미리 알지 않았겠느냐?"

미리 알았지만 소하의 생각처럼 소유의 추리력이 뛰어나서는 아니었다. 그녀는 도와주기는커녕 한술 더 떠버린 소하를 또 원망스럽게 보았다.

장내가 정리되기까지는 잠시 시간이 걸렸다. 모두가 실컷 즐거워하도록 소하와 옥현, 그리고 소유가 내버려둔 덕분이었다. 간신히 회의실 내의 모든 장수가 사기충천한 모습으로 입을 다물었을 때 소하는 현명한 눈빛으로 말했다.

"뭐든 우리 생각대로 될 것이라고 자신할 수는 없네. 그러니 최악의 상황을 항상 가정해야 할 테지. 손 병부상서가 선대왕의 유언장을 믿지 않는다면 우리는 이 시대 최고의 맹장과 싸울 각오를 해야 할 것일세."

"당연히 믿지 않겠습니까?"

호마손은 이해가 안 된다는 표정이었다. 청운이 고개를 저었다.

"그건… 모릅니다."

확실히 손 병부상서는 뭔가를 쉽게 믿을 사람으로 보이지는 않았다. 소유는 그저 채윤이 잘해주기만을 속으로 소망했다. 이 고비를 넘기면 남은 것은 장안으로 진격하는 것뿐이었다.

"만약 싸우게 된다면 이 길목에서 마주칠 확률이 높습니다."

옥현이 지도의 한쪽을 가리켰다. 지겹도록 머물렀던 곳이었으므로 소유는 육릉성의 위치를 곧 알아보았다. 장수들은 심각한 표정으로 군의에 들어갔다.

한참 군사 전술과 각 성 성주의 배신 가능성에 대해 토의하던 장수들이 떠나가자 회의실에는 소하와 소유, 그리고 옥현만이 남았다. 소유가 다른 장수들을 따라서 나가지 않자 옥현은 의아한 표정을 지었다. 그 또한 요즈음 소유와 소하 사이의 분위기가 이상하다는 사실을 알고 있었던 것이다.

"뭐 할 말이라도 있느냐?"

소하는 평소와 똑같은 표정으로 소유에게 물었다. 누가 보면 그의 청혼이 소유의 꿈이었다고 해도 헛갈릴 만큼 태연한 목소리였다. 소유는 심술이 조금 났지만 그와 똑같이 태연하게 대답해 주었다.

"장안 소식이 좀 있나 해서 여쭈려 남았습니다."

"장안의 어떤 소식 말이냐? 너도 알다시피 토벌군의 소식이라면 방금 보고를 받은 게 다다."

"소하 님."

소유는 한숨을 쉬고 그에게 다가갔다. 소하는 의자에 앉아 있는 그 대로 움직이지 않았다. 다만 옥현이 한숨을 쉬더니 핑계를 대고 나갔다.

"저는 볼일이 있어 잠시 자리를 비우겠습니다."

소하도 소유도 옥현을 잡지 않았다.

옥현이 조용히 문을 닫고 나자 고요한 회의실에는 소하와 소유만이 남았다. 지난번 이후 처음으로 둘만 남는 상황이었다. 그녀는 책상에 걸터앉아 소하를 비뚤게 내려다보고 물었다.

"경원이는 장안에 잘 도착했답니까?"

"그걸 물으러 남은 것이냐? 정가 막내 도령의 안위가 궁금해서?"

소하의 목소리는 지난번보다 서늘하지도 따뜻하지도 않았다. 소유는 그를 한참이나 물끄러미 내려다보았고 소하는 잠시 후 당황한 빛으로 물었다.

"네가 어찌 그런 얼굴을 하느냐?"

"제가 어떤 얼굴을 하고 있습니까?"

소유는 자신이 평소와 같은 얼굴을 하고 있다고 생각했으므로 소하의 질문이 생트집으로 느껴졌다. 그러나 소하는 고개를 저으며 한숨을 쉬었다.

"누가 보면 네가 청혼하고 내가 거절한 줄 알겠구나."

소유는 그 말에 살풋 미소를 지으려다 실패했다. 그제야 그녀는 자신의 얼굴이 굳어 있다는 사실을 깨달았다.

부끄러워 뺨이 달아오른 소유를 보고 소하는 쓴웃음을 지었다.

"그래, 진해국에 원군을 성공적으로 요청했다더구나. 조금 더 상황을 보다가 밝힐까 한다. 정 도령 본인은 승상부에 돌아가 잘 쉬고 있다고 하고."

"채윤이도 거기 있습니까?"

"그래."

소유는 적이 안심했다. 채윤이 경원과 함께 있다면 저번처럼 정씨 집안 사람들이 맥없이 죽지도 않을 테고, 유언장을 적시에 공개할 확률도 올라갔다. 그렇게 믿는 구석이 있어서 소하도 더 태연했던 모양이었다.

한숨 쉬는 소유를 소하는 말끄러미 올려다보았다.

"…네 마음을 모르겠구나. 그동안 나는 네가 나를 연모하는 줄 알았는데 그렇지 않다 하고, 입을 맞췄을 때는 가만히 있었으면서 혼례는 싫다 하니. 혹 네 마음에 이미 다른 사람이 있느냐?"

"아닙니다."

소유는 머리칼이 흩날리도록 고개를 저었다. 소하는 슬픈 얼굴로 일어서 회의실을 거닐었다. 소유는 책상에 걸터앉은 채 움직이지 않고 그를 보았다.

"그렇다면 더욱 모르겠구나."

"소하 님."

가슴이 너무 아파서 소유는 계속 그 자리에 있을 수 없었다. 그녀는 그저 고개를 저었다.

"나중에… 나중에, 다 알게 되실 때가 올 겁니다."

다만 소유의 죽음을 알았을 때 소하는 이미 다른 생각으로 머리가 가득 차서 슬퍼하지 않아도 되기를.

서글프게 그녀는 소망했다.

두 번째 꽃송이가 수줍게 피어나고 있었다.

푸른 하늘 아래 육릉성의 문이 천천히 열렸다.

저 문을 열기 위해 얼마나 많은 사람이 다치고 아파했던가. 소유는 푸르고 붉고 금빛인 기 사이에 백기가 크게 펄럭이는 그 성벽을 보며 가슴이 마구 뛰는 것을 느꼈다. 지난번과 달랐다. 지난번과 완전히 달랐다!

흔한 북이나 나팔 소리도 없었다. 흰 깃발을 양쪽으로 세운 병사들이 말을 달렸고 그 뒤로 손 병부상서와 그의 부하로 보이는 장수들이 따라 나왔다. 소하는 빙긋 미소를 지었고 소유는 기뻐서 어쩔 줄 모르겠는 것을 간신히 감추었다.

"손 장군!"

소하의 군대는 육릉성 앞의 평야에 정연하게 도열해 있었다. 군율은 엄정했고 사기는 하늘을 찌를 듯 높았다. 가을을 맞이해 천천히 시들어가는 평야에 소하의 목소리가 울렸다. 장군… 장군… 군.

손 병부상서의 표정은 그의 아들처럼 엄격하고 딱딱했다. 소하에게서 30보 가량 떨어진 곳에 우선 백기를 든 기수부터 멈추어 섰다.

쿵.

쿵.

쿵. 쿵.

소하의 병사들이 발을 굴렀다. 한 치의 어긋남도 없는 그 소리에 전원의 가슴이 벅찼다. 손 병부상서의 부하들은 엄격한 표정이었지만 그들조차 위압감을 느끼지 않을 리 없었다.

쿵.

손 병부상서는 마침내 입을 열었다.

"대군 마마께 손 모가 인사 올립니다!"

다… 다… 다. 이미 몇 번인가 들은 바가 있는 손 병부상서의 목소리는 우렁차고 침착했다. 소유는 그가 화를 내지 않는 모습은 처음이라 신기했고 그 차분한 눈빛이 든든했다. 그와 같은 사람이 거짓으로 투항하지는 않을 것이다.

손 병부상서는 배에 힘을 주고 소리쳤다.

"대군 마마시야말로 선대왕께서 지명하신 적법한 후계자이심이 만천하에 명백히 드러난 바! 이 손 모를 위시한 조정 대신 일동, 마마가 나아가시는 길에 지팡이가 되고 열쇠가 되어 문을 열겠나이다!"

그렇게 말한 다음 손 병부상서와 그의 부하들이 취한 행동은 소유를 비롯한 소하 군 사람들을 놀라게 했다. 손 병부상서는 한시도 지체하지 않고 말에서 내렸고 그 부하들도 마찬가지였다. 심지어는 백기를 들었던 기수들도 마찬가지였다. 그들은 모두 바닥에 엎드려 소하에게 고개를 조아렸다.

푸른 하늘에 펄럭이는 흰 기. 소유는 가슴이 벅차 자신의 입을 가렸다. 소하는 잠시 소유를 본 다음 그대로 말을 몰아 그들에게 다가갔다. 소유와 옥현, 양 사마가 얼른 그 뒤를 따랐다.

손 병부상서 일행과의 사이에 다섯 보 가량이 남았을 즈음 소하는 말을 멈추었다. 위풍당당한 그림자가 마침 육릉성을 향해 지고 있었다.

"손 병부상서. 일어나라."

소하는 담담하게 명령했다. 조용한 목소리였지만 그 안에는 왕의 기백이 담겨 있었다. 손 병부상서는 절도 있는 동작으로 일어나 허리를 깊이 숙였다.

"망극하옵니다."

"병부상서를 따라온 자들도 모두 일어나라."

손 병부상서를 따라온 그 부하들도 절도 있게 일어나 포권하고 허리를 깊이 숙였다. 소유는 소하의 일산 아래 있었기 때문에 눈부셔하지 않고 성벽 위의 용태를 살폈다. 성벽을 지키는 병사들도, 문을 열고 이 모습을 보고 있는 병사들도 조용히 손을 모으고 있었다.

소유는 다시 눈을 내렸다. 손 병부상서는 소하 바로 뒤에 자기 아들이 서 있음에도 불구하고 눈길 한 번 주지 않았다.

"조정에서 선대왕의 유언장이 공개되었느냐?"

소하는 선명하면서도 날카로운 목소리로 물었다. 손 병부상서가 대답했다.

"예, 마마."

"언제 어떻게 공개되었는지 소상히 말해 보라."

"예, 마마. 소장 그 자리에 없었던지라 들은 것만 말씀 올리겠사옵니다. 조정에서 감히 무엄하게도 마마께서 반역을 일으켰다는 명분으로 조의가 열렸사옵고 당시 정 승상을 포함해 대부분의 대신이 참여하고 있었던 줄로 아옵니다. 하온데 아뢰옵기 황공하오나 마마께서 말씀하신 선대왕의 유언의 진위 여부를 우선 가려야 한다는 의견과 다른 의견이 부딪쳐 조의가 길어졌다고 하옵니다."

물론 곽일은 후자였을 것이다. 초왕이 선대왕의 충신들을 있는 대로 솎아 내거나 자기 편으로 끌어들였는데 아직 조정에 바른 말을 하는 사람이 남아 있었다는 사실에 소유는 오히려 놀랐다. 소하는 턱을 살짝 들었다.

"해서?"

"예, 마마. 그때 정 승상의 아비인 정 대감과 막내아들인 정경원이 입실해 소란이 벌어졌다 하옵니다."

"정 승상의 아들인 정경원은 과거조차 보지 않은 것으로 아는데 어찌 조의에 입실하였느냐?"

"아뢰옵니다, 마마. 정 대감이 스스로의 나이가 많아 부축할 시동이 필요하다며 동행했다 들었사옵니다."

손 병부상서가 그렇게 자세한 부분까지 알 거라고 생각하지 않은 소유는 놀라서 그의 뒤통수를 빤히 쳐다보았다. 소하도 소유와 비슷한 부분에 생각이 닿은 모양이었다.

"자리에 없었다는 자네가 참으로 소상히 아는군."

"황공하옵니다, 마마. 정 승상은 소신과 죽마고우인지라 자녀와 관련된 소식은 묻지 않아도 상세히 전하곤 하옵니다."

그러니까 정 승상이 자식 자랑을 한 모양이었다. 소유는 어쩐지 흐뭇해서 웃었고 소하도 소리 없이 웃는 것 같았다. 적어도 뒤에서 소유가 보기로는 그러했다.

"알겠다. 그래, 그때 유언장이 공개되었다는 말이냐?"

"예, 마마. 선대왕께서 당시 세자의 몸이셨던 대군 마마로 하여금 보위를 잇도록 하라 이르신 유언이 적힌 유언장이 공개되었사옵니다. 또한 자경국이 감히 천하의 평안을 어지럽히고 천인국의 내정에 간섭한 증거가 함께 공개되어 천하가 분노에 떨었사옵니다."

"그 유언장이 진품인 것은 어찌 알았느냐?"

"선대왕의 국새를 관리하던 윤 전 승지와 선대왕의 필체를 잘 아는 정 대감 및 여러 대신들이 확인한 바가 있사옵니다."

됐다.

그런 생각이 들어 소유는 무심코 말고삐를 그러쥐었다. 소하가 천천히 손을 들어올렸다. 소유에게 그 속도는 너무나 느리게 느껴졌다. 아마 다른 이들도 똑같이 생각했을 것이다. 그러나 손이 올라가는 속도는 점점 빨라졌고 이내 쏜 화살처럼 하늘을 받쳤다.

와아아아.

소하의 군사들은 기쁨의 함성을 질렀다.

"도망치게 두지 마라!"

"초왕은 반드시 이 안에 있을 것이다!"

장안의 왕궁은 곳곳에서 불이 오르고 궁인들이 사방으로 도망치느라 아수라장이었다. 소유는 소하의 옆을 따르면서도 주위를 계속 살폈다. 그녀에게는 낯선 곳이었으므로 결코 경계를 게을리 할 수 없었다.

"반역자 이융초를 찾아라!"

소하와 함께 다미국에 다녀왔던 장수들은 모함을 받은 일이 있는 만큼 눈에 불을 켜고 악귀처럼 주위를 뒤졌다. 재물을 가지고 도망치려고 했는지 소매니 품이 두툼한 궁인들과 대신들이 속속 잡혀 들어왔다.

"결백한 자도 있으니 섣불리 다치게 하지 마라!"

혹 병사들이 너무 격앙될 양이면 청운과 양 사마, 그리고 청하가 엄격하게 열기를 수습했다. 소유의 얼굴이 점차 일그러졌다. 초왕은 어디, 어디 숨었을까. 다른 자들은 결백할지 몰라도 초왕 하나만큼은 결단코 결백할 수 없었다.

그녀의 표정을 본 소하가 쓴웃음을 섞어 말했다.

"숙부님을 어서 찾지 않으면 네가 찔러 죽이겠구나."

"거짓된 유언으로 인한 것이라 해도 즉위식을 치른 자이고 소하님의 숙부입니다. 또 여죄가 많으니 제가 어찌 지금 여기서 시해하겠습니까."

"하나 무사히 모시겠다는 말로는 들리지 않는구나."

"덕분에 제가 그동안 의지하고 살았던 일가족이 참변을 당하지 않았습니까. 채윤이가 산 것은 천운이고요."

소유는 눈에 불을 켜고 주위를 더 둘러보았다. 옥현이 눈짓했다.

"소하 님."

"그래."

옥현과 소하에겐 짚이는 곳이 있는 모양이었다. 두 남자가 조그만 쪽문을 향해 달리자 소유도 놓치지 않고 그들을 따랐다. 옥현은 달리면서도 신속하게 주위의 무장 몇을 불러 모았다.

"대군 마마를 호위해라!"

어디에서 어떤 자객이 나올지 알 수 없었다. 그래서인지 옥현이 부른 사람들도 다미국에 함께 다녀온 병사 중 얼굴이 확실히 익은 부장급이었다. 소유는 혹시라도 갑자기 누가 튀어나와 소하에게 해를 끼치지 않도록 그의 옆을 더 단단히 지켰다.

이윽고 대신들이 나랏일을 보는 궐의 영역을 지나고 왕과 그 가족이 사는 궁의 영역이 나왔다. 여성 궁인이 많고 담벼락에 화사하고 값비싼 장식이 된 것을 보니 확실했다.

"꺄아악!"

"후궁에 남자가 들어왔어요, 항아님!"

"어머나!"

비교적 나이 많은 궁인들이 어린 궁인들을 주위로 불러 모아서 몸으로 감쌌다. 후궁 안쪽에서 여자 장수가 달려왔다. 그 장수는 소하를 똑바로 보면서 소리쳤다.

"대군 마마! 저쪽에는 아무도 없습니다!"

소유는 모르는 얼굴이라 일단 소하의 앞을 막아섰다. 장수는 혀를 차더니 검을 뽑아 소유를 향해 휘둘렀다.

"어떻게 안 거냐?"

"처음 당하는 게 아니거든."

여자 장수는 금세 소하 군의 부장에게 제압당했다. 소유는 소하에게 말했다.

"후궁은 병부상서 이하 조정 사람들의 뜻에 따르지 않을 테니 확실히 여기 숨어 있을 공산이 높습니다."

"…그래."

소하는 약간 낯설다는 듯 소유를 보다가 고개를 끄덕였다.

"숙모님과 함께 계실 테지."

"도망쳐 자경국에라도 가면 난처해집니다."

"알고 있다."

진해국과 낙양이 자경국을 누르고 있지만 초왕이 자기가 천인국의 적법한 왕이라며 자경국에서 군사를 빌리는 형식으로 나서려 들면 온갖 명분이 다 소용없었다. 소유는 저들끼리 모여 이쪽을 살피는 궁인들에게 벽력처럼 소리쳤다.

"서로 떨어지시오! 찾는 사람이 당신들 틈에 있는지 봐야겠소!"

품계가 높아 보이는 궁인들은 대단히 자존심이 상한 것 같았지만 저항하지 않고 어린 궁인들을 줄줄이 늘어세웠다. 소유는 그들 틈에 초왕이 없는 것을 확인하고 고개를 끄덕였다. 다른 부장들도 그녀를 보고 궁인들 틈을 수색했다.

"중궁전이 어디 있습니까, 소하 님?"

"중궁전은 후궁 맨 앞에 있던 건물인데 이미 봤다. 후궁 처소에라도 계신 모양이지."

소하는 씁쓸하게 후궁 안쪽을 향해 눈짓했다.

"내 기억이 맞다면 저쪽에 별당이 있었다."

"가지요."

점점 많은 병사가 밀려 들어왔다. 소유는 부장들에게 혹시라도 궁인들을 다치게 하지 말라고 한 번 주의를 주고 소하를 따랐다. 소하와 옥현, 그리고 소유 세 명은 소하가 눈짓한 방향으로 달렸다.

과연 야트막한 담장 두 개를 지나가자 단아한 후원과 작은 연못을 둔 별당이 나왔다. 다니는 궁인 하나 없이 문이 꼭꼭 닫힌 별당의 우아한 모양을 보고 소유는 직감했다. 그 안에 초왕 부부가 숨어 있었다.

소하도 같은 생각을 한 모양이었다. 그는 목소리를 가다듬고 닫힌

문에 대고 말했다.

"숙모님, 숙부님. 계십니까?"

별당 안에서는 아무런 대답도 들려오지 않았다. 소유는 부아가 치밀었지만 소하는 참을성을 발휘했다.

"다시 여쭙겠습니다. 숙모님, 숙부님. 계십니까?"

쾅. 관리가 잘 된 별당의 우아한 문짝이 뜯어질 듯 벌컥 열렸다. 금박과 금실로 장식된 붉은 옷을 입고 우아하게 걸어 나오는 여성은 누가 보아도 이 나라의 왕비였다. 머리에 쓴 가체는 왕비나 가질 법한 커다란 진주와 산호로 장식되어 있었고 대란치마는 풍성하게 휘날렸다.

"숙모님."

과연 소하는 고개 숙여 예의 바르게 인사했다. 초왕비는 눈꼬리가 올라간 미인이었다. 소유는 속으로 왕비가 왕에 비해 아깝다고 생각했다. 적어도 초왕비는 한 사람 몫은 할 인물로 보였던 것이다.

"오랜만에 봅니다, 난양."

"예, 숙모님. 자주 인사 올리지 못해 소질 송구한 마음뿐입니다."

"됐습니다. 내가 언제 난양의 인사를 받고 싶어 한 적이 있습니까? 숙부와 숙모의 은혜를 모르는 것도 모자라 역심을 품고 종내는 후궁에까지 들이닥쳤으니 하늘에 계신 아주버님이 얼마나 슬퍼하시겠습니까?"

소유는 울컥했다. 소유가 무심코 검을 뽑으려는 것을 옥현이 얼른 제지했다.

'어차피 죄인이 아닙니까?'

'여기는 소하 님께 맡겨 주십시오.'

말없이 시선이 오갔다. 소유는 결국 속으로 투덜거리며 손에서 힘을 뺐다. 그때 별당 뒷문이 살그머니 열리는 것이 보였다.

"네놈!"

그럴 줄 알았다. 소유는 당장 달려가 궁인의 쓰개치마를 두른 초왕을 붙잡고 목에 칼을 들이댔다. 초왕비는 시선 끌기에 실패했다는 사실을 알자 표독스럽게 이를 갈았고 소하는 여유롭게 미소를 지었다.

"하늘에 계신 아바마마께서 이제는 속이 시원하실 것 같아 자식 된 도리로 그저 기쁠 따름입니다."

아까까지는 맑았던 하늘이 잠시 어두워졌다. 큰 구름이 지나간 것일까. 오늘 흘린 피가 씻겨 내려갈 수 있을까.

소유는 초왕의 목에 칼을 겨눈 채 자신의 손과 눈이 떨리는 것을 느꼈다. 다 끝났다. 이제 정말로.

다.

제8장

세 번째 꽃송이가 질 때

국문은 죄인의 신분을 고려해 비공개로 열렸다. 그 자리에는 세자 위를 되찾았고 이미 왕의 대우를 받는 소하와 그의 심복인 옥현, 호위 청운, 손 병부상서, 임 형부상서, 그리고 정 승상 등 여러 인사가 자리했다.

이미 후궁 별당에서 초왕을 잡은 지 일주일 이상이 지나 어느 정도 조정의 소란이 가라앉은 후였다. 초왕 및 곽가에 빌붙어 백성들을 괴롭히던 간신 중 일부는 탈출에 성공했고 일부는 실패했으며, 일부는 태도를 갑자기 바꿔 소하에게 아부했다. 소하와 옥현은 그런 자들이 잡혀 들어오는 대로 가차 없이 엄벌에 처했다. 황 박사의 증언이 있었기 때문에 죄상을 밝히는 데에는 어려움이 없었다.

해서 이제 조정에 남은 인사들은 상당수 소하가 앞으로도 계속 데려가야 할 사람들로 보였는데, 그들은 그렇다 치고 자신이 왜 국문을 참관할 수 있도록 허가받았는지 소유는 알 수 없었다. 다만 진가의 원수인 초왕이 초라한 모습으로 판결받는 모습을 꼭 보고 싶었기 때문에 그녀는 국문을 처음부터 끝까지 지켜보았다.

"죄인 이용초는 선대왕의 유서를 위조하여 스스로 왕위에 올랐으며 타국과 내통하여 아국의 백성들을 도탄에 빠지게 하였고……."

임 형부상서는 본디 초왕을 따르는 것을 거부하고 고향에 돌아가 있었던 사람이었다. 워낙 인망이 좋고 선대왕 때 형부상서로 오랫동안 재임하며 많은 억울함을 풀어주었다고 해서 이번 임명에 불만을 표하는 사람이 없었다. 과연 조목조목 초왕의 죄를 읊는 그 목소리

445

는 낭랑하다는 표현이 모자랄 정도였다.

"죄인은 이상의 혐의에 대해 할 말이 있는가?"

소하는 아직 즉위식을 치르지 않았기 때문에 약식 관만을 쓰고 있었지만 그가 앉아 있는 자리는 명실공히 옥좌에 준했다. 초왕은 장신구 하나 없이 초라한 무명옷을 입고 있었는데 하도 몸을 떨어 도저히 그가 한때 왕이었다고는 생각하기 힘들었다.

초왕은 조카의 질문에 한참 대답하지 못하고 왕비의 눈치를 살폈다. 초왕비 곽선은 버럭 신경질을 냈다.

"다 꾸며낸 말이다! 소하 네놈이 혼자 조그만 별궁에서 음모를 꾸미더니 끝내 돌아버린 모양이로구나. 선대왕의 유서가 어쩌고 어째? 그럼 어린 네가 왕위에 오르라는 것이 진정 아주버님의 명령이었겠느냐!"

"마, 맞아!"

초왕은 아내의 말이 자기가 듣기에도 신통한 듯 갑자기 눈을 반짝이며 동의했다. 옥현은 빙긋 미소 짓고 말했다.

"당시 선대왕의 유서라며 초염군과 군부인이 내놓은 문서에 대해서는 감정이 모두 끝났습니다. 증인의 이름은 물론 국새와 서명에서도 위조의 흔적이 명확해 오래 감정할 필요도 없었습니다."

"거짓말!"

초왕비는 악을 썼다.

"거짓말 마라!"

"거짓말이 아닙니다. 이는 선대왕 당시 나랏일을 맡아보던 대소 신료에게 확인받은 일이니 더 논할 필요가 없겠지요."

무조건 아니라는데 어떻게 그걸 증명할까. 소유는 잠시 국문에 흥미를 잃고 자신의 손등을 보았다. 세 번째 꽃송이가 활짝 피어 손등의 절반이 상처로 얼룩진 것처럼 보였다. 첫 번째 꽃송이는 점점 아래로 늘어지고 꽃송이가 작아지는 것을 보니 지고 있는 모양이었다. 두 번째 꽃송이도 이미 절정은 지난 상태였다.

초왕비는 분해하며 발을 굴렀다.

"두고 봐라. 내 동생이 네놈들을 결코 그냥 두지 않을 것이야! 내 남편이 왕이고, 내가 왕비다! 우리 오라버니가 지금쯤 네놈들이 저지른 패륜을 다 알렸을 것이야!"

소유는 자신의 손에서 시선을 떼고 초왕비를 말끄러미 바라보았다. 곽일은 아직 수배 중이었다. 소하는 차갑게 말했다.

"형부상서는 국문을 진행하라."

"예, 마마."

형부상서는 소하에게 한 번 허리를 숙이고 준비해온 글을 더 읽었다.

"죄인 이융초는 처 곽선과 모의하여 천인국의 영토를 적에게 팔아넘겼으며 이를 교두보로 아국의 동맹국인 진해국에 위해가 미치도록 교사하였다. 해당 음모의 증좌는 낙양 성주 은경호가 제출하였으며 형부 및 병부에서 검토를 마쳤으니 그 죄가 명확하다."

낙양이 무사해서 다행이었다. 소유는 백란과 월의 얼굴을 떠올리며 새삼 안도했다.

초왕이 경질한 무고한 신하들의 이름과 곽가가 저지른 횡포, 그리고 자경국이 천인국에 저지른 내정간섭 등에 대한 구체적인 죄목이 쉴 새 없이 나왔다.

초왕을 수뇌로 한 간신들의 악행은 아무리 늘어놓아도 끝나지 않을 정도로 많았고 각지에서 속속 더한 보고가 도착했다. 국문은 오랫동안 계속되었지만 초왕에게 주어야 할 벌은 명확했다. 대신들 모두가 입을 모아 그를 능지처참해야 한다고 주장했고 소하는 간신히 대신들을 달래 교수형으로 처형 방식을 바꾸었다.

초왕비가 받아야 하는 처벌에 대해서는 의견이 분분했다. 그녀는 외국의 공주였으므로 천인국에서 함부로 신체를 상하게 하는 것은 물론이고 사형을 내리는 것조차 조심스러워하는 의견이 많았다. 소하는 대신들 앞에서 숙고하는 모습을 보인 뒤 결정을 미루겠다고 선언하고 숙모를 일단 별당에 유폐했다.

대신들은 밤을 샌 갑론을박 끝에 납득할 만한 결론이 나왔다고 생각하는 모양이었지만 소유는 소하가 처음부터 초왕 부부에게 내릴 처벌을 생각해두고 있었던 것이 아닐까 의심했다. 그리고 아마 그 의심이 진실이라 밝혀지더라도 그녀는 놀라지 않을 터였다. 소하는 이 날을 평생 그려왔을 터이므로.

소유는 상황이 조금 진정되자 정 승상의 집을 찾았다. 하인은 소유를 보고 얼른 뛰어 들어가 경원에게 소식을 전했고 그녀는 금방 경원의 별채로 안내되었다.

"경원아, 채윤아."

채윤은 계속 경원의 집에 머물렀다는 모양이었다. 궐에서 모습을 보기는 했지만 천천히 이야기를 나눌 새는 없었다. 소유가 현재 후궁 내의 곽씨 일파 색출을 맡아 눈 코 뜰 새 없이 바쁘기 때문이었다.

꽃나무는 날씨 때문에 잎이 없었고 경원의 방도 창문이 꽉 닫혀 있었다. 채윤은 소유가 들어오자 밝은 표정을 지으며 일어서 그녀에게 다가갔다. 소유는 저도 모르게 활짝 웃으며 그의 가슴을 끌어안았다.

"어서 와, 소유야."

채윤의 가슴 너머로 경원의 부루퉁한 목소리가 들려왔다.

"왜 이제 와?"

채윤은 소유를 한 번 마주 꽉 안아준 다음에 힘을 풀었다. 소유는 채윤의 손을 잡고 경원의 앞에 가 앉았다. 경원은 전보다 어른스러워진 모습이었다.

"왜 이제 오긴, 빨리 온다고 온 건데."

"돈은?"

"무슨 돈?"

"나한테 빌린 돈 있잖아."

"어머나, 무슨 말인지 나는 모르겠는데?"

경원에게 빌린 돈이라면 물론 소하에게 말하면 내줄 터였지만 소유는 경원을 오랜만에 놀리고 싶어서 일부러 시치미를 뗐다. 경원이 입을 딱 벌렸다.

"간곡하게 빌려갈 때는 언제고!"

"그게 뭔데? 혹시 꿈 꾼 것 아니니?"

"저, 저!"

경원은 답답하다는 듯 제 무릎을 쳤다. 옆에서 채윤이 거들었다.

"저도 처음 듣습니다, 경원 공자. 아까 낮잠을 주무시더니 꿈에서 꾸어주셨습니까?"

"어머나, 채윤아. 그 말 재미있다. 꿈을 꾸면서 돈을 꾸어준 거야?"

채윤과 소유의 10년 묵은 쿵짝에 경원은 정신을 못 차리겠다는 얼굴이었다. 잠시 후 소유는 깔깔 웃었다. 채윤도 쓴웃음을 지었다. 채윤은 소유가 경원을 놀리고 있다는 사실을 눈빛만 보고도 알았을 터였다.

"농담이야, 얘. 네 덕분에 정말 잘 다녀왔어. 이자까지 쳐서 갚을 테니 걱정 마. 지금은 소하 님이 너무 바빠서 논공행상이 아직 마무리되지 않았는데 나도 내 봉급을 받으면 바로 가져올게."

그 말에 경원은 금방 평온한 얼굴로 코웃음을 쳤다.

"갚으라는 뜻은 아니었어. 잘 썼으면 됐어."

"무슨 말이야. 당연히 갚아야지."

소유는 빙긋 미소를 지었다.

"소하 님께서도 네게 고마워하고 계셔. 네가 조정 대신들 앞에서 선대왕의 유서를 공개했다며? 심지어 너희 할아버님까지 모시고 들어갔다니, 혹시 집안 어른들께는 다 말씀드렸던 거니?"

"별건 아니야. 설득을 좀 했어."

그렇게 말하는 경원의 콧등이 약간 빨개졌다. 채윤이 이번에는 경원을 거들었다.

"나는 그때 아직 수배 중이었고 조정에 아는 사람도 없으니까 직접 조정에 들어가 유언장을 공개하기엔 무리가 있었지. 그래서 경원 공자가 일을 맡아 줬어."

"그랬구나. 정말 고마워, 경원아."

"다시 한 번 감사드립니다, 경원 공자."

소유와 채윤이 동시에 경원을 따뜻한 눈빛으로 바라보자 경원의 콧등은 조금 더 빨개졌다. 경원은 두 사람의 눈빛을 피해 다른 곳을 보다가 한참 후 중얼거렸다.

"…우리 할아버님이."

"응?"

생각지도 못한 서두라 소유는 고개를 갸웃했다. 이번에는 경원의 얼굴 전체가 붉어졌다.

"우리… 할아버님이 그동안 나한테 과거를 못 보게 하셔서, 나는 나를 못 믿어서 그러시는 줄 알았어."

경원이 그 명석한 머리로 왜 아직 조정에 출사하지 않았나 했더니 집안의 반대가 있었던 모양이었다. 소유는 국문 때 본 수많은 대신들을 떠올렸다. 경원은 적어도 소유가 본 그 어느 대신보다 똑똑

했다.

"그랬구나."

채윤은 이미 아는 이야기인 듯 가만히 있었다. 소유는 맞장구를 치고 경원을 바라보았다. 경원은 시선을 억지로 들어 소유와 눈을 맞췄다.

"그런데 이번에 나를 조의에 데려가 달라고 설득하면서… 알게 됐어. 할아버님이 그러시더라. 내가 서로 속고 속이는 조정 생활을 하지 않고, 좋아하는 음악이나 실컷 들으면서 평온하게 살게 해주고 싶으셨다고. 하지만 지금 이렇게 나라를 위해 나서는 걸 보니 이젠 당신의 품 밖으로 날려 보내셔야겠다고."

하긴 경원의 성격에 초왕의 조정에서 일한다 해도 좋은 꼴은 못 봤을지도 모른다. 소유는 한 번도 보지 못한 경원의 조부에게 공감하며 고개를 끄덕였다.

"그랬구나. …너도 조정에서 일하고 싶어?"

"딱히 대군 마마를 돕고 싶은 건 아니야."

경원의 얼굴이 원래 색에 가까워졌다. 경원은 턱을 높이 처들고 훨씬 명확해진 목소리로 말했다.

"대군 마마께 개인적인 호감이 있어서 도운 건 아니니까. 나는 그냥 잘못된 꼴을 보면 답답해서 못 참겠어. 하지만 내 성질대로 하려면 힘이 있어야 하잖아? 그 힘을 기르기 위해서라면 과거를 볼 수도 있고 조정에서 일하면서 다른 대신들과 싸울 수도 있어."

벌써 싸울 생각부터 하니 큰일이었다. 소유는 경원의 미래를 보고 싶다는 생각을 무심코 했다가 자기가 먼저 놀라 흠칫했다. 다행히 경원은 그녀가 움찔하는 것을 못 본 것 같았다.

소유는 다정하게 말했다.

"하긴 네가 곡조를 따지는 것을 보면 성품이 꼼꼼하고, 꽃나무를 기를 줄 아는 걸 보면 인내심이 있어. 조정에는 그 어느 때보다 많은 일꾼이 필요해. 아마 소하 님이 즉위하시면 곧 별시를 치르겠지. 네가 조정에 들어가서 일하면 정말 좋겠다."

경원은 고개를 갑자기 푹 숙였다.

"…너는?"

그의 질문은 소유가 느끼기에 문맥을 갑자기 벗어난 것이었다. 그녀는 고개를 갸웃하고 또 웃었다.

"나는 벌써 소하 님을 돕고 있잖아. 후궁 인사들의 출신을 살펴서 누가 곽가의 영향력 하에 있는지, 누가 나쁜 짓을 했는지 한 번 찾기 시작하면 끝도 없이 나와. 꼭 고구마 줄기 같다니까?"

"아니, 그거 말고."

경원의 목소리가 아까보다 작아졌다. 그는 무뚝뚝하게도 느껴지는 말투로 물었다.

"지금 네가 후궁에서 일하는 건 알아. 후궁에 그대로 있을 거냐고 물어본 거야. 네 출신을 두고 이러쿵저러쿵하는 사람이야 있겠지만 공을 많이 세웠잖아. 당장 중궁전은 몰라도 후궁 책봉을 받는 것 정도는 네가 원하기만 하면……."

"경원아."

소유는 그제야 경원이 무슨 말을 하는지 알아들었다. 그녀의 가슴이 콩콩콩, 작지만 분명하게 뛰어 잠시 후에는 지쳐서 아플 지경이었다.

"나는 소하 님의 후궁이 될 생각도 없고 중궁전에 들어갈 생각은 더욱 없어."

"왜?"

경원은 얼굴을 번쩍 들었다. 그 얼굴은 소유가 상상했던 것보다 훨씬 진지했다.

"왜 없어? 너는 그분을⋯⋯."

"잠깐만, 경원아. 더 말하지 마."

소유는 고개를 저었다. 그녀의 얼굴을 보고 경원은 말이 막힌 듯 입을 다물었다. 채윤은 아무 말도 하지 않고 그 둘이 나누는 대화를 조용히 듣고 있었다.

"나는 소하 님을 연모하는 게 아니야. 다 착각이었어. 그분의 아내가 될 일은 없을 거야."

그녀의 말은 마지막 말을 제외하고는 사실이 아니었다.

얼마 후 소하의 즉위식 준비가 시작되면서 각 지방의 성주들이 장안을 찾았다. 그중에는 낙양 성주와 그의 가족도 있었다.

"누님!"

"백란아!"

반가워할 사람이 있다더니, 소하의 부름을 받아 찾은 작은 전각에는 월과 백란이 있었다. 그리고 그들의 뒤에 다정하게 앉은 부부는 비단옷을 보니 낙양 성주 부부인 모양이었다.

일단 전각에 들어서자마자 백란의 성대한 환영을 받은 소유는 반갑게 웃으며 그의 이름을 불렀다. 그리고 낙양 성주 부부에게 예의 바르게 절했다.

"양소유라 합니다."

"성명은 익히 들었습니다."

"낙양은 양 낭자의 도움이 없었다면 지금쯤 어떻게 되었을지 모릅니다. 참으로 저희의 은인이십니다."

성주 부부는 둘 다 여유롭고 성품이 온화해 보였다. 성주와 성주 부인이 차례로 정중하게 인사해와 소유는 몸 둘 바를 몰라 했다.

"귀하신 두 분이 어찌 그러십니까. 백란이가 총명하여 두 분이 화를 피하신 것이지, 저는 한 일이 없습니다."

"듣던 대로 겸손하십니다."

성주 부인이 활짝 웃는 얼굴은 백란이 웃는 얼굴과 신기할 정도로 똑같았다. 조그만 얼굴에 놓인 아기 새처럼 천진한 이목구비도 그렇고 감은 것처럼 보일 정도로 한껏 휘어지는 눈도 그러했다. 성주 부인은 소유가 자신의 얼굴을 무심코 쳐다보자 입을 가리고 호호 소리 내 웃었다.

"저희 두 아들이 입을 모아 칭찬하기에 꼭 만나 뵙고 싶었는데 대군 마마의 은덕으로 이렇게 뵙습니다. 과연 선녀라 칭할 만합니다."

"어머님."

백란의 얼굴이 새빨개졌다. 소유는 손사래를 쳤다.

"아닙니다. 두 분이야말로 이렇게 뵈니 백란이가 준수한 이유를 알겠습니다."

"어머나. 그리 말씀해 주시니 고마워요. 하지만."

성주 부인은 화사한 얼굴로 눈을 동그랗게 떴다.

"우리 큰아들도 우리를 많이 닮지 않았나요? 어찌 백란이만 따로 말씀하시나요?"

이런 반문이 나올 줄은 정말 꿈에도 몰랐던 소유는 약간 당황했다.

"저어, 실례지만 월 공자는 소생이……."

"예, 제 속으로 낳지는 않았지요. 하지만 가족이 어찌 핏줄만으로 이어져 있겠어요?"

소유는 저도 모르게 월의 표정을 살폈다. 월은 부채로 자기 얼굴을 반쯤 가리고 있었고 성주 부인은 상냥하게 말을 이었다.

"배 아파 낳아야만 가족이라면 형제는 평생 가족이 아니고, 피가 이어져 있어야만 가족이라면 부부는 평생 가족이 아니겠지요. 하지만 어디 그런가요. 정작 이어져야 하는 것은 마음이 아니겠어요? 오랫동안 서로를 알고 아끼고 의를 지키면 그것이 가족이지 않아요?"

소유는 이번에는 의식적으로 월의 표정을 살폈다. 월은 부채 너머로도 알 수 있는 고운 한숨을 쉬었다. 백란은 싱글벙글 웃었고 성주는 자랑스러움과 안쓰러움이 섞인 목소리로 말했다.

"이번에 제가 부족해 암살자에게 목숨의 위협을 받았는데, 저희 큰애가 제 몸을 던져 막았습니다."

그런 일이 있었구나. 소유는 저도 모르게 기쁜 웃음이 나와 입을 가렸다. 성주 부인은 눈을 반짝이며 소유의 얼굴을 들여다보았다.

"그러니 세세토록 남길 미담이지 뭐겠어요. 비록 큰애가 철들고 나서는 홀로 나가 산다지만 언제 어느 때라도 저 아이는 어린 백란이의 형이요 저희 집안의 소중한 식구랍니다."

잠시 대화를 나눈 뒤, 다른 성주 부부들과 만나 친목을 도모해야 한다며 낙양성 성주 부부는 금세 사라졌다. 소유는 백란과 월에게 궁궐을 구경시켜주기 위해 둘과 함께 천천히 궁 후원을 걸었다. 겨울 햇살이 맑았다.

시냇물처럼 투명한 공기 속에서 백란은 즐거워하며 궁의 이모저모에 푹 빠졌고 소유는 그 틈을 타 월에게 물었다.

"두 분이 아셔?"

월은 뭘, 하고 되묻지 않았다. 그는 언제나 눈치 빠른 사람이었다.

"아시더라."

"어떻게?"

"그건 모르지만, 계속 알고 계셨던 눈치였어."

월은 진력이 난다는 듯 짐짓 깊은 한숨을 쉬었다. 하지만 소유는 그가 어딘가 기운차 보인다고 생각했다. 그가 오랫동안 지고 있던 무거운 짐이 조금이라도 덜어졌다면 좋겠다고 소망하며 소유는 수려한 그 생김새를 살폈다.

월은 쓴웃음을 지었다.

"정신없지? 공주님도 바쁠 텐데 쓸데없는 자식 자랑을 듣느라 고 생했어."

소유는 고개를 얼른 저었다.

"아니야. 좋은 분들이시네."

"나 따위에게는 아깝지."

월의 입가에 쓴웃음이 떠올랐다. 소유는 짐짓 미간을 좁혔다.

"두 분이 그러시잖아. 소중한 가족이라고. 그런데 당신이 그런 식 으로 말하면 두 분이 얼마나 속상하시겠어."

"글쎄."

월은 한숨을 쉬며 하늘을 보았다. 그의 얼굴에서 혼란이 엿보였다.

"나는… 아직은 모르겠어. 두 분께 죄송한 줄을 알면, 내게 염치라 는 게 있다면 훨씬 빨리 떠났어야 했어. 그런데도 지금까지 뻔뻔하 게 들러붙어 있었지. 그러니 최소한 두 분께 도움이라도 됐다는 사 실에 기뻐해야 할지."

"그러고 보니 암살을 막았다고 했지? 무슨 일이 있었던 거야?"

소유는 몰랐지만 월의 가슴께에는 아직 그때 입은 상처가 길고 붉 게 남아 있었다. 월은 눈을 내리깔며 그때의 일을 떠올렸다.

"도련님!"

시비가 뛰어 들어와 월의 이름을 불렀다. 월은 이미 나갈 준비가 되어 있었다.

"아이고, 도련니임."

그가 외출복을 입은 모습을 보고 시비는 울먹거렸다.

"낙양 곳곳에서 폭동이 일어났습니다요. 나가지 마시고 집에 계시 지요."

"그러니 더 나가야지."

소유가 얼마나 짐작했는지는 알 수 없었지만, 그녀가 떠난 뒤에도 정보 수집을 게을리 하지 않은 월은 지금 소동을 일으키는 놈들이 어디쯤에서 어떻게 모여서 난동을 부리는지 알고 있었다. 그가 태어나 자란 낙양의 지리쯤은 그의 명석한 머릿속에 빤하게 들어 있었던 것이다.

"저들은 이 근처로 오지 않을 테니 너는 사용인을 모두 불러 한 곳에 모여 있어라. 도망쳐 숨고자 하는 사람이 있거든 품을 뒤져 단풍잎 부적이 있는지 없는지 확인하고, 없는 사람은 모두 들여라."

자경국 사람들은 가난한 백성이라 해도 단풍잎 부적을 품고 다녔고 그것이 자기를 지켜줄 것이라고 생각했다. 거사를 벌이는 날이니 부적을 두고 다니지는 않을 것이다.

"도련님!"

월은 주인을 애타게 부르는 시비의 목소리를 들은 척 만 척하고 거리로 나섰다.

낙양의 시가지는 아수라장이었다. 전날까지 멀쩡하게 일하던 유민들이 들고 일어나 주위 사람들을 죽이고 건물을 때려 부쉈다. 개중 상당수가 훈련받은 자들일 텐데도 그렇게 난폭하게 행동하는 이유는 이미 그들의 제1계획이 좌절되었기 때문이었다.

"으아악!"

어린아이를 베려던 파렴치한 자경국 간첩을 세게 때려 기절시킨 월은 그 아이가 기루에서 일하는 동기임을 알고 눈살을 찌푸렸다. 화사한 비단옷을 입고 머리를 땋은 그 아이는 월을 알아보고 반색했다.

"워, 월이 도련님!"

"너는 동작루의 동기 아니냐?"

낙양에서 제일가는 기루라면 낙양 삼기의 이름이 드높은 명월각이었지만 동작루도 많은 명사가 드나드는 곳이었다. 월도 당연히 동작루의 기녀들의 얼굴을 대강 알았고 동기 중에는 얼굴이 익은 아이도 있었다. 동작루의 동기는 울먹이며 대답했다.

"예, 도련님께서 살려주셨으니 이 은혜를……."

"됐다."

갑자기 시작된 폭동이니 우왕좌왕하며 길에서 갈 곳을 잃은 사람이 많을 것이다. 월은 긴 머리칼을 신경질적으로 쓸어 넘기며 말했다.

"어서 동작루로 돌아가 네 언니들과 함께 있거라. 아니다, 사람이 많은 편이 나으니 언니들도 데리고 명월각으로 가 있어라."

소유가 어떻게 했는지 명월각은 얼마 전 뜨내기 인부를 모두 해고하고 보증인이 있는 사람만 데리고 있었다. 월은 차마 명월각의 살림에 참견할 수 없어 한 마디도 끼어들지 못했는데도, 꼭 무슨 일이 있을 줄 안 것처럼 낙양 삼기가 자발적으로 그렇게 한 것이다. 그러니 적어도 내부에서 난동을 부리는 자는 적을 것이다.

"예, 예!"

동기는 덜덜 떨면서도 일어나 얼른 기루가 모여 있는 거리 쪽으로 달려갔다. 월은 주위를 둘러보았다. 어느새 그를 향해 서너 명의 장정이 다가오고 있었다.

"기녀보다 곱다더니 정말이군."

"술독에 빠져서 백성들 일에는 관심도 없다더니 이제 와서 무슨 일이신가?"

"세상이 바뀐다니 기루에서 쫓겨났나?"

장정들은 모두 '낙' 자가 쓰인 옷을 입고 있었다. 유민인 줄 알고 성에서 고용해 부리던 자들일 터였다. 월은 쓴웃음을 지었다. 그런 얕은 도발에 넘어가려면 진작 이곳을 떠났을 것이다.

그런데도 뭔지 모를 것에 붙들려.

"비켜라."

월은 춤추듯 검을 놀렸다. 시만큼은 아니지만 그는 검을 쓰는 데에도 뛰어났다. 장정들은 굳은 얼굴을 하고 차례로 쓰러졌다. 월은 소유가 알려주었던 길을 떠올렸다.

공주님이 대어를 낚은 모양이야.

그는 속으로 노래하듯 중얼거리며 수로를 향해 달려갔다. 그리고 소유가 몇 번이나 지나갔을 징검다리를 건너 숲으로 들어갔다. 숲에서는 매캐한 연기와 타는 냄새가 났다.

"이놈!"

대체 얼마나 많은 세작이 잠입해 있었던 것인지, 연기 속에서 코와 입을 가린 장정들이 나타나 월에게 무기를 휘둘렀다. 월은 그들을 피해 계속 달렸다.

불. 불이 났다. 그러니 저들이 얼마나 낙양을 우습게 본 것인가.

백란이 자경국의 왕궁에서 가져왔다는 문서에 유사시에는 낙양에 불을 질러 백성들에게 혼란을 주라는 지시가 있었다. 남의 땅에 쳐들어갈 때 불은 자주 쓰이는 무기였다. 당연히 월과 백란은 그간 낙양 곳곳에 물이 가득 담긴 드므를 배치해 놓도록 힘써 두었다. 화마가 낙양에 피해를 끼치는 일은 없을 터였다.

"죽어라!"

월은 덤벼드는 적을 여유롭게 물리치면서 계속 이동했다. 그를 놓친 적들이 악을 썼다.

"새다! 큰 새를 잡으면 끝난다!"

"제기랄, 이 길을 어떻게 안 거지!"

그러고 보니 소유도 새 이야기를 했었다. 그녀가 귀띔한 위치를 조사했을 때 실제로 벽과 바닥에 새를 형상화한 그림이 여럿 그려져 있기도 했었다. 월은 그들이 말하는 '새'가 낙양의 머리인 성주이리라고 짐작했다. 뜨거운 분노가 솟았다. 그 자신조차 자기 안에 있다고 생각해본 적이 없을 만큼 격렬한 감정이었다.

"비켜라!"

불 때문에 땀이 흘렀다. 월은 길을 막는 자들을 거침없이 베어 넘기고 달렸다. 천진하게 웃는 백란의 얼굴이 떠올랐다. 어릴 적 월과 백란이 위험한 장난을 쳤을 때 회초리로 다스리던 성주의 울 듯한 얼굴도. 백란과 꼭 닮아서는 천진하게 웃으며 월을 아들이라고 불러주곤 하던 성주 부인 마님의 얼굴도 쉬지 않고 떠올랐다.

성주 가족은 정말로 사람이 좋았다. 그러니 그의 어머니와 같은, 그리고 그와 같은 나쁜 사람에게 속고도 모르는 것이다. 월은 가슴이 욱신거려 저도 모르게 이를 악물었다. 만약 그가 늦게 도착하는 바람에 성주에게 이미 위해가 미쳤으면, 월은 결코 자기 자신을 용서할 수 없을 것 같았다.

떠나버릴 수 없게 붙잡았으면, 적어도 사과할 시간이라도 줘야 하는 것 아닌가.

월은 자신이 지금까지 왜 낙양을 떠나지 않았는지에 대해 생각했다. 낙양의 오래된 골목길과 담장이 주마등처럼 스쳐 지나갔다. 지금까지 떠올리지 않으려 했지만 그는 알고 있었다.

정 때문이었다.

아무튼 아주 어릴 때부터 그들의 얼굴을 봐온 것이다. 그러나 월이 사실은 그들과 피 한 방울 섞이지 않은 남이라는 사실을 알았을 때 그들은 어떤 표정을 지을까. 그들이 그런 꼴을 당하게 하느니 월은 차라리 자기 심장을 찔렀을 것이다……

하지만 헤어짐은. 헤어짐은 어떻게 하란 말인가.

성이 가까웠다. 월은 경비병들끼리 싸우는 모습을 아연한 기분으로 스쳐 지나가며 성주의 방을 향했다. 그나마 성의 경비병들은 오랫동안 그 자리에 있어온 믿을 수 있는 자가 많아 자경국의 첩자들을 몰아붙이고 있었다.

성주의 방은 활짝 열려 있었다. 아직 눈으로 그 안을 확인하기도 전에 들려온 비명에 월은 저도 모르게 몸을 던졌다.

"으아악!"

"아버지!"

어쩌다가 그 호칭이 나왔는지는 모를 일이었다. 그러나 정신을 차렸을 때 월은 이미 성주 대신 몸에 칼을 맞은 상태였다. 급소를 비껴간 공격에 공격자는 칫 하고 혀를 찼다. 허둥거리던 주위 사람들이 달려들었다.

"네놈!"

"감히 성주님께!"

월은 주위를 둘러보았다. 방 안에는 성주와 성주 부인, 그리고 경비대장과 몇 명의 가신이 있었다. 모두 믿을 수 있는 사람들이었다.

그제야 아픔이 느껴졌다. 월은 천천히 그 자리에서 허물어졌다.

"정말 그때는 큰일 나는 줄 알았습니다."

어느새 옆에 와서 이야기를 듣던 백란이 끼어들어 투덜거리듯 말했다. 늘 백란보다 한 수 위인 것처럼 행동하던 월은 슬며시 시선을 돌렸다. 소유는 내심 놀랍고 우습기도 해서 소리 내어 웃었다.

"그래서, 그다음엔 어떻게 되었니?"

"형님과 아버님이 미리 안배해 두신 대로 적은 금방 제압했고, 화재 피해도 크지 않았습니다. 다만 아무리 대비했다 해도 민간인 피해가 나올 것은 걱정되었는데 각 기루에서 나서 민간인을 보호했더군요."

소유의 머릿속에 낙양 삼기의 얼굴이 스쳐 지나갔다. 그녀는 반가워 손뼉을 쳤다.

"그랬구나. 설화, 홍랑, 매향 세 사람은 나도 낙양에서 얼굴을 익혔는데 다치지 않고 화를 잘 넘겼다던?"

"예, 누님."

백란은 신이 나서 눈을 반짝였다.

"화를 넘긴 것뿐입니까, 맹활약이었지요. 명월각은 특히 길거리로 나서 여성이나 노인, 어린아이를 모두 기루에 들여 혹시 모를 위험으로부터 보호했답니다. 해서 그 공을 높이 사 노비 여럿이 해방되었고 상으로 금품 및 현판을 내렸습니다."

소유가 떠나기 전 부탁했던 것보다 훨씬 많은 일을 해준 것이다. 소유는 기묘한 감동을 느끼고 한숨을 쉬었다. 설화, 홍랑, 매향은 대단한 사람들이었다.

백란이 궁의 수막새에 잠시 정신을 빼앗긴 사이에 월이 소유에게 스치는 바람처럼 가볍게 속삭여 물었다.

"공주님이 귀띔한 거지?"

"뭘?"

막 자신도 그런 생각을 하고는 있었지만 소유는 일단 잡아뗐다. 월은 그녀의 천연덕스러운 얼굴을 보고 눈웃음을 지었다.

"명월각은 사건이 일어나기 전에 이미 대비하고 있었어. 일꾼들의 출신을 봐도 그렇고, 곳곳에 비상식량으로 쓸 만한 음식과 물을 모아뒀더군. 설화가 영리하고 매향이 재기 넘치지만 기루의 입장에선 전쟁이 일어나면 맞서 싸우기보다 가만히 고개를 숙였다가 승자에게 술을 바치는 게 낫지. 그렇게 준비하고 기다릴 필요는 없었어."

월은 쓸데없이 눈치가 빨랐다. 소하가 이런 식으로 말했다면 역시 소하는 선견지명이 뛰어나다고 생각했을 자신의 불공평함을 겸허히 반성했지만, 소유는 그래도 월에게 할 말을 했다.

"쓸데없이 그런 건 눈치채고 그래."

"역시 그랬구나."

월은 쿡쿡 웃음을 흘렸다. 백란이 다시 다가와 눈을 동그랗게 떴다.

"형님, 누님, 무슨 말씀을 그리 재미있게 나누십니까?"

"난리가 났을 때 네 형이 기루에 있었으면 도움이 됐을지 안 됐을지 논하고 있었단다."

소유는 약간 심술을 담아서 말을 꾸며냈다. 백란은 해사하게 웃었다.

"형님이야 물론 어디에 계시든 큰일을 해내셨겠지요."

형을 향한 백란의 신뢰와 애정은 이전보다 더 굳건했다. 소유는 백란에게 물었다.

"백란아, 너도 이번에 큰 공을 세웠지 않니. 소하 님께서 너에게도 상을 내리셨니? 올라온 김에 상을 받고 내려가면 좋을 텐데 말이다."

백란은 아, 하고 입을 약간 벌렸다가 다물었다. 그의 얼굴은 그새 전보다 어른스러워져 있었다. 자경국에서 봤을 때보다 훨씬 더.

"그러고 보니 키가 전보다 더 크지 않았니?"

새삼 그것을 느끼며 소유는 백란을 올려다보았다. 전에는 키 차이가 크게 나지 않았던 것 같은데 백란은 이미 소유보다 키가 훌쩍 커 있었다. 어깨가 넓어졌고 눈이 깊어져 이미 어딜 가든 어린 여자아이로는 보이지 않을 터였다.

"그렇지요?"

백란은 미소 지어 보이고 뒷짐을 졌다. 그는 수줍어하며 말했다.

"아직 소하 님께서 말씀은 없으셨지만 저는 가능하다면 벼슬을 달라고 하고 싶습니다. 미관말직이라도 좋으니 장안에서 소하 님을 모셔 보고 싶어서요."

"어머나, 벼슬을?"

소유는 벼슬을 해본 적이 없었기 때문에 경험자인 월에게 눈길을 주었다. 월은 이미 알고 있었는지 차분하게 대답했다.

"과거를 보지 않아도 벼슬을 할 수는 있지만 무시당할 거야. 조정에 사람이 모자랄 테니 곧 별시라도 치겠지. 그때까지 대군 마마 곁에서 일하다가 과거에 응시하면 돼. …초염군 때라면 말렸을 테지만 지금은 벼슬을 하기에 나쁜 때가 아니니까."

새 시대에는 새 사람이 필요할 것이다. 소유는 고개를 끄덕이고 백란을 자랑스러운 얼굴로 바라보았다.

"그래. 소하 님이시라면 과거에 합격하기 위해 뇌물을 바치는 따위의 폐단은 다 없애실 테니까, 네 실력대로 정당한 평가를 받을 수 있을 게다. 그러면 네 꿈을 펼칠 수 있을 거라고 나는 믿는다."

"아직 펼칠 만한 꿈이 어떤 것인지는 잘 모르겠습니다만."

백란의 눈이 반짝였다.

"백성들이 굶주리고, 살기 위해 아이를 버리는 세상은 싫습니다. 낙양은 장안보다는 사정이 나았습니다만 그것으로는 부족해요. 더 좋은 세상이 있을 거라고 저는 믿습니다. 소하 님 곁에 있으면 그런 세상이 어떤 세상인지, 또 그런 세상이 오려면 어떻게 해야 하는지 알 수 있을 것 같아서요."

그렇기만 하면 얼마나 좋을까. 소유는 어느새 월도 백란을 자랑스러운 얼굴로 보고 있다는 사실을 눈치채고 월에게 곁눈질했다. 월은 금세 그녀의 시선을 알아채고 평소와 같이 속내를 읽을 수 없는 미소로 돌아갔다.

"왜 내게 추파를 던지는 거야, 공주님? 겨울이라 외로워?"

"예에?"

백란의 얼굴이 울상이 되었다. 그 표정에서는 예전의 앳되었던 그의 얼굴이 조금이지만 엿보여 소유는 깔깔 웃었다.

"누님, 형님께 추파를 던지셨습니까? 아니 됩니다! 제가 물론 형님보다 뛰어나지는 않습니다만, 아직 다 보여드린 것이 아니니 시간을 조금만 더 주십시오!"

"애는."

소유는 웃으며 고개를 저었다.

"나를 연모하는 남정네가 하늘의 별처럼 많단다. 추파는 무슨? 내게 천궁이라도 바치겠다고 무릎 꿇는 사내가 아니면 눈길도 안 줄 거야."

"그렇지?"

자기가 먼저 백란을 건드려 놓고 월은 뻔뻔하게도 받았다. 백란도 얼굴을 빨갛게 물들이며 동의했다.

"물론이지요! 천궁… 은 아직 어렵지만 꼭 그런 날이 올 테니 조금만 기다리십시오!"

백란은 여전히 말을 예쁘게 했다. 소유는 저 멀리 낯익은 모습이 보여 손을 크게 흔들었다.

"어머나, 저기 채윤이가 오네. 백란아, 너도 저번 일 이후로 채윤이를 못 봤지?"

"예. 채윤 형니임!"

백란은 이쪽을 보고 미소 짓는 채윤의 모습에 정신이 팔려 곧 몇 걸음이나 혼자 앞서 나아갔다. 소유는 월을 장난스럽게 타박했다.

"자꾸 농담을 하니까 백란이가 놀라잖아."

"저 녀석도 알아야지. 공주님을 사모하는 남정네가 하늘의 별보다 많다는 걸."

어느새 '하늘의 별처럼'보다 한 단계 위로 올라가 있었다. 소유는 후후 웃었고 월은 그녀를 깊은 눈으로 내려다보았다.

"그러니 천궁도 없이는 감히 공주님을 넘봐서는 안 되지."

"지금 당신 동생이 자격이 없다는 거야?"

"그럴 리가. 다만 사모해선 안 되는 사람이 있다는 거야."

월은 웃음을 흘렸다. 소유는 그가 알 리가 없는데도 덜컥 심장이 내려앉는 것 같아 얼른 눈을 내리깔았다. 그녀의 눈이 손등에 닿았다.

첫 번째 꽃송이는 이미 져서 초라한 모습이었고 두 번째 꽃송이는 명백히 한창 지고 있었다.

"사모해서는 안 되는 사람을 사모할 줄, 나는 알고 있었어. 나는 그 어머니의 아들이니까."

어디선가 그런 말이 들려온 것 같았다. 소유는 고개를 번쩍 들고 월을 보았다. 월은 오히려 그녀와 눈을 마주치고 고개를 갸웃했다.

"왜?"

"지금 무슨 말 하지 않았어?"

소유는 눈을 깜박였다. 월은 어이가 없다는 듯 눈썹을 들었다.

"아무 말도 안 했는데?"

하긴 월이 그런 말을 할 리가 없었다. 사모해서는 안 되는 사람을 사모한다니. 지금 이 문맥에서 그것은 마치 월이 소유를 은애한다는 말처럼 들리지 않나. 그래서 좋을 것이 없었다.

그래서는 안 되었다.

소유는 심호흡하고 빙긋 미소를 지었다.

"내가 잘못 들었나봐."

"월이 형!"

가까이 다가온 채윤이 반가운 표정으로 월을 불렀다. 월은 환하게

웃었다. 소유는 그제야 월이 자신들과 닮았다는 성주 부부의 말을
이해했다.

"너 이 녀석, 내가 얼마나 걱정했는지 알아?"

월과 채윤은 회포를 푼다며 사라졌고 백란은 옥현이 일을 가르치
겠다며 반짝이는 눈으로 끌고 갔기 때문에, 소유는 생각지도 못하게
혼자가 되었다. 그녀는 이미 자신이 잘 아는 궁을 둘러보는 것도 싫
증이 나 거리로 나섰다.

한바탕 전쟁이 지나간 장안의 시가지는 어수선했지만 전에는 없
던 활기가 있었다. 오랜 수탈에 시달려온 장안 사람들은 새 왕이 즉
위하면 뭐가 바뀔 것이라는 기대로 바삐 입을 놀렸다.

"곽가 일당이 활개 치고 다니질 않으니까 속이 다 시원하네, 아주."

"한 홉 빌려주고 한 말 내놓으라던 최 아무개 그놈도 토끼처럼 줄
행랑을 쳤다면서?"

"육 진사는 또 어떻구? 갖바치네 막내 개, 예쁘장하다고 첩으로 달
라고 으으찌나 드으럽게 굴든지. 애기 엄마가 맘고생 많이 했어."

"육 진사도 도망갔어? 아, 그놈이 우리 딸한테 은근히 관심을 보여
서 속이 탔는데. 이제 살았네, 살았어."

"도망가긴, 잡혀갔지. 포도청에서 나와서 끌고 가는데 사람들이 돌
던져서 먼저 맞아죽을 뻔했어. 포졸들이 일단 나라에서 수사를 해야
한다고 둘러싸고 데려갔어."

"아이고메, 인제 나라가 바뀌긴 바뀔래나보다야."

곽씨 일파가 쫓겨난다 해서 장안의 질서가 반드시 올바르게 재편
성되리라는 보장은 없었지만 소유는 소하를 믿었다. 그가 다스리는
나라라면 사람이 할 수 있는 최선을 다할 것이다. 천인국에 한 군주
와 여러 신하의 힘으로 만들 수 있는 가장 좋은 세상이 올 터였다.

그것도 곧.

도망친 초왕파 인사들의 행방을 쫓고 혹시 모를 폭동을 방지하기 위해 병사들이 계속 거리를 순찰했다. 장안을 그동안 관리하던 대신이 참수되었고 그의 부하들을 믿을 수 없었기 때문에 지금 질서를 유지하는 것은 다미국에 갈 때부터 소하와 함께한 병사들이 많았다. 자연스레 그들은 소유를 보고 반가워하며 인사했다.

"선녀님 아니십니까?"

"선녀님, 볼일이 있으시면 모실까요?"

선녀래, 저 아가씨가 그 유명한 선녀님이라우, 하고 백성들은 호기심 어린 눈빛을 들어 소유를 보았다. 소하군이 다미국에서 겪은 일들은 몇 배로 살이 붙고 호화롭게 과장되어 뭇 백성들 사이에 잔뜩 퍼져 있었다. 소유는 병사들에게 고개를 꾸벅 숙여 인사했다.

"오랜만에 뵙습니다. 그냥 돌아보러 나온 것이니 일들 보십시오."

"예, 선녀님."

"모쪼록 조심하십시오, 선녀님."

병사들은 즐겁게 마주 인사하고 순찰을 재개했다.

활기가 있다 해도 장안의 상황이 당장 전보다 나아진 것은 없었다. 장안의 물품 유통이 거의 멎은 상태나 다름없었기 때문에 일용직 일꾼들은 넋이 나간 얼굴로 길에 앉아 술을 마시기도 했고 이때 연줄을 만들어야겠다는 듯 군인들에게 들러붙어 친한 척을 하기도 했다. 소유는 그들을 눈여겨 봐두었다. 이유야 어쨌든 굶으면 화가 나기 마련이었고 사람들이 화가 나면 바람직하지 않은 소동이 일어나기 마련이었다.

낙양에서 하는 것처럼 임시로 조정에서 일꾼들을 고용하는 것도 방안이지 않을까. 세금이 무거워 도망친 자들의 수배를 풀 수 있도록 사면령을 내릴 필요도 있을 것이다. 가급적 고향에서 농사짓고 자기 집을 지어 사는 방향으로 백성들을 유도해야 할 테니까.

그러려면 저들에게는 여비도 필요했고 고향으로 돌아갈 합법적 신분도 필요했다. 하지만 당장 모두를 사면하기에는 위험했다. 실제로 길에서 범죄를 저지르던 자들도 있는데 아무리 사정이 딱하다지만 아무런 제한 없이 모두 사면해서야 치안이…….

생각에 빠져 있던 소유는 시전 방향으로 사람들이 길게 줄을 선 것을 보고 고개를 갸웃했다. 줄을 선 사람들은 대부분 옷이 남루했고 손에 뭔가를 들고 있었는데, 바가지를 든 어른도 있었지만 어떤 아이는 반쯤 부서진 수막새로 보이는 것을 겨우 붙잡고 있기도 했다. 줄이 어찌나 긴지 그 끝이 보이지 않을 정도였다.

궁금해져 소유는 줄을 서 있던 여자에게 물었다. 아이 둘을 데리고 있던 여자는 소유가 말을 걸자 반가운 표정이 되었다.

"이 줄은 무슨 줄인가요?"

"선녀님. 복 받으셔요."

여자는 소유에게 합장까지 해 보였다. 가끔 이런 경우도 있어서 소유는 놀라지 않고 대답을 기다렸다. 여자는 줄 저 앞쪽을 막연히 가리키면서 일러주었다.

"부잣집에서 이 시간이 되면 하루에 한 번씩 죽을 나눠준답니다. 복 받을 집이어요."

"정말 그러네요. 죽 맛있게 드세요."

안 그래도 궁에서도 빈민 구제의 일환으로 죽이나 탕 종류를 배급하는 안을 검토 중이었다. 소유는 마침 잘됐다 싶어서 줄 옆을 따라 걸어가보았다. 점점 죽을 받아 길에 앉아서 먹는 사람의 모습이 눈에 자주 띄게 되었다.

줄 끝에 도달한 소유는 눈을 깜박였다. 시전 입구에 비단옷을 입은 여자 두 명과 하인 여러 명이 나와 계속 죽을 퍼주고 있었는데 소유의 눈이 잘못된 것이 아니라면 여자 두 명은 생김새가 서로 똑같았다. 그때 두 여자에게 다가가는 익숙한 얼굴이 눈에 띄었다.

"얘들아."

"청하 언니!"

"어머, 언니!"

청운의 누나인 청하가 두 여자의 환영을 받으며 안부를 물었다.

"어디, 배급은 잘하고 있니?"

"그럼, 당연하지."

"언니는 순찰 잘 돌고 있어?"

저 두 여자가 말로만 듣던 청운의 쌍둥이 누나인 모양이었다. 청하 청운 남매가 소중히 간직하던 단풍잎 부적의 주인. 소유는 말로만 듣던 그들이 어쩐지 반가워 다가가서 말을 걸었다.

"안녕하세요."

"소유 낭자!"

청하는 소유가 말을 걸자 기쁘게 미소를 지었다. 쌍둥이도 청하와 어딘가 닮은 데가 있는 미소를 지었다.

"안녕하세요."

"낭자가 말로만 듣던,"

"우리 언니랑 막내가 항상 칭찬하던!"

"양 낭자셔요?"

쌍둥이는 쿵짝이 잘 맞았다. 장난스럽게 번갈아가며 말한 둘을 흘겨보고 청하가 소유에게 물었다.

"여긴 어쩐 일이십니까?"

"좋은 일 하는 분들이 있다기에 구경을 와봤어요. 두 분, 저도 말씀 많이 들었어요. 만나 뵈어 반가워요."

앞부분은 청하에게, 뒷부분은 쌍둥이에게 말하려니 소유는 정신이 하나도 없었다. 쌍둥이는 명랑한 웃음소리를 냈다.

"우리도 만나서 반가워요."

"좋은 일은요. 당연히 할 일이죠."

"시집 갈 때가 또 미뤄진 우리 언니도,"

"귀여운 우리 막내도 매일 일하느라 바쁜데."

"어차피 곳간에 쌀 있는 거,"

"남들 굶지 말라고 나눠주는 게 별일인가요."

"혹시 너희가 요리를 한 건 아니지?"

마지막 말은 청하가 한 것이었다. 쌍둥이는 동시에 언니에게 눈을 흘겼다.

"아니거든?"

"우리가 안 만들었거든?"

"우리가 만들면 안 돼?"

"우리가 만들면 못 먹어?"

보아하니 쌍둥이는 장난기가 많은 모양이었다. 평소에도 저런 식으로 번갈아가며 말하지는 않을 테고, 수줍음의 표현 같은 것일까. 소유는 웃으며 그들이 대화하는 양을 보다가 쌍둥이의 시선이 동시에 이쪽으로 향하자 눈을 동그랗게 떴다.

"양 낭자는 참 멋이 있네요."

"어린 나이에 멀리 가서 큰 공을 세웠다니 대단해요."

"우리가 딴 뜻이 있어서 묻는 건 절대 아닌데, 혹 혼약한 사람이나 정인이 있나요?"

"우리가 딴 뜻이 있어서 묻는 건 절대 아닌데, 혹시 우리 막내 어떤가요?"

"우리 막내가 내버려뒀다간 총각귀신으로 늙어 죽을 것 같아서 묻는 것도 아니에요."

"우리 막내가 태어나서 처음으로 우리한테 여자 이야기를 했는데 그 여자가 낭자라서 묻는 것도 아니에요."

이야기가 그렇게 흐를 줄은 몰랐다. 소유는 난처하면서도 재미있어 웃음을 터뜨렸고 청하는 민망해했다.

"얘들아! 너희 지금 무슨 말을 하는 거야? 처음 만나는 분께 예의 없이!"

쌍둥이는 갑자기 딴청을 피웠다. 청하는 소하과 소유가 설궁에서 어떻게 지냈는지는 물론 소하의 마음도 알고 있을 터였다. 소유는 한 번 깊이 숨을 들이켰다가 천천히 내쉬며 심장 뛰는 것을 진정시켰다.

"아쉽지만 저와 청운 공자는 서로 친우일 수는 있어도 그런… 그러니까, 다른 뜻은 없어서요."

쌍둥이는 아쉬운 표정을 지었다. 소유는 청운에게 쌍둥이의 안부를 전해주겠다고 약속하고 그 자리를 벗어났다.

좋은 일이었다, 좋은 일이었어. 소유의 입에서 산들바람처럼 그런 말이 반복되었다. 손가 사람들이 저렇게 선행을 시작했으니 다른 가문에서도 따를 것을 의심치 않았다. 만약 다른 가문에서 몸을 사린다 해도 소하가 그렇게 만들 것이다. 소유가 답을 궁리하지 않아도 장안 사람들은 스스로 살고 있었고 점차 그 힘은 천인국 전체로 퍼져나갈 터였다.

그녀의 걸음이 빨라졌다. 소유는 어쩐지 무척 설궁으로 가고 싶어졌다. 그렇게 하지 않으면 꼭 큰일이 날 것만 같은 기분이 들었다.

시전 끝에 설궁 방향으로 더 빨리 갈 수 있는 지름길이 있었다. 소유는 그곳을 접어들어 달리듯 걸었다. 점점 얼굴이 일그러지는 것도 깨닫지 못하고 그저 바람을 맞고 있던 어느 찰나.

"찾았다."

증오에 찬 목소리와 함께 소유의 눈앞이 캄캄해졌다.

차갑고 적막한 땅이 비뚤게 묶여 몸에 눌린 팔을 파고들었다. 소유
는 그 불편한 감각에 끔찍한 기분을 느끼면서 깨어났다. 머리와 목
이 모두 아팠다.

욱! 먼저 구역질부터 났다. 천천히 그녀의 귀에 소리가 들려왔다.
아까부터 계속 들려왔는데도 그녀가 인지하지 못하고 있던 소리
였다.

"깨어났군."

앙칼지고 잔인한 목소리가 소유의 귀에 꽂혀 들어왔다. 누군가 그
녀의 몸을 세게 걷어찼다. 웩! 소유는 두어 바퀴 굴러간 다음 반사
적으로 몸을 웅크리고 구역질했다. 입을 통해 나오는 것은 없었지만
목이 불타올랐다.

"빌어먹을 년. 네년이 땅에서 그렇게 구르는 걸 보고 싶었지."

이번에는 다른 목소리가 으르렁거렸다. 적의가 담겨 있다는 점은
그 전에 들린 목소리와 같았다. 소유는 주위를 둘러보았다. 입안이
까끌까끌했다.

주위는 어둑어둑하고 축축한 동굴이었다. 그다지 크지는 않았지만
십 수 명의 사내들이 모여 서넛은 소유를 둘러싸고 있었고 나머지는
바삐 움직이며 뭔가를 준비하고 있었다. 벽에 붙은 부적과 동굴 안
쪽에 꾸며놓은 제단은 울긋불긋하고 음산했다. 소유를 걷어찬 사람
은 곧 발을 움직여 그녀의 팔을 밟았는데 아는 얼굴이었다.

"곽일."

소유는 불편한 입으로 그의 이름을 발음했다. 곽일은 이를 갈았다.

"어디서 감히 내 이름을 함부로 부르느냐?"

"네가 나를 년이라 했는데 나는 네 이름을 부르지도 못할까."

소유는 웃으려다가 또 구역질을 했다. 소유를 내려다보던 또 다른 사람이 코웃음을 쳤다. 그녀는 그 얼굴 또한 알아보았다. 자경국의 간신배, 조두였다.

"멍청한 것. 일신에 뭐가 좋은지도 모르느냐?"

소유는 자신이 깨어나자마자 들었던 목소리가 조두의 것임을 확인했다. 그녀는 몸을 일으키려고 했지만 온몸이 묶여 있어 그럴 수가 없었다.

사내들은 말이 없었고 곽일은 잔인한 얼굴로 소유를 걷어찼다. 조용한 동굴 속에 끔찍한 소리가 메아리쳤다. 한참 얻어맞던 소유는 다시 기절했다.

얼마 후 그녀가 정신을 차렸을 때에는 고성이 오갔다. 조두와 곽일은 서로를 잡아먹을 듯이 노려보며 언성을 높이고 있었다.

"이소하가 계집 하나와 인질을 맞바꿀 것 같아?"

"무례한 놈, 나는 네가 모시는 왕의 오라비다! 내가 하자면 하자는 대로 할 것이지 어찌 말이 많아!"

"네 동생은 내게 모든 책임을 뒤집어씌우고 버렸어! 내가 네놈을 보자마자 쳐 죽이지 않은 것을 감사한 줄 알아야지!"

"하늘 높은 줄 모르고 주둥아리를 놀리는구나!"

"그건 내가 할 말이다. 네 동생은 포기해! 이소하는 절대로 네 동생을 내주지 않을 테니까!"

"이 멍청한 놈, 선이라도 데려가야 왕궁에서도 너를 다시 받아줄 것 아니냐!"

"어차피 나는 끝이야."

조두의 목소리가 갑자기 가라앉았다. 그는 소유를 홱 돌아보았고 그녀가 눈을 뜬 것을 보더니 이를 드러내며 웃었다.

"호오, 그새 또 깨어나 있었구나. 우리가 너무 시끄럽던?"

소유는 눈을 깜박이며 경계했다. 곽일은 혀를 찼다.

"미친놈 같으니."

크게 한 말도 아닌데도 조두는 발끈해서 곽일을 노려보았다.

"누가 미쳤다는 거야! 온갖 판을 다 깔아줬는데도 멍청하게 손 놓고 당하더니, 이제 와서 주도권을 잡으려 드는 네놈이 미친놈이지!"

"그게 내 탓이냐? 이 계집 탓이지."

곽일도 이를 드러내고 으르렁거렸다. 소유는 머리가 아파 눈을 몇 번 깜박였다. 찬 바닥에 계속 누워 있어서인지 뼛속까지 시렸다.

놀랍게도 조두는 곽일의 그 말에는 동의하는지 교활한 눈빛을 번뜩였다.

"그래……. 그것은 틀린 말이 아니지."

조두는 미끄러지듯 천천히 소유에게 다가왔다. 그는 그녀의 옆에 쪼그리고 앉아 소유의 이마를 기분 나쁘게 쓸어내렸다. 등골이 오싹해진 그녀는 입술을 약간 떨었다.

달래듯이, 또는 겁박하듯이 조두는 물었다.

"네가 왜 여기 있는지 아느냐? 또 나는 왜 여기 있는지 아느냐?"

소유는 간신히 그를 노려보았다. 조두의 얼굴이 삽시간에 사납게 일그러졌다. 갑자기 눈앞에서 별이 번쩍해 소유는 정신을 차릴 수가 없었다. 얻어맞았다는 사실을 깨달은 것은 한 박자 뒤였다.

"감히 내 앞에서 눈을 똑바로 뜨고 노려보지 마라. 다 네년이 자초한 일이니까."

소유의 심장이 미친 듯이 두근거렸다. 그제야 오늘 있었던 일이 하나둘 떠올랐다. 분명히 백란과 월을 만났고, 시가지에 나갔다가 손씨 쌍둥이를 만났고, 골목으로 들어섰다가…….

납치당한 것이다. 이 자들에게.

소유는 눈을 돌려 다른 사람들의 면면을 살폈다. 울긋불긋한 옷을 입은 박수 같은 사내가 뭔가를 썰어 가지런히 담는 모습이 언뜻 보였다. 다른 자들은 모두 자경국의 갑옷을 입은 병사였다.

곽일을 구출하기 위해 자경국에서 사람을 보낸 것일까? 하지만 그렇다기엔 아까의 대화 내용이 이상했다.

빠르게 생각하느라 흔들린 소유의 눈을 보고 그녀가 겁을 먹었다고 생각했는지 조두는 킬킬 웃어댔다.

"그래, 그 표정이다. 어차피 뒈질 목숨이다만 덜 맞으면 네 이득이 아니겠느냐?"

하지만 그렇게 말한 그는 손을 들어 소유의 뺨을 때렸다. 힘을 세게 준 따귀는 아니었지만 기분이 나쁘고 아파 소유는 눈을 치켰다. 조두는 웃으면서 그녀의 뺨을 몇 번 더 때렸다.

"얼굴이 너무 상해서는 안 됩니다."

잠시 후 박수 같은 사내가 조두를 말렸다. 조두는 한쪽 입꼬리를 올리며 손을 뗐다.

"그래, 신께 올리려면 겉보기엔 멀쩡해야겠지."

다른 사내들은 누구도 입을 열지 않았다. 소유는 정신이 번쩍 들어 경계하며 물었다.

"신께 올린다니, 그게 무슨 말이야?"

"저기 제단 보이지?"

조두는 으쓱거리며 소유의 머리채를 잡아 그녀의 고개를 억지로 돌렸다. 소유가 기절하기 전에 비해 제단에는 올라간 것이 많았다. 새빨간 칠을 한 닭, 작고 검은 비단옷, 아기 모양으로 만들어진 색색의 떡, 배와 머리에 못이 박힌 짚 인형……

하늘에 올리는 제에 저렇게 기분 나쁜 물건을 쓰는 경우는 들어본 적도 없었다. 소유는 눈을 가늘게 떴다. 아직 다 차려지지는 않았는지 제단에는 빈자리가 많았다.

조두는 소유의 눈이 흔들리자 무엇보다 기쁘다는 듯 몸을 흔들며
웃었다.

"네년이 왕궁을 다 헤집어놓고 가는 바람에 내가 평생 쌓아온 것
이 다 무너졌거든. 그런데 망한 게 나뿐일까? 나 하나한테만 책임을
뒤집어씌우면 끝일까?"

그는 소유의 머리채를 놓았다. 소유는 조두를 올려다보며 이를 갈
았다.

"네가 평생 쌓아온 것이라면 백성의 고혈로 만든 산뿐이겠지. 그런
건 망하는 게 백 번 나아."

"흥."

조두는 코웃음을 쳤다.

"멍청하긴. 박수한테 잘못 걸려서 죽어서도 구천을 떠돌고 싶어?"

"나는 이미 저승 가면 안내해줄 이가 정해진 사람이라."

"대담하구나."

조두는 입술을 비틀었지만 소유는 자신이 한 말이 사실임을 알고
있었다. 그녀는 주위를 곁눈질해 살폈다. 어디 있을까. 이럴 때 심연
이 나타나면 정말 좋을 텐데.

갑자기 신경이 쓰였다. 소유는 조두에게 물었다.

"내가 어디 있는지는 어떻게 찾았지? 장안 전체의 경비가 강화되
었는데 이렇게 마음대로 숨어들 수 있었다면 포도대장을 문책해야
겠어."

"다 하늘의 도우심이지."

곽일이 쌀쌀맞게 입을 열었다.

"흰 고양이가 귀찮게 굴길래 혼을 내주려고 따라가봤더니 네년이
멍청하게 혼자서 골목으로 들어서고 있더군. 행운의 고양이였던 모
양이지."

"나한테는 저주의 고양이기는 해."

소유는 홍염에게 이를 갈았다. 한동안 조용하다 싶더니 이런 식으로 해칠 줄은 몰랐다. 그러면서 뭐, 살고 싶으면 심연에게 졸라보라고? 홍염이 가만히만 있었어도 소유는 남은 시간을 충분히 쓰다가 편안히 저승으로 갈 수 있었을 것이다.

"네년이 포도대장을 또 본다면 말이지."

조두도 이죽거렸다. 조두는 박수에게 물었다.

"대체 제사 준비는 언제 끝나는 거야?"

"거의 되었습니다. 제자들이 없어 시간이 조금 걸렸습니다. 송구합니다."

박수는 조두에게 깍듯이 사죄하고 상을 계속 차렸다. 이제 보니 오색 비단으로 만든 자루에서 여러 가지 기묘한 물건이 하나씩 나왔다.

"대체 누구한테 올리는 제사야?"

소유는 참을 수 없어 날카롭게 물었다. 박수는 동작을 멈추고 무겁게 소유를 돌아보았다. 그의 울적한 눈에 초점이 없는 것을 보고 그녀는 소름이 돋았다. 조두만큼이나 이 자도 제정신이 아닌 것이 틀림없었다.

"하늘에는 천장, 땅에는 지장."

주문처럼 박수는 읊조렸다.

"천장이 올바른 길을 가지 않는 자를 벤다면 지장은 제물 바치지 않는 자를 베지."

그게 뭐 하는 놈의 신인지. 소유는 전에 어디선가 이런 이야기를 들어본 것 같아 찬찬히 생각하다 흠칫했다.

"남을 저주하는 걸 업으로 삼는 놈이로구나. 악한 신을 모시고 네 의뢰인의 적을 병들어 죽게 만드는 게냐? 만약 네놈이 소하 님께 조금이라도 해를 끼치려 든다면 내 가만히 있지 않을 거다."

지금 이렇게 저주받아 앓아누우라고 그녀가 죽도록 달려 소하를 구한 것이 아니었다. 박수는 그녀를 물끄러미 보다가 히죽 웃었다.

"그런 시시한 짓은 우리 제자들이나 하는 거지. 나는 대대로 자경국 왕실의 신사神事를 맡아 보던 만신이다. 우리 왕실이 혼란스러워지면서 나도 쫓겨났지. …젊고 건강한 제물만한 게 없으니, 널 산 제물로 바쳐서 우리 일족의 번영을 빌 거다."

그런 말도 안 되는 이유로 죽을 생각은 없었다. 소유는 몸을 뒤틀었지만 얼마나 세게 묶어 놓았는지 밧줄은 느슨해지지도 않았다. 조두는 킬킬 웃었고 곽일은 여전히 불만이 있는 모양이었다.

"아직 그년은 인질로서 쓸모가 있다고 내가 몇 번을 말하나! 제는 다른 제물을 바쳐서 치르고 이 계집은 선이를 되찾는 데 쓸 거다."

"아 글쎄, 누가 이런 아무것도 없는 계집하고 곽선을 바꾸겠냐고!"

조두는 벌떡 일어나 곽일에게 따지러 갔다. 소유는 심장이 미친 듯이 뛰어 어지럼증을 느꼈다.

조두와 곽일이 입씨름을 하는 동안 박수는 느리지도 빠르지도 않게 차분한 동작으로 한 접시 한 접시 공물을 차려 올렸다. 개중에는 닭 피와 섞은 쌀도 있었고 기이하게 생긴 초도 있었다. 박수가 향을 피우자 동굴 안에 기분 나쁜 연기가 감돌았다.

해랑, 해랑. 소유는 안 되는 줄 알면서도 입으로 그 이름을 불러보았다. 이내 그녀가 부르는 이름은 소하가 되었다. 그러나 궁궐에서 지금도 전후 처리에 바쁜 소하가 어찌 이곳에 올까.

이게 '때'일까.

마지막으로 소유가 확인했을 때 두 번째 꽃송이는 꽃잎이 많이 떨어져 축 늘어져 있었다. 이제 곧 심연이 그녀를 데려갈 때가 오리라는 사실을 그녀도 알고는 있었다. 소중한 사람들을 구했으니 진실로 그녀는 더 남은 미련이 없었다. 그러니 지금이 그 '때'라 해도 받아들일 수 있었다.

…아니, 정말로 그럴까.

화사하게 웃으며 장난치던 손가 쌍둥이도, 복 받으라며 아이들의 손을 잡고 웃던 이름 모를 여인도, 선녀님 선녀님 하며 소유를 반가워하던 병사들도 아직 소유에게는 읽지 않은 책처럼 모르는 점이 많은 사람들이었다. 그들을 더 알고 싶었다. 궁궐의 사람들도 더 알고 싶었다. 복복 공주는 인간과 결혼해선 안 된다고 북해 용왕과 싸웠다며 씩씩거리는 얼굴로 돌아왔더랬다. 그녀가 혼례를 올리는 것도 보고 싶었는데.

청운과 경원과 백란이 소하를 보좌하며 좋은 나라를 만들어가는 것도. 월이 가족과 완전히 화해하는 것도. 다 보고 싶었다. 더 알고 싶었다.

소하가 어떤 왕이 되는지, 궁금해서 견딜 수가 없었다.

소유의 가슴 속에서 뜨거운 것이 부풀어 올랐다. 그녀는 흐느끼며 울었다. 이렇게 갈 수는 없었다. 심지어 더러운 일을 일삼았을 게 뻔한 수상한 박수의 손에 죽어 이상한 신의 제물이 된다니, 그런 결말은 사양이었다. 죽는다면.

죽는다면 정말 모든 걸 다 해보고 행복한 얼굴로 가고 싶었는데.

그때 그녀의 흐릿하게 번진 눈앞에 은빛의 번개 같은 것이 춤추듯 떨어졌다.

"네놈은 뭐냐!"

"이, 이놈! 이전의 그놈이다!"

"너희는 무엇을……! 으아악!"

놀라 소리치고 챙챙 소리 나게 무기를 휘두르던 사내들이 하나둘씩 조용해졌다. 마침내 주위가 완전히 고요해졌을 때 소유는 눈을 깜박였다. 그녀의 뺨에 얼음처럼 차가운 손이 와 닿았다.

"…늦어서 미안해."

그 손은 땅보다도 차가웠지만 그녀에게는 어쩐지 따뜻하다는 착각이 들 정도로 편안하게 느껴졌다. 소유는 걱정스러운 표정을 짓고 있는 검은 옷의 남자를 불렀다.

"심연."

바깥에서 "저쪽으로 가 봐라, 샅샅이 뒤져라!" 하며 크게 소리치는 목소리가 들려왔다. 소유는 흠칫했고 심연은 고요하게 말했다.

"이제 괜찮아. …널 찾으러 온 사람들이야."

"소유야!"

채윤의 목소리가 들렸다. 심연은 말 그대로 거짓말처럼 사라졌고 어느새 동굴 입구에서 고양이의 모습으로 자리를 피하고 있었다. 소유는 목 놓아 소리쳤다.

"채윤아!"

"세상에, 소유야!"

어떻게 찾아왔는지 채윤의 목소리가 점점 가까워졌다. 소유는 힘들고 피곤해 눈을 감았다. 곧이어 그녀를 안아드는 따뜻한 팔이 느껴졌다. 그 팔은 떨리고 있었다.

"소유야, 괜찮아? 눈 좀 떠봐, 소유야!"

소유는 간신히 입술을 달싹이며 눈을 다시 떴다. 피로 때문인지 흐릿했던 눈이 곧 맑아졌다. 채윤의 얼굴이 그녀의 시야를 가득 채우고 있었다.

"채윤… 아."

"세상에, 대체 무슨 일이 있었던 거야? 여긴 뭐야? 이 자들은 무슨……. 여깁니다!"

동굴 밖에서 사람들 목소리가 더 들려왔다. 그중에는 청운의 목소리도 있었다. 소유는 더위와 추위를 동시에 느꼈다. 몸이 너무 아파서, 궁으로 돌아가면 한참 동안 잠에 빠지게 될 것 같았다.

"낭자!"

청운도 깜짝 놀란 목소리로 소리치며 다가왔다. 채윤이 얼굴을 뒤로 약간 빼자 소유의 시야에 청운의 얼굴도 들어왔다. 청운은 파리한 얼굴로 주위를 둘러본 뒤 채윤에게 제안했다.

"독무가 퍼진 건지도 모릅니다. 우선은 동굴에서 나가는 게 좋겠습니다."

그들이 보기에 이 상황이 얼마나 우스울까. 소유는 채윤의 가슴에 힘없이 얼굴을 대고 생각했다. 옴짝달싹 못하게 묶여 있는 제물은 살아 있고, 그 주위에 팔다리가 자유로운 사내들이 쓰러져 있으니.

"그게 좋겠군요."

채윤은 청운의 말에 동의하고 몸을 일으켰다. 몸이 흔들리자 또 구역질이 났다. 소유는 눈을 감고 그대로 의식을 잃었다.

눈을 떴을 때 소유의 눈앞에는 소하의 옆모습이 있었다.

국정을 돌보다가 그대로 잠든 것일까. 소유의 몸을 뒤덮은 비단 이불 위에는 몇 장이나 되는 상소문이 펼쳐져 있었고 침상 옆 협탁에는 굳게 말린 두루마리가 수십 개였다. 요즈음 국정이 바쁘다 보니 제대로 잠들 새도 없었을 소하는.

그렇게 상소문을 보다 말고 얼핏 눈을 감은 듯한 모습으로, 고개 숙이고 잠들어 있었다.

세상 또 누가 그토록 수려할까. 소유는 그런 생각을 하며 그 모양을 한동안 지켜보았다. 어느 순간 소하는 깊은 숨을 쉬더니 눈을 천천히 떴다.

그의 눈을 이렇게 보게 되어 반가웠다. 소유는 미소를 띠고 인사했다.

"기침하셨습니까?"

"아……. 이런."

소하는 고개를 살짝 저어 머리칼이 귀 뒤로 넘어가도록 하고 소유를 응시했다. 그의 눈꽃처럼 고운 얼굴에도 옅은 미소가 떠올랐다.

"잘 잤느냐?"

"제가 먼저 여쭙지 않았습니까."

"내가 기침한 것은 네가 보면 알 것이 아니냐?"

"하지만 소하 님께서 직접 말씀해 주시면 좋겠습니다."

소유는 그렇게 말하고 배시시 웃었다. 소하는 그녀를 내려다보며 어쩔 수 없다는 듯 웃었다.

"그래. 일어났다. 이제 잘 잤는지 말해 주겠느냐?"

"덕분에 잘 잤습니다."

온몸이 아프기는 했지만, 푹신한 침상에서 좋은 이불을 덮고 눈을 뜨자마자 소하의 얼굴을 보니 그런 것은 아무래도 좋아졌다. 소유는 그러나 그렇게 생각하기가 무섭게 배가 욱신거려서 몸을 둥글게 말았다.

콜록! 콜록, 콜록. 골이 흔들릴 정도로 세게 기침을 몇 번 하고 났더니 머리가 띵했다. 소유는 약간 울적해졌다가 소하의 얼굴을 보고 또 웃었다. 소하는 약간 인상을 쓰고 있었다.

"어의를 불러오마. 몸에 이상은 없다지만 깨어나면 한 번 또 보자더구나."

"어의가 다녀갔습니까?"

소유의 말을 들은 소하는 몹시 아픈 표정을 지었다. 소유는 덜컥 겁이 나 그에게 물었다.

"소하 님, 왜 그러십니까? 혹시 소하 님께도 무슨 일이 있었습니까?"

항상 시원하게 뻗어 있던 그의 눈썹이 고통을 견디는 사람의 그것처럼 꿈틀거렸다. 소하는 잠에서 막 깬 사람처럼 멍하니 되물었다.

"내게 무슨 일이 있었느냐고?"

"예. 괜찮으십니까?"

소하가 다쳤다는 생각을 하자 가슴이 아까 맞을 때의 몇 배는 아팠다. 소하는 그녀를 한참이나 바라보다가 이를 악물었다.

그의 그런 표정은 처음이었다. 소유는 안달이 나 몸을 일으키려 했다.

"윽!"

허리에 힘을 주자 아마도 멍이 들었을 온갖 구석에서 묵직한 통증이 느껴졌다. 그녀가 신음을 삼키자 소하는 얼른 소유의 몸에 팔을 뻗어 그녀가 일어나지 못하도록 했다.

"소유야."

그는 울음을 삼키는 사람처럼 잠긴 목소리로 그녀의 이름을 반복해 불렀다.

"소유야."

답답한데, 무슨 일이 일어났기에 저 강한 사람이 저런 표정을 짓는 것인지 궁금해서 죽을 것 같은데. 소유는 그를 재촉했다.

"어서 말씀해주셔요. 소하 님, 괜찮으십니까?"

"내가 어찌."

그는 툭 뱉듯이 말하고 흘러나오는 무언가를 참듯 입술을 닫았다.

"내가 어찌 괜찮겠느냐."

"무슨 일이 있었습니까?"

아직도 소하를 건드리다니 정말이지 자경국 일족은 안심을 할 수 없는 족속이었다. 소유는 이미 심연이 그의 낫으로 베어버린 곽일과 조두 등을 혹시 저승에서라도 찾으면 멱살을 잡을 생각으로 이를 갈았다. 그녀의 눈이 위험하게 번뜩이는 것을 보고 소하는 어이가 없다는 듯 물었다.

"어찌 그런 표정을 지어?"

"소하 님이 아프시잖습니까."

그의 그런 표정이 서리처럼 아팠다. 그의 아픔이 너무도 서러워 소유는 주먹을 그러쥐었다. 소하의 눈에 문득 반짝이는 것이 어렸다.

"어찌."

그는 다시 입술을 앙다물었다가 간신히 말을 이었다.

"어찌 그런 말을 하는 게냐."

"소히 님이 아프시면."

맑은 눈물이 나왔다. 소유는 울며 속삭였다.

"저도 아픕니다."

"네가 지금 정신이 없는 게로구나."

소하는 웃음과 울음이 반반 섞인 표정으로 속삭였다. 그의 얼굴에 웃음이 떠오른 것에 어린아이처럼 안도하며 소유는 고개를 끄덕였다.

"예. 정신이 하나도 없습니다."

"동굴에서 무슨 일이 있었는지 물어도 모르겠구나."

"예. 하나도 모르겠습니다."

이번 말은 거짓말이었다. 소하는 그것을 아는지 모르는지 그저 그녀를 말끄러미 바라보았다. 별처럼 반짝이는 그의 눈이 안쓰러웠다. 소유는 얼굴을 붉히고 소하를 바라보다가 손을 뻗어 그의 눈가를 훔쳤다.

처음부터 흘러나올 만큼 많이 고인 눈물은 아니었다. 소하는 눈을 깜박이지도 않고 그 손을 잡았다. 그리고 곱은 손가락 하나하나에 천천히 입을 맞추었다.

그제야 정신이 들었다. 소유는 천천히 손을 뺐다. 소하는 그녀를 잡지 않았다. 그가 일어서자 바닥에 상소문이 떨어졌다.

"어의를 불러오마."

소유가 있는 방은 그녀가 처음 보는 곳이었지만 병풍에 다섯 개의 산이 그려져 있고 천장에 용이 달린 것을 보니 제왕의 침실인 모양이었다. 그래서 다른 사람은 들어와 있지 않은 것일까.

채윤을 잃은 줄 알고 기절했을 때, 설궁에서 그녀를 돌보아 주었던 소하의 친절이 떠올랐다. 소유는 소하의 뒷모습이 사라질 때까지 계속 그를 바라보았다.

"아직 많이 아파?"

소유가 납치당해 산제물이 될 뻔했다가 돌아온 지 며칠, 그녀는 완전히 기력을 회복한 상태였지만 주변 사람들은 계속 그녀를 걱정했다. 백란과 채윤은 물론이고 청운과 경원, 월까지 어찌나 귀찮게 구는지 소유의 시중을 드는 궁인이 고개를 내저을 정도였다.

소유는 궁의 정원이 다 내다보이는 정자에서 뚱하게 대답했다.

"그렇다니까? 나 다 나았어."

"여기 멍 좀 봐. 이걸 보고 어떻게 다 나았다는 말이 나와?"

채윤은 인상을 쓰며 소유의 오른팔을 들어 보였다. 소매가 흘러내리자 그녀의 팔뚝에 진 노랗고 파랗게 얼룩덜룩한 흔적이 만천하에 드러났다. 소유는 입술을 비죽였다.

"뼈는 이상이 없다잖아. 멍이야 금방 나아."

"보고 있으니까 영 마음이 아파."

채윤은 인상을 쓴 채 그대로 소유의 손을 놓아주었다. 소유는 소매로 얼른 자신의 팔을 덮고 정자 바깥으로 빠져나온 다리를 흔들며 물었다.

"곽일하고 조두는 어떻게 됐어?"

"그게 말이야."

동굴에서 심연의 낯에 당해 쓰러졌던 자들이 당연히 바로 죽었을 것이라고 생각했던 소유는 둘의 목숨은 붙어 있었다는 사실을 나중에 알고 놀라워했다. 그 자리에 있었던 자칭 만신과 자경국 병사들은 모두 죽었지만 그 둘만큼은 숨이 붙어 있었다는데, 몸에 상처라곤 없는데도 시간이 아무리 지나도 깨어나지 않는다는 모양이었다.

소유는 그들이 혹시라도 깨어나면 최소한 자신이 당한 만큼은 때려줄 마음이 가득했다. 그 사실을 알고 있던 채윤은 기묘한 표정으로 말했다.

"어젯밤에 죽었어. 자는 것처럼 그냥 그대로 숨이 끊어졌대."

"편하게 보내지 말았어야 하는데!"

소유는 부아가 치밀어 이를 갈았다. 소하는 그녀가 깨어났을 때 왜 그런 표정을 지었는지 결국 알려주지 않았지만, 그녀는 그가 아파했다는 사실만큼은 확실히 눈치채고 있었다. 그녀는 소하를 다치게 하는 사람을 절대로 용서하고 싶지 않았다.

채윤은 쓴웃음을 지었다.

"그래도 다 끝났잖아."

"그건 그래."

소유는 뚱하니 동의했다. 그녀를 보던 채윤은 일부러 밝은 표정을 지었다.

"그래, 소유야. 소하 님의 즉위식 준비가 끝났어. 길일을 최대한 빨리 잡으려나 보더라."

"그래?"

왕의 대우를 받는다고는 해도 즉위식을 정식으로 치른 것과 그렇지 않은 것 사이에는 큰 차이가 있었다. 소유는 반가워서 표정이 덩 달아 밝아졌다.

"어서 소하 님이 왕위에 오르시면 좋겠다."

"그러게."

채윤은 소유가 웃자 안심한 듯 차분한 미소를 지었다. 그는 잠시 후 멀리 궁의 담장을 가리켰다.

"오늘 밤부터 축제가 열린대. 소유야, 우리 같이 나가서 구경할까?"

"그래."

채윤의 입술에 걸린 미소가 더 진해졌다. 소유는 문득 떠오르는 것 이 있어 그에게 물었다.

"맞아. 채윤아, 너 월한테 내 칭찬을 많이 했더라?"

"응?"

채윤은 고개를 갸웃했다. 소유는 손가락을 꼽아 보이면서 씩 웃 었다.

"천상의 선녀가 지상에 잠시 노닐러 온 것 같다느니, 내 목소리는 옥으로 만든 피리처럼 감미롭고 은은하다느니, 내가 활짝 웃을 때 마다 눈이 부셔서 쳐다볼 수가 없다느니. 월이 다 얘기해 줬어."

다시 말하기에도 민망해서 소유는 말을 마치면서 깔깔 웃었다. 채 윤은 헛웃음을 터뜨렸다.

"내가 그런 말을 했다고 그래? 월이 형이?"

"응."

"난 아닌데?"

"응?"

소유는 고개를 갸웃했다. 채윤은 그녀의 눈을 바라보며 말했다.

"월이 형이 너에 대해서 물어보면 꼭 널 뺏기는 기분이 들었거든. 그래서 네가 괄괄하고 목소리도 크고 고집도 세다는 식으로 말했어."

"으으음?"

채윤이 소유에 대해 나쁜 말을 할 수 있다는 사실을 처음 안 데다가, 그렇다면 월이 그 모든 낯간지러운 찬사를 만들어냈으리라는 사실에 소유는 크게 충격을 받았다. 그녀의 멍한 얼굴을 보고 채윤은 쓴웃음을 지었다.

"아, 알았다. 내가 네 욕 한 거 알고 내가 죄책감을 느끼라고 그러는 거지? 알았어. 미안해. 내가 잘못했어, 소유야."

"미안한 줄 알면 됐어."

소유가 할 수 있는 말은 그것뿐이었다.

잠시 침묵이 흘렀다. 멀리 얼어붙은 연못에서 어린 궁인들이 썰매를 타거나 팽이를 돌리며 노는 모습이 보였다. 소유는 문득 채윤에게 물었다.

"채윤아, 혹시 이 주변에서 검은 고양이 봤니?"

"검은 고양이? 모르겠는데?"

고양이를 싫어하는 채윤은 질색하는 목소리로 대답했다. 소유는 그를 보다가 어쩐지 위화감을 느꼈다. 그러나 그 위화감이 정확히 무엇인지 알 수가 없었고 그다지 그 정체를 알기 위해 노력하고 싶은 마음도 들지 않았다.

"이따 어디서 만날까?"

대신 소유는 실질적으로 필요한 것을 물었다. 채윤은 상냥하게 눈을 휘었다.

"이따 저녁 먹고 경춘문 밖에서 만나자. 내가 너 입으라고 새 옷도 지어 왔어. 그거 입고 놀러 와."

"내 옷?"

소유는 새삼 자신의 옷을 내려다보았다. 아직 정식 녹봉은 없다 해도 소하를 위해 여러 가지로 일한 그녀는 필요한 물건에 모자람이 없었다. 지금 입고 있는 옷도 평소 그녀가 입는 옷과 비슷하게 바느질하는 궁인이 지어 준 비단옷이었다.

"응. 나들이를 하려면 새 옷을 입어야지. 그러면 더 신나잖아?"

"그래."

그것도 맞는 말이었다. 소유는 머뭇거리다 고개를 끄덕이며 환하게 웃었다.

　　낭군 낭군
　　보고 또 보아도 고운 내 낭군
　　임 두고 내가 어디로 갈까
　　동지섣달 찬 바닥도
　　꽃 같은 낯빛에 춥지를 않네

　　낭군 낭군
　　하지만 내 임은 다른가봐
　　날 두고 우는 날 두고
　　그예 가시네 그예 가시네
　　꽃 진 자리 아무도 찾지를 않네

아이들이 까르르 웃으며 서로를 쫓아 달렸다.

연등이 잔뜩 내걸린 거리는 화사하고 즐거웠다. 창을 열 수 있는 집은 창을 모두 열고, 고루가 있는 집은 고루에 온 식구가 모여 거리를 내다보았다. 새 왕의 즉위를 축하하기 위해 전국에서 모여든 사람들이 노래하고 춤추며 마침내 찾아온 평안을 즐겼다.

곽일이 잡혔기 때문에 거리 순찰은 평시처럼 적어졌다. 소유는 호호 분 숨이 하얗게 떠오르는 것을 보며 채윤을 기다렸다.

"하아."

일부러 입을 크게 벌리고 따뜻하게 내뿜은 숨결은 커다란 솜뭉치처럼 되어 느리게 떠올랐다. 어린 시절에 그렇게 생긴 음식을 채윤과 함께 먹었던 것 같은 기억이 어렴풋이 났다. 소유는 나중에 채윤에게 물어보기로 했다. 채윤은 그녀와 함께한 모든 순간을 기억한다고 했으니까, 하얗고 크고 달콤한 걸 함께 먹지 않았냐고 하면 그게 뭔지 알려줄 것이다. 쌀강정의 일종이었을까?

"사탕 사려!"

천인국에서 좀처럼 보기 힘든 재미난 모양의 주전부리를 잔뜩 노점에 늘어놓고 파는 상인은 생김새를 보니 신월국 사람 같았다. 빨갛고 노랗고 파란 사탕과 동물 모양의 재미있는 엿, 윤기 나는 튀밥이 붙은 강정 따위를 파는 그 노점에는 아이들의 시선이 자연스레 쏠렸다.

"엄마, 나 사탕 사줘!"

"오빠, 저것 봐봐라? 토끼 모양이야, 토끼이."

사정이 좋지 않은 사람들도 오늘만큼은 함박웃음을 지으며 온갖 물정을 구경했다. 소유는 이따 채윤이 오면 뭘 사달라고 할까 머리를 굴렸다. 소유에게도 주전부리를 살 돈은 있었지만 채윤에게 떼를 쓰며 조르고 싶었다. 어차피 떠날 것, 있는 대로 어리광을 부리고 싶었다.

채윤이 일부러 옷을 새로 지었대서 뭔가 했는데, 소유는 지금 장안의 귀족 아가씨들이 흔히 입는 화사한 옷을 입고 있었다. 궁에서 쓰는 너무 화려한 비단도 아니고 기분을 내기에 너무 수수한 무명도 아닌 예쁜 나들이옷이었다. 사랑스러운 화조문이 은은하게 들어간 치마는 팔랑팔랑 고운 윤기를 내며 나부꼈고 옥구슬이 달린 허리띠는 한껏 신이 날 만큼 색이 맑았다.

채윤은 항상 소유를 생각해주었고 그녀가 원하는 것을 알아주었다. 소유는 그를 떠올리며 환하게 웃었다가 나중에 채윤이 슬퍼할 것을 생각하자 우울해졌다. 그녀는 눈을 돌려 아이들을 보았다. 신월국 상인의 노점에서 떠들던 아이들 중 좀 좋은 나들이옷을 입은 아이들은 자기가 원하는 것을 샀지만 겨울인데도 허름한 옷을 입은 아이들은 무리지어 사탕을 힐끔거리다가 제일 싼 것을 겨우 사서 나누어 먹고 있었다.

아마 나들이옷을 입은 아이들은 장안에 얼마 남지 않은 부잣집 아이들이거나 다른 지방에서 올라온 명문가의 아이들일 터였다. 소유는 그들을 보다가 상인에게 다가갔다.

"사탕 여기서 저기까지 종류별로 다섯 개씩 주세요."

"예에!"

상인은 싱글벙글하며 사탕을 종이에 싸주었다. 글을 쓰는 데 사용하는 고급지가 아니라 나무나 가죽 따위를 모아 으깨서 만든 갈색의 종이였다. 소유는 사탕을 바로 펼쳐서 허름한 옷을 입은 아이들에게 내밀었다.

"한 사람당 하나씩 가져가. 언니는 궁에서 나온 사람인데, 새 나라님이 즉위하신다고 하니까 기분이 좋아서 주는 거야."

아이들은 서로 눈치를 보다가 얼른 사탕을 집어갔다. 소유는 그중 손이 느려서인지 수줍어서인지 머뭇거리던 아이들에게도 남은 것을 하나씩 주다가 두어 개가 남자 그것을 그냥 마지막까지 남은 아이에게 주어버렸다.

"남은 건 네가 주고 싶은 사람 주렴."

남은 아이는 사탕을 얼른 받고 소유의 얼굴을 보다가 도망쳤다. 부끄러운 모양이었다.

그 모습을 보던 신월국 상인이 기분 좋게 감탄했다.

"좋은 일 하십니다, 항아님."

소유가 궁인인 줄 안 모양이었다. 소유는 그에게 어떤 오해를 받든 상관이 없었기 때문에 그냥 어깨를 으쓱했다.

"이제 장안의 분위기도 좀 바뀌어야죠."

"이미 많이 바뀌었습니다."

신월국 상인은 오가는 사람들을 보며 그리운 듯 말했다.

"오랫동안 장안이 이런 걸 못 봤는데… 이제 정말 세상이 바뀐 게 실감이 납니다."

"그렇게 나이가 많으세요?"

오랫동안이라면 초왕의 재위 기간을 말하는 걸까. 그렇다면 이 상인은 선대왕 시절에도 장안을 방문한 적이 있다는 말이었다. 소유는 눈을 동그랗게 떴다. 상인은 씩 웃었다.

"그렇게 안 보이죠?"

"그러네요."

소유는 맞장구를 쳐 주었다. 상인은 엇차, 하며 품에서 뭘 꺼내더니 소유에게 건넸다.

"마음씨 고운 항아님께 선물입니다."

"이게 뭔데요?"

상인이 건넨 것을 풀어보니 자경국에서 오는 길에 보았던 매듭 팔찌 한 쌍이 나왔다. 소유는 영문을 몰라 상인과 팔찌를 번갈아 보았다. 상인은 킥킥 웃었다.

"자경국 물건은 요새 반값에도 안 팔려서 넣어둔 건데, 예쁘니까 항아님 드리겠습니다. 정인하고 하나씩 나눠서 차는 팔찌예요."

"이거 뭔지 알아요."

초왕비의 영향으로 너도나도 따라하던 자경국풍 유행은 이제 미움마저 받으며 역사의 저편으로 사라지는 중이었다. 소유는 설마 여기서 그 팔찌를 볼 줄은 몰라 웃었다.

"고맙습니다."

이 팔찌를 소하와 나누어 찰 수는 없겠지만, 결국 죽기 전에 한 번쯤 가져는 보게 된 것이다. 소유는 약간 들떠 팔찌를 품에 넣었다. 그리고 장사에 방해가 되지 않도록 상인에게서 떨어져 다시 채윤을 기다렸다.

점점 불안해졌다. 채윤이 이렇게 약속에 늦을 리가 없었다. 소유는 갑자기 식은땀이 흘러 주위를 마구 둘러보았다. 주위에는 이변이 없었다. 웃고 떠드는 사람들과 연등으로 아름답게 장식된 거리만 있을 뿐이었다.

혹시 어딘가에 또 불이 난 것은 아닐까.

어떤 맥락도 없이 그런 생각이 먼저 났다. 소유는 그럴 이유가 없다는 것을 이성으로는 알고 있었지만 초조해 손가락을 꼼지락거렸다. 이럴 때 전화라도 할 수 있었으면…….

전화?

모르는 단어인데도 마치 오래 전부터 사용해오던 도구의 이름처럼 소유는 그 단어를 떠올렸다. 그녀는 멍하니 하늘에 걸린 연등을 보았다. 붉은 연등은 점점 어두워지는 하늘 위로 마치 날아 올라가듯 줄지어 걸려 주위를 밝혔다.

잠시 생각하던 소유는 혼자 고개를 저었다. '전화'라니, 비슷한 다른 단어와 헷갈려서 떠오른 모양이었다. 하지만 대체 무슨 단어와 헷갈린 것인지는 알 수 없었다.

문득 발목이 간지러웠다. 소유는 아래를 내려다보고 검은 고양이의 모습에 안도했다. 그녀는 몸을 숙여 심연의 목을 쓰다듬었다. 곧 심연은 사람 모습으로 그녀를 말끄러미 쳐다보게 되었다.

"목을 왜 만지는 거야?"

"당신을 보니까 안심해서요."

"나는 사신인데 어째서 안심하는 거야?"

"혼자 있기 싫으니까요."

혼자 있는 것이 항상 싫었다. 소유에게 신경이라곤 써주지 않고 떠나버린 아버지 대신 채윤이 항상 그녀의 가족이었다. 그래서, 채윤이 없을 때에는 너무 슬퍼서 혼자 그림을 그리곤 했었다…….

"이상하네요……."

심연이 묻지도 않았는데 소유는 어지럼증과 같은 말을 중얼거렸다.

"화주를 떠난 다음에는 그림을 그린 적이 없는데."

심연은 대답하지 않았다. 소유는 손등을 보았다. 세 번째 꽃송이가 지고 있었다.

소유는 그림에 재능이 있었다. 맑은 눈을 가지고 코가 오똑한 그는 소유가 보기에는 누구보다 수려했지만 그 스스로는 자신이 못생겼다고 생각했다. 그러길 원한 것은 그녀였다. 그녀 혼자만이 그를 알아보았으면 했으므로. 그녀 혼자만이 그의 사람이기를 원했으므로. 마음속 가장 깊은 곳에서 언제나 그녀를 기다리고 위로해주는…… 상냥한 용왕이.

"아가씨… 라고, 부르기를……."

그녀가 원했다. 그림 속의 사람이 어떻게 행동하든 소유의 마음이었으므로, 모든 소망은 그대로 이루어졌다.

비이… 비이이… 빕.

두통이 일었다. 소유는 심연을 보았다. 연등과 아이들의 소맷자락, 성문을 지키고 선 병사들의 깃발은 하늘하늘 흩날렸지만 심연의 옷은 그렇지 않았다. 소유는 그의 새까만 옷에 수놓인 붉은 꽃에 시선을 주었다.

심연의 옷에 수놓인 붉은 꽃은 가늘고 긴 꽃잎과 역시 가늘고 긴 꽃술이 어우러진 아름다운 꽃이었다. 봄이 되면 산과 들에 수없이 피어나곤 하는 그런 종류의 꽃은 아니었다. 나리꽃 같기도 하고, 상사화 같기도 하지만 분명히 달랐다.

언뜻 그것과 같은 물건이 떠올랐다. 소유는 손을 떨었다. 그녀의 손이 품으로 들어갔다가 아까 상인에게 받은 꾸러미를 끄집어냈다. 아까 받은 그대로, 그 안에는 새빨갛고 꽃잎이 가느다란 꽃을 매듭 지어 만든 팔찌가 한쌍 들어 있었다.

"이거… 선물 받았어요."

소유는 간신히 웅얼거리지 않고 말했다. 심연은 그녀를 담담하게 바라보았다.

아니, 담담했나? 그의 얼굴에 떠오른 저 감정을 슬픔이라고 보지 않아도 좋을까.

"불이 옮겨 붙었어!"

"빨리 물 가져와!"

거리 한쪽에서 소동이 났다. 소동은 점점 커졌고 소유는 사람들이 그쪽으로 달려가는 모습을 멍하니 바라보았다. 해랑을 부르고 싶다는 생각이 들었다. 월과 명월각 사람들이 드므를 준비해놓았던 낙양과 달리 이곳에는 얼마나 화재 대비가 되어 있는지 알 수 없었다.

하지만 해랑을 부를 수 없다는 것을 그녀는 본능적으로 알고 있었다.

그 사실을 깨달은 것은 예전이었다. 그동안은 모르는 척을 했을 뿐이다. 소유는 쓴웃음을 짓고 심연에게 자신의 손등을 보였다.

"꽃이 지고 있어요."

"알아."

심연의 목소리가 떨리는 것은 기분 탓이었을까. 소유는 가만히 손등을 보며 말했다.

"이 꽃을 전에도 본 적이 있어요. 아니, 꿈에서 본 걸지도 모르겠네요. 이 꽃 이름이 뭔가요?"

"사람들이 저승화라고 부르는 꽃이야."

저승화. 아름다운 꽃인데 그런 이름이 붙어 있다니 안타까웠다. 하지만 저승은 나쁜 곳이 아니었다. 다만 안식을 주고 다음 생으로 인도하는 곳일 뿐.

그런 곳에 가득 핀 꽃이 뛰어나게 아름다운 것은, 그렇게 보면 이상한 일이 아닐지도 몰랐다.

"내 손등에 피어난 꽃과 당신 옷에 있는 무늬가 모두 이 꽃과 같네요."

그것 또한 이상한 일은 아니었다. 소유는 가만히 눈살을 찌푸리며 중얼거렸다.

"내가 이 꽃을 어디서 봤을까. 저승화를."

이전에 죽었을 때는 본 적이 없었다. 가만, 그러고 보니 저승에 가득 핀 꽃에 대해 생각한 적이 있지 않았나? 점점 더 이상해졌다. 이전에 죽었을 때는 그저 아무것도 없는 어둠 속에서 점점 감각을 잃었을 뿐이고 그대로 다시 이승으로 돌아왔는데, 소유는 분명히 저승화가 가득 핀 꽃밭을 본 기억이 있었다. 하늘이 새파랗고 들은 온통 붉었더랬다.

"당신은 사신이고 내 손등에 있는 꽃은 죽음의 각인이잖아요. 그러니까 저승화 모양이어도 이상할 건 없어요."

심연은 고개를 끄덕였다. 소유는 그가 900년 전에도 그런 표정이었을지 궁금해졌다. 불길 속에서 그를 보고 웃었던 아가씨는 행복했을 테지만, 아가씨의 행복을 모르고 불행은 보았던 심연은 꼭 지금과 같은 표정을 짓지 않았을까.

소유는 매듭 팔찌를 이상하게 보고 속삭였다.

"하지만 이건 그냥 길에서 파는 팔찐데 왜 저승화 모양인가요?"

"왜냐하면 이건 네 꿈이니까."

싸늘한 목소리가 들려왔다.

둘러보았을 때 주위에는 이미 아무것도 없었다. 소유는 채윤이 서 있는 것을 보고 활짝 웃었다.

"채윤아, 이제 왔어?"

그를 오랫동안 기다렸다. 채윤도 소유를 마주보고 환하게 웃었다.

"응. 오래 기다렸지? 늦어서 미안해."

그 말을 무척 듣고 싶었다. 소유는 울음을 터뜨렸다. 채윤은 그녀를 꼭 안아주며 달랬다.

"또 우는 거야? 우리 울보. 이제 울지 마. 네가 울면 나도 가슴이 아프잖아."

"내가 왜 울보야?"

소유는 그의 몸을 꼭 끌어안고 흐느끼며 항의했다.

"네가 옆에 없을 때도 내가 얼마나 열심히 살았는지 알아? 네가 죽었을 리가 없다고, 네가 살아 있을 거라고 생각하고 애들한테 돈이랑 말 빌려서 낙양도 들르고 장안까지 왔어."

"알아."

"네가 말한 월이 형은, 알고 보니까 좋은 사람이기는 했지만 처음엔 얼마나 이상하게 행동했는데. 그래도 나, 나, 너를 찾으려고 최선을 다했어. 그래서 장안에 가서 소하 님을 만났어."

"알아."

"알긴 뭘 알아? 전부 너 없을 때 한 일인데. 소하 님이 나한테 도둑

을 찾으라고 해서 처음엔 얼마나 어이없었는데. 그래도 시, 시키는
대로 다 하고, 흑, 혹시라도 네가 돌아올 때를 기다리면서 전쟁에도
나갔다 오고……."

채윤은 소유를 조금 더 꽉 안아주었다. 그는 그녀의 귓가에 차분하
게 속삭였다.

"나도 알아. 나도 너를 항상 보고 있었어."

"보고 있었으면! 나와주기나 하지, 흑, 바보야!"

소유는 그에게 안겨 있던 몸을 빼서 채윤의 가슴을 마구 때렸다.
채윤은 웃음을 터뜨리며 그대로 맞아주었다.

"네가 때리면 정말 아픈 거 알지? 미안해. 미안해, 소유야."

사과를 들었는데도 울음은 멈추지 않았다. 소유는 눈물을 거칠게
닦아내며 소리쳤다.

"네가 죽는 게 싫었어! 너는 물론이고, 소하 님이 죽는 것도 싫었
어! 너무 싫었어. 정말 너무 싫었어. 소중한 사람들이 죽었고 내가
할 수 있는 일은 없었어. 채윤아, 채윤아. 차라리 너희가 모두 살고
내가 죽었으면 좋겠다고 생각했어. 그래서, 그래서, 나한테 기회를
준다고 해서 다시 돌아간다고 했어. 모든 걸 바꾸고 싶었어."

소하가 배신당하지 않기를. 채윤이 혼자 죽지 않기를. 경원의 집이
무사하기를. 청운이 자기 생각대로 살아갈 수 있기를. 백란이 제 할
일을 다 해낼 수 있기를. 월이 마음을 열고 마침내 사랑할 수 있기
를.

얼마나 바랐던가!

"얼마나 무서웠는지 알아? 내가 아무리 해도 아무것도 변하지 않
으면 어떻게 하나. 내가 사랑하는 사람들이 나를 이번에는 사랑해주
지 않으면 어떻게 하나! 채윤아, 나 모르는 사람들한테 허풍도 떨었
어. 나보다 훨씬 힘센 사람들하고도 싸웠어. 나 너무 무서웠어. 너 없

는 데서 나 정말 너무 무서웠어."

소유는 이번에는 자신이 먼저 채윤을 세게 끌어안았다. 채윤은 다정하게 그녀를 도닥여 주었다.

"우리 소유는 계속 어린 줄 알았는데, 사랑하는 사람을 위해서 무서운 일과도 몇 번이고 맞서 싸울 수 있는 사람이 되었구나."

"그래도 싫었어, 흑."

잦아드나 싶던 울음이 다시 터져 나왔다. 소유는 펑펑 울며 채윤의 옷을 꽉 그러쥐었다.

"네가 없어서 싫었어. 나한테는 너밖에 없는데, 나한테 너는 아빠고 오빠고 남자친구였는데, 네가 없는 세상에서 나 혼자 성공하면 뭐 해?"

"그런 말하면 안 돼, 소유야."

채윤은 소유의 머리와 등을 천천히 두드려 주었다. 소유는 채윤을 올려다보며 물었다.

"채윤아, 너는 알고 있었어?"

"응."

무엇을 알고 있었다는 건지, 아무 단서 없이도 소유는 알 수 있었다. 그녀는 오열하느라 어깨를 떨었다.

"나도 알았어야 하나봐."

"네가 왜 알아야 해."

"어릴 때 너는 길고양이한테 밥을 몰래 주기도 했잖아. 그런데 언젠가부터 고양이를 싫어했어. 그게 언제부턴지 알아?"

"모르겠어."

"나랑 있었던 일은 다 기억한다고 했잖아."

채윤의 목소리는 언제나처럼 다정했다.

"하지만 기억이 나지 않는걸?"

"응. 그럴 거야. 슬픈 일은 기억하고 싶지 않잖아. 다들, 기쁜 일만 기억하고 싶잖아."

나이가 한 살 많아 먼저 배운 글을 조금씩 가르쳐주고, 어린이날에 놀이동산에 가면 솜사탕을 하나씩 사서 들고 걷던 그런 기억은 흐릿해지더라도 분명히 남아 있었다. 소유는 자신이 우스워 쓴웃음을 지었다.

"그래서 잊게 했나봐. 내가, 너도 슬픈 일은 다 잊게 했나봐. 그래서 내가 좋아하는 나의 채윤이로 있을 수 있게 했나봐."

"소유야."

"나 널 많이 기다렸어. 널 기다리면서 울었어. 채윤이가 그럴 리가 없다고, 지금 오고 있을 거라고 악을 썼어. 너무 슬퍼서 아팠어. 어느 날은 정말로 기다리면 네가 올 거라고 믿었어. 더운 날이든, 추운 날이든, 너를 기다리면 올 거라고 믿었어."

"소유야."

소유의 머리에 따뜻한 것이 떨어졌다. 소유는 채윤이 울고 있다는 사실을 알았다. 어릴 때는 그 역시 울었다. 어린아이이니 당연히 울었다.

"내 잘못이야. 채윤아, 내가 그런 꿈을 꿔서 그랬던 거야. 교통사고 같은 거 사실은 없었다고 말해줘. 다 내 꿈이었다고. 4년 전에 네가 죽는 꿈을 꾼 내가 너무 슬퍼서 또 다른 꿈을 계속 헤매고 있는 거라고. 깨어나면 네가 옆에 있을 거라고."

"소유야, 그런 말 하지 마. 넌 잘못한 것 하나도 없어."

채윤의 목소리에 흐느낌이 섞여들었다. 그의 포옹은 곧 없어질 사탕에 매달리는 아이처럼 절박했다. 소유는 떨리고 굳은 팔로 채윤의 등을 쓸어내리며 끌어안았다.

"소유야, 날 기다리면서 울게 해서 미안해. 나 때문에 슬퍼하게 해

서 미안해. 내 잘못이야. 다 내 잘못이야. 그러니까 너는 울지 마. 속
상해하지 마. 너는 이제 깨어날 거잖아. 응? 꿈에서 깨어나도 나는
없겠지만, 다른 사람들이 있을 거야. 너는 아직 살아 있잖아."

"채윤아."

한참 동안 울음이 나와 말을 이을 수 없었다. 소유는 어깨를 들썩
이며 흐느끼다가 채윤의 등을 또 때렸다. 채윤은 아프다고도 하지
않았다. 그저 그녀를 끌어안은 팔에 힘이 더 들어갔을 뿐이었다.

"소유야, 너한테는 이제 나만 있는 게 아니잖아."

그의 목소리는 잠겨 낮았다. 생전의 그는 결코 가져본 적이 없는
목소리였다. 그야 그럴 것이다. 중학생 때 죽은 그가 어떻게 열아홉
살 남자 같은 목소리를 가졌을까.

"소유야, 이쪽으로 오면 안 돼. 너한테는 소중한 사람들이 많이 생
겼잖아. 소하 님도 있고, 경원 공자도 월이 형도 백란이도 있잖아. 청
운 장군도 있고. 응? 나 하나가 없다고 해서 네 세상이 무너지면 안
되는 거잖아. 나는 네가 행복했으면 좋겠는데."

"싫어."

소유는 고개를 마구잡이로 저었다.

"채윤아, 채윤아. 나는 너 없는 세상에서 살아가고 싶지 않아. 네가
없는 세상은 너무 차갑고 날카롭고 내게 거짓말을 해."

"소유야."

문득 채윤은 그녀를 안았던 팔을 풀고 소유를 자기 몸에서 떼어
놓았다. 그리고 슬픔에 젖은 얼굴로 그녀를 들여다보았다.

채윤이 자라면, 채윤이 함께 자라서 어른이 되면 저런 얼굴이 될
것이라고 소유가 상상했던 그대로의 모습이었다.

"네 꿈에 나오는 남자들을 내가 얼마나 질투했는지 아니?"

소유는 눈에 다시 눈물이 차올라 주르륵 흐르는 것을 느꼈다. 채윤

은 그녀를 보며 슬프게 말했다.

"이게 너의 꿈인 건 알고 있었어. 언제부터 알았는지는 모르겠지만 그냥 알았어. 화주 집에서 불이 붙은 집에 갇혔을 때⋯⋯. 그래서 슬펐어. 너에게 너무 미안했어. 네 안의 나는 계속 그렇게 뒤집어진 차 안에 갇혀 불에 질식해서 죽어가고 있다는 걸 알았어. 네가 얼마나 슬펐을까. 네가 얼마나 가슴 아팠을까. 네 안의 나는 어린 시절의 행복한 추억이 아니라 여전히 아픈 상처구나. 나를 생각할 때 너는 내 죽음을 떠올리는구나."

이미 수백, 수천 번을 떠올린 일인데도 소유는 또다시 가슴이 아파 숨 죽여 흐느꼈다. 채윤은 맑은 눈물을 떨어뜨렸다.

"그래서 네가 다른 사람들을 사랑하는 게 기뻤어. 동시에 너무 속상했어. 예전에는 너한테 나밖에 없었는데 이제는 아니잖아. 시간이 흘러서 너에겐 다른 사람들이 생겼잖아. 이대로 너는 계속 자랄 거고 너에게 소중한 사람들은 더 많아지겠지. 네가 시간을 돌려서 구하려는 사람이 나뿐만이 아니게 된 것처럼, 나중에는 나는 네 꿈에 나오지 않게 되겠지."

"그런 건 싫어. 싫어. 채윤아, 나는 너를 보고 싶어. 너와 화주에서 같이 지내던 것처럼 그렇게 살고 싶어."

소유는 고개를 저었다. 머리가 점점 어지러웠다. 잠시 눈앞이 아찔해서 휘청거린 그녀를 채윤은 다시 꽉 끌어안았다.

"네가 살리고 싶어 한 사람들은 모두 너에게 소중한 사람들이겠지? 나는 현실에서 만나본 적이 없지만, 다들 참 좋은 사람들일 거야. 네 꿈에서 그렇게 멋지고 똑똑하잖아. 그러니까 소유야, 그 사람들을 만나러 가야 해. 나하고 같이 있고 싶다고 하면 안 돼."

"왜? 왜 안 돼?"

소유는 떼를 썼다.

"나도 죽을 거란 말이야. 나도 곧 갈 거란 말이야. 그러니까 이제 상관없잖아. 나 너무 피곤해, 채윤아. 이제 그만하고 싶어. 다들 살았잖아. 그럼 됐잖아."

"소유야."

채윤은 토하듯이 뜨겁게 말했다.

"어른이 되는 거야, 소유야. 비록 나는 영원히 네 마음속에서 중학생인 채로 자라지 않겠지만, 너는 어른이 되는 거야. 그리고 지금까지 보지도 느끼지도 못했던 것을 잔뜩 경험하는 거야. 세상에서 네가 가장 예쁘다고 생각하는 사람한테 구애도 받고, 멋진 정장을 입고 돈도 많이 벌어보고."

그런 미래가 대체 어디에 있단 말인가.

오랫동안, 혹은 기나긴 꿈을 꾸던 그 찰나 간신히 포기한 것이 소유의 가슴 속에 움트기 시작했다. 그녀는 낯선 기분으로 채윤의 등을 쓰다듬었다. 채윤은 그녀가 혼란스러워하는 것을 알았는지 포옹을 다시 풀었다.

채윤의 얼굴은 괴로움으로 일그러져 있었다.

"사실은 싫어. 나도 세상에서 네가 가장 예쁘다고 생각하는데. 너와 여기서 계속 함께 있고 싶은데. 나를 너에게서 앗아간 불행이 어째서 너에게도 닥쳐오는 거야? 어째서 나한테까지 너를 잃는 고통을 주는 거야?"

"채윤아……!"

가슴이 아파서 견딜 수가 없었다. 소유는 채윤의 양 뺨을 감싸고 그와 이마를 맞댔다. 채윤은 울음인지 웃음일지 모를 소리를 흘렸다.

이윽고 그는 다시 그녀를 세게 포옹했다.

"언젠가는, 그래. 언젠가는 너도 내가 있는 곳으로 오겠지. 응, 소유야. 살아 있는 사람은 모두 그런 거니까. 하지만 지금일 필요는 없잖아. 나는 네가 오래오래 행복하게 살았으면 좋겠어."

"채윤아."

갑자기 꽉 끌어안은 채윤의 감촉이 모호해지기 시작했다. 소유는 기절할 듯 놀라 눈을 화등잔만 하게 떴다. 채윤은 사라지지 않았지만 어느새 그녀에게서 두어 발짝 떨어진 곳에 서 있었다.

"천천히 와, 소유야."

"가지 마, 채윤아."

"내가 가 있어야 네가 이제 아프지 않지."

"아파도 네가 있는 게 좋아."

"그러면 안 돼."

채윤은 웃으며 고개를 저었다. 어느새 그는 다시 더 멀어져 있었다. 소유는 겁에 질려 손을 뻗었다.

"가지 마!"

"내가 네 마음속에서 언젠가 하나도 아프지 않은 추억이 되기를 바랄게. 소유야, 내가 세상에서 너를 제일 사랑하는 거 알지?"

알고 있었다. 소유는 그 자리에 주저앉아 하염없이 눈물을 떨어뜨렸다. 채윤은 이내 웃으며 돌아섰다.

"천천히 와. 넘어지지 않게."

넘어지지 않게.

그럴 시간이 얼마나 있을지는 모를 일이었지만, 그런 반문을 하기에 채윤은 이미 너무 먼 곳으로 가 있었다. 소유는 눈물을 닦고 심호흡했다.

"다 끝났냐?"

홍염이 물었다.

저승화가 흐드러지게 핀 꽃밭은 눈이 부시도록 아름다웠다. 그 얼마나 괴로운 경험을 하고 온 망자라 하더라도 그 꽃밭을 보면 이제는 모든 것이 끝났다고 생각할 수 있을 정도로.

흰 머리를 길게 늘어뜨린 홍염은 평소처럼 TV에 나오는 록 스타 같은 차림을 하고 있었다. 그는 그런 화려한 모습이 잘 어울렸다. 심지어 지금처럼 아무것도 없는 꽃밭에서조차.

"홍염."

소유는 한숨을 쉬었다.

"당신은 참견이 좀 심한 것 같아요. 그런 말 듣죠?"

"누가 나한테 건방지게 그런 말을 해?"

"만약 심연이 아직 당신에게 그런 말을 안 했다면 그건 순전히 심연이 착해서예요."

홍염은 코웃음을 쳤다.

이제 소유가 여기까지 왔는데도 그는 아직 뭔가에 불만을 느끼고 있는 모양이었다. 소유는 딱히 궁금하지는 않았지만 주위에 사람이라곤 그뿐이었기 때문에 물었다.

"내가 죽었는데도 아직 문제가 있어요?"

"아직 안 죽었어."

홍염은 잇소리를 내며 툭 뱉었다. 소유는 주위를 둘러보았다.

"그럼 여기는 어딘데요?"

"이승과 저승의 경계. 네 사자가 널 데려가야 끝나는 거야."

소유는 문득 궁금해졌다.

"당신은 일 안 해요? 당신은 표적이 없나요?"

"내 표적이라면 너와 항상 같이 있었잖아."

소유는 멈칫했다.

"…심연이 당신 표적이에요?"

"그래."

생각해 보니 심연에게 기다리면 만날 수 있다고 말해준 사람이 홍염이라고 했던 것 같다. 소유는 고개를 주억거렸다. 심연을 데리러 갔다가 무슨 심술이 또 발동을 해서, 기다리면 그 아가씨를 만날 수 있으니 사신이 되라며 유혹한 모양이었다.

"그러면 이제 저는 어떻게 되나요?"

그래도 마지막을 맞이하면서 겁먹은 모습을 보이고 싶지는 않아서, 소유는 가슴을 펴고 당당하게 물었다. 홍염은 한쪽 눈썹을 들었다.

"이제 죽어야지."

"이제 아닙니다."

챙! 어느새 소유의 눈앞에서 시퍼렇게 날이 선 무기가 서로 부딪쳤다. 소유는 갑자기 심연이 나타난 것에 놀라고 그가 홍염과 대치하고 섰다는 사실에 더 놀랐다. 홍염은 심연을 노려보았다. 홍염의 얼굴에는 비뚤어진 미소가 떠올랐다.

"제법인데? 나와 정면으로 맞붙어보겠다는 거야? 감히 나에게 맞서겠다는 거야?"

"내기는 제가 이겼으니 약속을 지키십시오."

홍염은 들고 있던 검을 뒤로 뺐다가 다시 소유를 향해 휘둘렀고 심연은 그것을 막아냈다. 눈에서 불꽃이 튈 것만 같은 홍염과 다르게 심연은 담담한 목소리로 말했다.

"인간은 환생하니 기다리면 언젠가 만날 수 있다고 했지요. 900년 동안 기다렸습니다."

"고작 900년 기다린 걸 가지고!"

홍염은 이를 갈며 소리쳤다. 소유는 혼란스러워하며 물었다. 누가 대답하든 좋았다.

"둘이 무슨 내기를 했어요?"

"널 살리고 싶다고 하더군. 그래서 내가 이 녀석과 내기를 했어. 널 살려 보낼 수 있는 조건을 지키면 이 녀석에게 걸어놓은 구속을 풀어주겠다고."

처음 듣는 말이었다. 살리고 싶다고? 조건? 구속?

가슴이 세차게 뛰었다.

"조건? 구속?"

홍염은 다시 잇소리를 냈다.

"아홉 번의 고비를 넘기고 꽃이 지기 전까지 네 영이 저승으로 가지 않게 지키는 것. 이 녀석은 내가 걸어놓은 구속 때문에 널 살리고 싶어도 살릴 수가 없거든. 내기에서 이기면 그 주문을 풀어달라고 하더군."

그래서 홍염이 계속 그녀를 죽이려고 한 것이었다. 소유는 이제야 알게 된 진실에 입을 벌렸다. 심연이 초조한 듯 홍염에게 반복해 말했다.

"약속을, 지키십시오."

"지겨운 놈!"

소유의 눈앞에서 불꽃이 몇 번이나 번쩍였다. 홍염의 눈이 차갑게 가라앉았다.

"표적을 놓친 사신이 어떻게 되는지 알고 있겠지? 기다리는 것도 못해. 다시 만날 수 없어."

"상관없습니다."

심연은 차분했다.

그 얼굴이 홍염의 마음 속 어딘가 치부를 건드린 모양이었다. 홍염은 물러서 이를 갈더니 무기를 집어넣었다.

"그렇다면야 너 같은 놈은 이제 나도 알 바 아니다. 네 멋대로 사라지든 말든!"

소유는 그렇게 말해 놓고 홍염이 또 무슨 돌발행동을 하는 것은 아닌지 조마조마했지만 심연은 홍염의 선언을 믿는 모양이었다. 심연은 낫을 없애고 홍염에게 말했다.

"…그동안 감사했습니다."

"네놈 좋으라고 한 건 하나도 없어. 운 좋은 놈."

홍염은 심연을 노려보았다. 소유는 홍염의 눈에 복잡한 감정이 어려 있는 것이 어쩐지 마음에 걸렸지만 그런 부분을 지적할 만큼 그와 가까운 사이가 아니었기 때문에 입을 다물었다.

심연이 나타났을 때처럼 홍염이 사라지는 것도 순식간이었다. 심연은 소유에게 다가와 말했다.

"너도 알겠지만, 지금 우리가 있는 곳은 네 꿈속이야. 네 꿈속에 있는 세계야. 2주 전에 넌 사고를 당했어."

어렴풋이 기억이 나는 것도 같았다. 시끄러운 경적 소리, 세상이 뒤집어지는 것 같았던 충격. 소유는 눈을 내리깔며 미간을 좁혔다.

"치명상을 입은 넌 깊은 잠에 든 채 계속 꿈을 꾸고 있어."

심연의 눈은 애달팠다. 소유는 그에게 물었다.

"왜 내 꿈속에 당신이 있는 거예요?"

4년 전에도 그랬다. 10년 전에도 그랬다.

채윤이가 떠날 때도, 엄마가 떠날 때도 소유는 꿈속에서 그를 보았다. 깨어난 다음에는 전혀 기억하지 못했지만 꿈이라는 연속성 안에서 지금은 떠올릴 수 있었다.

"사신은 인간의 현실이 아닌 꿈속에 나타나는 존재야. 꿈속에서 영이 저승으로 보내지면 현실에서 죽음을 맞이하게 되지. 내가 너를 데려가면 현실의 너는 죽고, 내가 너를 놓아주면 현실의 너는 눈을 뜨고 살아나겠지."

"다른 사람들은요?"

소유는 혼란스러웠다. 채윤도, 엄마도 그녀의 꿈에서 죽은 다음에는 현실에서도 죽었다. 다른 사람들도 그런 것일까? 그동안 난양대군을, 천인국을 살리기 위해 해 온 모든 일은 무엇일까.

심연은 눈을 약간 내리깔았다.

"네가 살리려고 했던 사람들도 지금 너와 같은 병원에 있어. 네가 살렸으니 그들은 곧 깨어나겠지."

"그럴 수도 있어요? 그러니까, 다른 사람들의 생명이 내 꿈과 상관이 있을 수 있는 거예요? 엄마랑 채윤이 말고도?"

"가끔은."

자주 그러지는 않는 모양이었다. 하기야 천인국의 병사들 하나하나까지도 현실에서 나중에 죽게 된다면 소유로서는 마음이 편치 않을 터였다. 그녀는 심연을 물끄러미 쳐다보았다.

"나를 놔주고 싶어요?"

"그래."

심연은 고개를 끄덕였다.

"겨우 홍염이 구속을 풀어줬어. 나는 너를 보내줄 거야."

"하지만."

그녀는 머뭇거렸다.

"표적을 놓치면 당신은 죽는 게 아닌가요?"

심연은 고개를 저었다.

"소멸하는 거야."

소유는 기가 막혔다. 그러면!

"잘은 모르겠지만 죽는 거랑은 다른 거죠? 홍염이 그러면 기다릴 수도 없다잖아요."

"널 살리고 싶어."

"하지만 나는 그 아씨가 아닌걸요."

심연은 소유의 눈을 마치 그녀가 아까 그렇게 한 것처럼 물끄러미 바라보았다.

그의 시선은 그녀를 보고 있으면서도 그녀를 보고 있지 않은 것 같았다. 소유는 그가 아주 오랜 세월 동안 그녀를 찾아왔다는 사실을 이미 알고 있었지만, 지금에야 그 어마어마한 기다림의 무게를 느끼고 숨이 막혔다.

심연은 입술을 떨 듯이 조용히 말했다.

"아씨를 만나려고 사신이 되었지만 어떻게 만나는지는 몰랐어. 하지만 꿈속에 들어갔을 때 바로 알 수 있었어. 그 세계는 그녀가 만든 세계라는 걸. 느낄 수는 없지만 알 수 있었어. 그녀가 꿈꾸는 세상은 정말 찬란하고 아름답다는 걸. 그렇지만 그녀는 표적이었어. 손등에 반점이 생겼지. 나를 보고 환하게 웃었어."

기억할 리가 없는데도 소유는 알았다. 심연이 무슨 말을 하는지 이해할 수 있었다. 그리고 그때 그녀가 느꼈을 감정 또한.

"죽을 때 나를 본 그녀가 왜 웃었는지 알고 싶었어. 그런데 대답을 안 해주고 그냥 따라왔어. 2주 뒤에 죽었지. 다시 만나게 된다면 그땐 알 수 있을까 싶었어. 그래서 기다렸어. 다시 만나기 위해서."

그녀는 환생을 반복했을 것이다. 때로는 다른 사람을 사랑하고 때로는 행복하고, 때로는 그녀를 데리러 와줄 사신을 기다리기도 하면서.

심연의 눈이 가늘어졌다.

"다시 만난 건 10년 전이었어. 널 만나자마자 널 불행하게 만들었지. 정말 미안해. 나 때문에 네가 불행해진 거야. 너의 삶이 매번 짧은 것도 어쩌면 나 때문인지도 몰라."

소유는 고개를 저었다.

"그럴 리가 없잖아요."

심연의 입꼬리가 약간 올라가려던 것 같았다. 그는 추억을 떠올리는 사람의 얼굴을 했다. 이제 그는 분명히 소유를 보고 있었다.

"그 뒤로 계속 꿈속에서 널 만날 수 있었어."

"나는 그런 기억이 없어요."

"잊었겠지. 꿈속에서의 일이니까."

그럴지도 모른다.

소유는 심연을 보고 망연히 섰다. 심연은 그녀의 손을 들었다. 그녀의 손등에 핀 세 번째 저승화 꽃송이는 일그러져 꽃잎을 한 장 두 장 잃고 있었다.

그는 그 모습에 키스하듯 입술을 가까이 대고 부드럽게 속삭였다.

"꽃이 지기 시작했어. 이 꿈에서 깨어나면 넌 살 수 있어."

"안 돼요."

소유는 고개를 저었다. 딱히 심연을 위해서 그렇게 말한 것은 아니었다.

정해진 때가 된 것뿐인 것 아닌가. 그녀를 위해 심연이, 다시는 아씨를 만나지 못하는 길을 선택하는 것은……

"옳지 않아요, 심연. 나 때문에 희생하지 말아요. 죽음이 끝이 아니라면서요? 지금 이렇게 환생해서 많이 행복하게 살았잖아요. 꿈에서 한 번 그랬던 것처럼 아프고 슬프게 죽는 게 아니라, 그냥 당신을 따라가면 된다면 그렇게 해요."

"너 때문이 아니야."

심연은 이제야말로, 어쩌면 그의 생과 사를 통틀어 처음으로 뜨거운 눈물을 흘리며 미소를 지었다. 그렇게 말할 수 있다면, 그는 행복해 보였다.

"너 때문이 야니야. 네가 없는 세상을 내가 견딜 수 없어서 그래.

널 사랑했다는 걸 알았으니까. 그런 감정을 이제 깨달았으니까 더는 혼자서 견딜 수 없어."

"심연."

나는 그 아씨가 아니라고, 소유는 차마 다시 말하지 못했다. 심연은 소유의 손등에 이번에는 정말로 입을 맞췄다.

"네가 없는 세상은 싫어. 내 모든 기쁨과 슬픔은 너로 이루어져 있어. 더는 꿈속을 헤매고 다닐 수 없어. 나는 지쳤어."

"하지만……."

"너는 살고 싶잖아."

심연은 마치 누구나 아는 사실을 말하듯이 단호하지만 아무렇지도 않게 속삭였다. 소유는 고개를 저었다.

"살고 싶어요. 하지만 소멸은… 소멸이 뭐예요? 다시는 기다릴 수 없다는 게 뭐예요? 혼자서 견딜 수 없게 됐다는 건, 죽었는데 또 죽는다는 거예요? 그게 뭐예요, 심연. 나한테 그런 짐 지우지 말아요. 나는……."

"죽는 것과 비슷해. 지금 이 자리에 있는 나는 사라지는 거야. 다만 다시 태어나지 않을 뿐이야. 하지만 그러면 뭐 어때? 이제야 아씨를 따라가는 거야."

말릴 겨를도 없었다. 심연은 소유의 손을 놓았고 그의 목에 걸려 있던 목걸이는 마치 누가 으스러뜨린 것처럼 산산이 부서졌다.

"심연……!"

"네가 그 이름을 불러줘서 기뻐."

심연의 모습은 마치 하늘에 노을이 지는 것처럼 붉게 물들었다. 소유는 그의 몸이 점점 투명해져 꽃밭이 비쳐 보임을 알았다. 그녀는 어쩔 줄 몰라 하며 심연을 잡았다.

"심연, 이러지 마요. 나는 살고 싶지만, 그래도 당신이……."

"괜찮아."

심연은 그렇게 말하면서도 여전히 웃고 있었다. 그가 잠시 후 놀란 듯 자신의 입술을 만져보았을 즈음엔 이미 그의 뒤에 핀 꽃밭이 그 자신의 모습보다 훨씬 선명했다.

"이래서, 그녀가 웃었구나."

그 말이 마지막이었다.

비이이이… 비이… 비이… 비이… 빕.

비이이… 비이… 빕.

서울에 있는 한 대학병원의 중환자실에서 양소유는 눈을 떴다.

제9장

내일

아직 눈을 뜬 사람은 소유 하나뿐이었다.

의사가 놀랄 정도로 빠른 회복력을 보인 그녀는 일반 병실로 옮겨졌고, 교통사고에서 크게 다쳐서 2주 동안 사경을 헤맸다는 다른 사람들도 대체로 안정세에 접어들었다. 그러나 대한민국의 9시 뉴스를 뜨겁게 달궜던 대형 교통사고에서 그렇게 운이 좋은 사람만 나올 수는 없는 것이라, 별명이 새대가리였던 수학 선생님을 포함한 두 명은 결국 숨을 거두었다.

다른 사람들은 다 깨어나면 좋겠다. 이 기회에 얼굴도 한 번 보면 좋겠는데.

소유는 속으로 중얼거렸다. 아직 깨어나지 못한 사람들 중에는 소유와 가깝게 지내는 반 친구도 있었고 그녀가 남몰래 동경하는 선배도 있었다. 심지어는 인기 아이돌 그룹 '로미오'의 멤버들도 있다고 하니 가능하기만 하면 밤늦게 병원 탐험이라도 하고 싶을 정도였다.

교통사고의 원인은 음주 운전이었다. 명실공히 대한민국의 고질 문제로 꼽히는 음주 운전은 이렇게 평범한 고등학생의 일상에도 영향을 끼치는 것이다. 대낮부터 술이 떡이 되도록 마시고 대형 추돌 사고의 시발점이 된 운전수는 자기 집을 팔아도 배상하지 못할 청구액을 떠맡게 될 터였다. 부주의하게 운전하는 사람을 아주 싫어하는 소유는 내심 고소하게 생각했다.

다만 조금 사고가 작았다면 좋았을 것이다.

로미오를 볼 수 있는 것은 볼 수 있는 것, 학교에 안 나가도 되는 것은 안 나가도 되는 것이고, 소중한 사람들이 병원에 있는 것은 기쁘지 않았다. 게다가 병실은 무척 심심했다. 옆 침대에 누운 사람들이 말을 걸어주긴 했지만 그들의 화제에는 '딸이 이렇게 아픈데 일하러 훌쩍 떠나버린 아버지' 이야기가 꼭 들어가서 싫었다.

그나마 딸이 사경을 헤맨다니 한 번 와서 얼굴은 본 모양이지. 소유는 속으로 대차게 흥흥거렸다. 그러나 그러다가도 서운한 감정이 드는 것은 어쩔 수 없었다. 옆에 앉아서 과일이라도 깎아달라는 것은 아니다. 그래도, 갑자기 자신의 상태가 나빠지면 어떡하나 같은 염려도 되지 않는 걸까?

"양소유님."

프로페셔널하고 주사를 안 아프게 잘 놓아줘서 소유가 좋아하는 간호사가 들어와 소유의 이름을 불렀다.

"네!"

멍하니 생각에 잠겨 있던 소유는 깜짝 놀라며 대답했다. 간호사는 친절한 미소를 지으며 다가왔다.

"몸 이상 없으시고요?"

"네."

"이따 교수님 오실 거예요. 그전에 잠깐 주사 놓을게요."

"네."

팔을 내민 소유는 잠깐 머뭇거리다가 간호사에게 물었다.

"선생님, 혹시 이소하 환자랑 정경원 환자랑 손청운 환자는… 아직 안 깨어났나요?"

"그건 제가 말씀드릴 수 없는 부분이고요."

으음. 소유는 주사를 맞고, 의사와 상담을 하고, 식사를 하고 다시 지루한 병원의 일상을 계속했다.

"소유야, 소유야, 소유야!"

회복한 후 다시 등교하기 시작한 학교는 똑같았다. 소유가 병원에 있는 동안 두어 번 찾아와준 반 친구들은 그녀의 등교를 예의 바르게 반겨주었고 소유는 아무렇지도 않게 톱니바퀴 같은 대한민국 고등학생의 일상으로 돌아갔다.

소유가 입원해 있는 동안 머리를 자른 친구 지혜는 오늘따라 신이 난 얼굴로 소유의 이름을 불렀다. 소유는 새로운 떡밥이 있음을 직감하고 눈을 반짝이며 얼른 책가방을 내려놓았다.

"왜? 왜? 왜?"

"너 아침에 그거 봤어? 그거!"

"뭔데?"

"아, 월이 오빠 그거어!"

지혜와 소유는 로미오를 공통점으로 친해진 사이였기 때문에 특히 연예계 소식이라면 척 하면 척이었다. 마침 오늘은 늦잠을 자는 바람에 인터넷을 체크하지 못한 소유는 눈을 반짝이며 물었다. 사고 후유증에서 회복한 로미오는 최근에 다시 활동을 시작했고 소유에게 매일 새로운 사진과 소식의 즐거움을 주었다.

"아, 뭔데?"

지혜는 휴대폰을 내밀었다.

"헐!"

소유는 입을 가리며 탄성을 질렀다. 휴대폰 화면에서는 월이 고운 눈웃음을 지으며 같은 그룹 멤버인 백란에게 뭔가를 속삭이는 동영상이 재생되고 있었다. 누가 찍었는지 몰라도 각도며 조명이며 사진발이 완벽했다.

"미친! 나 이거 보내줘! 이거 뭐야? 오늘 출근할 때 찍힌 거야?"

"어! 완전 미쳤지? 그치? 옥현 오빠도 같이 나온 것도 있어. 이따 보내줄게."

둘은 로미오 멤버 세 명의 미모와 아름다움과 잘생김과, 아무튼 기타 등등 훌륭한 덕목에 대해 한참 즐겁게 대화를 나누었고 선생님이 앞문을 열고 들어올 즈음 잽싸게 자기 자리로 돌아가 앉았다.

'사모해선 안 되는 사람을……'

머릿속에서 월이 빙긋 웃으며 속삭이는 얼굴이 재생되었다. 소유는 잠시 후에야 월의 그 얼굴을 자신이 어디서 보았는지 기억나지 않는다는 사실을 깨달았다. 그녀의 눈이 교실 창 너머 먼 하늘을 멍하니 응시했다.

다시 등교하기 시작한 학교는 똑같았다. 그러나 소유는 자신이 교통사고를 당하기 전과 조금 달라졌다는 의심을 지울 수 없었다. 그야 물론 사고 후유증 때문에 '물리적으로' 달라진 것은 사실이었다. 그러나 그녀는 그것보다 더 큰 변화가 자신에게 일어난 것이 아닌가 하고, 혼자 생각하곤 했다.

파고들면 어딘가 본질적이기까지 한, 아주 중요한 어떤 변화.

하지만 사경을 헤매면서 정신적인 어떤 부분에 변화가 있을 수 있다는 말인가? 소유는 교통사고 이후 눈 깜짝할 새에 시간이 2주나 흘러 있었다는 사실에 깜짝 놀랐었고 그 후로는 병실에서 혼자 심심한 시간을 보냈을 따름이었다. 그런데 왜 이렇게.

뭔가를 잃어버린 듯 허전할까.

아무래도 세상이 너무 빨리 변해서, 그래서 잠시 병원 생활을 한 것뿐인데도 세상과 유리된 기분이 느껴지는 모양이었다. 소유는 몇 번이나 골똘히 생각해서 만들어낸 설명을 자신에게 또다시 해주고 월에 대해 생각했다. 고궁 같은 곳에서 월과 백란이 동양풍 옷을 입고 사이좋게 이야기하는 그런 장면을… 대체 어디서 봤더라?

소유는 로미오가 출연한 모든 TV 프로그램 및 뮤직비디오의 클립을 가지고 있었고 로미오가 입었던 옷은 뭐든 보면 몇 집 활동 때 뭘 하면서 입었던 옷인지 맞출 수 있는 능력이 있었는데도 이상하게 그런 장면은 생각나지 않았다. 하도 밤낮으로 로미오 생각만 하다 보니 결국은 망상 속에서 그들에게 창작 의상까지 입혀버린 것일까?

소유가 고개를 갸웃하는 동안 선생님은 아침 조회를 진행했다. 다들 따분하게 딴생각을 하고는 있었지만 조용한 시간이었다. 그때 갑자기 교실 뒷문이 열렸다.

"어!"

"정경원!"

목발을 짚고 들어온 사람을 알아본 동급생들은 손짓을 하거나 웃으면서 그를 반겼다. 같이 사고를 당했던 경원은 소유보다 퇴원이 늦었다. 일단 의식이 들자마자 놀라운 속도로 회복해서 소유보다 먼저 퇴원해버린 농구부의 인재, 손청운과는 반대였다.

"왔어? 몸은 어때?"

경원이 옆자리로 와 털썩 앉자 소유는 반갑게 인사했다. 경원은 겉으로 보기에나 실제 성격이나 까칠하고 새침했지만 좋은 아이였다. 짝이 된 후로 소유는 그와 꽤 가깝게 지내고 있었다. 둘 다 학생회 멤버라서 더 그런 것도 있었지만.

"어. 괜찮아."

"그거 언제까지 하고 다녀야 된대?"

소유는 경원의 목발을 가리켰다. 경원은 혀를 찼다.

"한 달 있다 깁스 푼대. 넌 왜 그렇게 멀쩡하냐?"

"멀쩡해서 불만이야?"

소유는 입을 비죽거렸다. 경원은 인상을 썼다. 그가 정말로 소유가 더 아프길 바라서 그런 말을 할 사람이 아니라는 것은 그녀도 잘 알고 있었으므로, 지금 한 말은 으레 하는 농담이었다.

"그렇겠냐? 아니다, 미안. 생각해 보니까 지금 거 별로였다. 취소. 아, 깁스 벌써 지겨워."

"병원에 오래 있느라 고생했어."

"손청운은 인간 아닌가봐. 걔는 왜 그렇게 빨리 나았어?"

"내 말이. 운동을 해서 그런가?"

이번은 소유의 농담이었는데 경원은 솔깃했는지 눈이 약간 흔들렸다.

"…그런가?"

"그래. 너도 나으면 운동해라. 이왕이면 농구. 역시 남자는 농구를 하는 게 멋있는 거 같아."

소유의 사심 가득한 추천에 경원은 기묘한 표정을 지었다.

"너 지금 손청운이 멋있다는 말을 돌려서 하는 거냐?"

"손청운 멋있지. 근데 지금 난 네 얘기하고 있었는데 왜 생각이 그쪽으로 가?"

그냥 헛소리를 하고 있을 뿐이었는데 경원이 너무 진지하게 받으면 이쪽이 곤란했다. 경원은 얼굴이 약간 빨개졌다. 확실히 소유가 생각하기에도 교실이 약간 더운 것 같았다.

"아니! 난 그냥 네가 뜬금없이 농구 얘기를 하니까. 내가 아는 농구하는 애는 손청운밖에 없고."

"너 손청운이랑 친하잖아. 다른 농구부 애들은 몰라?"

소유는 고개를 갸웃했다. 경원은 목소리를 가다듬었다.

"몰라."

"하긴 너니까."

"야, 그게 무슨 뜻이야?"

이쪽이 뻔한 시비를 걸어도 경원은 항상 전력으로 그 시비에 걸려주었다. 소유는 재미있어 깔깔 웃다가 조회를 이제야 마친 선생님의 지적을 받았다.

1교시는 체육이었다. 경원과 소유도 체육복으로 갈아입기는 했지만 경원은 당연히 수업에 참여할 수 없었고 소유는 간을 보는 중이었다. 함께 운동장 스탠드에 앉은 경원은 소유에게 그 점을 지적했다.

"너 왜 체육 안 하냐?"

"아파서."

소유는 한껏 예쁜 표정을 지어 보였다. 경원은 어이가 없다는 얼굴을 했다.

"내가 깁스했지 네가 깁스했냐?"

"깁스는 안 했지만 아픈걸?"

"…진짜? 어디가?"

그리고 경원은 또 넘어가 정말로 걱정스러운 얼굴을 했다. 소유는 깔깔 웃으며 그의 팔을 찰싹 쳤다. 그때 그들이 있는 방향으로 공이 날아왔다. 무서운 기세로 날아온 축구공은 소유의 가슴께에 안착했다.

잡았습니다! 양소유 선수, 무사히 잡아냈는데요! 공을 손으로 받아낸 그녀는 당장 월드컵에 내보내도 될 솜씨라고 속으로 자화자찬하며 공을 찬 사람을 쳐다보았다. 개구리가 사는 우물만 한 운동장에서 두 반 이상이 함께 수업을 하는 것은 학교 입장에서도 피하고 싶은 일이었을 테지만, 저쪽 반을 맡은 체육 선생님이 출산휴가인지 소유가 제대로 기억하지 못하는 이유로 빠졌기 때문에 한동안은 운동장을 나눠 쓰게 생겼다.

"미안해!"

농구부의 기대주인 손청운이 달려와 소유와 경원에게 인사했다. 같은 사고를 당했는데도 그는 벌써 체육 시간 축구에서도 그런 힘을 발휘할 수 있다니 놀라운 일이었다. 경원이 바락 화를 냈다.

"야, 놀랐잖아!"

"미안해. 진짜 미안."

농땡이를 치던 것도 아니고, 일단 공식적으로는 아파서 쉬고 있던 사고 후유증 환자들에게 청운은 고개를 몇 번이나 숙였다. 그의 진지한 얼굴에 미안함이 가득 담긴 것을 보자 놀릴 수도 없었다. 소유는 팔이 부러졌다고 연기를 해볼까 하다가 집어치우기로 했다.

그때 청운의 소매가 눈에 들어왔다. 소유는 흥미로워하며 청운에게 말을 걸었다. 그들은 빈말로라도 친한 사이가 아니었지만 같은 사고를 당했으니 청운도 그녀의 이름은 알 터였다.

"청운아, 너 소매에 이름 수놓은 거 누구야? 너희 누나지?"

청운의 체육복 티셔츠 소매에는 그야말로 괴발개발 이름인지 추상화인지 모를 것이 수 놓여 있었던 것이다. 청운은 운동을 하다 와서 새빨간 얼굴로 당황했다.

"어? 응. 어떻게 알았어?"

"네가 했으면 잘했겠지."

청운이가 초왕을 잡지 않으면 실패하는 거지요?

소유는 멍하니 입술을 벌렸다. 또다. 또 이상한 장면이 떠올랐다. 사극에 나오는 것 같은 옷을 입은 여자가 청운의 이름을 입에 올리고, 주위에는 화살이…….

하지만 대체 그런 일이 어디에서 있었단 말인가. 청운은 연예인이 아니니 드라마에 출연했을 리도 없고.

"어떻게 알았어?"

소유가 싱숭생숭해 하는 동안 청운은 공을 받아들었다. 그리고 소유에게 수줍게 물었다.

"내가 수예가 취미라고 말했던가? 아니, 우리 얘기 해본 적 별로 없는데. 그치?"

소유는 퍼뜩 놀라 간신히 대답했다.

"으, 응. 그냥 맞춰봤어."

"신기하네."

청운은 미소를 지었다. 경원이 짜증을 냈다.

"야, 축구하러 안 가냐?"

"아, 그렇지. 미안! 진짜 미안! 조심할게."

청운은 공을 들고 다시 체육 수업에 합류했다. 소유는 자리에 앉아 한숨을 쉬었다. 교통사고를 당해서 사경을 헤매는 동안 꿈이라도 꾸었던 것일까? 하지만 무슨 꿈이 이렇게 선명할까. 꼭 직접 겪은 일처럼 분명하다.

경원은 잠시 침묵하다 물었다.

"너 손청운 좋아하냐?"

"아니?"

소유가 좋아하는 사람은 따로 있었다. 부끄러워서 아직 아무에게도 말하지는 못했지만. 그리고 아마 앞으로도 말하지 못할 것이다.

그야, 상대는 이 학교에서 가장 잘생기고 공부를 잘하는데다 집도 부자인 것이다.

그런 이유로 좋아하게 된 것은 아니었지만 소유는 그의 장점을 모두 인정하고 있었다. 하지만 그든 다른 사람들이든, 소유가 그런 조건 때문에 그를 좋아하게 되었다고 생각할 것이다. 누가 믿을까. 그 누구의 앞에서도 완벽한 그 사람이 사실은 외로워하고 있다고, 그런 표정을 보았다고 말해봤자.

"아, 왔네."

소유가 생각에 빠져 있는데 웬 새까만 차가 교문을 미끄러져 들어왔다. 딱 보기에도 값비싸 보이는 큰 차였다. 소유는 경원에게 물었다.

"뭐가 왔어?"

경원은 눈썹 하나 까딱하지 않고 대답했다.

"이소하 선배 오늘부터 학교 나온대."

설궁은 봄의 새순으로 푸르렀다.

소유는 혼자 정원에 서 있었다. 어쩌다 이곳에 서 있게 되었는지는 기억이 나지 않았다. 다른 사람들은 모두 어디로 간 것일까? 왜 혼자 이런 곳에 서 있는 걸까.

머릿속이 안개가 낀 듯 흐릿했다. 소유는 멍하니 걷기 시작했다. 무척 슬픈 일이 있었던 것 같은 기분이 들었다. 누군가 있어야 할 사람이 없는 것 같았다. 하지만 잠시 후 생각해보니 설궁에 아무도 없는 것은 당연했다. 대체 있어야 할 사람이 누구란 말인가…….

소하의 모친이 자란 곳이고 소하가 오랫동안 살아온 곳이므로 버림을 받지야 않겠지만, 설궁은 이제 사람들이 드나들 일이 없는 빈집이었다. 조정의 업무도 소하의 생활도 당연히 정궁에서 이루어질 것이므로. 후궁을 돌보고 있는 소유도 설궁에 와본지는 오래되었다.

그러고 보니, 하고 소유는 생각했다. 그녀는 후궁을 돌보고 있었다. 어쩐지 후궁을 돌본 기억이 모호했지만 정말이었다. 후궁 살림을 엉망으로 돌본 사람들을 찾아내 해고하고, 초왕비가 친정에서 데려와 오랫동안 목에 힘을 주었던 상궁들은 자경국으로 돌려보냈었다. 그리고 당장은 후궁에서 살 왕실 여인이 없었으므로 사람이

526

적은 그대로 알뜰하게 살림을 하고 있었다.

하지만 소유의 성품은 살림을 돌보는 것에는 맞지 않았다. 그녀는 틈이 나면 장안을 더 좋게 만들 방도를 생각하려고 시찰을 나갔고 소하에게 여러 가지 조언도 했다.

그래, 그랬었다. 소유는 확신하고 정자에 올랐다. 정자에도 사람이 없었다.

정자에 놓인 의자는 어쩐지 따뜻했다. 누군가 그 자리에 있었던 것처럼. 하지만 방금 정원을 천천히 산책하다가 정자에 오른 소유의 눈에 보이지 않고 누가 의자에 앉아 있었을 수 있을까. 소유는 괜한 생각을 날려버리려 고개를 저었다.

머릿속이 얼마 전 치른 소하의 즉위식의 기억으로 흘러갔다.

대강 자경국을 제외한 온 천하의 축복을 받으며 소하는 왕위에 올랐다. 선대왕의 것과는 다르지만 역시 아름답고 정교한 눈꽃 문양은 그의 공식적인 상징이 되었고 다미국에 다녀오면서 미리 징표를 하사받은 자들은 은근히 어깨에 힘을 주었다. 소유는 혹시 새로 생긴 권력을 휘둘러 남을 괴롭게 하는 사람이 없을까 경계했지만 다행히 그런 일은 없었다. 만약 있었다면 옥현이 그녀보다 먼저 알고 처벌했을 터였다.

비단과 밀랍으로 만든 꽃이 진짜 봄꽃처럼 화사하게 장식한 궁은 그날 눈이 부시도록 아름다웠다. 궁인들과 만조백관은 새 옷으로 단장하고 그들의 올바른 주인을 맞이했다. 새 왕을 축하하는 선물이 각 지역에서 도착했고 특히 진해국으로 망명했던 두 박사는 옛 제자의 얼굴을 보러 방문하겠다는 전갈을 보내왔다. 다미국에서는 눈표범의 가죽을 보내 소하의 옥좌를 장식하라고 했고 쿠란게렐은 염소털로 짰다는 가볍고 따뜻한 옷감을 소유에게도 따로 보냈다.

무거운 세금은 선대왕 시절로 돌아갔다. 법정 세금을 내지 못해 도망친 자들은 사면되었고 향리들의 겁박에 못 이겨 도망친 자들은 더 빨리 사면되었다. 소유는 그 외에도 소하가 많은 것을 예전으로 되돌리거나 혹은 예전보다 더 좋게 만들고 있으리라는 사실을 알고 있었다.

문득 풀 밟는 소리가 그녀의 주의를 끌었다.

마치 그녀가 그 자리에 있으리라고 미리 알고 있었던 사람처럼 소하는 당연한 얼굴로 소유를 올려다보았다. 소유는 미소를 지었다. 그의 모습을 볼 때마다 늘 그랬듯이.

"소하 님."

천인국의 어딜 가도 '주상 전하'인 소하였지만, 그를 일찍부터 모셨던 사람들에게는 아직 소하 님이었다. 비록 남들 앞에서는 그렇게 부르지 않더라도 소유의 안에서 그는 언제까지나 소하 님일 것이다.

소하는 마주 미소를 지었다. 봄의 밝은 햇살을 받은 그의 얼굴은 눈이 부시게 온화했다.

"춥지 않으냐?"

"쿠란게렐 왕께서 보내신 옷감으로 지은 옷을 입었더니 하나도 안 춥습니다."

우리도 염소 털로 옷감을 짜 봐야 하려나봅니다, 하고 소유는 농담을 하고 웃었다. 어떻게 염소의 짤막한 털로 실을 잣나 하고 알아봤더니 다미국에서 기르는 염소는 털이 길게 자라는 종으로, 천인국과 다르다는 모양이었다. 같은 염소인데 생긴 것이 다 다르다니 신기한 일이었다.

"쿠란게렐 왕에게 감사 선물을 보내야겠구나. 명주는 전에 보냈고, 이번에는 뭘 보낼까?"

"저에게 유람을 한 번 오라 하셨습니다. 선물을 보내실 요량이면 제가 전할까요?"

"너를 보내면 아니 놓아줄 것 같으니 다른 자에게 맡기마."

소하는 서슴없이 그렇게 말하고 눈웃음을 지었다.

자박, 자박. 가볍지 않으면서도 사뿐한 발걸음이 정자로 오르는 계단을 밟았다. 소유는 소하가 올라와도 일어서지 않고 그저 그를 보며 웃었다. 소하도 그녀를 탓하지 않았다.

"어찌 이곳에 있느냐?"

소하는 소유의 옆에 앉으며 물었다. 소유는 미소를 지었다. 아까는 몰랐는데 지금은 알 수 있었다.

"소하 님을 뵙고자 기다렸답니다."

"내가 올 줄은 어찌 알고?"

"제가 아는 것이 어디 한두 가지입니까?"

소유는 많은 것을 미리 알고 있었다. 백룡담의 물을 먹으면 병사들이 쓰러질 것도, 선대왕의 유서가 너무 늦기 전에 조정에서 공개될 것도. 하지만 소하에게 그 이유를 말할 수는 없었다. 소유는 그저 미소를 지었다.

소하는 그녀의 눈을 바라보다가 상냥하게 물었다.

"그래, 하면 네가 모르는 게 뭔지를 물어야겠구나. 네가 모르는 게 무어냐?"

"소하 님."

소유는 까르르 웃었다. 그리고 그의 농담을 받아치기 위해 뭔가 재치 있는 말을 궁리하려고 애썼다. 그러나 그녀가 입을 열기 전에 소하는 손을 뻗어 소유의 뺨을 감쌌다.

그의 손의 온기는 델 듯이 뜨거웠다. 소유는 그만 머릿속에서 생각하던 것을 모두 잊어버렸다.

"소유야."

해처럼 달처럼 고운 내 님.

"내가 왕이 되어 좋은 일도 많다만, 주위에 온갖 마음을 품은 자가 다 몰려드니 피로한 것은 어쩔 수가 없구나."

"그러시겠지요."

나라에 충성하고자 하는 곧은 마음의 대신이라 해도 반드시 소하와 그리는 미래상이 같다고 보장할 수는 없는 것이다. 소유는 소하를 안쓰럽게 바라보았다. 그와 그녀의 얼굴은 한 뼘 반 정도 떨어져 있어 야윈 소하의 이마가 잘 보였다.

"그래도 내 머리를 대신해 생각해줄 자와 내 손을 대신해 움직여줄 자가 많으니 균형이 맞는다만."

소하는 쓴웃음을 지었다. 소유는 저도 모르게 손을 들었다. 그리고 멈칫멈칫하면서도 소하의 뺨을 저도 감쌌다.

소하는 천천히 눈을 감고 고개를 기울였다. 꼭 소유의 손을 베고 잠들려는 것처럼 편안한 그 표정에 소유는 어쩔 줄 몰라 했다. 그러나 당황스러운 가운데에도 그녀의 마음속에선 기쁨이 샘솟았다.

"소하 님, 그래도 누굴 어디 배치할지는 다 알고 계시지요?"

소유는 장난기와 진심이 반반 담긴 목소리로 물었다. 소하는 과연 눈만 뜨고 그녀를 보며 다시 빙긋 웃었다.

"또 물어야겠구나. 대체 네가 모르는 게 무어냐?"

"전 소하 님을 믿어서 이리 말씀드리는 것이지, 뭐든 다 알아서 이리 말씀드리는 게 아니랍니다."

두뇌가 명석하고 의심이 많은 소하와 달리 소유는 대부분의 경우 본능과 직감에 따라 행동했다. 사소한 가능성 하나하나를 다 따져가면서 깊이 사유하는 것은 소유의 성미에 맞지 않았다. 그녀는 아마 자신은 왕의 자식으로 태어났어도 왕의 직무를 하기 싫어서 도망쳤을 거라고 생각했다. 물론 명석한 신하가 있으면 왕 본인은 모든 것을 다 따져 알 필요가 없겠지만, 그래도 왕은 똑똑하고 세심한 것이 좋지 않나.

소하의 입술과 눈에 걸린 미소는 사라지지 않았다.

"그래, 네 말대로다. 내 눈과 귀가 될 사람, 머리가 될 사람, 손이 될 사람, 다리가 될 사람을 다 정리해서 배치해두었지. 나는 미리 대비하고 안배해두지 않으면 안심하지 못하는 성미가 아니냐?"

"그렇지요."

그 때문에 소유는 오해를 많이 했었다. 그녀는 문득 울적한 마음이 들어 소하를 말끄러미 바라보았다. 소하는 소유의 손에 기대는 것을 그만두고 진지하게 물었다.

"왜 그러느냐? 어디 불편한 곳이라도 있는 게냐?"

"아닙니다."

다만 예전 생각이 난 것뿐이었다. 소하에게 미안한 마음과 그를 원망하는 마음이 동시에 들어 소유는 입을 비죽거렸다. 소하는 잠시 그녀를 보다가 물었다.

"원하는 게 있느냐?"

"아니요."

소유는 원래 보석이나 비단에는 관심이 없었고, 검이라면 지금 쓰는 것이 좋았다. 책은 소하의 서재에서 마음대로 읽을 수 있었고 맛있는 음식도 수라간에서 끼니마다 차려주니 부족한 것이 없었다.

소하는 약간 풀이 죽은 얼굴을 했다.

"그런데 어찌 행복하지 않은 표정을 짓느냐?"

"저는 항상 행복하지요."

더 깊이 생각하면 뭔가가 떠오를 것도 같았지만 그러고 싶지는 않았다. 자신에게 만약 행복하지 않을 이유가 있다면 그것은 모두 과거의 일임을 알고 있었으므로.

아침에 깨어났을 때 간밤 꿈에서 잃은 것에 대해 생각하고 있다가는 도저히 그날 하루가 새롭고 즐거울 수 없는 것이다.

그리고 그런 방식으로 생각하는 것은, 잊고 나아가는 것은 소유를 아끼는 모든 사람이 원하는 일임을 또한 그녀는 알고 있었다.

"소유야."

소하는 속삭였다. 그는 평소와 같은 얼굴로 소유의 눈을 들여다보았지만 소유는 그의 눈 속에서 일종의 불안함을 보았다.

이 나라의 왕이자 소유가 아는 가장 똑똑한 사람인 그는 떨고 있었다.

"소유야."

소하는 그 이름을 다시 불렀다. 소유는 가슴 설레어 하며 대답했다. 소하에게서 나는 익숙하고 청결한 향에 풀싹의 향기가 섞여 들어갔다.

"예, 소하 님."

"나는 항상 잃는 것이 두려웠다. 알고 있느냐?"

"예, 소하 님."

소유는 빙긋 미소를 지었다. 그리고 놀랍도록 새로운 감정에 휩싸여 소하를 바라보았다. 소하는 소유의 머리칼을 살짝 쓰다듬었다. 그 감촉 또한 소유에게 대단한 즐거움을 주었다.

"한데 나는 요즘 이전에는 몰랐던 두려움을 느끼는구나. 내가 원하면 많은 것을 이룰 수 있는 힘이 있는데, 그 힘을 모두 쓰더라도 얻을 수 없는 것이 있어."

"그게 무엇인가요?"

소유는 손을 들어 자신의 머리칼을 쓸어내리던 소하의 손을 잡았다. 손이 잡혔을 때는 움찔했던 소하는 그녀가 그의 손에 깍지를 끼자 고개를 살짝 숙였다.

그의 입가에 미소가 걸렸다.

"내 머리와 손을 대신할 사람은 많이 있지만… 내 마음을 채우는 것은 너밖에 없다. 널 잃으면 내겐 아무것도 남지 않아."

"마음이 채워지지 않으면 왕위나 금은보화를 가져도 무슨 소용이겠습니까?"

소유는 웃었다. 소하는 그녀를 바라보았다. 그의 입은 살짝 벌어졌고 눈은 떨리고 있었다. 그는 보이지 않는 어떤 감정에 지배당한 것처럼, 그리고 그 감정을 무작정 쏟아내지 않기 위해 안간힘을 쓰는 것처럼 보였다.

"많이 의심하고, 많이 오해하고, 많이 속았지만… 그럼에도 불구하고, 그 모든 시간 동안 나와 당신이 공유한 마음을 빌어."

두려움 속에서도 나아갈 용기를 서로에게 줄 수 있기를.

소유는 눈을 감았다. 잠시 후 뜨거운 입술이 질문하듯 천천히 그녀의 입술에 와 닿았다.

눈을 뜬 소유는 자신이 졸고 있었다는 사실을 깨달았다.

아니, 졸았다는 표현은 거짓말이었다. 소유는 양심적으로 인정했다. 그녀는 회의록을 베고 세상모르고 잠들어 있었다. 그리고 회의록에 그려진 지렁이 백팔 형제가 한쪽으로 번진 모양이 바로 그 증거였다.

얼굴에 잉크 다 묻었겠네. 소유는 깜짝 놀라 휴대폰에 얼굴을 이리저리 비춰보았다. 그리고 잠시 후 자신이 학생회실에 혼자 있지 않았다는 사실을 번개처럼 깨닫고 그 자리에 굳었다.

"잘 잤어?"

학생회장 이소하는 마치 아무것도 못 봤다는 듯 태연하게 물었다. 그가 소유는 물론이고 모든 학생회 임원들의 자리를 볼 수 있는 위치에 앉아 있었다는 사실을 고려했을 때 그것은 눈물겨운 배려심이었다.

소유는 속이 상해 어쩔 줄 몰랐다. 그녀는 얼른 얼굴에 점점이 찍힌 잉크를 문질러 닦고 회의록을 덮었다. 그리고 물었다.

"언제부터 계셨어요?"

"괜찮아. 나도 자고 있었어."

"선배가요?"

소유는 눈을 동그랗게 떴다. 소하는 그림으로 그린 듯한 모범생이라 학생회실에서 자지는 않을 거라고 생각하고 있었던 것이다. 게다가 오늘은 퇴원하고 등교한 첫날이 아닌가. 할 일이 많았을 텐데? 그래서 소유도 그를 정말로 만날 수 있으리라는 기대는 없이 무작정 이곳에서 기다리고 있었다…….

그러나 아무래도 진실인 듯 소하는 쓴웃음을 지어 보였다. 안경 너머로 보이는 그의 눈은 아직 약간 멍해 보였다.

"응. 꿈도 꾼 것 같아……."

소유는 멈칫했다. 그녀는 입을 꾹 다물었다가 말했다.

"저도… 꿈을 꿨어요."

"그래?"

소하는 눈썹을 살짝 들고 상냥하게 물었다.

"어떤 꿈인데?"

"선배 꿈을 꿨어요. 그리고 또 다른 많은 사람이 나오는 꿈을."

"네 꿈에 내가 나왔다고?"

그는 빙긋 웃었다.

"이거 재미있는 우연인데. 나도 네가 나오는 꿈을 꿨어."

"어떤 꿈이었어요?"

뭔가 말하려던 소하는 문득 눈썹을 들고 쓴웃음을 지었다. 소유는 정답게 물었다.

"제가 선배를 좋아하는 것처럼 선배도 저를 좋아하는 꿈을 꾸셨나요?"

소하의 눈이 몹시 떨렸다. 그러나 그가 금세 빙그레 웃으며 뺨을 복숭앗빛으로 붉히는 것을 보고 소유는 답을 알았다.

〈마침〉

구운몽 2 어느 소녀의 사랑 이야기

초판 1쇄 인쇄 2020년 3월 13일
초판 1쇄 발행 2020년 3월 20일

글 전유림
기획 세시소프트
감수 공나연
펴낸이 연준혁

편집 1본부 본부장 배민수
뉴북 팀장 조한나
편집 김해지
표지 일러스트 정하
표지 · 본문 디자인 손봄코믹스

펴낸곳 | ㈜위즈덤하우스 미디어그룹
출판등록 | 2000년 5월 23일 제13-1071호
주소 | (10402) 경기도 고양시 일산동구 정발산로 43-20 센트럴프라자 6층
전화 | (031) 936-4000 **팩스** | (031) 903-3893
홈페이지 | www.wisdomhouse.co.kr

ⓒ전유림, 세시소프트, 공나연, 2020
값 16,500원
ISBN 979-11-90630-68-9 04810
　　　979-11-89938-18-5 (세트)